HILDEGARD BURRI-BAYER

Das Kreuz des Schweigens

Buch

Toulouse, 1207: Frankreichs reicher Süden blüht. Christen, Juden und Katharer leben friedlich miteinander. Die »reine« Lehre, wie das Katharertum genannt wird, erlebt einen wahren Siegeszug – und Roms Vormachtstellung droht untergraben zu werden. Der Papst und der König von Frankreich rufen zum Kreuzzug von Christen gegen Christen – die Ketzer zu bekehren ist indes nur ein willkommener Vorwand. Denn vor allem will die Kirche einen geheimen Schatz in ihren Besitz bringen, der sich in den Händen eines jungen Mädchens befindet ...

Autorin

Hildegard Burri-Bayer, 1958 in Düsseldorf geboren, lebt mit ihrem Mann und ihren fünf Kindern in der Nähe von Düsseldorf.

Hildegard Burri-Bayer

Das KREUZ *des* SCHWEIGENS

HISTORISCHER ROMAN

blanvalet

Verlagsgruppe Random House FSC® N001967
Das FSC®-zertifizierte Papier *Holmen Book Cream*
für dieses Buch liefert Holmen Paper, Hallstavik, Schweden.

1. Auflage
Copyright © der Originalausgabe 2014 by Blanvalet Verlag,
in der Verlagsgruppe Random House GmbH, München
Umschlagmotiv: Arcangel Images/Mark Owen
Redaktion: Heike Fischer
Herstellung: sam
Satz: Buch-Werkstatt GmbH, Bad Aibling
Druck und Einband: GGP Media GmbH, Pößneck
Printed in Germany
ISBN: 978-3-442-37893-7

www.blanvalet.de

Für meine Freundin Elke Thom Eben

*Am Anfang war das Wort,
und das Wort war bei Gott,
und das Wort war Gott.
Alles ist durch das Wort geworden,
und ohne das Wort wurde nichts, was geworden ist.
In ihm war das Leben, und das Leben war das Licht
der Menschen. Und das Licht leuchtet in der Finsternis,
und die Finsternis hat es nicht erfasst.*

Evangelium nach Johannes

*Der volle Christus ist erschienen nicht auf Erden,
sein göttlich Menschenbild muss noch vollendet werden.
Einst wird das Heil der Welt, Erlösung sich vollbringen,
wenn Gott und Mensch im Geist lebendig sich durchdringen.
Mag auch das Jesusbild, der Widerschein den Sinnen,
im regen Strom der Zeit verzittern und zerrinnen;
wenn alle Zeugnisse von Jesus auch zerschellten,
der Gottmensch ist der Kern, das Herzlicht aller Welten.*

Nicolaus Lenau, Die Albigenser

1

Rhedae, Südfrankreich, April 1207

Ein warmer Wind wehte Elysa entgegen, als sie mit ihrem Wasserkrug die schmale Gasse zum Marktplatz hinauflief, der sich an der höchstgelegenen Stelle der kleinen auf einem Hügel erbauten Stadt befand.

Obwohl es steil bergauf ging, beschleunigte sie unwillkürlich ihren Schritt und konnte es kaum erwarten, das Plateau zu erreichen, um ihren Blick über die blühenden Täler hinweg zu den schroff aufragenden Pyrenäen schweifen zu lassen, deren Gipfel bis in den Himmel zu reichen schienen.

Der Wind zerrte an ihren Haaren, wirbelte ihr den Staub des ausgetrockneten Bodens ins Gesicht und jagte die kleinen weißen Wolkenfetzen auf die Berge zu, wo sie sich auftürmten und in dem gelblichen Dunst verschwanden, der den Gipfel des Bugarach, des höchsten Berges des Massivs, verschluckte.

Elysa starrte auf die Berge und versuchte vergeblich, den Dunst zu durchdringen, der sich beständig ausbreitete und wie ein riesiger Schatten von den Bergen herab auf die Täler zukroch. Vielleicht würde es ein Unwetter geben oder doch zumindest regnen. Etwas braute sich da über ihr zusammen, das ihr schon jetzt Unbehagen einflößte. Sie beobachtete weiterhin die Berge, während sie ihren Weg fortsetzte. Der Himmel schien mit jedem Schritt, den sie tat, düsterer zu werden und die Wolkendecke dichter. Die Sonne schaffte es nicht mehr, sie zu durchbrechen. Nur wenn man ganz genau hinsah, konnte man sie noch hinter den Wolkenschichten erahnen, die an manchen Stellen silbrig glänzten.

Elysa hatte die Kirche fast erreicht, an der ein jeder vorbeimusste, der zum Brunnen am Ende des Marktplatzes wollte, als wütende Stimmen und Hundegebell die feierliche Sonntagsstille zerrissen.

Fünf barfüßige Mönche befanden sich vor der Kirche und drängten vor dem Portal die Bettler zur Seite, die eigens früh gekommen waren, um einen der begehrten Plätze vor der Kirche zu ergattern und von dort aus an das Mitgefühl der Gläubigen zu appellieren. Nur der blinde Jean hatte sich nicht verjagen lassen und war trotz der Drohungen der Mönche vor dem Eingang sitzen geblieben. Sein dünner Arm lag auf dem Rücken seiner struppigen schwarzweißen Hündin und hielt sie davon ab, auf die Diener des Herrn loszugehen. Das Tier knurrte warnend, als einer der Mönche auf Jean zutrat, ihn am Arm packte, unsanft nach oben riss und ihm einen Stoß in den Rücken versetzte. Jean ruderte mit den Armen durch die Luft und versuchte, sein Gleichgewicht wiederzufinden, stolperte dabei aber über seine Hündin, die nach vorne gesprungen war, um nach der Wade des Mönchs zu schnappen. Als Jean keinen Halt fand, stürzte er hilflos zu Boden. Elysa stellte ihren Krug ab und lief zu ihm hinüber, um ihm aufzuhelfen. Der Schreck stand Jean noch ins Gesicht geschrieben. Die Attacke des Mönchs war so unverhofft gekommen, dass er schon im Dreck gelandet war, bevor er überhaupt wusste, wie ihm geschah. Noch ein wenig benommen richtete er sich nun mit Elysas Unterstützung auf und tastete dabei nach seinem Hund. »Fleur!«, rief er. »Fleur, komm her.« Doch die Hündin hatte sich im Habit des Mönchs festgebissen und zerrte wütend daran. Elysa wandte sich nach dem Hund um, bereit, ihn zurückzuholen, falls er dem Ruf seines Herrn nicht folgen würde, und sah, wie der Mönch mit dem dicken Ende seines Knotenstocks ausholte und auf den Hund einschlug. Schließlich traf einer seiner Hiebe die Hündin am Kopf und streckte sie nieder. Ihre Hinterbeine zuckten noch einmal, dann blieb sie regungslos liegen. Der Mönch ließ daraufhin den Stock sinken und beförderte das Tier mit einem Tritt aus seinem Blickfeld. Danach wandte er sich um und sagte etwas zu einem seiner Mitbrüder, der vergeblich an dem verschlossenen Kirchenportal rüttelte. Der nickte darauf kurz und lief dann um das Gotteshaus herum, vermutlich um Pater Paul zu suchen, der den Schlüssel für die Kirche besaß.

Obwohl er nichts sehen konnte, spürte Jean, dass etwas Schreckliches geschehen sein musste. »Fleur?«, schrie er so laut, dass Elysa zusammenschrak. Er streckte seine magere Hand aus und bekam Elysa am Arm zu fassen. »Wo ist sie?«, fragte er ängstlich und presste ihr seine Fingernägel so fest ins Fleisch, dass es schmerzte. »Der Mönch hat ihr mit seinem Stock den Schädel eingeschlagen«, gab Elysa leise zurück, worauf Jean so verzweifelt aufschluchzte, dass es Elysa vor Mitleid beinahe das Herz zerriss. »Wo ist sie?«, wiederholte er. »Ich will zu ihr.« Elysa führte ihn zu der toten Hündin. Jean hob das Tier vom Boden auf und presste es an seine Brust, während ihm die Tränen über die schmutzigen Wangen strömten. »Ich habe gehört, dass die *Guten Christen* die Seelen ins Paradies bringen«, brachte er schließlich hervor. Seine leeren Augen richteten sich flehend auf Elysa. »Meinst du, sie werden auch Fleurs Seele ins Paradies bringen?«

Er streichelte über den Kopf seiner toten Begleiterin.

Elysa wusste, dass die Seelen der Menschen nach deren Tod den Körper verließen, um sich auf den Weg zu den Sternen zu begeben, aber sie hatte sich noch nie Gedanken darüber gemacht, wohin die Seele eines Tieres ging. »Ich werde meinen Onkel fragen«, versprach sie Jean deshalb.

In der Zwischenzeit waren immer mehr Frauen mit ihren Krügen auf dem Marktplatz eingetroffen und neugierig vor der Kirche stehen geblieben.

Elysa sah zu den Mönchen hinüber, die sich miteinander besprachen, als ob nichts geschehen wäre. Kurz entschlossen ging sie auf die Männer zu.

»Wer seid Ihr, und wie konntet Ihr nur so grausam sein?« Ihre Stimme klang laut und fordernd. Der Mönch, der den Hund erschlagen hatte, drehte sich zu ihr um. Er war groß und wie viele seiner Brüder, die ihr Leben dem Herrn geweiht hatten, erstaunlich gut genährt, doch sein Blick war hart und unerbittlich. Elysa konnte nicht das geringste Mitgefühl für den armen Jean darin erkennen.

»Der Hund war alles, was der blinde Jean hatte«, sagte sie und hörte selbst, wie vorwurfsvoll ihre Stimme klang.

»Mein Name ist Peter von Castelnau – der Herr gibt, der Herr nimmt«, erklärte ihr der Angesprochene herablassend, ohne sie noch eines weiteren Blickes zu würdigen.

»Doch nicht der Herr hat den Hund erschlagen, sondern Ihr habt es getan«, gab Elysa zurück, die ihren Zorn nur mühsam beherrschen konnte.

Castelnaus dichte, dunkle Brauen zogen sich bedrohlich zusammen, und ein kühler Blick traf Elysa. Schon öffnete er den Mund, um etwas zu erwidern, doch da kehrte der dünne Mönch, gefolgt von Pater Paul, zurück und wies auf das Portal, das von der massigen Gestalt Castelnaus versperrt wurde. Unwillig über die Störung trat dieser einen Schritt zur Seite. Pater Paul schien nicht sonderlich erfreut über den Besuch der Mönche zu sein, wie sein mürrisches Gesicht deutlich verriet. Er nahm den eisernen Schlüssel, den er immer bei sich trug, vom Gürtel, öffnete wortlos das Portal und verschwand im Inneren der Kirche.

»Sei lieber vorsichtig mit dem, was du sagst«, flüsterte da Sarah, die hinter Elysa getreten war, dieser ins Ohr. »Die Kuttenträger sind nicht die, die sie vorgeben zu sein. Der große Mönch trägt zwar den Habit, hat aber ganz sicher noch niemals körperliche Arbeit in einem Kloster leisten müssen. Sieh dir doch nur einmal seine Hände an.«

Peter von Castelnau richtete seine Aufmerksamkeit nun erneut auf Elysa.

Sein Blick war jetzt weniger kalt als vielmehr lauernd. »Du wagst es, einem Diener Gottes zu widersprechen? Gehe ich recht in der Annahme, dass du folglich zu den Ungläubigen gehörst, die sich in ihrer Überheblichkeit die *Guten Christen* nennen?« Sarah legte warnend eine Hand auf Elysas Schulter.

Die Kirchturmglocke begann zu läuten. Elysa schüttelte die Hand ihrer Freundin ab und erhob ihre Stimme, um das Läuten zu übertönen.

»Wir schlagen jedenfalls keine Hunde tot«, erklärte sie, so laut sie nur konnte, doch ihre Worte gingen im Bimmeln der Glocken unter.

Die Mönche bauten sich nun wortlos vor dem Portal auf, sodass man fast auf den Gedanken hätte kommen können, sie wollten den Gläubigen den Zugang zur Kirche versperren. »Hat ihnen denn niemand gesagt, dass keiner mehr in die Kirche will«, kicherte die alte Anna boshaft, auch wenn niemand sie in dem Lärm verstehen konnte, und gesellte sich zu Sarah und Elysa.

In diesem Augenblick trafen auch die ersten Männer vor der Kirche ein, um nachzusehen, was das eindringliche Läuten der Glocken zu bedeuten hatte. Die Frauen am Brunnen ließen ihre Krüge stehen und folgten ihnen.

Dominikus Guzman, der Subprior des Bischofs von Osma, ein schmächtiger Mann mit ausgezehrten Gesichtszügen und leicht auseinanderstehenden dunklen Augen, atmete noch einmal tief ein, dann trat er entschlossen einen Schritt vor und starrte den Bewohnern Rhedaes finster entgegen. Seine Kutte aus grob gewebtem Stoff war mehrfach geflickt. Um seine Beine hatte er eine Eisenkette geschlungen, die ihm bei jeder Bewegung schmerzhaft ins Fleisch schnitt. Es war ihm zur Gewohnheit geworden, seinen Körper auf diese Weise während seiner Predigten zu kasteien, und er tat es mit der gleichen Inbrunst und Leidenschaft, mit der er Tag und Nacht zum Herrn betete.

Seine vier Gefährten, Diego von Azevedo, der Bischof von Osma, der Archidiakon Peter von Castelnau, Bruder Raoul und Arnold Amaury, der Abt von Cîteaux, waren das genaue Gegenteil ihres asketisch aussehenden Wortführers. Ihre runden Gesichter glänzten feist über einem wohlgenährten Bauch, den auch die Weite ihrer Kutten nicht mehr kaschieren konnte.

Elysa konnte sich kaum beruhigen. Als Dominikus Guzman in ihre Richtung sah, erwiderte sie offen seinen Blick, und er konnte in ihren Augen weder Respekt vor ihm noch die vor seinem Amt angemessene Demut erkennen.

Heiliger Zorn erfüllte ihn. Der Herr hatte ihn erwählt, um die Ungläubigen im Süden Frankreichs zu bekehren und jegliche Häresie auszurotten. Und dieses Mädchen war ganz offensichtlich eine Ketzerin und versuchte nicht einmal, dies zu verbergen.

Da kam auf einmal Bewegung in die Menge und lenkte seinen Blick auf einen hochgewachsenen Mann, vor dem die Menschen bereitwillig zur Seite wichen, um ihn nach vorn treten zu lassen.

Der Mann trug ein langes, schwarzes Gewand, und von

seinem Hals hing, von ledernen Bändern gehalten, eine ebenfalls lederne Rolle bis auf die Brust hinab, in der sich vermutlich das Johannesevangelium befand, was wiederum bedeutete, dass er einen Führer der *Guten Christen* vor sich hatte. Der Mann blieb neben dem Mädchen stehen und sah ihm nun direkt in die Augen. Sein Blick war von solch einer Kraft und Intensität, dass Dominikus Guzman ihn kaum ertragen konnte, hatte er doch das Gefühl, als würde ihm der Ketzer bis auf den Grund seiner Seele blicken. Entsetzt wandte er sich ab und fühlte sich gleichzeitig öffentlich bloßgestellt, weil er dem Blick des anderen nicht hatte standhalten können.

Der Kirchenvorplatz hatte sich mittlerweile mit Leuten gefüllt, und Dominikus Guzman spürte sowohl die neugierige Erwartung als auch die Ablehnung, die ihm von diesen entgegenschlug.

Ungeduldig drängte sich die Menge vor ihm, dann wurden die ersten Rufe laut.

»Sag endlich, was du uns zu sagen hast, Mönch«, ertönte eine fordernde Stimme aus den hinteren Reihen, und andere Stimmen fielen in den Ruf mit ein.

Dominikus spürte die Erregung in sich aufsteigen. Der Augenblick, dem er jedes Mal vor einer Rede förmlich entgegenfieberte, war gekommen.

Er breitete die Arme aus, ein Vorrecht der geistigen Führer und eine Geste, die nur selten ihre Wirkung verfehlte.

»Hört auf meine Worte, ihr guten Leute. Gott der Herr hat mich zu euch gesandt, um euch zum rechten Glauben zurückzuführen, so wie ein guter Hirte seine Schafe sicher in den heimatlichen Pferch zurückführt. Wendet euch ab von den falschen Propheten mit ihren falschen Lehren, die mit den Mächten der Hölle im Bunde sind und die heiligen Sakramente der Kirche verleugnen!«

Seine Stimme war wohlklingend und besaß gewaltige Kraft. Eine Gabe, für die er dem Herrn jeden Tag dankte. Auch dieses Mal starrten ihn die Menschen überrascht an. Es war dieser Moment, in dem ihm die ungeteilte Aufmerksamkeit der Gläubigen wie der Ungläubigen gehörte, der ihn für all seine Qualen entschädigte. Genauso mussten sich Petrus und die anderen Apostel gefühlt haben, wenn sie im Namen ihres Herrn und Meisters zu den Menschen gesprochen hatten. Er holte tief Luft und öffnete den Mund, um fortzufahren, als er bemerkte, wie sich ein junger Mann mit schwarzem, schulterlangem Haar und wild entschlossenem Blick einen Weg durch die Menge bahnte, indem er seine Laute wie ein Schwert vor sich herschwang.

Sein Rock war bunt und verschlissen, und seine nackten Füße starrten vor Schmutz. Dominikus erkannte den Wahn, der in den glühenden, schwarzen Augen des Mannes stand, und ihn fröstelte, obwohl die Sonne mit jedem Augenblick, der verging, heißer auf ihn herabbrannte. Er bekreuzigte sich hastig, was dem jungen Mann nicht mehr als ein höhnisches Grinsen entlockte. Dominikus kämpfte noch gegen den Zorn an, der erneut in ihm aufwallte, als der Barde sich abrupt umwandte und ihm demonstrativ den Rücken zudrehte. Er ließ die ersten Töne einer Melodie erklingen und begann dann zu singen. Seine Stimme war rau und leidenschaftlich und zog die Menschen um ihn herum sofort in ihren Bann.

Seid keck gegrüßt,
ihr braven Leut',
und hört gut zu,
was ich euch sagen will.

Als Schelm von Carcassonne wurd' ich geboren,
ein Esel hat mich im Galopp verloren.

*Mein Vater hatte wenig Glück,
er endete am Galgenstrick.
Das Los der Mutter ist unbekannt,
sie ging zum Markte und verschwand.*

*Doch ich, ich bin ein Bard' geworden,
ein Troubadour,
verteile Weisheit,
reich und pur.*

*Wer ist der Grund der Welt?
Könnt ihr die Frage lösen?*

Vielsagend legte er eine Hand an die Stirn und wiegte rhythmisch seinen Kopf hin und her, während er mit der anderen Hand im Takt der Musik auf sein Instrument klopfte. Dann nickte er, als hätte er nichts anderes als Unverständnis von seinen Zuhörern erwartet.

*Ich will's euch also sagen:
Die Geister sind von Gott,
die Körper sind vom Bösen.*

Er ließ einige Töne erklingen, machte mit der Hand eine weit ausladende Geste wie ein Fürst, der sich zu seinen Untertanen herablässt, und grinste frech, bevor er zum Refrain anhob.

Einige der Leute kannten sein Lied bereits und fielen lautstark in seinen Gesang mit ein.

*Nahe sind die Zeiten schon,
wo die Welt sich ganz verkehrt,
zum Turnier der Pfaffe geht,
und das Weib die Predigt hält.*

Die Leute lachten und belohnten den Barden mit lautem Händeklatschen.

Dann warf der Barde Dominikus Guzman noch einen glühenden Blick zu, bevor er sich blitzschnell umwandte und in der Menge untertauchte, noch ehe der Mönch oder einer seiner Begleiter etwas gegen ihn unternehmen konnten. Und dann sah er sie, hielt wie vom Blitz getroffen inne, mit einem brennenden Schmerz in der Brust.

Milch und Honig, sanfte Schönheit, vollendete Seele, starkes Herz, erwachender Frühling, überquellende Gefühle.

Er erinnerte sich an ihren Namen, stolperte aus dem Dorf, Reime im Kopf und im lodernden Herzen einen Schatz, sicher geborgen, gleich einem Dieb, der Dunkelheit entkommen, strebte er ins Licht.

Die Gedanken beflügelt, von Minne erfüllt, federleicht, der Gesang der Sterne überirdisch schön, verloren in ewiger Sehnsucht.

Elysa sah dem Sänger nach, als er wie betrunken aus dem Dorf taumelte, ohne darauf zu achten, wohin er seine Füße setzte. Sein wild flackernder Blick hatte sie zuerst erschreckt, aber dann hatte sie die Qual darin erkannt und gewusst, dass dieser Mann keine Gefahr für sie darstellte.

Unzufriedenes Gemurmel wurde laut und zog ihre Aufmerksamkeit zurück auf den Marktplatz, wo nun einige Männer Messer und Trinkbecher vom Gürtel nahmen und beide Teile geräuschvoll gegeneinanderschlugen. Andere schwangen wiederum ihre Stöcke, klatschten in die Hände oder stießen schrille Pfiffe aus.

Eine Rübe kam durch die Luft geflogen, die Dominikus Guzman nur um Haaresbreite verfehlte. Die Menge johlte begeistert auf und geizte nicht mit Schmährufen.

Doch während Dominikus' Begleiter erschrocken zurückwichen, bis sie nur noch wenige Fuß von dem sicheren Kirchenportal entfernt waren, blieb er selbst hoch aufgerichtet an seinem Platz stehen, was einige der Zuhörer wider Willen beeindruckte.

Dominikus wusste, dass er verloren hatte. Dass niemand hier seine mahnenden Worte hören wollte. Satan hatte sich bereits in die Köpfe dieser Menschen eingeschlichen und sie blind gemacht für die göttliche Wahrheit.

Zornig ballte er seine Hände zu Fäusten, sein rechter Arm schoss drohend in die Höhe, und seine Stimme überschlug sich in glühendem Eifer.

»Seit mehreren Jahren haben wir euch die Sprache des Friedens hören lassen. Wir haben gepredigt, gefleht und geweint. Doch wo der Segen nicht hilft, hilft der Stock.

So werden wir die Fürsten und Prälaten gegen euch aufbringen, und jene werden Nationen und Völker aus allen Ecken der Erde zusammenrufen, und viele werden durch das Schwert umkommen. Eure Städte werden zerstört, ihre Mauern und Türme geschleift werden, und ihr werdet in die Sklaverei wandern. So herrsche denn Gewalt, wenn die Sanftmut scheitert!«

Doch seine Drohungen heizten die Stimmung nur noch mehr an. Wütende Rufe wurden laut, und weitere Rüben flogen durch die Luft.

Da eilte der Führer der Katharer nach vorne und stellte sich schützend vor Dominikus Guzman.

Allein sein Anblick brachte die Menge zum Schweigen. Ruhig, aber bestimmt sah er in die erregten Gesichter, bevor er seine Stimme erhob. Sie klang sanft und mahnend zugleich.

»Hört in euch hinein und ihr werdet wissen, welches der richtige und welches der falsche Glaube ist.

Die sieben Kirchen Asiens waren einst voneinander getrennt, aber keine von ihnen unternahm etwas gegen die

Rechte der anderen. Und so hatten sie Frieden untereinander: Macht ihr es ebenso wie diese.«

Kurz drehte der Katharerführer sich zu Dominikus Guzman um und bemerkte dabei den unversöhnlichen Hass, der in den Augen des Mönchs stand, bevor dieser sich abwandte und etwas zu seinen Mitbrüdern sagte, das er aber nicht verstehen konnte. Allerdings kam ihm einer der Brüder merkwürdig bekannt vor. Er musterte ihn aufmerksam und erkannte schließlich den Bischof von Osma in ihm wieder. Er war ihm schon einmal in Lombers begegnet, wohin ihn die katholische Kirche samt seinen Glaubensbrüdern zu einem öffentlichen Disput über den wahren Glauben einbestellt hatte, um festzustellen, welche der beiden Glaubenslehren den Lehren des Evangeliums näherstünde. Der Disput hatte damit geendet, dass der Bischof von Osma alle Katharer mit dem Kirchenbann belegt und Papst Urban II. jedem Laien das Lesen und selbst den Besitz der Heiligen Schrift auf das Strengste untersagt hatte. Nur hatte der Bischof damals, in Lombers, noch keine einfache Kutte getragen, sondern war in Samt und Seide gekleidet gewesen, und mit Juwelen besetzte Goldringe hatten seine behandschuhten Hände geschmückt.

Nicola erinnerte sich noch gut an den herablassenden Blick des Bischofs, nachdem er den katholischen Geistlichen zu bedenken gegeben hatte, dass im Neuen Testament keine einzige Stelle zu finden sei, die von ihnen verlange, üppiger als selbst so mancher Fürst zu leben. Und obwohl der Bischof nun eine schlichte Kutte trug, spiegelte seine Miene noch immer dieselbe Herablassung und Verachtung wider, die er auch bei ihrer ersten Begegnung an den Tag gelegt hatte. Es sind eben nicht die Kleider, die einen wahren Christen ausmachen, dachte Nicola, sondern die Taten.

Die Mönche zogen sich nunmehr auf eine Geste Dominikus Guzmans in die Kirche zurück, und die Menge zerstreute sich. Während die Frauen zum Brunnen zurückgingen, blieben einige der Männer noch in kleineren Gruppen zusammenstehen, andere betraten die Schänke, in der jeden Sonntag Hochbetrieb herrschte.

»Im Norden von Frankreich sind viele Juden verbrannt worden«, erzählte Sarah. Ihre dunklen Augen waren vor Schreck geweitet, und ihr Gesicht war weiß vor Angst. »Meine Eltern gehörten zu den wenigen, die den Häschern der katholischen Kirche entkommen konnten. Sie werden außer sich sein, wenn sie nun von den Drohungen dieser Mönche erfahren.« Elysa legte ihr eine Hand auf die Schulter. »Hab keine Angst«, sagte sie. »Niemand wird euch etwas tun.« Sie warf Nicola einen auffordernden Blick zu, damit er ebenfalls etwas sagte, was Sarah beruhigen würde. Doch ihr Onkel schüttelte unmerklich den Kopf.

Er war sich sicher, dass es keine weiteren Versöhnungsversuche mit der Kirche mehr geben würde, dafür hatten sich die Fronten zu sehr verhärtet, und auch wenn er nicht wusste, wer die anderen Männer waren, die zusammen mit dem Bischof von Osma nach Rhedae gekommen waren, ahnte er doch, dass ihr Erscheinen nichts Gutes zu bedeuten hatte.

Er hob seinen Blick zu dem düsteren Himmel empor, der das Land, so weit das Auge reichte, wie eine mächtige Kuppel umspannte. Niemals würde die katholische Kirche dessen göttliche Größe und Erhabenheit erreichen. Nicht einmal dann, wenn sie ihre Bauwerke zum Zeichen ihrer Macht, die in Wirklichkeit nichts weiter als Ohnmacht war, in noch so wahnsinnige Höhen trieb. Es würde nicht mehr lange dauern, bis sie ihren Drohungen Taten folgen lassen würde und jeden Menschen, der anders dachte oder glaubte, als sie es erlaubte, vernichtete. Es war an der Zeit, die notwendigen Vorkehrungen zu treffen, auch die, welche Elysa betrafen. Sie war noch zu jung, um ihn auf seinem Weg zu den Sternen zu begleiten, zu jung, um die Tragweite einer solchen Entscheidung zu verstehen.

Ihr Schicksal war ihr durch Geburt vorherbestimmt, durch den Tod der Mutter und durch das Blut des Vaters. Schon bei ihrem ersten Atemzug hatte eine schneeweiße Taube den Turm umkreist, in dem sich das Geburtszimmer befand. Und die sich in den Schwanz beißende Schlange, das Symbol der Ewigkeit, hatte sich über den heiligen Höhlen des Sabarthès bis hinauf zu dem verschneiten Gipfel des Pic de Montcalm erhoben.

Nicola kehrte aus seinen Gedanken in die Gegenwart zurück. Er schüttelte leicht den Kopf und erklärte dann zu Elysas Entsetzen: »Es wird keinen Frieden mehr geben. Die römisch-katholische Kirche wird ihren Worten Taten folgen lassen, weil ihre Worte allein nicht ausreichen, um uns zu bekehren.« Er sah die Angst in den Gesichtern der Mädchen, sogar die alte Anna wirkte beunruhigt. »Sie werden kommen, aber nicht heute und auch nicht morgen, es bleibt uns also noch genügend Zeit, um uns vorzubereiten.«

Sarah machte sich von Elysa los, die ihr tröstend einen Arm um die Schultern gelegt hatte. »Warum lässt Gott das zu?«, fragte sie leise. »Meine Mutter schrickt noch heute beim kleinsten Geräusch hoch und wacht Nacht für Nacht schweißgebadet auf.«

Nicola legte ihr sanft eine Hand auf den Kopf und hielt ihrem Blick stand, bis er spürte, dass sie ruhiger wurde.

»Furcht ist nicht in der Liebe; denn die Furcht hat Strafe; wer sich aber fürchtet, der ist nicht vollkommen in der Liebe. Wir aber sollen lieben, denn Er hat uns zuerst geliebt«, zitierte er aus dem Johannesevangelium, und Sarah spürte, wie die Wärme, die von seiner Hand ausging, durch ihren Körper strömte und ihre Angst vertrieb.

Als Nicola fühlte, wie sie sich entspannte, zog er seine Hand zurück, und Sarah lächelte glücklich und beruhigt. Sie hatte die Kraft des göttlichen Geistes gespürt, als Nicola sie berührt hatte, und die Liebe in seinen Augen gesehen, die allen Geschöpfen Gottes gleichermaßen galt. Nicola erwiderte ihr Lächeln. »Richte deinen Eltern aus, dass ihr herzlich willkommen bei unserem Gottesdienst seid. Ich werde euch heute von dem Tröster erzählen, den der Herr uns geschickt hat, um uns in schweren Stunden beizustehen.«

Pater Paul trat aus der Kirche und blickte suchend über den Marktplatz. Als er Nicola entdeckte, seufzte er erleichtert auf und wischte sich mit der Hand den Schweiß aus seinem leicht teigig wirkenden Gesicht. Dann stapfte er entschlossen auf Nicola zu.

»Es ist gut, dass ich Euch noch antreffe«, begann er und warf einen vorsichtigen Blick auf das Portal hinter sich, um sich zu vergewissern, dass sie nicht von einem der Mönche beobachtet wurden. »Das sind keine gewöhnlichen Mönche, wie ich zuerst gedacht habe«, sagte er in verschwörerischem Ton. »Sie sind in Wirklichkeit vom Heiligen Vater ausgesandt worden, um gegen die Ungläubigen vorzugehen, also auch gegen Euch. Das habe ich zufällig mit angehört, als sie sich da drinnen über ihre Mission unterhalten haben.«

»Ja, ich weiß. Einer von ihnen ist der Bischof von Osma. Ich habe ihn wiedererkannt«, entgegnete Nicola. »Wir sind uns schon einmal begegnet.«

»Dann wisst Ihr ja, wie gefährlich diese Leute für uns sind. Sie haben mich aus meiner Kirche hinausgeworfen und mir gedroht, mir meine Pfründe wegzunehmen und mich zu exkommunizieren, wenn ich nicht eine Liste mit den Namen aller Rhedaer anfertige, die nicht am Gottesdienst teilnehmen«, jammerte er. Nicola wunderte sich nicht wirklich darüber, dass Pater Paul bei ihm Beistand suchte anstatt bei seinen katholischen Glaubensoberen. Sie hätten eigentlich Konkurrenten sein müssen, aber Nicola hegte schon seit Längerem den Verdacht, dass Pater Paul insgeheim froh darüber war, dass er ihm seine Schäfchen abspenstig machte und ihm dadurch auch die damit verbundenen seelsorgerischen Pflichten abnahm.

»Vielleicht wäre es klüger, nur die Namen der Menschen aufzuschreiben, die an Eurem Gottesdienst teilnehmen«, schlug Nicola vor.

Pater Paul sah ihn fragend an. »Es ist doch einfacher, sieben oder acht Namen aufzulisten, als fast alle Bewohner von Rhedae«, erklärte ihm Nicola ruhig.

Pater Paul nickte eifrig. »Ihr habt recht, es ist nur so, ich meine, es ist viel Zeit vergangen, seitdem ich die Klosterschule verlassen habe, und ich war nie der beste Schüler.«

»Ihr braucht also jemanden, der Euch beim Schreiben behilflich ist?«, vermutete Nicola.

Pater Paul nickte wieder und wirkte nun regelrecht erleichtert.

»Und vielleicht könnte man ja ein paar Namen mehr auf die Liste setzen«, schlug er vor, ohne den Katharerführer dabei anzusehen.

»Ihr meint, das würde ein besseres Licht auf Euch werfen?«

Pater Paul nickte verlegen und mied weiterhin Nicolas Blick.

»Schließlich ist es ja auch ein wenig Eure Schuld, dass meine Kirche ständig leer bleibt«, meinte er vorwurfsvoll.

»Eine interessante Sichtweise«, bemerkte Nicola. »Ihr übersehrt dabei nur, dass unser Gottesdienst stets nach dem Euren stattfindet, damit niemand sich zwischen unseren beiden Glaubensrichtungen entscheiden muss.«

»Ihr braucht mich nicht auch noch zu verhöhnen«, beschwerte sich Pater Paul mürrisch.

»Nichts liegt mir ferner, aber habt Ihr einmal darüber nachgedacht, dass vielleicht mehr Gläubige an Eurem Gottesdienst teilnehmen würden, wenn Ihr Euren Lebenswandel ein wenig ändern würdet? Die Menschen wünschen sich einen Hirten, der so lebt, wie der Herr es uns gelehrt hat, und dem sie nacheifern können.«

»Ihr habt doch selbst gesagt, dass nicht alle Menschen gleich stark im Glauben sind, und ich gehöre eben zu den Schwächeren«, erklärte Pater Paul unbeirrt.

»Nur dass die katholische Kirche das ein wenig anders sieht als wir«, gab Nicola zu bedenken.

»Also werdet Ihr mir mit der Liste helfen?«, fragte Pater Paul und sah Nicola bittend an.

»Ich komme gleich nach dem Gottesdienst zu Euch und werde Euch als Schreiber zur Verfügung stehen«, versprach Nicola, »aber jetzt würde ich gerne meine Predigt vorbereiten.«

Peter von Castelnau hatte das Kirchenportal hinter sich zugezogen und wischte sich nun mit dem Ärmel seiner Kutte den Schweiß von der breiten Stirn, das Gesicht rot vor Wut. »Wir haben soeben ein weiteres Mal erleben müssen, wie unbelehrbar diese Ketzer sind. Seit Monaten predigen wir zu ihnen, ohne einen einzigen von ihnen bekehrt zu haben. Wir haben alles in unserer Macht Stehende getan, deshalb denke ich nicht daran, auch nur noch einen Tag länger zu Fuß durch dieses verfluchte Land zu ziehen«, empörte er sich und musterte Arnold Amaury dabei böse. Denn schließlich war der Abt von Cîteaux schuld daran, dass sie wie Bettelmönche von einem Ort zum anderen zogen. Hatte dieser verrückte Dominikaner ihnen doch tatsächlich eingeredet, dass es notwendig sei, ihre Gewänder gegen diese armseligen Kutten zu tauschen und wie einst Jesus durchs Land zu ziehen, um die Ketzer auf diese Weise mit ihren eigenen Waffen zu schlagen. Dieser Arnold Amaury würde doch tatsächlich alles tun, um den Auftrag, den der Heilige Vater ihm erteilt hatte, zu erfüllen. Und das nur, weil er hoffte, dass der Papst ihn für seine Mühen eines Tages mit einem Kardinalshut oder einem Bistum belohnen würde.

Aber er, Peter von Castelnau, war nicht Legat des Papstes geworden, um wie ein Bettler herumzulaufen, im Stroh zu schlafen und sich von hartem Brot und stinkendem Ziegenkäse zu ernähren, während es sich die Bischöfe im kühlen Schatten ihrer prächtigen Paläste gut gehen ließen, in weichen Betten schliefen und knusprig gebratene Fasanenschenkel verzehrten, wo es doch ihre Aufgabe war, sich um die Ketzer in ihren Bistümern zu kümmern.

Er hielt inne. Ein triumphierendes Lächeln hellte sein breites Gesicht auf, als ihm dämmerte, dass er soeben die Lösung für all ihre Probleme gefunden hatte.

Arnold Amaury wiederum hob als Reaktion auf den empörten Ausbruch Castelnaus hin, der sich, wie er fand, für einen Mann dieses Standes nicht geziemte, nur mitleidig die Augenbrauen.

Eigentlich hatte Peter von Castelnau vorgehabt, seinen Triumph so richtig auszukosten, doch dieser verfluchte Abt schaffte es immer wieder, ihn durch seine herablassende Art in Rage zu versetzen.

»Wir werden allen Bischöfen im Süden von Frankreich mit der einstweiligen Enthebung von ihren Ämtern drohen und die Grafen und Fürsten mit dem Interdikt belegen, und zwar so lange, bis sie ihre verdammten Ketzerfreunde dazu gebracht haben, zum wahren Glauben zurückzukehren«, platzte Castelnau deshalb nun heraus und sah voller Genugtuung, wie sich Arnold Amaurys Miene verdüsterte.

Seit Jahren kämpften der Bischof und er schon um die Gunst des Heiligen Vaters und versuchten, sich gegenseitig zu übertreffen. Und nun würde er, Castelnau, als Sieger aus diesem Kampf hervorgehen, schon bald mit einem großen Bistum belohnt werden und wie ein Fürst leben, während Arnold Amaury in seinem Kloster versauern würde. Er warf einen raschen Blick auf den Bischof von Osma, der ihm anerkennend zunickte, und frohlockte innerlich.

»Dann ist es also beschlossen«, sagte er und gab sich keine Mühe, seinen Triumph zu verbergen. »Ich werde noch heute einen Brief an den Heiligen Vater schreiben, in dem ich ihm unseren Vorschlag unterbreite.«

Während der blinde Jean auf dem Marktplatz seine Hündin noch immer vor die Brust gedrückt hielt und seinen Oberkörper dabei vor und zurück wiegte, ging Sarah mit der alten Anna zum Brunnen, nachdem Elysa ihr erklärt hatte, dass sie noch kurz mit Rorico sprechen und dann nachkommen wollte. Suchend blickte sich die junge Frau nun nach dem Nachbarssohn um, der ihr bester Freund war, und entdeckte ihn schließlich mit einigen anderen jungen Männern vor dem Haus der Martins, die mit dem Handel von Färberwaid-Stoffen reich geworden waren. Auf dem Boden neben ihnen standen halb mit Rüben gefüllte Säcke, die vermutlich aus der Vorratskammer der Martins stammten. Die zwei Söhne der Martins, Bernard und Arnaud, waren bei jeder Rauferei in Rhedae mit dabei und allerorents für ihre Wildheit und Zügellosigkeit bekannt. Elysa war deshalb keineswegs überrascht, dass sie zu den Rübenwerfern gehört hatten. Seit dem Tod ihres Vaters im letzten Jahr war es sogar noch schlimmer mit ihnen geworden, da es niemanden mehr gab, der ihrer Rauflust Einhalt gebot. Aber dass Rorico, der so etwas wie ein großer Bruder für sie war, ihnen beim Rübenwerfen geholfen haben sollte, überraschte Elysa.

»Wir könnten die Mönche unten im Tal abfangen und ordentlich verprügeln«, hörte Elysa Bernard gerade sagen, als sie auf die jungen Männer zuging. »Ich lass mir doch nicht von ein paar dahergelaufenen Bettelmönchen auf meinem eigenen Grund und Boden drohen.« Herausfordernd sah er in die Runde. »Wer von euch ist dabei?« Er führte den Krug, den er in der Hand hielt, zum Mund und trank dann direkt aus dessen Schnabel, bevor er ihn an seinen Bruder weiterreichte.

Entschlossen trat Elysa zu der Gruppe. Bernard stierte sie mit glasigen Augen an. Es war nicht zu übersehen, dass er schon mehr Wein getrunken hatte, als ihm guttat. »Du kommst mir gerade recht«, erklärte er ihr leicht lallend, »wenn dein Onkel sich nicht eingemischt hätte, hätten wir es denen mal so richtig gegeben.« Die Enttäuschung über die ihm entgangene Prügelei war ihm deutlich anzumerken.

Doch Elysa schenkte ihm keinerlei Beachtung, sondern wandte sich direkt an Rorico. »Ich muss mit dir reden.« Roricos Blick huschte unsicher zu Bernard, als ob er dessen Erlaubnis einholen wollte. »Sprich ruhig mit Elysa und geh dann zurück zu deinen Ziegen und Schafen, wo du hingehörst«, stieß Bernard höhnisch hervor. »Ihr Hirten seid nun mal nicht zum Kämpfen geboren.

»Genauso wenig wie die Söhne von Händlern und Bauern«, konnte Elysa sich nicht verkneifen zu sagen. Bernard betrachtete sie mit zusammengekniffenen Augen. »Was weißt du denn schon vom Kämpfen? Ich hingegen war bereits bei einem richtigen Turnier dabei.« Er genoss die neidischen Blicke seiner Freunde, die ihn erwartungsvoll ansahen. Obwohl sie die Geschichte schon kannten, konnten sie sie gar nicht oft genug hören, weil Bernard sie immer wieder ausschmückte und mit neuen, spannenden Details anreicherte.

Bernards Interesse an Elysa erlosch augenblicklich. Er gähnte mit offenem Mund, reckte sich und nahm noch einen weiteren Schluck Wein. Dann begann er, von dem Turnier in Carcassonne zu erzählen, von mächtigen Rössern und Rittern in glänzenden Rüstungen mit Lanzen und Schwertern und von hübschen Mädchen, nach denen man nur mit den Fingern zu schnippen brauchte, wenn einem danach war.

Elysa schob sich näher an Rorico heran, obwohl sie ahnte, dass es ihm lieber gewesen wäre, wenn sie einfach wieder verschwunden wäre. Aber darauf konnte sie jetzt keine Rücksicht nehmen.

»Weißt du vielleicht jemanden, der gerade Welpen hat?« Rorico runzelte angesichts der Störung unwillig die Stirn. Ebenso wie die anderen Jungen hing er an Bernards Lippen und lauschte gebannt dessen Worten. Er kannte Elysa allerdings gut genug, um zu wissen, dass sie keine Ruhe geben würde, bis er ihr nicht auf ihre Frage geantwortet hätte. Und dass sie Bernard nicht mit dem geringsten Respekt begegnet war, hatte ihn gewaltig beeindruckt. »Komm morgen mit auf die Sommerweiden. Dort treffen wir den alten Pierre. Seine Hündin hat vor ein paar Wochen geworfen«, sagte er deshalb und wandte sich dann demonstrativ wieder Bernard zu.

Das aufgeregte Blöken der Lämmer und Schafe empfing Elysa, als sie am nächsten Morgen außer Atem die Pferche am Rande der Stadt erreichte.

Rorico stand in der typischen Haltung eines Schäfers, mit beiden Händen auf seinen selbst geschnitzten Stock gestützt, neben dem Gatter und zählte mit angestrengter Miene die Schafe, die aus dem Pferch hinaus an ihm vorbeiliefen. Elysa trat ans andere Ende des Gatters und sah ihm belustigt zu.

»Soll ich dir vielleicht helfen?«, fragte sie, um ihn zu necken.

Rorico gab ihr keine Antwort. Er war stolz auf die Verantwortung, die sein Großvater ihm übertragen hatte, und wollte sich auf keinen Fall verzählen.

Erst als alle Schafe den Pferch verlassen hatten und der Weide zustrebten, wandte er sich Elysa zu.

»Ich bin so weit«, sagte er und bemühte sich, seiner Stimme einen tieferen Klang zu geben, um erwachsener zu wirken.

Die Schafe liefen Elysa und Rorico voraus und bogen nach einer Weile auf den schmalen, ihnen bekannten Pfad ein, der sie auf einen Hügel mit fetten, saftigen Wiesen führte.

Ein warmer Wind umschmeichelte Elysas Gesicht, und die Sonne schien heiß auf sie hinab. Sie wusste, dass es Roricos größter Wunsch war, Schäfer zu werden, und freute sich darüber, dass er seinem Ziel so nahe war.

»Ich werde Großvater beweisen, dass ich ein guter Schäfer bin, dann wird er mir die Schafe schon bald ganz überlassen«, sagte er voller Überzeugung.

»Ich werde dir dabei helfen«, meinte Elysa ernst.

»Ich schaffe das auch ohne ein kleines Mädchen wie dich«, meinte Rorico und warf sich übertrieben in die Brust.

»Du bist ein Angeber!« Übermütig boxte Elysa den Freund in die Rippen.

»Wenn du so weitermachst, werde ich dir kein Essen mehr bringen, und du musst dich vom Gras ernähren wie deine Schafe«, drohte sie ihm lachend.

Ihr Lachen löste ein warmes Gefühl in ihm aus; doch da war noch etwas anderes, etwas, das genauso fremd wie schön war. In den letzten Tagen hatte Rorico sich mehrmals dabei ertappt, auf die sanfte Wölbung ihrer Brust zu starren, die seit einiger Zeit nicht mehr zu übersehen war. Elysa war kein kleines Mädchen mehr, und die Gedanken, die ihr Anblick in ihm auslöste, waren ebenso beunruhigend wie faszinierend.

Wie schön wäre es doch, Elysa zum Eheweib zu haben, dachte Rorico bei sich. Er sehnte sich danach, sie berühren zu dürfen, ihre weiche Haut zu spüren und seine Hände durch ihr langes, seidiges Haar gleiten zu lassen, doch er hatte bisher nicht den Mut gehabt, sie zu fragen, ob sie ihn heiraten wollte.

Elysas Familie gehörte den *Guten Christen* an, so wie die meisten Leinenweberfamilien in Rhedae, und Nicola, ihr Onkel, war einer ihrer geistigen Führer. Obwohl Roricos Familie nicht dem Glauben der *Guten Christen* anhing, hatte ihn sein Großvater zusammen mit seiner Mutter schon mehrmals zu deren sonntäglichen Versammlungen mitgenommen. Gemeinsam hatten sie den Worten der Heiligen Schrift gelauscht, die sie alle verstehen konnten, da sie im Gegensatz zu den kirchlichen Gottesdiensten nicht in Latein, sondern in ihrer Sprache gelesen wurden.

Um Elysa heiraten zu können, würde er mit Freude zu ihrem Glauben übertreten, der Hoffnung versprach, wo die katholische Kirche mit ewiger Verdammnis drohte. Zumindest meinte das sein Großvater, der selbst lieber das Consolamentum erhalten wollte als die letzte Ölung, wenn es für ihn ans Sterben ging.

Eines der Lämmer hatte seine Mutter verloren und blökte so jämmerlich, dass Elysa sich bückte und es auf den Arm nahm. Rorico beobachtete gebannt jede ihrer Bewegungen, als sie es zu seiner Mutter zurückbrachte.

»Warum starrst du mich so an? Habe ich etwa eine Warze im Gesicht?«, fragte sie ihn lachend. Er glaubte, leisen Spott in ihrer Stimme zu hören, und wandte sich verlegen ab. Eine Weile liefen sie schweigend nebeneinander her. »Nicola hat gesagt, es wird keinen Frieden mehr geben«, sagte Elysa und wirkte mit einem Mal überhaupt nicht mehr fröhlich.

»Wegen der Mönche, die gestern da waren und uns gedroht haben?«, wollte Rorico wissen.

Elysa nickte.

»Meinetwegen können sie kommen«, erklärte er wichtigtuerisch. »Ich habe keine Angst vor ihnen und auch nicht vor ihren Stöcken.« Er hob seinen selbst geschnitzten Knotenstock und demonstrierte seine Furchtlosigkeit, indem er ihn wie ein Schwert durch die Luft wirbelte.

Doch Elysa war nicht so leicht zu beruhigen.

»Sarah hat gemeint, die Mönche wären nicht die, die sie vorgeben zu sein.«

»Und wer sind sie dann?«

»Jedenfalls sind sie keine gewöhnlichen Mönche. Ich habe meinen Onkel gefragt, und er meinte, der Papst habe die Geistlichen zu uns geschickt. Persönlich.«

Rorico winkte ab.

»Das waren doch nur ein paar betagte Mönche, die rasch gemerkt haben, dass sie nichts gegen uns ausrichten können, sonst wären sie nicht so schnell wieder aus Rhedae verschwunden.«

Elysa schüttelte energisch den Kopf.

»Sie werden nicht so schnell aufgeben. Die katholische Kirche ist aufgebracht, weil ihr die Gläubigen in vielen Städten Südfrankreichs nicht mehr den Zehnten zahlen, und uns gibt sie die Schuld daran.«

Rorico runzelte angestrengt die Stirn.

»Davon haben die Mönche aber nichts gesagt. Vom Zehnten meine ich.«

»Sie haben auch nicht gesagt, wer sie wirklich sind.«

Rorico war beeindruckt. Es gab kein Mädchen, das so schön und klug war wie Elysa. Sie hatten sich ins warme Gras gesetzt. Elysas Rock war nach oben gerutscht, und Rorico konnte ihre wohlgeformten weißen Schenkel sehen.

Ihm wurde ganz heiß bei diesem Anblick. Er vergaß darüber sogar, wie hungrig er gerade eben noch gewesen war. Elysa packte Brot und Käse aus und zupfte ihren Rock zurecht. Hatte sie etwa seinen Blick bemerkt oder schlimmer noch: das Verlangen, das ihn seitdem erfüllte? Er beobachtete, wie sie ihr Messer aus der Lederscheide zog, die neben der kleinen Tasche an ihrem Gürtel hing, ein Stück von dem Brot abschnitt und den Käse in zwei unterschiedlich große Stücke teilte. Sie reichte ihm das größere Stück und begann, an dem kleineren zu knabbern, das sie für sich behalten hatte.

Eine Weile aßen sie schweigend. Elysa lehnte sich zurück, stützte den Oberkörper auf den Ellenbogen ab und blickte in den tiefblauen Himmel. Dicke weiße Wolken zogen träge über sie hinweg.

»Glaubst du, dass Tiere eine Seele haben, so wie wir?«

Rorico schaute nachdenklich zu seinen Schafen hinüber. »Es kann schon sein, dass sie eine haben, aber vielleicht fragst du besser Pater Paul danach. Oder deinen Onkel«, schlug er vor und überlegte erneut, ob er ihr nicht einfach seine Liebe gestehen sollte.

»Was willst du eigentlich mit dem Welpen?«

»Ich brauche ihn für den blinden Jean, damit er nicht mehr so traurig ist«, erklärte Elysa.

Verstimmt biss Rorico in sein Brot. Elysa hatte von den Mönchen gesprochen, von Sarah und vom Zehnten. Dann hatte sie darüber nachgedacht, ob Tiere Seelen hatten, und jetzt machte sie sich Gedanken um einen blinden Bettler. War bei all diesen Menschen überhaupt noch Platz für ihn?

Vielleicht hatte seine Mutter recht, und Elysa war wirklich nicht die richtige Frau für ihn. Trotzdem hatte er sich noch nach keinem anderen Mädchen so sehr gesehnt wie nach ihr.

2

Toulouse, April 1207

»Die Legaten des Papstes sind eingetroffen«, meldete Gordon von Longchamp und blieb abwartend in der Tür zum Privatgemach des Grafen von Toulouse stehen. Raimund VI. betrachtete den dunkelblonden Ritter nachdenklich. Der drittgeborene Sohn von Hugues de Longchamp war vor zehn Jahren im Gefolge Johanna Plantagenets, der Schwester von Richard Löwenherz, nach Toulouse gekommen. Johanna war seine dritte Gemahlin geworden, und Gordon war in seinen Dienst getreten, als seine Herrin drei Jahre später überraschend gestorben war. Raimund hatte Gordon selbst zum Ritter geschlagen und es nie bereut, ihn in seine Ritterschaft aufgenommen zu haben. Aus dem ungestümen Jungen von damals war ein athletisch gebauter Kämpfer geworden, der mit dem Schwert umzugehen verstand wie kaum ein anderer und der ihm darüber hinaus treu ergeben war.

»Und was hast du für einen Eindruck von dieser erlauchten Gesandtschaft?«

Gordon von Longchamp hatte sich längst daran gewöhnt, dass der Graf von Toulouse ihn ab und an nach seiner Meinung fragte, zumal er seinem Herrn grundsätzlich nur das sagte, was er auch dachte, und sich darin wohltuend von den meisten anderen Höflingen unterschied, die den Grafen ständig umschmeichelten. »Man könnte meinen, der Papst wäre höchstpersönlich erschienen«, erwiderte er und konnte sich ein Grinsen nicht verkneifen.

Raimund lächelte nun ebenfalls.

»Dann werden wir sie wohl auch entsprechend behandeln müssen, um ihr Wohlwollen zu gewinnen«, sagte er und zweifelte nicht im Geringsten daran, dass ihm dies gelingen würde.

Es war das zweite Mal, dass die Kirche seine Ländereien mit dem Interdikt belegen und ihn exkommunizieren wollte, weil er nichts gegen die als Häretiker geltenden Katharer und die Juden in seinem Land unternahm und den Kirchen und Klöstern seine Hilfe bei der Bekämpfung der Ketzer verweigerte. Seine Toleranz gegenüber Andersgläubigen hatte zu einem seit Jahrzehnten schwelenden Konflikt zwischen ihm und der katholischen Amtskirche geführt. Irgendwann war er der ständigen Drohungen und Klagen leid gewesen und hatte erklärt, es wäre allein die Sache der Bischöfe, die Häresie zu bekämpfen, während es seine Aufgabe sei, sich mit weltlichen Angelegenheiten zu befassen. Das hatte den damaligen Papst Coelestin III. so sehr erzürnt, dass er ihn im Jahre elfhundertsechsundneunzig mit dem Kirchenbann belegt hatte. Selbst der Umstand, dass Raimund daraufhin versichert hatte, er sei ein genauso guter Christ wie sein Vater und sein Großvater, die beide im Heiligen Land ihr Leben gelassen hatten, nutzte ihm nichts. Der Heilige Vater hatte sich weiterhin geweigert, den gegen ihn verhängten Bann wieder aufzuheben. Erst sein Nachfolger, Papst Innozenz III., hatte ihn zwei Jahre später vom Bann losgesprochen, und danach war alles weitergegangen wie bisher.

Er würde die leidige Sache mit dem drohenden zweiten Bann auf die gleiche Art und Weise aus der Welt schaffen, wie er es schon das erste Mal getan hatte: Indem er die Legaten fürstlich bewirtete, ihnen anschließend den reumütigen Sünder vorspielte und ihnen dann versicherte, all ihre Bedingungen anzunehmen.

Gordon folgte dem Grafen von Toulouse in den großen Saal. Schon auf dem Weg dorthin wehte ihnen der Duft von Gebratenem, würzigen Kräutern und köstlichen Backwaren entgegen.

Raimund VI. hatte seinen Truchsess, den Juden Nathan, beauftragt, den päpstlichen Legaten Peter von Castelnau und seine beiden Begleiter, Bruder Raoul und Ritter Albert, zu den Ehrenplätzen an der mit weißem Linnen bedeckten Tafel zu geleiten. Pater Stephan, der Burgkaplan, staunte nicht schlecht, als er ebenfalls einen Platz am oberen Ende der Tafel zugewiesen bekam und nicht wie üblich eingekeilt zwischen dem ewig mürrischen Stallmeister und dem zänkischen Falkner sitzen musste.

Der Truchsess, der ihn normalerweise kaum beachtete, schenkte ihm höchstpersönlich Wein in seinen Becher, und als Peter von Castelnau seinen Becher hob und ihm ganz selbstverständlich zunickte, als wäre er einer der Seinen, konnte er sein Glück kaum fassen. Die heilige Mutter Kirche war in der Gestalt ihres Legaten erschienen, um endlich die gerechte Ordnung wiederherzustellen, zu der auch gehörte, dass man ihre Priester mit dem ihnen zustehenden Respekt behandelte.

Seit dem Tod des vorangegangenen Grafen, Raimund V., der ein tapferer Kreuzritter und strenggläubiger Katholik gewesen war, hatte sich einiges am Hofe der Grafen von Toulouse geändert. Die Oberhäupter der Katharer, der *Guten Christen* oder auch der Vollkommenen, wie sie allgemein hießen, wurden, sobald sie auftauchten, voller Ehrfurcht begrüßt und an der Tafel eigenhändig vom Grafen bedient, während man ihn schlichtweg übersah, so als wäre er gar nicht vorhanden. Offiziell war er zwar noch immer der Beichtvater Raimunds VI., aber es war viele Jahre her, dass der Graf das letzte Mal nach seinem geistigen Beistand verlangt hatte. Er hatte sich damit abgefunden, weil ihm nichts anderes übrig geblieben war.

Peter von Castelnau, der links neben ihm saß, unterbrach ihn in seinen Gedanken und beugte sich vertraulich zu ihm hinüber. »Es ist sicher nicht einfach für Euch, unter all diesen Ungläubigen zu leben«, meinte er.

Pater Stephan war gerührt ob so viel ungewohnter Anteilnahme. »Ich bete Tag und Nacht für die Seele des Grafen und die anderen verlorenen Seelen hier am Hof«, beteuerte er. Peter von Castelnau sah ihm direkt ins Gesicht. »Wir wissen, dass Ihr Eure Pflicht gewissenhaft erfüllt und auch, dass Ihr Euch ganz besonders um Eure weiblichen Schäfchen verdient gemacht habt.« Der Tonfall von Castelnaus Stimme war mit jedem Wort schärfer geworden, bis am Ende jede Freundlichkeit aus ihr verschwunden war.

Pater Stephan erbleichte. Wenn die Gesandtschaft des Heiligen Vaters von seinem heimlichen Verhältnis mit der Wäscherin Marguerite wusste, was wussten sie dann noch? Dass er bei der Beichte kleinere und größere Gefälligkeiten für die Erteilung der Absolution entgegennahm? Mal ein Fässchen Wein, einen Schinken oder ein Lammfell gegen die Kälte im Winter?

Er wagte es nicht, den Legaten des Papstes länger anzusehen, und senkte seinen Blick wie ein ertappter Sünder. Peter von Castelnau fuhr daraufhin in einem etwas milderen Ton zu sprechen fort, aber vielleicht kam es ihm auch nur so vor, weil der Gesandte nun so leise sprach, dass er fast schon flüsterte. »Wir wünschen einen wöchentlichen Bericht über alles, was an diesem Hof vor sich geht. Behaltet insbesondere den Grafen im Auge und stellt fest, mit wem er sich trifft, an wen er Boten sendet, wer seine wahren Freunde sind und wer seine Feinde. Euren Bericht hinterlegt ihr am Vorabend eines jeden Sonntags auf dem Boden hinter dem Altar.« Pater Stephan wurde es auf einmal ganz anders. Ausgerechnet er sollte seinen Herrn bespitzeln? Wenn das herauskäme, wäre er endgültig erledigt. Er fuhr sich über den fast kahlen Schädel, der nur noch von einem schmalen Kranz struppiger gelber Haare bewachsen war, und sah den Legaten des Papstes bittend an. »Euer Vertrauen ehrt mich, Ehrwürden, aber ich bin nur ein einfacher Priester und verstehe nicht viel von solchen Dingen.« Er öffnete den Mund, um etwas hinzuzufügen, doch der scharfe Blick des Truchsesses ließ ihn verstummen. Peter von Castelnau wedelte Nathan mit einer ungeduldigen Handbewegung fort, obwohl dieser nur in Ausübung seines Amtes zu ihnen getreten war, um sich zu vergewissern, dass sich noch genügend Wein in ihren Bechern befand. Dabei hatte Nathan allerdings auch die Gelegenheit genutzt, Pater Stephan einen warnenden Blick zuzuwerfen.

»Der Kerl, der uns bedient, ist ein Jude, oder nicht?« Peter von Castelnau, dem der Blickwechsel zwischen den beiden Männern nicht entgangen war, sprach so laut, dass der Truchsess ihn hören musste. Pater Stephan fühlte sich immer unbehaglicher. Er nickte nur wortlos und sah sich vorsichtig um, um festzustellen, wie Nathan auf die abfällige Bemerkung des Legaten reagieren würde. Doch der Truchsess ließ sich nichts anmerken. Mit unbewegter Miene verrichtete er seinen Dienst an der Tafel, wies den Mundschenk an und erteilte den Dienern Befehle.

»Ihr fürchtet Euch doch nicht etwa vor einem Juden?«, fragte Peter von Castelnau ungläubig, dem der ängstliche Blick des Priesters nicht entgangen war. Pater Stephan begann zu schwitzen. Der Legat des Papstes hatte gut reden. Er würde schon bald wieder abreisen, während er selbst hierbleiben und zusehen musste, wie er zurechtkam. Es gab Gerüchte, dass die Juden im Norden von Frankreich nicht sonderlich angesehen waren und bisweilen sogar verfolgt wurden, aber in Toulouse besaßen alle Bürger die gleichen Rechte, und zudem war der Truchsess auch noch ein besonderer Günstling des Grafen. Pater Stephan war noch immer dabei, sich zu überlegen, wie er sich am besten aus der Affäre ziehen konnte, als der Graf mit seinem Gefolge den Saal betrat und seinen Platz an der Tafel einnahm. Die Musikanten begannen zu spielen, und der erste Gang wurde aufgetragen. Pater Stephan bemerkte erleichtert, wie das Interesse des Legaten an seiner Person augenblicklich nachließ. Die knusprigen Rehkeulen, die zum ersten Gang gereicht wurden, waren mit Honig übergossen und dufteten einfach himmlisch. Dazu wurden junge, in Milch gekochte Bohnen, Früchte und weißes Brot gereicht. Es folgten Hasen- und Entenpasteten, Krebse und Aale in verschiedenen Soßen, ein mächtiges Wildschwein, das von den Dienern geschickt in mundgerechte Stücke zerteilt wurde, und süße Törtchen in geflochtenen Körben. Es war ein Festmahl, das es nur an ganz besonderen Tagen gab. Raimund von Toulouse war der vollendete Gastgeber, der Höflichkeiten mit den neben ihm sitzenden Gesandten austauschte, sobald die Spielleute aufhörten zu musizieren, sodass man meinen konnte, hätte man es nicht besser gewusst, er wäre seinen Gästen freundschaftlich verbunden. Pater Stephan hatte die Köstlichkeiten nicht so recht genießen können. Sosehr er die Aufmerksamkeit der hohen Kirchenherren zu Anfang genossen hatte, sosehr wünschte er sich nun, man hätte ihn einfach in Ruhe gelassen.

Aus den Augenwinkeln heraus beobachtete er, wie Peter von Castelnau sich das dritte Törtchen in den Mund schob und es mit einem großen Schluck Wein hinunterspülte. Als hätte der Legat seinen Blick gespürt, neigte er leicht den Kopf in seine Richtung.

»Gleich werdet Ihr Zeuge sein, wie die Kirche mit den Feinden des wahren Glaubens verfährt«, erklärte er, und obwohl es fast beiläufig klang, spürte Pater Stephan, wie ihm ein kalter Schauer über den Rücken lief. Peter von Castelnau nahm das Tischtuch, wischte sich damit die Krümel und das Fett vom Kinn und aus den Mundwinkeln, rülpste vernehmlich und richtete seinen Blick geradewegs auf den Grafen von Toulouse.

»Wahrlich ein köstliches Mahl, von einem Juden serviert und einem Verräter gerichtet«, sagte er dann so laut, dass ein jeder an der Tafel es hören konnte. Seine Worte waren ungeheuerlich. Die Ritter am oberen Ende der Tafel sprangen auf. Eine Bank wurde umgestoßen, und die Hunde unter der Tafel begannen zu bellen. Waffenmeister, Jagdaufseher und Schreiber ließen Messer und Becher sinken, das Kichern der Damen erstarb, und die Dienerschaft erstarrte. Alle Blicke richteten sich auf den Legaten des Papstes, der sich, noch während er sprach, erhoben hatte und mit dem Finger anklagend auf seinen Gastgeber wies.

»Du, Graf Raimund von Toulouse, bist ein Meineidiger und ein Verräter an der heiligen katholischen Kirche, den der Papst zu Recht zum zweiten Mal mit dem Bann belegt.«

Die Stille im Saal war erdrückend. Niemand wagte es, sich zu bewegen oder auch nur zu atmen, und selbst die Kerzen in den silbernen Leuchtern schienen nicht mehr zu flackern.

Der Graf führte seelenruhig, ohne irgendeine Reaktion zu zeigen, seinen Becher zum Mund und befeuchtete seine Kehle mit einem Schluck des rubinroten Weins, der aus den Weinbergen des Artois stammte und dessen Geschmack mit keinem anderen Wein zu vergleichen war.

»Ist es im Vatikan üblich, seinen Gastgeber zu beleidigen?«, fragte er schließlich gelassen.

Peter von Castelnau kniff die Augen zusammen. Er bebte am ganzen Körper vor Wut.

»Wir sind gekommen, um Euch die Hand zur Versöhnung zu reichen, und Euch fällt nichts Besseres ein, als uns zu beleidigen, indem Ihr uns von einem Juden bedienen lasst? Der Zorn des Allmächtigen wird über Euch kommen und wird Euch zermalmen.« Seine Faust krachte heftig auf die Tafel nieder, als wolle von Castelnau damit den Zorn des Herrn demonstrieren. Einige der Anwesenden zuckten erschrocken zusammen.

Doch Raimund VI. musterte den päpstlichen Legaten nur mit einem kühlen Blick.

»Die Freiheit des Glaubens ist ein Bestandteil unserer Tradition. Wir sind deswegen keine schlechteren Christen.«

»Ihr sprecht wie ein Ketzer.«

»Ich bin Ritter und Christ.«

»Dann beweist es, indem Ihr schwört, fortan der Kirche zu dienen, die Ketzerei auszurotten und alle Juden aus ihren Ämtern zu entlassen«, beharrte Peter von Castelnau.

»Ihr wisst genau, dass ich diese Forderungen nicht erfüllen kann«, erwiderte der Graf.

»Dann werdet Ihr ein Ausgestoßener bleiben, und der Zorn des Herrn wird Euch und Euer Land zerschmettern«, erklärte Peter von Castelnau ungerührt.

Es gab nichts weiter zu sagen. Der Abgesandte des Papstes gab seinen Gefährten ein Zeichen zum Aufbruch. Unter eisigem Schweigen verließen die Kleriker den Saal.

In dieser Nacht fand der Graf von Toulouse keinen Schlaf. Zu viele Gedanken gingen ihm durch den Kopf. Einer seiner Agenten hatte ihm noch am Abend zuvor berichtet, dass Papst Innozenz III. eine Allianz mit dem König von Frankreich geschlossen hatte. Ziel dieser Allianz war es, alle Ketzer im Süden des Reiches zu vernichten. Nun gab es keinen Zweifel mehr: Dieses Mal machte die Kirche ihre Drohungen wahr.

Das Herrschaftsgebiet der Grafen von Toulouse reichte von Agen im Westen bis zum Marquisat de Provence und schloss das Herzogtum Narbonne, die Grafschaft Foix, das Quercy, das Toulousain, Rouergue und Vivarais ein. Raimund VI. war de facto gleichzeitig Vasall des Königs von Frankreich und des Heiligen Vaters und im Fall der Grafschaft von Melgueil bei Montpellier sogar ein Vasall der Kurie. Zugleich aber war er alleiniger und unabhängiger Herrscher über das Languedoc, auch wenn er sich die Macht in den Städten mit dem jeweiligen Rat und den von Bürgern gewählten Konsuln teilte.

Und diese Unabhängigkeit, auf die sie alle so stolz waren und die dem König von Frankreich schon lange ein Dorn im Auge war, stand nun auf dem Spiel.

Die im Languedoc auf demokratischen Prinzipien beruhende soziale Ordnung, zu der auch die Freiheit des Glaubens gehörte, war im Süden Frankreichs fest verwurzelt. Der offene Dialog zwischen seinen Bewohnern Bestandteil des Alltags. Wenn man diese Wurzeln durchschnitt, zerstörte man auch den Baum, seine Äste, seine Blätter.

Die Absätze seiner Stiefel bohrten sich in den harten Lehmboden, als er den einsam daliegenden, in Dunkelheit getauchten Burghof überquerte. Es hatte lange nicht geregnet, und der Boden war trocken und rissig. Wenn nicht bald Regen käme, würde die Ernte auf den Feldern vertrocknen, und man würde ihm die Schuld daran geben, nicht etwa dem König oder dem Papst. Das Volk war wie ein knurrendes Raubtier, solange man es fütterte, blieb es ruhig, aber wehe, es musste hungern.

Er bemühte sich leiser aufzutreten, schlich wie ein Dieb durch die Nacht, und sein Zorn auf Papst und König, die ihm ihren Willen aufzwingen wollten, wuchs mit jedem Schritt. Er sehnte sich nach der Stille seiner Kapelle, obwohl ihm aufgrund des Kirchenbanns das Betreten jedes Gotteshauses verboten war. Sie können mich exkommunizieren, aber den Zutritt zu meiner Kapelle können sie mir nicht verwehren, so weit reicht selbst ihre Macht nicht, überlegte Raimund grimmig.

Ein Lichtstreifen über der Wehrmauer kündigte den neuen Tag an. Ein auffrischender Wind wehte ihm entgegen und führte den Geruch von feuchter Erde und aufsteigenden Pflanzensäften mit sich. Es wird bald regnen, dachte er erleichtert.

Vor ihm ragte der schmale Glockenturm in den heller werdenden Himmel.

Er streckte die Hand nach dem eisernen Türriegel aus und wäre fast über den kleinen, leblosen Körper gestolpert, der vor dem Kirchenportal auf dem Boden lag und in der Dämmerung fast ganz mit dem Untergrund verschmolz.

Eine böse Ahnung beschlich ihn. Er beugte sich hinab, um besser sehen zu können, doch noch bevor seine Hand die kalte Stirn berührte, wusste er, dass das ein Kind zu seinen Füßen war. Seine kleinen Hände waren wie zum Gebet gefaltet, und es starrte mit leerem Blick in den Himmel, der ihm trotz seiner Unschuld versperrt war. Raimund erschauerte.

Der über ihn verhängte Bann wurde jeden Sonntag in allen Kirchen des Languedoc öffentlich verkündet, und wie jeder Christ konnte er die Worte des Spruchs genauso wie das Vaterunser aus dem Stegreif heraus aufsagen.

»Die Ausgestoßenen seien verflucht in der Stadt«, begann er leise vor sich hin zu murmeln, »und außerhalb der Stadt, verflucht auf dem Land und allerorts; verflucht sei die Frucht ihres Leibes und die Frucht ihrer Felder; verflucht sei alles, was ihnen gehört, verflucht sei, wer bei ihnen eingehe und wer bei ihnen ausgehe. Sie sollen mit ewigem Fluch geschlagen sein. Die Kirche Gottes sei ihnen verschlossen, Friede und Gemeinschaft mit den Christen verwehrt. Nicht einmal am Tag ihres Todes sollen sie den Leib und das Blut Christi empfangen dürfen, vielmehr sollen sie ewigem Vergessen anheimfallen, und ihre Seelen sollen im Gestank der Hölle untergehen.«

Bei diesen Worten angekommen, warfen die Priester stets alle Kerzen auf den Boden und zertraten sie im Staub, um den Gläubigen mit aller Deutlichkeit vor Augen zu führen, wie es einem jeden von ihnen ergehen würde, der es wagte, sich gegen die Kirche zu stellen.

War das tote Kind die Antwort auf seine Frage? Hatte Gott ihm ein Zeichen gesandt, damit er sich wieder mit der Kirche versöhnte? Eine Versöhnung, deren Preis die Vernichtung der *Guten Christen* wie die aller Andersgläubigen sein würde, die in den Augen der Kirche nichts weiter als Ketzer waren?

Vermutlich war das Kind von seiner Mutter vor dem Portal der Kapelle abgelegt worden, in der Hoffnung, der Herr würde sich doch noch seiner Seele erbarmen.

Raimund machte auf dem Absatz kehrt und verhörte die diensthabenden Wachen, die schworen, sie hätten in der vergangenen Nacht niemanden in die Burg eingelassen. Da auch keiner der Burgbewohner das Kind kannte und weil er sein Gewissen beruhigen wollte, erteilte er daraufhin den Befehl, das Kind auf dem kleinen Kirchhof hinter der Kapelle in geweihter Erde zu begraben. Es war nicht das erste tote Kind, das vor einer Kirche abgelegt worden war. Aber es war das erste im Inneren der Burg.

Die Augen des toten Kindes verfolgten Raimund von Toulouse auch noch, als er zwei Stunden später sein Schreibzimmer betrat.

Er nestelte am Verschluss der schmalen Goldkette, die er unter dem Hemd um den Hals trug, zog den kleinen Schlüssel, der an ihr hing, ab und öffnete damit eine Schatulle aus schwarz glänzendem Ebenholz, die auf seinem Schreibtisch stand und in der er seine wichtigsten Dokumente aufbewahrte.

Vor ihm lag die schwerste Entscheidung seines Lebens, und die Zeit drängte. Er griff in die Schatulle, zog ein mit einem dicken Bleisiegel versehenes Schreiben heraus und begann es zu lesen, obwohl er dessen Inhalt längst kannte.

An den edlen Grafen von Toulouse,

welcher Stolz hat sich deines Herzens bemächtigt, du Aussätziger?

Mit deinen Nachbarn liegst du unausgesetzt in Fehde, du missachtest die Gesetze Gottes und hältst es mit den Feinden des wahren Glaubens.

Zittere, Gottloser, denn du wirst gezüchtigt werden.

Wie kannst du die Ketzer beschützen, grausamer und barbarischer Tyrann? Wie kannst du behaupten, der Glaube der Ketzer sei besser als der der Katholiken?

Noch andere Vergehen hast du gegen Gott begangen: Du willst keinen Frieden, hältst Fehde an Sonntagen und beraubst die Klöster.

Der Christenheit zur Schmach verleihst du öffentliche Ämter an Juden.

Da wir aber die Sünder zu bekehren haben, befehlen wir dir, Buße zu tun, um unsere gnädige Absolution zu verdienen. Da wir deine Beleidigungen gegen unseren Herrn und seine Kirche nicht länger ungestraft lassen können, so wisse denn, dass wir dir deine Besitzungen wegnehmen lassen und die Fürsten gegen dich als einen Feind Jesu Christi aufwiegeln werden.

Aber der Zorn des Herrn wird es nicht darauf beruhen lassen. Der Herr wird dich zermalmen.
Gezeichnet
Papst Innozenz III.

Raimunds Augen flogen über die geschriebenen Worte, getrieben von der vagen Hoffnung, irgendwo zwischen den Zeilen doch noch irgendein Schlupfloch zu finden, das ihn vor dem schweren Gang bewahrte, den er ansonsten antreten müsste. Vergeblich hatte er versucht, noch einmal mit den Legaten des Papstes zu reden. Doch Peter von Castelnau hatte seiner Bitte keinerlei Gehör geschenkt, sondern ihn erneut in aller Öffentlichkeit gedemütigt, indem er für seinen weiteren Aufenthalt lieber die Gastfreundschaft des Bischofs von Toulouse in Anspruch genommen hatte. Die hämische Stimme des überheblichen, fettleibigen Kerls, der sich augenscheinlich unantastbar unter dem weiten Mantel des Papstes fühlte, klang ihm noch immer in den Ohren. »Graf Raimund von Toulouse, Ihr seid ein Feigling und ein Meineidiger ...«

Niemals zuvor hatte es jemand gewagt, ihn derart zu beleidigen.

In einem jähen Anfall von Wut schleuderte er das Schreiben des Papstes auf den Boden. Das Pergament rutschte über den Steinboden und landete direkt vor dem mächtigen Kamin, wo es sich noch einmal um sich selbst drehte, bevor es mit der Schrift nach oben liegen blieb.

Finster starrte der Graf von Toulouse auf das päpstliche Siegel und verspürte nicht übel Lust, es zu zertreten. Der Zorn angesichts seiner Ohnmacht trübte ihm den Blick und ließ rote Schleier vor seinen Augen tanzen. Die Ereignisse trieben auf eine Katastrophe zu, und ihm fehlten die Kraft und, wie er sich widerwillig eingestand, auch der todesverachtende Mut der Jugend, um sich dieser entgegenzustellen, obwohl sein Körper gestählt war von harten Übungskämpfen und unzähligen Turnieren. Auch die bewundernden Blicke der Frauen, die ihm nach wie vor überallhin folgten, bezeugten, dass er noch lange nicht zum alten Eisen gehörte.

Er hatte weder Intrigen noch Schlachten gefürchtet, sich unbesiegbar gefühlt, bis zu dem Tag, an dem die Kirche das erste Mal den Bann über ihn verhängte und ihn exkommunizierte. Zunächst hatte er den Bann nicht sonderlich ernst genommen. Leere Worte, wie sie in der Hitze des Gefechts oftmals ausgestoßen wurden. Rom war weit weg, und die Stimme des Papstes drang kaum über die Stadtgrenzen hinaus, schon gar nicht bis in den Süden Frankreichs, in sein Land, ein Land, dessen unumschränkter Herrscher er praktisch war.

Zu spät hatte er begriffen, dass er sich geirrt hatte.

Genau wie damals, während des ersten Banns, legten nun immer mehr verzweifelte Mütter ihre ungetauften toten Kinder vor den Kirchentüren ab, damit der Herr sich – dem Bann der Kirche zum Trotz – vielleicht doch noch ihrer armen Seelen erbarmte. Es gab keine Taufen mehr, keine Hochzeiten, keine Absolution von den Sünden und somit auch kein ewiges Heil. Die segnenden Hände der Priester waren durch den Bann der Kirche gebunden.

War es da ein Wunder, dass sich immer mehr Menschen den *Guten Christen* und ihrer Lehre zuwandten, den Tröstern, wie das Volk sie nannte, die keinerlei Bedingungen stellten und Liebe versprachen, wo die Kirche mit Verdammnis drohte?

Er lächelte grimmig und hätte den Gedanken gerne weiterverfolgt, auch oder gerade weil er durch und durch ketzerisch war, aber die Zeit drängte.

Alles in ihm sträubte sich dagegen, diesen Schritt zu tun,

und erneut haderte er mit sich, so als hätte man ihm eine Wahl gelassen, doch dann ergab er sich zähneknirschend in sein Schicksal.

Der Nebel hatte sich aufgelöst, und blasses Sonnenlicht lag auf den gelben Steinen der Kirche des heiligen Gilles.

Unheimliche Stille empfing den Grafen von Toulouse, als er mit hoch erhobenem Haupt und nacktem Oberkörper durch die von Menschen gesäumte Gasse schritt. Die meisten von ihnen hatten sich beeilt, mit der Kirche Frieden zu schließen, nachdem die Legaten Roms ihre Macht in der Stadt demonstriert hatten, indem sie mit aller Härte gegen den mächtigen Ratsherrn Peter Morand vorgegangen waren. Kein weiterer Toulouser wollte wie dieser enteignet und ausgepeitscht werden und anschließend ins Heilige Land pilgern müssen, um dort drei Jahre den Armen von Jerusalem zu dienen. Und deshalb erwarteten sie nun auch von ihm, dass er das Seinige dazu beitrug, damit sie ihr Leben wieder wie gewohnt weiterleben konnten, auch wenn sie nicht wirklich überzeugt von seiner Einsicht und Buße waren.

Er sah in den Gesichtern der Bauern, Händler und Weber den gleichen Zweifel, der sich auch in seinem eigenen widerspiegelte. Wie konnte man einer Kirche vertrauen, deren Priester ihre Tonsur verbargen, weltliche Kleidung trugen und sich gegenseitig bekämpften, anstatt sich um die ihnen anvertrauten Schafe zu kümmern, wie es ihre Pflicht gewesen wäre?

Deren Bischöfe ihre Diözesen nur noch besuchten, um willkürlich auferlegte Steuern einzuziehen, und sich zu diesem Zweck eine Armee von Wegelagerern hielten?

Aber blieb ihm denn überhaupt eine andere Wahl, wenn die einzige Alternative darin bestand, gegen die gesamte Christenheit des Abendlandes zu Felde zu ziehen?

Etwa dreißig Mönche in schwarzen Kutten standen hinter den Legaten des Papstes auf der Treppe, die vom Vorplatz der Kirche des heiligen Gilles zum Eingangsportal emporführte. Wie Könige thronten diese in den eigens für sie herbeigeschafften Prunksesseln vor den offen stehenden Türflügeln des Hauptportals und versperrten auf diese Weise, selbst für den dümmsten Bauern ersichtlich, demonstrativ den Weg zum Heil.

Ihre unausgesprochene Botschaft lautete: Niemand, der zu Gott will, kommt an der Kirche vorbei!

Raimund verharrte mitten im Schritt und war sich der Blicke der Bürger von Toulouse bewusst, denen sein Zögern nicht entgangen war. Noch konnte er zurück. Er hob seinen Kopf, schaute in den fahlen, grauen Himmel und fühlte erneut ohnmächtige Wut in sich aufsteigen. Ohne dass er es bemerkte, ballten sich seine Hände zu Fäusten. Sein unbändiger Zorn trübte ihm fast die Sinne, aber er wusste, dass er den demütigenden Gang zu Ende bringen musste, bevor der Zorn seinen Verstand übermannte und der Bruch zwischen ihm und der Kirche endgültig sein würde.

Er atmete tief durch, nahm all seine Kraft zusammen, trat vor das Tribunal, sank auf die Knie und beugte sein Haupt. Ohne Peter von Castelnau eines Blickes zu würdigen, legte er seine rechte Hand auf die Bibel, die ihm ein Kirchendiener eilig reichte. Seine befehlsgewohnte Stimme durchbrach laut und deutlich die Stille, als er die Worte sprach: »Ich schwöre fortan der Kirche zu dienen, die Ketzerei auszurotten und alle Juden aus ihren Ämtern zu entlassen.«

Die Menge stand wie erstarrt.

Peter von Castelnau kniff seine Augen gegen das blasse Sonnenlicht zusammen.

Ein triumphierender Ausdruck glitt über sein Gesicht. Für seine massige Gestalt erstaunlich behände, wuchtete er sich aus seinem Sessel und ergriff die Rute, die sein Diener ihm reichte.

Von heiligem Eifer erfüllt, trat er hinter den Grafen und holte zum ersten Schlag aus. Sein dicker Bauch wölbte sich über dem Gürtel seines rotseidenen Gewandes, als er die Rute wieder und wieder auf den bloßen Rücken Raimunds von Toulouse klatschen ließ.

Als er endlich keuchend von dem Grafen abließ, war sein Gesicht dunkelrot vor Anstrengung. Der Rücken des Grafen bot einen schrecklichen Anblick. Er war von blutigen Striemen überzogen und glich den zerklüfteten Tälern der Pyrenäen, über die er herrschte, und doch war kein einziger Laut über seine Lippen gekommen, wie Peter von Castelnau verärgert feststellen musste. Ein rascher Blick in das hochmütig erhobene Haupt Raimunds zeigte ihm, dass dessen Wille noch lange nicht gebrochen war. Er hätte sich besser gefühlt, wenn er geahnt hätte, wie schwer es Raimund fiel, seinen Zorn über diese öffentliche Erniedrigung hinter einer ausdruckslosen Miene zu verbergen.

Etwas wie ein ungeheurer Seufzer entrang sich der Menge.

Peter von Castelnau war sich der Gefahr, die vom Volk ausging, durchaus bewusst. Ein Funke würde genügen, um einen Tumult auszulösen, der ihn und seine Gefährten wie eine Sturmwelle hinwegfegen könnte.

Eilig griff er deshalb nach der Hand des Grafen und entschwand mit ihm, gefolgt von seinen Prälaten, in der Kirche, wo er den reumütigen Büßer zum Altar führte und ihn im Namen des Papstes vom Banne lossprach.

Niemand jubelte, als Castelnau mit dem Grafen wieder aus dem Portal ins Freie trat, oder zeigte gar anderweitige Anzeichen von Freude über die Aufhebung des Kirchenbannes. Das Tribunal wurde unruhig. Die Legaten sahen einander voller Bestürzung an. Peter von Castelnau war leichenblass und zitterte vor Wut über den stummen Ungehorsam, der ihnen aus dem Volk entgegenschlug. Drohend erhob er die zur Faust geballte Hand.

»Wir werden das Ketzertum wie Unkraut ausreißen und ins Feuer werfen. Wer sich nicht bekehren lässt, wird brennen«, schrie er den Menschen entgegen.

Raimund von Toulouse wandte sich von ihm ab. Er war in den Schoß der Kirche zurückgekehrt und hatte damit das Schlimmste von seiner Grafschaft abgewandt, aber es kam keine Freude in ihm auf.

Innerlich aufgewühlt stieg der Graf die gewundenen Treppen des mächtigen Rundturms hinauf, der die Burg zu seinen Füßen bewachte.

Nach den fröhlich durcheinanderlärmenden Stimmen in der stickigen, vom Talgwachs der Kerzen geschwängerten Luft der Halle, in der man bereits wieder zur Tagesordnung übergegangen war, empfand er die feuchte Kühle und die Stille innerhalb der dicken Turmmauern als wohltuend. Mit jedem Schritt ließ das Dröhnen in seinen Ohren nach, bis er nur noch das schabende Geräusch seiner Stiefel auf den ausgetretenen Stufen hörte. Die Wirkung der Heilsalbe, die sein Leibarzt auf seinem Rücken verteilt hatte, ließ nach. Doch auch wenn der Stoff seines Hemdes bei jeder Bewegung über die offenen Wunden scheuerte, war der Hass, der in ihm brannte, weitaus stärker als der Schmerz, den er empfand. Die Kirche hatte ihn zu diesem Eid gezwungen und ihn als Ritter und Christen damit zu einem Meineidigen gemacht, was er ihr niemals verzeihen würde.

Einem Verräter, so heißt es, kann man nicht trauen, dachte er rachsüchtig, und ich werde euch verfluchte Heuchler schon noch lehren, wie wahr diese Worte sind.

Von der Spitze des Turmes aus, der er entgegenstrebte,

konnte man, so weit das Auge reichte, über das Land außerhalb der Stadtmauern blicken. Dort oben zwischen Himmel und Erde fühlte er sich jedes Mal seltsam entrückt, und all seine Sorgen und Nöte verloren an Bedeutung. Unwillkürlich beschleunigte er seinen Schritt und konnte es kaum mehr erwarten, endlich oben anzukommen.

Er trat aus dem Treppenaufgang auf die Plattform hinaus und kam gerade noch rechtzeitig, um über die Zinnen hinweg beobachten zu können, wie die Sonne den Horizont berührte, bevor sie durch das überirdisch leuchtende, goldene Wolkentor zog, wo die Seelen der Verstorbenen ihren Weg in den Himmel fanden. Wie immer, wenn er hier oben weilte, dachte er mit wehem Herzen an Lena. Der Schmerz über den Verlust der Geliebten war mit den Jahren nicht geringer geworden. Sechzehn Jahre waren vergangen, seitdem sie ihre hellen, grünen Augen für immer geschlossen hatte, wundervolle Augen, seltsam und unergründlich wie ein Druidensee in einer mondhellen Nacht. Zweimal noch hatte er geheiratet, nachdem seine dritte Gemahlin, Johanna Plantagenet, an den Folgen einer Fehlgeburt gestorben war. Aber keine seiner Gemahlinnen hatte ihm so viele glückliche Stunden geschenkt wie Lena, keine sein Herz so sehr berührt.

Lange stand er da und gedachte der Geliebten, die so still aus seinem Leben gegangen war, dass ihm die herrlichen Nächte mit ihr wie ein Traum aus einer anderen Zeit erschienen. Einer Zeit, in der die Welt im Süden Frankreichs noch in Ordnung gewesen war. Doch auch wenn sich mittlerweile Dunkelheit auf das Land herabgesenkt hatte, schwelgte Raimund noch immer in seinen Erinnerungen. Eine merkwürdige, fast schon schwermütige Stimmung hatte von ihm Besitz ergriffen.

Er ließ seinen Blick über die schlafende Stadt schweifen, dann einen Moment auf den Dächern der Häuser ruhen und schließlich zurück zum Horizont wandern, wo Himmel und Erde nun zu einem undurchdringlichen Schwarz verschmolzen. Zuletzt sah er zu den ewigen, funkelnden Sternen hinauf, wo es keine Beschränkung mehr gab, nur unendliche Weite. Die Sterne waren so nah, dass er fast vermeinte, mit den Händen nach ihnen greifen zu können. Eine leichte Brise strich über sein Gesicht und trug den Duft sonnenverwöhnter, gelber Mimosen zu ihm hinauf, der sich mit dem würzigen Geruch schwarzer Kiefern und Ulmen mischte.

Er spürte, dass er nicht länger allein war, wandte sich aber erst um, als er eine Hand auf seiner Schulter spürte. Der Ankömmling umarmte ihn und gab ihm den Friedenskuss. Dann stellte er sich neben den Grafen an die Zinnen. Ein langes, schwarzes Gewand umfloss seine hagere Gestalt und flatterte leicht im Wind, aber seine Gesichtszüge waren ruhig wie die eines Mannes, der mit sich im Reinen ist.

»Hier oben bekommen die Dinge eine ganz andere Bedeutung«, bemerkte Raimund, immer noch tief ergriffen von dem überwältigenden Anblick, der ihm die wahre Größe Gottes in seiner ganzen Herrlichkeit vor Augen führte. Tief in seinem Inneren sträubte sich etwas dagegen zu glauben, dass der zweimal über ihn verhängte Kirchenbann tatsächlich von Gott gewollt war. Von einem Gott, der selbst erklärt hatte, alle Menschen gleichermaßen zu lieben, ob sie nun Sünder waren oder nicht. Und war es nicht genau das, was die Kirche ihm vorgeworfen hatte? Dass die Lehren der Vollkommenen seine Seele vergiftet hätten, sodass er die Wahrheit nicht mehr erkennen konnte? War er tatsächlich ein Ketzer, nur weil er ihre Lehren nicht ebenso verdammte, wie die Kirche es tat? Oder fürchtete die Kirche in Wahrheit nur um ihre Macht?

Er wandte sich dem Führer der Katharer zu und musterte ihn prüfend.

Nicola begegnete seinem Blick freundlich und ohne Vorwurf, so als wäre nichts geschehen, als wäre er kein Meineidiger, der ihn und seine Glaubensbrüder gerade verraten hatte. Raimund wusste, dass Nicola sich niemals anmaßen würde, über einen anderen Menschen zu richten, oder ihm vorschreiben würde, was er zu glauben hatte. Und gerade diese Großmut war es, die ihn gleichermaßen tröstete wie auch tief beschämte.

Die Schuld, die er auf sich geladen hatte, packte ihn mit einer Heftigkeit, die ihn bis ins Mark erschütterte. Es gab so vieles, über das sie reden mussten. Plötzlich hatte er das Gefühl, sich beeilen zu müssen. Aus Angst, der Keil, den die Kirche zwischen sie getrieben hatte, könnte sonst zu einer unüberwindbaren Kluft werden.

Die Zukunft seines Landes war in Gefahr. Es galt nun, den durch seine Abbitte angerichteten Schaden in Grenzen zu halten und die Vollkommenen in Sicherheit zu bringen, die wie einst Jesus durch die Lande zogen, um die Menschen zu trösten und ihnen Hoffnung zu spenden. Mit einer Gewissheit, die ihn erschreckte, erkannte er, dass sein Land ohne die *Guten Christen* nie mehr das gleiche sein würde.

So wie sein Leben ohne Lena für ihn nicht mehr das gleiche war.

»Der Gedanke, dass Lenas Seele nun dort oben weilt, ist ein großer Trost für mich. Sie hat sich so sehr nach den Sternen gesehnt.«

Seine Worte verhallten in der Nacht.

Stumm und in stillem Einverständnis standen die beiden Männer nebeneinander und gedachten der Toten.

Raimund spürte, wie Nicolas Ruhe auf ihn überging, und einen Moment lang hatte er das Gefühl, als wäre ein Teil von Lena zu ihm zurückgekehrt.

»Die Seele meiner Schwester ist jetzt zu Hause. Sie würde

nicht wollen, dass Ihr um sie trauert«, bemerkte Nicola. Es war so tröstlich, seine Stimme zu hören, und Raimund wurde bewusst, dass er noch keinem Menschen mehr vertraut hatte als ihm.

»Und Eure Tochter wird ihr immer ähnlicher«, fügte der Führer der Katharer leise hinzu.

Es war das erste Mal, dass er über das Kind sprach, dessen Geburt seine Schwester das Leben gekostet hatte.

Raimund hatte sich damals geweigert, seine Tochter zu sehen, sie aber in Nicolas Obhut gegeben anstatt in ein Kloster, damit sie im Glauben ihrer Mutter aufwachsen konnte.

Nicola wartete schweigend und ohne das geringste Zeichen von Ungeduld, bis der Graf von Toulouse sich erneut an ihn wandte.

Raimunds Blick ruhte allerdings noch immer nachdenklich auf der Lederrolle, die Nicola vor der Brust trug und die, wie er wusste, das Johannesevangelium enthielt. Auch er selbst trug das Johannesevangelium immer bei sich, was ihm einen weiteren scharfen Tadel seitens der Kirche eingebracht hatte. Immerhin war es Laien ausdrücklich untersagt worden, die Heilige Schrift zu lesen.

Doch jetzt war nicht die Zeit, über Elysa zu sprechen, sondern über das, was geschehen war, auch wenn ihm die Kraft, das Ungeheuerliche auszusprechen, fehlte.

Nicola fing seinen Blick auf und sagte ruhig: »Luzifers Heerscharen haben sich bereit gemacht.«

Raimund von Toulouse hatte schon lange aufgehört, sich darüber zu wundern, wie leicht es Nicola scheinbar fiel, seine Gedanken zu erraten.

»Ich habe geschworen, der Kirche zu dienen, die Ketzerei auszurotten und alle Juden aus ihren Ämtern zu entlassen, so wie die Kirche es verlangt hat«, grollte er, »aber ich denke nicht daran, meinen Schwur zu halten.«

Er hob seinen Kopf und suchte vergeblich nach einem Zeichen von Verachtung in den fein geschnittenen Gesichtszügen Nicolas.

»Was hätte ich denn anderes tun sollen?«, fragte er, als Nicola weiterhin schwieg, und in seiner Stimme schwang die ganze Bitterkeit über die erduldete Demütigung mit. »Hätte ich mein Land ins Unglück stürzen sollen? Durch einen Krieg, den wir nicht gewinnen können?«

Nicola schüttelte unmerklich den Kopf. Er wirkte vollkommen ruhig, als er antwortete.

»Was geschehen muss, wird geschehen. Es ist nicht Eure Schuld. Der neue Bund muss erst zerreißen, bevor der ewige Bund gefeiert werden kann.« Seine Worte klangen schicksalsschwer und rätselhaft, aber Raimund fühlte sich dennoch wie ein Eingeweihter, dem ein wichtiges Geheimnis anvertraut worden war. Doch obwohl er erleichtert darüber war, dass Nicola ihm offenbar trotz seines Schwures nach wie vor vertraute, lag etwas Endgültiges in den Worten des Katharerführers, das ihm ganz und gar nicht gefiel. Er wusste, dass Nicola manchmal von Vorahnungen heimgesucht wurde, doch gerade jetzt brauchte er ihn mehr denn je, benötigte seine Ruhe, seine Kraft und seinen Rat.

»Den König verlangt es nach meinem Land, die Kirche nach dem Zehnten. Wir dürfen ihnen keinen Grund für einen Krieg geben. Zieht Euch und Eure Gemeinschaft daher am besten in die Berge zurück und bleibt für eine Weile unsichtbar.«

Wieder schüttelte Nicola unmerklich den Kopf.

»Das Licht wird der Finsternis weichen, und wir werden diese Welt schon bald verlassen.« Raimund schluckte. Er wusste, dass die Vollkommenen sich danach sehnten, alles Irdische hinter sich zu lassen, um auf dem Sternenpfad zu wandeln, der ihre Seelen zu Gott führen würde. Sie waren gekommen, um die Menschen zu trösten und ihnen Hoffnung zu geben, und nun würden sie sie wieder verlassen.

Seine Gedanken wanderten zu dem Tag zurück, an dem Nicola ihm das erste Mal begegnet war.

Er war ohne Begleitung nach Béziers geritten, um mit Roger II. von Trencavel Frieden zu schließen und die Bedingungen für eine Eheschließung mit dessen Tochter Beatrix auszuhandeln. Der Burghof hatte verlassen dagelegen, als er eintraf. Niemand kam, um ihm den Steigbügel zu halten. Die Pferde in den Ställen schnaubten leise, irgendwo kläffte ein Hund, ansonsten herrschte Stille.

Er stieg vom Pferd, lockerte den Sattelgurt, führte das Tier an die breite Holztränke und schlang die Zügel um eine der daneben angebrachten Stangen. Die Burg schien menschenleer zu sein, aber die Tür zur Halle stand offen, und als er eintrat, stellte er fest, dass sie voller Menschen war, die einem Prediger in schwarzem Gewand lauschten. Ihre Augen hingen wie gebannt an dessen Lippen.

»Ich bin gekommen in die Welt, auf dass, wer an mich glaubt, nicht in der Finsternis bleibe. Glaubet an das Licht, dieweil ihr es habt, auf dass ihr des Lichtes Kinder seid. Das gebiete ich euch, dass ihr euch untereinander liebet. Dabei wird jedermann erkennen, dass ihr meine Jünger seid, so ihr Liebe untereinander habt«, hörte Raimund den Prediger verkünden und fühlte sich eigenartig von dessen Worten berührt.

Der Prediger sah lächelnd in die Gesichter der Menschen, die ihn teils ungläubig, teil verwundert oder einfach nur mit offenem Mund anstarrten.

Über die Köpfe der Menschen hinweg trafen sich ihre Blicke. Der Prediger nickte ihm zu, und wie auf ein geheimes Zeichen hin wandten sich die Köpfe aller Anwesenden zu ihm um und wieder nach vorne, als der Prediger erneut zu sprechen anhob.

»Einst wird der Welt Erlösung sich vollbringen, wenn Gott und Mensch im Geist lebendig sich durchdringen.«

Die Worte schwebten durch den Saal und drangen in Raimunds Seele, als gäbe es nichts anderes als Frieden in der Welt. Er wusste nicht, ob es die sanfte Stimme des Predigers war oder dessen klare, schlichte Worte, die ihn davon überzeugten, dass dieser die Wahrheit verkündete. Eine Wahrheit, die Raimund so noch nie gehört hatte. Sie hörte sich ganz anders an als die Wahrheit der katholischen Kirche, die bei der Messe in lateinischer Sprache verkündet wurde. Diese hier war ihm vertrauter, näher, so als pochten ihre Worte direkt an sein Herz.

Freude erfüllte ihn, Hoffnung und Sehnsucht. Er wollte mehr hören, viel mehr, und fand sich plötzlich inmitten der Gemeinschaft von Knechten und Mägden, Rittern und Wachen wieder. Sogar der raubeinige Roger von Trencavel, mit dem er sich vor Kurzem noch bis aufs Blut bekämpft hatte, lächelte ihm mit einem beseelten Ausdruck im sonst so finster dreinblickenden Gesicht zu.

Mit seinen Gedanken noch bei ihrer ersten Begegnung, fuhr sich Raimund mit der Hand über die Stirn und zwang sich dazu, wieder in die Wirklichkeit zurückzukehren.

Seine Ahnung hatte ihn also nicht getäuscht. Nicola, der Einzigartige, sein bester Ratgeber und Freund, machte sich also dazu bereit, diese Welt zu verlassen. Aber so einfach würde er ihn nicht ziehen lassen, es war noch zu früh, die Menschen brauchten ihn, er brauchte ihn. In den Bergen gab es unzählige Höhlen, wo die Vollkommenen sich so lange verbergen konnten, bis der Konflikt ausgestanden war. Danach würde man weitersehen.

»Wer wird den Tröster hüten und wer Eure Lehre weitertragen, wenn Ihr nicht mehr seid?«, fragte er nicht ohne Hintergedanken.

Nicola lächelte, und Raimund wusste, dass der Freund seine Absicht durchschaut hatte.

»Wir werden den Tröster an einem Ort verbergen, wo niemand ihn vermuten wird. Es ist ein Ort, der seinen Namen trägt und seiner unendlichen Liebe entsprungen ist. Schon morgen werden wir die nötigen Vorkehrungen treffen.«

Der Graf war ob dieser Worte so gerührt, dass ihm die Stimme versagte. Nicola verurteilte ihn nicht nur nicht, sondern schenkte ihm auch weiterhin sein Vertrauen, ein Vertrauen, das er seinem eigenen Empfinden nach nicht verdient hatte.

Er fühlte sich so beschämt, dass er es kaum ertragen konnte. Nicola hob den Kopf und sah an ihm vorbei zu den Sternen.

Raimund wandte daraufhin ebenfalls den Kopf und folgte Nicolas Blick. Der Mond schob sich über den Horizont und stieg langsam am strahlenden Firmament empor. Eine Sternschnuppe blinkte einige Male auf, bevor sie erlosch und sich in den Weiten des nachtblauen Himmels verlor. Tiefer Frieden zog in sein Herz, als er erkannte, dass es sinnlos war, sich gegen das Schicksal auflehnen zu wollen.

Sie umarmten einander wie Brüder. Dann wandte sich Nicola ohne ein Wort um und ging. Raimund sah ihm nach und wartete noch eine Weile, bevor er ihm folgte. Er wollte vermeiden, dass sie in dieser denkwürdigen Nacht zusammen gesehen wurden.

Als es wieder still auf dem Turm geworden war, trat eine dunkel gekleidete Gestalt hinter einem der Tragebalken des hölzernen Wehrgangs direkt unterhalb der Plattform hervor, auf der die beiden Männer eben noch gestanden hatten. Sie bekreuzigte sich hastig, bevor sie die Stufen hinabeilte, über den dunklen Burghof schlich und durch eine kleine Seitentüre in der Burgkapelle verschwand. Pater Stephan schob die

Kapuze zurück, seufzte und wischte sich mit dem Ärmel seiner Soutane den Schweiß vom Gesicht. Er durchquerte die schmale Sakristei und begab sich vor das Schreibpult seiner winzigen, fensterlosen Kammer, die direkt an die Sakristei grenzte. Bevor er sich an die Arbeit machte, kehrte er noch einmal in die Sakristei zurück, um dort einige der teuren Bienenwachskerzen zu holen, die eigentlich für den Gottesdienst bestimmt waren. Seine Augen waren nicht mehr die besten, und er brauchte genügend Licht, um den verlangten Bericht schreiben zu können.

Elysa hatte den Tisch gedeckt, das selbstgebackene Brot, Nüsse und Käse auf den Tisch gestellt und die Forellen gebraten, die sie auf dem Markt gekauft hatte. Sie waren bereits kalt und ihr Onkel noch immer nicht aus Toulouse zurück. Sie wusste nie, wann er von einer seiner Reisen zurückkam, und war es gewohnt, alleine zu sein.

Als sie noch jünger gewesen war, hatte ihr Onkel sie oft nach Ornolac mitgenommen, wo sie mit ihm zusammen den steilen Weg zum Gipfel des Tabor hochgestiegen war, um den Sternen näher zu sein. Manchmal hatte er sie auch mit in die Höhlen genommen, wo die Vollkommenen sich trafen. Und während die Männer wichtige Dinge besprachen oder gemeinsam beteten, hatte sie dem Geräusch der Tropfen gelauscht, die im immer gleichen Rhythmus von der mächtigen Höhlendecke herabfielen, welche sich hoch über ihr in der Dunkelheit verlor.

Seit ihrem achten Lebensjahr hatte Nicola sie – wenn er reiste – dann aber bei der alten Anna zurückgelassen, die nur zwei Häuser weiter wohnte. Anna hatte ihr gezeigt, wie man Fische über dem Feuer räucherte, Brotteig machte, Gemüse kochte und die Wäsche richtig wusch, sodass sie sauber wurde.

Und als Elysa zum ersten Mal ihre Blutung bekam, war es wieder Anna gewesen, die ihr alles erklärt hatte, was eine junge Frau darüber wissen musste.

Wenn Elysa an ihre Mutter dachte, die kurz nach ihrer Geburt gestorben war, stellte sie sich manchmal vor, dass diese so wie Anna gewesen sein musste.

Mittlerweile war es fast dunkel geworden, und Elysa hielt einen dürren Holzzweig in das glimmende Feuer im Kamin, entzündete die Dochte der Öllampe auf dem Tisch damit und starrte in die Flammen. Wenn ihr Onkel zurückkehrte, würde sie es tun. Sie würde ihn bitten, ihr zu sagen, wer ihr Vater war. Nicola hatte nie über ihn gesprochen. Er hatte ihr nur einmal erzählt, dass sie ihrer Mutter ähnlich sah, über ihren Vater hatte er jedoch kein Wort verloren. Sie wusste nicht einmal, ob dieser noch lebte oder schon gestorben war. Einmal hatte sie die alte Anna nach ihm gefragt, aber die wusste auch nicht, wer ihr leiblicher Vater war. Es gibt Dinge, an denen sollte man besser nicht rühren, gab sie nur zur Antwort. Mehr hatte Elysa nicht aus ihr herausbekommen. Ihr Onkel hingegen hatte ihr immer gesagt, dass sie sich, sobald sie erwachsen wäre, entscheiden müsse, welchen Weg sie einschlagen wolle. Nun sagte ihr ein Gefühl tief in ihrem Inneren, dass dieser Tag gekommen war. Die meisten Mädchen in ihrem Alter waren längst verheiratet oder zumindest jemandem versprochen, aber wollte sie wirklich leben wie die anderen Mädchen? Im Gegensatz zu diesen durfte sie selbst entscheiden, ob und wen sie heiraten wollte, was sie ziemlich aufregend fand.

Sie musste daran denken, wie Rorico sie ansah, sobald er dachte, sie würde es nicht bemerken. Er wäre ihr sicher ein guter Ehemann, auch wenn er dem katholischen Glauben anhing.

Die Katholiken verehrten das Kreuz, an dem Jesus gestorben war, und sie glaubten, dass das geweihte Brot der Leib Christi sei, obwohl das unmöglich sein konnte, aber sie wussten es eben nicht besser. Vielleicht würde Rorico es ja eines Tages begreifen. Es müsste ihr nur gelingen, ihn öfter zu ihren Versammlungen mitzunehmen.

Ein Windzug streifte ihren Nacken und riss sie aus ihren Träumereien. Nicola trat von draußen herein, hängte seinen Umhang an den Haken hinter der Türe und nahm seinen Platz am Tisch ein. »Du hättest nicht auf mich warten sollen, mein Kind, aber es ist schön, mit einem gedeckten Tisch empfangen zu werden«, sagte er, während Elysa Wasser in seinen Becher füllte.

Er sprach das Vaterunser, nahm das Brot, segnete es und brach zwei Stücke davon ab. Eines reichte er Elysa.

Sie sah zu, wie er einen Schluck aus seinem Becher trank und ihn dann auf seinen Platz zurückstellte. Alles, was er tat, tat er mit Bedacht.

Das Mädchen hatte noch nie erlebt, dass er seinen Becher in einem Zug leer trank oder sich den Mund vollstopfte, so wie Rorico es tat, wenn er hungrig war.

Doch an diesem Tag wirkte er noch abwesender als sonst und schien so tief in Gedanken versunken zu sein, dass Elysa ihn nicht stören wollte, obwohl ihr die Frage nach ihrem Vater auf der Seele brannte.

Sie wusste nie, wie lange ihr Onkel fortbleiben würde, wenn er wegging. Manchmal verließ er mitten in der Nacht das Haus und kam erst nach mehreren Wochen wieder zurück oder schon nach wenigen Stunden, wenn er nur zu einem Sterbenden gerufen worden war, um diesen zu trösten und ihm das Consolamentum zu erteilen, damit seine Seele gerettet wurde.

»Ich habe mit deinem Vater gesprochen.« Elysa schrak

aus ihren Gedanken hoch. Schon wieder hatte sie dagesessen und mit offenen Augen geträumt. Wenn sie so weitermachte, würde sie eines Tages noch genauso wunderlich werden wie die alte Anna, die immer öfter von irgendwelchen Dämonen redete, die sie des Nachts heimsuchten.

Manchmal beschlich sie das Gefühl, dass ihr Onkel ihre Gedanken genauso lesen konnte wie die geschriebenen Worte auf einem Pergament. Es war ihr einfach unmöglich, etwas vor ihm verborgen zu halten.

Elysa brachte kein Wort heraus und sah ihn nur stumm an.

»Du wirst ihm bald begegnen.«

Elysas Herz klopfte schneller. Die verschiedensten Gedanken wirbelten ihr durch den Kopf, doch es wäre ihr nie in den Sinn gekommen, ihn zu fragen, wie er sich dessen nur so sicher sein konnte.

»Aber wie soll ich wissen, dass er es ist, wenn ich nicht einmal seinen Namen kenne?«, fragte sie stattdessen atemlos und hing wie gebannt an seinen Lippen.

Nicola lächelte, und sie wusste, dass er sie durchschaut hatte.

»Du wirst es erfahren, wenn die Zeit gekommen ist«, erwiderte er ruhig.

»Aber warum darf ich nicht einmal seinen Namen wissen?«, hakte Elysa bittend nach.

Nicola strich sich über die Stirn, und sie bemerkte, wie müde er aussah.

Ihr Gewissen regte sich. Ihr Onkel war erschöpft von dem langen Fußmarsch, den er hinter sich hatte, und sie ließ ihn nicht einmal in Ruhe sein Mahl einnehmen.

»Alle Dinge haben ihre Zeit, und jeder Mensch hat seine Bestimmung.«

Elysa wartete still, bis er fortfuhr.

»Vieles wird sich ändern, das Licht wird von dieser Welt

genommen, und Finsternis wird herrschen, bis der Jüngste Tag gekommen ist.« Während Nicola sprach, kehrte sich sein Blick nach innen, und er sah aus, als würde er mit offenen Augen schlafen.

Elysa wagte kaum zu atmen. Sie wusste, dass er manchmal Dinge sehen konnte, die anderen Menschen verborgen waren. Er saß immer noch neben ihr, aber sein Geist hatte seinen Körper verlassen und war ohne seine sterbliche Hülle auf Reisen gegangen. So hatte Nicola es ihr einmal erklärt, als sie noch kleiner gewesen war und gedacht hatte, ihr Onkel wäre tot, weil er ihr in diesem Zustand keine Antwort mehr gegeben und sich auch nicht mehr bewegt hatte.

Doch wie immer kehrte das Leben nach einer Weile in seine Augen zurück. Elysa seufzte erleichtert auf. Ein bisschen unheimlich war es schon, wenn ihr Onkel wie eine leere Hülle neben ihr saß und die Welt um sich herum nicht mehr wahrnahm.

Sie sah die Liebe in seinen Augen und spürte die Wärme, die von ihm ausging. »Ich weiß nicht, welcher Weg dir bestimmt ist, mein Kind, aber du wirst es wissen, wenn es so weit ist. Hör nur immer auf dein Herz, es wird dir sagen, welches der richtige und welches der falsche Weg ist.«

In dieser Nacht lag Elysa noch lange wach in ihrer Kammer. Schon bald würde sie ihrem Vater begegnen. Ihr Herz pochte erwartungsvoll, während sie überlegte, ob ihr Vater tatsächlich dem Bild entsprechen würde, das sie sich im Laufe ihrer Kindheit von ihm gemacht hatte. Und plötzlich überfiel sie die heftige Angst, dass ihr Vater keinesfalls so stark, groß, gut und freundlich war, wie sie es sich heimlich ausgemalt hatte.

Papst Innozenz III. schritt an den Schreibpulten seiner Sekretäre entlang wie ein Feldherr an den Reihen seines Heeres, bevor er das Zeichen zur Schlacht erteilt. Eine tiefe Falte zeigte sich auf seiner hohen, glatten Stirn, während er, die Hände hinter dem Rücken verschränkt, drei Briefe gleichzeitig diktierte.

Sein erstes Schreiben war an Otto IV. von Braunschweig gerichtet, dem er nach dem Tod Kaiser Heinrichs VI. seine volle Unterstützung im Kampf um den Thron gegen Philipp von Schwaben zusagte. Sowohl Otto als auch Philipp waren im nordalpinen Reichsteil zum deutschen König gewählt worden, und Innozenz nutzte die Streitigkeiten der beiden Kontrahenten um die Anerkennung ihrer Wahl, um sich und dem Kirchenstaat Ländereien zu sichern. Außerdem bestand er darauf, dass er bei der anschließenden Kaiserwahl das letzte Wort hatte.

Das zweite Schreiben würde dem Grafen von Toulouse überbracht werden, den er zu seiner Unterwerfung und Buße beglückwünschte, und das dritte an seinen Legaten, Peter von Castelnau, mit dem Befehl, Raimund VI. so lange in Sicherheit zu wiegen, bis der geeignete Augenblick für dessen endgültige Vernichtung gekommen wäre. Er hielt einen Augenblick inne, ein spöttisches Lächeln umspielte seine schmalen Lippen.

Der Graf von Toulouse schien doch tatsächlich zu glauben, er könne die heilige Mutter Kirche ein zweites Mal hintergehen. Doch seine Agenten wie auch der Bischof von Toulouse hatten ihm natürlich berichtet, dass der Graf nach wie vor nicht das Geringste unternahm, um die Ketzer aus seinem Land zu vertreiben, und auch kein einziger Jude bisher aus seinem Amt entlassen worden war. Aber selbst wenn Raimund VI. sich als reumütig und kirchentreu erwiesen hätte, würde dies nichts an seinem von ihm, Innozenz, beschlossenen Untergang ändern, weil die *Veri Christiani,* wie die Katharer sich selbst nannten, eine Gefahr für die Kirche und damit für das Papsttum darstellten. Nicht einmal sein Vorgänger schien begriffen zu haben, auf welch tönernen Füßen die Macht der Kirche stand, solange die Katharer im Besitz dieser Schriftrollen waren. Er kannte die Berichte über die Streitgespräche zwischen Katharern und katholischen Würdenträgern während des Konzils in Lombers beinahe auswendig. »Jeder gläubige Mensch kann durch die Kraft und die Reinheit seines Glaubens auf direktem Wege zu Gott gelangen«, hatten die Ketzer dort selbstbewusst verkündet und sich dabei auf die Schriften des Johannes berufen, bevor man sich in endlosen Streitereien darüber verloren hatte, welche der beiden Glaubensrichtungen der Bibel näherstand. Papst Urban II. hatte daraufhin jedem Laien das Lesen der Bibel aufs Strengste untersagt, um Dispute wie diesen in Zukunft zu vermeiden.

Er aber würde sich nicht mit solchen Halbheiten zufriedengeben. Nachdem er fertig diktiert und jedes einzelne Schreiben gründlich geprüft und gesiegelt hatte, entließ er seine Schreiber und setzte eigenhändig ein viertes Schreiben auf.

Es war an Arnold Amaury gerichtet, und er beauftragte seinen treuesten Agenten damit, es dem Abt persönlich auszuhändigen.

3

Abtei Cîteaux

Die Stille im behaglich eingerichteten Arbeitszimmer des Abtes wurde nur vom Knistern der Flammen in dem hohen, aus altem römischem Stein erbauten Kamin durchbrochen.

Arnold Amaury saß hinter seinem schweren, mit Schnitzwerk versehenen Arbeitstisch, auf dem wohlgeordnet mehrere gespitzte Gänsekiele sowie Siegelwachs und Tintenhorn bereitlagen.

Nur mit Mühe gelang es ihm, seine Erregung zu unterdrücken. Seine Hände waren feucht vor Aufregung, und seine Finger hinterließen hässliche Flecken auf dem päpstlichen Schreiben.

Er hielt das Pergament so fest, als fürchtete er, jemand könnte es ihm entreißen. Seine blaugrauen Augen blitzten triumphierend auf, als sie über die Buchstaben glitten, um den alles entscheidenden Satz noch einmal zu lesen.

... gewähren wir Euch uneingeschränkte Vollmacht zu zerstören, zu vertilgen und auszureißen, was Ihr als zerstörerisch, vertilgens- und ausreißenswert erkennt.

Er schluckte hart, bevor er weiterlas.

Die Häretiker beachten nicht einmal die Gesetze der Kirche: Sie sammeln die Pfründe an und vergeben die Pries-

terämter und kirchlichen Würden an selbst ernannte, würdelose Priester und leseunkundige Kinder.

Von daher kommt die Anmaßung der Häretiker, von daher die Verachtung der Herren und des Volkes für Gott und seine Kirche. Die Prälaten sind in dieser Gegend das Gespött der Laien.

Bekämpft die Anhänger der Häresie mit kraftvoller Hand und mit starkem Arm und mit noch größerer Unerschrockenheit als die Sarazenen, denn die Ketzer sind noch schlimmer als diese.

Für diejenigen, die treu zur Kirche stehend gegen die Ungläubigen aufgetreten sind, wünschen wir die gleiche Vergebung der Sünden, wie wir sie denen gewähren, die zur Rettung des Heiligen Landes übers Meer geeilt sind.

Die Ketzer haben außerdem etwas, das Uns gehört und das Wir unter allen Umständen in Unseren Besitz zurückbringen müssen. Sie bezeichnen sich als die Wahren Christen *und leiten diesen Anspruch aus den Schriften des Apostels Johannes ab, die sich, wie Wir in Erfahrung bringen konnten, in ihrem Besitz befinden. Wir müssen diese Schriften finden, um diese ketzerische Lehre an den Wurzeln packen und mit Stumpf und Stiel für immer vernichten zu können.*

Das Schreiben war gezeichnet von seiner Heiligkeit Papst Innozenz III.

Die Schriften des Apostels Johannes! Arnold Amaury rieb sich die Augen und las den letzten Absatz noch einmal. Wenn er die Worte des Heiligen Vaters richtig verstanden hatte, verbargen sich hinter dem sogenannten Tröster, von dem Pater Stephan ihm berichtet hatte, also die Schriften des Johannes, die vor über tausend Jahren geschrieben worden waren. Und der Papst beauftragte nun ihn damit, diese heiligen Dokumente zu finden und nach Rom zu überstellen. Ihn, Arnold Amaury, und nicht etwa Peter von Castelnau oder den Bischof von Toulouse. Es war eine gute Idee von Peter von Castelnau gewesen, Pater Stephan als Spitzel einzusetzen. Denn ohne diesen Schachzug hätte er sicher nie von dem Tröster erfahren, und der Heilige Vater hätte ihn gewiss nicht in dieses wichtige Geheimnis eingeweiht. Es gelang ihm kaum noch, klar zu denken, zu viele Gedanken stürmten auf ihn ein, während sich gleichzeitig ungeahnte Möglichkeiten vor ihm auftaten.

In seiner Aufregung hatte Arnold Amaury den päpstlichen Gesandten, der noch immer vor seinem Schreibtisch stand, völlig vergessen. Erst dessen deutlich vernehmbares Räuspern riss ihn aus seinen selbstvergessenen Überlegungen. Sofort hatte er sich wieder in der Gewalt. Er musterte den noch jungen Mann prüfend. Hatte er sich etwa durch sein Mienenspiel verraten und seine innersten Gedanken preisgegeben?

Doch im Gesicht des Gesandten wies nichts darauf hin. Höflich, beinahe gelassen erwiderte dieser seinen Blick, trotzdem glaubte Amaury, einen leicht abfälligen Zug um seine Mundwinkel herum spielen zu sehen, was ihn ärgerte.

»Ich brauche Euch nicht mehr«, sagte er schroff und fügte etwas freundlicher hinzu. »Lasst Euch in der Küche etwas zu essen geben.«

Als der Gesandte den Raum verlassen hatte, lehnte er sich mit stolzgeschwellter Brust in seinem Stuhl zurück.

Der Heilige Vater vertraute ihm! Seine Worte waren eindeutig.

Papst Innozenz hatte ihm, Arnold Amaury, den Auftrag zur Lösung der Negotium pacis et fidei, der albigensischen Gefahr, erteilt und ihm dabei freie Hand in der Wahl der Mittel gelassen. Und dieses Mal würde er Innozenz III. nicht enttäuschen, so wie er es mit seinem erfolglosen Versuch, die Ketzer zu bekehren, getan hatte. Dieses Mal würde er mit aller Kraft, die ihm zur Verfügung stand, gegen diese Ungläubigen vorgehen. Man musste das Übel an der Wurzel packen, um es zu vernichten. Mit Gottes Hilfe würde er den heiligen Auftrag erfüllen und das Land für immer von den Ungläubigen befreien.

Ein zufriedenes Lächeln breitete sich auf seinem blässlichen Gesicht aus und nahm ihm die Strenge. Er fühlte sich beinahe so, als hätte er den Kampf schon gewonnen.

Er hielt inne, um noch einen Moment länger in dieser herrlichen Vorstellung zu schwelgen, bevor er sich den grundsätzlicheren Überlegungen seines Auftrags zuwandte.

Welche Mittel standen ihm für ein solches Unternehmen überhaupt zur Verfügung? Schlagartig erlosch seine fast schon euphorische Stimmung.

Er konnte keinen Krieg ohne die Soldaten des französischen Königs gegen die Ketzer führen. Das wäre ungefähr so, als würde man von ihm verlangen, eine Kirche zu bauen, und ihm gleichzeitig die benötigten Steine und das Holz dafür verweigern.

Und ohne König Philipp Augusts Hilfe würden seine hochfahrenden Pläne in der Tat von Anfang an zum Scheitern verurteilt sein.

Doch dieser hatte trotz der wiederholten Aufforderungen Innozenz' III. bisher gezögert, seine Truppen für den heiligen Krieg gegen die Ketzer in Okzitanien zur Verfügung zu stellen.

Begriff der König denn nicht, welche Gefahr für die Kirche von deren häretischen Umtrieben ausging?

Eine steile Falte erschien auf Arnold Amaurys breiter

Stirn, als er angestrengt nach einer Lösung für dieses Problem suchte.

Der Gedanke, der wie aus dem Nichts in seinem Kopf auftauchte, war ungeheuerlich. Erregt sprang er auf und trat an das hohe, bleiverglaste Fenster. Nein, das konnte er nicht tun! Aber wenn dies nun der einzig gangbare Weg wäre? Er überlegte hin und her, rang mit sich und seinem Gewissen, bis er sich schließlich mit der Bitte um Beistand direkt an seinen Gott wandte. »Wenn du es nicht geschehen lassen willst, dann lähme meine Gedanken, Herr, und lasse sie für immer aus meinem Kopf verschwinden.« Mit diesen Worten und einem Kreuzzeichen beschloss er sein Gebet. Die gewohnte Bewegung beruhigte ihn. Der Papst hatte ihn unmissverständlich aufgefordert zu handeln. Entsprach sein ungeheuerlicher Gedanke etwa genau dem, was der Papst ihm zwischen den Zeilen hatte mitteilen wollen? Dass er einen triftigen Grund für einen Krieg finden sollte? Einen Anlass, der es dem französischen König unmöglich machen würde, seine Unterstützung noch länger zu verweigern?

Er lief ruhelos in seiner Klause auf und ab und versuchte, den finsteren Gedanken zu vertreiben, doch je mehr er sich darum bemühte, diesen aus seinem Kopf zu verbannen, umso hartnäckiger schien er sich in ihm festzusetzen.

Arnold Amaury warf sich vor dem schlichten Holzkreuz an der Wand auf die Knie, um Buße zu tun für diesen Gedanken, der für einen Mann Gottes unwürdig war.

Dem jungen Mönch, der ihn wenig später zur Vesper holen wollte, gab er ungeduldig zu verstehen, dass er keine weiteren Störungen mehr wünschte. Er betete bis weit nach Mitternacht. Dann erst erhob er sich mit steifen Gliedern und genoss den Schmerz, als er in sein Schlafgemach humpelte. Gab ihm dieser doch das beruhigende Gefühl, der Versuchung widerstanden zu haben.

Kurz vor Beginn der Frühmesse wachte er auf. Düstere Träume hatten ihn während des kurzen Schlafes gequält, deren Schatten ihn auch jetzt noch gefangen hielten. Seine Stimmung war denkbar schlecht und besserte sich auch nicht beim Anblick seiner Mitbrüder, die mit verschlafenen Gesichtern in die Kapelle schlurften.

Der hässliche Gedanke des gestrigen Abends war noch immer nicht verschwunden, sondern hatte sich fest in seinem Kopf eingenistet. Er versuchte zwar nach wie vor, ihn zu vertreiben, doch es wollte ihm einfach nicht gelingen. Dann geschah etwas Erstaunliches. Der Gedanke ließ sich nicht nur nicht vertreiben, sondern wurde mit jeder Stunde, die verging, vertrauter, bis ihm zuletzt nichts Befremdliches mehr anhaftete und Arnold Amaury sich dabei ertappte, dass er sich, ohne es zu wollen, ernsthaft mit ihm auseinandersetzte.

Schließlich gab er, eine Woche, nachdem der Gesandte des Papstes ihm das Schreiben überbracht hatte, auf.

Er war jetzt überzeugt davon, dass Papst Innozenz III. genau das von ihm erwartete, was in seinem Kopf herangereift war.

Es war seine heiligste Pflicht, das Land von den Ketzern zu befreien, die sich schneller im Süden ausbreiteten als Beulen am Körper eines Pestkranken.

Das Opfer, das er bringen musste, um dieses Ziel zu erreichen, schien ihm auf einmal nicht mehr ganz so groß zu sein. Auch der Gedanke, im Auftrag des Papstes, und damit im Namen des Herrn, zu handeln, half ihm, sein Gewissen zu beruhigen.

Er setzte sich an seinen Arbeitstisch, nahm ein schon zurechtgeschnittenes Pergament und legte es vor sich auf die Schreibfläche. Eine Weile starrte er auf das leere Blatt und rührte gedankenverloren mit dem Federkiel in seinem Tintenfass.

Ja, manchmal war es eben notwendig, ein Opfer zu bringen, um ein höheres Ziel zu erreichen. War Jesu Tod am Kreuz nicht das beste Beispiel dafür? Der Mord an einem päpstlichen Legaten, begangen von einem Katharer, würde den offiziellen Grund für einen Krieg liefern. Natürlich durfte er den Mord nicht selbst in Auftrag geben. Unter keinen Umständen durfte dieser jemals mit ihm in Verbindung gebracht werden. Und um Peter von Castelnau war es nun wirklich nicht schade. Mehr als siebenhundert Tage und Nächte hatte er diesen überheblichen Kerl, der mit der ihm vom Papst verliehenen Macht wie ein Fürst aufgetreten war, während ihrer Missionsreise durch Frankreichs Süden ertragen müssen.

Dabei war es ihnen nicht einmal gelungen, auch nur einen einzigen Ungläubigen auf den rechten Pfad zurückzuführen. Für ihn bestand kein Zweifel daran, dass es die Schuld von Peter von Castelnau war, dass sie so jämmerlich versagt hatten.

In seiner Verzweiflung hatte er den Heiligen Vater schon um seine Abberufung bitten wollen, als sie durch eine glückliche Fügung auf den Subprior des Bischofs von Osma, Dominikus Guzman, getroffen waren.

»Von prachtvollen Zelten aus und mit einem Heer von Dienern lässt es sich nicht gut von Jesus Christus predigen, der arm war und barfuß ging«, hatte dieser ihnen geraten, aber während er selbst bereit war, alles zu tun, um ihren Auftrag zu erfüllen, hatte Peter von Castelnau sich nur schwer von der Notwendigkeit überzeugen lassen, seine prächtigen Gewänder gegen härene Kutten zu tauschen. Und selbst als er es schließlich getan hatte, schreckte er die Menschen, die ihnen begegneten, immer noch mit seinem unerträglichen Hochmut ab. Die Sache schien aussichtslos, aber nichtsdestotrotz war es am Ende Peter von Castelnau gewesen, der die rettende Idee gehabt hatte und kurzerhand die Bischöfe von

Béziers und Toulouse suspendiert und den Grafen von Toulouse exkommuniziert hatte.

Die Bekämpfung der Ketzer hatte daraufhin eine unerwartete Wende genommen. Peter von Castelnau stellte strenge Bedingungen für die Aufhebung der von ihm verhängten Interdikte, ließ sich von dem verunsicherten Adel und dem hohen Klerus bewirten wie ein Fürst und scherte sich nicht darum, dass er sich dadurch immer mächtigere und gefährlichere Feinde unter diesen machte.

Peter von Castelnau erwartete, dass der Papst ihn für all seine Mühen mit einem Bistum belohnen würde. Nun wähnte er sich seinem Ziel schon ganz nah. Er wusste eben noch nicht, dass er nun, anstatt Erzbischof zu werden, schon bald als Märtyrer enden und damit, obwohl es niemanden gab, der diese Auszeichnung weniger verdiente als er, vielleicht – und bei diesem Gedanken wurde Arnold Amaury ganz übel – eines Tages sogar heiliggesprochen werden würde.

Das Treffen fand acht Wochen später unter größter Geheimhaltung statt.

Simon von Montfort, der fünfte Earl of Leicester, zog sich seine Kapuze noch tiefer ins Gesicht, obwohl es bereits so dunkel war, dass man die Hand vor Augen nicht mehr erkennen konnte. Er parierte seinen Hengst durch und wartete, bis der Mond, der hinter einer dicken Wolkendecke verschwunden war, wieder hervorkam. Dann erst trieb er sein Pferd an und ritt weiter.

Sein Knappe Guido hielt sich dicht neben ihm. Dass sein Herr ihm nicht den Befehl erteilt hatte, ein Quartier zu suchen, solange es noch hell war, war ihm ebenso wenig geheuer wie die Mönchskutte, die sich der Graf über sein Kettenhemd gestreift hatte. Obwohl jeder wusste, dass es im Süden Frankreichs von Banditen und Räubern nur so wimmelte, hatte Simon von Montfort außerdem auf seine Gefolgsleute verzichtet.

Was zum Teufel war so wichtig, dass es nicht bis zum nächsten Tag warten konnte und sie die ganze Nacht durchreiten mussten?

Das Schreien einer Katze durchbrach die Stille. Guido begann, vor Angst zu schlottern. Katzen waren Geschöpfe des Satans. An den Orten, an denen sie sich aufhielten, war auch der Leibhaftige nicht mehr weit. Hastig schlug er ein Kreuzzeichen.

Endlich tauchten die Mauern eines Klosters vor ihnen auf. Im fahlen Licht des Mondes wirkten sie abweisend und düster. Trotzdem wurde Guido augenblicklich ruhiger. Hinter dem Schutz der heiligen Mauern konnte der Teufel ihm nichts mehr anhaben.

Doch seine Hoffnung wurde enttäuscht. Noch bevor sie das Kloster erreichten, stieg Simon von Montfort von seinem Pferd.

»Du wartest hier«, befahl er, warf Guido die Zügel seines Pferdes zu und lief mit weit ausholenden Schritten auf die Pforte zu. Er schien bereits erwartet zu werden, denn die Pforte wurde geöffnet, ohne dass Simon von Montfort sich die Mühe machen musste zu klopfen. Guido drängte sich enger an die warmen Pferdeleiber, die Tiere würden ihn warnen, sobald Gefahr drohte.

Simon von Montfort folgte dem alten Mönch, der ihn am Einlass in Empfang genommen hatte, über den Klosterhof. Feiner Kies knirschte unter seinen Stiefeln, sonst blieb alles still. Die Bewohner des Klosters schienen noch zu schlafen, doch es konnte nicht mehr lange dauern, bis sie sich von ihren harten Lagern erheben würden, um sich zur Matutin, dem ersten Gebet des neuen Tages, in der Kapelle zu versammeln.

Das Kloster besitzt beinahe die Ausmaße einer Burg, dachte Montfort und staunte nicht schlecht über die Größe der Anlage, als es weiter durch einen zum üppig begrünten Innenhof hin offenen Kreuzgang ging. Im Schein der Fackel sah er die auf Zwillingssäulen ruhenden, überreich mit Blattwerk geschmückten Arkaden. Von der Westseite des mit Rundbögen gewölbten Kreuzgangs aus gelangten sie in die Abteikirche, in der eine Treppe zuerst auf eine Galerie und von dort aus zu den Schlafsälen der Mönche führte.

Vor einer kostbar geschnitzten Eichentüre blieb der Mönch stehen und klopfte leise an.

Arnold Amaury öffnete eigenhändig die Türe.

Er trug einen schlichten, weißen Habit mit schwarzem Scapulier.

Sein teigiges Gesicht war gerötet vom Wein, den er getrunken hatte, während er ungeduldig auf seinen Besucher wartete.

»Ich brauche dich nicht mehr«, sagte er an den Mönch gewandt, ohne diesen weiter zu beachten. Der Mönch wandte sich daraufhin gehorsam um und war nach wenigen Augenblicken in der Dunkelheit verschwunden.

Mit einem raschen Blick musterte der Abt Simon von Montfort.

Der Graf war selbst in der schlichten Mönchskutte eine imposante Erscheinung. Seine Haltung strahlte Selbstvertrauen und eiserne Entschlossenheit aus. Obwohl er bereits weit über fünfzig war, konnte der Abt in den wohlgefälligen, markanten Gesichtszügen kein Anzeichen von Müdigkeit erkennen. Neun Jahre lang hatte Montfort einen gnadenlosen Kreuzzug geführt. Dieser Mann war es gewohnt zu befehlen. Er würde niemals aufgeben, bevor er sein Ziel nicht erreicht hatte. Die kalten, dunklen Augen des Grafen bohrten sich in die von Arnold Amaury. Der musste unwillkürlich an die Berichte denken, die er über seinen Besucher eingeholt, aber als Schauermärchen abgetan hatte. Nun war er sich jedoch nicht mehr so sicher, ob sie nicht doch der Wahrheit entsprachen.

... Der Feldherr selbst hat den Befehl erteilt, die abgeschnittenen Köpfe und Gliedmaßen der gefangenen Sarazenen als Wurfgeschosse für unsere Kriegsmaschinen zu benutzen, um den Feind zu erschrecken. Nachdem die Stadt endlich gefallen war, gab es ein sehr unterhaltsames Spektakel. Niemand konnte dem Tod entgehen. Schon bald war die Erde mit Blut getränkt, und die in Stücke gehauenen Leiber der Türken verstopften sogar das Aquädukt, das Wasser in die Stadt hineinführt. Den Frauen und Kindern aber fügte der Feldherr kein Leid zu, außer dem, sie auf Lanzen aufzuspießen.

Obwohl Arnold Amaury sich mehrmals räusperte, gelang es ihm nicht, den Kloß in seiner Kehle loszuwerden.

»Ich hoffe, Ihr hattet nicht zu viele Unannehmlichkeiten auf Eurer Reise?«, stieß er heiser hervor.

»Es war nicht der Rede wert«, erwiderte Simon von Montfort knapp.

Arnold Amaury führte seinen Besucher zu den Stühlen am Kamin, in dem ein helles Feuer loderte und eine warme Atmosphäre verbreitete.

Die kunstvoll geschnitzten breiten Stühle waren mit weichen Decken und Kissen für die hohen Besucher ausgelegt. Teure Kerzen aus Bienenwachs erhellten zusätzlich den Raum. Arnold Amaury liebte ihren feinen Duft, der sich wohltuend von dem stinkender Rindertalgkerzen und ewig rußender Öllampen unterschied.

Simon von Montfort warf seinen Umhang achtlos über die

Lehne eines Stuhls, bevor er sich setzte. Der Abt reichte ihm einen Becher Wein.

»Eure Nachricht klang recht geheimnisvoll«, kam der Graf sofort zur Sache. Er hasste es, lange um eine Sache herumzureden, und jegliches diplomatische Getue war ihm ein Gräuel.

In die schläfrig dreinblickenden Augen Arnold Amaurys trat ein lauernder Ausdruck, als er sich leicht nach vorne beugte. Sein blässliches Gesicht mit dem breiten Kinn verriet, dass er sich in den letzten Wochen mehr in seiner Kammer als an der frischen Luft aufgehalten hatte. Etwas Düsteres ging von ihm aus, das durch die schweren Tränensäcke unter seinen Augen noch verstärkt wurde. Simon von Montfort beschloss, auf jeden Fall vorsichtig zu sein.

Arnold Amaury war überzeugt davon, dass der Graf der richtige Mann für seine Pläne war. Simon von Montfort galt der Kirche als pflichtgetreuer Christ und war außerdem der beste Feldherr, den man sich wünschen konnte.

Seine Hände wurden feucht vor Aufregung. Er räusperte sich noch einmal, um Zeit zu gewinnen, während er bei sich dachte:

Herr, wenn du es nicht geschehen lassen willst, lähme meine Zunge und meinen Atem und bewirke, dass ich nicht mehr sprechen kann.

Simon von Montfort beobachtete ihn. Seinen kalten Augen entging weder die Aufregung noch das Zögern des Abtes. Ein leises Lächeln spielte um seine schmalen Lippen. Der Abt schien hochfliegende Pläne zu haben, für die er seine Hilfe brauchte. Gespannt wartete er auf das, was Arnold Amaury ihm zu sagen hatte.

»Der Heilige Vater hat mich bevollmächtigt, gegen die Ungläubigen vorzugehen und der Häresie in Okzitanien ein für alle Mal ein Ende zu bereiten.« Seine Worte klangen stolz. Doch es war zu spät, um sie zurückzunehmen. Beschämt bat der Abt Gott insgeheim um Vergebung und flehte ihn nochmals an, seine Zunge zu lähmen, sollte er gegen seinen Willen sprechen.

Er fühlte sich unwohl unter dem scharfen Blick des Grafen, der ihn keinen Augenblick aus den Augen ließ und dessen unbewegte Gesichtszüge nicht im Mindesten erahnen ließen, was in seinem Kopf vorging.

Nervös fuhr er sich mit der Zungenspitze über die trockenen Lippen.

»Leider gibt es da ein Problem, für das wir eine Lösung finden müssen.«

Der Versuch des Abtes, ihn schon jetzt in seine Pläne mit einzubeziehen, belustigte Simon von Montfort, aber er ließ sich nichts anmerken. Mit unbewegtem Gesicht wartete er darauf, dass dieser fortfuhr.

»Die Fürsten und Grafen des Südens, allen voran der treulose Graf von Toulouse, der die Kirche schon einmal verraten hat, halten schützend ihre Hände über die Ketzer. Man könnte fast glauben, dass sie mittlerweile selbst zu Ketzern geworden sind.«

Das war eine schwere Anschuldigung. Montforts Gesichtszüge verhärteten sich, doch er schwieg beharrlich.

Arnold Amaury zögerte ein letztes Mal, dann holte er tief Luft und fuhr entschlossen fort.

»König Philipp August hält es bisher nicht für nötig, mit seinen Truppen einzugreifen, doch ohne die Truppen des Königs haben wir keine Chance, erfolgreich gegen diese Pestilenz des katholischen Glaubens vorzugehen. Die zuletzt vom Papst beauftragten Legaten mussten unverrichteter Dinge wieder zurückkehren und befinden sich nun auf dem Weg nach Montpellier.«

Amaury griff nach seinem Becher und leerte ihn in einem Zug. Ein Ausdruck von Verschlagenheit huschte über sein blasses Gesicht, als er fortfuhr.

»In dieser ausweglosen Situation ersuche ich Euch um Euren Rat. Man hat mir berichtet, dass Ihr sehr erfahren in der Kriegskunst seid.«

Erwartungsvoll sah er den Grafen an.

Simon von Montfort brauchte nicht lange, um zu verstehen, was der Abt von ihm erwartete, und er war sich sicher, dass dieser schon längst einen Plan hatte. Warum sonst hätte er ihn bei Nacht und Nebel in die Abtei gebeten?

Sein Mund verzog sich spöttisch.

Dieser hinterhältige Abt hatte vor, ihn zu benutzen, um sich nicht selbst mit einer schmutzigen Tat belasten zu müssen!

Amaury brauchte die Truppen des Königs für seinen Kampf gegen die Ketzer, und aus diesem Grund suchte er nach einem Anlass für einen Krieg. Alles, was es dazu brauchte, hatte er ihm in wenigen Sätzen geliefert. Die Figuren auf seinem Schachbrett waren der Graf von Toulouse und die Legaten des Papstes. Wenn Amaurys Plan aufginge, weil er, Montfort, ihm dabei half, würde ihm der Abt im Gegenzug vermutlich die Ländereien Raimunds VI. anbieten, die nicht zu verachten waren.

Der sich anschließende Krieg würde dann im Namen des Kreuzes stattfinden und für Amaury kein Risiko darstellen. Das Angebot war verlockend, und obwohl ihm der Abt für einen Mann Gottes ein wenig zu ehrgeizig war, sah er keinen Grund es abzulehnen.

»Wenn ich Euch richtig verstanden habe, wäre Euch ein Anlass für einen Krieg nicht unwillkommen, und Ihr erwartet von mir, dass ich Euch zu diesem verhelfe?«, fragte er unvermittelt.

Im ersten Moment war Arnold Amaury schockiert. Die direkte Art des Grafen war fast schon unverschämt. Ärger stieg in ihm auf, doch schnell hatte er sich wieder in der Gewalt, und es gelang ihm sogar ein dünnes Lächeln.

»Ich sehe, Ihr habt mich verstanden«, sagte er bedächtig und war insgeheim erleichtert darüber, dass das Gespräch so glatt verlief.

»Die Ländereien des Grafen von Toulouse sind fruchtbar und reich und werden erst der Anfang sein. Jeder dieser hohen Herren, der uns seine Unterstützung verweigert, wird enteignet werden.« Er legte eine kurze Pause ein, um dem Grafen Zeit zu geben, die volle Tragweite seiner Worte zu erfassen.

»Wie könnt Ihr so sicher sein, dass der von Euch beschlossene Kreuzzug tatsächlich Gottes Wille ist?«, warf dieser da auf einmal ein. Arnold Amaury erschrak. War es möglich, dass er sich in Simon von Montfort getäuscht hatte? Oder waren ihm die Ländereien des Grafen von Toulouse etwa nicht genug?

Die Miene des Grafen wirkte ernst, und Arnold Amaury begriff, dass es ihm nicht um noch mehr Land ging, sondern um sein Seelenheil.

»Der Heilige Vater hat jedem Kreuzfahrer, der gegen die Ketzer im Süden zieht, die Absolution all seiner Sünden zugesagt sowie die sofortige Aufnahme ins Paradies«, erklärte er rasch.

»Damit habt Ihr meine Frage nicht beantwortet.«

»Der Papst hat den Kreuzzug beschlossen, ich bin nur sein Diener«, sagte Arnold Amaury bescheiden und hoffte, dass Simon von Montfort sich damit zufriedengeben würde.

Doch anstelle einer Antwort zog Simon von Montfort einen abgegriffenen Psalter aus seiner Beuteltasche, öffnete ihn aufs Geratewohl und reichte ihn dann Arnold Amaury.

»Wenn es der Wille des Herrn ist, dass ich diesen Kreuzzug führe, so möchte ich es von Ihm selbst hören. Würdet Ihr mir wohl diesen Psalm übersetzen?«

Arnold Amaury tat, wie ihm geheißen, und beugte sich über das Buch. Simon Montfort hatte, Zufall oder nicht, den einundneunzigsten Psalm des Alten Testaments aufgeschlagen.

»Denn er hat seinen Engeln befohlen«, begann der Abt vorzutragen, »dass sie dich behüten auf allen deinen Wegen, dass sie dich auf Händen tragen und du deinen Fuß nicht an einen Stein stoßest. Auf Löwen und Ottern wirst du gehen und treten auf junge Löwen und Drachen. Er begehrt mein, so will ich ihm aushelfen; er kennt meinen Namen, darum will ich ihn schützen. Ich will ihn herausreißen und zu Ehren bringen.«

So lautete der Psalm, den Simon von Montforts Finger aufgeschlagen hatte.

Die beiden Männer sahen sich an. Der eine ergriffen von den Worten des Herrn, der andere triumphierend.

Simon von Montfort nickte bedächtig. In seinen kalten Augen glitzerten Tränen der Rührung, und Arnold Amaury wusste, dass er gewonnen hatte. Er begleitete Simon von Montfort zur Tür.

»Es wäre besser, wenn man uns vorerst nicht miteinander in Verbindung bringt. Ich bin davon überzeugt, dass Ihr das Richtige tun werdet. Der Segen des Herrn ist Euch gewiss.«

Dieser Abt ist verschlagen und hinterhältig, dachte Simon von Montfort, als er sich vor dem Kloster wieder auf sein Pferd schwang. Er würde seine Hände in Unschuld waschen, während er selbst eine schwere Sünde auf sich laden würde. Geschickt hatte der Abt seine Worte gewählt, sodass sie nur im Raum gestanden und nicht wirklich greifbar gewesen waren. Da war ihm ein ehrlicher Kampf mit dem Schwert doch weit lieber als diese Art von Gespräch, bei dem das, was tatsächlich gemeint war, nicht ausgesprochen wurde.

Er überlegte, ob es eine Todsünde wäre, einen Gesandten des Papstes zu töten, um dadurch einen Krieg herbeizuführen, und kam zu dem Schluss, dass es so verwerflich nicht sein konnte, wenn selbst der Papst es für notwendig hielt, das Land von den Ketzern zu befreien und die Menschen in den heiligen Schoß der Mutter Kirche zurückzuführen.

Er setzte sich im Sattel zurecht, gab Guido ein kurzes Zeichen mit der Hand und trieb dann sein Pferd zu einem flotten Trab an. Der Gedanke, noch einmal an einem Kreuzzug teilzunehmen, gefiel ihm. Er war neunundfünfzig Jahre alt und hatte nicht vor, sein Leben als sabbernder Greis in einem weichen Bett zu beenden. Noch mehr gefiel ihm allerdings die Aussicht auf die Ländereien des Grafen von Toulouse, die ihn zum mächtigsten Vasallen der französischen Krone machen würden.

Guido, der erleichtert darüber war, dass sein Herr so schnell wieder zurück war, folgte ihm mit einer Pferdelänge Abstand. Er hatte schon befürchtet, die ganze Nacht im Freien verbringen zu müssen.

Er konnte nicht ahnen, dass in dieser Nacht das Schicksal von Frankreichs Süden endgültig besiegelt worden war.

Dicke, graue Wolken bedeckten den Himmel, als Peter von Castelnau mit seinen beiden Begleitern eine Woche später Saint-Gilles verließ. Er hatte den Graf von Toulouse in die Knie gezwungen und somit seinen Auftrag erfüllt. Der Heilige Vater würde stolz auf ihn sein.

Die beiden Männer an seiner Seite, Bruder Raoul und Ritter Albert, wagten es nicht, ihn in seinen Gedanken zu stören. Schweigend ritten sie neben ihm her.

Raimund VI. war ein Verräter, über den der Papst zu Recht

das zweite Mal den Bann geschleudert hatte. Dreist hatte er versucht, ihn zu benutzen, um in den Schoß der Kirche zurückkriechen zu können und in ihrem Schutz weiter seine intriganten Pläne zu schmieden, die allesamt darauf abzielten, der Kurie zu schaden und die Ketzer weiterhin heimlich zu unterstützen.

Aber er, Peter von Castelnau, hatte sich nicht blenden lassen von dem prunkvollen Festmahl und dem Glanz am Hof des Grafen, sondern ihn öffentlich angeprangert. Vor dem Herrn waren alle Sünder gleich, ob sie nun einen Grafentitel trugen oder nicht.

Ritter Albert griff fester in die Zügel seines Pferdes, sodass es aus dem Trab zum Stehen kam. Er richtete sich im Sattel auf, um besser sehen zu können. Als Bruder Raoul sein Pferd daraufhin ebenfalls anhielt, blieb auch das von Peter von Castelnau stehen.

Vor ihnen lag der Fluss. Eine schmale Holzbrücke war die einzige Möglichkeit, ihn zu überqueren.

»Was sind das für Leute auf der anderen Seite der Brücke? Sie scheinen den Übergang zu blockieren. Das kann nichts Gutes bedeuten«, sagte Albert beunruhigt, immerhin war er für den Schutz der beiden päpstlichen Legaten verantwortlich. Er dachte an die vielen Räuberbanden, die mordend und plündernd durchs Land zogen, immer auf der Suche nach wehrlosen Opfern.

Darüber verärgert, dass man ihn in seinen Gedanken gestört hatte, blickte Peter von Castelnau auf.

»Einfaches Volk, um das wir uns nicht zu kümmern brauchen«, sagte er scharf.

Unbesorgt drückte er seinem Pferd die Fersen in die Flanken und trieb es direkt auf die Brücke zu. Die Pferde seiner Begleiter passten sich seinem Tempo an.

»Ich weiß nicht«, gab Albert zu bedenken. »Sie sind bewaffnet, und es sieht für mich ganz danach aus, als würden sie uns absichtlich den Weg versperren. Vielleicht wäre es besser umzukehren?«, schlug er besorgt vor.

»Warum sollte ich das tun? Niemand hat es bisher gewagt, mir unehrerbietig entgegenzutreten. Ich bin im Auftrag des Heiligen Vaters unterwegs«, erklärte Peter von Castelnau voller Hochmut. Stolz aufgerichtet ritt er weiter.

»Gebt sofort den Weg frei«, schnauzte er die Männer an, die ihm mit finsteren Mienen entgegensahen. Sie sahen wild und verwahrlost aus und waren mit Lanzen und Schwertern bewaffnet.

Alberts Sorge wuchs, als er in ihnen die gefürchteten Routiers erkannte, spanische Söldner, die sich jedem Herrn verdingten, solange er sie anständig bezahlte.

»Wir sollten unseren Pferden die Sporen geben und nach einer anderen Möglichkeit suchen, den Fluss zu überqueren«, schlug er noch einmal vor.

»Den Teufel werden wir tun«, erwiderte Peter von Castelnau mit Nachdruck.

Er wandte sich an den offensichtlichen Anführer der Gruppe, einen finster aussehenden, grobschlächtigen Kerl mit zusammengewachsenen Augenbrauen und langem, schwarzem Bart.

»Ihr wisst nicht, mit wem ihr es zu tun habt«, sagte er überheblich. »Wenn ihr nicht auf der Stelle den Weg freigebt, werdet ihr es bereuen«, drohte er.

Statt einer Antwort zog der Mann sein Schwert. Er schien von Castelnaus forschem Auftreten nicht im Geringsten beeindruckt zu sein.

»Und mit wem haben wir es zu tun?«, fragte er, wobei ein hämischer Ausdruck in sein Gesicht trat.

»Ich bin päpstlicher Legat und in einem wichtigen Auftrag

des Heiligen Vaters unterwegs«, erwiderte Peter von Castelnau, ärgerlich darüber, auch noch eine Erklärung abgeben zu müssen. »Und jetzt gebt endlich den Weg frei.«

Er machte Anstalten, den Mann einfach über den Haufen zu reiten, als einer der hinteren Routiers blitzschnell seinen Speer warf.

Der Speer traf Peter von Castelnau mitten in die Brust und durchbohrte sie. Ein Blutschwall schoss aus seinem Mund. Seine vor Schreck weit aufgerissenen Augen brachen sofort, und lautlos kippte er vornüber vom Pferd. Noch bevor Albert sein Schwert ziehen konnte, hatten ihn die Routiers schon erreicht, rissen ihm die Zügel aus der Hand und zerrten ihn vom Pferd. Bruder Raoul versuchte noch, sein Pferd zu wenden, um zu fliehen, doch auch für ihn gab es kein Entkommen.

»Der Gesandte des Papstes, Peter von Castelnau, ist ermordet aufgefunden worden.«

Der Graf von Toulouse ließ seine Feder sinken und sah auf. Er war gerade dabei gewesen, einen Brief an seinen Schwager, Peter von Aragon, zu schreiben, als Gordon von Longchamp in sein Schreibzimmer gekommen war, in das er sich immer häufiger ohne seine Schreiber zurückzog. Er hatte Zeit gewonnen, aber er ahnte, dass die Kirche keine Ruhe geben würde, solange er nicht das tat, was sie von ihm verlangte. Doch selbst wenn er gewollt hätte, wäre es ihm unmöglich gewesen, alle Katharer und Juden aus dem Land zu jagen. So gut wie jede südfranzösische Familie unterhielt verwandtschaftliche oder wirtschaftliche Beziehungen mit ihnen, die nicht so einfach aufgelöst werden konnten. So viele Dinge mussten im Vorfeld geregelt werden, für die er keine Zeugen gebrauchen konnte. Bündnisse mussten geschlossen, Fehden beigelegt, Vermögenswerte in Sicherheit gebracht werden.

Seine Augen verengten sich, und eine steile Falte erschien auf seiner hohen Stirn. »Wie ist das geschehen?«, fragte er.

»Etwas Genaues weiß man nicht«, erklärte Gordon, »aber es gibt Gerüchte.«

Raimund nickte. Sein Blick war nachdenklich geworden. »Gerüchte, die besagen, dass wir etwas mit dem Mord zu tun haben«, meinte er dann. Es war mehr eine Feststellung denn eine Frage.

Gordon nickte.

»Die Kurie wird den Mord an einem ihrer Gesandten nicht ungesühnt lassen.« Noch während Raimund sprach, keimte ein furchtbarer Verdacht in ihm auf.

»Nach diesem Mord, der uns angelastet wird, kann der König dem Papst seine Truppen nicht länger verweigern, und die Kirche kann endlich den von ihr so heiß ersehnten Kreuzzug gegen uns beginnen.« Gordon schwieg. Er wusste, dass der Graf nur laut dachte.

Raimund von Toulouse hielt es nicht länger auf seinem Stuhl. Unruhig begann er, in dem länglichen Raum auf und ab zu gehen.

»Es spielt keine Rolle, wer die wahren Mörder sind. Die Kirche hat mit der Ermordung Peter Castelnaus einen neuen Märtyrer und damit einen Grund für einen Feldzug. Es war alles vergebens. Ich habe mich erniedrigt und einen Meineid geleistet, weil ich meinem Land einen weiteren Krieg ersparen wollte, dabei hätte ich wissen müssen, dass die Kurie nicht eher Ruhe gibt, als dass sie ihr Ziel erreicht hat. Und dieses Ziel ist es, jeden, der etwas anderes denkt oder glaubt, als sie gestattet, zu vernichten.«

Er blieb stehen und fuhr sich mit der Hand über die Stirn, der Ausdruck in seinem Gesicht war schrecklich. Ein kalter Schauer lief Gordon über den Rücken. Noch nie zuvor hatte er den Grafen von Toulouse so verzweifelt gesehen. Ihre Blicke trafen sich.

»Wenn wir nicht alles verlieren wollen, was wir besitzen, und zudem noch unsere Freiheit, werden wir den Papst in Rom von unserer Unschuld überzeugen müssen. Aber wenn sich mein Verdacht bestätigt und der Tod Peter von Castelnaus kein zufälliger, sondern ein von ganz oben gewollter war, dann gnade uns Gott.«

Papst Innozenz, der im Jahre elfhundertsechzig als Sohn des Grafen Trasimondo Conti und der Claricia Scotti zwei Tagesreisen südöstlich von Rom geboren worden war und Lotario di Segni geheißen hatte, bevor er zum Papst gewählt worden war, betrachtete sich nicht nur als Stellvertreter Petri, sondern auch als Statthalter Christi auf Erden, wie er sofort nach seinem Amtsantritt deutlich gemacht hatte. »Der Papst jedoch ist geringer als Gott, aber größer als der Mensch«, hatte er den erstaunten Kardinälen bei seiner ersten Ansprache verkündet und sich entschlossen auf seine neuen Aufgaben gestürzt, deren vordringlichste für ihn die Machterweiterung der Kirche und die Vernichtung jeglicher Häresie waren.

Der päpstliche Audienzsaal hatte die Ausmaße einer Kathedrale. Der mächtige Wandteppich, der in silberner und goldener Stickerei die Einschiffung des dritten Kreuzzugs wiedergab und die Blicke der Besucher auf sich zog, stammte noch von einem seiner Vorgänger, ebenso wie der in Gold und Purpur gehaltene, prunkvolle Sessel, über dem sein Wappen – ein Blitze schleudernder Adler – prangte. Innozenz hatte gerade auf ihm Platz genommen, als der Hauptmann seiner Garde, gefolgt von einem Boten, eilig den Saal durchquerte. Der Mann war erschöpft, sein Umhang verdreckt. Er konnte sich kaum noch auf den Beinen halten, die offensichtlich steif von dem langen Ritt waren, und hatte Mühe, dem Hauptmann zu folgen.

»Heiliger Vater, bitte verzeiht unser ungebührliches Eindringen, aber der Bote hat behauptet, der Abt Arnold Amaury habe ihn geschickt und seine Nachricht wäre von allerhöchster Dringlichkeit und nur für Euch persönlich bestimmt«, erklärte der Hauptmann der Garde und verbeugte sich ehrerbietig. Wie alle Bewohner des Vatikans wusste auch er, dass der Papst nichts mehr verabscheute als Schmutz und Gestank.

Doch Innozenz III. ließ sich seinen Ärger über den Mann, der es wagte, ungewaschen und in schmutzigen Kleidern vor ihn zu treten, nicht anmerken.

»Er möge sagen, was er zu sagen hat«, erklärte er. »Aber er soll sich beeilen.« Der Hauptmann gab dem Boten daraufhin das Zeichen zu sprechen, trat dann hinter ihn zurück und beobachtete, die Hand am Schwert, jede seiner Bewegungen.

»Nun redet endlich«, zischte er dem Boten nach einer Weile zu. »Und gnade Euch Gott, wenn Ihr gelogen habt.«

Der Bote straffte den Rücken und hob an: »Ich bringe schlechte Nachrichten, Eure Heiligkeit. Der päpstliche Legat Peter von Castelnau und seine beiden Begleiter sind auf ihrer Reise nach Montpellier heimtückisch ermordet worden«, verkündete er und sah dem Papst vorsichtig in die Augen. Papst Innozenz' schmale Augenbrauen hoben sich unmerklich. Doch sonst war ihm in keiner Weise anzusehen, was er fühlte oder dachte. Kühl blickte er auf den Boten hinab.

»Weiß man schon, wer dieses schändliche Verbrechen begangen hat?«, fragte er.

»Einer der Begleiter Eures Legaten hat noch gelebt, als man ihn gefunden hat. Er hat gesagt, er hätte das Wappen des Grafen von Toulouse auf den Waffenröcken der Mörder wiedererkannt.«

Papst Innozenz atmete hörbar aus. Er spürte, dass etwas in Bewegung geraten war, was nicht mehr aufzuhalten war, und kämpfte die aufsteigende Erregung nieder.

»Weiß man, wer dieser Begleiter war?«

»Er hat gesagt, sein Name wäre Bruder Raoul, aber es gibt noch einen weiteren Zeugen, der seine Worte bestätigt hat. Ein Bauer aus der Gegend ist von einem Trupp bewaffneter Reiter beinahe über den Haufen geritten worden und hat berichtet, dass es die Männer des Grafen von Toulouse waren. Er war sich ganz sicher.«

Papst Innozenz hatte in wenigen Augenblicken seine Entscheidung getroffen und wandte sich an den anwesenden Schreiber. »Entlohnt den Boten und sagt die Audienz für heute ab. Dann lasst die Glocken in ganz Rom läuten und Messen für die Seelen unserer verstorbenen Brüder lesen. Jeder Priester im Land soll die Gläubigen aufrufen, das Kreuz zu nehmen, um der Herrschaft des Bösen endlich ein Ende zu setzen.« Er senkte seine Stimme und fügte leiser hinzu: »In der Hölle gibt es keine Erlösung.«

Sein Blick wanderte zu dem Wandbehang, der ihn ständig daran erinnerte, dass der von ihm ausgerufene vierte Kreuzzug das Heilige Land nie erreicht hatte. Von diesem Kreuzzug würde es keinen Wandbehang geben, der späteren Generationen seine ruhmreichen Taten verkündete. Es war ein Fehler gewesen, sich mit den Venezianern einzulassen, die für ihre Vertragsbrüchigkeit bekannt waren. Als Gegenleistung für den Schiffstransport der Kreuzfahrer hatte die Republik Venedig verlangt, dass sie das Heer auch für ihre eigenen Interessen einsetzen konnte, und obwohl er die Kreuzfahrer eindringlich davor gewarnt hatte, Christen in anderen Ländern anzugreifen, waren sie, aufgehetzt durch die Venezianer, über Zara und Konstantinopel, den größten Handelsrivalen Venedigs, hergefallen und hatten ein Blutbad unter der Bevölkerung angerichtet. Simon von Montfort hätte die Plünderung vielleicht verhindern können, aber er hatte sich geweigert, die Venezianer bei ihrem schändlichen Vorhaben zu unterstützen, und war mit einigen Gleichgesinnten nach Syrien weitergereist.

Innozenz drängte die Gedanken an die damaligen Ereignisse zurück. Der missglückte Kreuzzug hatte sowohl seinem als auch dem Ansehen der Kirche schwer geschadet, aber er war fest entschlossen, die Kirche wieder aufzurichten und ihre Macht zu festigen.

Immerhin hatte er Arnold Amaury richtig eingeschätzt. Und auch wenn er die Einzelheiten, die zu Peter von Castelnaus Ermordung geführt hatten, nicht kannte, worauf er im Übrigen auch keinen großen Wert legte, zeugte diese Tat einmal mehr von der Verdorbenheit der Menschen, die nicht einmal vor dem Klerus haltmachte. Er hatte wahrhaftig nicht übertrieben, als er in seinem vor Kurzem fertiggestellten Werk »Über den elenden Zustand des Menschen« geschrieben hatte: »... aus Erde geformt, ist der Mensch empfangen in Schuld und geboren zur Pein. Er handelt schlecht, gleichwohl es ihm verboten ist, er verübt Schändliches, das sich nicht geziemt, und setzt seine Hoffnung auf eitle Dinge. Er endet als Raub der Flammen, als Speise der Würmer, oder er vermodert. Aus ihm kommt nur Schleim, Urin und Kot, und er hinterlässt einen abscheulichen Gestank.«

Gott der Herr hatte ihn auserwählt, um dieses Elend zu beenden! In dieser Gewissheit verließ er den Audienzsaal, befahl seine Schreiber zu sich und verhängte zum dritten Mal den Bann über Raimund VI. von Toulouse sowie über die unbekannten Mörder und alle Mitschuldigen. An jedem Sonntag sollten sie fortan in allen Kirchen des Abendlandes mit Glocke, Buch und Kerze aufs Neue exkommuniziert werden. Gleichzeitig sprach er die Vasallen des Grafen von

Toulouse von ihrem Eid los. Der Graf selbst, diktierte Innozenz, dürfe erst dann wieder auf Verzeihung hoffen, wenn er seine Reue mit der Verjagung aller Ketzer aus seinem Land bewiesen habe oder aber selbst an dem Kreuzzug gegen diese teilnähme und die Kirche nicht nur mit Worten, sondern endlich auch mit Taten unterstütze.

Anschließend forderte er König Philipp August auf, nicht länger zu zaudern, rief die gesamte Christenheit zu den Waffen und befahl seinen Bischöfen, Raimund VI. aus Toulouse zu verjagen, falls er der Kirche seine Unterstützung verweigerte. Danach sollten sie seine häretischen Untergebenen vom Erdboden tilgen und durch Katholiken ersetzen.

Arnold Amaury wurde zu Papst Innozenz' eifrigstem Diener. Mit seinen Ordensbrüdern durchkämmte er das Land, und viele Menschen aus dem Norden Frankreichs folgten seinem Aufruf zum Kreuzzug, der ihnen himmlischen Lohn und reiche Beute versprach. Die Kirchen im Norden von Frankreich, in Deutschland und in Burgund hallten wider von den Predigten, in denen alle Katholiken aufgefordert wurden, für die Sache Gottes zu den Waffen zu greifen. »Jeder noch so große Sünder, der vierzig Tage lang gegen die Ketzer kämpft, wird den Qualen der Hölle entgehen und ewige Seligkeit erlangen.«

Der Graf von Toulouse setzte ein Schreiben auf, in dem er Papst Innozenz III. versicherte, nichts mit dem Mord an Peter von Castelnau zu tun zu haben. Die erneute Exkommunikation, fügte er hinzu, sei deshalb ein großes Unrecht. Er siegelte den Brief und schickte seinen schnellsten Boten damit nach Rom.

Die Antwort des Papstes war kühl und knapp. Er verlangte von Raimund, seinen Gehorsam und seinen guten Willen zu beweisen, indem er der Kirche sieben seiner stärksten Festungen übergäbe. Sollte er dann zusätzlich noch seine Unschuld beweisen können, wolle er ihn anhören und vom Banne lossprechen.

Raimund ahnte, dass er den bevorstehenden Kreuzzug nicht mehr verhindern und den Schaden nur noch in Grenzen halten konnte, indem er den Forderungen des Papstes nachgab und selbst das Kreuz nahm. Vierzig Tage lang, so hatte es die Kirche allen Kreuzfahrern versichert. Vierzig Tage, in denen sich jeder das ewige Leben erkämpfen und, mit reicher Beute beladen, wieder nach Hause zurückkehren konnte. Vierzig Tage, in denen Katharer und Juden sich aus dem öffentlichen Leben zurückziehen und er die Kirche davon überzeugen musste, ein guter Christ zu sein.

Vierzig Tage waren eine überschaubare Zeit.

Er hatte seinen Neffen Roger von Trencavel zu sich rufen lassen, um sich noch einmal mit ihm zu besprechen und ihn gleichzeitig davon zu überzeugen, dass alle Fürsten des Südens der Kirche keine weitere Angriffsfläche mehr bieten durften. Und noch weniger dem König von Frankreich, der dem Papst, nun, da der Kreuzzug unmittelbar bevorstand, seine Truppen nicht länger verweigern würde, zumal er die territoriale Hoheit über den Süden Frankreichs ganz sicher nicht der Kirche überlassen wollte.

Raimund wurde in seinen Gedanken unterbrochen, als die Türe zu seinem Arbeitszimmer mit einem Schlag aufflog und Roger von Trencavel hereinkam. Er war von gleich hohem Wuchs wie sein Onkel und wirkte nicht weniger kraftvoll als dieser, obwohl er schmaler gebaut war. Die Luft schien beim Eintritt des jungen Vicomte in Bewegung geraten zu sein, eine Art Wirbelsturm seine Schritte zu begleiten. Er war erhitzt von dem scharfen Ritt, sein längliches Gesicht gerötet.

»Ihr habt mich rufen lassen, Onkel?«

»Die Antwort aus Rom ist da.«

Rogers etwas zu eng beieinanderstehende graue Augen musterten Raimund misstrauisch. »Und was lässt der Heilige Vater uns armen Sündern mitteilen?« Er machte keinen Hehl aus seiner Abneigung gegen das Oberhaupt der katholischen Kirche. Raimund seufzte. Sein Neffe war nach dem Tod seines Vaters unter der Obhut von dessen Vasallen Bernhard von Saissac aufgewachsen, der sich selbst als Schutzherr aller Katharer bezeichnete.

Zudem war Roger jung und ungestüm und nicht bereit, Kompromisse einzugehen. Es würde schwer werden, ihn zu überzeugen.

Er reichte ihm das päpstliche Schreiben und verfolgte, wie die Augen seines Neffen über die wenigen Zeilen huschten.

»Ich kann nicht glauben, dass Ihr Euch auf einen solchen Handel einlassen wollt, Onkel«, platzte Roger heraus, nachdem er den Brief gelesen hatte, und schüttelte ungläubig den Kopf, als er darauf keine Antwort erhielt. Er warf einen feindseligen Blick auf das päpstliche Siegel. Eine Unterwerfung kam für ihn nicht in Frage, und er konnte nicht begreifen, dass ausgerechnet sein Onkel, der mächtigste der Fürsten und Grafen im Süden Frankreichs, dem Druck der Kirche nachgeben wollte. Einen falschen Eid zu schwören war schon schlimm genug, aber sieben Festungen zu übergeben, die sie im Falle eines Krieges dringend benötigen würden, war einfach zu viel des Guten. Roger von Trencavel, seine Gemahlin und seine Schwester gehörten ebenso zu den *Guten Christen* wie der überwiegende Teil seiner Vasallen und Ritter. Für ihn gab es keine Entscheidung, die er zu treffen hatte, und Raimund beneidete ihn heimlich darum.

Der Graf nahm das Pergament wieder entgegen und beobachtete seinen Neffen dann aus den Augenwinkeln.

Der junge Vicomte marschierte sichtlich erregt auf und

ab. Seine grauen Augen funkelten, und die Glieder seines Kettenhemdes rieben bei jeder Bewegung leise schnarrend aneinander.

»Unsere Burgen sind uneinnehmbar, und meine Truppen stehen bereit, jeden zu vernichten, der es wagt, uns anzugreifen. Wenn wir uns alle zusammenschließen, können wir das Heer des Königs abwehren.«

Während er sprach, glitt sein Blick an seinem Onkel vorbei durch das hohe, schmale Fenster nach draußen, als könne er die Angreifer bereits in der Ferne ausmachen.

Raimund folgte unwillkürlich seinem Blick. Bilder von vergangenen Schlachten stiegen in ihm auf. Heere, die wie tosende Wellen übereinanderschlugen. Der ganze Kampf ein einziges Schreien, Hauen und Stechen. Das hämische Krächzen der Krähen, die bei keiner Schlacht fehlten. Zurück blieben Zerstörung, Wut und Leid sowie ein totes Land, das die Überlebenden nicht mehr ernährte.

Wie viele Schlachten mussten wohl noch geschlagen werden, bis die Menschen erkannten, wie sinnlos diese waren und dass man den Frieden auch ohne Schwert und Lanze erringen konnte? Durch Hochzeiten und Verträge, die keinen neuen Hass säten, der wieder nur durch Blut gestillt werden konnte.

Er fuhr sich mit der Hand über die hohe Stirn, um seine Gedanken zu sammeln. Wenn wir uns alle zusammenschließen, dachte er grimmig, und wenn uns der König von Aragon, der unser Schwager ist, beistehen würde, ja, dann hätten wir tatsächlich eine Chance. Aber das wird nicht geschehen. Er dachte an den päpstlichen Legaten, der ihm mit selbstgefälliger Miene nicht nur die Rache des Herrn im Diesseits und Jenseits angedroht hatte, so als wäre er höchstpersönlich der verlängerte Arm Gottes, sondern ihm außerdem noch verkündet hatte, er würde alle christlichen Grafen im

Namen Gottes dazu auffordern, ihn aus Toulouse zu vertreiben. Eine Aufforderung, die einem Freibrief für seine Feinde, die Adligen aus Frankreichs Norden und im eigenen Land, gleichkam, welche ihn immer wieder in Fehden verstrickten und diesem Aufruf nur allzu gern Folge leisten würden.

»Wir können gegen den König von Frankreich kämpfen, aber nicht gegen die gesamte Christenheit«, sagte er bitter.

Ein Schatten glitt über Rogers Gesicht, der dem Grafen zeigte, dass seinem Neffen der Ernst der Lage sehr wohl bewusst war.

»Die *Guten Christen* sind unsere Freunde, und unsere Tradition gebietet uns, sie ebenso zu schützen wie jeden anderen unserer Untertanen. Verlangt Ihr etwa, dass ich meine Familie der Kirche ausliefere und mich selbst gleich mit dazu?«

Raimund sah in Rogers entschlossenes Gesicht und erkannte, dass jedes weitere Wort sinnlos war. Trotzdem unternahm er noch einen letzten Versuch, um den jungen Mann umzustimmen.

»Es ist ein Krieg, den wir nicht gewinnen können und der uns keinen Nutzen bringt. Wir können die *Guten Christen*, die Juden und auch unser Land besser schützen, wenn wir zum Schein auf die Bedingungen der Kirche eingehen«, sagte er beschwörend, doch seine Argumente prallten an Roger von Trencavel ab.

Ein wissender Ausdruck trat in dessen Gesicht.

»Bitte verzeiht, wenn ich Euch widerspreche, lieber Onkel, aber habt Ihr das nicht schon zwei Mal versucht, nachdem die Kirche den Bann über Euch verhängt hat? Es ist Euch schon damals nicht gelungen, sie von Eurer Aufrichtigkeit zu überzeugen, und vielleicht will die Kirche ja auch gar nicht überzeugt werden, sondern nur ihre volle Macht und vor allem ihren Zehnten zurückgewinnen. Habt Ihr darüber schon einmal nachgedacht, wo Ihr doch vorhabt, Euch ihr auf Gedeih und Verderb auszuliefern?«

Ein Hauch von Verachtung schwang in seiner Stimme mit, die Verachtung des Kriegers für die, die kampflos aufgeben wollten.

Raimund legte das Schreiben des Papstes in seine Schatulle zurück und unterdrückte seinen Ärger über die respektlosen Worte seines Neffen.

»Das habe ich, doch mir bleibt keine andere Wahl«, erklärte er schärfer als beabsichtigt, »denn ich trage die Verantwortung für dieses Land. Meine Familie hat der Kirche zeitlebens die Treue gehalten, mein Vater und mein Großvater haben sogar ihr Leben für sie gegeben. Unsere Tradition gebietet es, Andersgläubige zu respektieren, aber es ist eine Tradition, die im Norden von Frankreich ebenso wie in Deutschland und England auf Unverständnis stößt. Wir können die *Guten Christen* und die Juden nicht länger schützen, weil wir dazu verpflichtet sind, nicht nur einzelne Bevölkerungsgruppen, sondern das gesamte Volk zu schützen. Und aus diesem Grund müssen wir auch mit allen Mitteln verhindern, dass ein Heer plündernder Kreuzfahrer über unser Land herfällt, es verwüstet und brandschatzt. Oder glaubt Ihr wirklich, die Kreuzfahrer würden diesbezüglich einen Unterschied machen und jeden Einzelnen zuerst danach fragen, welchem Glauben er angehört, bevor sie sein Haus plündern? Wir müssen versuchen, den Schaden zu begrenzen, und irgendwie diese vierzig Tage überstehen. Selbst wenn wir dafür der Kirche unsere Burgen abtreten und das Kreuz nehmen müssen, sollten wir es tun. Weil wir nur auf diese Weise das Schlimmste von unserem Land abwenden können.«

Roger von Trencavel kniff die Augen zusammen. Ein verächtlicher Zug legte sich um seinen Mund, den er nicht zu verbergen suchte. »Ihr wollt tatsächlich gemeinsame Sache mit unseren Feinden machen?« Er schüttelte den Kopf, als könne er nicht glauben, dass sein Onkel dazu fähig sein würde.

Doch als der Graf daraufhin nur langsam nickte, wandte Roger sich brüsk von ihm ab, drehte sich dann nach einer Weile des Schweigens wieder zu ihm um und meinte: »Sie müssen an Béziers und Carcassonne vorbei, und ich werde schon dafür sorgen, dass dem König und auch dem Papst die Lust am Krieg vergeht.« Seine Gedanken schienen bereits ganz auf die bevorstehende Schlacht gerichtet zu sein.

Raimund betrachtete den kämpferischen jungen Mann, der fest entschlossen war, in einen aussichtslosen Kampf zu ziehen, ohne die weitreichenden Konsequenzen seiner Entscheidung bedacht zu haben. Es ist nicht nur die Freiheit des Glaubens, die in Gefahr ist, dachte er, sondern auch all die anderen Freiheiten, die wir uns erkämpft haben.

Ohne ein weiteres Wort der Erklärung entließ er seinen Neffen nun mit einer Handbewegung und wartete, bis sein Diener die Türe hinter Roger geschlossen hatte.

Der Graf ahnte nichts von Pater Stephans Verrat, davon, dass die Kirche sein doppeltes Spiel durchschaut hatte und dass seine Vernichtung längst beschlossene Sache war.

Obwohl er sich nicht selbst an dem bevorstehenden Kreuzzug beteiligen würde, war Philipp August zuletzt nichts anderes mehr übrig geblieben, als dem Papst, und damit Arnold Amaury, einen Teil seiner Vasallen zur Verfügung zu stellen.

Arnold Amaury dankte dem Herrn für diese glückliche Fügung des Schicksals. Er war überzeugt davon, in dessen Namen zu handeln, als er von Lyon aus an der Seite Simon de Montforts mit einem Heer von zwanzigtausend Rittern und sechzigtausend Fußsoldaten in Richtung Süden ritt.

Dichter Nebel verhüllte die schmalen, lautlos durch das Wasser gleitenden Boote, die sich zielstrebig auf die von hohem Schilf umgebene Anlegestelle in Ornolac zubewegten.

Dort angekommen stiegen mehrere Männer in langen, schwarzen Gewändern aus den Booten und schritten hintereinander den steinigen Pfad am See hinauf, bis ihnen eine undurchdringliche Mauer den Weg versperrte.

Einer von ihnen klopfte im vereinbarten Rhythmus an das massive, eisenbeschlagene Tor, das den einzigen Zugang zu der ringsum befestigten Anlage darstellte, die im Schutz eines riesigen Felsens errichtet worden war.

Der bartlose Kopf eines Wächters erschien in der schmalen Öffnung eines kleinen, im Tor eingelassenen Fensters, um zu sehen, wer zu dieser frühen Morgenstunde Einlass begehrte.

Als er die Männer erkannte, öffnete er schweigend das Tor und ließ sie ein. Über einen kurzen steinigen Weg erreichten diese die letzte Grenze der äußeren Welt, die mystische Pforte, ein hohes gemauertes Torgewölbe inmitten einer aus Natursteinen gefügten Wand, durch das nur die Eingeweihten hindurchtreten durften.

Einer der Hüter dieses Ortes erwartete sie bereits vor der Pforte, öffnete sie und führte sie über eine kleine, mit Kräutern und Blumen bewachsene Fläche einen steil ansteigenden Pfad hinauf, bis zu einem großen Platz, der mehr als zur Hälfte unter einem riesigen Felsüberhang lag. Wie eine mächtige, nach vorne hin abgebrochene Domkuppel überdachte dieser das unter ihm liegende dreistöckige Steinhaus.

Von der Westseite des Hauses führte ein gepflasterter Weg zu einer Grotte, deren eigentlicher Eingang durch eine weitere gemauerte Wand und ein schweres Holztor versperrt war. Der Hüter, der sie geführt hatte, öffnete das Tor und trat dann ehrfürchtig zur Seite, um die Vollkommenen einzulassen. Zwischen Tropfsteinen aus blütenweißem Kalk, tiefbraunem Marmor und glitzerndem Bergkristall wand sich ein von Fackeln beleuchteter Gang zwischen den Felsen hindurch und endete in einem tempelähnlichen Gewölbe mit einer vierhundert Ellen hohen Decke.

Kein Geräusch drang von der Außenwelt in das lichte Innere der Grotte.

Das Gesicht des Mannes, der dort an einer zu einem spitzen Dreieck geformten Tafel saß, lag im Schatten seiner weiten Kapuze verborgen.

Er begrüßte jeden Einzelnen der elf Eingeweihten mit einem Friedenskuss und wartete geduldig, bis ein jeder seinen Platz eingenommen hatte, dann erst erhob er seine Stimme.

»Ich, Amiel, Apostel unseres Herrn Jesu Christi nach dem Willen Gottes, dem Vater der Wahrheit, von dem ich stamme, der lebt und währt in alle Ewigkeit, der vor allem war und nach allem sein wird.

Von ihm stamme ich. Aus seinem Willen bin ich. Von ihm wurde mir alle Wahrheit offenbart. Und so bin ich aus seiner Wahrheit.

Diese Wahrheit tat ich euch, meinen treuen Weggefährten, kund. Ich habe Frieden und Hoffnung verkündet und euch den Pfad zur Höhe gewiesen.

Doch die römische Kirche ist unter der Führung des Bösen vom sanften Lamm zur reißenden Bestie geworden, die schlimmer unter den Gläubigen und den Freunden Gottes wütet als jemals zuvor.

Wir allein sind dem Tod entronnen, der keine Saat der Befreiung in sich trägt und nichts als Verwesung und Zerfall bewirkt!

Die Seele, ohne Stolz, unangesehen, unberührt und ohne Gunst – sie gewinnt nichts in den Zeiträumen der Angst. Dieser Welt des Irrtums sind wir entronnen. Wir haben die

Löwenfelle, die unsere Glieder bedeckten, von uns geworfen und ein heiliges Gewand empfangen.

Unser Leben lang sind wir nach links und rechts gelaufen und haben den Feinden nicht erlaubt, unsere Lampen zu löschen. In dem mächtigen Rennen liefen wir mit, das nur selten einer vollendet. Wir haben dieses Rennen zu einem guten Ende gebracht. Mit Jubel und Gesang kehren wir in unsere Heimat zurück. Seht, wir sind dabei, dem Körper des Todes zu entsteigen.«

Seine Stimme hatte bislang mahnend, fast schon beschwörend geklungen, doch als er jetzt fortfuhr, schwangen Trauer und Endgültigkeit in ihr mit.

Ehrfürchtige Schauer liefen den Männern über den Rücken, und jeder Einzelne von ihnen wusste, dass es von nun an kein Zurück mehr geben würde.

»Der Tröster wird die Schreckensherrschaft des Bösen überdauern, doch die Menschheit hat sich immer weiter von ihm entfernt, und bald wird niemand mehr da sein, der ihn erkennt. Wir müssen unser Vermächtnis in Sicherheit bringen, bevor wir diese Welt verlassen. Lasst uns jetzt ein letztes Mal gemeinsam das Vaterunser beten, bevor wir uns aufmachen, das zu tun, was getan werden muss.«

Ein Schatten fiel durch die niedrige Tür der Feinschmiede auf den Boden der Werkstatt und ließ Meister Priscus, den Juden, aufsehen.

Er saß in einer mit Holz verschalten, rechteckigen Grube an einem tischartigen Werkbrett. Zwischen ihm und dem Werkbrett hing ein aufgespanntes Fangleder, das die bei seiner Arbeit hinabfallenden Edelmetallspäne auffing. Trotz der unerträglichen Sommerhitze brannten Gusstiegel auf beiden Feuerstellen, die von unzähligen zerbrochenen Schmelztiegeln umgeben waren.

Meister Priscus legte die Punze, mit der er an einer Gewandspange gearbeitet hatte, neben Gänsefederkiel und Stichel ab.

Der Mann, der ihn besuchte, war kein Fremder. Priscus neigte seinen weißhaarigen Kopf zum Gruß und lächelte ihm freundlich zu.

»Setz dich, mein Freund«, forderte er ihn ruhig auf.

Nicola kam der Aufforderung nach. In der Hand hielt er eine Pergamentrolle, die er mit raschen Bewegungen vor dem Meister ausbreitete.

»Ich habe einen Auftrag für dich, der schnell erledigt werden muss.«

Meister Priscus warf einen Blick auf das Pergament und betrachtete das kleeblattförmige Kreuz, das mit Buchstaben und Symbolen versehen war, dann bohrten sich seine rot geränderten Augen in die seines Besuchers und erfassten die Dringlichkeit seines Anliegens. Er nickte zustimmend und begab sich ohne ein weiteres Wort wieder an die Arbeit.

Die Feuer, die im Süden Frankreichs brannten, kamen lautlos näher. So nah, dass die Menschen in dem einstmals glanzvollen Rhedae ihren tödlichen Geruch bereits wahrzunehmen glaubten.

Handwerker und Bauern ließen vor Furcht ihre Arbeit liegen. Die schreckliche Botschaft hatte ihre Hände gelähmt. In ihren grob gewebten, grauen Leibröcken standen sie vor ihren Stuben und Werkstätten mit vor Ohnmacht geballten Fäusten und einem hilflosen Ausdruck in den Gesichtern.

Nur allzu lebendig waren in ihnen noch die Erinnerungen an die Truppen des Königs von Aragon, der Rhedae im Jahre elfhundertundneunzig bis auf die Grundmauern zerstört hatte, nachdem die Streitigkeiten um die Stadt zwischen ihm und den Trencavels eskaliert waren. Lediglich die Zitadelle hatte seiner Zerstörungswut standgehalten.

»Alle verbrannt«, flüsterte Ludolf, der Weinbauer. Seine von der Sonne dunkel gebräunte Haut wirkte fahl. »Sie haben Béziers niedergebrannt. Männer, Frauen und Kinder, Christen, Juden und die *Guten Christen*, ohne jeden Unterschied.« Er strich sich mit der schwieligen Hand über den Kopf.

»Der Teufel ist in unser Land gekommen.«

»Dann kann es morgen oder übermorgen auch bei uns brennen.« Angst schwang in der rauen Stimme mit, die aussprach, was alle dachten.

»Unser junger Vicomte ist in Carcassonne, um Truppen auszuheben und die Stadt zu befestigen«, sagte Arno, der Kammschnitzer, zufrieden. Sein gutgläubiges, von Falten zerfurchtes Gesicht zeigte keinerlei Anzeichen von Besorgnis.

»Wenn er nicht bald kommt, wird es zu spät sein.« Mit hängenden Armen stand Ludolf da, ebenso ratlos wie die anderen.

Wieder einmal hatten die Mächtigen des Landes über ihr Schicksal entschieden, der Papst in Rom und der König von Frankreich, dessen Namen sie nicht einmal kannten.

»Was sollen wir tun?« Louis, der Gerber, blickte erwartungsvoll in die Gesichter der anderen Männer, um Zuversicht zu entdecken, wo keine war.

»Wir werden unsere armseligen Waffen nehmen und kämpfen, um unsere Frauen und Kinder zu verteidigen, so wie wir es immer getan haben«, erwiderte Ludolf ergeben.

»Sie werden uns töten.« Louis' Stimme klang so hoffnungslos, wie es den Männern zumute war.

Es gab nichts weiter zu sagen. Die Männer gingen nach Hause, zu ihren Frauen und Kindern und flehten Gott an, sie zu verschonen.

Auch Rorico hatte nach seiner Rückkehr von den Weiden von den schrecklichen Ereignissen erfahren, die Schafe in ihre Pferche getrieben und war danach sofort nach Hause geeilt. Seine Mutter stand am Feuer und rührte die Gemüsesuppe um, wie sie es immer gegen Mittag tat. Aber sie sah nicht auf wie sonst, als er in die niedrige Stube trat.

»Es ist gut, dass du kommst, Großvater geht es nicht gut«, sagte sie nur. Rorico sah sich in der niedrigen Stube um. Sein Großvater lag auf seinem Strohsack neben dem Kamin, anstatt wie üblich über einer seiner Schnitzereien am Tisch zu sitzen. Seitdem er Rorico die Schafe überlassen hatte, schnitzte er Spielsteine und Würfel aus den Knochen der geschlachteten Tiere. Ihr Nachbar Arno nahm die kleinen Kunstwerke mit auf den Markt in Arques, und wenn er sie verkauft hatte, brachte er dem alten Schäfer dafür von dem guten Wein mit, der diesem die alten Knochen wärmte und die Seele beschwingte.

Der Großvater lag regungslos auf seinem Lager, und einen Moment befürchtete Rorico, er wäre schon tot. Sein Gesicht war eingefallen, seine trüben Augen lagen tief in den Augenhöhlen. Ein dünner Speichelfaden rann aus seinem offen stehenden Mund. Rorico erschrak, beugte sich über das Lager und hörte den rasselnden Atem des alten Mannes. Er zuckte zusammen, als die knochige Hand seines Großvaters ihn unvermittelt am Handgelenk packte, mit einer Kraft, die er bei dem gebrechlichen Mann nicht mehr vermutet hatte. Die trüben Augen des Alten richteten sich auf ihn, flehten ihn an. Seine Lippen bewegten sich, und Rorico beugte sich tiefer, um die mühsam geformten Worte zu verstehen.

»Es ist so weit.«

Der Schmerz traf Rorico unvermittelt und schnürte ihm die Kehle zu. Er kämpfte darum, nicht in Tränen auszubrechen, dann nickte er seinem Großvater wortlos zu und sah die Erleichterung in dessen Blick.

Rorico stürmte an seiner Mutter vorbei aus dem Haus und die enge Gasse bis zu dem Haus hinab, in dem Elysa mit ihrem Onkel wohnte. Er hämmerte gegen die Türe, öffnete sie dann einfach und trat, getrieben von der Angst, zu spät zu kommen, in den Raum. Nicola stand am Küchentisch und schnürte gerade ein Bündel, während Elysa, die neben ihm auf einem Stuhl saß und ihm dabei zuschaute, sich überrascht umwandte. Ein Lächeln huschte über ihr Gesicht, als sie ihn erkannte, aber Rorico hatte keinen Blick für sie, sondern sah an ihr vorbei zu ihrem Onkel.

»Großvater liegt im Sterben und wünscht Euren Segen«, stieß er außer Atem hervor und trat ungeduldig von einem Fuß auf den anderen.

»Wenn wir nicht zu spät kommen wollen, müssen wir uns beeilen«, drängte er. Sein Blick folgte Nicola, der wortlos von dem Bündel abließ, in eine der beiden hinteren Kammern eilte und mit einem weißen Tuch und einer Bibel in der Hand zurückkehrte. Elysa hatte sich von ihrem Platz erhoben. Ihr Onkel hatte sie noch nie mitgenommen, wenn er zu einem Sterbenden ging, aber sie wollte Rorico in seinem Kummer nicht allein lassen.

Roricos Mutter Sybille saß neben dem Strohsack, auf dem der Großvater lag, als Rorico, gefolgt von Nicola und Elysa, die Stube betrat. In der Hand hielt sie eine Schale mit Suppe. »Gott segne dich, gute Frau«, grüßte Nicola sie und nahm ihr nach einem Blick in das eingefallene Gesicht des alten Mannes die Schale aus der Hand. »Dieser gute Mann braucht andere Nahrung als diese«, erklärte er sanft und stellte die Schale auf dem Boden ab. Roricos Mutter erhob sich schwerfällig und trat zur Seite, um Nicola an das Lager des Sterbenden zu lassen. Nicola breitete das weiße Tuch über der Brust des alten Mannes aus. Er ahnte, dass ihm nur noch wenig Zeit blieb.

»Bruder, willst du unseren Glauben annehmen?« Der alte Mann war zu schwach zum Sprechen. Seine Lippen bewegten sich, aber Nicola konnte nicht verstehen, was er sagte. Schließlich gab der Sterbende den Versuch zu sprechen auf und nickte stattdessen langsam.

»Versprichst du, dich Gott und dem Evangelium zu weihen, nie zu lügen, nie zu schwören, nie eine Frau zu berühren, kein Tier zu töten, kein Fleisch zu essen, nur von Früchten zu leben und nie deinen Glauben zu verraten, auch wenn dir der Tod angedroht wird?«

Ein weiteres Nicken.

Nicola legte ihm die Bibel an die Lippen und anschließend aufs Haupt.

»Gott segne dich, mache aus dir einen guten Christen und führe dich zu einem guten Ende.« Er beugte sich über den Sterbenden, gab ihm den Friedenskuss. »Herr, lasse den heiligen und tröstenden Geist über unseren neuen Bruder kommen und ihn von deiner unendlichen Liebe kosten.« Er sah dem alten Mann in die Augen und hielt seinen Blick fest. Rorico starrte wie gebannt auf die Szene. Etwas ging zwischen seinem Großvater und Elysas Onkel vor sich, er konnte es nicht sehen und schon gar nicht begreifen. Aber in seinem Nacken kribbelte es, als würde ein Heer Ameisen darüber hinweglaufen, und ein warmes Gefühl breitete sich tief in seinem Inneren aus.

Die Augen des Alten leuchteten auf, und ein glückliches Lächeln huschte über seine Züge. Rorico hielt den Atem an. Wilde Freude erfüllte ihn. Er hatte gut daran getan, Elysas Onkel zu holen und nicht den Priester, der ohnehin die meiste Zeit über betrunken war. Ein tiefer Seufzer entrang sich der Brust seines Großvaters, dem ein letzter rasselnder Atemzug folgte.

Dann erlosch sein Blick, und Nicola drückte ihm sanft die Augen zu.

Rorico starrte seinen Großvater noch immer wie gebannt an. Er sah aus, als würde er schlafen, und es schien ein friedlicher Schlaf zu sein.

Seine Mutter nahm das kleine Holzkreuz vom Balken über der Eingangstür, legte es auf die Brust des Verstorbenen und schloss seine Hände darum.

Rorico löste sich langsam aus seiner Erstarrung. Ein Ruck ging durch seinen Körper. Er war jetzt der Mann im Haus. »Großvater hat das Kreuz nicht gewollt, Mutter, und ich habe es ihm versprochen«, sagte er fest, schob Sybille entschlossen zur Seite und zog dem Toten das Kreuz wieder aus den Händen. Dann hängte er es zurück an den Balken und warf noch einen prüfenden Blick auf den Verstorbenen, so als wolle er sich davon überzeugen, dass es richtig war, was er tat. Seine Mutter sah ihm mit verkniffenem Gesicht dabei zu.

Nicolas Miene blieb bei alldem unbewegt. »Es ist Zeit«, sagte er zu Elysa, dann wandte er sich Rorico und dessen Mutter zu. »Der Herr segne euch und beschütze euch vor dem Bösen.«

Elysa ging auf Rorico zu und nahm seine Hand. »Du musst nicht traurig sein«, erklärte sie ihm. »Die Seele deines Großvaters ist nun auf dem Weg zu den Sternen, sieh nur, wie glücklich er aussieht.«

Ihre Hand war weich und warm wie ihre Stimme. Lächelnd sah sie zu ihm auf. Ihre Lippen waren halb geöffnet, und ihre hellen Augen sahen ihn voller Verständnis und Mitgefühl an. Rorico fühlte sich von Elysas Blick so intensiv berührt, dass er auf einmal keine Trauer mehr um seinen Großvater empfand, sondern ein so starkes Begehren, dass er nicht aufhören konnte, sie anzustarren.

Elysa ließ seine Hand los und folgte ihrem Onkel zur Tür. Bevor sie hinausging, sah sie sich noch einmal nach ihm um, um sich zu vergewissern, ob sie ihn auch wirklich allein lassen konnte.

Die Sonne war blass wie der Mond und wurde immer wieder von schwarzen Wolkenschwaden verdeckt. Für Nicola war es ein Zeichen, dass das Böse seine Krallen bereits nach dem Licht ausgestreckt hatte.

Es war noch früh am Morgen, und der dichte Nebel machte den freien Blick über die hügelige Landschaft des Razès bis hinunter ins Tal unmöglich.

Nicolas Haus lag geduckt am Westhang des Plateaus, überschattet von den düsteren Mauern der Burg der Trencavels. Von hier aus konnte er die Spitze des heiligen Berges Bugarach sehen, die stolz aus dem Nebel heraus gen Himmel ragte.

In der Nacht hatten die Truppen des Königs Rhedae eingeschlossen. Sie waren schneller da gewesen, als er erwartet hatte. Nun musste er rasch handeln, wenn er das Vermächtnis der Auserwählten in Sicherheit bringen wollte.

Die Geräusche, die seit dem Morgengrauen aus dem undurchsichtigen Nebelsumpf zu ihm heraufstiegen, waren bedrohlich nahe gekommen.

Er konnte den Hufschlag unzähliger Pferde hören, begleitet vom Klirren der Rüstungen und Schwerter, gedämpfte Rufe und Befehle.

Beinahe war er froh darüber, dass der Nebel den Anblick der Feinde noch verdeckte.

Der letzte Überfall auf Rhedae lag erst zwanzig Jahre zurück.

Er sah die nach Blut gierenden, unbarmherzigen Gesichter der vom König von Aragon angeführten Soldaten wieder vor sich, die in ihrer Unwissenheit nicht einmal geahnt hatten, dass sie dem Ruf des Bösen gefolgt waren.

Nicola packte Brot und Käse in ein Tuch, das er an den Enden zusammenknotete. Als er fertig war, sah er Elysa an, die still auf ihrem Stuhl saß.

Sein Blick war eine einzige Umarmung, und die grenzenlose Liebe in seinen dunklen Augen nahm Elysa für einen Augenblick die Angst.

Sie spürte, dass ihr Onkel Abschied von ihr nahm, wollte es nicht wahrhaben und ahnte doch, dass ihr keine andere Wahl blieb, als ihn gehen zu lassen.

Nicola prägte sich jede Einzelheit ihres schmalen Gesichts ein. Die hohen Wangenknochen, die sie von ihrer Mutter geerbt hatte, die hellen grünen Augen unter den geschwungenen Augenbrauen, die wohlgeformte Nase, das energische Kinn.

»Warum kommst du nicht mit, Onkel?« Flehend sah sie den Mann an, der ihr Mutter und Vater ersetzt hatte, einen Vater, der noch lebte, dessen Namen sie aber nicht kannte. »Du musst mitkommen, Onkel, ich habe doch niemand anderen als dich.« Ihre Lippen zitterten leicht.

»Jeder von uns hat seine Aufgabe, die er erfüllen muss«, erwiderte Nicola fest, obwohl es ihm schwerfiel. Vor vielen Jahren, nach dem Tod seiner Frau, hatte er sich den *Guten Christen* angeschlossen, die treu nach den Worten des Apostels Johannes lebten. Er war den siebenfachen Pfad zum ewigen Licht gegangen und hatte die heilige Geisttaufe, das Consolamentum, empfangen. Während er auf dem geheimen Sternenpfad wandelte, war seine Seele erwacht. Er war ein Eingeweihter geworden und hatte den Kampf gegen die materielle Welt, in der seine Seele und auch die aller anderen Menschen gefangen waren, aufgenommen.

»Vergiss nicht, was ich dir gesagt habe«, sagte er mahnend. Es lag nunmehr an ihm, die Kraft aufzubringen, sich von Elysa zu trennen, und in seinen Gedanken hatte er es längst getan. Er erhob sich und trat auf sie zu. Sie schlang ihre Arme um ihn, schluchzte verzweifelt auf. Da schob Nicola sie ein Stück weit von sich weg und legte seine Hände auf ihren Kopf.

Wohltuende Wärme strömte durch ihren Körper. Elysa spürte, wie sie ruhiger wurde. Nicola beugte sich zu ihr hinab und gab ihr den Friedenskuss.

»Es ist an der Zeit.« Wie betäubt folgte Elysa ihm durch die Stadt bis zur steil abfallenden Ostseite des Hügels. Die meisten Bewohner Rhedaes hatten sich schon vor Morgengrauen, mit Lanzen und Äxten bewaffnet, an die äußere Mauer begeben, die sich wie ein Ring um den Fuß des Hügels herumzog. Nicola vermied es, am Brunnen vorbeizugehen, an dem die Frauen Wasser schöpften und mit ihren Eimern lange Ketten bildeten, um sich auf die gefürchteten Brandgeschosse vorzubereiten. Stattdessen führte er Elysa an der Rückseite der Kirche und an dem kleinen Friedhof vorbei.

Er war erleichtert, unterwegs nur einigen Kriegsknechten zu begegnen, die an ihnen vorbeieilten, ohne sie weiter zu beachten.

Bevor sie das Plateau verließen, sah er sich noch einmal sorgfältig um. Erst als er sicher war, von niemandem beobachtet zu werden, kletterte er, gefolgt von Elysa, vorsichtig den Abhang hinunter bis zu einem von dichten Thymiansträuchern verborgenen Spalt im Kreidefelsen, der gerade breit und hoch genug war, dass ein Kind durch ihn hindurchschlüpfen konnte. Nicola hatte die Höhle einst als kleiner Junge entdeckt und sich immer in sie zurückgezogen, wenn er die Welt nicht mehr verstanden hatte.

Nun bog er die Zweige beiseite und half Elysa dabei, durch

den kalten Stein in die Höhle zu kriechen. Danach reichte er ihr das Bündel hinein sowie eine warme Decke und einen mit Wein gefüllten Trinkschlauch, in den er eine kleine Menge Opium gegeben hatte, und ganz zuletzt noch eine kleine Tonlampe, die er zuvor im Schutz der herabhängenden Sträucher entzündete. Schließlich ließ er seinen Blick noch einmal prüfend über die Sträucher und die Felsspalte schweifen, bevor er sich zufrieden abwandte. In der Höhle würde Elysa sicher sein und mit ihr das Kreuz, dessen Inschrift das Versteck der kostbaren Schriftrollen verriet. Nur ein Eingeweihter würde deren mit einem Code verschlüsselten Inhalt entziffern können. Das Geheimnis des Apostels Johannes und das Wissen um den Tröster durften nicht verloren gehen.

Er spürte, wie die Erregung in ihm wuchs, nachdem er seine letzte Aufgabe in dieser Welt erfüllt hatte.

Mit weit ausholenden Schritten lief Nicola in die Stadt zurück, um sich auf die Heimkehr seiner Seele in die himmlischen Sphären vorzubereiten und über die Macht der Finsternis zu triumphieren.

In der schmalen Felsspalte war es kalt und dunkel, das Gestein unter Elysas Füßen uneben und rutschig. Zwischendurch war der Durchlass sogar so niedrig, dass Elysa sich bücken musste, um weiterzukommen.

Die Stille um sie herum wurde nur vom Geräusch des Wassers unterbrochen, das, von unsichtbaren Quellen gespeist, die Felswände hinablief und von der Decke tropfte. Nach einer Weile wurde der von Gebirgswasser ausgehöhlte Tunnel breiter, bis er sich schließlich öffnete und in einer halb runden Grotte endete. Elysa stellte die Öllampe auf den Boden, wickelte sich eng in ihre Decke und kauerte sich dann neben dem Licht nieder. Die Flamme der Öllampe flackerte im Rhythmus ihres Atems, und der Lichtschein, so schwach er auch war, ließ flüchtige Schatten an den gelblich schimmernden Wänden entstehen.

Etwas Schreckliches würde da draußen geschehen. Elysa dachte an die alte Anna, an Sarah und an Rorico. Sie alle würden dabei sein, wenn das Böse über Rhedae hereinbrach, während sie selbst in ihrem Versteck ausharren sollte, bis die Gefahr vorüber war. Sie widerstand dem Impuls, aufzuspringen und aus der Höhle zu rennen. Nicola verließ sich auf sie, und sie durfte ihn nicht enttäuschen. Sie würde an dem, was geschah, sowieso nichts ändern können, und sie hatte eine Aufgabe zu erfüllen. Eine wichtige Aufgabe, für die sie all ihre Kraft brauchen würde.

Ihr Onkel wusste, was richtig war, hatte es immer gewusst, solange sie denken konnte, und sie vertraute ihm von ganzem Herzen, auch wenn ihr dies in der Einsamkeit der kalten und dunklen Grotte schwerfiel.

Die Zunge klebte ihr am Gaumen, und ihre Kehle war wie ausgedörrt.

Sie trank einen Schluck von dem verdünnten Wein, den ihr Onkel ihr mitgegeben hatte. Er schmeckte ein wenig bitter, und doch fand Elysa den vertrauten Geschmack der köstlichen Trauben in ihm wieder, die hoch über ihr auf den sonnigen Hängen des Tals wuchsen. Gemeinsam mit den anderen Mädchen und Jungen hatte sie jeden Herbst dabei geholfen, sie zu ernten, und ihre Hände und Lippen waren klebrig gewesen vom Saft der herrlichen Früchte. Während des Pflückens hatten sie fröhliche Lieder gesungen, und ihr Lachen war unbeschwert durch die duftenden Hänge gezogen.

Ihre Lider wurden schwer, sie wehrte sich nicht gegen den Schlaf, der sie in seine dunklen Arme nahm.

Irgendwann erwachte sie wieder und aß ohne großen Appetit ein Stück von dem würzigen Ziegenkäse, den sie selbst geformt hatte. Die Erinnerung daran trieb ihr die Tränen in die Augen, und sie zwang sich dazu, ein weiteres Stück von ihm abzubeißen.

»Du darfst jeden Tag nur ein kleines Stück essen, und erst wenn du alles aufgegessen hast, verlässt du die Höhle und machst dich auf den Weg nach Bélesta. Dort gehst du in die Kirche und erkundigst dich bei dem Pfarrer nach Amiel. Der Pfarrer ist Amiels Bruder, du kannst ihm vertrauen. Wenn du Amiel gefunden hast, gibst du ihm das Kreuz.«

So hatten Nicolas letzte Worte an sie gelautet, und so trank Elysa noch einen Schluck von dem Wein und glitt zurück in die Welt des Vergessens, der einzige Trost, der ihr geblieben war.

Sie wusste nicht, wie viele Tage und Nächte sie in der Dunkelheit vor sich hin gedämmert hatte. Als sie den Käse aufgegessen und den letzten Krümel des hart gewordenen Brotes in den Wein getunkt hatte, bis es so weich war, dass sie es kauen konnte, erhob sie sich und machte sich auf den Weg zurück in ihre Welt. Ihre Glieder waren steif von der langen Bewegungslosigkeit, und der schmale Felsengang erschien ihr endlos lang.

Doch irgendwann tauchte ein heller Punkt vor ihr auf. Ihre Bewegungen wurden schneller, und plötzlich konnte sie es kaum noch erwarten, die Sonne endlich wieder auf ihrer Haut zu spüren. Die dichten Thymiansträucher ließen nur wenig Tageslicht in die Felsspalte dringen, trotzdem begannen ihre Augen von der ungewohnten Helligkeit zu tränen.

Als sie sich langsam an das gleißende Licht der Sonne gewöhnt hatten, kletterte Elysa vorsichtig aus dem Spalt heraus und schlich geduckt den Hügel hinauf. Der triumphierende Schrei eines Falken hoch über ihr durchbrach die Stille. Sie war wieder zurück.

Ob sie auch wirklich lange genug in der Dunkelheit ausgeharrt hatte? Ihr Herz schlug aufgeregt in der Brust. Sie wollte so schnell wie möglich nach Hause eilen, trotzdem zögerte sie immer wieder. Mit all der Kraft, die ihr noch zur Verfügung stand, klammerte sie sich an die Hoffnung, dass alles noch so sein würde, wie sie es zurückgelassen hatte.

Noch drei Schritte, dann würde sie das Plateau erreicht haben.

Die unnatürliche Stille um sie herum verdichtete sich und wurde so drückend, dass ihr das Atmen schwerfiel.

Es roch nach Rauch und verkohltem Holz. Der Rauch brannte ihr im Hals und in den Augen, als sie die letzten Schritte nach oben tat.

Der Anblick der verkohlten Trümmer überstieg ihre Vorstellungskraft. Fassungslos stand sie vor den Resten des Dorfes, das die Truppen des Königs von Frankreich in ihrer unvorstellbaren Zerstörungswut dem Erdboden gleichgemacht hatten.

Rhedae war bis auf die Grundmauern niedergebrannt, selbst von der stolzen Zitadelle war nur noch ein Haufen Steine übrig geblieben. Der Boden auf der Mitte des Dorfplatzes war übersät mit verkohlten Leichen. Elysa hob ihren Blick zum Himmel, um die grässlich verstümmelten Körper ihrer Freunde und Nachbarn nicht sehen zu müssen, die noch immer an der gleichen Stelle lagen, an der sie gestorben waren.

Sie wusste, dass es sich nur um deren sterbliche Hüllen handelte und dass ihre Seelen längst in die himmlischen Sphären eingegangen waren, von allem Irdischen und Bösen befreit. Doch trotz dieses Wissens schmerzte sie der Anblick mehr, als sie ertragen konnte.

Ohne den Blick zu senken, bewegte sie sich mit hölzernen Bewegungen an der zertrümmerten Kirche vorbei auf das ehemals stattliche Eckhaus der Martins zu, das an der südwestlichen Seite des Marktplatzes lag. Die überdachte Vorhalle, in der die Martins immer das geerntete Gemüse und Obst gelagert hatten, war ebenso verschwunden wie die gesamte Vorderfront des Hauses, sodass Elysa nun unmittelbar in die Ställe sehen konnte, die sich neben dem eigentlichen Wohntrakt befanden. Sie bog in die Gasse der Dachdecker und Maurer ein, die parallel zur Burg verlief und in die Gasse der Kardätschenmacher und Schuster überging, die weiter zum Weberviertel führte.

Immer wieder musste sie verkohlten Balken, Gesteinsbrocken oder den Kadavern von Schweinen und Ziegen ausweichen. Im Weberviertel hatten die Häscher des Papstes am schlimmsten gewütet. Die niedrigen Häuser und die ehemals blühenden Gärten waren völlig vernichtet.

Wie versteinert starrte Elysa auf die starr aufragenden Gliedmaßen einer verkohlten Ziege, die sich wie mahnende Zeigefinger aus einem Aschehaufen in den Himmel streckten, genau an der Stelle, wo das Haus ihres Onkels gestanden hatte.

Lautlos sackte sie in sich zusammen.

Sie spürte nicht, wie sie hochgehoben und fortgetragen wurde. Aus weiter Ferne drangen Stimmen an ihr Ohr. Die Stimmen klangen hart und waren voll unterdrückter Trauer. Elysa wollte sie nicht hören. Sie wollte zurück in die Dunkelheit, um zu vergessen.

»Dem Himmel sei Dank. Sie kommt zu sich.« Die Stimme kam Elysa bekannt vor. Sie war ihr sogar so vertraut, dass ihr die Tränen aus den Augen strömten, noch bevor sie sie öffnete.

Eine schwielige Hand strich ihr tröstend über die Wangen, als sie die Augen aufschlug und in das verweinte Gesicht der alten Anna sah, aus dem jede Fröhlichkeit verschwunden war.

»Du warst den ganzen Tag ohne Bewusstsein, und wir dachten schon, du wärest tot.«

Anna reichte ihr eine Schale mit heißer Suppe, doch Elysa weigerte sich, etwas zu essen. Sie befanden sich in der Burgruine der Trencavels, deren heruntergebrannte Mauern immer noch den Anschein von Schutz erweckten. Im Hintergrund standen einige Männer. Elysa erkannte Ludolf, den Weinbauern, und ihren Freund Rorico unter ihnen. Mühsam setzte sie sich auf. Ein Stück von ihnen entfernt befanden sich einige Bauern und Handwerker mit ihren Frauen und Kindern. Ihre Gesichter wirkten seltsam starr, und selbst die Kinder waren merkwürdig still, während sie auf dem Boden hockten und ihre Suppe aßen.

Hinter den Männern lehnten Schaufeln.

Sie wollen die Toten begraben, dachte Elysa und glaubte sich in einem Albtraum zu befinden, der nicht enden wollte.

Die Menschen schwiegen und sahen aneinander vorbei, weil sie die Trauer in den Gesichtern ihrer Nachbarn nicht ertragen konnten. Elysa suchte Roricos Blick, doch der starrte mit leeren Augen vor sich hin und sah nicht einmal auf. Ein bitterer Zug lag um seinen Mund und machte sein junges Gesicht alt. Die dunklen Locken fielen ihm wirr in die breite Stirn und verdeckten einen Teil der weit auseinanderklaffenden Hiebwunde, die sich über seine linke Gesichtshälfte bis hinunter zum Kinn zog, auf dem sich die ersten, noch weichen Barthaare zeigten. Die furchtbaren Ereignisse standen zwischen ihr und all diesen Menschen wie eine unsichtbare Wand, und dass nicht darüber gesprochen wurde, machte es nur noch schrecklicher.

Das Kreuz, das Elysa unter ihrem Gewand verborgen trug, brannte heiß auf ihrer Haut. Sie musste es zu Amiel bringen. Über alles andere würde sie später nachdenken, jedoch nicht hier, in dieser drückenden Atmosphäre, wo Trauer und Verzweiflung keinen Platz für etwas anderes ließen. Sie stand auf, verließ die Burgruine und fühlte sich dabei wie eine Verräterin.

»Wo willst du denn hin, Kind?«, rief Anna ihr nach. Aber Elysa zuckte nur mit den Schultern und lief weiter, über verbrannte Felder und niedergetretene Rebstöcke den Hügel hinunter.

Niemand folgte ihr, und selbst die Vögel schwiegen. Es schien, als wäre alle Fröhlichkeit aus dem Tal verschwunden. Sie lief querfeldein in Richtung Westen und mied die Wege, wann immer sie konnte. Als ganz in ihrer Nähe das Trommeln von Hufen die Erde erbeben ließ, warf sie sich flach auf den Boden und wartete, bis der Trupp Reiter an ihr vorüber war.

Ihren aufkommenden Durst stillte sie an den kleinen Bächen, die sich durch das bis vor Kurzem blühende, nun verwüstet daliegende Tal schlängelten. Sie lief weiter, bis es dunkel wurde, und schlief im Schober eines verlassenen Bauernhauses in einem Heuhaufen. Zusammen mit den Reitern des Königs waren auch die Rinder und Schafe von den Weiden verschwunden.

Ihr Onkel hatte ihr einen wichtigen Auftrag erteilt. Er hatte sie nicht auf seine letzte Reise mitgenommen, aber sie würde ihm folgen, sobald sie ihren Auftrag erfüllt hätte. In diesem verbrannten, toten Land, in dem der König und der Papst jede Hoffnung mit dem Schwert erstickt hatten, wollte sie nicht länger bleiben.

Am nächsten Morgen war sie immer noch wie betäubt. Sie kam an einem verwüsteten Anwesen vorbei. Die Tür des Wohnhauses hing schief in den eisernen Angeln. Zwei Tote, ein Mann und eine Frau in braunen Kitteln, lagen mit verrenkten Gliedern davor. Auf einem Heuballen neben der Stalltüre entdeckte sie die Leiche eines kleinen Mädchens.

Sie hatten ihm die Kleider vom Leib gerissen. Elysa schluckte, als ihr Blick auf den blutigen Schnitt fiel, der sich quer über den dünnen Hals des Kindes zog. Tränen des Mitleids strömten ihr über die Wangen. Sie nahm ihren Umhang und legte ihn schützend über den kleinen Körper. Dann wanderte sie weiter.

Ein alter Bauer fuhr mit einem voll beladenen Heuwagen an ihr vorbei. Er musterte sie lange und misstrauisch, bevor er ihr anbot, sie ein Stück mitzunehmen. Aber Elysa lehnte ab, obwohl ihre Fußsohlen vom langen Gehen in den Sandalen bereits brannten. Sie wollte allein sein und lief weiter über sanft ansteigende Hügel, durch Täler und Schluchten. Vorbei an kleinen Dörfern, die von den Häschern des Königs vergessen worden waren und in denen das Leben weiterging, als ob nichts geschehen wäre.

Elysa konnte es nicht fassen und ließ sich schließlich erschöpft auf einer blühenden Wiese niedersinken, auf der einige Kühe grasten, als würde es keinen König und keinen Papst geben. Wie ruhig und friedlich es hier war. Grillen zirpten, und ein mächtiger Adler zog hoch über ihr seine Kreise auf der Suche nach Beute.

Es hielt sie nicht lange auf der Wiese. Verstört stand sie auf und wanderte weiter. Das gleichmäßige Laufen tat ihr gut und lenkte sie von ihren quälenden Gedanken ab. Am frühen Abend erreichte sie ein winziges Dorf, in dem sie früher schon einige Male mit ihrem Onkel gewesen war. Hier wohnten überwiegend Weber, alles Brüder und Schwestern ihrer Gemeinschaft.

Neben einer der Weberhütten blieb sie stehen und sog den vertrauten Duft von Rosmarin und Lavendel ein, der dem kleinen Kräutergarten neben dem Haus entstieg.

Sie trat durch die halb offen stehende Türe des niedrigen Hauses, in dessen Innerem Katharina und Johanna damit beschäftigt waren, das Abendessen vorzubereiten. Sie trugen braune Leinengewänder und hatten ihr Haar unter einem Tuch verborgen. Drei noch kleine Kinder saßen an einem Holztisch und kauten an einem Stück Brot. Über dem Feuer hing ein großer Kessel, dem ein köstlicher Geruch entströmte.

Erst jetzt merkte Elysa, wie hungrig sie war. Fünf Augenpaare starrten sie an, als sie zögernd näher trat. Die ältere der beiden Frauen kam auf sie zu, legte mitfühlend einen Arm um sie und führte sie an den Tisch.

»Setz dich zu uns, Elysa, und iss mit uns«, sagte sie. Ihre Freundlichkeit trieb Elysa die Tränen in die Augen. Katharina reichte ihr einen Becher mit noch warmer Ziegenmilch.

Sie griff nach dem Becher und trank ihn in einem Zug leer. Dann stellte sie den Becher auf den Tisch und starrte ihn schweigend an.

Die beiden Frauen warfen sich hinter ihrem Rücken einen Blick zu. Längst hatten sie von den schrecklichen Überfällen in einigen Dörfern der Umgebung gehört und waren froh, dass die Truppen des Königs an ihnen vorbeigezogen waren. Immer wieder kamen Menschen mit dem gleichen verstörten Gesichtsausdruck wie dieses Mädchen zu ihnen, um sich auszuruhen oder um Speise und Trank zu bitten.

Nicht ein Einziger war in der Verfassung gewesen, über das, was ihm widerfahren war, zu berichten.

Sie sprachen das Vaterunser, dann füllten sie die Holzteller mit dem duftenden Gemüseeintopf. Elysa kämpfte immer wieder gegen die Tränen an, bis sie ihnen schließlich freien Lauf ließ. Es tat so gut, bei diesen freundlichen Frauen zu sitzen und mit ihnen zu essen.

Nach dem Mahl trat Katharina mit einer Schüssel Kräuterwasser zu ihr und zog ihr die Sandalen aus. Elysas Füße waren wund gelaufen und mit Blasen übersät. Das Fußbad war wohltuend und zog die Schmerzen aus ihren Füßen. Nach einer Weile trocknete Katharina ihr die Füße ab und rieb sie dick mit Melkfett ein. Als sie bemerkte, dass Elysa vor Müdigkeit kaum noch die Augen offen halten konnte, wies sie ihr einen Schlafplatz neben den Kindern am Kamin zu. Die weichen, mit Stroh gefüllten Leinensäcke erinnerten Elysa an zu Hause, und sie schlief beinahe sofort ein.

Als sie sich am nächsten Morgen von ihren Gastgeberinnen verabschiedete, schlug Johanna Brot und Käse in ein Tuch ein, genau wie es ihr Onkel getan hatte, bevor er von ihr gegangen war. Beide Frauen umarmten sie, gaben ihr den Friedenskuss und winkten ihr nach, als sie die Dorfstraße hinablief.

Erschöpft ritt Arnold Amaury hinter den betrunkenen und laut grölenden Rittern den schmalen Pfad entlang, der sich in endlosen Schleifen den Hügel hinabwand. Einmal mehr verlagerte er sein Gewicht im Sattel. Mit dem Ärmel seines Gewandes wischte er sich den klebrigen Schweiß von der Stirn, bevor er ihm in die Augen rinnen konnte.

Der widerlich süßliche Geruch verbrannten Fleisches hatte sich ihm durch seine verschwitzten Kleider hindurch auf die Haut gelegt und ließ ihn immer wieder würgen.

Es war unerträglich heiß und schwül. Kein Windhauch löste die staubige Rußwolke auf, die wie eine Glocke über der verwüsteten Ortschaft lag und jeden Atemzug zur Qual werden ließ.

Der laut pöbelnde, noch im Blutrausch schwelgende Haufen vor ihm war nur schwer zu ertragen. Einer brüllenden, tödlichen Woge gleich waren die Ritter des Königs über die

Bewohner Rhedaes hergefallen und hatten geschändet, geplündert und gemordet. Allen voran die berüchtigten Männer der Familien Ribautz und Truands, alles Hurenböcke und Leichenfledderer.

Der Abschaum des Abendlandes hatte sich unter seiner Fahne versammelt, angelockt von der reichen Aussicht auf Beute. Den wenigen im Kampfe Gefallenen winkte die sofortige Aufnahme ins Paradies. Allein schon der Gedanke verursachte Arnold Amaury noch mehr Übelkeit.

Plötzlich sehnte er sich nach der ruhigen und schattigen Kühle seiner Abtei. Der mit Säulen geschmückte viereckige Innenhof mit seinem Brunnen erschien ihm wie der Garten Eden; beides war im Moment unerreichbar für ihn.

Es war ein Leichtes gewesen, Rhedae einzunehmen. Die Bewohner hatten sich geweigert, die Ketzer auszuliefern, und der darauffolgenden Belagerung nur einen Tag lang standgehalten.

Er selbst hatte den »Freunden Gottes«, wie sie sich in ihrer Überheblichkeit nannten, zuvor sogar noch angeboten, ihrem falschen Glauben abzuschwören. Doch ohne Erfolg.

In ihrem Wahnsinn hatten sie stattdessen gar die Jungfrau Maria beleidigt und bestritten, dass sie die Mutter von Jesus gewesen sei, da Jesus niemals einen menschlichen Körper besessen habe.

Jeder Einwohner Rhedaes, der sich nach der Einnahme der Stadt geweigert hatte, das Ave Maria aufzusagen, war den Flammen übergeben worden.

Zu seinem Ärger war es ihm jedoch nicht gelungen, etwas über den Aufenthalt der Schriftrollen zu erfahren. Ihre religiösen Riten vollzogen die Eingeweihten in strengster Abgeschiedenheit, und mehr als Gerüchte hatte er darüber nicht in Erfahrung bringen können.

Jeder, der etwas über sie zu sagen habe, werde verschont, so hatte sein großmütiges Angebot gelautet.

Doch die Rhedaer schwiegen hartnäckig und verbohrt.

»Gott wird alle bestrafen, die sich mit den Ketzern verbünden. Sie werden gemeinsam mit ihnen in der Hölle schmoren.« Eindringlich drang seine Stimme durch die hoch auflodernden Flammen. Die heiße, rußige Luft um ihn herum war durchtränkt gewesen von Angst und namenlosem Grauen. Doch selbst dann hatte niemand geredet.

Bis ein burgundischer Ritter sich einen jungen Mann gegriffen und mit erhobenem Schwert gedroht hatte, ihn vor den Augen seiner Mutter zu töten. Halb wahnsinnig vor Angst fiel die Frau ihm daraufhin in den Arm, doch der Ritter konnte den Schlag nur noch abschwächen. Das Schwert hinterließ eine klaffende Wunde im Gesicht des jungen Mannes, aber er lebte.

Zitternd vor Angst berichtete die Witwe eines Schafhirten daraufhin, dass Nicola, der Weber, seine Nichte im letzten Moment aus der Stadt geschafft hatte. Sie schwor bei allen Heiligen, mit eigenen Augen gesehen zu haben, wie er am Morgen vor dem Angriff zusammen mit dem Mädchen und einem geschnürten Bündel sein Haus verlassen hatte und später alleine wieder zurückgekehrt war.

Warum hatte dieser Ketzer seine Nichte aus der Stadt geschafft? Die Ungläubigen waren alle gemeinsam mit ihren Familien in den Tod gegangen – und besagter Nicola war ebenfalls unter ihnen gewesen. Es musste etwas Wichtiges sein, das den Mann dazu veranlasst hatte, seine Nichte in Sicherheit zu bringen.

Sollte diese die anderen Gemeinschaften in der Grafschaft vielleicht warnen? Oder gab es etwas, das sie vor ihm und seinen Truppen in Sicherheit bringen sollte? Niemand würde ein Geheimnis bei einer jungen Frau vermuten. Bei ihr wäre es sicherer, als wenn dieser Ketzer es selbst aus der Stadt geschafft hätte.

Arnold Amaury beschlich das unangenehme Gefühl, einen großen Fehler begangen zu haben. Er rief sich noch einmal alle Einzelheiten des vergangenen Tages ins Gedächtnis zurück.

Sie hatten einen gewaltigen Scheiterhaufen errichtet und mit Öl übergossen. Es gab nicht genügend Pfähle, und die Kreuzfahrer hatten mit ausgestreckten Lanzen einen Kreis um die Verurteilten gebildet, damit niemand entfliehen konnte. Doch sie hätten sich die Mühe sparen können. Frohlockend stürzten diese sich in die auflodernden Flammen, als könnten sie den Tod kaum noch erwarten.

Er selbst hatte Nicola beim Sterben zugesehen. Die Bilder von dessen Tod verfolgten ihn geradezu. Wieder sah er das charismatische Gesicht des Ketzerführers vor sich, während die Flammen sich in rasender Geschwindigkeit durch seine Kleider fraßen, und erinnerte sich an den Ausdruck höchster Glückseligkeit in dessen hellen Augen, ein Ausdruck, den er nie mehr vergessen würde. Es war, als würde der Ketzer in diesem Moment die Herrlichkeit Gottes vor sich sehen und dadurch über ihn, Amaury, triumphieren.

Seit Langem schon sehnte er sich danach, die Herrlichkeit Gottes schauen zu dürfen – und dieser Ketzer hatte sie gesehen! Er hatte es deutlich gespürt.

Oder hatte er sich das nur eingebildet? Hatte hier etwa Satan seine Hände im Spiel, um seine Seele zu verwirren und sie zu sich in die finstersten Abgründe der Hölle hinabzuziehen?

Die Gedanken an den Ketzerführer und seine Nichte lenkten ihn für eine Weile von seiner trostlosen Umgebung wie auch von seinem schlechten Gewissen ab.

Er hatte jedem Ungläubigen die Chance gegeben, seinem teuflischen Irrglauben abzuschwören, doch die Ketzer hatten lieber sterben statt als Christen leben wollen.

»Gott ist Liebe!« Mit diesem Ausruf hatten sie sich in die Flammen gestürzt, die Männer ebenso wie ihre Frauen. Mütter waren gemeinsam mit ihren Kindern in den Tod gegangen, hatten ihre Augen verhüllt und gemeinsam gebetet, bis das Feuer ihre Stimmen verstummen ließ.

Ihr Verhalten war ihm unbegreiflich gewesen und hatte ihn nachdenklich gemacht.

Wo nahmen diese Ketzer nur ihre Glaubensgewissheit und Stärke her? Lag die Antwort darauf vielleicht in den tausend Jahre alten Schriften des Johannes verborgen, ihrem geheimnisvollen Tröster? Oder war alles nur Lug und Trug – ein Blendwerk? Es war seine Aufgabe, dies herauszufinden, und plötzlich wurde ihm klar, dass es vor allem die Glaubensstärke war, die das hiesige Volk und selbst die adligen Herren zu den *Guten Christen* hinzog. Diese Ketzer waren noch gefährlicher, als er gedacht hatte. Sie konnten nur mit dem Teufel im Bunde sein, der für seine Verführungskünste und Täuschungen bekannt war.

Wenn es sich aber wirklich so verhielt, hatte er es mit einem noch gefährlicheren Gegner zu tun, als er bislang gedacht hatte. Er musste herausfinden, was diese Menschen blind für den einzig wahren Glauben machte und ihnen die Kraft gab, sich der Kirche zu widersetzen.

Simon von Montfort ritt hoch aufgerichtet einige Reihen vor ihm. Er war nicht zu übersehen in seinem prächtigen Umhang und dem glänzenden Helm. Weder der unerträgliche Gestank noch die Hitze schienen ihm etwas auszumachen, wie Arnold Amaury neidvoll feststellte.

Er trieb sein Pferd an und drängte es zwischen den Reitern vor ihm hindurch, bis er auf gleicher Höhe mit Montfort war.

»Eure Männer hätten den Ketzerführer aufhalten sollen«, sagte er vorwurfsvoll. »Jetzt kann er uns nicht mehr sagen, wohin sich seine Nichte geflüchtet hat.«

Simon von Montfort blickte spöttisch zu ihm hinüber. Der Abt bot ein wahres Bild des Jammers, wie er so gekrümmt und blass auf seinem Gaul hockte. Er wäre besser in seinem Kloster geblieben, wo er hingehörte, anstatt am Kreuzzug teilzunehmen und ihm ständig in den Ohren zu liegen.

»Weit kann sie nicht gekommen sein«, bemerkte er trocken. »Was also hindert Euch daran, ihr nachzureiten und sie zu suchen?«

Amaury zuckte bei diesen Worten zusammen, die eine grobe Unhöflichkeit darstellten. Immerhin handelte er im Auftrag des Papstes. Doch schon mehrmals hatte ihn das Gefühl beschlichen, dass der Graf ihm nicht den nötigen Respekt entgegenbrachte und sich insgeheim sogar über ihn lustig machte. Außerdem ärgerte es ihn, dass er nicht selbst auf die Idee gekommen war.

»Ich verlange, dass Ihr einige Männer ausschickt, die nach ihr suchen«, knurrte er gereizt. »Sie sollen ihre schmutzigen Triebe jedoch unterdrücken und mir das Mädchen unversehrt zurückbringen.«

»Wie stellt Ihr Euch das vor? Seht Euch die Männer doch an. Sie haben seit Tagen nicht mehr geschlafen und eine Pause im Lager verdient.«

»Dann müssen sie sich eben zusammenreißen«, beharrte Arnold Amaury stur.

»Darf man fragen, warum Euch das Mädchen so wichtig ist?« Es schien dem Grafen zu gefallen, ihn noch mehr zu reizen.

»Das geht Euch nichts an«, entgegnete er scharf. »Eure

Aufgabe ist es, das Heer zu führen und die Männer zur Ordnung zu rufen. Man könnte glauben, Ihr führt einen Haufen verwahrloster Banditen und Wegelagerer an und nicht die Soldaten des Königs.«

Simon von Montfort überhörte den Vorwurf und kam zu dem Schluss, dass es klüger wäre nachzugeben. Er hatte gut daran getan, dem Abt zu misstrauen. Von Anfang an hatte er ihm etwas verschwiegen. Ob das Mädchen etwas damit zu tun hatte? Und welche Rolle spielte Raimund VI., den Arnold Amaury Tag und Nacht heimlich von seinen Spitzeln belauern ließ? Der Abt glaubte, dass er davon nichts mitbekam, aber ein guter Feldherr musste wissen, was in seinem Heer vor sich ging.

Seine Neugier war geweckt. Es war nur eine Frage der Zeit, bis er hinter das Geheimnis des Abtes kommen würde. Er rief einige seiner Männer zu sich und erteilte ihnen den Auftrag, nach dem Mädchen zu suchen.

Die Gesichtszüge des Grafen von Toulouse wirkten verschlossen, und auch dem Blick seiner braunen Augen konnte man keine Gefühlsregung ansehen. Er trauerte um Nicola, den er mit eigenen Augen hatte brennen sehen. Nicola hatte es so gewollt, aber es war unerträglich für ihn gewesen, dabei zu sein und zusehen zu müssen, mit welcher Brutalität die Kirche den Menschen in seinem Land ihren Willen aufzwang. Menschen, die darauf vertraut hatten, von ihm beschützt zu werden. Er spürte das Gewicht sämtlicher Opfer auf sich lasten, die der Kreuzzug bisher gefordert hatte. Aber das Schlimmste für ihn war, dass man ihn dazu gezwungen hatte, ein Teil dieses Kreuzzuges zu werden. Die Kirche hatte geschafft, was keinem seiner Gegner je gelungen war. Sie hatte ihn erniedrigt, ihn gezwungen, ihr zu Willen zu sein, ihm absolut keine Wahl gelassen. Und so grübelte er Tag und

Nacht darüber nach, ob er die richtige Entscheidung getroffen hatte oder ob er nicht doch ein Feigling war, der nur seinen Besitz retten wollte und dafür das Wohl seines Landes vorschob. Nicola hätte ihm eine Antwort auf diese Frage geben können, er hatte immer auf alles eine Antwort gehabt. Aber Nicola war nicht mehr da.

Bei ihrer letzten Begegnung hatte Nicola von Elysa gesprochen und ihm erzählt, dass sie ihrer Mutter immer ähnlicher werden würde. Doch weder hatte er ihn gedrängt noch etwas von ihm gefordert. Er hatte ihn einfach nur an seine Tochter erinnert. Gott hatte den Menschen den freien Willen gelassen, und Nicola hatte Gottes Wort gelebt. Warum konnte die katholische Kirche dies nicht ebenfalls tun? Dann würde es diesen verdammten Kreuzzug nicht geben.

Er unterdrückte die Wut, die bei diesem Gedanken in ihm aufstieg, so gut es ging, und zwang seine Gedanken zurück zu Elysa.

Sie war seine Tochter, und auch wenn er sich bisher nicht um sie geschert und ihr insgeheim die Schuld am Tod ihrer Mutter gegeben hatte, war sie doch sein eigen Fleisch und Blut.

Die Witwe des Schafhirten hatte berichtet, dass Nicola Elysa vor der Schlacht aus Rhedae herausgebracht hatte. Wenn Arnold Amaury nun herausfand, dass sie seine Tochter war, würde er diese Tatsache gegen ihn verwenden, um ihn noch mehr unter Druck zu setzen.

Die Haare in seinem Nacken richteten sich auf, und eine eiskalte Faust legte sich um sein Herz, als ihn die Erkenntnis traf, dass alles noch viel schlimmer war. Er hätte die Botschaft in Nicolas Worten erkennen müssen, doch er war zu sehr mit sich selbst beschäftigt gewesen und hatte nur halbherzig zugehört, als Nicola über seine letzten Vorkehrungen sprach, die er sowohl für sein Glaubensvermächtnis als auch für seine Tochter getroffen hatte, weil Elysa ein Teil davon war.

Er hielt sich mit seinen Rittern ein Stück hinter den beiden Heerführern. Weder der machtgierige Simon von Montfort noch der Abt machten einen Hehl aus ihrem Misstrauen und ihrer Abneigung gegen ihn, und er konnte es ihnen nicht einmal verübeln.

Er musste Elysa finden, bevor Arnold Amaury sie fand, der sich ganz offensichtlich für das Vermächtnis der *Guten Christen* interessierte und jedem Ketzer Gnade versprach, der bereit war, ihm etwas darüber zu berichten.

Ein ungutes Gefühl beschlich ihn. Der Tröster durfte der katholischen Kirche nicht in die Hände fallen, sonst würde es mit der Freiheit des Glaubens für immer vorbei sein, hatte Nicola gewarnt.

Seine von ihm vergessene Tochter war damit in den Mittelpunkt des Geschehens gerückt, und Nicola hatte es gewusst!

Aber wohin hatte er sie geschickt?

Gordon ritt schweigend neben dem Grafen von Toulouse, dessen Schwermut ihn beunruhigte. Sie entsprach nicht der Natur seines Herrn, der zum ersten Mal in seinem Leben gezwungen wurde, sich dem Willen anderer zu beugen.

Gordon fühlte sich kraftlos, sein Haar klebte ihm am Kopf. Er hatte den schweren Helm abgenommen, doch auch das brachte nur wenig Erleichterung in der feuchtschwülen Hitze. Das Kettenhemd über dem Gambeson, seiner gepolsterten Jacke, störte ihn zunehmend. Der viellagige Stoff schützte ihn zwar vor Schlägen, jetzt aber verfluchte er das Kleidungsstück, weil es die Hitze noch verstärkte.

Und die furchtbaren Bilder in seinem Kopf waren ebenfalls nicht dazu angetan, seine Stimmung aufzuhellen.

Einstürzende Mauern, berstende Kirchen, brennende Tote. Kreuzfahrer, die schlimmer als wilde Tiere unter den

Einwohnern von Béziers wüteten, sogar Frauen, Kinder und Priester niedermetzelten, bis alles Leben in der Stadt ausgelöscht war. Mit der Zerstörung Béziers hatte der Kreuzzug begonnen. Die Kreuzfahrer waren über seine Bewohner hergefallen, die sich in die beiden großen Kirchen geflüchtet hatten. Die Stadt begann zu brennen, die Mauern der Kathedrale waren durch die Hitze geborsten, ihre Glocken geschmolzen. Der aufsteigende Rauch hatte die Sonne verfinstert. Die Hölle hatte sich geöffnet, und ihr glühender Atem war durch die zerstörte Stadt geweht.

Niemand hatte mit einer solchen Zerstörungswut gerechnet, am allerwenigsten der Graf von Toulouse, der immer noch gehofft hatte, durch seine Teilnahme am Kreuzzug das Schlimmste von seinem Land abwenden zu können. Doch die Erkenntnis, dass dem nicht so war, kam zu spät. Die Kreuzfahrer befanden sich inmitten des Landes und ließen sich durch nichts und niemanden mehr aufhalten.

Plötzlich sprach ihn sein Herr von der Seite an und riss ihn aus seinen trüben Gedanken.

»Reite noch einmal nach Rhedae zurück und sprich mit der Witwe des Schafhirten. Ich muss wissen, ob Nicolas Nichte noch im Ort ist oder nicht«, befahl der Graf und überlegte kurz, ob er Gordon erzählen sollte, wer Elysa in Wirklichkeit war. Dann kam er aber zu dem Schluss, dass es sicherer für sie wäre, wenn so wenig Menschen wie möglich ihre wahre Herkunft kannten.

Das Heer geriet ins Stocken, als einer der unzähligen mit Beutegut beladenen Wagen auf einmal von der Straße abkam, zur Seite kippte und in den Abgrund zu stürzen drohte.

Nacheinander mussten die Reiter an dem auf der Seite liegenden Wagen vorbeiziehen.

Einige der Ritter waren von ihren Pferden gesprungen und

halfen dabei, die Zugpferde auszuspannen und das Beutegut auf die anderen Wagen zu verteilen. Der Graf gab ihm daraufhin ein Zeichen, und Gordon nutzte die Situation, um zurückzufallen und kurz darauf unbemerkt zwischen den Büschen zu verschwinden.

Gordon hatte das Heer kaum verlassen, als Bruder Jakob, einer von Arnold Amaurys engsten Vertrauten, neben dem Grafen von Toulouse auftauchte und ihm mitteilte, dass der Abt ihn umgehend zu sprechen wünsche.

Der Kreuzzug scheint dem Mann nicht gut zu bekommen, dachte Raimund voller Genugtuung, als sein Hengst auf gleicher Höhe mit dem des Abtes war. Tatsächlich schien sich Arnold Amaury nur noch mit Mühe auf seinem Pferd halten zu können. Er wirkte sichtlich erschöpft. »Ihr wünschtet, mich zu sprechen?«

Arnold Amaury fuhr herum und betrachtete ihn mit unverhohlenem Misstrauen. »Ich frage mich, wohin und warum Ihr ständig Boten aussendet?«, sagte er und wischte sich mit dem Ärmel den Schweiß von der Stirn.

»Ich wüsste nicht, was Euch das angeht«, gab Raimund VI. zurück. »Ich habe alle Bedingungen der Kirche erfüllt, aber als Landesherr habe ich immer noch Verpflichtungen.«

Arnold Amaury kniff die Augen zusammen und sah ihn böse an. »Ich warne Euch. Wenn ich herausfinde, dass Ihr ein doppeltes Spiel treibt, dann gnade Euch Gott.«

»Wenn ich ein doppeltes Spiel treiben würde, dann müsstet Ihr es doch als Erster erfahren, oder glaubt Ihr tatsächlich, ich würde Eure Spitzel nicht bemerken, die Tag und Nacht um mich und meine Männer herumschleichen?« Es klang so herablassend, das Arnold Amaury sich zusammenreißen musste, um nicht die Beherrschung zu verlieren.

»Wenn Ihr erlaubt, würde ich mich jetzt gerne zurückziehen.« Raimund VI. neigte hoffärtig den Kopf und wendete sein Pferd, ohne eine Antwort abzuwarten.

Gordon ritt nach Rhedae zurück. Die schmale Gasse, die zum Marktplatz führte, war menschenleer, eine Schneise der Verwüstung, die das Heer der Kreuzfahrer hinterlassen hatte. Er hatte die Schreie der Sterbenden wieder in den Ohren, als er an den noch immer schwelenden Trümmern vorbeiritt. Beißender Qualm stieg ihm in die Nase. Er war erleichtert, als er den Marktplatz erreichte und der auffrischende Wind ihm den Duft blühender Gräser ins Gesicht blies. Neben dem Kirchhof, der zu klein war, um all die Toten aufzunehmen, gruben Männer mit Schaufeln ein großes Loch. Totenstille hing über dem Plateau. Die Frauen standen schweigend um den Brunnen herum, und Gordon sah das Entsetzen in ihren Gesichtern, als sie ihn bemerkten. Ein Gefühl der Beschämung ergriff ihn, als er auf sie zuritt. Doch sie flohen nicht vor ihm, und er war froh, dass er alleine hergekommen war.

»Ich bin auf der Suche nach Nicolas Nichte!«, rief er ihnen zu.

»Habt ihr uns nicht schon genug angetan?«, jammerte eine der Frauen. Gordon sah den Zorn in ihren Augen und die Verzweiflung. Wie gerne hätte er ihr gesagt, dass er die ganze Zerstörung nicht gewollt hatte und sein Herr auch nicht, aber sie würden es nicht verstehen. Wie sollten sie auch, verstand er es doch selber nicht.

»Ich habe nichts Böses im Sinn«, sagte er stattdessen und erkannte im gleichen Augenblick, wie sinnlos sein Unterfangen war. Niemand hier würde ihm freiwillig weiterhelfen, und er konnte es den Menschen nicht einmal verdenken.

Die Männer hörten auf zu graben, traten langsam näher und bildeten einen Halbkreis hinter ihm. Die Schaufeln hielten sie mit beiden Händen umfasst.

»Wenn ihr mir nicht antwortet, werden andere kommen, und die werden weniger zimperlich sein als ich.« Es widerstrebte ihm, die verzweifelten Menschen einzuschüchtern. Sie hatten alles verloren. Die meisten Häuser waren zerstört, ihr Vieh fortgetrieben, ihre Felder niedergetrampelt, aber er hatte einen Auftrag, den er erfüllen musste.

»Er ist der Ritter, der uns gerettet hat.« Ein Mädchen mit langen schwarzen Haaren löste sich aus der Gruppe der Frauen und kam auf ihn zu.

»Meine Familie und ich werden immer in Eurer Schuld stehen«, sagte sie so laut, dass jeder es hören konnte, und sah ihn voller Dankbarkeit an.

Als Gordon das letzte Mal in die Augen der kleinen Jüdin geblickt hatte, waren sie vor Entsetzen geweitet gewesen. Er war gerade noch rechtzeitig gekommen. Einer der plündernden Soldaten, ein grobschlächtiger Kerl, hatte sich auf sie geworfen, ihr die Kleider vom Leib gerissen und dem sich heftig wehrenden Mädchen brutal die Beine auseinandergezwungen, während ein zweiter ihre Hände festgehalten hatte. Ein Mann und eine Frau lagen mehr tot als lebendig neben der Haustüre in einer Lache aus Blut, vermutlich die Eltern des Mädchens. Der Mann, der die Beine des Mädchens hielt, grinste ihn an. »Wir lassen dir noch ein bisschen was von der Kleinen übrig«, versprach er und starrte dann wieder gierig auf die spitzen Brüste der Kleinen.

Als Antwort hatte er dem einen Kerl die gepanzerte Faust gegen die Schläfe geschlagen und den anderen mit dem Schwert erledigt.

»Ihr habt freie Hand, aber es darf keine Zeugen geben«, hatte der Graf von Toulouse seinen Rittern eingeschärft. Sie hatten sich weder in Béziers noch in Rhedae an den Kämpfen beteiligt, aber sie waren den Plünderern in die Häuser gefolgt und Witwen und Waisen zu Hilfe geeilt und hatten ihrem Stand alle Ehre gemacht.

Die Männer kehrten nach den Worten der kleinen Jüdin zurück an ihre Arbeit. Es gab so viel zu tun, und bald würde der Herbst kommen.

»Sie ist fortgegangen«, sagte die Witwe des Schafhirten da plötzlich zu Gordon. »Und sie hat niemandem gesagt, wohin.«

Ihre Stimme war voller Hass, und Gordon schloss daraus, dass die Frau aus irgendeinem Grund Nicolas Nichte die Schuld an dem Unglück gab, das so unvermittelt über sie alle hereingebrochen war.

Die Augen des Mädchens vor ihm huschten erschrocken zu der Witwe hinüber. Offensichtlich hatte es nichts von diesem Hass gewusst.

Die Witwe verschränkte die Arme vor ihrer Brust. Ihr ganzer Zorn richtete sich nun gegen das Mädchen.

»Ich sage doch nur, wie es ist«, verteidigte sie sich. »Sie hat sich einfach aus dem Staub gemacht. Es kümmert sie doch einen Dreck, was mit uns ist.«

Ihre Worte fuhren wie ein Axthieb in die Gemeinschaft und spalteten sie in zwei Teile. Aufgeregtes Gemurmel wurde laut.

Die Jüdin hob bittend ihre Hände.

»Herr, wenn Ihr Elysa findet, dann sagt ihr doch, dass sie bei Sarah und ihrer Familie immer ein Zuhause haben wird. Werdet Ihr das tun?«

Gordon nickte, das Mädchen sah ihn noch immer an. »Und würdet Ihr mir Euren Namen sagen? Damit wir Euch in unsere Gebete einschließen und unseren Kindern und Enkelkindern von Eurer großmütigen Tat erzählen können?«

Unzählige Feuer flackerten zwischen den runden Zelten, und der Geruch nach Gebratenem und Gekochtem vermischte sich mit den Ausdünstungen von Mensch und Tier. Unbemerkt hatte sich die Dämmerung über das Tal gesenkt, und die umliegenden Hügel hoben sich bereits dunkel vor dem noch hellen Himmel ab. Simon von Montfort hatte das Lager am Ufer der Aude aufgeschlagen, direkt gegenüber der Vorstadt von Carcassonne.

Die meisten Kämpfer vertrieben sich die Zeit mit Würfeln und Trinken, während überall das Hämmern der Schmiede zu hören war, die Rüstungen und Waffen reparierten. Vor den Zelten der Huren hatten sich wie üblich lange Schlangen gebildet. Die Männer warteten geduldig, bis sie an der Reihe waren.

Der Graf von Toulouse saß vor seinem Zelt, hielt eine knusprig gebratene Lammkeule in den Händen und biss herzhaft in sie hinein. Fleischsaft tropfte auf seinen staubigen Waffenrock, doch er achtete nicht weiter darauf.

Um ihn herum saßen seine Gefolgsleute. Seine Vasallen hatten ihm ihre Söhne geschickt, während sie selbst ihre Städte und Burgen befestigten, um auf die Angriffe der Kreuzfahrer vorbereitet zu sein: Bernhard von Foix, Rudolf von Comminges, Guillaume von Peyrepertuse der Jüngere, Hugo von Saissac, Aunay von Péreille und Peter-Roger von Mirepoix. Sie alle waren ebenfalls mit Essen beschäftigt, hatten ihre Waffen aber nicht abgelegt. Lediglich ihre Schilde lagen griffbereit hinter ihnen auf dem Boden.

Der Kreuzzug hatte erreicht, was kein Dialog und keine Ratsversammlung je zustande gebracht hatte: Er schweißte die Herren Okzitaniens und deren Söhne fest zusammen und machte jeden Gedanken an die alten Fehden vergessen.

»Wenn diese raubgierige Meute so weitermacht, wird unser schönes Land in Schutt und Asche versinken und nichts mehr von ihm übrig bleiben«, sagte Rudolf von Comminges mit vollem Mund. Er sprach aus, was die anderen dachten.

Der Graf von Toulouse legte die Lammkeule zur Seite. »Simon von Montfort und seinem Abt bleiben nur noch achtundzwanzig Tage, dann sind die vereinbarten vierzig Tage um.« Er warf einen bedeutungsvollen Blick in die Runde.

Die Ritter hörten auf zu essen und sahen ihn erwartungsvoll an.

»Die Spreu wird sich vom Weizen trennen. Die Fürsten und Barone werden das Heer verlassen und mit ihnen der größte Teil der Plünderer, die darauf brennen, nach Hause zu kommen, um dort mit ihrem Sieg prahlen und ihre Beute in die Hurenhäuser und Schänken tragen zu können.«

Knisternde Spannung lag über der Männerrunde. Raimund VI. senkte seine Stimme. »Wenn es so weit ist, wird von diesem Heer nicht mehr als ein Haufen unbewaffneter Priester und Mönche übrig bleiben, und dann kümmern wir uns um Montfort. Wenn er glaubt, ich würde ihm kampflos meine Ländereien überlassen, dann hat er sich getäuscht.«

Ein dumpfer Schlag ertönte hinter einem der Zelte, dem Kampfgeräusche folgten. Die Ritter sprangen auf und zogen ihre Schwerter.

»Was fällt dir ein, wie ein Wurm hier herumzukriechen und die Gespräche meines Herrn zu belauschen?«, ließ sich nun klar und deutlich eine Stimme vernehmen, welche die Ritter eindeutig als die Gordons erkannten.

Der trat nun zwischen den Zelten hervor und schob einen sich heftig windenden, dürren Mönch vor sich her. Im Schein des Feuers sah Raimund, dass es sich um Bruder Jakob handelte. Der Mönch hatte zu viel gehört und bedeutete eine Gefahr für sie alle.

Raimund VI. nickte Rudolf von Comminges unmerklich zu, ein kurzer Blickwechsel, der dem Mönch nicht entgangen war. In seine Augen trat Angst. Er öffnete seinen Mund, um zu schreien, doch ein gurgelndes Geräusch war alles, was zu hören war. Rudolf von Comminges war von hinten an ihn herangetreten und hatte ihm mit einer blitzschnellen Bewegung die Kehle durchgeschnitten.

»Schafft ihn ins Zelt und lasst seine Leiche später, wenn alle schlafen, verschwinden«, befahl der Graf.

Nicht weit von ihnen entfernt, erklang eine Laute. Einige betrunkene Ritter fielen in die Melodie mit ein und begleiteten die raue Stimme des Troubadours, die sich wohlklingend in die klare Nachtluft erhob.

Wenn Rosse wiehern herrenlos
im Schatten dunkler Wälder.
Und »Hilfe, Hilfe!« tönt es schwer,
und Groß und Klein vom Graben her
rollt in die grünen Felder.

Und aus der Toten Rippen klafft
samt Wimpel noch der Lanzenschaft.
Barone borgt euch Gelder,
gebt Schloss und Dörfer in Verhaft,
eh dass im Streite ihr erschlafft.

Gordon setzte sich neben seinen Herrn ans Feuer. Ohne dass es ihm bewusst wurde, wippte sein Fuß im Takt des Liedes mit.

Der Graf von Toulouse wandte sich ihm zu. »Hast du etwas herausgefunden?«, fragte er leise.

Gordon schüttelte den Kopf. »Nur, dass sie fortgegangen ist, ohne jemandem mitzuteilen, wohin«, berichtete er.

Raimund VI. starrte mit gerunzelter Stirn in die Flammen.

Nicola hatte Elysa also, so gut er konnte, beschützt, und

es war ihm gelungen, sie vor dem Angriff der Kreuzfahrer aus der Stadt zu schaffen, aber wo war sie jetzt? Er dachte kurz darüber nach und kam zu dem Schluss, dass es nur einen Ort geben konnte.

»Wahrscheinlich ist sie auf dem Weg zum Montségur, um Schutz in der Burg des Grafen von Foix zu suchen. Die Schwester des Grafen von Foix ist eine Vollkommene und ihre Burg ein Zufluchtsort für die *Guten Christen* geworden. Reite ihr nach, sobald es hell ist, und sorge dafür, dass sie sicher dort ankommt«, sagte er leise. »Der Graf von Foix ist unser Freund, er wird sich so lange um das Mädchen kümmern, bis ich es unter meinen Schutz stellen kann.«

Am nächsten Morgen sattelte und bestieg Gordon in aller Frühe sein Pferd. Nachdem er das Lager hinter sich gelassen hatte, lockerte er die Zügel und trieb seinen Braunen zu einem flotten Trab an. Er ritt durch ein Wäldchen und genoss den feuchten, erdigen Geruch, der vom Boden aufstieg und ihn an seine Kindheit erinnerte. Beinahe täglich war er früher mit seinen beiden älteren Brüdern durch die Wälder seines Vaters gestreift und hatte Jagd auf Hasen und Fasane gemacht. Seit damals war viel Zeit vergangen, und sie hatten einander nie wiedergesehen. Sein ältester Bruder Guillaume war seit zehn Jahren tot, und Étienne, der Zweitälteste, hatte erst Richard Löwenherz und dann dessen Bruder Johann Ohneland gedient, bevor er auf die Seite des französischen Königs gewechselt war, was ihn seinen gesamten Besitz gekostet hatte. Gordons Eltern waren ebenfalls schon lange tot, und so gab es nichts mehr, was ihn zurück in die alte Heimat zog. Von seinem Leben in England waren ihm nur ein paar Erinnerungen geblieben, von denen die Streifzüge mit seinen Brüdern die schönsten und lebendigsten waren.

Als er aus dem Wald ritt, überquerte er eine Erhebung, der

ein flaches Tal folgte. Vor ihm ging die Sonne auf und tauchte Gräser und Sträucher in ein rötliches Licht. Er ritt an einigen kleineren Dörfern und Siedlungen vorbei, bekam aber keine Menschenseele zu Gesicht.

Überall herrschte tiefe Stille, und man konnte leicht auf den Gedanken verfallen, der einzige Mensch weit und breit in der nur dünn besiedelten, urwüchsigen Landschaft zu sein.

Die Landschaft wurde rauer, je weiter er südwestlich ritt. Schroffe Felsen schoben sich immer näher an den schmalen, unbefestigten Pfad heran, der sich in Schlangenlinien den Berg hinaufzog. Immer wieder musste er losen Steinen ausweichen und darauf achten, dass sein Pferd keinen falschen Schritt machte.

Gegen Mittag erreichte er einen Buchenwald, dessen dichtes Blätterdach wohltuenden Schatten gegen die hochstehende Sonne spendete. An einer kleinen Felsquelle tränkte er sein Pferd und fütterte es mit dem mitgebrachten Getreide, dann ritt er weiter. Als die Dunkelheit hereinbrach, suchte er unter dem weit vorstehenden Überhang eines Felsens Schutz und übernachtete dort.

Am nächsten Vormittag lichtete sich der Wald, und er konnte die wie ein Adlernest auf dem Montségur thronende, aus dem Fels herausgehauene Burg erkennen. Doch zwischen ihm und der Burg lagen noch einige felsige Höhenzüge, die er überwinden musste. Erst gegen Nachmittag kam er an einer tiefen Schlucht vorbei, in der mehrere Wasserfälle in kleine und tief in den Fels eingegrabene Becken flossen.

Ihr Wasser wurde von der Getreidemühle außerhalb des Dorfes genutzt, das flach wie ein Kuhfladen auf einem Felsvorsprung am Südhang des Burgbergs klebte.

Vor der Mühle standen einige Bauern neben ihren mit Getreidesäcken beladenen Maultieren und starrten ihm feindselig entgegen.

Sie hatten in aller Eile die Getreideernte eingefahren, um sie vor den Truppen der Kreuzfahrer in Sicherheit zu bringen. Geduldig warteten sie nun darauf, bis sie an der Reihe waren.

Gordon kümmerte sich nicht weiter um die Bauern. Er ließ das Dorf hinter sich und ritt den gewundenen Weg zur Burg hoch. Die hoch aufragenden, steilen und von wild wuchernden Gräsern und Sträuchern bewachsenen Hänge des Berges bildeten eine natürliche Festung und ließen die errichtete Wehrmauer überflüssig erscheinen, hinter der ein kleines Dörfchen in schwindelerregender Höhe terrassenförmig erbaut worden war. Gordon betrachtete kopfschüttelnd die niedrigen Häuser und fragte sich, wie sie wohl den stürmischen Winden standhielten, die im Herbst über das Land fegten.

Nur mit Mühe gelang es ihm, an den voll beladenen Ochsenkarren und Maultieren vorbeizukommen, die in einer langen Reihe der Burg entgegenzogen.

Obwohl ihm diese uneinnehmbar vorkam, sah er schon am unteren Wall schwer bewaffnete Wachen stehen. Er ritt den Wall entlang, bis er an ein schweres, eisenbeschlagenes Eichentor gelangte, das von zwei halbrunden Türmen flankiert wurde. Zwei Wachen versperrten ihm mit gekreuzten Lanzen den Weg. Über ihren Kettenhemden trugen sie weiße Waffenröcke.

»Was ist Euer Begehr?«, fragte der Ältere der beiden und musterte ihn aufmerksam.

»Ich bin im Auftrag des Grafen von Toulouse hier und habe eine Nachricht für den Grafen von Foix«, sagte Gordon.

Die Wachen öffneten daraufhin das Tor und ließen ihn durch. Ein schmaler Gang führte vom Tor zu einem langen, sich nach hinten verengenden Innenhof. Der Bergfried war durch eine Versteifungsmauer zusätzlich geschützt. In dem geräumigen Innenhof standen überall Bewaffnete, die den Bauern halfen, ihre schweren Säcke von den Wagen zu heben. Die Bewohner der Burg bereiteten sich eindeutig auf eine längere Belagerung vor.

Gordon übergab einem der Knechte sein Pferd und lief mit großen Schritten auf den Wohnturm zu, an den sich ein Rundturm mit Zisterne anschloss. Über eine Freitreppe gelangte er in einen geräumigen Saal, der von einem wuchtigen Kamin beherrscht wurde. Um ihn herum saßen Männer in Waffenröcken auf breiten Falthockern. Andere hatten es sich auf den breiten Fenstersitzen bequem gemacht oder sich hinter oder neben die Sitzenden gestellt. An der Wand gegenüber der Fensterseite lehnten Lanzen und Schilde.

Innerhalb der Mauern war es trotz der Hitze, die draußen herrschte, angenehm kühl. Es fiel nur wenig Licht durch die schmalen, hohen Fenster in den Saal. Es war aber hell genug, um Gordon die Gesichter der Männer erkennen zu lassen.

»Der übelste Auswurf der Hölle ist nichts gegen diesen Schlächter Montfort, und der schwarze Abt, wie sie das Auge des Papstes seit der Eroberung von Béziers nennen, ist noch viel schlimmer«, berichtete ein kräftiger, dunkelhaariger Mann. »Nachdem die Stadt gefallen war, hat einer der Hauptmänner den Abt gefragt, wie man denn die Christen von den Katharern unterscheiden könne.« Er sah in die Runde, um sich der Aufmerksamkeit seiner Zuhörer zu vergewissern, bevor er fortfuhr. »Dessen Antwort war: ›Tötet sie alle, der Herr wird die Seinen schon erkennen.‹ Danach hat das große Schlachten begonnen. Der Händler, von dem ich das erfahren habe, hat geschworen, dass es sich genau so verhalten hat.«

»Und er hat recht«, sagte Gordon in die erdrückende Stille hinein, die sich daraufhin ausbreitete.

Die Blicke der Männer richteten sich auf den Neuankömmling, und auch der Graf von Foix wandte sich um. Er war ein hochgewachsener, schlanker Mann mit blondem, von weißen Strähnen durchzogenem Haar und funkelnden, goldbraunen Augen. Er trug einen weißen Waffenrock und darüber einen lose über den Rücken fallenden blauen Umhang, der über der Brust von einer Gewandspange gehalten wurde. Seine Beinlinge waren gepolstert und am Knie durch einen Buckel verstärkt.

»Ich habe eine Botschaft für Euch, die vertraulich ist«, wandte sich Gordon nun direkt an ihn.

Ramon-Roger von Foix erhob sich und bedeutete Gordon, ihm zu folgen. Er ging ihm voran in einen Schreibraum, der an den großen Saal angrenzte.

Neben einem Schreibpult, auf dem sich verschiedene Pergamente stapelten, blieb er stehen und sah Gordon auffordernd an. Er besaß eine eigenartige Ausstrahlung, der sich Gordon nur schwer entziehen konnte. Obwohl er ruhig dastand, schien er mit seiner Präsenz den gesamten Raum auszufüllen.

»Ich weiß nicht, ob Ihr schon davon gehört habt, dass Nicola in den Tod gegangen ist«, begann Gordon.

Der Graf von Foix nickte. »Ein Bote hat uns davon berichtet«, sagte er und lächelte, als er die Überraschung in Gordons Miene bemerkte. »Wir befinden uns zwar beinahe am anderen Ende der Welt, aber wir erfahren alles, was wir wissen müssen. So wurde uns auch von der Zerstörung Rhedaes und Nicolas Freitod berichtet.«

»Ja, aber zuvor hat Nicola noch seine Nichte weggeschickt, und Arnold Amaury ist nun auf der Suche nach ihr. Mein Herr glaubt, dass sie bei Euch Unterschlupf suchen wollte. Er fühlt sich für das Mädchen verantwortlich und hat mir den Auftrag erteilt, es zu beschützen.«

Ramon-Roger hatte sich während Gordons kurzem Bericht erhoben und war an das einzige Fenster im Raum getreten.

»Sie ist nicht hier angekommen«, sagte er beunruhigt. »Nicola war unser Freund, und er muss einen Grund dafür gehabt haben, sie vor den Kreuzfahrern in Sicherheit zu bringen. Sie darf Arnold Amaury deshalb auf keinen Fall in die Hände fallen. Ich werde sofort einige Männer aussenden, die nach ihr suchen. Wir müssen wissen, was mit ihr geschehen ist.«

Ein nachdenklicher Zug trat in sein markantes Gesicht.

»Ich werde alles Nötige sofort veranlassen, Ihr könnt Euch derweil in der Küche etwas zu essen geben lassen. Dann reitet zurück und richtet Eurem Herrn aus, dass wir uns um das Mädchen kümmern werden.«

Der Ton seiner Stimme hatte sich verändert. Er war unmerklich schärfer geworden, als er über Nicolas Nichte Elysa gesprochen hatte.

Gordon überlegte, ob dies etwas zu bedeuten hatte oder ob er sich das Ganze nur eingebildet hatte.

Von seinem Reiseproviant war noch genügend übrig. Es würde für den Rückweg reichen. Gordon lief zu den Ställen, um sein Pferd zu holen, und verließ danach auf schnellstem Weg die Burg. Doch er dachte nicht daran, zum Heer zurückzureiten. Der Graf von Toulouse hatte ihm aufgetragen, das Mädchen zu finden, und genau das würde er nun tun.

Wenn die junge Frau Rhedae bereits vor dem Überfall verlassen hatte, hätte sie längst auf der Burg eingetroffen sein müssen. Vielleicht hatte sein Herr sich aber auch geirrt, und das Mädchen befand sich ganz woanders, weil es gar nicht in Richtung Montségur losgegangen war. Es gab noch viele andere Möglichkeiten, wo es Schutz suchen konnte; die *Guten Christen* waren im ganzen Land beliebt und hatten überall Freunde. Und doch war Raimund VI. sich ganz sicher gewesen, dass Nicola seine Nichte zum Montségur geschickt hatte.

Nachdenklich ließ Gordon die Zügel hängen. Erst nachdem sein Pferd mehrmals ins Stolpern geraten war, nahm er sie wieder auf.

Plötzlich fiel ihm ein, dass es noch eine andere Möglichkeit gab, an die er bislang noch gar nicht gedacht hatte: Das Mädchen konnte sich während des Überfalls irgendwo versteckt haben und sich erst nach dem Abzug der feindlichen Truppen auf den Weg zum Montségur gemacht haben. Das würde auch erklären, warum es bisher nicht dort aufgetaucht war. Je länger er darüber nachdachte, umso überzeugter war er, mit seiner Vermutung richtigzuliegen.

Doch wo sollte er mit seiner Suche beginnen? Er wusste nur, dass, sollte Elysa noch unterwegs sein, sie sich mit Sicherheit abseits aller Wege halten würde.

Vor der Mühle wimmelte es von Bauern, die alle noch an diesem Tag ihr Korn mahlen lassen wollten. Knechte in kurzen Kitteln schleppten die schweren Kornsäcke in die Mühle und kamen mit Mehlsäcken wieder heraus, die von den Bauern in Empfang genommen wurden. Niemand schenkte Gordon große Beachtung. Die Dämmerung brach bereits herein, und alle hatten es eilig, noch vor Einbruch der Dunkelheit nach Hause zu kommen.

Gordon beschloss, auf Schafspfaden weiterzureiten, die sich fernab der Wege über die Wiesen zogen. Es war die einzige Möglichkeit, noch auf das Mädchen zu stoßen.

Er ritt, bis es zu dunkel war, um die Suche weiter fortzusetzen, und übernachtete in einer halb verfallenen Scheune, deren Boden mit Stroh bedeckt war.

Am nächsten Morgen sattelte er in aller Frühe sein Pferd und ritt weiter in Richtung Rhedae. Er kam durch ein verlassen wirkendes kleines Dorf, das sich eng an die schroff aufragenden Felsen schmiegte. Unterhalb des Dorfes trafen sich die beiden Flüsse Blanque und Sals.

Es war ein schöner Spätsommertag, und die Sonne brannte heiß auf ihn hinunter. Gordon beschloss, seinem Pferd eine Pause zu gönnen, und ritt zum Fluss, dessen Ufer mit hohen Gräsern und Schilf bewachsen war. Plötzlich hatte er es nicht mehr eilig. Der Gedanke, erfolglos zum Heer zurückzukehren, gefiel ihm ganz und gar nicht. Er sprang vom Pferd, lockerte den Sattelgurt und ließ den Hengst grasen.

Mit seinem Helm schöpfte er das klare, kalte Flusswasser und ließ es sich über den Kopf laufen. Dann setzte er sich unter die Schatten spendende Krone einer mächtigen Weide und döste eine Weile vor sich hin. Als die Sonne tiefer stand, kamen einige Frauen zum Fluss, um Wasser zu holen. Sie hielten sich von ihm fern und warfen ihm misstrauische Blicke zu. In aller Eile füllten sie ihre Krüge und verschwanden danach wieder.

Gordon wusste, dass es keinen Sinn hatte, sie nach dem Mädchen zu fragen. Selbst wenn sie etwas wussten, würden sie es ihm nicht sagen. Er war ein Fremder in dieser Gegend und zudem bewaffnet. Das reichte, um ihr Misstrauen zu wecken.

Widerwillig erhob er sich. Er konnte nur hoffen, dass die Leute des Grafen von Foix mehr Erfolg mit ihrer Suche haben würden, denn sie kannten die Bauern und Handwerker dieser Gegend und würden erfahren, wenn das Mädchen bei diesen eintraf oder gesehen worden war.

Die Sonne ging bereits unter und ließ das Wasser des Flusses wie Gold schimmern. Von der entfernt gelegenen Dorfstraße drangen laute Stimmen zu ihm, begleitet von Hufgetrappel. Es schien sich um eine größere Gruppe Berittener zu handeln.

Sein Brauner schnaubte nervös. Das Hufgetrappel wurde leiser und entfernte sich. Er wollte gerade sein Pferd besteigen, als er aus den Augenwinkeln heraus eine Bewegung im hohen Gras bemerkte. Irgendjemand schlich sich an ihn heran.

Mit geübtem Griff zog er sein Schwert aus der Scheide, schlug einen kleinen Bogen und trat vorsichtig von hinten näher. Eine schmale Gestalt presste sich eng auf den Boden vor ihm. Sie trug ein Gewand aus hellbraunem Leinen, dazu einen weißen Gürtel mit mehreren, kleinen Stoffbeuteln und einem kurzen Messer.

Er steckte sein Schwert in die mit Leder bezogene Scheide zurück.

Von diesem Mädchen ging keine Gefahr aus.

»Sie sind weg, du brauchst dich nicht länger zu verstecken«, sagte er lächelnd und wartete gespannt auf ihre Reaktion.

Das Mädchen sprang mit einem Satz auf, drehte sich um und starrte ihn mit ihren hellen, grünen Augen misstrauisch an. Sie hatte zarte Gesichtszüge, und ihr blondes, langes Haar war vom Wind zerzaust.

Gordon zwinkerte ihr zu. Um seinen Mund spielte ein spöttisches Lächeln. Einen Moment lang glaubte Elysa, der fremde Ritter wolle sich über sie lustig machen. Zudem machte sie die Art, wie er sie anschaute, verlegen. Seine dunkelblonden Locken fielen ihm bis auf die Schultern, und die Rüstung unterstrich seine reckenhafte Gestalt und ließ ihn breitschultriger wirken, als er tatsächlich war.

Sicher gehörte er zu der Art von Männern, die den Mädchen so lange schöne Augen machten, bis sie bekamen, was sie wollten.

Die gute Anna war nicht müde geworden, sie vor solchen Männern und ihren Liebesschwüren zu warnen. Zu viele

Mädchen waren schon leichtgläubig auf sie hereingefallen und deshalb ins Unglück gestürzt.

Fieberhaft überlegte sie, was sie jetzt tun sollte.

Eine Flucht kam nicht in Frage. Mit seinem Pferd war er schneller als sie und hätte sie rasch eingeholt.

»Du kannst gehen, ich werde dir nichts tun«, sagte Gordon in ihre Gedanken hinein.

Im ersten Moment war Elysa überrascht. Forschend sah sie ihn an, als könne sie ihm ansehen, ob er die Wahrheit sagte oder nicht.

Dann bückte sie sich, hob ihr Bündel auf, das sie auf der Flucht vor den Berittenen verloren hatte, wandte sich ab und lief mit flinken Schritten davon.

Gordon sah ihr fasziniert nach. Die junge Frau war von außergewöhnlicher Schönheit, und sie tat gut daran, sich vor den umherziehenden Söldnern zu verbergen.

Sie hatte ein Bündel bei sich, was bedeutete, dass sie nicht aus dem Dorf stammte, wie er zuerst angenommen hatte. Weshalb ... langsam dämmerte ihm, dass es ein Fehler gewesen war, sie laufen zu lassen. So schnell er konnte, bestieg er sein Pferd und ritt ihr nach.

Als sie bemerkte, dass der Ritter sie verfolgte, lief sie schneller. Er trieb sein Pferd an.

»Ich bin auf der Suche nach Elysa, der Nichte des Katharers Nicola!«, rief er ihr zu.

Das Mädchen blieb so plötzlich stehen, dass er es beinahe über den Haufen geritten hätte.

»Du bist Elysa«, stellte er daraufhin fest.

Gordon konnte sein Glück kaum fassen. Er hatte die Hoffnung, die junge Frau zu finden und damit seinen Auftrag zu erfüllen, schon fast aufgegeben, und jetzt lief sie ihm direkt in die Arme. Sein Herr würde zufrieden mit ihm sein.

Elysa schien seine freudigen Gefühle jedoch nicht zu teilen, abweisend sah sie zu ihm auf.

»Du bist in Gefahr«, sagte Gordon langsam, um sie nicht zu erschrecken. »Der Abt Arnold Amaury ist auf der Suche nach dir. Mein Herr, der Graf von Toulouse, hat mir den Befehl erteilt, dich vor ihm zu schützen und sicher zum Montségur zu geleiten.«

»Ihr habt versprochen, mich gehen zu lassen.«

»Da wusste ich aber noch nicht, wer du bist.«

»Ihr hättet Euch eben vorher danach erkundigen sollen«, erklärte sie und wirkte nicht mehr verängstigt.

»Ich habe vor, meinen Auftrag auszuführen.«

»Und ich erwarte, dass Ihr Euer Wort haltet.«

Sie starrten einander an.

»Du bist in Gefahr«, wiederholte Gordon so langsam, als spräche er mit einem begriffsstutzigen Kind.

»Das sagtet Ihr bereits.«

»Es tut mir leid, aber ich kann dich nicht gehen lassen.«

»Und ich werde nicht mit Euch gehen.«

Elysa wandte sich abrupt um und setzte ihren Weg fort. Gordon sah ihr verblüfft nach. Sie schien so fest davon überzeugt zu sein, dass er sein Wort halten würde, dass er es nicht über sich brachte, sie zu enttäuschen. Unmittelbar hinter dem Dorf begann der Wald. Dort würde es ein Leichtes für Elysa sein, sich vor ihm zu verstecken.

Gordon trieb seinen Braunen an und ritt ihr nach. Fieberhaft überlegte er, wie er sie davon überzeugen konnte, dass er es nur gut mit ihr meinte.

»Auf meinem Pferd erreichen wir die Burg schneller und sicherer«, versuchte er es noch einmal.

»Ihr habt versprochen, mich gehen zu lassen«, erinnerte sie ihn hartnäckig.

Sie bog in den kleinen Weg ein, der direkt in den Wald

führte. Das eh schon schwindende Tageslicht drang nur noch schwach durch die dichten Baumkronen. Feuchte Kühle schlug Gordon entgegen, und ihm fiel auf, dass das Mädchen nicht einmal einen Umhang trug. Noch war es warm, doch die Nächte konnten schon empfindlich kalt werden, vor allem gegen Morgen zu.

Eine Weile ritt er hinter Elysa her und war froh darüber, dass sie keinen Versuch unternahm zu fliehen. Zu Pferd würde er keine Möglichkeit haben, sie im dichten Unterholz zu verfolgen.

Der Wind raschelte leise in den Blättern; ansonsten herrschte tiefe Stille. Der weiche Waldboden verschluckte die Schritte seines Pferdes.

Vielleicht würde Elysa ihre Meinung ja noch ändern, sobald es dunkel war. In der Nacht verwandelte sich der Wald in eine unheimliche Schattenwelt mit allerlei Furcht einflößenden Geräuschen, die selbst dem mutigsten Mann Angst einjagen konnten.

Es war eine merkwürdige Situation, in der er sich befand, und er überlegte, ob er sie nicht besser einfach packen und vor sich aufs Pferd setzen sollte, doch dann verwarf er den Gedanken wieder. Er hatte ihr sein Wort gegeben, sie gehen zu lassen, und seine Ritterehre verbot ihm, sein Wort zu brechen.

Damit blieb ihm nichts anderes übrig, als weiter hinter ihr herzureiten und zu versuchen, sie umzustimmen.

Er vergrößerte den Abstand zwischen ihnen ein wenig, um zu verhindern, dass sie sich zu sehr von ihm bedrängt fühlte.

Der krächzende Schrei eines Käuzchens durchbrach die gedämpfte Stille, doch sie zuckte nicht einmal zusammen. Unmerklich wurde es dunkler, und Gordon verringerte den Abstand wieder, um Elysa nicht aus den Augen zu verlieren.

Der schmale Pfad führte nun steil bergan, doch noch immer zeigte Elysa keinerlei Ermüdungserscheinungen.

Viele Male war sie mit ihrem Onkel durch die Berge gewandert, manchmal die ganze Nacht hindurch. Anfangs hatte sie sich in der Dunkelheit gefürchtet, vor allem in den schwarzen, mondlosen Nächten. Doch mit der Zeit hatte sie ihre Angst verloren und gelernt, all ihre Sinne im Dunkeln zu gebrauchen.

Gordon war neugierig, wo sie sich einen Platz zum Übernachten suchen würde.

Als sie die Spitze des Höhenzuges erreicht hatten, war es fast dunkel. Neben einer kleinen Felsformation ragte ein Menhir in den Himmel, der im Zwielicht wie ein bärtiger Wächter aussah.

Zielstrebig lief Elysa auf ihn zu und war wenige Augenblicke später Gordons Blicken entschwunden.

Er stieg vom Pferd und band es an einem Baum fest. Dann sah er sich suchend um. Es dauerte eine Weile, bis er im fahlen Licht des sichelförmigen Mondes die schmale Felsspalte am Fuße des Wächters entdeckte, in der Elysa verschwunden sein musste. Sie schien die Gegend gut zu kennen. Die schmale Öffnung war von Sträuchern verdeckt und vom Weg aus nicht zu sehen, da sie sich auf der Rückseite des Menhirs befand.

Er suchte sich einen Platz nicht weit von der Felsspalte entfernt unter einigen eng beieinanderstehenden Buchen und sattelte sein Pferd ab. Er verzichtete darauf, ein Feuer zu entzünden. Seit Wochen hatte es nicht mehr geregnet, und der Wald war so trocken, dass ein Funke genügen würde, um ihn in ein gefährliches Flammenmeer zu verwandeln.

Er legte seinen Kopf auf den Sattel und starrte nachdenklich in die dichten Baumkronen, die ein natürliches Dach über ihm bildeten.

Er war froh, seinen Auftrag doch noch ausführen zu können. Seinem Herrn schien viel daran zu liegen, Elysa vor dem Abt in Sicherheit zu bringen. Nicola war der engste Vertraute des Grafen gewesen, aber warum nur hatte er seine Nichte zurückgelassen, anstatt gemeinsam mit ihr zu fliehen?

Elysas Anblick hatte die widersprüchlichsten Gefühle in Gordon ausgelöst. Sie war zweifellos schön, aber es war eine andere Schönheit als die, die er von den Damen am Toulouser Hof kannte. Sanfter und weniger aufdringlich. Ihr Haar leuchtete, als hätten sich die Strahlen der Sonne darin verfangen, und ihre Augen waren so klar und rein wie das Wasser eines Gebirgssees. Aber es war ihre Entschlossenheit, die ihn am meisten beeindruckt und davon abgehalten hatte, sie einfach vor sich aufs Pferd zu setzen und zum Montségur zu schaffen, die Art, wie sie ihm die Stirn geboten hatte.

Es waren merkwürdige Gedanken, die ihm durch den Kopf gingen, genauso merkwürdig wie dieser Feldzug im Zeichen des Herrn, in dem unschuldige Frauen und Kinder niedergemetzelt und Kirchen zerstört wurden. Er ahnte, dass nach diesem Krieg nichts mehr so sein würde, wie es einmal gewesen war.

Ein kühler Wind kam auf und strich durch die Blätter. Über Gordon funkelten die Sterne, und der sichelförmige Mond tauchte den Menhir in ein sanftes Licht. Müde schlief er irgendwann über seinen Gedanken ein.

Als er am nächsten Morgen erwachte, stellte er fest, dass Elysa fort war.

Ein Gefühl der Enttäuschung machte sich in ihm breit, als er in das Felsversteck kroch, das nicht größer als an die zwanzig Fuß war. Offenkundig hatte er vergeblich gehofft, dass sie ihm noch ihr Vertrauen schenken würde, wenn sie merkte, dass er sie in keiner Weise bedrängte.

In aller Eile sattelte er sein Pferd.

Der Auftrag, ein hilfloses Mädchen zu schützen und sicher zu ihrem Ziel zu geleiten, war eines Ritters würdig.

Plötzlich gab es nichts Wichtigeres für ihn, als Elysa zu finden. Er trieb sein Pferd an, bis er rechts von sich einen weiteren kleinen Pfad entdeckte, der von dem, auf dem sie gekommen waren, abzweigte und ins Tal hinunterführte. Irgendetwas sagte ihm, dass Elysa diesen Weg genommen hatte. Sie musste noch vor Morgengrauen aufgebrochen sein. Der schmale Fußpfad führte quer über eine Wiese mit Schafen. Zwei struppige, große Hunde sprangen ihm aufgeregt bellend entgegen.

Der Schafhirte sah auf und pfiff die Hunde zurück. Er hatte es sich auf einem umgestürzten Stein gemütlich gemacht und war gerade im Begriff, sein Mahl einzunehmen. Auf seinem Schoß lag ein ausgebreitetes Tuch mit Brot und gesalzenem Fisch. Zu seinen Füßen befand sich ein geflochtener Korb mit Nüssen und ein Krug mit Wasser. Es war das typische Mahl der *Guten Christen,* die grundsätzlich kein Fleisch verzehrten. Gordon hatte demnach einen Glaubensbruder von Elysa vor sich, was die Situation nicht gerade erleichterte.

Gordon hob die Hand zum Gruß, während er näher ritt.

»Ich bin auf der Suche nach einem Mädchen. Ist dir diesen Morgen schon eines begegnet?«

Das von der Sonne verbrannte und von Falten durchzogene Gesicht des alten Mannes drückte Ablehnung aus.

»Ich habe niemanden gesehen«, sagte er abweisend, doch der flackernde Blick in seinen dunklen Augen strafte ihn Lügen.

»Ich könnte dich für deine Lüge töten«, meinte Gordon scharf. »Aber du hast Glück, ich habe nichts Böses im Sinn.«

Er wusste jetzt, dass er den richtigen Weg eingeschlagen hatte, und drückte seinem Pferd die Fersen in die Seite, damit es angaloppierte.

»Welche Tat der Mensch tut, zu solchem Dasein gelangt er«, schrie der Hirte ihm plötzlich, vom Zorn übermannt, hinterher und fuchtelte drohend mit seinem Stock in der Luft herum.

Der Himmel war grau und verhangen. Es konnte nicht mehr lange dauern, bis es anfangen würde zu regnen. Gordon trieb seinen Braunen zu einem noch schnelleren Tempo an und genoss den scharfen Ritt. Die Wiese erstreckte sich bis in ein dünn bewaldetes Tal hinein, das in der Ferne in eine weite Ebene überging. Die alte Handelsstraße zog sich quer durch das Tal den Col du Linas hinauf und weiter bis nach Puivert.

Eine eng zusammenstehende Baumgruppe versperrte ihm die Sicht. Der Geruch nach Feuer und Gebratenem drang in seine Nase. Sein Brauner spitzte die Ohren und stieß ein warnendes Schnauben aus. Unruhig begann er zu tänzeln. Gordon nahm die Zügel in die linke Hand und griff mit der anderen nach seinem Schwert.

Vor ihm erklang ein Wutschrei, dem einige wilde Flüche folgten. Vorsichtig ritt er näher, bis er eine Stelle fand, an der er durch das Blattwerk spähen konnte.

Elysa lag auf dem Boden und trat mit Händen und Füßen um sich. Ein kräftig gebauter, dunkelhaariger Mann kniete über ihr und zerrte an ihrem Gewand, während ein anderer mit wutverzerrtem Gesicht versuchte, ihn von Elysa wegzuziehen.

»Du wirst sie sofort in Ruhe lassen, du weißt doch, was Montfort uns aufgetragen hat«, schnaubte er. Er versetzte dem Schwarzhaarigen einen heftigen Stoß mit dem hinteren Ende der Lanze, der diesen aus dem Gleichgewicht brachte. Doch schnell hatte der Angegriffene sich wieder gefangen.

Noch im Aufspringen griff er nach seinem Schwert. Dann stürzte er sich wie ein raubgieriger Wolf schnaubend auf seinen Kameraden, der vorsichtshalber ein Stück zurückwich. Wütend standen die beiden Männer sich gegenüber. »Gib endlich Ruhe, Prades«, ertönte nun die scharfe Stimme eines dritten Mannes, der aus einem Gebüsch auf die Lichtung trat. »Ich habe nicht vor, mich wegen des Mädchens mit Montfort zu überwerfen. Seine Befehle waren eindeutig.«

Gordon hatte genug gesehen und gehört. Montforts Männer hatten Elysa also gefunden und würden sie sich nicht kampflos wieder abnehmen lassen. Die Routiers waren zu dritt. In einem offenen Kampf würde er keine Chance gegen sie haben, und für Elysa bestand im Moment keine Gefahr.

Er würde folglich warten, bis die Männer schliefen, und Elysa dann im Schutze der Dunkelheit befreien.

Leise zog er sich zurück, doch es war zu spät.

Ein bärtiger Mann, dessen Gesicht von einem kegelförmigen Helm beschattet wurde und den er anscheinend übersehen hatte, stand plötzlich mit Lanze und Schwert in der Hand vor ihm.

»Ei, wen haben wir denn da?«, fragte er höhnisch. »Einen Ritter des feinen Grafen von Toulouse, der hinter uns herschleicht.«

Seine Kumpane wirbelten herum.

»Ich will nur das Mädchen«, sagte Gordon fest. »Ich habe den Auftrag es zurückzubringen.«

»Den gleichen Auftrag haben wir auch, und wir haben sie zuerst entdeckt. Mach, dass du hier verschwindest, und lass dich ja nicht wieder blicken.«

Gordon ging zu seinem Pferd und saß auf, doch der offensichtliche Anführer der Routiers schien es sich plötzlich anders überlegt zu haben. Lauernd starrte er Gordon an.

»Das Mädchen scheint ja für einige Herren ziemlich wichtig zu sein. Setz dich zu uns und erzähl uns darüber. Vielleicht können wir ja ein Lösegeld für sie herausschlagen? Es soll dein Schaden nicht sein.«

Gordon überlegte nicht lange. Die unverhohlene Gier in den Augen des Mannes widerte ihn an, bot ihm aber die Möglichkeit, in Elysas Nähe zu bleiben.

Er stieg wieder vom Pferd und band es neben den anderen fest. Dann setzte er sich zu den vier Männern ans Feuer. Aus den Augenwinkeln sah er, wie Elysa sich zögernd erhob.

»Fesselt sie«, befahl der Anführer, bevor er sich Gordon zuwandte und ihm mit einem wölfischen Grinsen einen Becher Wein reichte.

Gordon musterte die Männer prüfend. Sie waren allesamt kräftig und wirkten tückisch und gefährlich, aber sie hatten dem Wein bereits reichlich zugesprochen und schienen noch lange nicht genug zu haben.

Wenn sie morgen früh ihren Rausch ausgeschlafen haben, werden wir längst auf dem Montségur sein, dachte Gordon zufrieden.

»Trink mit uns auf den Krieg, mein Freund. Solange es Krieg gibt, geht es uns allen gut.« Der Anführer lächelte selbstgefällig.

Gordon tat ihm den Gefallen und trank mit ihnen.

»Also was ist jetzt mit dem Mädchen? Sie ist ganz hübsch, wenn auch für meinen Geschmack ein wenig zu dünn. Ich kann nichts Besonderes an ihr erkennen«, sagte der Mann leutselig und füllte Gordons Becher nach. Gordon nahm nur einen kleinen Schluck.

»Es wird kein Lösegeld geben. Die Kleine ist eine Ketzerin, und der Abt hofft durch sie an die Verstecke weiterer Ketzer heranzukommen, aber was kann ein Mädchen wie sie schon wissen? Mein Herr kannte ihren Onkel und fühlt sich ihm gegenüber verpflichtet, das ist alles.«

»Du lügst.« Von plötzlicher Wut übermannt, sprang der Mann auf und stierte Gordon an. In seiner Hand blitzte ein Messer.

»Du willst das Geld nur für dich allein und bist nichts weiter als ein elender Betrüger. Ich werde dich töten, du Hund!«

Drohend wankte er auf Gordon zu und holte aus, um ihm das Messer in die Brust zu stoßen.

Gordon blieb keine Wahl. Abwehrend riss er seinen linken Arm nach oben und stieß die Hand seines Gegners mit einem Ruck zur Seite, während er mit seiner Rechten nach seinem eigenen Messer griff. Der Routier geriet ins Wanken, brachte Gordon aber eine Wunde am Oberschenkel bei. Der spürte einen scharfen Schmerz, sah aber gleichzeitig, dass der Hals seines Gegners in diesem Moment ungeschützt war. Schnell nutzte Gordon die Chance und stieß mit dem Messer zu, noch bevor die drei anderen ihrem Anführer zu Hilfe eilen konnten. Gurgelnd sank der Mann vor ihm auf die Knie. Über den Kopf des Sterbenden hinweg sah Gordon, wie die Routiers sich wankend erhoben.

Er ließ das Messer fallen und zog im Laufen sein Schwert. Mit zwei Sätzen war er bei ihnen. Sie waren so betrunken und überrascht, dass er mühelos zwei von ihnen unschädlich machen konnte. Der dritte wandte sich eilig zur Flucht und war nach wenigen Augenblicken zwischen den Bäumen verschwunden.

Gordon wischte sein blutiges Schwert an der Kleidung eines der Getöteten ab und steckte es zurück in die Scheide. Dann kam er auf Elysa zu und befreite sie von ihren Fesseln. Elysa hatte den Kampf mit angehaltenem Atem verfolgt, ebenso wie den Streit, der diesem vorangegangen war.

Nun rieb sie sich die Handgelenke und sah an Gordon vorbei in die verzerrten Gesichter der toten Routiers, die mit weit aufgerissenen Augen am Boden lagen und ins Leere starrten. Sie hatten ihren Hass mit in den Tod genommen. Ihre Seelen würden keine Ruhe finden und ziellos durch die Finsternis wandern. Trotz allem, was die Männer ihr angetan hatten, taten sie ihr leid.

Sie ging von einem zum anderen und schloss ihnen die Augen, wobei sie versuchte, nicht auf ihre schrecklichen Wunden zu blicken, was ihr aber nicht gelang. Auf einmal sah sie nicht mehr die beiden Toten vor sich, sondern hatte andere Bilder vor Augen. Verkohlte Leichen, zerstörte Häuser, das kleine tote Mädchen vor der Scheune. Elysa presste beide Hände gegen den Kopf, um die Bilderflut zu stoppen. Sie wollte dies alles nicht sehen, wollte nicht daran denken, was geschehen war, seitdem der Kreuzzug wie ein wütender Sturm über ihr Dorf hergefallen war und alles Friedliche darin zerstört hatte.

Sie sah vom blutgetränkten Boden in den von dunklen Wolken verhangenen Himmel. Ein dicker Tropfen traf sie auf der Stirn, weitere Tropfen folgten. Dann begann es zu regnen, und die Tropfen vermischten sich mit den Tränen, die ihr über die Wangen liefen. Sie ließ sie rinnen, ohne sie fortzuwischen. Es war, als würde der Himmel mit ihr weinen.

Dann hörte der Regen so plötzlich auf, wie er gekommen war, und auch ihre Tränen versiegten. Gordon sammelte in aller Eile die Waffen der toten Routiers ein und verstaute sie in den Satteltaschen seines Pferdes. Aus der Wunde an seinem Oberschenkel, die er nur notdürftig mit einem Tuch umwickelt hatte, tropfte Blut. Als würde er ihren Blick bemerken, wandte er den Kopf in ihre Richtung.

»Kannst du reiten?«

Elysa schüttelte den Kopf.

Gordon zog den Sattelgurt fest und humpelte, sein Pferd am Zügel, auf Elysa zu.

Mühsam bestieg er sein Pferd, beugte sich zu Elysa hinab und streckte die Hand aus, um ihr hinaufzuhelfen. Elysa trat einen Schritt zurück und hob abwehrend die Hände.

»Wir müssen von hier weg«, drängte Gordon. Sie zögerte. »Der Kerl, der sich aus dem Staub gemacht hat, treibt sich hier noch irgendwo herum«, setzte er hinzu und verdrängte den Gedanken an die Wunde an seinem Oberschenkel. Es war ihm nicht gelungen, den Blutfluss zum Stillstand zu bringen, aber darum würde er sich später kümmern.

Gordon, der sah, dass seine letzten Worte Wirkung zeigten, beugte sich wieder hinab, und dieses Mal ergriff Elysa die ihr dargebotene Hand. Sie wog nicht viel und ließ sich leicht nach oben ziehen. »Du musst versuchen, dich den Bewegungen des Hengstes anzupassen«, riet Gordon ihr und galoppierte an. Die Bäume und Sträucher flogen daraufhin geradezu an Elysa vorüber, und der Wind strich kühlend über ihr erhitztes Gesicht.

Elysa hatte noch nie auf einem Pferd gesessen. Ihre Hände schlossen sich fester um Gordons Taille, der ihr in diesem Augenblick, da alles um sie herum ins Wanken geriet, den einzig festen Halt bot. Der Hengst bewegte sich ruhig und gleichmäßig, und es war nicht schwer, sich seinen weit ausgreifenden Sprüngen anzupassen.

Nach einer Weile lehnte Elysa ihren Kopf gegen Gordons Schulter und überließ sich ganz dem Rhythmus des Pferdes. Sie spürte den Wind in ihren Haaren, dachte an nichts und fühlte sich dabei so geborgen wie schon lange nicht mehr.

Erneut zogen sich tief hängende Wolken immer dichter über dem Tal zusammen. Schlagartig verdunkelte sich der Himmel, und der einsetzende Regen stürzte wie eine undurchdringliche, nasse Wand auf die Erde herab.

Gordon parierte sein Pferd zum Schritt durch.

Es stolperte über einen schmalen Graben, der sich talabwärts verbreiterte, vorbei an umgeknickten, gezackten Baumstämmen, die an vergangene Stürme und Blitzeinschläge erinnerten. Von einem Moment auf den anderen wurde es so dunkel, dass Gordon den Weg kaum noch erkennen konnte, und es blitzte heftig um sie herum. Die Blitze zuckten erschreckend tief über den Himmel. Dann ließ ein lautes Krachen die Luft erzittern, dem ein tiefes, warnendes Grollen folgte.

Das Wäldchen war schon zu weit entfernt, um darin Schutz zu suchen, außerdem lauerte dort nach wie vor der entflohene Routier. Und um sie herum befanden sich nur vereinzelte Bäume. Der Graben, den wir eben durchquert haben, dachte Gordon. Er war die einzige Möglichkeit, die ihnen blieb.

Er wandte das Pferd und lenkte es zurück. Die sanft abfallenden Seitenwände des Grabens waren durch den Regen rutschig geworden, und das Pferd geriet immer wieder ins Schlittern. Gordon stieg ab und half auch Elysa vom Rücken des Tieres herunter. Immer wieder sprach er beruhigend auf das Tier ein, klopfte ihm den regennassen Hals und führte es vorsichtig tiefer hinab. Elysa hielt sich dicht hinter ihm und hoffte, dass er nicht bemerkte, dass sie am ganzen Körper zitterte, während das Unwetter über ihnen tobte.

Gordon blieb stehen und drehte sich zu ihr um. »Hier haben wir wenigstens etwas Schutz«, meinte er zuversichtlich. Ein gewaltiges Krachen war die Antwort. Elysa fuhr erschrocken zusammen. Gordon legte schützend einen Arm um ihre Schulter. »Hab keine Angst«, flüsterte er ihr ins Ohr. »Der Himmel wird schon nicht einstürzen.«

Er atmete den Duft ein, der von ihrem nassen Haar aufstieg, und hoffte insgeheim, dass das Unwetter noch eine Weile anhalten würde. Es war schon eine geraume Weile her, seitdem er ein Mädchen im Arm gehalten hatte, und es fühlte sich gut an. Um sie herum blitzte es wieder, dann erklang ein langgezogenes Grollen, dem ein noch gewaltigeres Krachen folgte. Elysa stand wie erstarrt, nur ihre Schultern bebten leicht. Gordon hatte bisher nicht den Eindruck gewonnen, dass sie leicht zu erschrecken, sondern – ganz im Gegenteil – ziemlich stur war und lieber in ihr Unglück rannte, als eine gutgemeinte Warnung beherzigte.

Die Stille, die auf den Donner folgte, war erdrückend und unheimlich, und für einen Moment schien es, als wäre alles Leben um sie herum erstarrt. Nichts bewegte sich. Elysa schob Gordons Hand von ihrer Schulter und trat einen Schritt zurück. Erneut zuckten Blitze über den schwarzen Himmel, und in ihrem Licht sah Gordon, wie sie ihre Schultern zusammenzog. Die Lippen hatte sie fest zusammengepresst. Es amüsierte ihn, dass sie behauptete, sich nicht zu fürchten, aber er sagte nichts. Gewitter waren kein Grund, um in Panik auszubrechen, aber es war auch keine Schande zuzugeben, dass sie einem unheimlich waren. »Es wird bald vorbei sein«, sagte er und bemerkte voller Genugtuung, wie ihre Haltung sich ein wenig entspannte. Und tatsächlich wurde das Grollen über ihnen leiser. Hier und da durchschnitt noch einmal ein Blitz den Himmel, dann schob sich der Mond hinter den Wolken hervor, und es hörte auf zu regnen. Gordon führte das Pferd aus dem Graben. Der heftige Regen hatte den schmalen Pfad in eine gefährlich rutschige Schlammbahn verwandelt. Mühsam kämpfte er sich gegen die starken Windböen vorwärts, die das Vorankommen zusätzlich erschwerten.

Nach einer Weile erreichten sie einen dichten Wald und fanden abseits des schmalen Pfades zwischen den Wurzeln einer mächtigen Ulme einen Platz zum Schlafen.

Das Moos zwischen den Wurzeln war weich und trocken, sie selbst bis auf die Haut durchnässt. Elysa kauerte sich auf das Moos und schlang die Arme um ihren Körper. Gordon sattelte sein Pferd ab, band ihm die Vorderbeine zusammen und gab ihm eine Handvoll Getreide. Er dachte an Prades, den entflohenen Routier, und überlegte, ob er es wagen konnte, ein Feuer zu machen. Dann fiel ihm ein, dass Prades mit Sicherheit davon ausging, dass er mit Elysa zum Heer zurückritt. Das Unwetter hatte all ihre Spuren verwischt, und hinzu kam, dass der Wald so tief und dicht war, dass ein kleines Feuer, entzündet in einer Mulde, nicht weit zu sehen sein würde.

Er suchte einige trockene Äste zusammen und entfachte in einer Bodenvertiefung ein Feuer. »Ihr solltet die Wunde besser verbinden«, sagte Elysa und zeigte auf Gordons Bein. »Es ist nur ein Kratzer«, gab Gordon scheinbar gleichmütig zurück. Trotzdem war er vorsichtig. Was er jetzt überhaupt nicht gebrauchen konnte, war ein Wundbrand. Er kramte ein Stück Zunder samt einem frischen Leinenstreifen aus der Satteltasche, in der sich auch ein Feuerstahl und ein Stein befanden, wickelte den blutdurchtränkten Stofffetzen von seinem Oberschenkel und legte den Zunder auf die Wunde. Anschließend umwickelte er sie wieder mit dem frischen Leinenstreifen, den er fest verknotete.

Dann zog er den restlichen Käse und das Brot aus der zweiten Satteltasche neben sich, brach beides in zwei Teile und reichte Elysa ihren Anteil.

Sie kauten das harte Brot, aßen den Käse, starrten ins Feuer und lauschten den Geräuschen der Nacht. Elysa spürte, wie sie langsam zur Ruhe kam. Doch mit der Ruhe kam auch die Erschöpfung. Sie bemerkte, dass Gordon sie fragend ansah, als würde er eine Antwort von ihr erwarten. Zwar hatte er sein Leben für sie aufs Spiel gesetzt, um sie vor den Routiers zu retten, aber war er deshalb schon vertrauenswürdig? Sicher, der Graf von Toulouse hatte ihn geschickt, um sie zum

Montségur zu geleiten. Gordon trug dessen Wappen auf seinem steifen, dichtgewebten Waffenrock. Der Graf von Toulouse nahm aber auch an dem Kreuzzug gegen die Katharer teil und war mit dabei gewesen, als Rhedae zerstört worden war. Ihr Misstrauen wuchs mit jedem Gedanken.

»Was wollt Ihr wirklich von mir?«, fragte sie ihn unvermittelt.

Gordon wirkte überrascht. »Das habe ich dir doch gesagt, mein Herr ist in Sorge um dich und möchte sich deiner annehmen.«

»Und warum möchte er das?« Sie strich sich einige Haarsträhnen zurück, die ihr ins Gesicht gefallen waren.

»Er war ein Freund deines Onkels«, erinnerte Gordon sie.

»Aber wie kann er ein Freund meines Onkels sein, wenn er an diesem schrecklichen Kreuzzug teilnimmt?« Elysa sah, wie Gordon leicht das Kinn vorschob und seine Augen schmaler wurden.

Er sah an ihr vorbei in den dunklen Wald. »Ich bin Ritter geworden, um zu kämpfen, aber ich bin nicht stolz darauf, an diesem Kreuzzug teilzunehmen«, erklärte er und hatte wieder die Bilder von Béziers vor Augen und den aufsteigenden Gestank der verwesenden Leichen in der Nase, der sich mit dem beißenden Rauch unzähliger schwelender Feuer mischte. Tod, Grauen und Angst waren mit Händen greifbar gewesen.

Sie sahen sich an und verspürten beide das gleiche Unbehagen.

»Wenn dieser Kreuzzug so schrecklich für Euch ist, warum habt Ihr dann an ihm teilgenommen?«, fragte sie ihn.

Ihre Direktheit verblüffte ihn. Forschend betrachtete er sie. Ihr Blick war offen und ohne Arg gleich dem eines Kindes, das noch nicht gelernt hatte, sich zu verstellen und seine wahren Absichten zu verbergen.

»Mein Herr hat an dem Kreuzzug teilgenommen, weil die Kirche ihm keine Wahl gelassen hat und er nur so das Schlimmste verhindern konnte«, erklärte er.

»Aber man hat immer eine Wahl«, gab Elysa zu bedenken.

Sie sagte es mit einer Unbedingtheit, als wäre es nichts Besonderes, die Entscheidung eines anderen in Frage zu stellen, auch dann nicht, wenn es die des Grafen von Toulouse war. Wie konnte sie es wagen, die Entscheidung seines Herrn in Zweifel zu ziehen, eine Entscheidung, die diesem, wie er wusste, nicht leichtgefallen war. Ärger stieg in ihm hoch. »Der Graf von Toulouse hat sich nun einmal so entschieden, und ich habe ihm den Treueid geschworen«, gab er heftig zurück und verstummte, als ihm klar wurde, dass er sich soeben vor einem Mädchen verteidigt hatte, das ihn mit dem gleichen Blick ansah, mit dem ihn seine Mutter immer bedachte, wenn er als kleiner Junge wieder einmal über die Stränge geschlagen hatte.

»Ich hatte jedenfalls keine andere Wahl«, fügte er beinahe triumphierend hinzu und war trotz seines Ärgers neugierig, was sie ihm darauf antworten würde.

Elysa runzelte die Stirn, als wäre sie unzufrieden mit seiner Antwort. »Ihr hättet eben nicht schwören dürfen«, erklärte sie ihm. »Wenn Ihr keinen Eid geleistet hättet, könntet Ihr auf Euer Herz und Euren Verstand hören und wüsstet auch, was richtig ist und was falsch.«

Ihre Antwort verschlug Gordon die Sprache. Fassungslos starrte er Elysa an.

»Wer glaubst du zu sein, dass du einem Mann vorschreiben willst, was er zu tun hat?«, fragte er und sah mit Erstaunen, wie ihre Sicherheit ins Wanken geriet. Ihre Wangen röteten sich vor Verlegenheit, und sie senkte den Blick, ohne ihm eine Antwort zu geben.

Mit einem Mal wirkte sie so verletzlich, dass er es nicht übers Herz brachte, weiter in sie zu dringen.

Wer war dieses Mädchen, das ungerührt an seine Ritterehre appellierte, um sie nur wenig später wieder in Frage zu stellen? Sie hatte ihn wütend gemacht und ihn dazu gebracht, sich schuldig zu fühlen, obwohl er nur seine Pflicht erfüllte. Und doch wünschte er sich nichts mehr, als sie für immer zu beschützen. War das die Liebe, von der die Troubadoure sangen? Schon wieder kreisten seine Gedanken um Elysa, obwohl sie direkt neben ihm saß und er nur die Hand auszustrecken brauchte, um sie zu berühren. Oder sie zu küssen. Rasch schob er den Gedanken beiseite. Was war nur los mit ihm? Er hatte einen Auftrag, und nichts und niemand würde ihn davon abhalten, diesen auszuführen. Trotzdem ging ihm dieses Mädchen unter die Haut. Sie reizte ihn, sie rührte ihn, und sie verblüffte ihn. Er musste wieder daran denken, wie sie sich an ihn geklammert hatte, als er angaloppiert war, wie sie später ihren Kopf an seine Schulter gelehnt und ihm damit das Gefühl gegeben hatte, ihm endlich zu vertrauen. Und wie sie ihn kurz darauf wieder zurückgewiesen hatte, als er sie während des Unwetters trösten wollte.

Eine Weile starrten sie schweigend in das fast heruntergebrannte Feuer.

»Ihr seid also fest entschlossen, mich zum Montségur zu bringen?«, fragte Elysa schließlich leise, fast beiläufig und mit einer so sanft klingenden Stimme, wie er es nie vermutet hätte.

»Das bin ich.« Er wartete auf ihren Widerspruch und streckte sich, als der nicht kam, neben dem Feuer aus. Sein Bein schmerzte, und eine bleierne Müdigkeit überfiel ihn. Aus den Augenwinkeln bemerkte er, dass Elysa es ihm gleichtat, aber sie rutschte ein Stück von ihm fort, als könne sie seine Nähe nicht länger ertragen, was ihn weit mehr verletzte als ihre zuvor geäußerten Worte.

Die Sonne schien warm auf sie herunter, und ein leichter Westwind blies ihnen den Duft würziger Gräser ins Gesicht. Nichts erinnerte mehr an das Unwetter vom Vortag. Gierig hatte der ausgetrocknete Boden den Regen aufgesaugt, und die Wege waren gut passierbar.

Sie waren in aller Früh aufgebrochen, aber mittlerweile hatte die Sonne ihren höchsten Punkt erreicht, und es war Zeit für eine Rast. Gordon hielt an einem schmalen Bach an, der sich durch das kalkhaltige Gestein unterhalb des Weges schlängelte. Er stieg ab und hob Elysa vom Pferd. Aber er ließ sie nicht los, seine Hände blieben auf ihren Hüften liegen.

Ihm direkt gegenüberzustehen und ihm in die Augen zu sehen war etwas anderes, als hinter ihm auf dem Pferd zu sitzen. Elysa wich seinem Blick jedoch nicht aus, obwohl er ihr die Röte in die Wangen trieb. Sie war ohne Vater und Brüder aufgewachsen und hatte gelernt, sich allein gegen die Jungen in ihrem Dorf zu behaupten. Und wegzuschauen, wenn jemand sie so ansah, wie Gordon es gerade tat, war wie aufgeben.

Er sah sie an wie ein hungriger Hund, der sie am liebsten mit Haut und Haaren verschlungen hätte. Rorico hatte sie einige Male so angesehen und auch die Martin-Brüder, aber sie hatten ihrem Blick nie lange standhalten können. Doch Gordon war nicht Rorico, wie ihr mit einem Mal bewusst wurde, auch lag in seinem Blick noch etwas anderes. Etwas wie ... eine Warnung? Er war ein Ritter, und er war stark, und etwas in ihrem Inneren riet ihr, ihn nicht zu sehr zu reizen. Er starrte sie immer noch unverwandt an, und sie fühlte sich plötzlich sonderbar befangen, ausgelöst durch den Druck seiner Hände, die sie noch immer festhielten.

»Ihr könnt mich jetzt loslassen, ich verspreche Euch auch nicht umzufallen«, sagte sie und schaffte es, sich seinem Griff zu entwinden.

»Immer zu Diensten«, gab Gordon mit einem Lächeln ihrem Wunsch nach, dann warf er seinem Pferd die Zügel über den Kopf, knotete sie zusammen, um zu verhindern, dass das Tier seine Hufe darin verfing, und ließ es auf der Wiese grasen.

Elysa hatte derweil ihren Durst gelöscht und sich kaltes Wasser ins Gesicht gespritzt. Sie hatte immer noch seinen Blick vor Augen, fühlte seine starken Hände auf ihrem Körper und spürte, obwohl er mit dem Rücken zu ihr stand, die Spannung, die zwischen ihnen bestand.

Sie hatten seit dem gestrigen Abend nur das Nötigste miteinander gesprochen. »Wenn ich Euch verärgert habe, tut es mir leid.« Sie sah ihn schuldbewusst an. Er war gekommen, um ihr beizustehen, es stand ihr nicht zu, über ihn zu urteilen, und doch hatte sie es getan. Gordon wandte sich zu ihr um. Sie strich sich mit einer anmutigen Bewegung einige Haarsträhnen zurück, die ihr der Wind ins Gesicht wehte. Er bemerkte, dass ihre Wimpern goldfarben waren und ihre sanft geschwungenen Brauen noch heller als ihr Haar. Ihre grünen Augen waren dunkler als sonst, ihr Mund leicht geöffnet, und ihre weißen Zähne leuchteten zwischen den Lippen. Er musste sich beherrschen, um sie nicht einfach an sich zu reißen.

»Ich habe noch nie ein Mädchen getroffen, das so mit mir redet, wie du es tust«, gestand er ihr und musste grinsen, als er ihren verblüfften Gesichtsausdruck bemerkte.

»Ich sage nur das, was ich denke, auch wenn es manchmal sicher besser wäre, den Mund zu halten.« Das hatten Anna und auch Sarah ihr jedenfalls mehr als einmal geraten. Sarah! Sie hatte Rhedae verlassen, ohne sich zu erkundigen, ob ihr etwas geschehen war, oder dem blinden Jean, der so glücklich über den jungen Hund gewesen war, den sie ihm einige Tage zuvor gebracht hatte. Er hatte vor Freude geweint, als sie ihm versicherte, dass auch die Seelen der Tiere zu den Sternen gelangen konnten.

Gordons Stimme holte sie in die Gegenwart zurück.

»Dann haben wir etwas gemeinsam. Leider gibt es nur sehr wenige Menschen, die das tun.«

»Vielleicht ist das bei den Katholiken so«, widersprach Elysa ihm. »Aber bei uns ist es üblich, die Wahrheit zu sagen.«

Sie sagte es ohne Überheblichkeit, so als wäre es etwas ganz Selbstverständliches.

Gordons Augen verengten sich.

»Wenn du so ehrlich bist, wie du behauptest, dann sag mir doch, warum Simon von Montfort und der Abt hinter dir her sind.«

Sie hielt seinem Blick stand, aber nur einen Augenblick, dann schlug sie die Augen nieder und presste die Lippen zusammen.

Die Enttäuschung schlug wie eine Welle über Gordon zusammen.

»Dann habe ich mich wohl geirrt, und du bist auch nicht anders als die anderen«, sagte er hart.

Elysa sah ihm direkt in die Augen. »Ich kann nicht darüber reden.«

Es klang so ehrlich, dass Gordons Ärger schwand. »Weil du es versprochen hast?«

Elysa nickte. Gordon verkniff sich die Frage, worin für sie der Unterschied zwischen einem Schwur und einem Versprechen bestünde. Sie hatte genug durchgemacht, und er wollte, dass sie ihm vertraute und ihn als Freund und nicht als Feind betrachtete. Er holte das Pferd von der Wiese und sattelte es. Danach ritten sie weiter. In endlosen Kehren wand sich der Weg den nächsten Hügel hinauf und wieder hinunter.

Elysa hing ihren Gedanken nach. Die schrecklichen Erlebnisse der letzten Tage hatten sie schmerzhaft mit einer Wirklichkeit konfrontiert, von deren Existenz sie bislang nichts geahnt hatte. Könige und Kriege waren weit fort gewesen, es hatte sie nur in den Erinnerungen und Geschichten der Alten gegeben. Ihr Onkel hatte die Welt, in der sie sich bis vor wenigen Tagen noch so geborgen gefühlt hatte, abgelehnt und sich der unsichtbaren, geistigen Welt zugewandt. Einer Welt, die so unwirklich und genauso wenig greifbar war wie Licht und Schatten oder die Winde, die ihr über das Gesicht strichen und die man nur erreichen konnte, indem man den siebenfachen Weg zu den Sternen ging. Aber dieser Weg war hart und steinig, und nur wenige schafften es, ihn bis zu Ende zu gehen.

Ob sie die Kraft aufbringen würde, Nicola zu folgen?

Die sanft schaukelnden Bewegungen des warmen Pferdekörpers lullten sie ein und machten sie träge, bis sie schließlich an gar nichts mehr dachte und einnickte.

Prades hatte während des Unwetters in einer Bodensenke Schutz gefunden und dort seinen Rausch ausgeschlafen. Als er wieder erwachte, war es bereits dunkel. Vorsichtig schlich er zum Lager zurück und fand es zu seiner Erleichterung verlassen vor. Er entzündete ein Feuer und stellte zu seiner großen Freude fest, dass der Ritter sogar die Pferde zurückgelassen und nicht einmal die Toten geplündert hatte, wie es allgemein üblich war. Lediglich deren Schwerter hatte er mitgenommen. Schnell schnitt Prades seinen toten Kameraden die prall gefüllten Beutel ab und packte sie in seine Satteltasche. Dann setzte er sich zufrieden ans Feuer und überlegte, was er jetzt tun sollte. Wenn es wirklich ein Lösegeld für das Mädchen gab, brauchte er es mit niemandem mehr zu teilen. Vielleicht war es aber auch besser, Montfort das Mädchen zu bringen, um diesem seine Loyalität zu beweisen. So, wie es aussah, würde der Feldherr eindeutig einer der Sieger dieses Kreuzzugs sein, es konnte daher nicht schaden, sich gut mit ihm zu stellen.

Aber das hatte noch Zeit. Zunächst musste er Gordon von Longchamp beseitigen und das Mädchen an sich bringen. Er war überzeugt davon, dass der Ritter gelogen hatte, als er behauptete, er hätte den Auftrag, das Mädchen zum Heer zurückzubringen. Jeder wusste, dass der Graf von Toulouse am Ende war, vom Papst entmachtet und exkommuniziert. Wenn dem Grafen daher irgendetwas an dem Mädchen lag, würde er es irgendwo anders hinschaffen lassen, nur nicht zurück zum Heer.

Als der Morgen heraufdämmerte, sattelte Prades sein Pferd und ritt nach Osten. Die Pferde seiner Kameraden ließ er zurück. Mit ein bisschen Glück würden sie noch da sein, wenn er mit dem Mädchen hierher zurückkehrte.

Der schmale Pfad führte durch einen Wald. Irgendwo in der Mitte des Waldstücks stieg ihm ein schwacher Feuergeruch in die Nase, und sein Instinkt sagte ihm, dass er den richtigen Weg eingeschlagen hatte.

Er folgte dem Geruch bis zu der kleinen Feuerstelle. Das Feuer glühte noch, und Prades zweifelte keinen Augenblick daran, dass Longchamp und das Mädchen hier übernachtet hatten. Die Hufspur eines Pferdes war deutlich im sandigen Boden zu erkennen. Sofort machte er sich an ihre Verfolgung.

Am Nachmittag tauchten in der Ferne vor Elysa und Gordon die Umrisse von Bélesta auf, einem kleinen Ort, der zum Herrschaftsbereich der Grafen von Foix gehörte.

»Ihr könnt mich hier absteigen lassen, den Weg ins Dorf schaffe ich auch alleine«, sagte Elysa. Gordon parierte den Hengst durch und wandte sich zu ihr um.

»Und was willst du hier? Hast du vor, in diesem Ort zu bleiben?«

»Nein«, gestand sie.

»Ich habe den Auftrag, dich zum Montségur zu bringen. Der Graf von Foix erwartet dich bereits.«

»Der Graf erwartet mich?« Sie klang überrascht.

»Er wird so lange auf dich achtgeben, bis mein Herr deinen Schutz übernehmen kann.«

Elysa erschrak. Gordon sah die Angst in ihren Augen. »Sag mir, wovor du dich fürchtest.«

»Ich frage mich, was diese hohen Herren tatsächlich von mir wollen, ich kenne sie nicht einmal.«

Gordon konnte sie verstehen, hatte er sich in den letzten beiden Tagen doch mehr als einmal das Gleiche gefragt.

»Dein Onkel muss sie mächtig beeindruckt haben, obwohl er ein Ketzer war.«

Kaum waren die Worte ausgesprochen, bereute er sie auch schon wieder, denn er hatte weder den toten Nicola noch Elysa beleidigen wollen.

Tatsächlich funkelte ihn Elysa nun wütend an. »Mein Onkel war kein Ketzer, er war ein Vollkommener und hat ohne Sünde gelebt.«

»Bitte sieh mich nicht so zornig an, es war nicht meine Absicht, deinen Onkel zu beleidigen«, erklärte Gordon und setzte eine zerknirschte Miene auf.

Doch Elysa ließ sich nicht beruhigen.

»Eure Mönche und Priester sind die eigentlichen Ketzer. Sie lesen die Heilige Schrift mit Absicht in Latein, damit niemand merkt, dass sie die Worte auslegen, wie es ihnen gerade passt. Und sie fressen, saufen und huren auf Kosten der Handwerker und Bauern, denen sie den Zehnten abpressen, anstatt selbst für ihren Lebensunterhalt zu arbeiten.«

Gordon war verblüfft über ihren Ausbruch. Er hatte nicht geahnt, dass sie so temperamentvoll sein konnte. Sie war wunderschön, wenn sie wütend war, aber ihre Worte beunruhigten ihn, drückte sich in ihnen doch die ganze Tragweite ihres fehlgeleiteten Glaubens aus.

Aber vielleicht wusste sie es einfach nicht besser? Rhedae war schließlich weit weg von den großen Städten des Landes, und sie konnte doch nicht ernsthaft die katholische Kirche in Frage stellen? Er dachte daran, dass sein Herr nur Gutes über die *Guten Christen* gesagt hatte und große Hochachtung vor ihnen zu haben schien. Und wunderte er, Gordon, sich nicht selbst darüber, warum dem Grafen Nicolas Nichte so wichtig war?

Seine Neugier war geweckt.

»Ich habe mir über solche Dinge bisher keine Gedanken gemacht und war immer der Meinung, dass es keine Probleme zwischen Katholiken und den *Guten Christen* gibt, sondern sie friedlich miteinander leben, auch wenn ihr Glaube von dem unseren abweicht«, sagte er nachdenklich.

Es war schon merkwürdig. Die *Guten Christen* waren da, seitdem er denken konnte, und die Kirche hatte ihnen bislang nur wenig Beachtung geschenkt. Es hatte zwar immer wieder Dispute zwischen den geistlichen Führern beider Seiten gegeben und auch einige Konzile, an denen der Graf von Toulouse teilgenommen hatte. Doch danach war wieder alles gewesen wie zuvor, ohne dass sich etwas geändert hätte. Irgendetwas musste geschehen sein, das die Kirche dazu gebracht hatte, die vollständige Vernichtung der Ketzer, wie sie die *Guten Christen* nannte, zu beschließen.

Elysa sah ihn mit einem merkwürdigen Blick an.

»Würdet Ihr den Strick anbeten, an dem Euer Vater aufgehängt wurde? Warum also verehrt Ihr dann das Kreuz, das doch nicht mehr ist als ein Schandmal?« Ihre Stimme hatte den belehrenden Ton eines Schulmeisters angenommen, der seinen Schüler ermahnte.

Sie schaffte es immer wieder, ihn zu überraschen.

Er unterdrückte ein Lachen, um nicht erneut ihren Zorn zu erregen.

Aus einem plötzlichen Entschluss heraus trieb er seinen Braunen so plötzlich zum Galopp an, dass Elysa sich an ihm festklammern musste, um nicht rücklings vom Pferd zu stürzen.

Bäume und Sträucher zogen an ihnen vorbei. Sie hielt ihn fest umschlungen, und ihre Körper bewegten sich im gleichen Rhythmus. Die verschiedensten Gefühle tobten wie Wirbelstürme in seinem Inneren. Und auf einmal war er sich sicher, dass Elysa sein Schicksal werden würde.

Es dauerte nicht lange, bis sie die Mühle erreichten. Neugierige Blicke folgten ihnen, als sie weiter ins Dorf ritten.

Auf einen Felsvorsprung gebaut, überragte das Dorf einen kleinen Talkessel, dessen Berghänge überwiegend mit blühenden Weinreben bepflanzt waren.

Darüber lagen die Hänge des Tabourc, das Reich der Schafe und der Bienen. Der Ort war durch eine vieleckige Mauer befestigt. Durch ein Bogentor, dessen Gewölbesteine aus hellem Sandstein bestanden, erreichten sie den Ortskern, in dem sich die Kirche Saint-Michel befand.

Einige Bauersfrauen hatten ihr Gemüse auf dem Marktplatz vor der Kirche ausgebreitet, um es zum Verkauf anzubieten. Während der Mittagszeit war es ruhig, nur wenige Menschen kamen zu dieser Stunde auf den Markt.

Am hinteren Ende des Dorfplatzes befanden sich einige weit ausladende Ulmen, in deren Schatten die Greise auf Bänken saßen und Wein tranken.

Vor der Kirche parierte Gordon sein Pferd durch. Er stieg

ab und streckte die Arme aus, um Elysa vom Pferd zu heben, doch sie nahm seine Hilfe nicht an, sondern schwang ihr rechtes Bein über den Rücken des Hengstes zum linken und ließ sich aus dem Sattel gleiten. Sie war immer noch wütend wegen des Schrecks, den Gordon ihr mit dem wilden Ritt versetzt hatte. Es hätte nicht viel gefehlt, und sie wäre vom Pferd gestürzt.

»Ich dachte, Ihr hättet den Auftrag, mich zu beschützen? Stattdessen habt Ihr mich fast umgebracht.« Sie blitzte ihn zornig an.

»Hat dir eigentlich niemand beigebracht, dass es gefährlich sein kann, einen Mann ständig zu reizen und ihm zu erklären, was er zu tun hat und was nicht?«

»Ich habe Euch nicht darum gebeten, mich zu begleiten.«

»Das hatten wir schon«, winkte Gordon ab. »Es tut mir leid, wenn ich dich erschreckt habe, aber so reagiere ich nun einmal, wenn man mich zu sehr reizt.«

Sie verzichtete darauf, ihm eine Antwort zu geben, und wandte sich mit hoch erhobenem Kopf von ihm ab. Gordon sah ihr nach, wie sie zielstrebig auf die Kirche zulief.

»Ich werde hier auf dich warten!«, rief er ihr nach, und sie zweifelte nicht einen Augenblick daran, dass er Wort halten würde. Ihr Herz klopfte immer noch wild, als sie vor dem hohen, dunklen Portal stand. Sie umfasste den eisernen Riegel und zog es auf. Feuchte Kühle umfing sie, und der Geruch nach Weihrauch und Wachskerzen stieg ihr in die Nase. Es war das erste Mal, dass sie eine Kirche betrat. Das Gebäude bestand aus einem einzigen Kirchenschiff mit einem Steingewölbe und zwei Nischen, die nach Norden und Süden gingen. Die feierliche Atmosphäre, die im Inneren des Gotteshauses herrschte, erinnerte sie an den Saal in der Höhle von Ornolac, die sie so oft mit ihrem Onkel besucht hatte. In der halbkreisförmigen Apsis mit Rundgewölbe standen zwei Altäre. Einer war dem heiligen Sebastian gewidmet, der andere der heiligen Jungfrau.

Hinter ihr betrat eine Gruppe Pilger die Kirche und strebte auf den Altar zu. Sie trugen die Pilgermuschel an ihren Hüten, befanden sich folglich bereits auf dem Rückweg ihrer beschwerlichen Reise. Elysa achtete nicht weiter auf die Pilger und bemerkte deshalb auch nicht den Mann, der sich mit gesenktem Haupt zu der Gruppe gesellt hatte, als würde er dazugehören.

Prades atmete erleichtert aus und wischte sich mit dem Ärmel den Schweiß von der Stirn, wobei er weiterhin den Kopf gesenkt hielt. Die Pilger waren ihm gerade recht gekommen. Ohne sie wäre es ihm wohl kaum gelungen, sich unbemerkt an Longchamp vorbeizuschleichen.

Der Priester war nirgends zu sehen. Elysa wollte die Kirche gerade wieder verlassen, als sie seitlich von sich eine Bewegung an der Wand bemerkte. Dort musste ein Durchgang oder eine Kammer sein, vor deren Eingang eine lange, schwere Stoffbahn hing, die nun zur Seite geschoben wurde. Eine alte Frau trat hinter ihr hervor.

Der Priester folgte ihr nur wenig später. Er war schon alt und sein Gang schlurfend, nur die Augen in seinem faltigen Gesicht wirkten überraschend jung.

Elysa trat auf ihn zu. »Ich suche den Schäfer Amiel. Könnt Ihr mir sagen, wo ich ihn finden kann?« Gespannt wartete sie auf seine Antwort.

Der Priester vergewisserte sich mit einem raschen Blick, dass sich niemand in ihrer unmittelbaren Nähe aufhielt, der sie belauschen konnte.

»Wer bist du, dass du nach ihm fragst?«, seine rot geränderten Augen bohrten sich in ihre.

»Ich bin Elysa, die Nichte des Webers Nicola.«

Der Priester schien mit ihrer Antwort zufrieden, denn seine Gesichtszüge entspannten sich.

»Du findest Amiel über dem Dorf in den Hängen des Tabourc, gegenüber von unserem Dorf, wo er seine Schafe weidet«, sagte er leise.

»Ich danke Euch.« Sie zögerte einen Moment.

Niemand durfte erfahren, wohin sie ging, auch Gordon nicht.

»Gibt es noch einen anderen Ausgang aus der Kirche?«

Der Priester nickte. »Ich zeige ihn dir.«

Er ging ihr voraus, schob den schweren Stoff vor dem Eingang zur Sakristei zur Seite und ließ Elysa in den kleinen Raum treten. Von dort aus führte eine schmale Tür zu dem direkt hinter der Kirche liegenden Pfarrhaus.

»Wenn du hier durch- und danach am Pfarrhaus entlanggehst, kommst du an ein kleines Tor, das aus dem Dorf führt. Es ist tagsüber unverschlossen. Von dort führt ein Pfad durch das Tal hinauf zu den Weiden. Wenn du ihm folgst, wirst du Amiel finden.«

Er sah ihr nach, wie sie leichtfüßig in die angegebene Richtung lief. Das Tor war erst auf den zweiten Blick zu erkennen, so schmal war es in die Mauer eingelassen. Niemand bemerkte Elysa, als sie durch das Tor schlüpfte und das Dorf verließ.

Gordon würde nach ihr suchen, wenn sie zu lange fortbliebe, und enttäuscht sein, wenn er feststellte, dass sie weg war. Der Gedanke gefiel ihr nicht. Er hatte sie aus den Händen der Routiers befreit und dabei sein Leben aufs Spiel gesetzt, und nun lief sie ohne ein Wort des Abschieds davon.

Prades, der Elysa die ganze Zeit über beobachtete, sah, wie sie mit dem Priester in die Sakristei ging. Was zum Teufel hatte die Kleine vor? Wollte sie sich etwa aus dem Staub machen? Er warf einen raschen Blick zum Kirchenportal. Longchamp konnte jeden Moment in der Kirche auftauchen. Er löste sich aus der Gruppe der Pilger, schlich hinter den beiden her und warf einen vorsichtigen Blick in die Sakristei. Nachdem er festgestellt hatte, dass sich niemand in dem kleinen Raum befand, ging er zielstrebig zu dessen Hintertür. Vorsichtig öffnete er sie und sah gerade noch, wie der Priester im Pfarrhaus verschwand, während das Mädchen durch ein kleines Tor in der Mauer schlüpfte.

Elysa folgte dem schmalen Pfad, der über Wiesen hinweg quer durch das Tal führte und sich auf der anderen Seite wieder nach oben wand. Der Aufstieg war anstrengend, trotzdem lief sie, ohne eine Pause einzulegen, bis sie die ersten Schafe entdeckte.

Amiel saß im Schatten eines überstehenden Felsens und schien tief in Gedanken versunken zu sein. Erst als Elysa näher trat, hob er seinen Blick und sah ihr entgegen.

Der nach innen gekehrte Ausdruck in seinem hageren Gesicht erinnerte Elysa an ihren Onkel, obwohl der Schäfer um einiges älter war als Nicola. Er trug das Gewand eines Vollkommenen und hatte sich trotz der Hitze noch den weiten Schäferumhang umgelegt.

Freundlich bedeutete er ihr, sich zu ihm zu setzen.

Nach einem Blick in ihr erhitztes Gesicht bot er ihr seine Wasserflasche an und sah zu, wie sie durstig daraus trank.

»Dein Onkel hat diese Welt verlassen.« Es war eher eine Feststellung als eine Frage.

Als Elysa traurig nickte, beugte er sich vor, legte ihr seine Hände auf den Kopf und hielt ihren Blick fest. Die Umgebung um sie herum verblasste, bis sie schließlich ganz verschwand. Ihre Gedanken wurden leichter, und sie fühlte sich warm und geborgen. Für einen Moment glaubte sie, Nicola neben sich zu spüren.

Ihre Sorgen lösten sich in Bedeutungslosigkeit auf, und sie verlor jedes Zeitgefühl. Sie saß einfach nur da, fühlte den Wind sanft durch ihr Haar streichen, hörte die Bienen summen und vergaß beinahe, warum sie hergekommen war.

Prades war Elysa vorsichtig in gebückter Haltung durch die Wiesen gefolgt und hielt genügend Abstand, um nicht von ihr entdeckt zu werden. Als er vor sich Stimmen vernahm, verbarg er sich sofort hinter einem der hüfthohen Findlinge und spähte vorsichtig dahinter hervor.

Der Schafhirte, der mit der Kleinen sprach, zählte mindestens fünfzig Jahre und stellte keine Gefahr für ihn dar. Er war weder kräftig noch bewaffnet und trug abgesehen von seinem Hirtenstab nur noch sein Messer am Gürtel. In einem Kampf würde er keine Chance gegen ihn haben.

Prades überlegte kurz, ob er den Mann nicht besser sofort erschlagen und sich das Mädchen einfach greifen sollte, entschied sich dann aber dagegen.

Der Schäfer hatte ihm nichts getan, außerdem war er neugierig darauf zu erfahren, was das Mädchen von ihm wollte. Ob die beiden miteinander verwandt waren?

Sie schienen sich zu kennen, jedenfalls gingen sie vertraut miteinander um. Seitdem der alte Mann der Kleinen die Hände auf den Kopf gelegt hatte, saßen sie nun schon eine Weile schweigend nebeneinander, als hätten sie alle Zeit der Welt.

Geduld war nicht gerade eine von Prades' Stärken, trotzdem beschloss er, noch eine Weile zu warten. Glück und Unglück lagen dicht beieinander, und so viel Glück wie an diesem Tag hatte er schon lange nicht mehr gehabt. Und wie gefährlich es werden konnte, eine Situation falsch einzuschätzen, hatte er erst vor wenigen Tagen erfahren und dabei seine Kameraden verloren.

Er beschloss daher, kein unnötiges Risiko einzugehen.

Sein Angriff musste überraschend kommen, damit sie keine Möglichkeit hatte zu schreien und der Schäfer ihr nicht zu Hilfe eilen konnte. Auch musste er sicher sein, dass der junge Longchamp nicht noch hier auftauchen würde. Denn entweder hatte er schon längst bemerkt, dass Elysa sich nicht mehr in der Kirche aufhielt, und suchte sie, oder aber er wusste von ihrer Verabredung mit dem Schäfer und wartete im Dorf auf ihre Rückkehr. Was natürlich die bessere Variante für ihn, Prades, wäre.

Doch es geschah weiterhin nichts. Das Mädchen saß nach wie vor neben dem Schäfer und schien vor sich hin zu träumen. Und von Longchamp war weit und breit nichts zu sehen. Prades war kurz davor, die Geduld zu verlieren, als der alte Mann sich plötzlich erhob.

»Du hast etwas für mich, willst du es mir nicht geben?«, sagte Amiel zu Elysa, die sich bei diesen Worten fühlte, als würde sie aus einem Traum erwachen. Sie zog die Kette mit dem Kreuz unter ihrem Kleid hervor, nahm das Kreuz ab und reichte es ihm.

Gebannt beobachtete Prades, wie Elysa dem Schäfer das handtellergroße Kreuz reichte, in dem sich die Sonnenstrahlen fingen und es golden aufschimmern ließen. Amiel betrachtete das Kreuz prüfend und nickte zufrieden. Dann gab er Elysa den Friedenskuss. »Du musst jetzt gehen und sprich mit niemandem über unsere Begegnung.«

Prades grinste. Marty, sein ehemaliger Anführer, hatte also wieder einmal recht gehabt. Schade, dass er es nicht mehr erfahren würde. Immer schon hatte er ein untrügliches Gespür dafür gehabt, wo es etwas zu holen gab. Doch jetzt war er tot. Seine Gier hatte ihn unvorsichtig werden lassen.

Das Mädchen verabschiedete sich von dem Schäfer und begab sich ohne große Eile auf den Rückweg. Es würde ihm nicht entkommen. Er wartete, bis es außer Hörweite war, dann trat er mit der Hand am Schwertgriff aus seinem Versteck hervor.

Amiel fuhr erschrocken zusammen, als Prades plötzlich vor ihm auftauchte. Rasch verbarg er das Kreuz unter seinem Umhang und erkannte im gleichen Moment, dass es zu spät war.

Die unverhohlene Gier in den schwarzen Augen des wild aussehenden Söldners und der grausame Zug um seinen Mund machten jede Hoffnung, das Kreuz zu retten, zunichte. Dieser Mann kannte keine Gnade. Wahrscheinlich hatte er ihn und Elysa schon die ganze Zeit über beobachtet. Im nächsten Augenblick wurde seine Befürchtung bestätigt.

»Gib mir das Kreuz, und ich lasse dich leben.« Prades zog sein Schwert und kam drohend näher.

Amiel zögerte. Mit einem verzweifelten Satz versuchte er zu fliehen, doch Prades hatte ihn mit zwei Sprüngen eingeholt und stieß ihm brutal das Schwert in die Rippen. Amiel ging sofort zu Boden, doch während er fiel und Schwärze ihn umfing, klammerte er sich noch an den Gedanken, dass niemand außer den Eingeweihten in der Lage sein würde, die Inschrift auf dem Kreuz zu entziffern und diesem sein Geheimnis zu entreißen.

Prades beugte sich zu ihm hinunter und riss ihm das Kreuz aus der Hand. Triumphierend betrachtete er das Schmuckstück, bevor er es in seinem Beutel verschwinden ließ. Über die merkwürdigen Zeichen auf dem Kreuz würde er sich Gedanken machen, sobald er das Mädchen in seine Gewalt gebracht hätte.

Es war leicht gewesen, der Kleinen zu folgen, denn sie hatte nach der Übergabe des Kreuzes an den Schäfer zu seiner großen Freude den Weg zur Mühle eingeschlagen, anstatt ins Dorf zurückzukehren, wie er es zunächst befürchtet hatte.

Nun wartete er, bis sie ein gutes Stück von der Mühle entfernt war, in deren Nähe er sein Pferd an einem Bächlein zurückgelassen hatte, band das Tier los und jagte Elysa hinterher. Heute war wirklich sein Glückstag. Er brauchte mit dem jungen Ritter nicht einmal mehr einen Kampf auszufechten, um das Mädchen in seine Gewalt zu bringen. Es fiel ihm einfach in den Schoß wie ein reifer Apfel.

Das Trommeln der Hufe riss Elysa aus ihren Gedanken. Instinktiv begann sie zu rennen, bis sie einsah, dass es sinnlos war.

Das Herz klopfte ihr bis zum Hals, als sie stehen blieb und sich langsam in der Erwartung, Gordon zu sehen, umwandte. Ob er wohl sehr wütend auf sie sein würde?

Doch es waren nicht Gordons Augen, die sie siegessicher anfunkelten. Prades weidete sich an ihrem Entsetzen und genoss ihre Angst, die ihm ein Gefühl der Überlegenheit gab und ein angenehmes Kribbeln in seinem Unterleib auslöste.

Er sprang neben Elysa vom Pferd und packte sie brutal an den Haaren. Dann bog er ihren Kopf langsam nach hinten, wobei er seinen Griff verstärkte. Ihr schlanker Hals war wunderschön. Er beugte sich vor, leckte über ihre weiche Haut und biss dann zu, bis sie aufschrie.

Ihre Verwundbarkeit erregte ihn, und es kostete ihn große Mühe, sich zu beherrschen. Aber Montfort hatte ihnen ausdrücklich befohlen, sich nicht an dem Mädchen zu vergreifen, und Prades wollte sich die Gelegenheit nicht entgehen lassen, dem Heerführer zu beweisen, dass er zuverlässig und vertrauenswürdig war.

Brutal schleifte er Elysa zu seinem Pferd und hob sie in den Sattel, bevor er hinter ihr Platz nahm. »Wenn du versuchst zu fliehen, bringe ich dich um«, drohte er, und Elysa zweifelte keinen Moment daran, dass er es ernst meinte.

Prades trieb sein Pferd zur Eile an. Solange er nicht wusste, wo sich dieser verfluchte Ritter befand und ob er ihn verfolgte, musste er versuchen, so schnell wie möglich von hier fortzukommen.

Gordon hatte sich zunächst zu den Männern unter den Ulmen gesellt. Er war erschöpft und genoss die Pause. Eine Weile döste er vor sich hin. Doch nachdem die Sonne ihren höchsten Punkt erreicht hatte, belebte sich der Dorfplatz zunehmend. Frauen liefen mit ihren Körben an ihm vorbei, und aus den Werkstätten im Unterdorf drang das Hämmern der Schmiede und Pfannenschläger zu ihnen herauf.

Eine Gruppe herumtobender Jungen hatte ihn entdeckt. Bewundernd starrten sie ihn an und tuschelten leise miteinander. Sobald sie groß waren, wollten sie ebenfalls Ritter werden und erhobenen Hauptes mit Rüstung und Schwert durchs Land reiten, um Ruhm und Ehre zu erwerben.

Als Gordon aufstand, wichen sie ängstlich zurück.

Elysa war noch nicht zurückgekehrt! Von einer merkwürdigen Unruhe getrieben, humpelte er zur Kirche hinüber. Dort beteten einige Frauen vor der heiligen Jungfrau, ansonsten war niemand zu sehen.

Er ging durch die ganze Kirche, konnte Elysa aber nirgendwo entdecken und auch nicht den Priester, zu dem sie gewollt hatte. Irgendetwas stimmte hier ganz und gar nicht.

Die Sorge um Elysa ließ ihn den Schmerz in seinem Oberschenkel vergessen. Mit weit ausholenden Schritten lief er auf die Sakristei zu, fand aber niemanden in ihr vor. Elysa musste die Kirche schon verlassen haben, aber wo war sie danach hingegangen?

Er schluckte die aufsteigende Enttäuschung hinunter und klammerte sich an die Hoffnung, dass der Priester ihm weiterhelfen könnte.

Das Pfarrhaus befand sich hinter der Kirche. Auf sein ungeduldiges Klopfen hin öffnete ihm eine rundliche Frau mittleren Alters, die ihn verärgert musterte, die Tür.

»Ich muss sofort den Priester sprechen, es ist dringend«, sagte Gordon.

»Hochwürden widmet sich seinen Gebeten und darf nicht gestört werden«, erwiderte die Frau.

»Du wirst ihn sofort holen«, befahl Gordon und machte Anstalten, sie zur Seite zu schieben. Als die Frau einsah, dass ihr nichts anderes übrig blieb, als nachzugeben, verschwand sie im hinteren Teil des Hauses und kehrte wenig später mit dem Priester zurück, der ihn aus verschlafenen Augen ansah.

»Was kann ich für dich tun, mein Sohn?«, fragte er müde.

»Elysa ist verschwunden, nachdem sie in Eurer Kirche war. Ich möchte wissen, wo sie jetzt ist«, erwiderte Gordon scharf.

»Sprichst du von der Nichte des Webers Nicola?«

Gordon nickte.

»Sie hat mich nach dem Hinterausgang gefragt, und ich habe ihn ihr gezeigt, mehr weiß ich nicht.«

»Hat sie dir nicht gesagt, wohin sie wollte?« Er beobachtete jede Regung im faltigen Gesicht des Priesters, der seinem Blick auswich.

»Sie hat mir nichts gesagt, und ich habe sie auch nicht gefragt. Sicher hatte sie ihre Gründe.«

Gordon wusste, dass er log.

»Elysa ist in Gefahr, und ich habe den Auftrag, sie zu beschützen.« Sein Tonfall war schärfer geworden.

Das Gesicht des Priesters verzog sich in gespieltem Bedauern.

Er war zu alt, um sich in Amiels Geschichten hineinziehen zu lassen. Je weniger er über dessen Angelegenheiten wusste, umso beruhigter konnte er des Nachts schlafen.

»Ich kann dir nicht helfen, mein Sohn, Gott segne dich.«

Damit wandte er sich eilig ab und verschwand wieder im Inneren des Hauses.

Wütend ging Gordon zurück zu seinem Pferd. Der Mann konnte von Glück sprechen, dass er Priester war, sonst hätte er ihn nicht so einfach davonkommen lassen.

Und Elysa? Die schien keinen Wert auf seinen Schutz zu legen, warum sonst war sie vor ihm geflohen? Es war ein Fehler gewesen, sie allein in die Kirche gehen zu lassen. Er hätte besser daran getan, sie notfalls auch gegen ihren Willen auf die Burg zu schaffen, doch dafür war es nun zu spät.

Sie hat etwa eine Stunde Vorsprung, vielleicht zwei, überlegte er, während er auf sein Pferd stieg, und den könnte ich mühelos aufholen, wenn ich nur wüsste, wohin sie gegangen ist.

Er ritt den Weg zurück, den sie gekommen waren, doch Elysa war und blieb verschwunden. An der Mühle hielt er sein Pferd an. Sie konnte überall sein, konnte sich in einer der unzähligen Felshöhlen versteckt haben, die es hier überall gab, oder im Dorf Unterschlupf gesucht haben. Der Priester hatte von sich aus zugegeben, ihr den Hinterausgang gezeigt zu haben, wahrscheinlich, weil er genau wusste, dass Elysa längst in Sicherheit war. Sie schien also Freunde hier im Ort zu haben, außerdem hatte sie die ganze Zeit über keinen Hehl daraus gemacht, dass sie seine Hilfe nicht wollte.

Trotzdem spürte er es. Dieses ungute Gefühl, das ihn immer dann befiel, wenn Unheil drohte. Irgendetwas stimmte nicht. Er hatte diese Art schlechter Vorahnung schon von Anfang an gehabt, seitdem ihm der Graf von Toulouse den Auftrag erteilt hatte, nach Elysa zu suchen. Doch er hatte das Gefühl nicht weiter beachtet. Und auch Elysa hatte gewusst, dass sie in Gefahr war. Er hatte die Angst in ihren Augen gesehen, nachdem er ihr berichtet hatte, dass sie auf der Burg des Grafen von Foix erwartet wurde. Langsam hatte er genug von dieser ganzen Geheimniskrämerei. Er musste herausfinden, warum Elysa für die Oberen des Landes so wichtig war, und es gab nur einen einzigen Menschen, der ihm Klarheit darüber verschaffen konnte.

Er wendete sein Pferd und ritt zum Montségur. Die Sonne war längst untergegangen, und es wurde rasch dunkler. Der schmale Pfad wurde nur vom schwachen Mondlicht erhellt, weshalb Gordon so dicht wie möglich an den Felsen entlangritt. Die Tore der Burg waren längst geschlossen, als er das Plateau erreichte. Auf sein Klopfen hin meldete sich eine mürrische Stimme. »Wer seid Ihr, und was wollt Ihr?«

»Ich bin Gordon von Longchamp und habe eine dringende Nachricht für den Grafen von Foix«, erwiderte Gordon wie schon beim letzten Mal. Der Wachmann öffnete das Tor und ließ ihn ein, nachdem er ihn prüfend gemustert und wiedererkannt hatte.

»Wartet hier«, sagte er und verschwand.

Gordon blieb nichts anderes übrig, als zu warten. Es dauerte eine Weile, bis der Wachmann zurückkehrte.

»Ich soll Euch ausrichten, dass der Graf sich in der Kapelle befindet.« Er wies mit dem Finger auf ein schmales Gebäude neben dem Palas, dessen hoher Turm bedrohlich in den sternenlosen Nachthimmel ragte.

Gordon ritt auf die Kapelle zu, stieg vom Pferd und band die Zügel an einem in der Nähe wachsenden Busch fest.

Er fragte sich, was der Graf von Foix zu dieser späten Stunde in der Kapelle zu suchen hatte, aber es würde nicht mehr lange dauern, bis er es erfuhr. Als er das Portal öffnete, schlug ihm kühle Dunkelheit entgegen. Lediglich auf dem steinernen Altar brannten ein paar Kerzen, in deren spärlichem Licht Gordon auffiel, dass über dem Altar kein Kreuz hing.

Suchend sah er sich in dem hohen, kahlen Raum um, konnte aber niemanden entdecken. Er wollte sich gerade abwenden, als sein Blick von einem senkrechten Lichtstrahl angezogen wurde, der direkt aus der Wand zu dringen schien. Beim Näherkommen entdeckte er eine niedrige Türe, die einen Spalt breit geöffnet war und hinter der gedämpfte Stimmen zu hören waren.

Er wollte die Türe gerade aufziehen, als er Elysas Namen hörte.

Lauschend blieb er stehen. »Amiel hat uns mit seinen letzten Atemzügen berichtet, dass er überfallen worden ist, nachdem Elysa bei ihm war. Der Kerl, ein wild aussehender Söldner, hat ihm das Kreuz abgenommen, das Elysa ihm zuvor gegeben hat. Er konnte uns nicht sagen, wohin sie gegangen ist oder ob ihr etwas geschehen ist. Wir müssen sie finden, bevor uns jemand zuvorkommt.« Er erkannte die Stimme sofort. Sie gehörte dem Grafen von Foix.

»Wir haben die ganze Gegend nach ihr abgesucht, sie aber nirgendwo gefunden«, erwiderte daraufhin eine Stimme, die Gordon nicht kannte.

»Niemand überfällt einfach so einen Schäfer. Dieser Söldner muss etwas gewusst haben. Ob der Abt von Cîteaux etwas mit dem Überfall auf ihn zu tun hat?«

»Wer sonst außer ihm käme in Frage?«

»Ihr habt recht, obwohl nicht auszuschließen ist, dass es noch mehr Leute gibt, die hinter unserem Vermächtnis her sind. Diese Elysa ist unsere einzige Chance, um in Erfahrung zu bringen, wo Nicola es verborgen hat. Wir müssen sie finden.«

Es war nicht nur die kalte Entschlossenheit in des Grafen Stimme, die Gordon frösteln ließ, sondern auch der ungeheuerliche Inhalt seiner Worte. Hätte er es nicht mit seinen eigenen Ohren gehört, hätte er es nicht geglaubt.

Es ging um nichts weniger als um das Vermächtnis der Katharer – was auch immer das sein mochte –, und Elysa war der Schlüssel dazu. Deshalb war sie für all diese Herren so wichtig, und deshalb war sie auch von den Routiers verfolgt worden.

Mit einem Ruck riss er die Türe auf. Die beiden Männer fuhren herum. Sie standen neben einer schweren Holztruhe, die mit Pergamentrollen gefüllt war. Das Licht, das Gordon zuvor durch den Türspalt hatte fallen sehen, kam von mehreren Fackeln, die in eisernen Wandhalterungen steckten.

Der Graf von Foix nickte Gordon zu. »Wir haben Euch schon erwartet«, sagte er. »Gordon von Longchamp, Guilhabert von Castres«, stellte er die beiden Männer einander vor. Die beiden Männer musterten sich kurz. Guilhabert von Castres war ein hünenhafter, sehniger Mann in leichter Rüstung. Sein Blick verweilte einen Moment auf dem eingestickten Wappen in Gordons Waffenrock, bevor ihre Augen sich trafen. Sein Blick war merkwürdig starr. Wie eine Raubkatze vor dem Sprung, dachte Gordon, der sich nicht sicher war, ob die unsichtbare Bedrohung, die von diesem Mann ausging, etwas mit seiner riesigen Körpergröße oder den kalten, schwarzen Augen zu tun hatte.

Der Graf von Foix riss ihn aus seinen Gedanken.

»Ihr habt unser Gespräch mit angehört?«

Gordon nickte grimmig.

»Dann wisst Ihr ja nun, worum es geht und warum es so wichtig ist, Elysa zu finden.«

»Und wenn sie nicht gefunden werden will?«, fragte Gordon schärfer, als er es beabsichtigt hatte.

»Was meint Ihr damit?« Der Graf von Foix sah überrascht aus. Eine steile Falte bildete sich auf seiner Stirn.

»Elysa hat sich aus dem Staub gemacht, nachdem ich ihr berichtet habe, dass Ihr sie auf der Burg erwartet. Sie will anscheinend weder mit Euch noch mit Eurem Vermächtnis etwas zu tun haben.«

»Nun, wir wissen leider nicht, inwieweit Nicola Elysa eingeweiht hat«, erwiderte Ramon-Roger von Foix nachdenklich. »Ihm blieb nur wenig Zeit, seine Angelegenheiten zu regeln, und er wollte Elysa ganz sicher nicht in Gefahr bringen.«

»Was ihm nicht gelungen ist«, stellte Gordon fest.

Das Gesicht des Grafen blieb vollkommen ruhig.

»Aber ich glaube, dass Elysa sehr genau weiß, worum es geht«, fuhr er fort, ohne auf Gordons Bemerkung einzugehen.

»Sie hat keine Ahnung, warum sie so viel Aufmerksamkeit auf sich gezogen hat«, behauptete Gordon, war sich dessen auf einmal aber gar nicht mehr so sicher.

»Ihr wisst also nicht, wer sie wirklich ist?«

Gordon sog scharf die Luft ein. Er hatte die ganze Zeit das Gefühl gehabt, dass etwas nicht stimmte oder zumindest anders war, als es schien, und er hatte sich nicht getäuscht.

»Sie ist demnach nicht Nicolas Nichte?«

»Sie ist die uneheliche Tochter des Grafen von Toulouse. Hat Euch Euer Herr das nicht gesagt?«

Gordon war einen Moment lang sprachlos. Das wird ja immer besser, dachte er grimmig und war darauf gespannt, was als Nächstes käme.

Der Graf von Foix tauschte einen kurzen Blick mit Guilhabert von Castres.

»Bevor seine Seele seinen Körper verlassen hat, konnte Amiel uns noch berichten, dass Elysa bei ihm war und dass der Kerl, der ihn überfallen hat, vermutlich ein Söldner war. Er hatte es auf das Kreuz abgesehen, das Elysa ihm in Nicolas Auftrag übergeben hatte.«

Gordon dachte an den geflohenen Routier. War es möglich, dass Prades ihnen die ganze Zeit gefolgt war, ohne dass er es bemerkt hatte?

Er berichtete Ramon-Roger und Guilhabert von Castres von seinem Kampf mit Montforts Männern und auch davon, dass Prades ihm entkommen war.

»Dann hat Montfort sein Ziel erreicht. Und er wird alles tun, um Elysa zum Sprechen zu bringen.«

Gordon nickte und fühlte sich immer unbehaglicher.

»Und er hat das Kreuz.« Der Graf von Foix schnaubte grimmig. »Niemand außer den Eingeweihten kann seine wahre Bedeutung erfassen, trotzdem müssen wir es zurückbekommen.«

Er sah Gordon auffordernd an, doch der schüttelte den Kopf. »Ich habe damit nichts zu tun«, wehrte er ab.

»Seid Ihr Euch da wirklich sicher?«, fragte der Graf von Foix und zog zweifelnd seine hellen Augenbrauen nach oben.

»So sicher, wie ich es mir nur sein kann. Mein Auftrag lautet, Elysa zu beschützen. Alles andere geht mich nichts an.«

»Verzeiht, aber ich sehe das anders. Mir scheint, dass Ihr schon längst tief in diese Angelegenheit verstrickt seid. Ihr habt drei von Montforts Söldnern getötet und außerdem versucht, ihm Elysa vor der Nase wegzuschnappen. Und Montfort ist kein Mann, der so etwas ungestraft hinnimmt.«

Er machte eine kurze Pause, und als er fortfuhr, klang seine Stimme noch eindringlicher. »Dieser Kreuzzug ist weitaus vielschichtiger, als es auf den ersten Blick aussieht, und jeder der Beteiligten hat seine eigenen Interessen, die er verfolgt. Aber in Wirklichkeit geht es nur um eines: die völlige Vernichtung der *Guten Christen* und damit um den Verlust der Freiheit, die für uns alle hier im Süden bisher so selbstverständlich war. Der Herr hat uns den freien Willen geschenkt, doch die Kirche hat beschlossen, nur noch den ihren gelten zu lassen und jeden, der etwas anderes denkt oder glaubt, als sie gestattet, zu vernichten.«

Gordon sah ihn entschlossen an. »Ich werde Elysa finden und meinen Auftrag erfüllen, alles andere geht mich nichts an«, wiederholte er stur und verließ danach stehenden Fußes die Kirche.

Prades ritt mit Elysa auf dem schnellsten Weg zum Feldlager zurück. Er gönnte seinem Pferd nur die nötigsten Pausen. Auch als es so erbärmlich schnaufte, dass Elysa vor lauter Mitleid die Tränen über die Wangen rannen, trieb er es rücksichtslos weiter. Am Nachmittag des folgenden Tages erreichten sie das Heer, das seine Zelte auf den Hügeln vor Carcassonne aufgeschlagen hatte.

Montfort schien sich auf eine längere Belagerung vorzubereiten, denn rings um das Lager herum wurden Bäume gefällt und Latrinen ausgehoben. Schweine und Schafe wurden geschlachtet, und der Duft nach Gebratenem zog durch das Lager und überdeckte alle anderen Gerüche.

Prades ritt an den langen Zeltreihen vorbei auf das des obersten Feldherrn zu, dessen Banner die anderen um zwei Ellen überragte.

Montfort stand umringt von anderen Truppenführern und Boten vor seinem Zelt und erteilte mit scharfer Stimme Befehle. Er trug seine Rüstung und darüber einen prächtigen goldbestickten Waffenrock aus Seide.

Prades sprang vom Pferd und riss Elysa grob mit sich. Geduldig wartete er, bis Montfort ihm seine Aufmerksamkeit schenkte.

»Ist das die Nichte des Ketzerführers?«, fragte Montfort knapp und musterte Elysa mit einem raschen Blick.

Prades nickte.

»Wo hast du deine Kameraden gelassen?«

»Sie sind tot«, erwiderte Prades. »Es hat einen Kampf gegeben.«

»Du wirst mir später darüber berichten«, befahl Montfort. »Zunächst habe ich einige Fragen an das Mädchen.«

Er winkte einen seiner Getreuen zu sich und befahl ihm, Elysa in sein Zelt zu bringen. Das Zelt war im Inneren hell und luftig und mit weichen Decken und Kissen ausgelegt. Neben dem Eingang standen mehrere große Truhen mit Eisenbeschlägen.

»Warte hier«, sagte der Mann. Er war am Eingang stehen geblieben. Seine Augen glitten über ihren Körper, und er leckte sich voller Vorfreude über die Lippen. Elysa wandte angewidert ihren Blick ab.

Sie brauchte nicht lange zu warten, bis Montfort das Zelt betrat und seinem Getreuen bedeutete, sich zu entfernen.

Obwohl er nicht übermäßig groß war, stellte er doch eine imposante Erscheinung dar.

»Ich möchte wissen, was der Abt von dir will«, begann er ohne Umschweife und sah sie aus zusammengekniffenen Augen an.

Elysa wich seinem Blick aus. Die erbarmungslose Härte im Gesicht dieses Mannes stieß sie ab, und sie konnte das Blut förmlich riechen, das an seinen Händen klebte.

»Sieh mich gefälligst an, wenn ich mit dir rede«, befahl er ihr in scharfem Ton.

Widerwillig folgte Elysa seinem Befehl.

»Ich habe nicht die geringste Ahnung«, gab sie leise zur Antwort.

»Wenn du es wagen solltest mich anzulügen, werde ich dich meinen Männern überlassen«, fuhr er sie brutal an. »Sie machen keinen Unterschied zwischen Huren und Ketzerweibern.«

Elysa erschrak.

»Ich sage Euch die Wahrheit, Herr.«

»Ich warne dich«, seine Stimme klang gefährlich leise. »Ich will wissen, was Arnold Amaury von dir will, und genau das wirst du mir jetzt verraten.«

Vor dem Zelt wurden Stimmen laut. Wenig später drängte sich Arnold Amaury rücksichtslos an der Wache vorbei ins Zelt. Die wagte es nicht ihn aufzuhalten, doch das schlechte Gewissen stand dem Mann ins Gesicht geschrieben, als er dem Abt hinterherkam und sich an den Feldherrn wandte.

»Ich habe ihm gesagt, dass Ihr nicht gestört werden wollt, Herr«, brachte er entschuldigend hervor.

Simon von Montfort bedachte ihn mit einem ärgerlichen Blick, bevor er sich an den Abt wandte.

»Die Nichte des Ketzers Nicola ist wohlbehalten eingetroffen, ich wollte gerade einen Boten zu Euch senden«, sagte er glatt.

Mit einem Blick in das angespannte Gesicht des Mädchens wusste Arnold Amaury, dass Montfort log, doch er ließ sich nichts anmerken.

»Ich danke Euch«, sagte er knapp.

»Wohin werdet Ihr das Mädchen bringen?«, fragte Montfort.

Arnold Amaury sah ihn scharf an. Sein blässliches Gesicht hatte durch den ständigen Aufenthalt im Freien eine gesunde Bräune bekommen.

»Das Mädchen ist für Euch ohne Interesse. Es geht um rein geistliche Dinge, die nur die Kirche betreffen«, sagte er mit Nachdruck.

Die Blicke der beiden so unterschiedlichen Männer prallten aufeinander.

Das teigige Gesicht des Abtes nahm unerwartet scharfe Konturen an, er hatte endlich seine Maske fallen lassen.

Montfort begann zu frösteln. Er hatte das Gefühl, als würde die Spitze eines Dolches langsam über seinen Nacken gezogen. In Arnold Amaurys eisigem Blick manifestierte sich die geballte Macht der Kurie, die gegenüber ihren Gegnern unerbittlich war, wenn es darum ging, ihre Stellung zu behaupten. Und um nichts anderes ging es hier.

Montforts Gesichtszüge verhärteten sich. Seine gerunzelte Stirn und die zusammengekniffenen schwarzen Augenbrauen verrieten seinen nur mühsam unterdrückten Widerspruchsgeist, als er zur Seite trat, um Arnold Amaury mit dem Mädchen ziehen zu lassen. Das Geheimnis, welches der Abt so sorgsam vor ihm zu verbergen suchte, schien von größter Wichtigkeit für die Kirche zu sein.

Doch obwohl er gerne mehr darüber erfahren hätte, blieb ihm nichts anderes übrig, als für heute klein beizugeben.

Sofort nachdem Arnold Amaury das Zelt verlassen hatte, ließ er Prades zu sich rufen, um alles über den Kampf zu erfahren, der drei seiner Männer das Leben gekostet hatte. Als er erfuhr, dass ein Ritter des Grafen von Toulouse die Männer getötet hatte, um die Tochter des Webers an sich zu bringen, wusste er, dass ihn sein Gefühl nicht getrogen hatte. Dieses Mädchen barg ein Geheimnis, das Raimund VI. ebenso wichtig war wie dem undurchsichtigen Abt.

Prades genoss das Interesse des mächtigen Feldherrn. Montfort hatte ihn aufgefordert, sich zu ihm zu setzen, als wäre er seinesgleichen, und seine Diener angewiesen, ihnen von dem guten Wein einzuschenken.

Die eisenbeschlagenen Truhen, in denen Prades Kriegsbeute vermutete, zogen ihn magisch an, und es gelang ihm kaum, seinen Blick von ihnen zu wenden.

Montfort bemerkte die Gier in den Augen des Söldners und beschloss, sie für seine Zwecke zu nutzen.

»Hast du in Erfahrung bringen können, warum der Graf

von Toulouse sich für das Mädchen interessiert und was es in Bélesta wollte? Wenn du mir Informationen dazu lieferst, werde ich dich reich belohnen.«

Das Interesse Montforts an dem Mädchen war nicht zu übersehen. Prades überlegte, ob er ihm von dem Kreuz erzählen sollte, das er dem Schäfer abgenommen hatte.

Eigentlich hatte er es für sich behalten wollen, doch vielleicht konnte er sich damit Montforts Vertrauen erwerben?

Kurz entschlossen öffnete er seinen Beutel und zog das Kreuz hervor.

»Das Mädchen hat sich in Bélesta mit einem Schäfer getroffen, der unter seinem Umhang das Gewand eines Ketzerführers trug, und ihm dieses Kreuz übergeben. Ich hatte es beinahe vergessen.« Er reichte Montfort das Kreuz.

Neugierig betrachtete Montfort die Zeichen und Symbole, die sich auf dem kleeblattförmigen Kreuz befanden. Er konnte weder schreiben noch lesen, aber die Symbole zwischen den Buchstaben kamen ihm merkwürdig vor, vermutlich stellten sie eine geheime Botschaft dar. Doch eine Botschaft für wen?

Das Kreuz stammte von einem Führer der Katharer und war durch das Mädchen einem Schäfer übergeben worden. Die Vermutung lag nahe, dass dieser Schäfer nicht nur ein einfacher Ketzer, sondern ebenfalls ein Führer dieser verfluchten Häretiker war. Es handelte sich also tatsächlich um ein Geheimnis. Er schlug sich mit der flachen Hand gegen die Stirn, als ihm klar wurde, worum es wirklich ging: Arnold Amaury war hinter dem geheimnisumwobenen Schatz der Katharer her, über den überall im Lager hinter vorgehaltener Hand getuschelt wurde. Aus diesem Grund war der Abt auch so wütend über den Tod dieses ketzerischen Webers gewesen. Warum war er nicht schon eher darauf gekommen?

Prades beobachtete ihn erwartungsvoll.

»Du hast gute Arbeit geleistet.« Simon von Montfort öffnete seinen Beutel und entnahm ihm zwanzig Sols.

»Du hast dir die Münzen verdient«, sagte er und reichte sie Prades.

»Sprich mit niemandem über das Kreuz und bleib in der Nähe, es kann sein, dass ich schon bald einen neuen Auftrag für dich habe. Zuverlässige und tapfere Männer wie dich kann ich gut gebrauchen.«

Mit stolzgeschwellter Brust verließ Prades Montforts Zelt. Seine Geduld hatte sich also gelohnt. Gutgelaunt kaufte er sich einen Schlauch Wein und begab sich zu seinen Landsleuten, die ihr Lager zwischen den Zelten der Kriegsknechte und Huren aufgeschlagen hatten.

Nachdenklich trank Montfort seinen Wein. Er hatte schon von dem Geheimnis gehört, um das sich die wildesten Gerüchte und Legenden rankten. Manche Leute behaupteten, die Ketzer wären im Besitz des kostbarsten Teils von König Salomos Tempelschatz, eines Teils, der angeblich weder aus Gold noch aus Juwelen bestand. Aber aus was dann?

Konnte es sein, dass der eigentliche Grund für diesen Kreuzzug der war, an den Schatz der Ketzer zu gelangen?

Einen Moment war er geschockt über diesen Gedanken, dann aber sagte ihm seine innere Stimme, dass er mit dieser Annahme richtiglag. Er hatte mehr als gut daran getan, dem Abt zu misstrauen. Sein Jagdinstinkt war erwacht. Er musste es genau wissen.

Das Kreuz in seiner Hand war sein größter Trumpf. Mit ihm würde er Arnold Amaury zum Reden bringen.

Seine Gesichtszüge verhärteten sich, als er über sein weiteres Vorgehen nachdachte.

Arnold Amaury brachte Elysa in das Zelt, in dem die Gegenstände und heiligen Reliquien für die Feldgottesdienste aufbewahrt wurden, und befahl Remigius, dafür zu sorgen, dass er von niemandem gestört wurde.

Elysa kämpfte gegen den Hass an, der sie erfüllte. Das also war der Mann, der ihren Onkel und fast die gesamte Einwohnerschaft Rhedaes im Namen des Kreuzes getötet und ihr Zuhause zerstört hatte. Nur die dunklen Augen in seinem teigigen Gesicht mit dem breiten Kinn ließen auf die unerbittliche Härte schließen, die sich hinter seinem ansonsten eher harmlos wirkenden Äußeren verbarg. Etwas Düsteres ging von seinem Blick aus, ein Eindruck, der von den dunklen, schwer hängenden Tränensäcken unter seinen Augen noch verstärkt wurde.

Lauernd trat er auf sie zu. Sie wandte ihren Kopf ab, da ihr vor den Ausdünstungen seines Körpers ekelte, die sie nun deutlich riechen konnte. »Dein Onkel ist wegen seines schrecklichen Irrglaubens gestorben und schmort jetzt im ewigen Feuer der Hölle. Du allein kannst seine Seele retten.«

Das war zu viel! Elysa wurde von heißer Wut gepackt. Ihr Kinn schob sich kampflustig nach vorn, und der Ausdruck in ihren Augen verriet Unbeugsamkeit und Entschlossenheit.

»Mein Onkel hat seine Seele von allem Irdischen befreit und ist in die ewige Heimat zurückgekehrt«, entgegnete sie trotzig.

Dieses Mädchen ist ebenso verblendet, wie sein Onkel es war, dachte sich Arnold Amaury und unterdrückte mühsam den Zorn, der in ihm hochstieg. Ein verschlagener Ausdruck huschte über sein Gesicht.

»Erzähl mir mehr von deinem Glauben, damit ich ihn verstehen kann. Was muss man tun, um ein Vollkommener zu werden?«, fragte er mit falscher Freundlichkeit. Er musste versuchen, ihr Vertrauen zu gewinnen, vielleicht käme er ja auf diese Weise hinter das Geheimnis dieser verfluchten Ketzer.

»Ihr hättet besser daran getan, meinen Onkel danach zu befragen, anstatt ihn zu töten. Ich bin nur eine einfache Gläubige, die nichts über die höheren Weihen weiß«, kam es kühl zurück.

»Warum hat dein Onkel dich vor der Schlacht aus der Stadt geschafft, wo doch alle anderen Familien gemeinsam in den Tod gegangen sind?«, versuchte Arnold Amaury es erneut.

»Das hat er mir nicht gesagt.«

Er sah den Zorn in ihren Augen und merkte, dass er so nicht weiterkommen würde. Wahrhaftig, das Mädchen war ebenso verstockt wie die anderen Ketzer. Es würde nicht einfach sein, es zum Reden zu bringen. Die junge Frau machte den Eindruck intelligenter und gebildeter zu sein, als es einem Mädchen ihres Standes zukam. Außerdem war sie von gefährlicher Schönheit. Er musste sie aus dem Lager schaffen, irgendwohin, wo er sich in Ruhe mit ihr befassen konnte, und vor allem weit weg von Simon von Montfort, dessen Interesse an ihr nicht zu übersehen gewesen war.

Die Idee, die plötzlich in seinem Kopf auftauchte, schien ihm vom Herrn selbst eingegeben worden zu sein.

Er wandte sich von Elysa ab und rief Remigius zu sich, der zusammen mit einigen anderen Mönchen für die Seelsorge der Soldaten während des Kreuzzuges zuständig war, und befahl ihm, Elysa noch vor Sonnenaufgang nach Prouille zu schaffen. Er wies ihn an, Elysa auf dem Weg dorthin nicht aus den Augen zu lassen, sie nach seiner Ankunft sofort der Klostervorsteherin zu übergeben und dann so lange im Kloster zu bleiben, bis Dominikus Guzman dort eingetroffen war.

Danach setzte er einen Brief an Dominikus auf, in dem er diesen um Hilfe bat, und versiegelte ihn sorgfältig. Der spanische Prediger hatte den Heiligen Vater um die Erlaubnis ersucht, einen Orden gründen zu dürfen, und in Prouille bereits ein Kloster für konvertierte Katharerfrauen errichtet, um dem Papst seinen Eifer zu beweisen. Das Mädchen wäre dort vollkommen von der Außenwelt abgeschnitten, und er könnte es sich in aller Ruhe vornehmen und befragen.

Am nächsten Morgen, noch bevor der erste helle Streifen am Horizont erschien, verließen drei Mönche mit hochgeschlagenen Kapuzen auf ihren Maultieren das Lager. Die Hände des mittleren Mönchs waren wie im Gebet gehalten, weshalb einer seiner Mitbrüder die Zügel seines Tieres übernommen hatte.

Sie wurden nicht weiter beachtet und entgingen selbst den scharfen Augen von Montforts Leuten, der seine Spitzel überall hatte.

Den Barden, der sich im Schatten der Zelte verbarg und ihnen mit glühenden Augen hinterhersah, bemerkten sie nicht.

Als die Sonne höher stieg, begann Elysa, unter der übel riechenden Kutte zu schwitzen. Die Haut auf ihrem Rücken juckte, doch sie konnte sich nicht einmal kratzen, da man ihr die Hände fest zusammengebunden hatte. Die Zunge klebte ihr am Gaumen, und das halb blinde Maultier stolperte immer wieder auf dem steinigen Weg, sodass sie Mühe hatte, sich auf seinem Rücken zu halten. Sie fühlte sich elend und machte sich Vorwürfe, weil sie nicht vorsichtiger gewesen war und genau das eingetreten war, was sie hatte verhindern wollen. Sie war in die Hände der Mächtigen geraten. Ob es ihr wohl gelingen würde, den Abt davon zu überzeugen, dass sie nichts wusste? Und wenn er ihr wehtun würde? Würde sie stark genug sein, um zu schweigen?

Bei diesen Gedanken wurde ihr noch elender zumute,

und sie klammerte sich an die Hoffnung, eine Möglichkeit zur Flucht zu finden.

Bei der nächsten kurzen Rast, in der die Maultiere getränkt wurden, bat sie Remigius, ihr die Fesseln abzunehmen.

»Ich bitte Euch, ehrwürdiger Vater. Ich muss mich erleichtern, und das kann ich nicht mit gefesselten Händen.«

Remigius zuckte bei ihren Worten zusammen und wechselte einen kurzen Blick mit seinem Begleiter. Misstrauisch starrte er sie an. Die Ketzer waren mit dem Teufel im Bund, und auch wenn das Mädchen so unschuldig wirkte wie die heilige Jungfrau, war dies doch nur der äußere Schein.

Elysa merkte, wie er zögerte, und verlegte sich aufs Bitten. Sie hielt ihm die gefesselten Hände hin. »Wie soll ich damit meinen Rock anheben?«

Remigius' Gesicht verzog sich voller Abscheu. Er starrte sie an, als hätte er irgendein giftiges Gewürm vor sich.

»Bruder Johannes wird dir die Fesseln abnehmen. Danach wird er mit dir gehen, sich aber abwenden und seine Augen schließen«, entschied er dann. Der Abt hatte ihn vor der Hinterlist und Heimtücke der Frauen gewarnt und ihm außerdem eingeschärft, Elysa nicht aus den Augen zu lassen.

Nachdem Elysa ihre Notdurft verrichtet hatte, drängte er Bruder Johannes zur Eile. Er wollte den unangenehmen Auftrag so schnell wie möglich hinter sich bringen.

Gegen Abend kamen sie in ein abgelegenes Tal, durch das sich ein kleines Flüsschen schlängelte, das an mehreren Stellen zu Teichen aufgestaut war, in denen die Nonnen Forellen und fette Karpfen züchteten.

Das Kloster selbst war nicht weit entfernt von den Teichen errichtet worden und von einer hohen Mauer umgeben.

Remigius und Johannes ritten mit Elysa auf das eisenbeschlagene Holztor zu und klopften, gleich nachdem sie es erreicht hatten, mit Nachdruck an den Einlass. Es dauerte eine ganze Weile, bis die kleine Klappe in Augenhöhe des Tores geöffnet wurde und ein rundes von Falten durchzogenes Gesicht dahinter erschien.

»Der Friede des Herrn sei mit Euch, Brüder. Womit können wir Euch dienen?«, erkundigte sich demütig eine Stimme.

»Ich bin Bruder Remigius. Wir sind im Auftrag des Abtes von Cîteaux hier und haben eine dringende Nachricht für die Klostervorsteherin.«

Die Klappe wurde zugeschlagen, und sie mussten nochmals warten, bis das Tor geöffnet wurde und man sie einließ. Remigius schien das Kloster zu kennen. Zielstrebig ritt er an der Backstube und den Vorratslagern vorbei zu den Pferdeställen. Ein herumlungernder Knecht eilte mit mürrischem Gesicht herbei, um ihnen die Maultiere abzunehmen und sie zu versorgen.

»Wir sind da, du kannst jetzt absteigen«, forderte Remigius Elysa auf. Mit spitzen Fingern nahm er ihr die Fesseln ab, wobei er es vermied, sie zu berühren.

Danach ließ sich Remigius bei der Klostervorsteherin melden und wies Bruder Johannes an, während seiner Abwesenheit bei Elysa zu bleiben. Es dauerte nicht lange, bis er, gefolgt von zwei Nonnen, zurückkehrte. Unter Remigius' Aufsicht brachten sie Elysa in eine kleine Dachkammer über der Kapelle, deren sparsame Einrichtung aus einer Strohmatratze und einem schlichten Holzkreuz an der weiß getünchten Wand bestand. Das einzige Fenster in der Kammer lag zu hoch, um hinaussehen zu können, und war zudem so klein, dass nicht einmal ein Kind hindurchgepasst hätte. Elysa hörte, wie von außen der Schlüssel im Schloss herumgedreht wurde. Sie war gefangen, eingesperrt wie eine Verbrecherin.

Müde rieb sie sich die Handgelenke, die noch ganz taub von den Fesseln waren. Sobald sie wieder Gefühl in ihren

Händen hatte, befreite sie sich von der übel riechenden Mönchskutte über ihrem Kleid und warf sie angeekelt auf den Boden.

Unruhig wanderte sie in der Kammer auf und ab. Fünf Schritte waren es von einer Wand bis zur anderen. Sie dachte an Gordon. Wäre sie bei ihm geblieben, wäre sie jetzt in der Burg auf dem Montségur. Aber auch dort wäre sie nicht sicher gewesen, weil das Interesse des Grafen von Foix wie auch das des Grafen von Toulouse an ihr etwas mit dem Kreuz zu tun haben musste. Warum sonst hätten sich die hohen Herren alle auf einmal für sie interessieren sollen? Sie tröstete sich damit, dass das Kreuz in Sicherheit war, und das allein zählte. Amiel würde es an seinen Bestimmungsort bringen. Sicher war er längst auf dem Weg dorthin.

Auf dem Flur erklangen Schritte und rissen sie aus ihren Gedanken. Sie hörte, wie der Schlüssel herumgedreht und die Türe geöffnet wurde. Die beiden Nonnen, die sie zuvor schon in die Kammer geführt hatten, kamen erneut herein und brachten ihr einen Krug mit Wasser, dazu eine Schale mit Getreidebrei und einen Nachttopf. Sie stellten die mitgebrachten Sachen auf den Boden und warfen Elysa noch neugierige Blicke zu, bevor sie sich wieder umwandten, um die Kammer zu verlassen.

Elysa hielt sie zurück. »Wo bin ich hier?«, fragte sie.

Die ältere der beiden Nonnen legte den Zeigefinger auf ihre Lippen, um ihr zu bedeuten, dass sie das Schweigegelübde abgelegt hatten, und verließ dann wortlos mit ihrer Mitschwester die Kammer.

Elysa starrte ihnen enttäuscht hinterher. Sie hörte, wie der Schlüssel herumgedreht wurde, dann war sie mit ihren quälenden Gedanken wieder allein. Um sich abzulenken, stocherte sie in dem mit frischen Kräutern gewürzten Brei, bevor sie ihn in einem plötzlichen Wutanfall gegen die Wand schleuderte. Voller Genugtuung beobachtete sie, wie die zähfließende braune Masse langsam die Wand hinunterlief und dabei dunkle Streifen hinterließ. Es war fast dunkel in der kleinen Kammer. Nur der obere Teil unter dem First wurde schwach vom hereinfallenden Mondlicht erleuchtet. Ob Gordon nach ihr suchen würde? Oder war er wütend auf sie, weil sie vor ihm geflohen war? War er vielleicht sogar schon auf dem Weg hierher, um sie erneut zu retten? Doch da fiel ihr ein, dass er ja gar nicht wissen konnte, wo sie sich befand. Elysa sah Gordons Gesicht vor sich, das ihr mit einem Mal so vertraut schien. Vielleicht lag das aber auch nur an der fremden Umgebung, den kalten Mauern und der Ungewissheit darüber, was mit ihr geschehen würde.

Gordon hätte nie etwas getan, das ihr schadete. Wie er auch niemals den Eid gebrochen hätte, den er seinem Herrn geleistet hatte, weshalb es richtig von ihr gewesen war, ihn zu verlassen. Trotzdem wünschte sie nichts sehnlicher, als dass er kommen und sie aus diesem grässlichen Kloster herausholen würde. Sie fühlte sich schmutzig, müde und hungrig und vor allem: schrecklich allein. Ihr Magen knurrte, und sie bereute es, den Getreidebrei an die Wand geschmissen zu haben.

Ihre Gedanken kehrten zu Gordon zurück. Sie hatte sich so geborgen hinter ihm auf dem Pferd gefühlt und während des langen Rittes die Wärme seines Rückens genossen, der wie ein Schild vor ihr aufgeragt war und alles Böse von ihr ferngehalten hatte. Ob sie ihn jemals wiedersehen würde?

Sie legte sich auf die Matratze, die nach frisch geschnittenem Stroh roch, und sank irgendwann in einen unruhigen Schlaf, der immer wieder von dumpfem Glockenläuten unterbrochen wurde.

Als sie am nächsten Morgen erwachte, wusste sie im ersten Moment nicht, wo sie war. Verschlafen rieb sie sich die

Augen und hatte sich gerade von der Bettstatt erhoben, als auch schon die Türe geöffnet wurde. Wieder stand eine der beiden Nonnen vom Vortag vor ihr, die sie mit einer unmissverständlichen Handbewegung dazu aufforderte, ihr zu folgen.

Elysa war noch nie zuvor in einem Kloster gewesen. Neugierig sah sie sich um, während sie der Nonne durch nicht enden wollende Gänge folgte. Sie fühlte sich klein und verloren innerhalb der hohen, kühlen Mauern, durch die der Duft von Weihrauch und Wachs zog.

Der Klosterkomplex gliederte sich in drei Bereiche: die Basilika, das eigentliche Kloster mit Dormitorium, Refektorium und Kapitelsaal sowie die Wirtschaftsgebäude und den Nutzgarten. Der mit Säulen geschmückte Kreuzgang umschloss einen verschwenderisch bepflanzten Innenhof mit einem überdachten Steinbrunnen in der Mitte.

Der fröhliche Gesang einiger Vögel war das einzige Geräusch, das von der Welt außerhalb der dicken Mauern ins Kloster drang.

Die Nonnen, die ihnen unterwegs begegneten, nickten ihnen freundlich grüßend zu, sprachen jedoch kein Wort.

Die unnatürliche Stille um sie herum begann Elysa zu erdrücken, und sie fühlte sich mehr denn je als Gefangene. Vor einer dunklen Holztüre mit Schnitzwerk blieb die Nonne stehen und klopfte.

Eine ältere Frau in Ordenstracht öffnete ihnen die Tür. »Du wartest draußen«, befahl sie der Nonne, die Elysa begleitet hatte, und trat dann zur Seite, um diese eintreten zu lassen.

Sie nickte Elysa freundlich zu. »Ich bin Schwester Mathilda, die Klostervorsteherin«, sagte sie.

Mathilda war groß und knochig gebaut und schien unter ständigem Schlafmangel zu leiden. Ihr bleiches Gesicht wirkte abgespannt und müde, aber ihre dunklen Augen blickten freundlich und voller Anteilnahme.

»Du kannst dich dorthin setzen«, forderte sie Elysa auf und wies auf einen Stuhl mit hoher Lehne vor ihrem Schreibtisch.

Sie selbst nahm hinter dem Schreibtisch Platz und betrachtete Elysa forschend. Das Mädchen vor ihr konnte nicht älter als sechzehn Jahre sein. So jung und voller Leben. Sein schönes Gesicht strahlte Traurigkeit aus, aber auch eine nicht zu unterschätzende Unbeugsamkeit. Ob Elysa wusste, in welcher Gefahr sie sich befand? Das Mädchen tat ihr leid, und sie beschloss, alles zu tun, was in ihrer Macht stand, um ihm zu helfen.

»Wie ich gehört habe, bist du bereit, deinen falschen Glauben abzulegen?«, fragte sie ruhig.

Elysa funkelte Schwester Mathilda empört an.

»Da habt Ihr etwas Falsches gehört. Man hat mich entführt und gegen meinen Willen hierher verschleppt.«

Schwester Mathilda beugte sich etwas vor. Ihre Stimme nahm einen beschwörenden Ton an.

»Wir alle haben einem falschen Glauben angehangen, bevor uns der Herr in seiner großen Güte die Augen geöffnet hat. Hier in diesem Kloster haben wir unseren inneren Frieden gefunden, und das kannst du ebenfalls.«

Elysa wollte schon auffahren, doch etwas in den dunklen Augen der Nonne warnte sie. »Ich soll also meinen Glauben verraten und dem Orden beitreten?«, vergewisserte sie sich.

Mathilda nickte. »Wir alle werden dir dabei helfen, und du wirst dich schon bald an unser schlichtes Leben gewöhnt haben.«

Die dunklen Augen der Nonne bohrten sich in ihre. »Wir sind nur einfache Gläubige, die versuchen, dem Herrn wohlgefällig zu sein und ihm zu dienen.«

»Werde ich dann keine Gefangene mehr sein?«

Mit klopfendem Herzen wartete Elysa auf die Antwort der Klostervorsteherin.

»Du wirst keine Gefangene mehr sein, doch zuvor musst du deinem Glauben abschwören und Dominikus Guzman, den Gründer dieses Klosters, davon überzeugen, dass du von nun an das Wort Gottes befolgen wirst, so wie die Kirche es uns lehrt. Ein Bote ist bereits auf dem Weg zu ihm.«

Ihre Stimme senkte sich zu einem Flüstern.

»Ich kann dir nur raten, sorgfältig auf jedes deiner Worte zu achten.«

»Ich weiß nicht, ob ich das kann, ohne mich zu verraten«, sagte Elysa.

»Dann werden sie dich verbrennen.«

Sie wartete, ob Elysa noch etwas sagen wollte, doch Elysa schwieg.

Mathilda seufzte. »Keiner von uns ist es leichtgefallen abzuschwören, aber wenn der Herr tatsächlich gewollt hätte, dass wir alle brennen, hätte er uns auch die Kraft und den Mut gegeben, den Scheiterhaufen zu besteigen. Deshalb glauben wir, dass der Herr uns dazu erwählt hat, unseren Glauben zu bewahren und weiterzutragen, auch wenn dies im Verborgenen geschieht. Hinter diesen Mauern und unter dem Schutz des Kreuzes.«

Sie lächelte Elysa an, und ihr Lächeln war warm und voller Liebe.

»Das Licht wird zurückkehren auf diese Welt, und wenn der Tag gekommen ist, muss es jemanden geben, der es erkennt.«

Es klang alles so einfach, aber war es auch richtig? Elysa dachte über Mathildas Worte nach. Sie wollte noch nicht sterben, nicht, bevor sie sich entschieden hatte, ob sie den siebenfachen Weg zu den Sternen gehen oder nicht doch lieber als einfache Gläubige leben, heiraten und eine Familie gründen wollte. Erst musste sie sich ganz sicher sein.

Sie dachte an Rorico, aber immer wieder schob sich Gordons Antlitz vor das Bild des Freundes.

Ihre Augen trafen sich mit denen Mathildas, die nun zufrieden nickte.

»Dann werde ich dich jetzt auf das Verhör vorbereiten und dir erklären, wie du auf Bruder Dominikus' Fragen antworten musst.«

Kurz entschlossen steckte Simon von Montfort das Kreuz in einen Lederbeutel, klemmte sich diesen unter den Arm und ging nach draußen, um Arnold Amaury in seinem Zelt aufzusuchen. Obwohl die beiden Männer kaum unterschiedlicher sein konnten, waren sie durch den Mord an Peter von Castelnau untrennbar miteinander verbunden. Weshalb Montfort auch überzeugt war, ein Recht darauf zu haben, alles über die wahren Hintergründe des Kreuzzuges zu erfahren, immerhin war er der Heerführer.

Notfalls würde er Arnold Amaury zwingen, ihm die Wahrheit zu sagen.

Er fand den Abt auf den Knien betend in seinem Zelt vor. In den Händen hielt er ein schlichtes Holzkreuz. Er war so in seine Gebete vertieft, dass er ihn im ersten Moment nicht einmal bemerkte.

Der Geruch nach altem Weihrauch und Schweiß hing schwer in dem stickigen und spärlich eingerichteten Zelt, doch Montfort achtete nicht weiter darauf.

Arnold Amaury verzichtete während des Kreuzzugs auf jegliche Bequemlichkeit, um Gott wohlgefällig und seinen Mitbrüdern, die ihn begleiteten, ein Vorbild zu sein. Eine harte Strohmatratze, ein Schreibpult, auf dem die Heilige Schrift ausgebreitet lag, ein Falthocker und eine schlichte Holztruhe mit seinen persönlichen Dingen waren alles, was er mit sich führte.

Simon von Montfort räusperte sich laut und vernehmlich.

Arnold Amaury erhob sich schwerfällig. Sein Gesicht verzog sich unwillig, als er Simon von Montfort vor sich sah.

Er versuchte nicht einmal, seinen Ärger darüber, während seiner Gebete gestört worden zu sein, zu verbergen.

»Was kann ich für Euch tun?«, fragte er unfreundlich.

»Ich habe etwas, von dem ich überzeugt bin, dass es Euch interessieren wird. Doch zuvor werdet Ihr mir berichten, warum Ihr ein so großes Interesse an dem Mädchen habt und was hinter dem Geheimnis der Ketzer steckt.«

Arnold Amaurys Gesicht wurde dunkelrot vor Zorn.

»Ihr wagt es, in diesem Ton mit mir zu sprechen? Was glaubt Ihr, gibt Euch das Recht dazu?«, fuhr er den Grafen an.

»Ich besitze den Schlüssel zu Eurem Geheimnis«, erwiderte Simon von Montfort kühl. »Doch wenn Ihr kein Interesse daran habt, werde ich wieder gehen.« Er machte Anstalten, das Zelt zu verlassen.

»Wartet«, hielt ihn der Abt zurück. Seine dunklen Augen saugten sich an Montforts Gesicht fest, und seine Stimme nahm einen beschwörenden Klang an.

»Wenn Ihr tatsächlich etwas habt, das uns weiterhilft, bin ich bereit, Euch einzuweihen, allerdings nur unter dem größten Siegel der Verschwiegenheit. Schwört einen Eid auf die Heilige Schrift, dass Ihr unter allen Umständen über das schweigen werdet, was ich Euch sogleich erzähle.«

Simon von Montfort trat vor und legte seine rechte Hand auf die Bibel.

»Ich schwöre es bei Gott.«

Auffordernd sah er den Abt an. »Zufrieden?«

Arnold Amaury nickte wortlos. Er setzte sich auf den Falthocker, der neben seinem Schreibtisch stand. Seine

Augen fixierten einen Punkt an der Zeltwand hinter Montfort.

»Es gibt Gerüchte, dass die Ketzer schon seit langer Zeit einen Schatz hüten, der von unvorstellbarem Wert sein soll. Der Heilige Vater ist sehr an diesem Schatz interessiert und hat mich damit beauftragt, ihn zu finden.«

In seine Augen trat ein fiebriger Glanz, und er senkte seine Stimme, bis sie nur noch ein Flüstern war.

»Sie nennen ihn den Parakleten, den Tröster, doch niemand, ausgenommen die Eingeweihten, hat ihn bisher gesehen. Wer den Parakleten besitzt, kann die Herrlichkeit Gottes schauen und wird mächtiger sein, als es je ein Mensch gewesen ist.«

Montfort schien nicht sehr überzeugt.

»Wenn dieser Paraklet so viel Macht besitzt, warum nutzen die Ketzer diese dann nicht gegen uns?«, fragte er skeptisch.

Arnold Amaury überlegte einen Moment. Über diesen Aspekt hatte er bisher noch gar nicht nachgedacht. Montforts respektlose Worte ärgerten ihn, trotzdem enthielten sie eine gewisse Logik, die sich nicht ohne Weiteres abtun ließ.

»Die Eingeweihten haben sich mithilfe des Parakleten schon so weit von der materiellen Welt entfernt, dass es sie nicht mehr interessiert, was mit ihren Leibern geschieht. Ihnen geht es allein um das Heil ihrer Seele«, sagte er schließlich ohne große Überzeugung.

Es klang, als müsse er sich rechtfertigen, was ihn ärgerte. Wieder einmal war es Montfort gelungen, ihn zu verunsichern und ihm gleichzeitig seine Überlegenheit vor Augen zu führen.

Doch zu seiner Überraschung schien Montfort von seiner Erklärung eher enttäuscht, was ihn ein wenig milder stimmte. Dem Grafen schien die immense Bedeutung des Parakleten nicht einmal im Ansatz klar zu sein, und er selbst würde sich hüten, ihn darüber aufzuklären.

Seine Anspannung ließ etwas nach. Während des bisherigen Kreuzzuges hatten sie alle von der Scharfsinnigkeit und Kühnheit Montforts profitiert, und er hätte keinen besseren Heerführer finden können. Vielleicht war es sogar im Falle des Parakleten von Nutzen, ihn als Verbündeten neben sich zu wissen.

»Ist das alles?«, meinte Simon von Montfort, konnte aber nicht verbergen, dass er sich eine spektakulärere Antwort erwartet hatte. Da hatte er also zwanzig Sols für ein bronzenes Kreuz ausgegeben, das höchstens einen wert war.

Seine Augen verengten sich zu schmalen Schlitzen. Lauernd starrte er Arnold Amaury an. War es möglich, dass der Abt ihm nur die halbe Wahrheit sagte? Es wäre typisch für ihn. Jedenfalls war er nicht bereit, sich mit dem, was er bisher erfahren hatte, zufriedenzugeben.

»Manche Leute erzählen, dass die Ketzer sich im Besitz eines Teils von König Salomons Schatz befinden«, bohrte er weiter, denn auch er hatte von diesen Gerüchten gehört.

Zu seiner Erleichterung nickte der Abt bestätigend. »Es gibt viele Gerüchte und Geschichten um diesen Schatz«, räumte er widerwillig ein.

»Ich möchte alles darüber wissen«, forderte Montfort und verschränkte abwartend die Arme auf der Brust.

Arnold Amaury räusperte sich kurz, bevor er ihm erzählte, was er in Erfahrung gebracht hatte.

»Es heißt, dass die Westgoten, nachdem sie Rom erobert und geplündert hatten, einen bedeutenden Schatz nach Toulouse schafften, darunter auch heilige Gegenstände aus König Salomons Schatz.

Unter dem Druck der Franken wichen die Goten später nach Rhedae, ihrer alten Hauptstadt, aus. Es steht zu vermuten, dass sie den Schatz damals mit sich genommen haben. Er ist jedenfalls seit dieser Zeit verschwunden, und niemand hat ihn mehr gesehen. Erst mit den Katharern sind neue Gerüchte um den Schatz aufgetaucht, die aber nie bestätigt wurden.«

Montfort nickte zufrieden. Jetzt war ihm auch klar, warum Arnold Amaury darauf bestanden hatte Rhedae einzunehmen, obwohl es strategisch gesehen unklug war. Es wäre wesentlich klüger gewesen, von Béziers aus sofort nach Carcassonne zu ziehen, anstatt den nicht unbeträchtlichen Umweg über Rhedae zu machen.

Von Anfang an hatte er geahnt, dass der Abt ihm etwas verschwieg, und recht damit behalten.

Er beugte sich zu Arnold Amaury hinüber und zwang ihn mit dieser Bewegung dazu, ihn anzusehen.

»Ich mache Euch einen Vorschlag: Ich werde Euch helfen, diesen Schatz zu finden, und wenn wir ihn gefunden haben, gehört Euch dieser Paraklet, aber alles andere gehört zur Hälfte mir.«

Arnold Amaury überlegte nicht lange. »Ihr habt mein Wort, und jetzt zeigt mir endlich, wovon Ihr zuvor gesprochen habt.«

Simon von Montfort zog das Kreuz aus seinem Beutel und legte es neben den Abt auf das Schreibpult.

»Das Mädchen hat es einem Schäfer in Bélesta gegeben, doch Prades, einer meiner Söldner, hat es dem Mann wieder abgenommen. Das Kreuz dürfte der Grund dafür sein, dass dieser Ketzerführer seine Nichte aus der Stadt geschafft hat, und es ist das, wonach ihr gesucht habt.«

Arnold Amaury starrte gebannt auf das Schmuckstück.

Aramäische, aber auch lateinische Buchstaben befanden sich auf seiner Vorder- und Rückseite. Laut las er die Inschrift auf der Vorderseite im oberen Teil des Balkens vor.

Sie erschien ihm wie eine Offenbarung. »Lumen in tuo est – das Licht ist in dir.«

Voller Erwartung drehte er das Kreuz um und begann damit, die Worte auf der Rückseite zu übersetzen.

Sein Hals wurde trocken vor Aufregung, und er musste mehrmals schlucken, bevor er mit zitternden Händen die Worte zitieren konnte.

»Hic domus dei est et porta – das ist das Haus Gottes und das Tor zum Himmel.«

Das Herz klopfte ihm bis zum Hals. Er konnte förmlich spüren, dass er dem Geheimnis der Ketzer so nah war wie noch nie.

Zwischen den lateinischen Buchstaben befanden sich Zeichen und Symbole, die ihm fremd waren. Er konzentrierte sich auf die aramäischen Buchstaben, doch sie ergaben einfach keinen Sinn.

»Es scheint eine verschlüsselte Botschaft zu sein«, sagte er schließlich.

Simon von Montfort hatte ihn aufmerksam beobachtet. Die Erregung Arnold Amaurys war ihm nicht entgangen, obwohl er sie nicht teilen konnte.

Er nickte spöttisch. »Dann braucht Ihr sie ja nur noch zu entschlüsseln, um zu erfahren, wo der Schatz verborgen liegt. Lasst mich wissen, wenn Ihr so weit seid, und vergesst nicht, dass wir ein Abkommen haben.«

Das Licht ist in dir, was für ein Unsinn, dachte er, während er das Zelt verließ. Davon ließen sich vielleicht Ordensbrüder und Pfaffen beeindrucken, aber keinesfalls Männer wie er oder seine Ritter.

Eine Kiste Gold war ihm weit lieber als das Gefasel von einem Tor zum Himmel. So etwas konnten sich nur dem Wahnsinn anheimgefallene Sektierer wie diese verfluchten Ketzer ausdenken. Kein Wunder, dass die Kirche ihn und seine Söldner brauchte, um gegen sie vorzugehen. Worte waren gegen den Wahnsinn dieser armseligen, irregeführten Menschen machtlos.

Arnold Amaury sah nicht einmal auf, als Montfort das Zelt verließ.

Tief in seinem Inneren spürte er, dass er den Schlüssel zum Geheimnis der Ketzer in seinen Händen hielt. Für ihn stand fest, dass die Kreuzinschrift einen Hinweis auf die Schriftrollen des Johannes enthielt. Er brauchte sie nur noch zu entziffern, um die Rollen zu finden, und er durfte keine Zeit verlieren. Denn wenn die Eingeweihten erfahren würden, dass das Kreuz verschwunden war, würden sie den Schatz an einen anderen Ort schaffen, wo er unerreichbar für ihn wäre.

Fieberhaft überlegte er, wer in der Lage sein könnte, die Inschrift für ihn zu entziffern. Seine Abtei lag mehrere Tagesreisen von Carcassonne entfernt, er konnte folglich nicht auf Bruder Geoffrey zurückgreifen, der alte Sprachen studiert hatte und immer noch jeden freien Augenblick für seine Studien nutzte. Ein Bote kam nicht in Frage. Keinesfalls würde er das Kreuz aus der Hand geben, bevor er dessen Geheimnis gelüftet hatte.

Selbst dorthin zu reisen würde wiederum zu viel Zeit in Anspruch nehmen, zumal Carcassonne sicher nicht mehr lange standhielte. Graveillaude, Carcassonnes Vorstadt, war nach nur zwei Stunden gefallen und dem Erdboden gleichgemacht worden, wie er von einem Eilboten erfahren hatte. Damit stand das Heer bereits vor den Mauern von Saint-Vincent, das dem Angriff der Kreuzfahrer ebenfalls bald nachgeben würde. Und seine Anwesenheit hier im Lager war für die sich anschließenden Verhöre der Ungläubigen unumgänglich. Er musste demnach eine andere Möglichkeit finden.

Dominikus fiel ihm ein. Er war ein gelehrter Mann, der sich

lange Zeit mit dem Studium und Übersetzen alter Schriften beschäftigt hatte. Davon abgesehen war er zuverlässig und hatte sich bewährt. Ihm konnte er sich guten Gewissens anvertrauen. Und vor allem: Dominikus war in Prouille.

Und dann begriff er plötzlich, dass es tatsächlich Gottes Fügung gewesen war, die ihn dazu veranlasst hatte, Nicolas Nichte nach Prouille zu schicken. Dass der Herr ihm diesen Gedanken eingegeben und ihn gelenkt hatte. Die Wege des Herrn waren wahrlich unergründlich. Ehrfürchtige Schauer durchrieselten ihn.

Seit Jahren schon fraß die Einsamkeit an seiner Seele. Er war es leid, am Morgen aufzuwachen und alleine zu sein, in der Dunkelheit zu beten und niemals eine Antwort zu bekommen.

Selbst Jesus hatte sich bitterlich darüber beklagt, kein Haus sein Eigen zu nennen und kein Kissen zu besitzen, auf das er sein müdes Haupt betten konnte.

Arnold Amaury hatte sich immer gewünscht, dass sich der Himmel nur ein einziges Mal für ihn öffnen würde, damit er die Herrlichkeit Gottes sehen konnte. Auch sehnte er sich danach, die Liebe des Herrn in sich zu tragen, so wie es dieser Ketzerführer getan hatte.

Lange hatte er warten müssen, um seinem Ziel näherzukommen, nun war es ihm endlich gelungen. Von neuer Energie beflügelt, erhob er sich und schickte ein inbrünstiges Dankgebet gen Himmel.

Sein Entschluss war ebenso schnell gefasst wie sein anschließender Aufbruch. Er musste so rasch wie möglich nach Fanjeaux. Dort lebte Dominikus im Haus eines reichen Geschäftsmannes nahe des Klosters von Prouille in klösterlicher Gemeinschaft mit einigen seiner Gefährten. Amaury ließ sich von Montfort eine Eskorte zuverlässiger Ritter zusammenstellen und verließ danach in größter Eile das Lager.

Als er in Fanjeaux ankam, erfuhr er jedoch zu seiner Enttäuschung, dass Dominikus unterwegs war, um in der näheren Umgebung zu predigen.

Es blieb ihm nichts anderes übrig, als zu warten.

Nach dem unruhigen Lagerleben genoss er die Stille in dem großen Steinhaus. Außer ihm befanden sich nur noch zwei von Dominikus' Predigerbrüdern dort, die ihn durch ihre bescheidene Lebensführung und stille Demut beeindruckten. Er bekam eine kleine Kammer zugewiesen, die er für sich alleine hatte, und einer der Brüder bereitete dreimal am Tag eine einfache Mahlzeit für sie zu, die schweigend in der großen Küche im Erdgeschoss eingenommen wurde.

Zu seiner großen Freude enthielt die Schreibstube unter dem Dach eine Bibliothek von beträchtlichem Umfang. An die hundert Bücher reihten sich entlang der Schräge auf grob gezimmerten Holzregalen aneinander, dazu kamen unzählige Pergamentrollen und Schriftstücke, die dem Aussehen nach sehr alt waren. Dominikus musste reiche Gönner haben.

Eifrig durchstöberte er die kostbaren Bücher nach Hinweisen, die ihm weiterhelfen würden, aber da er nicht wusste, wonach er suchen sollte, gab er schon nach kurzer Zeit mit einem Gefühl der Unzufriedenheit auf und wandte sich wieder dem Kreuz zu.

Ein Symbol schien ihm von besonderer Bedeutung zu sein. Es befand sich in jedem der vier kleeblattförmigen Enden des Kreuzes und sah aus wie ein Pilz. Er hatte nicht die leiseste Ahnung, was es bedeuten konnte.

Weil ihm nichts Besseres einfiel, begann Arnold Amaury, jeden einzelnen Buchstaben und jedes Zeichen auf ein Pergament zu übertragen. Mehrmals unternahm er den Versuch, Worte aus ihnen zu bilden, indem er sie von oben nach unten anordnete und anschließend von unten nach oben. Beim nächsten Versuch ließ er jedes zweite Zeichen weg, dann jedes dritte.

Das Öl in den Lampen war schon lange verbrannt, als er beim Schein einer letzten Kerze mit rot geränderten Augen aufgab, ohne auch nur einen Schritt weitergekommen zu sein.

Er verbrachte die Nacht auf dem kalten Steinboden in seiner Kammer und flehte Gott an, ihm zu helfen.

Am nächsten Tag kehrte Dominikus endlich von seiner Reise zurück. Gleich nachdem er sich vom Reisestaub befreit hatte, begrüßte er Arnold Amaury, der mit Dominikus' Mitbrüdern beim Mittagsmahl saß.

Er empfand große Hochachtung vor dem Abt, unter dessen straffer Führung das Kloster in Cîteaux zu seinen ursprünglichen Regeln und einem strengen Leben in Arbeit und Gebet zurückgefunden hatte.

Arnold Amaury war so aufgeregt, dass er den strengen Geruch, der von Dominikus' verdreckter Kutte ausging, nur am Rande wahrnahm. Obwohl die beiden Männer verschieden waren, besaßen sie doch mehr Gemeinsamkeiten, als ihnen bewusst war. Beide waren sie von einem glühenden Glaubenseifer erfüllt und hatten – jeder für sich – ein ehrgeiziges, hochgestecktes Ziel, auf das sie unermüdlich hinarbeiteten.

»Ich bin gekommen, um Euch um Eure Hilfe zu bitten. Es geht um eine Sache von höchster Dringlichkeit, die keinerlei Aufschub duldet«, begann Arnold Amaury ohne Umschweife. Seine Stimme klang leicht gehetzt.

»Ich stehe ganz zu Eurer Verfügung«, erwiderte Dominikus bescheiden.

»Dann darf ich Euch bitten, mich in die Schreibstube zu begleiten«, schlug Arnold Amaury nach einem Blick auf die beiden Brüder vor, die neugierig zu ihnen hinüberstarrten.

Er wollte keine Zeit verlieren und vor allem keine Zeugen während des sich anschließenden Gesprächs haben.

Gefolgt von Dominikus eilte er die schmale Treppe zum Dachgeschoss hinauf. Nachdem Dominikus die Türe geschlossen hatte, legte Amaury das Kreuz auf den großen Arbeitstisch.

Dominikus betrachtete es eine Weile schweigend, bevor er mühelos die lateinischen Inschriften übersetzte.

Fragend sah er Arnold Amaury an. »Die anderen Zeichen sind Geheimzeichen, aber, soweit ich es erkennen kann, keine christlichen. Obwohl die Inschriften diesen Schein erwecken. Ich habe etwas Ähnliches einmal in Spanien gesehen, wo die Führer einiger Sekten solche Zeichen nutzen, um sich bestimmte Dinge mitzuteilen oder geheimes Wissen zu bewahren.

Die Geheimzeichen dieser Botschaften bestehen immer aus drei Sprachen: Lateinisch, Aramäisch und Glagiolitisch, allerdings in verschlüsselter Form, und es ist ausgesprochen schwierig, sie zu entschlüsseln, ohne den Code zu kennen.«

Arnold Amaury war während Dominikus' Ausführungen erregt auf und ab gelaufen. Jetzt blieb er stehen und sah Dominikus beschwörend in die dunklen Augen.

»Ich bin hier, um Euch zu bitten, mir bei der Entschlüsselung der Inschriften zu helfen. Es ist von äußerster Wichtigkeit und von großer Bedeutung für unser Vorhaben, jegliche Häresie im Süden Frankreichs auszurotten. Auch der Heilige Vater hat großes Interesse an dieser Angelegenheit bezeugt.«

Arnold Amaury hatte bewusst Papst Innozenz mit ins Spiel gebracht, weil er wusste, dass Dominikus seine Regeln klösterlichen Zusammenlebens von diesem bestätigt haben wollte, um seinen eigenen Orden gründen zu können.

Tatsächlich war Dominikus' Interesse augenblicklich geweckt. Wie ein Funke sprang die Erregung Arnold Amaurys auf ihn über. Er trat zu seinem Bücherregal und entnahm ihm einige zusammengerollte Pergamentblätter, die so brüchig waren, dass Arnold Amaury schon befürchtete, sie könnten jeden Moment zu Staub zerfallen. Mit größter Vorsicht breitete Dominikus sie auf seinem schlichten Arbeitstisch aus und lud Arnold Amaury mit einer Handbewegung ein, sich zu setzen.

Bevor er sich neben dem Abt niederließ, zog er die Dochte aus der dreiflammigen Öllampe ein Stück weit heraus, damit sie heller brannten.

Im Schein der drei Flammen erkannte Arnold Amaury auf dem Pergament einige Zeichen, die sich auch auf dem Kreuz befanden.

»Ich war viele Jahre mit dem Bischof von Osma unterwegs, um zu predigen, unter anderem auch in slawischen Ländern. Diese Schriftrollen in glagiolitischer Schrift stammen von dort. Ein Schafhirte hat sie mir übergeben. Er hat sie durch Zufall in einer Felsspalte gefunden, in die sich eines seiner Schafe verirrt hatte. Es sind einhundertachtundfünfzig Seiten, die Auszüge aus den Evangelien enthalten. Ich habe sie allesamt übersetzt und abgeschrieben, bevor das Pergament zu dunkel wird oder gar zerfällt.«

Er legte eine kurze Pause ein, um Luft zu holen.

»Die Erzählungen folgen so aufeinander, wie sie im Laufe eines Kirchenjahres gelesen werden. Daran schließen sich kalendarische Anmerkungen zu den christlichen Feiertagen an. In den Anmerkungen haben die Monate von September bis April noch ihren alten Namen, während die Monate Mai bis August bereits lateinische Namen tragen.

Ich erwähne das nur, weil Jahreszeiten und Monate oft als Code für verschlüsselte Texte benutzt werden.«

Arnold Amaury war beeindruckt. Zufrieden lehnte er sich einen Moment in seinem Stuhl zurück. Sein Rücken schmerzte noch immer von der gebeugten Haltung, in der er bis tief in die letzte Nacht hinein über den Schriftrollen gesessen hatte, doch jetzt konnte er sich zum ersten Mal, seitdem er hier war, entspannen.

Er hatte die richtige Entscheidung getroffen. Dominikus erwies sich sogar als noch gelehrter, als er gehofft hatte, und er konnte förmlich spüren, dass dessen Neugier und wissenschaftliches Interesse geweckt waren.

Dominikus' Augen glitzerten wie im Fieber. Sein Jagdinstinkt war erwacht. Die Inschrift auf dem Kreuz stellte eine Herausforderung für ihn dar, und wenn er dem Heiligen Vater mit seinen bescheidenen Diensten einen Gefallen tun konnte, war ihre Entzifferung jede Mühe wert.

»Wenn Ihr erlaubt, werde ich mich sofort an die Arbeit begeben. Seid doch so gut und bringt mir die Lampe, die dort auf dem Regal steht.«

Arnold Amaury folgte eilfertig seiner Aufforderung. Der Schatz der Ketzer war in greifbare Nähe gerückt, und er würde alles tun, um den Schleier des Geheimnisses, der über ihm lag, endlich zu lüften.

Bis auf das unregelmäßige Knistern der Pergamente und das leise Kratzen der Feder herrschte erwartungsvolle Stille in der Dachstube.

Dominikus arbeitete ohne Unterbrechung bis tief in die Nacht hinein. Er war es gewohnt, beinahe ohne Schlaf auszukommen. Tagsüber predigte er zu den Menschen, während er seine Nächte mit Beten und Meditieren verbrachte, um Gottes Stimme zu vernehmen.

Arnold Amaury nickte einige Male ein. Obwohl Dominikus ihm vorschlug, sich zur Ruhe zu begeben, bestand er darauf, in der Schreibstube zu bleiben. Die Morgendämmerung zog bereits herauf, als Dominikus endlich mit geröteten Augen von seinen Papieren aufblickte und zu ihm sagte: »Ich will Euch nicht die Hoffnung nehmen, aber es kann Tage oder Wochen dauern, bis die Inschrift vollständig entschlüsselt ist, falls es uns überhaupt gelingt.«

Arnold Amaury rieb sich ernüchtert die brennenden Augen.

Dominikus bemerkte seine Enttäuschung und bemühte sich sofort, diese etwas zu mildern.

»Ein klein wenig weitergekommen bin ich schon«, begann er. In Arnold Amaurys Augen glomm neue Hoffnung auf.

»Dieses Zeichen hier, in der Form eines Pilzes, stellt ein S dar. S könnte beispielsweise für Schlüssel stehen. Für den Schlüssel zum Tor des Himmels vielleicht. Das S befindet sich an allen vier Enden des Kreuzes, was auf die Himmelsrichtungen hinweisen könnte.

Das schräg stehende L- förmige Symbol in der Mitte steht eindeutig für etwas Verborgenes, sagt aber nichts darüber aus, was verborgen wurde oder wo sich das Verborgene befindet.«

Er drehte das Kreuz um und wies auf das Dreieck im oberen Teil des Balkens, das mit der Spitze nach oben wies.

»Dieses Dreieck hier könnte Berg oder Gebirge bedeuten, wobei ich mir nicht ganz sicher bin. Mit dem langgezogenen rechten Schenkel stand es ursprünglich für eine aufgeklappte Zelttür, bevor es in den bekannten Schriften zum D geworden ist.« Er öffnete den Mund, um fortzufahren, stockte dann aber. Ein erschreckter Ausdruck zeigte sich in seinem hageren Gesicht.

Endlich wusste er, was ihn die ganze Zeit über gestört hatte.

Arnold Amaury trommelte ungeduldig mit den Fingern auf dem Tisch, während er darauf wartete, dass Dominikus weitersprechen würde.

»Ihr habt mir gesagt, dass das Kreuz von einem Führer der

Ketzer stammt«, sagte Dominikus langsam und sah Arnold Amaury dabei fragend an.

»Fällt Euch daran nichts auf?«, fügte er hinzu, nachdem Amaury schwieg, wobei sich sein unverhältnismäßig großer Adamsapfel schnell auf und ab bewegte und seine innere Anspannung verriet.

Arnold Amaury zuckte nur mit den Schultern. Er verstand nicht, worauf Dominikus hinauswollte.

»Die Ketzer lehnen das Kreuz ab, sie verachten es geradezu. Aus welchem Grund sollten ausgerechnet sie seine Form als Schlüssel zu ihrem Geheimnis wählen?«

Arnold Amaury wurde blass, vor Schreck klappte ihm die Kinnlade herunter, und sein Magen begann, schmerzhaft zu ziehen, während sich in seinem Inneren alles gegen diese Erkenntnis sträubte.

Fassungslos starrte er Dominikus an. Sollten seine Anstrengungen etwa vergeblich gewesen sein? Von einem Moment zum anderen lösten sich all seine Hoffnungen in nichts auf. Die Enttäuschung darüber schmerzte noch mehr als sein Magen.

Eine Weile herrschte tiefes Schweigen in der Schreibstube.

Arnold Amaury hatte das Gefühl, in dem stickigen Raum keine Luft mehr zu bekommen. Er stand auf und öffnete die kleine Dachluke.

Die hereinströmende Luft war frisch und klar. Gierig sog er sie in seine Lungen, während es fieberhaft hinter seiner Stirn arbeitete.

»Nicola der Weber hat seine Nichte vor der Schlacht aus der Stadt geschafft«, sagte er langsam. »Daraufhin ist sie nach Bélesta gegangen und hat das Kreuz einem Hirten übergeben, der das Gewand eines Ketzerführers unter seinem Umhang getragen hat.« Stur zählte er die ihm bekannten Tatsachen auf.

»Soweit ich weiß, trug sie abgesehen von dem Kreuz nichts anderes bei sich. Wenn das Kreuz keine Bedeutung für die Ketzer hat, frage ich mich, warum sie extra deswegen nach Bélesta aufgebrochen ist?«

Dominikus schien nicht sehr überzeugt. Zweifelnd wiegte er den Kopf, während er angestrengt nachdachte.

»Ihr müsst zugeben, dass dieses Kreuz sehr außergewöhnlich ist«, fügte Arnold Amaury beschwörend hinzu und sah Dominikus bittend an.

Der Abt benimmt sich wie ein Kind, das die Wahrheit nicht hören will, dachte Dominikus. Er hat sich so in diese Sache verrannt, dass es schwer sein wird, ihn vom Gegenteil zu überzeugen.

Trotzdem musste er versuchen, ihn auf den Boden der Tatsachen zurückzuholen.

»Manchmal sieht man eine Sache so, wie man sie sehen will, ohne daran zu denken, dass es noch andere Möglichkeiten gibt. Vielleicht schuldete der Weber diesem Hirten noch Geld, und das Mädchen hat ihm das Kreuz übergeben, um die Schulden ihres Onkels zu begleichen?«, gab er vorsichtig zu bedenken. Es lag ihm fern, Arnold Amaury zu verärgern, doch ebenso wenig durfte er ihm die Wahrheit vorenthalten.

»Es dürfte Euch bekannt sein, dass viele der Ungläubigen ihren Unterhalt durch den verzinsten Geldverleih bestreiten. Es ist also durchaus möglich, dass der Weber das Kreuz nur zurückgegeben hat, obwohl ich zugeben muss, dass dies sehr außergewöhnlich wäre.«

Arnold Amaurys Gesicht drückte Ablehnung aus.

Plötzlich fiel ihm Elysa ein. In der Aufregung hatte er sie ganz vergessen.

»Habt Ihr eigentlich die Nachricht erhalten, die Euch mein Bote überbracht hat?«, fragte er Dominikus.

Der Prediger schüttelte verneinend den Kopf.

»Wie Ihr wisst, bin ich gerade erst von meiner Reise zurückgekehrt und habe mich sofort zu Eurer Verfügung gehalten«, gab er zur Antwort.

»In meinem Schreiben hatte ich Euch darum gebeten, die Nichte dieses Ketzerführers aus Rhedae in Eurem Kloster aufzunehmen und sie dort festzuhalten, bis ich sie verhört habe.«

Ein triumphierender Ausdruck trat in sein Gesicht.

»Sie befindet sich bereits seit einigen Tagen in Prouille. Wir werden sie gleich morgen verhören, und dann wird sie uns alles sagen, was sie weiß. Notfalls werden wir sie zum Sprechen zwingen«, fügte er grimmig hinzu.

Schlagartig besserte sich seine Laune. Beinahe liebevoll sah er Dominikus in die übermüdeten Augen.

»Bitte entschuldigt mich jetzt. Ich möchte mich zurückziehen, um meine Gebete zu sprechen.«

Mit diesen Worten zog Amaury die Türe hinter sich zu und begab sich gutgelaunt in seine Kammer.

Ein heller Schein fiel durch das kleine Fenster in die Schreibstube und blendete ihn. Dominikus rückte seinen Stuhl ein wenig zur Seite und beugte sich erneut über das Kreuz. Der Abt war überzeugt davon, den Schlüssel zum Geheimnis der Ketzer in den Händen zu halten. Trotzdem konnte er die Tatsache, dass die Ungläubigen das Kreuz verfluchten und es in ihrem Wahn sogar bespuckten, nicht einfach ignorieren.

Er faltete seine Hände zum Gebet und schloss die Augen.

»Herr, wenn es Dein Wille ist, dann schicke mir Erleuchtung.«

Eine Weile verharrte er im Gebet, horchte in sein Innerstes hinein und schöpfte neue Kraft daraus.

Dann begab er sich erfrischt wieder an die Arbeit. Sorgfältig betrachtete er jedes einzelne Zeichen und kritzelte seine Anmerkungen dazu auf ein Blatt Pergament.

Siedend heiß wurde ihm bewusst, dass er beinahe einen Fehler begangen hätte, der in der jetzigen Situation unverzeihlich gewesen wäre.

Die Balken des Kreuzes waren alle vier gleich lang. Er hatte nicht weiter darauf geachtet, sondern sich vorschnell ein Urteil gebildet.

Die gleich langen Seiten des Kreuzes wiesen darauf hin, dass dieses nicht zwingend christlichen Ursprungs sein musste! Seitdem es Menschen gab, war es als Symbol genutzt worden. Er sprang auf und begann fieberhaft nach einem Buch zu suchen, das er vor Jahren von einem syrischen Geschäftsmann zum Dank dafür erhalten hatte, dass er ihm die Augen für den wahren Glauben geöffnet hatte.

Dominikus war ein leidenschaftlicher Sammler alter Schriften und Bücher, die das Wissen längst vergangener Zeiten enthielten. Für ihn gab es auf seiner immerwährenden Suche nach neuen Erkenntnissen nichts Spannenderes als die schriftlichen Hinterlassenschaften großer Denker und Gelehrter.

Wenig später fand er das Buch. Es enthielt Zeichnungen von alten Grabsteinen aus fernen Ländern, die mit einfachen Symbolen und Bildzeichen übersät waren. Ein unbekannter Gelehrter hatte sie in mühsamer Kleinarbeit festgehalten und anschließend ihre Bedeutung daneben vermerkt.

Das Buch hatte Dominikus besonders fasziniert, weil es auf eigenartige Weise lebendig wirkte. Die in ihm enthaltenen Zeichen bestanden meist aus kleinen Bildern, die es auch dem ungebildeten Volk, ja sogar Kindern, ermöglichten, sie zu verstehen.

Er hatte lange darüber nachgedacht und diese Bildzeichen als Vorbild für seine Predigten herangezogen. Einfach, für jeden verständlich und doch einprägsam und bewegend genug, um die Herzen der Menschen für Gott zu öffnen.

Er blätterte in dem Buch, bis er fand, wonach er gesucht hatte.

Das Kreuz besaß in vielen Kulturen eine Bedeutung und tauchte fast in allen Ländern der Erde auf. Es war das Symbol für den Baum des Lebens, galt bei den alten Ägyptern als Sonnenrad, aber auch als Schlüssel zum Himmelstor und war ebenso Zeichen für einen Weg oder eine Wegkreuzung. In der glagiolitischen Schrift galt es als Markierungszeichen, und die Goten hatten es »Kreuz des Schweigens« genannt, was nicht gerade ermutigend war, ihn aber umso mehr anspornte, das Geheimnis dahinter zu lüften.

Die Ketzer waren weitaus gerissener, als er es für möglich gehalten hatte. Er war jetzt überzeugt davon, dass Arnold Amaury recht hatte.

Auf derjenigen Seite des Kreuzes, von der er annahm, dass es sich um die Rückseite handelte, befand sich im äußersten Ende des oberen Balkens ein Dreieck, dessen Spitze nach oben zeigte. Darunter standen fünf Symbole, die er als glagiolitische Schriftzeichen erkannte.

Es war nicht schwer, sie zu übersetzen: S I N A I. Er übertrug das Wort in seine Notizen. Der Berg Sinai lag weit entfernt von Frankreich im Heiligen Land. Seine Gedanken überschlugen sich geradezu. Wenn es tatsächlich einen Schatz gab und dieser sich in Sinai befand, würde es nur unter größten Gefahren und Strapazen möglich sein, ihn zu bergen. Der Hinweis auf Sinai konnte aber auch eine ganz andere Bedeutung haben. Er verbot sich, voreilige Schlüsse zu ziehen, solange ihm die Zusammenhänge nicht wirklich klar waren.

Unter dem Wort Sinai befand sich ein durch zwei Linien angedeutetes Kreuz, in dessen Ecken vier Bildsymbole angebracht waren.

Der Kreis oben links stand für Auge. Rechts neben der Linie entdeckte er die römische Zahl I, die für Waffen oder

Waage stand – die Waagschalen des Jüngsten Gerichts, in der die guten und bösen Taten eines jeden Menschen gegeneinander aufgewogen wurden.

Bilder, Gleichnisse und Gedanken gingen Dominikus durch den Kopf. Doch er schob sie beiseite und versuchte, sich allein auf die Symbole zu konzentrieren.

Unter dem Kreis befand sich ein schräg stehendes, nach links weisendes E mit langgezogenem Innenbalken, das einen vor Schmerz oder vor Freude aufschreienden Menschen stilisierte.

Der hakenförmige Nagel rechts daneben symbolisierte den Mund.

Schmerz und Freude waren eng miteinander verbunden. Was aber bedeuteten Auge und Mund? Auge, Mund und Waage, dazu Schmerz oder Freude. Es gab einfach zu viele Interpretationsmöglichkeiten! Seine Gedanken begannen zu rasen, das Herz pochte schnell und dumpf in seiner Brust, und auf seiner Stirn bildeten sich feine Schweißperlen. Es hielt ihn nicht länger auf seinem Stuhl. Die Kette an seinen Beinen schnitt ihm schmerzhaft ins Fleisch, als er ruckartig aufsprang und erregt durch die Schreibstube lief.

Nur langsam fand er zu seiner gewohnten Ruhe zurück. Die auf dem Fuß folgende Müdigkeit zog so schwer an ihm wie ein Mühlstein. Sein ausgemergelter Körper besaß keine Kraft mehr, sich dagegen zu wehren. Seine Beine versagten ihm den Dienst und knickten unter ihm ein, dann fiel er mit einem dumpfen Schlag kopfüber auf den Boden.

Arnold Amaury fühlte sich erfrischt und ausgeruht, obwohl er nur kurz geschlafen hatte. Er konnte es kaum erwarten, nach Prouille aufzubrechen, um Elysa zu verhören. Seine gespannte Erwartung ließ ihn alles andere vergessen.

Ungeduldig wartete er auf Dominikus. Er hatte längst seine Gebete gesprochen und sein erstes Mahl zu sich genommen, doch der Prediger ließ sich noch immer nicht blicken. Ob er noch an der Entschlüsselung der Inschriften arbeitete?

Er beschloss, in die Schreibkammer hinaufzugehen, um nach ihm zu sehen, und fand den Mönch dort in der gleichen Stellung vor, in der ihn die Erschöpfung übermannt hatte. Das Kreuz lag vor ihm auf dem Boden. Er steckte es ein und rüttelte den leise schnarchenden Dominikus so lange an der Schulter, bis er aufwachte.

»Wir sollten jetzt aufbrechen«, forderte er den immer noch schläfrig wirkenden Prediger auf. Dominikus wischte sich, immer noch leicht benommen, den Schlaf aus den Augen, dann stand er auf.

»Ich bin gleich so weit«, versprach er, als er die Ungeduld des Abtes bemerkte.

Kurze Zeit später saß er hinter Arnold Amaury auf dessen Pferd. Der Himmel hatte sich über Nacht bewölkt, und der schwache Wind blies ihnen feuchtschwüle Luft ins Gesicht. Schwärme von aufdringlichen Fliegen flogen um sie herum und ließen sich auf ihrer von Schweiß überzogenen Haut nieder.

Die Fliegen machten das ansonsten ruhige Pferd nervös. Unruhig begann es zu tänzeln und schüttelte immer wieder den Kopf, in dem hoffnungslosen Versuch, die Plagegeister zu vertreiben.

Arnold Amaury war erleichtert, als endlich die hohen Klostermauern vor ihnen auftauchten. Innerhalb der dicken Mauern würde es schattig und kühl sein.

Er trieb sein Pferd vor das Tor, das auf einen Zuruf von Dominikus hin sofort geöffnet wurde.

Mathilda erwartete die Besucher in ihrer Schreibstube. Die Schwester, welche die beiden Geistlichen hereingeführt hatte, verschwand umgehend wieder und kehrte kurz darauf mit einem Krug Wein, frisch gebackenem, dunklem Brot und hausgemachtem Ziegenkäse zurück.

Ihre Augen ruhten fragend auf Mathilda, worauf ihr diese freundlich zunickte und meinte: »Du kannst jetzt gehen.«

Dominikus betrachtete die Klostervorsteherin finster. Zufrieden registrierte er die dunklen Schatten unter ihren Augen, das bleiche Gesicht. Sie schien die strengen Klosterregeln trotz seiner ständigen Abwesenheit einzuhalten, die nur wenige Stunden Schlaf vorsahen. Es machte ihn stolz, die Früchte seiner Arbeit zu sehen. Mit Gottes Hilfe war es ihm gelungen, all diese Frauen zum wahren Glauben zurückzuführen. Zumindest hoffte er, dass es so war. Ganz sicher sein konnte man sich bei den Weibsbildern ja nie. Sie waren allesamt Meisterinnen des Täuschens.

»Bring uns das Mädchen«, befahl er. Mathilda nahm das kleine Glöckchen auf ihrem Schreibtisch und läutete nach der Schwester, die ihnen schon den Wein gebracht hatte, und trug ihr auf, Elysa zu holen.

Dominikus erkannte Elysa sofort wieder. Sein Gesicht wurde hart, als er an den Tag zurückdachte, an dem er sie auf dem Marktplatz in Rhedae gesehen hatte. Seine mahnenden Worte hatten nicht zu den verblendeten Gemütern der Menschen durchdringen können. Sie wollten nicht gerettet werden, und das hatte er allein diesem Ketzerführer zu verdanken gehabt, der ihn so großmütig vor dem Volkszorn gerettet hatte. Die Situation war demütigend für ihn gewesen, doch er hatte sie als eine weitere Prüfung des Herrn betrachtet, und der Ketzer hatte später seine gerechte Strafe erhalten.

Seine Seele brannte jetzt im ewigen Feuer, und Rhedae war dem Erdboden gleichgemacht worden wie Sodom und Gomorrha. Dominikus' Aufgabe war es nun, die Seele dieses irregeleiteten Mädchens zu retten.

Die junge Frau hatte ihn ebenfalls erkannt, wie er am zornigen Aufblitzen ihrer Augen sehen konnte.

»Bist du bereit, deinem Irrglauben abzuschwören und dich dem wahren Glauben zuzuwenden?«, fragte Dominikus streng, ohne sie dabei aus den Augen zu lassen.

Elysa sah ihn nur stumm an.

»Dann schwöre auf das Kreuz.«

Dominikus nahm das schlichte Holzkreuz von seinem Hals und hielt es Elysa entgegen. Mathilda hielt vor Aufregung den Atem an. Sie bemerkte, wie Elysas Körper sich versteifte. Dominikus bemerkte es ebenfalls, und seine dunklen Augen glühten vor gerechtem Zorn.

»Willst du neben deinem Onkel in der Hölle schmoren?«, fuhr er Elysa an.

Es war der Moment, in dem sich Arnold Amaury einmischte. Das Mädchen war zwar ebenso verstockt, wie Nicola es gewesen war, aber er konnte nicht zulassen, dass sie sich verschloss und ihnen nichts über das Kreuz erzählte. Sobald er dessen Geheimnis gelüftet hätte, konnte Dominikus mit ihr machen, was er wollte, aber erst dann.

Sein Blick streifte das Gesicht der Klostervorsteherin, die vor lauter Anspannung auf ihren blassen Lippen kaute.

Für das, was er vorhatte, konnte er keine Zeugen gebrauchen.

»Wir wünschen, alleine mit der Ketzerin zu sprechen«, sagte er deshalb zu Mathilda, während ihm gleichzeitig entging, dass Dominikus der Ärger über die abrupte Unterbrechung geradezu ins Gesicht geschrieben stand.

Mathilda erhob sich widerwillig. Elysa tat ihr leid, und sie hätte ihr gerne geholfen. Begriff das Mädchen denn nicht, in welcher Gefahr es sich befand?

Nachdem die Klostervorsteherin den Raum verlassen hatte, zwang Arnold Amaury sich zu einem wohlwollenden Lächeln.

»Wenn du schon nicht schwören willst, dann sag uns doch wenigstens, was die Zeichen auf diesem Kreuz bedeuten, und es wird dir nichts geschehen«, versprach er und zerrte das bronzene Kreuz unter seinem Umhang hervor.

Elysa erbleichte. Sie war so erschüttert, dass sie keinen Ton herausbrachte. Mit weit aufgerissenen Augen starrte sie Arnold Amaury an. Sie hatte alles getan, um den letzten Wunsch ihres Onkels zu erfüllen, und dennoch war das Kreuz in die Hände ihrer Feinde gefallen. Sie wusste, dass Amiel es niemals freiwillig herausgegeben hätte. Etwas Schreckliches musste geschehen sein. Entsetzt presste sie die Lippen zusammen, während die Gedanken durch ihren Kopf rasten.

»Dein Schweigen wird dir nichts nutzen«, drohte Arnold Amaury. »Wir haben Mittel, um dich zum Reden zu bringen.«

Um seinen Mund lag ein grausamer Zug, der keinen Zweifel daran ließ, dass er seine Drohung wahr machen würde.

»Ich weiß nicht, was die Zeichen auf dem Kreuz bedeuten«, sagte Elysa schließlich.

»Du lügst«, donnerte Arnold Amaury.

»Wir wissen, dass du das Kreuz nach Bélesta gebracht und es dort diesem Schäfer übergeben hast. Er war genauso verstockt wie du, und seine Seele schmort bereits in der Hölle. Und jetzt sag uns endlich, was wir wissen wollen.« Elysa konnte kaum noch klar denken. Sie befand sich in einem Wechselbad der Gefühle. Angst wurde zu Zorn, Zorn zu Hilflosigkeit. Schließlich verspürte sie nur noch Wut, heiße unbändige Wut auf diesen Mann, der das Böse in ihr Land gebracht hatte, der Nicolas und Amiels Namen in den Schmutz trat und über sie urteilte, als habe er jedes Recht der Welt dazu.

»Was bedeuten die Zeichen auf dem Kreuz?«, wiederholte Arnold Amaury. Seine kalten Augen ruhten auf ihr, belauerten sie regelrecht.

Es gab keine Liebe und keine Vergebung in ihnen, nur Gier. Die unverhohlene Gier, etwas zu besitzen, das ihm nicht zustand.

»Ich weiß nicht, was die Zeichen auf dem Kreuz bedeuten«, erklärte Elysa langsam, und ein erhebendes Gefühl erfasste sie, weil sie wusste, dass ihre nächsten Worte all seine Hoffnungen zunichtemachen würden. »Aber ich weiß, dass es nicht für Euch bestimmt ist und nur ein Eingeweihter seine wahre Bedeutung erkennen kann.«

Arnold Amaury starrte sie noch immer an. Doch seine Hoffnung schwand, und die Enttäuschung über ihre Antwort stand ihm deutlich ins Gesicht geschrieben. Wie hatte er auch nur annehmen können, dass ein Eingeweihter einem Mädchen ein solches Geheimnis anvertrauen würde!

Er hätte es wissen müssen, doch der Wunsch, den Tröster an sich zu bringen, war übermächtig in ihm geworden und hatte ihm den Verstand getrübt. Doch ihre Antwort war gleichzeitig auch eine Demütigung, die er nicht ungestraft hinnehmen konnte. In seine Enttäuschung mischte sich wilder Hass.

»Ihr könnt sie haben, macht mit ihr, was Ihr wollt«, sagte er zu Dominikus und verließ die Schreibstube.

Dominikus hielt Elysa erneut das Kreuz entgegen. In seinen schwarzen Augen glomm ein gefährliches Feuer. Es war heiß in der Schreibstube, und Elysas Kehle war wie ausgetrocknet. Ein säuerlicher Geruch nach Schweiß und ungewaschener Kleidung stieg ihr in die Nase. Unwillkürlich wich sie einen Schritt zurück. Dominikus glühte vor heiligem Eifer.

»Ich klage dich an, eine Ketzerin zu sein und anders zu glauben, als die Kirche es gestattet«, herrschte er sie an. Sein Atem stank nach altem Fisch und ließ Übelkeit in ihr aufsteigen.

Sie schloss die Augen und atmete langsam ein und aus, bis sie spürte, dass ihr Magen sich ein wenig beruhigte.

»Ich habe mich nie zu einem anderen Glauben bekannt als zu dem des wahren Christentums«, erklärte sie mit fester Stimme, wie Mathilda es ihr geraten hatte.

Dominikus kniff die Augen zusammen. Ihm schwante Übles, hatte er doch oft genug erlebt, wie hinterhältig und listig Evas Töchter sein konnten.

Es war sein Kreuz, dass der Herr ausgerechnet ihm die Seelen dieser armen Sünderinnen anvertraut hatte. Er seufzte tief und ahnte dennoch, dass er den Kampf verloren hatte. Überhaupt zweifelte er stark am Erfolg seiner Bekehrungsversuche, auch wenn er Arnold Amaury gegenüber immer das Gegenteil behauptete und bislang keine Beweise für seine Vermutungen hatte. Die Nonnen, allen voran Mathilda, hielten sich streng an seine Regeln, und er fand nichts, was er ihnen vorwerfen konnte. Aber tief in seinem Inneren spürte er, dass sie ihn hintergingen. Er seufzte abermals schwer, dann fuhr er mit seiner Befragung fort.

»Du nennst deinen Glauben christlich, weil du unseren für falsch hältst. Darum frage ich dich, ob du jemals einen anderen Glauben für wahrer gehalten hast als den, den die römische Kirche für wahr hält.«

Er hatte sich beim Sprechen ereifert, und feine Speicheltröpfchen sprühten ihr ins Gesicht.

»Ich glaube an den wahren Glauben, wie ihn die römische Kirche lehrt«, erklärte Elysa.

»Vielleicht leben einige Mitglieder eurer Sekte in Rom. Das nennt ihr die römische Kirche. Wenn ich predige, so kann es wohl vorkommen, dass ich von Dingen rede, die eurem und unserem Glauben gemeinsam sind, beispielsweise, dass es nur einen einzigen Gott gibt. Somit glaubt ihr etwas von dem, was ich predige, und könnt doch eine Ketzerin sein, weil ihr andere Dinge glaubt als die, die geglaubt werden müssen.«

»Ich glaube alles, was ein Christ glauben muss.«

Dominikus' Blick wurde streng.

»Ich kenne eure Schliche. Was eure Sekte glaubt, muss eurer Ansicht nach ein Christ glauben. Doch wir verlieren Zeit bei diesem Wortstreit. Sag mir einfach: Glaubst du an den einen Gott, den Vater, den Sohn und den Heiligen Geist?«

»Ja«, sagte Elysa und nickte erleichtert. Bis jetzt war ihr noch keine Lüge über die Lippen gekommen.

»Glaubst du weiterhin, dass bei einer von einem Priester zelebrierten Messe Brot und Wein durch göttliche Kraft in den Leib und das Blut Jesu Christi verwandelt werden?«

Elysa hob ihren Blick und sah ihn fragend an.

»Soll ich das etwa nicht glauben?« Sie sah so unschuldig aus wie ein Kind.

»Ich frage nicht, ob du das glauben sollst, sondern ob du es glaubst.«

»Ich glaube alles, was Ihr mich zu glauben heißt«, erklärte Elysa.

Es klang wie auswendig gelernt. Dominikus runzelte die Stirn. Sein Misstrauen wuchs.

»Du weißt, dass alle Leiber von unserem Herrn sind. Ich frage dich deshalb, ob der Leib, der auf dem Altar ist, der Leib des Herrn ist, der geboren ward von der Jungfrau Maria.«

Er sprach betont langsam und überdeutlich wie zu einem zurückgebliebenen Kind.

»Und Ihr, Herr, glaubt Ihr das nicht?«

»Ich glaube es durchaus«, stieß Dominikus ärgerlich hervor. »Aber es geht darum, ob du es glaubst.«

»Wenn Ihr meine Worte immer umdreht, so weiß ich wirklich nicht mehr, was ich sagen soll. Ich bin nur ein einfaches und unwissendes Mädchen.« Sie sagte es, ohne ihn anzusehen.

»Dann antworte mir einfach und ohne Ausflüchte.«

Elysa nickte und spürte, wie ihr die Röte in die Wangen stieg.

»Willst du also schwören, dass du nie etwas gelernt hast, was dem Glauben widerspricht, den wir für wahr halten?«

»Wenn ich schwören muss, so will ich es tun.«

Dominikus runzelte zornig die Stirn. Elysa bemerkte es mit Genugtuung. Warum kann die Kirche nicht einfach jedem Menschen seinen Glauben lassen, anstatt ihn zu zwingen, sich dem ihren anzuschließen, dachte sie und spürte, wie sie wütend wurde. Es musste ihr gelingen, sich zu beherrschen, um Nicolas letzten Wunsch zu erfüllen, auch wenn sie keine Ahnung hatte, wie sie das anstellen sollte. Aber darüber würde sie nachdenken, sobald sie dieses grässliche Verhör hinter sich gebracht hätte.

»Ich frage nicht, ob du schwören musst, sondern, ob du schwören willst.«

»Wenn Ihr mir zu schwören befehlt, so will ich schwören«, erklärte sie. Es fühlte sich an wie eine Lüge.

»Ich will dich nicht zum Schwören zwingen. Du hältst den Eid für eine Sünde und würdest mir, weil ich dich dazu gezwungen habe, die Sünde zuschieben. Wenn du aber schwören willst, so will ich deinen Schwur entgegennehmen.«

»Aber warum sollte ich schwören, wenn Ihr es mir nicht befehlt?«

Jegliche Farbe war aus ihrem Gesicht gewichen, was Dominikus ein wenig besänftigte, obwohl er immer noch unschlüssig war, ob er ihr glauben konnte.

Sie war noch jung und gab sich demütig, aber vielleicht war sie in Wirklichkeit gar nicht so harmlos, wie sie sich gab. Der Teufel hatte viele Gesichter, weshalb er nicht vorsichtig und gründlich genug sein konnte.

»Nun, um den Verdacht von dir abzuwälzen, dass du

eine Ketzerin bist«, erklärte er ihr und beobachtete sie genau. Ihre feinen Züge und die hellen Augen erinnerten ihn plötzlich an die Madonnenstatue in der Kapelle, sie wirkten ebenso unschuldig und rein, dass er sich abwenden musste, weil er plötzlich Angst hatte, er könnte diese Reinheit beschmutzen.

»Ich weiß nicht, wie ich schwören soll, so Ihr es mich nicht lehret.«

Sie versuchte keine Ausflüchte, schien sanft und gehorsam. Hätte er sich nicht ausgerechnet in diesem Augenblick von ihr abgewandt, hätte er den nur mühsam unterdrückten Zorn in ihren Augen gesehen und gewusst, dass sie nicht daran dachte, sich bekehren zu lassen.

So aber kam ihm der Gedanke, dass dieses Mädchen eine Prüfung für ihn war, eine Versuchung, die ihm der Herr gesandt hatte, um zu sehen, ob er so viel Schönheit und Reinheit widerstehen konnte.

Ein Gefühl von Dankbarkeit erfüllte ihn, weil er dem Herrn erneut seine Liebe beweisen durfte. Er würde widerstehen und ein weiteres Mal über Satan triumphieren, auch wenn er ahnte, dass das Gesicht des Mädchens ihn von nun an in seine Träume verfolgen würde.

Beinahe fröhlich fuhr er mit seinem Verhör fort.

»Hätte ich zu schwören, so würde ich meine Finger hochheben und sagen: ›Nie habe ich etwas mit Ketzerei zu tun gehabt noch etwas geglaubt, was im Widerspruch zum wahren Glauben steht, so wahr mir Gott helfe‹.«

Elysa hob ihre rechte Hand. »Nie habe ich etwas mit Ketzerei zu tun gehabt noch etwas geglaubt, was im Widerspruch zum wahren Glauben steht, so wahr mir Gott helfe«, murmelte sie und war überrascht, dass sie nicht einmal lügen musste.

Dominikus zögerte. Etwas an ihr irritierte ihn. Hatte er sie wirklich überzeugt? Er beruhigte sich damit, dass sie den geforderten Eid geleistet hatte. Er würde diese junge, unschuldige Seele retten und zum Ruhme des Herrn nicht lockerlassen. Die strengen Klosterregeln, der stetige Schlafmangel und die unermüdlichen Gebete würden eines Tages Früchte tragen und auch ihr Herz für den wahren Glauben öffnen, beruhigte er sich.

»Ich nehme deinen Eid an«, sagte er streng. »Als Strafe für deine Verfehlungen wirst du jedoch in diesem Kloster bleiben und die Wahrheit deiner Worte beweisen, indem du ein Leben im wahren Glauben führst. Tust du es nicht, wird es kein weiteres Verhör mehr geben. Du wirst dem weltlichen Arm übergeben werden und brennen.«

Er ging zur Türe und rief Mathilda herein. »Ich vertraue dir diese junge Frau an. Sie wird als Novizin in diesem Kloster bleiben, und ich wünsche einen wöchentlichen Bericht über sie.«

Mathilda verbarg ihre Erleichterung darüber, dass es Elysa gelungen war, Dominikus zu täuschen. »Willkommen in unserer Gemeinschaft«, sagte sie herzlich und brachte Elysa zu ihrer Zelle zurück.

»Bin ich jetzt frei?«, fragte Elysa. Mathilda warf einen raschen Blick den Gang hinunter, bevor sie die Türe hinter ihnen schloss.

»Du hast gehört, was Pater Dominikus gesagt hat. Wenn du jetzt von hier fliehst, bringst du uns alle in Gefahr.«

»Aber ich muss gehen.«

»Dass du hierbleibst, ist der Preis für dein Leben.«

Elysa beschloss, Mathilda die Wahrheit zu sagen. »Ich habe meinem Onkel Nicola ein Versprechen gegeben, das ich erfüllen muss.«

Mathildas Augen weiteten sich vor Überraschung. »Nicola, der Vollkommene, war dein Onkel?«, versicherte sie sich.

Sie alle hatten von dem Angriff auf Rhedae gehört und auch, dass viele ihrer Brüder und Schwestern gemeinsam mit Nicola ins Feuer gegangen waren.

»Ich habe deinen Onkel gekannt. Wenn er gepredigt hat, war es, als würde man ganz tief in seinem Herzen Gottes Stimme hören«, sagte sie leise. Elysa sah, dass Mathilda ihren Gedanken nachhing, und blieb ruhig sitzen, um sie nicht zu stören. Es war so still in dem hohen, kahlen Raum, dass sie das Blut in ihren Ohren rauschen hörte. Sie würde sich nie an diese Stille gewöhnen, die von den starken, kalten Mauern noch verstärkt wurde. Es war eine andere Stille als die, die des Nachts herrschte, wenn sich die Dunkelheit über Mensch und Tier legte, oder die der heiligen Höhlen. Diese Stille hatte etwas Gezwungenes, das sie erdrückte.

Mathilda dachte nach.

Sie konnte Elysa nicht gehen lassen, ohne die anderen Frauen zu gefährden. Elysa musste zumindest so lange bleiben, bis Dominikus sie vergessen hatte. Andererseits kam Dominikus fast nie ins Kloster und würde kaum bemerken, ob das Mädchen da war oder nicht. Sie wusste, dass er die Gesellschaft von Frauen nach Möglichkeit mied. Die einzige Ausnahme war Maria, die Mutter des Herrn, die einen eigenen Altar in der kleinen Klosterkapelle erhalten hatte und der seine ganze Liebe galt. Ihr zuliebe war er auch Tag und Nacht darum bemüht, die Seelen der Frauen zu retten, die er zutiefst verachtete, weil sie in seinen Augen schwache und falsche Geschöpfe waren, aber vor allem, weil sie eine ständige Versuchung darstellten, gegen die selbst er nicht gänzlich gefeit war, obwohl Mathilda noch nie gehört hatte, dass er ihr nachgegeben hätte.

Ein Gedanke schoss ihr durch den Kopf, der ihr wie eine Erleuchtung vorkam. Sie sah in Elysas schöne grüne Augen, die voller Erwartung auf sie gerichtet waren, sah das Vertrauen in ihnen und musste wieder an Nicola denken, der sie einst aus ihrer Verzweiflung herausgerissen und ihr den Glauben an Gott wiedergegeben hatte. An einen Gott, der sie nicht verdammte, sondern voller Liebe war, sogar für ein gefallenes Mädchen wie sie. Nicola hatte sie in das Haus gebracht, das Esclarmonde, die Schwester des Grafen von Foix, für Frauen wie sie eingerichtet hatte. Für Frauen, die niemanden mehr hatten, der sich für ihr weiteres Schicksal interessierte. Plötzlich war sie von Liebe umgeben gewesen, einer Liebe, die sie zuvor nie kennengelernt hatte. Sie hatte Lesen und Schreiben gelernt und das Johannesevangelium studiert. Ein Jahr danach durfte sie sogar schon in der Schreibstube arbeiten, weil ihre Buchstaben besonders schön und gleichmäßig waren. Doch dann war Dominikus Guzman aufgetaucht und hatte sie alle vor die Wahl gestellt, entweder ihrem Glauben abzuschwören oder zu brennen.

»Ich habe vielleicht eine Möglichkeit gefunden, um dich gehen zu lassen, aber bis es so weit ist, darfst du deine Kammer nicht verlassen. Ich werde sagen, dass du starke Leibschmerzen hast und für eine Weile das Bett hüten musst«, erklärte Mathilda entschlossen.

»Ihr wollt für mich lügen?«

Die Klostervorsteherin verzog verächtlich das Gesicht. »Willst du hören, wie ein guter Katholik schwört?« Sie wartete Elysas Antwort nicht ab.

»Ich bin kein Ketzer, denn ich habe eine Frau und schlafe bei ihr, ich habe Kinder und esse Fleisch. Ich lüge, schwöre und bin ein gläubiger Christ, so wahr mir Gott helfe«, stieß sie grimmig hervor und dachte dabei an den Mann, der sie vergewaltigt hatte, noch bevor ihre erste Blutung gekommen war. Er war jeden Sonntag mit seiner Frau und seinen Kindern in die Kirche gegangen, und als er bemerkte, dass sie guter Hoffnung war, hatte er sie als Dirne beschimpft und aus dem Haus gejagt. Sie hatte das Kind verloren und sich mit Betteln und Stehlen durchgeschlagen, bis Nicola ihr begegnet war.

»Der Herr wird mir diese kleine Sünde schon verzeihen«, fügte sie ruhiger hinzu.

»Glaubst du, wir können ihr trauen?«, fragte Arnold Amaury Dominikus auf dem Weg zu den Ställen.

Dominikus nickte. »Mathilda ist sehr umsichtig und hält sich streng an die Regeln.«

»Wie könnt Ihr da so sicher sein, wo Ihr doch ständig unterwegs seid?«

»Eine der Frauen ist nicht konvertiert und eine strenggläubige Christin von Geburt an. Von ihr erfahre ich alles, was im Kloster vor sich geht.«

Arnold Amaury gab sich fürs Erste mit der Antwort des Predigers zufrieden. Er drängte zur Eile, um so schnell wie möglich an der Entschlüsselung des Kreuzes weiterarbeiten zu können.

Gleich nachdem Dominikus zusammen mit dem Abt das Kloster verlassen hatte, war Mathilda in die Kapelle gegangen, um nachzudenken. Auf dem Altar flackerten Kerzen, darüber erhob sich ein gewaltiges Kruzifix, welches an das Leiden Christi gemahnte. Vor dem Altar sank sie auf die Knie, faltete die Hände zum Gebet und wirkte so in sich versunken, dass keine der Schwestern es wagte, sie in ihrer Andacht zu stören. Ihr Vorhaben musste gut überlegt werden, und sie durfte keinen Fehler machen. Arnold Amaury war ein mächtiger Mann, den man sich besser nicht zum Feind machte. In ihre Augen trat ein harter Glanz, als sie an Schwester Katharina dachte, die tagein, tagaus wie ein Unheil bringender Schatten hinter ihr herschlich, um sie zu bespitzeln, und die eine ständige Gefahr für ihr Unternehmen darstellte. Zum Glück hatte Katharina Elysa jedoch noch nicht zu Gesicht bekommen – ein Umstand, der ihr sehr gelegen kam. Nun musste sie nur noch dafür sorgen, dass das auch so blieb, bis sie ihren Plan in die Tat umgesetzt hatte.

Sie begab sich in ihre Schreibstube und schrieb Esclarmonde von Foix, die sich einige Monate zuvor auf ihre Burg zurückgezogen hatte, eine Nachricht, in der sie ihr von dem heutigen Vorfall berichtete und sie bat, ihr bei ihrem Vorhaben behilflich zu sein.

Mehr konnte sie vorerst nicht tun. Sie faltete das Pergament zusammen und verbarg es unter ihrem Gewand. Durch einen Händler, der dem Kloster regelmäßig seinen köstlichen, eigenhändig hergestellten Ziegenkäse abkaufte, verließ der Brief am nächsten Morgen das Kloster, wechselte durch verschiedene Hände und erreichte am darauffolgenden Nachmittag die Burg auf dem Montségur, wo ihn ein Knecht entgegennahm und ihn der Gräfin von Foix überbrachte.

Ein heller Streifen erschien am Horizont, als Gordon im Lager ankam, das allerdings noch in Dunkelheit gehüllt war. Fahnen und Wimpel flatterten im Wind und übertönten das Schnarchen, das aus den langen Zeltreihen der Händler, Bogenmacher und Feldschmiede drang. Immer wieder kamen ihm berittene Boten entgegen, und um ein Haar hätte er einen Betrunkenen über den Haufen geritten, der direkt vor ihm zwischen zwei Zelten hervorstolperte und einige Flüche ausstieß, in einer Sprache, die er nicht verstand.

Das rote Zelt des Grafen von Toulouse war nicht zu übersehen und lag etwa dreihundert Schritte von den Zelten der anderen Heerführer entfernt. In seinem Inneren brannte trotz der frühen Morgenstunde Licht. Gordon brachte seinen Hengst in die Koppel, weckte einen der Knechte, die unter den Heuwagen schliefen, und befahl ihm, das Pferd zu versorgen.

Die beiden Wachposten vor dem Zelteingang des Grafen hoben grüßend die Hand, als sie Gordon erkannten. »Welch erfreuliche Überraschung. Unser englischer Waffenbruder kehrt endlich zurück von seiner geheimen Mission.« Alfons von Péreille musterte Gordon höhnisch.

»Ich muss sofort zum Grafen. Hättet Ihr also die Freundlichkeit mich durchzulassen?«

»Der Graf hat Besuch, und wir dürfen niemanden zu ihm lassen«, erklärte Alfons von Péreille, der jahrelang sein schärfster Kontrahent bei den täglichen Waffenübungen gewesen war und gleichzeitig sein liebster. Er war blitzschnell, zäh und unberechenbar und hegte einen tiefen Groll gegen alle Engländer, weil sein Vater von einem englischen Ritter getötet worden war. Gordon hatte monatelang verbissen trainiert, bis er auch nur den Hauch einer Chance gegen ihn gehabt hatte, und danach noch einmal zwei Jahre, bis er ihm ebenbürtig gewesen war. Seitdem verband sie zwar keine Freundschaft, aber sie zollten einander Respekt, wenn auch widerwillig. Gordon, der Alfons lange genug studiert hatte, um seine Schwächen, aber auch seine Stärken zu kennen, sah ihm an, dass er gerne mehr über den geheimnisvollen Auftrag seines Waffenbruders erfahren hätte, vor allem natürlich über dessen Ausgang.

Aber er wusste auch, dass sich Alfons lieber die Zunge abgebissen hätte, als dies zuzugeben.

Gordon war nicht gerade traurig darüber, dass er noch etwas warten musste, bis er vorgelassen wurde. Raimund VI. hatte ihm seine Tochter anvertraut, und er hatte es vermasselt. Und wenn die Geschichte, dass er sich von einem Mädchen an der Nase hatte herumführen lassen, erst einmal die Runde unter den Rittern machte, wären ihm deren Hohn und Spott so gewiss wie das Amen in der Kirche.

»Was geht denn da drinnen vor sich?«, wandte er sich deshalb nun an Henri, Alfons jüngeren Cousin. Der berichtete ihm bereitwillig, dass der König von Aragon mit hundert katalanischen und aragonischen Rittern über die Pyrenäen geeilt war, nachdem er von dem schrecklichen Blutbad in Béziers gehört hatte, um seinem Vasallen Ramon-Roger von Foix zu Hilfe zu kommen und ein ähnliches Los wie in Carcassonne abzuwenden.

Er war gestern Abend im Lager eingetroffen, hatte dem Grafen von Toulouse einen Besuch abgestattet, ihm seine Unterstützung zugesichert und war noch in derselben Nacht in die bedrängte Stadt geritten, um sich dort mit Roger von Trencavel zu besprechen. Von dieser Unterredung war er eben erst zurückgekehrt und beriet sich nun wieder mit dem Grafen von Toulouse.

Es konnte also noch Stunden dauern, bis der Graf ihn empfing.

Gordon war zu aufgewühlt, um in sein Zelt zu gehen und bis dahin zu schlafen. Der Himmel färbte sich langsam in den schönsten Farben, und um ihn herum erwachte das Lager zu neuem Leben.

Der unselige Kreuzzug war ihm in diesem Moment ebenso gleichgültig wie der König von Aragon und selbst der Graf von Toulouse. Vor seinen Augen tanzten Bilder von Elysa, wie sie verängstigt und gegen ihren Willen irgendwo festgehalten wurde. Ob sie in diesem Augenblick wohl an ihn dachte und sich wünschte, bei ihm geblieben zu sein?

Seine innere Unruhe hatte Gordon bis fast in die Mitte des Lagers getrieben, wo es jeden Tag zuging wie auf einem Jahrmarkt. Der köstliche Duft von heißem Mehl, Butter und

Honig stieg ihm in die Nase und überdeckte einen Augenblick lang alle anderen Gerüche.

»Heiße Küchlein, heiße Küchlein!«, schrie ein Händler, der hinter seinem fahrbaren Ofen hantierte, mit heiserer Stimme. »Wer nicht sofort zugreift, erwischt keines mehr. Kommt her, Leute, und esst heiße Küchlein.«

In diesem Moment stolperte vor Gordon ein Mann aus einem der mit bunten Bändern geschmückten fahrenden Bordelle. Er stieß wilde Flüche aus und war offensichtlich vollkommen betrunken. Gordon erkannte den Söldner, der Elysa zusammen mit drei Kumpanen überfallen hatte und ihm danach entkommen war, sofort wieder.

Prades wankte direkt auf ihn zu. Seine Augen waren glasig. Er schien sich der drohenden Gefahr nicht bewusst zu sein und sah erst zu Gordon auf, als der ihm den Weg versperrte. Mit einer blitzschnellen Bewegung zog Gordon sein Schwert und zielte mit dessen Spitze auf Prades' Hals. »Wenn du mir nicht auf der Stelle sagst, wohin du das Mädchen gebracht hast, bist du tot.«

Prades blickte ihn erst dümmlich, dann erschrocken an. Schlagartig schien er wieder nüchtern zu sein. Seine tückisch blickenden, schwarzen Augen suchten nach einem Fluchtweg. Als er keinen entdeckte, verzog sich sein Mund höhnisch. »Es wird Montfort ganz sicher nicht gefallen, wenn Ihr noch mehr seiner Leute umbringt, noch dazu in aller Öffentlichkeit«, sagte er laut und für jedermann vernehmlich.

Gordon blickte sich um. Immer mehr Leute strömten zu dem Stand des Händlers mit den Küchlein und beobachteten Prades und ihn neugierig, während sie auf ihre erste Mahlzeit des Tages warteten. Unter ihnen befanden sich auch einige von Montforts Rittern, für die ein Streit unter Kameraden immer eine willkommene Abwechslung darstellte.

Gordon sah ein, dass Prades recht hatte, und steckte sein

Schwert zurück in die Scheide. Er hatte sich hinreißen lassen, war unüberlegt vorgegangen und deshalb nun auf sich selbst wütend.

Aber Prades würde ihm schon nicht entkommen. Er brauchte nur auf die richtige Gelegenheit zu warten, um sich den Kerl zu schnappen.

Prades schien seine Gedanken zu ahnen. »Das Mädchen ist nicht mehr hier, Ihr könnt Euch also die Mühe sparen, mir irgendwo im Dunkeln aufzulauern, um mich zu überfallen. Der Abt hat es letzte Nacht heimlich aus dem Lager geschafft, und niemand außer ihm und seinen Mönchsbrüdern weiß, wohin.«

Das triumphierende Glitzern in seinen Augen verriet ihn. Gordon schaute sich rasch um. Das Interesse an ihnen hatte sichtlich nachgelassen. Knisternde Spannung lag in der Luft und erfasste die Menschen, die es mit einem Mal alle eilig zu haben schienen. Die Nachricht, dass der Vermittlungsversuch des Königs von Aragon fehlgeschlagen war, verbreitete sich wie ein Lauffeuer im gesamten Lager. Und jeder wusste, was dies zu bedeuten hatte: Der Angriff auf die Vorstadt Saint-Vincent stand unmittelbar bevor. Gordon trat näher an Prades heran.

»Aber du weißt es, habe ich recht?«, fragte er, ohne den anderen dabei aus den Augen zu lassen.

Beinahe freundschaftlich legte er seinen rechten Arm um Prades' Schultern, den er um eine Kopflänge überragte, und zog ihn dann schwungvoll hinter einen voll beladenen Wagen mit Weinfässern, der gerade hatte anhalten müssen, weil eine größere Gruppe Berittener ihm einfach den Weg abschnitt. Der Weinhändler fluchte laut, doch seine Flüche gingen im ohrenbetäubenden Lärm des Lagers unter. Es schien, als hätten alle Feldschmiede gleichzeitig ihre Hämmer hervorgeholt, um noch rasch eine Rüstung zu reparieren, eine

Kesselhaube auszubeulen oder eine der zahlreich bestellten Halsberge fertigzustellen, eine absolute Neuerung, die Helm und Harnisch miteinander verband und auf diese Weise vor Kolbenschlägen und Schwertstreichen schützte.

Prades bekam es mit der Angst zu tun. Gordon hatte ihn fest im Würgegriff und drückte ihm die Luft ab, bis er blau angelaufen war. »Wenn ich es Euch sage, lasst Ihr mich dann leben?«, brachte er keuchend hervor, als Gordon ihn kurz Atem holen ließ. Der nickte. »Ihr müsst es schwören«, verlangte Prades. Gordon dachte unwillkürlich an Elysa und das, was sie ihm über Schwüre gesagt hatte, als er Prades' Wunsch nachkam und schwor, ihn am Leben zu lassen.

»Sie ist in Prouille, im dortigen Kloster«, röchelte Prades und schnappte gierig nach Luft, während er mit der anderen Hand nach seinem Messer tastete. Panik flackerte in Prades' Augen auf, als Gordon seinen Griff wieder verstärkte, Prades gleichzeitig an der Hand packte und ihm das Schwert wieder an die Kehle drückte, bis einige Blutstropfen erschienen. »Ihr habt es geschworen«, krächzte der Routier und versuchte verzweifelt, sich zu wehren.

»Ich muss dir wohl nicht sagen, dass Montfort nichts mehr hasst als solche Ratten wie dich, weswegen ich mir auch sicher bin, dass du ihm nichts von unserer Begegnung erzählen wirst«, stieß Gordon angewidert hervor und ließ Prades los. »Halte dich von mir fern, und wenn ich dich noch einmal in Elysas Nähe sehen sollte, bist du tot.«

Die Trompeten bliesen zum Aufbruch, und die riesige Armee mit den Bannern Burgunds, der Champagne, der Picardie und des Artois an ihrer Spitze setzte sich in Bewegung, wild entschlossen, die Vorstadt Saint-Vincent zu stürmen. Sonnenstrahlen funkelten auf Tausenden von Lanzen, stählernen Helmbrünnen, Kettenpanzern und bunt bemalten Schilden, als Gordon das Lager verließ.

Wie ein fauchender Drache rollte die Armee auf die befestigte Vorstadt zu, nur um festzustellen, dass deren Mauern stärker waren und besser verteidigt als die vor Graveillaude. Eine Flut von Pfeilen, Steinen, Griechischem Feuer und siedendem Wasser empfing die Kreuzfahrer und wehrte ihren Ansturm erfolgreich ab. Gordon hörte nicht mehr, wie deren zu früh triumphierend ausgestoßenes »veni creator spiritus« immer leiser wurde, bis es schließlich ganz verstummte. Er war längst außer Sicht, als Simon von Montfort zum Rückzug blasen ließ, nachdem auch der zweite Versuch, die Vorstadt zu stürmen, fehlgeschlagen war.

Mit einem ausgeruhten Pferd hätte Gordon den Weg nach Prouille in weniger als einem Tag geschafft, so aber war er gezwungen, immer wieder eine Pause einzulegen, und es war weit nach Mitternacht, als vereinzelte flache Steinhäuser und Gehöfte vor ihm auftauchten, die sich über die vor ihm liegende Anhöhe verteilten. Die Nacht war warm und mondlos, nur die Sterne spendeten ein schwaches Licht. Wieder verspürte er das unheimliche Gefühl, beobachtet zu werden, das ihn schon den ganzen Tag über begleitet hatte. Doch er widerstand dem Impuls sich umzudrehen, weil er wusste, dass er niemanden entdecken würde. Ein Hund bellte, verstummte dann aber wieder. Gordon ritt langsam durch das Dorf. Er war müde, sein Pferd war erschöpft, aber das Kloster konnte nicht mehr weit entfernt sein, und die Nacht barg ungeschätzte Möglichkeiten. Er würde Elysa aus dem Kloster holen und zum Montségur bringen, wo sie endlich sicher wäre – notfalls auch gegen ihren Willen, auch wenn er insgeheim hoffte, dass das nicht nötig sein würde. Als der Wind den leisen Klang einer Glocke zu ihm herübertrug, verflog seine Müdigkeit so rasch, wie sie gekommen war. Er lenkte sein Pferd, dem Läuten folgend, nach rechts und bog in einen schmalen Pfad ein, der vom offensichtlichen Hauptweg abzweigte und in ein gerodetes Tal führte. Schon sah er das Kloster vor sich liegen, das von einer hohen Mauer umgeben war, über die ein schmaler Kirchturm hinwegragte.

Er hatte das Tor fast erreicht, als er spürte, wie sich der Körper seines Pferdes anspannte. Es blieb stehen, riss den Kopf hoch, schnaubte warnend und tänzelte unruhig auf der Stelle. Gordon klopfte ihm den Hals, und der Hengst beruhigte sich wieder, blieb aber wachsam. Gordon lauschte in die Dunkelheit. Er hörte leise, eilige Schritte, die näher kamen. Sein Brauner spitzte erneut aufmerksam die Ohren. Irgendjemand befand sich auf der anderen Seite der Mauer und kam direkt auf ihn zu. Jetzt hatte er das Tor erreicht. Gordon trieb sein Reittier eng an die Mauer. Der Torflügel würde ihn verbergen, sobald er aufgestoßen wurde, und Gordon hätte den Überraschungsmoment auf seiner Seite.

Das Blut rauschte in seinen Ohren, die Luft um ihn herum erstarrte. Da hörte er endlich, wie der Riegel auf der anderen Seite hochgeschoben wurde. Seine Muskeln spannten sich. Langsam schwang das Tor auf, und eine schmale Gestalt trat ins Freie und blickte sich um. Sie schien nicht im Mindesten erschrocken über den nächtlichen Reiter zu sein, den sie auf einmal vor sich hatte.

Hinter ihr erschien eine weitere Gestalt. In der Dunkelheit und aus der Entfernung konnte Gordon weder das Gesicht der einen noch der anderen erkennen, trotzdem wusste er sofort, dass die erste der beiden Elysa war. Die Art, wie sie sich bewegte und den Kopf erhoben hielt, hatte es ihm verraten. Die zwei kamen nun auf ihn zu. »Ich bin Mathilda, die Klostervorsteherin«, sagte die hintere. Ihre Stimme klang gehetzt. »Wir haben nicht viel Zeit, wo habt Ihr das Mädchen, das Elysas Platz einnehmen soll?« Sie schaute sich suchend um, dann richtete sie ihren Blick wieder auf Gordon.

»Welches Mädchen?«, gab Gordon zurück und fragte sich, was hier vor sich ging. Mathilda trat daraufhin weiter vor und schob sich schützend vor Elysa.

»Wer seid Ihr?«, fragte sie. Er hörte die Angst in ihrer Stimme, obwohl sie nach wie vor leise sprach.

»Gordon von Longchamp«, sagte er knapp. »Ich bin hier, um Elysa zu holen.«

Elysa spürte, wie ihr Herz heftig pochte. Er ist tatsächlich gekommen, dachte sie und trat nun neben Mathilda.

»Von ihm haben wir nichts zu befürchten«, erklärte sie ihrer Begleiterin rasch. »Er ist ein Ritter des Grafen von Toulouse und soll mich in dessen Auftrag beschützen.«

»Was du nicht zugelassen hast, sonst müsste ich dich jetzt nicht bei Nacht und Nebel aus einem Kloster holen, und du befändest dich längst in Sicherheit«, gab Gordon vorwurfsvoll zurück.

»Ich hatte ein Versprechen zu erfüllen«, erinnerte sie ihn. Sie sprach so leise, dass Gordon sich weit aus dem Sattel beugen musste, um sie zu verstehen.

»Aber das ist dir nicht gelungen.« Er hatte ebenfalls seine Stimme gesenkt, und sie nahm seinen Geruch wahr. Er roch nach Leder, nach Pferd und nach Freiheit.

Elysa fragte sich unwillkürlich, woher er das wusste.

»Der Graf von Foix hat mir von dem Kreuz erzählt«, fügte Gordon hinzu, der zu ahnen schien, was in ihr vorging.

Elysa sagte nichts. Es war alles so verwirrend. Konnte sie Gordon wirklich vertrauen? Und spielte das überhaupt noch eine Rolle, nachdem das Kreuz ganz offensichtlich in die falschen Hände geraten war? Würde Gordon ihr dabei helfen, es wieder zurückzuholen, wenn sie ihn darum bat? Er hatte schon einmal sein Leben für sie riskiert, und etwas an ihm verriet ihr, dass er es wieder tun würde.

Mathilda sah von einem zum anderen. Am merkwürdigen

Wortwechsel der beiden jungen Menschen war unschwer zu erkennen, dass sie sich nicht zum ersten Mal begegneten. Aber wo war nun das Mädchen, das an Elysas statt im Kloster bleiben sollte? Es konnte kein Zufall sein, dass dieser Ritter ausgerechnet jetzt vor dem Kloster auftauchte. Er musste gewusst haben, dass Elysa fliehen wollte. Ihr Brief war in die falschen Hände geraten, ihr Plan verraten worden. Sie alle waren in Gefahr. Sie schlang ihre Hände ineinander, während sie verzweifelt überlegte, was sie nun tun sollte.

»Wir müssen zurück«, flüsterte sie Elysa zu. Ihre Stimme klang so flehend, dass Elysa nicht anders konnte, als zustimmend zu nicken, obwohl die Freiheit zum Greifen nahe lag. Sollte sie nicht doch lieber mit Gordon fliehen? In diesem Moment schien ihr alles besser, als noch länger in diesem Kloster eingesperrt zu sein. Vielleicht ist es ja an der Zeit, ihm zu vertrauen, und vielleicht, dachte sie und spürte, wie ihr Herz noch schneller schlug, wird er tatsächlich eine Möglichkeit finden, das Kreuz zurückzubekommen.

Vielleicht, dachte sie traurig, aber ihr blieb keine andere Möglichkeit, als zurückzugehen, wollte sie Mathilda und die anderen Frauen nicht in Gefahr bringen. Sie wandte sich wieder an Gordon. »Ich kann nicht mit Euch kommen, auch wenn ich es dieses Mal wirklich gerne täte, aber ich habe keine Wahl«, sagte sie und wandte sich ab, um Mathilda zu folgen.

»Aber man hat immer eine Wahl«, erinnerte er sie. Sie blieb stehen und drehte sich zu ihm um.

»Das habe ich geglaubt, als ich noch wusste, wo ich am Abend einschlafe und wo ich am nächsten Morgen aufwache.«

Es klang nicht bitter, eher erstaunt.

Hinter ihnen wieherte ein Pferd. Gordons Brauner antwortete mit einem leisen Schnauben. Augenblicklich fuhr

Gordon herum und griff gleichzeitig nach seinem Schwert. Zwei Reiter tauchten aus der Dunkelheit vor ihm auf und trabten direkt auf ihn zu.

Gordon zog die Hand vom Schwertknauf zurück, als er den Grafen von Foix erkannte. Neben ihm ritt eine schmale Gestalt, die ihre Kapuze so weit in die Stirn gezogen hatte, dass ihr Gesicht im Verborgenen lag. Gleichzeitig hörte Gordon die Klostervorsteherin zu Elysa sagen: »Dem Herrn sei Dank, nun kannst du doch noch gehen.«

Der Graf verhielt sein Pferd neben dem Gordons. »Welch eine Überraschung, Euch hier zu sehen«, bemerkte er statt einer Begrüßung und wirkte entgegen seiner Aussage kein bisschen überrascht.

Gordon stutzte. Was geschah hier eigentlich wirklich?

Hatte der Graf von Foix ihn etwa die ganze Zeit über beobachten lassen?

Er hatte zwar oftmals das Gefühl gehabt, dass ihm jemand folgte, aber das täuschte wahrscheinlich. Von den Hügeln aus wäre ein Reiter schon von Weitem zu sehen gewesen, und auch zu hören, denn das Klappern von Hufen auf dem trockenen, harten Boden hallte weit durch die Stille der Nacht. Schon bei ihrer ersten Begegnung hatte Gordon den Eindruck gewonnen, dass der Graf von Foix besser als jeder andere wusste, was in seinem Land vor sich ging. Er schien seine Späher überall zu haben.

»Ihr habt mich also beobachten lassen«, stellte er fest.

»Ihr habt mich durchschaut«, gab der Graf von Foix mit entwaffnender Offenheit zu. »Aber es diente nur zu Eurer Sicherheit.«

Gordon glaubte ihm kein Wort und war mehr denn je davon überzeugt, dass der Graf von Foix ihm etwas verschwieg.

Mathilda rang ihre Hände. »Wir müssen uns beeilen und im Kloster sein, bevor Schwester Katharina aufwacht, was jeden Moment der Fall sein kann. Wir haben ihr zwar ein Schlafmittel ins Essen gegeben, aber sie hat nicht alles aufgegessen«, drängte sie. Ihre Stimme klang gehetzt.

Die Gestalt neben dem Grafen zog sich daraufhin die Kapuze vom Kopf und glitt wortlos vom Pferd. Es war eine junge Frau, die ungefähr die gleiche Größe wie Elysa hatte. Mathilda nahm sie bei der Hand und zog sie rasch zum Tor. »Gott segne dich, mein Kind«, sagte sie noch zu Elysa und war verschwunden, bevor Elysa sich bei ihr bedanken konnte. Sie hörten, wie der Riegel wieder vorgeschoben wurde.

»Wir sollten ebenfalls von hier verschwinden. Ihr könnt Margaretes Pferd nehmen«, sagte der Graf von Foix zu Elysa.

»Ich kann nicht reiten.« Elysa sah zu Gordon hinüber.

»Sie kann bei mir mitreiten«, erklärte Gordon sofort, und Elysa spürte, wie ihr Herz einen Satz machte.

Sie nahm die Hand, die Gordon ihr reichte, und schwang sich hinter ihm aufs Pferd. Schweigend ritten sie los, während hinter ihnen am Horizont die Sterne verblassten.

Die Pferde dampften noch von dem scharfen Ritt. Sie hielten ihre großen Köpfe über einen plätschernden Bach gesenkt, der sich durch den Buchenwald zog, und tranken gierig von dem klaren Wasser. Über ihnen färbte sich der Himmel rot. Die ersten Sonnenstrahlen stahlen sich durch die Zweige und überzogen den trockenen Waldboden mit einem rötlichen Licht.

»Nicola hat Euch den Schlüssel zu unserem Vermächtnis anvertraut«, sagte der Graf von Foix zu Elysa. »Wir müssen wissen, ob es in Sicherheit ist.« Er sprach mit ihr, als wäre sie ein Mädchen von Stand. Elysa nahm es verwundert zur Kenntnis.

Er starrte sie an, und sie spürte seine eiserne Entschlossenheit. Den funkelnden goldbraunen Augen in seiner unbeweglichen Miene entging keine Regung; sie ließen ihr keine Möglichkeit auszuweichen.

»Nicola hat mir aufgetragen, das Kreuz nach Bélesta zu bringen und es dort Amiel zu übergeben. Das habe ich getan.«

»Und mehr hat er Euch nicht verraten?«

Elysa hielt seinem Blick stand.

»Der Abt hat mir die gleichen Fragen gestellt wie Ihr, auch er wollte wissen, was die Zeichen auf dem Kreuz bedeuten.«

»Und was habt Ihr ihm geantwortet?«

»Ich habe ihm gesagt, was ich nunmehr auch Euch sage: Dass ich es nicht weiß und dass das Kreuz nicht für Euch bestimmt ist.«

Gordon musste grinsen, als er sich vorstellte, wie Elysa vor dem Abt gestanden und ihm, ohne zu zögern, ihre Meinung kundgetan hatte, gleichgültig, ob ihm diese nun gefiel oder nicht. Zu gerne hätte er dessen Gesicht dabei gesehen.

»Wir holen es uns zurück.« Der Graf von Foix sah Gordon an. »Seid Ihr dabei? Soweit ich weiß, ist Arnold Amaury noch immer in Fanjeaux und hat nur eine Handvoll burgundische Ritter bei sich.«

Gordon grinste erneut und nickte dann zustimmend. Die Aussicht, gegen burgundische Ritter anzutreten, die in der Überzahl waren, gefiel ihm mehr als gut.

»Wir gehen ins Dorf, wenn die Sonne am höchsten steht. Mittags ist dort alles wie ausgestorben, die Leute ziehen sich zu einem Schläfchen zurück, und selbst die Hunde verkriechen sich irgendwo im Schatten.«

»Was ist mit Elysa?«, gab Gordon zu bedenken.

»Ich habe keine Angst«, erklärte sie hinter seinem Rücken. Gordon wandte sich zu ihr um. Ihre Augen hatten sich verdunkelt, und sie wirkte entschlossen. »Ich möchte das Kreuz zurück«, fügte sie leiser hinzu und musste schlucken, weil sein Gesicht so nah an ihrem war, dass sie seinen warmen Atem auf ihrer Haut spürte.

»Sie kann währenddessen bei den Pferden bleiben. Wir gehen ja auch kein großes Risiko ein. Wenn wir im Dorf jemandem begegnen, können wir außerdem immer noch behaupten, dass wir mit Dominikus Guzman sprechen müssen.«

Es war nur ein kurzer Ritt bis Fanjeaux, und sie warteten im Schatten einer alten Lärche, bis die Sonne ihren höchsten Punkt überschritten hatte und die Mittagstille sich über den kleinen Ort legte. Die beiden Männer hatten ihre Rüstungen und auch die Waffenröcke ausgezogen, um nicht sofort erkannt zu werden. Ihr Plan war simpel, und wenn alles gut ging, würden sie nur wenige Augenblicke benötigen, um ihn durchzuführen. Im Schatten der Häuser gingen sie die Hauptstraße entlang, die verlassen vor ihnen lag, und an dem einzigen Gasthof vorbei, in dem die burgundischen Ritter lagerten und der ebenfalls wie ausgestorben wirkte.

Dominikus' Haus war einstöckig und aus gelbem Kalksandstein gebaut. In dem halbrunden Holztor, das in den Hof führte, war eine Tür eingelassen, die unverschlossen war. Niemand bemerkte, dass die beiden Männer durch sie hindurchschlüpften und durch eine Seitentür weiter ins Haus schlichen. Die Diele war dunkel und erfüllt von Essensgerüchen, die aus der Küche strömten. Leises Schnarchen durchbrach die Stille. Sie teilten sich auf. Der Graf von Foix blieb im Erdgeschoss, während Gordon leise die schmale Holztreppe hinaufging. Dort stieß er auf zwei Türen, beide waren geschlossen. Vorsichtig öffnete er die zu seiner Rechten und spähte in die Kammer hinein. Arnold Amaurys Kopf war auf die Tischplatte vor ihm gesunken. Neben seinem Kopf stand ein zur Hälfte geleerter Weinkrug. Pergamentbögen und geöffnete Bücher verteilten sich auf dem Tisch. In seiner ausgestreckten Hand schimmerte ein bronzenes Kreuz. Er musste es umschlossen haben, bevor der Schlaf ihn übermannt hatte. Gordon nahm ihm vorsichtig das Kreuz aus der Hand und steckte es dann vorsichtig in die Almosentasche, die an seinem Gürtel hing. Das Schnarchen hörte abrupt auf. Gordon wich lautlos zurück und zog sein Schwert, bereit, Arnold Amaury den Knauf über den Schädel zu ziehen, falls dieser erwachte.

Doch zu seiner Erleichterung setzte das Schnarchen wieder ein. Einen Augenblick lang überlegte er, ob er Arnold Amaury töten sollte. Die Gelegenheit war günstig, aber seine Ehre als Ritter verbot ihm, einen unbewaffneten Mann Gottes zu töten, auch wenn an dessen Händen das Blut vieler Unschuldiger klebte. Vor allem aber würde Amaurys Tod nichts ändern, der Papst nur einen neuen Legaten in Frankreichs Süden schicken. Außerdem würde man den Katharern die Schuld an seinem Tod geben oder schlimmer noch seinem Herrn, der noch immer darauf hoffte, sich mit der Kirche zu versöhnen. Leise schlich Gordon die Treppe hinunter und nickte dem Grafen von Foix zu, der gerade vor einem der unteren Zimmer im Gang stand. Der machte auf dem Absatz kehrt, ging voran, öffnete die Tür zum Hof und blickte in das überraschte Gesicht eines jungen Mönchs, der gerade vom Abtritt zurückkam. Er öffnete den Mund, doch bevor er etwas sagen konnte, hieb der Graf von Foix ihm auch schon die geballte Faust ins Gesicht. Der Mönch fiel wie ein gefällter Baum zu Boden, schlug hart mit dem Kopf auf dem Steinpflaster auf und blieb bewusstlos liegen. Der Graf von Foix stieg über ihn hinweg und rannte, gefolgt von Gordon, über den Hof. Auf der Hauptstraße mäßigten sie ihre Schritte, damit kein Dörfler, der zufällig aus dem Fenster sah, Verdacht schöpfen konnte, und tauchten wenig später in das Waldstück ein, in dem Elysa bei den Pferden auf sie wartete. Hinter ihnen war alles ruhig, doch das konnte sich jeden

Augenblick ändern. In aller Eile legten sie ihre Rüstungen an, bestiegen die Pferde und galoppierten los, so lang bis die Pferde vor Anstrengung schnauften. Nachdem der Graf von Foix sich mit einem Blick zurück vergewissert hatte, dass ihnen keine Verfolger auf den Fersen waren, parierte er seinen Zelter zum Schritt durch.

»Das war fast schon zu einfach«, bemerkte er. »Aber jetzt würde ich gerne das Kreuz sehen.«

Gordon nahm die Zügel in eine Hand, griff mit der anderen in seinen Almosenbeutel, zog das Kreuz daraus hervor und reichte es ihm.

Der Graf von Foix betrachtete aufmerksam die Zeichen und Symbole und nickte zufrieden. »Nennt mir den Ort, an dem es verborgen werden soll, und ich werde es persönlich dorthin bringen«, bot er Elysa an und hielt ihr das Kreuz entgegen, als wolle er ihr die Entscheidung überlassen. Seine Augen glitzerten. Er starrte Elysa an, die sich mit jedem Augenblick, der verging, unbehaglicher fühlte. Sie spürte, dass hinter der kühlen, beherrschten Ausstrahlung des Grafen etwas Dunkles lauerte. Es kostete sie all ihre Kraft, sich von seinem Blick zu lösen.

»Ich habe meinem Onkel ein Versprechen gegeben«, erklärte sie so entschieden wie möglich und hoffte, er würde sie nicht weiter bedrängen.

Dann streckte sie ihre Hand aus und nahm das Kreuz an sich, bevor er es sich anders überlegen konnte.

Ein kühler Windzug streifte Gordons Nacken. Da war es wieder, das Gefühl, dass etwas nicht stimmte, etwas nicht so war, wie es sein sollte.

Er sah sich um, hob lauschend den Kopf, konnte aber weder etwas Ungewöhnliches sehen noch hören. Es verbarg sich auch niemand in den Gebüschen, die sich um die flache Bodensenke herumzogen, und belauerte sie. Trotzdem hatte er das Gefühl, dass Gefahr im Verzug war, und dieses Gefühl wurde mit jedem Atemzug drängender. Der Graf von Foix bemerkte Gordons Unruhe und musterte mit raschem Blick die Umgebung. »Wir sollten so schnell wie möglich zur Burg zurück«, entschied er, nahm die Zügel auf und trieb sein Pferd an. Gordon und Elysa folgten ihm. Eine Weile ritten sie schweigend durch den uralten Wald, folgten einem schmalen Pfad, der durch eine Senke voller moosbewachsener Findlinge an einem leise plätschernden Bach vorbeiführte, und hingen jeweils ihren Gedanken nach. Elysa lauschte dem ewigen Wind, der hoch über ihr in den Wipfeln rauschte, und den Geräuschen der Tiere. Sie fühlte sich beschützt von den mächtigen Eichen, Ulmen und Buchen, deren Kronen miteinander verflochten waren, so wie ihr Schicksal mit dem der Menschen, die ihr in den letzten Tagen begegnet waren. Mit Mathilda, der Klostervorsteherin, die so viel für sie riskiert hatte, mit dem Mann, der vor ihr auf dem Pferd saß und zu dem sie sich auf merkwürdige Weise hingezogen fühlte, so wie sie sich noch nie zu einem Mann hingezogen gefühlt hatte, und dem Grafen von Foix, der ihr einen Moment lang richtig unheimlich gewesen war. Unbewusst drängte sie sich näher an Gordon heran und lehnte den Kopf an seinen Rücken. In seinem Wesen gab es nichts Dunkles, nichts, das er vor anderen verbarg.

»Er redet mit mir, als wäre ich eine Dame von Stand«, sagte Elysa dicht an Gordons Ohr, »und ich frage mich schon die ganze Zeit, warum er das tut.«

Gordon schwieg. Da war sie wieder, diese Unsicherheit in ihrer Stimme, die sie so sorgsam vor ihm zu verstecken suchte, oder war es Angst? Aber ob Unsicherheit oder Angst, eines stand für ihn fest: Sie hatte ihm nicht alles erzählt, was sie wusste, und sie vertraute ihm nicht. Und auch nicht dem Grafen von Foix.

Einen Moment lang war er versucht, sie über ihre wahre Herkunft aufzuklären, um auf diese Weise ihr Vertrauen zu gewinnen. Doch sofort verwarf er den Gedanken wieder. Es kam ihm nicht zu, seinem Herrn vorzugreifen.

Elysa hatte nicht wirklich eine Antwort von Gordon erwartet. Er konnte ebensowenig wie sie wissen, was in einem so hohen Herrn wie dem Grafen von Foix vor sich ging. Nach einer Weile lehnte sie ihren Kopf wieder an Gordons Rücken und gestand sich ein, dass sie froh darüber war, dass er gekommen war. Er hatte das Kreuz zurückgeholt und sorgte sich aufrichtig um sie. Und es war mehr als nur Sorge. Die Hitze stieg ihr in die Wangen, als sie daran dachte, wie nah er ihr einen Moment lang gekommen war.

Die Burg tauchte vor ihnen auf, als die Sonne gerade hinter den Bergen verschwand. Elysas Blick wanderte den steilen Fels hinauf, der von den Strahlen der untergehenden Sonne in blutrotes Licht getaucht wurde, und fragte sich, was sie auf der Burg erwarten würde. Sie sehnte sich nach ihrem alten Leben und wusste gleichzeitig, dass es für immer vorbei war. Ihr Onkel war tot, und das Haus, in dem sie aufgewachsen war, gab es nicht mehr. Vielleicht konnte sie bei der alten Anna wohnen, wenn dieser Kreuzzug endlich vorbei war, aber sie wusste nicht einmal, ob deren Haus noch stand.

Es würde nie mehr so sein wie früher. Jedes Mal, wenn sie am Morgen zum Brunnen ginge, würde sie wieder die schrecklichen Bilder vor Augen haben: den Berg aus übereinandergeworfenen, verkohlten Leichen und die tote Ziege vor den rauchenden Trümmern ihres Hauses. Es würde keine lachenden Frauen mehr am Brunnen geben, keine Fröhlichkeit, die man mit in den Tag nehmen konnte, nur dumpfe Trauer.

Im schwindenden Tageslicht schien die Burg mit den Felsen zu verschmelzen. Kalte Winde strichen um den Berg, doch abgesehen vom Klappern der Hufe, war es ganz still. Schatten huschten dicht über ihre Köpfe hinweg, manchmal waren es ganze Schwärme von Fledermäusen, die aus dem Fels kamen. »Schmetterlinge der Nacht«, hatte Anna sie immer genannt und sich dabei vor Ekel geschüttelt.

»Die Burg ist uneinnehmbar«, bemerkte Gordon zufrieden, als sie das Plateau endlich erreicht hatten, und wandte sich nach ihr um. »Du wirst dort in Sicherheit sein, bis dieser elende Krieg vorbei ist.«

Bis der Krieg vorbei ist? Sie hatte nicht vor, in der Burg zu bleiben, aber das musste sie ihm ja nicht unbedingt sagen. Der junge Ritter schien es sich in den Kopf gesetzt zu haben, sie zu beschützen, aber sie brauchte niemanden, der auf sie aufpasste, oder etwa doch? Mit einem Mal war sie sich gar nicht mehr so sicher. Nichts war mehr sicher, seitdem die Welt um sie herum ins Wanken geraten war. Sie dachte an den Grafen von Foix. Er hatte sie bedrängt, aber Nicola hatte ihm vertraut. Sie versuchte, sich an die genauen Worte ihres Onkels zu erinnern, und dann wusste sie es wieder. Nicht dem Grafen von Foix hatte er vertraut, sondern Esclarmonde von Foix, seiner Schwester, die eine Vollkommene geworden war und dem heiligen Bund der zwölf angehörte.

Die Wachposten öffneten eilig das Tor, als sie ihren Herrn erkannten, und gaben den schmalen Zugang frei, der gerade breit genug war, um einen Wagen durchzulassen.

Sie ritten an den niedrigen Wirtschaftsgebäuden vorbei zu den Stallungen. Dort sprang der Graf von Foix vom Pferd, warf einem der herbeieilenden Knechte die Zügel zu und stapfte mit langen Schritten davon.

Gordon stieg ebenfalls ab und hob Elysa vom Pferd. Aber anstatt sie freizugeben, nachdem sie sicher auf dem Boden stand, hielt er wie schon einmal ihre Taille weiterhin umfasst.

Er versuchte, den Ausdruck in ihrem Gesicht zu erkennen, doch es war zu dunkel.

»Sag mir, was es ist, das du fürchtest«, drängte er, »damit ich weiß, ob ich dich hier zurücklassen kann oder nicht.«

Elysa spürte Gordons Atem auf ihren Wangen und roch den ihm eigenen Duft, der ihr mittlerweile so vertraut geworden war. Sie hätte sich ihm so gerne anvertraut, aber sie durfte kein Risiko eingehen, nicht bevor sie mit Esclarmonde gesprochen hatte.

»Vielleicht kann der Graf von Toulouse ja Eure Fragen beantworten«, schlug sie vor. »Immerhin reitet Ihr in seinem Auftrag.« Sie hörte selbst, wie schroff ihre Worte klangen, aber seine körperliche Nähe beunruhigte sie. Noch mehr als seine Worte. Sie entwand sich seinem Griff und trat einen Schritt zurück. Noch immer konnte sie seine Hände auf ihrem Leib spüren. Starke und gleichzeitig sanfte Hände, die ein merkwürdiges Kribbeln in ihrem Bauch ausgelöst hatten.

Gordon starrte sie mit gerunzelter Stirn an. Hatte sie sich etwa gerade lustig über ihn gemacht? Er wollte ihr doch nur helfen. Die Burg bot Schutz gegen Angreifer von außen, aber Elysa würde den Menschen in ihrem Inneren ausgeliefert sein. Andererseits hatte sie ihm gerade deutlich zu verstehen gegeben, dass sie seinen Schutz nicht wünschte, und er wollte ihr nicht zeigen, wie sehr ihr Verhalten ihn verletzte.

Der Wind war kühler geworden, und Elysa fror ein wenig, während sie zusah, wie Gordon sich abrupt von ihr abwandte, den Sattelgurt löste und sein Pferd zur Tränke führte, bevor er mit ihm in den weitläufigen Stallungen verschwand. Der Burghof versank immer mehr in Dunkelheit, nur am Himmel war noch ein schmaler, hellerer Streifen zu erkennen.

Aus dem Stall drang das Schnauben der Pferde, die den

Neuankömmling begrüßten. Ein Mann trat aus einem der Gebäude und entzündete die Kienspäne, die vor den Gebäuden in eisernen Halterungen steckten. Ihr flackerndes Licht warf gespenstische Schatten auf die hohen Mauern um sie herum.

Einsamkeit umfing Elysa. Beklommen starrte sie die undurchdringliche Mauer an und fühlte sich wie eine Gefangene, abgeschnitten von der Welt. Von Rhedae aus hatte sie einen freien Blick über die umliegenden Täler bis hin zu den Pyrenäen gehabt, deren Spitzen bis in die Wolken reichten. Dort hatte sie sich dem Himmel nah gefühlt, bis die Hölle ausgebrochen und die Kreuzritter über die Stadt hergefallen waren. Ritter wie Gordon. Er hatte sie vor den Männern, die hinter ihr her waren, gerettet, und sie hatte es zugelassen, im Namen des Kreuzes gerettet zu werden. Ihr Onkel hatte geahnt, dass sie nicht stark genug sein würde, um ihm auf den Weg zu den Sternen zu folgen. Heiße Scham erfüllte sie. Sie war nicht besser als ihre Mutter, über die niemand sprach, weil sie ein gefallenes Mädchen gewesen war. Es hätte nicht viel gefehlt, und ihr wäre das Gleiche geschehen. Wenn Gordon nicht gewesen wäre, hätten die grässlichen Männer sie mit Sicherheit geschändet. Gordon hatte sie am Tag zuvor noch vor einer solchen Situation gewarnt und ihr seinen Schutz angeboten. Aber sie wollte nicht auf ihn hören. Allein durch ihre Schuld war er in eine gefährliche Situation geraten, doch es war kein Wort des Vorwurfs über seine Lippen gekommen, wie sie sich nun beschämt eingestand.

Sie war so in Gedanken versunken, dass sie ihn erst bemerkte, als er direkt neben ihr stand.

Schweigend folgte sie ihm bis ins Innere des eckigen Wohnturms, der am Ende des Burghofes vor ihnen aufragte. Vor den Flügeltüren, die in den großen Saal führten, blieb Gordon stehen und wandte sich ihr zu. »Ich habe meinen

Auftrag erfüllt und werde gleich morgen früh zum Heer zurückkreiten.«

Er hob seine Hände, als wollte er die ihren ergreifen, ließ sie aber mitten in der Bewegung wieder sinken. Elysa konnte den Ausdruck in seinem Gesicht nicht deuten, hatte aber das Gefühl, dass er irgendetwas von ihr erwartete. Ihr Hals fühlte sich plötzlich trocken an, und ihr Herzschlag beschleunigte sich. Die Fackeln an den kahlen Kalksteinwänden der Vorhalle beleuchteten sein vertrautes Gesicht. Noch immer sah er sie unverwandt an, und es gelang Elysa nicht, ihren Blick von ihm zu lösen. Doch so unvermittelt, wie Gordon sich ihr zugewandt hatte, wandte er sich nun wieder von ihr ab, trat einen Schritt vor und stieß die Flügeltüren auf.

Etwa an die hundert Menschen befanden sich in dem riesigen Saal. Männer, Frauen und Kinder hatten auf langen Bänken Platz genommen und lauschten andächtig der weichen Stimme einer Frau, die vorne ganz alleine am Verbindungsstück zwischen den links und rechts von ihr aufgestellten Tischen saß. Die Frau, bei der es sich um niemand anders handeln konnte als um die Gräfin von Foix, trug das schwarze Gewand der Vollkommenen und hatte den gleichen nach innen gekehrten Gesichtsausdruck, den Elysa schon von ihrem Onkel kannte. So als würde sie diese Welt nichts mehr angehen.

Auch Christi Zeit, die Gott verschleiert,
vergeht, der Neue Bund zerreißt;
dann denken Gott wir als den Geist,
dann wird der ewige Bund gefeiert.

Wohlige Wärme durchströmte Elysa, während sie Esclarmondes sanfter Stimme lauschte, die nun das Vaterunser sprach. Nachdem das Gebet beendet war, lächelten die Menschen im Saal einander zu und reichten sich die Hände. Ihre Mienen spiegelten den tiefen Frieden und die Liebe wider, die sie erfüllte. Elysa beobachtete gebannt, wie Esclarmonde von Foix nun segnend ihre schmalen Hände hob, die vor ihr liegenden Brotlaibe brach und dann an ihre Diener weiterreichte, die wiederum mehrere Stücke abbrachen und an die Anwesenden verteilten. Die Bewegungen der Gräfin vermittelten die gleiche Ruhe wie zuvor schon ihre Stimme.

Als würde sie spüren, dass sie beobachtet wurde, hob sie ihren Kopf und schaute Elysa und Gordon entgegen. Das schwarze Gewand unterstrich die Blässe ihres schmalen Gesichts, das von dunklen, glühenden Augen beherrscht wurde.

»Willkommen am Rande der Welt«, sagte sie lächelnd und wies mit der Hand auf die beiden freien Plätze zu ihrer Rechten, als seien sie verspätete Gäste, die endlich eingetroffen waren. Nachdem Gordon und Elysa sich gesetzt hatten, wurden die Speisen aufgetragen. Zum Brot gab es gebratenen Karpfen und Räucherfisch, außerdem Wurzelgemüse und Waldpilze sowie zum Abschluss süße Waldbeeren und Nüsse. An der Tafel zu Esclarmondes Linken saßen zwei Edeldamen in prächtigen Gewändern, die Elysa und Gordon freundlich zunickten und sie mit dieser Geste in ihrer Gemeinschaft willkommen hießen.

Die Aufmerksamkeit, die sich anfangs auf die verspäteten Gäste gerichtet hatte, ließ nach, als die Diener damit begannen, die Schüsseln der Burgbewohner zu füllen.

Esclarmonde von Foix wandte sich nun direkt an Elysa. Ihr Blick war warm und vertraut. Verschwommene Erinnerungsfetzen aus ihrer Kindheit zogen an Elysa vorbei. Hände, die sie berührt hatten, eine sanfte Stimme, die sie beruhigt hatte, eine Stimme wie die der Frau, die sie nun unverwandt ansah. »Ja«, nickte diese, als könne sie in Elysas Gedanken lesen. »Wir sind uns vor langer Zeit begegnet, in der heiligen Höhle und auch an den anderen Versammlungsorten. Ich habe deinen Onkel gut gekannt und auch deine Mutter, der du ähnlich siehst«, erklärte sie sanft.

Elysas Herz klopfte schneller. »Dann wisst Ihr auch, wer mein Vater ist?«, platzte sie heraus.

Esclarmonde nickte wieder, und Elysa wartete voller Spannung.

»Nicola hat dir deine wahre Herkunft verschwiegen, um dir Leid zu ersparen.«

Elysa spürte, wie ihr die Tränen in die Augen stiegen. Die neuerliche Enttäuschung war einfach zu viel für sie. »Nicola hat gesagt, ich werde ihm bald begegnen«, berichtete sie und drängte die Tränen zurück. »Es war das einzige Mal, dass er mit mir über ihn gesprochen hat, doch nun ist er fort und kann mir nichts mehr sagen«, brach es aus ihr heraus.

Esclarmonde betrachtete sie ruhig. »Nicola hat immer nur das Beste für dich gewollt, aber wenn es so wichtig für dich ist zu erfahren, wer dein Vater ist, werde ich es dir sagen. Doch ich muss dich warnen, denn dieses Wissen wird dein Leben für immer verändern.«

Elysa spürte, wie ihr Herz schneller schlug. Ihre Augen hingen an Esclarmondes Lippen. Endlich würde sie erfahren, wer ihr Vater war.

Die Reste des Mahls wurden abgeräumt. Esclarmonde blickte besorgt in die Runde, um sich zu vergewissern, dass niemand ihr Gespräch belauschte. Gordon von Longchamp schien jedoch ganz in seine Unterhaltung mit Chabert von Barbeira vertieft zu sein, ebenso wie Jolanda von Castres, die zu ihrer Linken saß und angeregt mit einer ihrer Hofdamen plauderte. Ihr Bruder war nicht an der Tafel erschienen. Vermutlich befand er sich in seinem Schreibzimmer und dachte darüber nach, wie er auf die neuesten Geschehnisse reagieren sollte, die ihm seine Boten und Späher im Stundentakt überbrachten.

Montségur war in Gefahr, und Esclarmonde spürte die unsichtbare Bedrohung, die unaufhaltsam näher rückte. Nach dem Tod ihres Gemahls war sie den siebenfachen Weg zu den Sternen gegangen und eine Vollkommene geworden, hatte ihr Erbe unter ihren sechs Söhnen aufgeteilt, die Burg ausbauen und die Vorwerke verstärken lassen. Sie nahm jeden, der Zuflucht bei ihr suchte, ohne jede Bedingung bei sich auf. Es war ihre Aufgabe, die Menschen, die sich in ihre Obhut geflüchtet hatten, auf das Böse vorzubereiten, das schon bald über sie hereinbrechen würde, ihnen Zuversicht zu geben und sie in ihrem Glauben zu stärken, obwohl ihr das von Tag zu Tag schwerer fiel. Immer öfter löste sich ihre Seele von ihrem Körper und fand immer mühsamer in ihn zurück, sodass Esclarmonde zusehends den Tag herbeisehnte, an dem sie ihre weltliche Hülle endgültig abstreifen würde.

Der hohe Saal, dessen einziger Schmuck die silbernen Leuchter auf der Tafel waren, war von Stimmen erfüllt. Doch niemand hörte ihnen zu, und so wandte sie sich wieder Elysa zu.

»Dein Vater ist Raimund VI. von Toulouse.«

Elysa schnappte nach Luft. Der Graf von Toulouse sollte ihr Vater sein?

Der Gedanke erschreckte sie. Sie wusste nicht, was sie erwartet hatte. Aber ganz sicher nicht, dass ihr Vater ein Adliger war und dann auch noch der Graf von Toulouse, der mächtigste Mann im ganzen Land. Die unterschiedlichsten Gedanken schossen ihr durch den Kopf. Sie sah zu Gordon hinüber, der aufmerksam seinem Tischnachbarn lauschte. Sein Auftauchen ergab auf einmal einen Sinn, und plötzlich musste sie an den Abend denken, an dem Nicola aus Toulouse zurückgekehrt war und ihr erzählt hatte, dass er ihren Vater getroffen hatte.

Hatte der mächtige Graf tatsächlich einen seiner Ritter zu ihr geschickt, weil er sich um sie sorgte? Oder ging es nicht eher um das Kreuz, denn sie selbst konnte nicht wichtig für ihn sein, weil sie ein Bastard war. Der Gedanke schmerzte. Sie spürte, dass Esclarmonde sie beobachtete, und presste entschlossen die Lippen zusammen. Ihre Gefühle gingen niemanden etwas an, und sie wollte auch nicht, dass man ihr ansah, wie aufgewühlt und durcheinander sie war.

»Lass uns hinauf in meine Kammer gehen. Dort können wir ungestört reden«, schlug Esclarmonde vor. Im ersten Moment wollte Elysa ablehnen. Doch dann fiel ihr das Kreuz wieder ein. Nur deswegen war sie hier. Sie nickte stumm und stand auf.

Esclarmonde führte Elysa über eine schmale, von Fackeln erleuchtete Treppe ins oberste Stockwerk des Wohnturms. Vor einer der vielen gleich aussehenden Türen, die vom Gang abgingen, blieb sie stehen und nahm eine der Fackeln aus ihrer eisernen Halterung, bevor sie die Tür zu ihrem Zimmer öffnete. Esclarmondes Schlafkammer war ebenso schmucklos wie der Burgsaal, und nichts in ihr ließ erkennen, dass sie von einer Frau bewohnt wurde. Eine Kleiderkiste aus geschnitztem Holz stand neben einem schmalen Bett. Darauf lag eine abgegriffene Schriftrolle, die das Johannesevangelium enthielt. Esclarmonde steckte die Fackel in die dafür vorgesehene Halterung an der Wand, trat an das einzige Fenster, dessen Holzrahmen mit geöltem Pergament bespannt war, und öffnete es. Kühle Luft strömte in die Kammer. Elysa schloss die Türe und trat neben Esclarmonde an das hohe, schmale Fenster. Obwohl die Gräfin von Foix direkt neben ihr stand, verriet ihr deren in sich gekehrter Gesichtsausdruck, dass sie mit ihren Gedanken weit weg war. Elysa wagte kaum zu atmen, um sie nicht zu stören. Sie blickte in den Nachthimmel, in dem der sichelförmige Mond aussah, als sei er direkt über der Burg aufgehängt worden. Die Sterne standen dicht um ihn gedrängt wie Schafe um ihren Schäfer. Elysa musste unwillkürlich an Rorico denken, und heftiges Heimweh packte sie.

Da spürte sie eine Hand auf ihrer Schulter und wandte sich Esclarmonde zu, die sie um Haupteslänge überragte. Noch bevor sie etwas sagen konnte, nestelte Elysa das Kreuz aus ihrem Beutel hervor und hielt es Esclarmonde entgegen. »Amiel ist tot, und ich weiß nicht, was ich damit tun soll«, sagte sie.

Esclarmonde nahm es vorsichtig entgegen und betrachtete die in die Bronze eingeritzten Zeichen und Symbole, bevor sie es umdrehte und auch die Rückseite anschaute. Ein Lächeln huschte über ihre bleichen, durchscheinenden Züge. »Ein Kreuz, das nicht ist, was es zu sein scheint, und du bist dazu bestimmt, es zu tragen, bis es an seinem Bestimmungsort angekommen ist.«

Sie gab Elysa das Kreuz zurück.

»Aber Nicola hat gesagt, es sei für Amiel bestimmt«, protestierte Elysa. Esclarmonde schüttelte den Kopf. »Hier, wo alles begonnen hat, wird es auch enden. Aber es gibt einen Ort, der die Zeiten überdauern wird. Du wirst ihn erkennen, wenn du ihn erreicht hast.« Ihre Worte klangen prophetisch wie die einer Seherin, und Elysa spürte, wie sie ein Schauer überlief. Esclarmonde stand kerzengerade, ihr Gesicht war noch bleicher als zuvor, und ihr Blick war leer.

Ihr Onkel hatte Dinge sehen können, die niemand sonst sah, und sie hatte sich jedes Mal, wenn sie dabei gewesen war, unbehaglich gefühlt. Wie jemand, der etwas beobachtete, das er nicht sehen durfte, doch nun, bei Esclarmonde, war ihr Unbehagen noch stärker. Wie ein Sog, der sie mit sich riss, ohne dass sie etwas dagegen tun konnte. Sie merkte, dass sie am ganzen Körper zitterte, und schloss die Augen.

»Und wenn ich das nicht will?«, begehrte sie auf.

Esclarmonde berührte sie sanft an der Wange. Sie war immer noch blass, aber ihr Blick wieder klar. »Auch du bist nicht diejenige, die du zu sein glaubst«, sagte sie, ohne Elysas Frage zu beantworten.

»Und wer bin ich?« Elysa hatte die Worte nur gehaucht.

»Du bist ein Kind der Liebe, einer Liebe, die weit über den Tod hinausreicht. Als solches bist du dazu bestimmt, diese Liebe weiterzugeben, wie eine Flamme, die andere Flammen entzündet, auf dass das Licht dieser Welt niemals verlöschen wird.« Esclarmonde nahm Elysas Hand und zog sie neben sich auf das schmale Bett. »Lena, deine Mutter, ist stets nur ihrem Herzen gefolgt, und dein Vater dankt es ihr, indem er die Erinnerung an sie wie einen Schatz in seinem Herzen trägt. Er zündet jedes Jahr an ihrem Todestag eine Kerze für sie an.«

Esclarmonde sah Elysa direkt in die Augen. Noch immer hielt sie Elysas Hand, und Elysa war froh darüber. Was sie gerade erlebte, kam ihr so unwirklich vor: die kahle Kammer, die intensive Nähe dieser außergewöhnlichen Frau, die ihr ebenso fremd wie vertraut und ihr einziger Halt in diesem Augenblick war. Wie betäubt lauschte sie der warmen Stimme, die durch den Raum zu schweben schien.

»Deine Mutter war seine Mätresse. Sie war als Hofdame an den Toulouser Hof gekommen, und es war ihre freie Entscheidung. Nach ihrem Tod hat Nicola dich dann nach Rhedae gebracht, weil es zu gefährlich für dich war, ohne den Schutz deiner Mutter weiter am Hof zu leben. Johanna Plantagenet, die damalige Gemahlin deines Vaters, hatte ihm zu dieser Zeit noch kein Kind geboren und dich schon gehasst, bevor du überhaupt geboren warst.«

Schweigen folgte ihren Worten. Elysa saß so eng neben Esclarmonde, dass sie deren Körperwärme durch den Stoff ihrer beiden Gewänder hindurch spüren konnte. »Hat er uns verraten?« Esclarmonde hörte, wie dünn Elysas Stimme klang, wie die Stimme eines Kindes, das die Welt um sich herum nicht mehr verstand.

Sie wusste, was Elysa meinte. Ein vages Lächeln umspielte ihre Lippen.

»Hast du uns verraten, weil du ein Kreuz bei dir trägst?«

»Ich habe es nicht gewollt. Es bringt nur Unruhe. Männer verfolgen mich, seitdem ich es trage.«

Esclarmonde strich behutsam über Elysas eiskalte Hand.

»Auch dieser Kreuzzug ist nicht das, was er zu sein scheint. In Wahrheit ist er ein Kampf der Finsternis gegen das Licht. Die Freiheit der Gedanken ist zu mächtig geworden. Aber nur wer frei ist, kann auch frei entscheiden.«

Sie sah an Elysa vorbei in den Sternenhimmel. »Ich hatte das Glück, mich entscheiden zu dürfen, und dieses Glück wirst du auch haben.«

Elysa spürte, wie sie ruhiger wurde. Es tat gut, sich die Angst von der Seele zu reden und Esclarmonde neben sich zu wissen, die auf alles eine Antwort zu haben schien. Und die mehr über sie wusste als sie selbst.

Sie wünschte sich, für immer hier sitzenbleiben zu können und sich warm und geborgen zu fühlen.

Wieder schien Esclarmonde ihre Gedanken zu erraten. »Niemand hat dich gezwungen, das Kreuz zu nehmen. Es war allein deine Entscheidung«, erklärte sie sanft. Und auch wenn es ihr nicht gefiel, musste Elysa einsehen, dass Esclarmonde recht hatte.

Sie hatte den Wunsch ihres Onkels erfüllt, aber niemand hatte sie dazu gezwungen. Danach hatte sie dem Kreuz die

Schuld an dem gegeben, was geschehen war, weil das einfacher für sie gewesen war, als zu ihrer Entscheidung zu stehen.

Mit einem Mal begriff sie, was Esclarmonde ihr wirklich sagen wollte, und der Wunsch, mehr von ihr zu lernen, wurde übermächtig in ihr. »Ich möchte bei Euch bleiben«, flehte sie und hoffte inständig, dass Esclarmonde sie nicht abweisen würde.

»Niemand kann den Weg eines anderen gehen, ohne sich darin zu verlieren. Meine Seele ist schon fast eins geworden mit dem Geist, ich bin so gut wie nicht mehr von dieser Welt.«

Genauso hatte Nicola gesprochen, kurz bevor er sie verlassen hatte. Und auch Esclarmonde würde diese Welt schon bald verlassen. Traurig sah Elysa auf ihre Hände, ohne sie wirklich zu sehen.

Esclarmonde beugte sich vor und küsste Elysa sanft auf die Stirn. »Ich weiß nicht, wohin dein Weg dich führen wird, aber ich weiß, dass es wichtig ist, dass du deinem Vater begegnest.« Sie strich Elysa über die erhitzte Wange. »Denn sonst hätte Nicola ihn dir gegenüber nicht erwähnt.«

Elysas Haut kribbelte, und sie spürte, dass sie eine Gänsehaut bekam. Sie waren nicht länger allein, etwas war zusammen mit Esclarmondes Worten in die Kammer getreten, sie konnte es ganz deutlich spüren.

Esclarmonde spürte es auch, denn sie richtete sich auf, und ihr Gesicht leuchtete, wie von innen erhellt.

»Gordon von Longchamp wird dich morgen zu deinem Vater bringen. Du kannst dir heute Nacht die Kammer mit Jolanda, meinem Mündel, teilen. Sie liegt direkt neben der meinen. Ich muss mich nun ausruhen. Die Menschen hier brauchen meine Kraft.«

Elysa stand auf. In der Türe wandte sie sich noch einmal

um. Esclarmonde war wieder ans Fenster getreten und sah hinaus, das Gesicht zu den Sternen erhoben.

»Folge nur deinem Herzen, mein Kind, und vertrau auf den Tröster, er wird dich sicher geleiten«, sagte sie, als würde sie ahnen, wie schwer Elysa der Abschied fiel.

Elysa klopfte und brauchte nicht lange zu warten, bis die Türe schwungvoll aufgerissen wurde. Ein zierliches Mädchen, gekleidet in ein prächtiges grünes Damastgewand mit weiten Ärmeln und einem goldenen Reif in den lockigen, dunklen Haaren, starrte sie neugierig an, bevor es zur Seite trat, um sie einzulassen. »Ich bin Jolanda von Castres, und du bist also Elysa, Nicolas Nichte«, sagte sie und schloss die Türe hinter Elysa. »Meine Tante hat mir schon erzählt, dass du in meiner Kammer schlafen wirst. Das Bett ist groß genug für uns beide.« Sie lächelte Elysa vertrauensvoll aus ihren großen, leicht schräg stehenden Augen an und schien offenbar erfreut über ihre Gesellschaft zu sein.

Esclarmonde hat also gewusst, dass ich komme, noch bevor ich es selbst gewusst habe, dachte Elysa und vergass, dass sie sich noch vor Kurzem wie eine Gefangene in der Burg gefühlt hatte.

Neben der breiten Bettstatt, welche die Hälfte der Kammer einnahm, gab es zwei wuchtige Kleidertruhen und einen Tisch, auf dem eine dünnwandige Keramikschüssel neben einer gleichfarbigen weißen Schnabelkanne stand. Die restliche Fläche war übersät mit bestickten Bändern, glitzernden Haarreifen, perlenverzierten Gürteln und Gewandspangen. Unter dem Tisch stand ein Nachttopf.

»Was man von der Kammer nicht gerade behaupten kann«, fuhr Jolanda fort und sah sich seufzend in dem engen Raum um.

»Ich hoffe, du hast nicht allzu viel Gepäck dabei. Ich glaube nicht, das hier noch mehr Truhen reinpassen.«

»Ich habe gar kein Gepäck dabei«, beruhigte Elysa sie. Jolanda sah sie mitleidig an. »Musstet ihr so schnell fliehen, dass ihr nichts mehr mitnehmen konntet?«

Elysa nickte nur. Sie wollte nicht darüber reden, was geschehen war, wollte nicht an die alte Anna denken, nicht an Sarah, die mit ihrer Familie nach Rhedae gekommen war, weil sie geglaubt hatte, dort in Sicherheit zu sein, nicht an Rorico oder an das Grauen, das Spuren im Gesicht seiner Mutter und all der Menschen hinterlassen hatte, die ihr vertraut waren und die sie im Stich gelassen hatte. Jolanda schien zu ahnen, was in ihr vorging. Alle, die sich in die Burg flüchteten, hatten schreckliche Dinge erlebt. »Ich bin froh, dass du hier bist«, erklärte sie. »Dann muss ich wenigstens nicht alleine schlafen.« Der fröhliche Ausdruck verschwand aus ihrem Gesicht, und sie wirkte mit einem Mal wie ein verängstigtes kleines Mädchen. »Meine Eltern sind tot, und ich habe nur noch meine Tante, aber die muss sich um all die anderen Menschen auf der Burg kümmern und hat nur wenig Zeit für mich«, vertraute sie Elysa an und seufzte. »Trotzdem ist sie die beste Tante, die man haben kann.«

Elysa, die schon befürchtet hatte, zwischen all den fremden Menschen in der Halle nächtigen zu müssen, war dankbar für die Kammer. Sie schlüpfte aus ihren Schuhen und zog sich aus. Nach einem prüfenden Blick auf die überfüllte Kammer legte sie ihre Cotte über eine der beiden Truhen und ging zu Bett. Es war herrlich weich, hatte ein riesiges Kissen und mehrere Decken.

Jolanda entzündete eine kleine Öllampe auf dem Fenstersims, bevor sie die Fackel löschte, sich ihr kostbares Gewand einfach über den Kopf zog und es dann achtlos zu Boden fallen ließ.

»Ich fürchte mich vor der Dunkelheit und lasse immer eine Lampe brennen«, verriet sie, legte sich neben Elysa in das große Bett und rutschte so nah an sie heran, dass Elysa ihren warmen Atem im Nacken spürte. Die Wärme, die von der weichen Matratze und den Decken ausging, machte Elysa schläfrig. Und obwohl sie geglaubt hatte, in der fremden Umgebung kein Auge schließen zu können, war sie wenige Augenblicke später fest eingeschlafen.

Arnold Amaury erwachte mit dem ungutem Gefühl, dass etwas nicht stimmt. Er rieb sich die Augen und wollte nach dem Kreuz fassen, das ihm wohl im Schlaf entglitten war, aber seine Hand griff ins Leere. Er sprang auf und starrte auf die Tischplatte, hob jedes Pergament einzeln hoch, bis er schließlich begriff, dass das Kreuz fort war. Dominikus ist zurückgekommen und hat es mitgenommen, um woanders weiter die Zeichen auf dem Kreuz zu studieren und mich nicht zu stören, dachte er und stürmte so schwungvoll die Treppe hinunter, wie er es das letzte Mal als Halbwüchsiger getan hatte. Die Tür zum Hof war offen, und draußen stand Jeronimus über Jacques gebeugt, der wie tot am Boden lag.

»Was ist geschehen?«, fragte Arnold Amaury, obwohl er die Antwort bereits kannte. Aber er wollte sie nicht wahrhaben und klammerte sich wie ein Ertrinkender an ein letztes Fünkchen Hoffnung. Jeronimus wandte sich mit einem hilflosen Ausdruck in seinem alten, ein wenig einfältigen Gesicht zu ihm um. »Es sieht so aus, als hätte jemand den armen Jacques niedergeschlagen, aber warum sollte jemand so etwas tun?« Er sah von Arnold Amaury zu Jacques. »Wir sollten ihn ins Haus bringen und die Beule an seinem Hinterkopf kühlen«, schlug er vor. Aber Arnold Amaury hörte ihm nicht länger zu. Mit wehendem Rock stieg er über Jacques hinweg und eilte über den Hof zum Gasthof, weckte die in den Ställen im Heu liegenden Knechte mit einigen Fußtritten und befahl ihnen, sofort die Pferde zu satteln.

Doch seine Eile war vergebens. Niemand im Dorf hatte etwas gehört oder gesehen, und auf dem trockenen, staubigen Boden waren keine Hufabdrücke zu sehen, denen man hätte folgen können. Das Kreuz, an das Arnold Amaury so große Hoffnungen geknüpft hatte, blieb verschwunden. »Wer besitzt so viel Dreistigkeit, am helllichten Tag in ein Haus voller Mönche einzubrechen und ein Kreuz zu stehlen?«, fragte er die burgundischen Ritter, die verschlafen ihre von übermäßigem Weingenuss geröteten Köpfe schüttelten und sich fragten, warum der Abt wegen eines verlorenen Bronzekreuzes nur solch ein Aufheben veranstaltete.

Dominikus traf auf seinem Maultier ein, als Arnold Amaury mangels einer besseren Idee gerade beschlossen hatte, nach Prouille zu reiten, um noch einmal mit der Nichte des Ketzerführers Nicola zu reden.

»Bitte beruhigt Euch doch, Euer Gnaden«, bat Dominikus, nachdem der Abt ihm berichtet hatte, was geschehen war. »Es gibt nur einen Mann, der zu einer solch schändlichen Tat fähig ist, und das ist der Graf von Foix. Er duldet nicht nur die Ketzerei in seinem Hoheitsgebiet, sondern ist selbst ein Ketzer wie übrigens seine gesamte Familie auch. Ich habe gehört, dass sie sich selbst Belissen- oder Mondsöhne nennen. Sie feiern rauschende Feste, und ihre Dichter verkünden, dass alle Menschen gleich sind. Nichtadlige Untertanen können sich zu Rittern schlagen lassen, und die Juden, die hier auch an Hochschulen lehren, die, nebenbei bemerkt, von jedem Mann und selbst von Frauen besucht werden dürfen, stehen unter ihrem besonderen Schutz. Von daher ihr wahnsinniger Hochmut und ihr Ungehorsam wider den Herrn.« Er hatte sich ereifert und musste tief Luft holen, um weitersprechen zu können.

»Der Graf von Foix herrscht vom Montségur aus über dieses Land und ist mit dem Teufel im Bunde. Seine Späher sind überall. In der Nacht verständigen sie sich durch geheimnisvolle Lichtzeichen von Berg zu Berg, die schneller ihr Bestimmungsziel erreichen als jeder Reiter. Er ist der Grund, warum der Herr meine Brüder und mich hierhergeführt hat, mitten ins Zentrum des Bösen, um es mit Stumpf und Stiel auszurotten.«

Doch wenn Dominikus gedacht hatte, den Abt mit seinen Ausführungen zu beeindrucken, sah er sich getäuscht.

»Ich will das Kreuz zurück«, sagte Arnold Amaury stur. Dominikus dachte eine Weile nach, bevor er ihm antwortete. »Der Wille des Herrn ist unergründlich«, gab er schließlich zu bedenken und hielt dabei dem Blick des Abtes stand. »Er hat Euch hierhergeführt, damit wir gemeinsam das Böse bekämpfen.«

Trotz des bescheidenen Tonfalls, den er angeschlagen hatte, klang Dominikus so zufrieden, dass sich Arnold Amaury nur mit Mühe beherrschen konnte. Schon von ihrer ersten Begegnung an hatte er das Gefühl gehabt, dass dieser dürre Mönch in der verdreckten Kutte nichts als Ärger brachte. Doch nachdem er ihn in Hinblick auf das Kreuz zum Mitwisser gemacht hatte, war es nun zu spät, ihn und seine ehrgeizigen Ziele noch zu stoppen.

Arnold Amaurys Laune hatte sich während des scharfen Rittes zurück nach Carcassonne nicht gebessert. Sobald er mit seinem Reisetrupp das Lager erreicht hatte, suchte er Simon von Montfort in seinem Zelt auf, um sich von ihm über den Stand der Belagerung informieren zu lassen. Simon von Montfort saß mit einigen seiner nordfranzösischen Grafen und Barone in einträchtiger Runde zusammen. Aus einem Fass floss ständig Wein, der Krug kreiste in der lärmenden Runde, und Würfel rollten auf den Deckeln der großen Truhen voller Kriegsbeute.

»Gibt es etwas zu feiern?«, fragte Arnold Amaury, ohne sein Missfallen über die vergnügte Männergesellschaft zu verbergen.

Simon von Montfort sah ihn aus glasigen Augen an. »Ihre Brunnen sind versiegt, sie haben keine Nahrungsmittel mehr, und in der Stadt herrscht eine schlimme Epidemie. Wir brauchen also nichts weiter zu tun, als zu warten«, erklärte er zufrieden, ließ sich zum wiederholten Mal seinen Becher füllen und leerte ihn in einem Zug.

»Unsere Aufgabe ist es, dieses Land von den Ketzern zu befreien. Das Problem ist nur, dass die Menschen hier gar nicht befreit werden wollen, und wir haben nur noch fünfzehn Tage, dann sind die vereinbarten vierzig Tage um. Wir haben keine Zeit mehr, um zu warten«, hielt der Abt dagegen.

Einige der Männer nickten zustimmend. Sosehr dieser Krieg auch Abwechslung für sie bedeutete, so viel kostete er sie auch an Unterhalt. Darum würde keiner der im Zelt Versammelten auch nur einen Tag länger bleiben, als es abgesprochen war. Zumindest nicht für himmlischen Lohn. Noch fünfzehn Tage, dachte Amaury, und wir sind noch weit vom Montségur entfernt. Am liebsten wäre er sofort mitsamt dem Heer dorthin aufgebrochen. Ketzer wie der Graf von Foix, der Graf von Toulouse und Roger von Trencavel waren ihre wahren Feinde, weil die Menschen auf sie vertrauten. Ohne diese würde der Widerstand rasch zusammenbrechen.

Plötzlich kam ihm ein Gedanke, der ihm wie ein göttlicher Funke erschien, und er wusste nun, was er zu tun hatte, um all seine Probleme auf einen Schlag zu lösen.

Er würde der Schlange den Kopf abschlagen.

Amaury verlor keine Zeit, seinem Plan Taten folgen zu lassen. Bereits eine Stunde später erschien ein Kreuzritter vor dem Osttor der Stadt und verlangte, Roger von Trencavel zu sprechen. Er versicherte, dass er im Auftrag des Königs von Frankreich käme, der den Vicomte ins Kreuzfahrerlager bitte, um Verhandlungen zu führen. Der Graf von Toulouse würde ebenfalls anwesend sein. Freies Geleit sei ihm zugesichert.

Roger von Trencavel bat ihn zu schwören, danach besprach er sich mit seinen Baronen und den Konsuln der Stadt. Ihre Lage war katastrophal, und wenn es eine Chance gab, die Belagerung zu beenden, müsse man sie ergreifen, erklärte der Rat einstimmig.

Roger von Trencavel blieb skeptisch. Er war bereit, sich ins Kreuzfahrerlager zu begeben, nahm sich aber vor, die Verhandlungen sofort abzubrechen, sollten die Forderungen der Kirche zu unverschämt sein.

Hundert Ritter begleiteten ihn vor das Zelt des Abtes. Die Barone und Grafen des Südens von Frankreich waren herbeigeeilt, um mit dabei zu sein, wenn über die Zukunft ihres Landes entschieden wurde, doch keiner war auf das gefasst, was nun geschah.

Roger von Trencavel trat vor Arnold Amaury. Strotzend vor Manneskraft, unbeugsam und stolz. Amaury, der ihn, in einem prachtvollen Stuhl vor dem Zelteingang sitzend, bereits erwartet hatte, betrachtete den jungen, rebellischen Vicomte, der, ohne mit der Wimper zu zucken, König und Kirche trotzte. Seine Ritter standen wie ein Mann hinter ihm.

»Ihr wünschtet, mich zu sprechen, Euer Gnaden?«

Arnold Amaury erhob sich von seinem Stuhl. Die Fackeln verbreiteten einen beißenden Geruch. Es war so still, dass er seinen eigenen Atem hören konnte. Er wandte seinen Kopf voller Vorfreude auf seinen Triumph zum Grafen von Toulouse und nickte diesem wie einem Verbündeten zu.

Jeder sah es. In Roger von Trencavels Miene trat ein Ausdruck von Ungläubigkeit, er öffnete den Mund, um etwas zu sagen, doch Arnold Amaury kam ihm zuvor.

»Verhaftet ihn und alle seine Ritter«, befahl er mit kalter Stimme.

Fassungsloses Schweigen legte sich über die Versammlung. Roger von Trencavel und seine Männer waren unbewaffnet ins Lager gekommen und wurden nun von den schon hinter den Zelten bereitstehenden und auf Amaurys Befehl wartenden Kreuzrittern mühelos überwältigt und fortgeschafft.

»Euer Bote hat uns freies Geleit zugesichert, er hat es auf die Bibel geschworen!«, rief Roger von Trencavel empört, als zwei burgundische Ritter auf ihn zutraten.

Sein Blick wanderte von Arnold Amaury zu Raimund VI., von dem er sich Unterstützung erhoffte.

»Der Schwur gilt nur für wahre Christen, nicht jedoch für die Feinde des Herrn«, erklärte Arnold Amaury ungerührt und gab sich keine Mühe, seine Genugtuung zu verbergen.

Der Graf von Toulouse trat vor den Abt, das Gesicht weiß vor Zorn. »Wenn ein Eid auf die Bibel nichts mehr gilt, was gilt dann überhaupt noch?«, rief er laut. »Mit dieser Tat besudelt Ihr die Ehre der gesamten Ritterschaft.« Er suchte die Blicke der Fürsten und Barone aus dem Norden, doch keiner der Anwesenden kam ihm zu Hilfe oder machte Anstalten, ihn zu unterstützen. Denn aufgrund des ehrlosen Verhaltens des Abtes würde Carcassonne nun kampflos fallen, und das kam jedem von ihnen gelegen. Die Stadt versprach reiche Beute, außerdem wollte es sich keiner mit dem Abt verderben, der bei der Verteilung der Beute das letzte Wort hatte.

Arnold Amaury nickte den beiden Rittern zu, die daraufhin Roger von Trencavel in ihre Mitte nahmen und abführten. Der Abt folgte ihnen, ohne den Grafen von Toulouse auch nur noch eines Blickes zu würdigen.

Raimund drehte sich um, fassungslos und von unbändigem Hass auf den Mann erfüllt, der Ritterehre, ein gegebenes

Ehrenwort und selbst den heiligsten aller Schwüre mit Füßen trat – der sein Land vernichtete, im Zeichen des Kreuzes, für das sein Vater ebenso wie sein Großvater ihr Leben gegeben hatten. Er erkannte, dass er endlich handeln musste, um die Enttäuschung und die Ungläubigkeit, die er in Roger von Trencavels Blick gelesen hatte, ertragen zu können, aber vor allem, um sich selbst noch in die Augen sehen zu können. Niemand hatte ihn je darauf vorbereitet, mit Verbündeten zu reiten, die seine Feinde waren – gegen Feinde, die seine Freunde waren. Und während er noch im Labyrinth seiner Gedanken umherirrte wie ein Reisender, der den Weg verloren hatte, kamen ihm Nicolas Worte wieder in den Sinn.

»Es ist nicht Eure Schuld. Es ist ein Kampf der Finsternis gegen das Licht. Der neue Bund muss erst zerreißen, bevor der ewige Bund geschlossen werden kann.«

Seine Hände ballten sich zu Fäusten. Auge um Auge, Zahn um Zahn! Er war nicht nur Graf, sondern auch Ritter, und die Aufgabe eines Ritters war es, sein Land zu verteidigen und die Menschen, die darin lebten. Erwartete die Kirche tatsächlich, dass ihre Schäfchen demütig stillhielten, während sie selbst wie Wölfe im Schafspelz unter den ihnen anvertrauten Herden wüteten?

Die Augustsonne brannte heiß auf sie herunter, und Raimund spürte, wie ihm der Schweiß den Rücken hinabrann. Er klappte sein Visier hoch, nahm den Helm dann ganz ab und wischte sich den Schweiß von der Stirn und aus den Augen. Dann dachte er wieder an die unterirdischen Gänge, die von den Kellern unter der Burg aus der Stadt führten und die Simon von Montfort bisher noch nicht entdeckt hatte. Bernhard von Foix, Rudolf von Comminges und Hugo von Saissac nahmen ebenfalls ihre Helme ab und fuhren sich durch die verschwitzten Haare, bevor sie sie wieder aufsetzten. Im

Lager der Kreuzfahrer wurde bereits der bevorstehende Sieg gefeiert. Niemand zweifelte mehr daran, dass die Stadt am nächsten Morgen ihre Tore öffnen und sich ergeben würde, nachdem man ihren obersten Heerführer mitsamt seinen Rittern gefangen genommen hatte. Raimund blickte über den glitzernden Fluss hinweg, ohne ihn wirklich zu sehen.

»Es wird kein weiteres Blutbad geben und auch keine Scheiterhaufen. Der Rat weiß Bescheid. Die Bewohner von Carcassonne werden die Stadt noch heute Nacht durch die geheimen Tunnel verlassen und in die Berge fliehen. Und unsere Aufgabe ist es, dafür zu sorgen, dass sie dabei nicht entdeckt werden.«

Die Schlange war riesig, und ihre schuppige Haut glänzte wie flüssiges Pech. Ihre kleinen runden Augen glitzerten ihn boshaft an. Sie wiegte ihren Kopf direkt vor seinem Gesicht hin und her und gab dabei leise zischende Laute von sich. Ihre gespaltene Zunge schnellte vor und wieder zurück, verharrte züngelnd in der Luft. Dabei entblößte sie ihre spitzen scharfen Giftzähne. Arnold Amaury wollte aufspringen, aber er konnte sich nicht bewegen. Seine Glieder fühlten sich an, als wären sie mit Blei gefüllt, und in seinem Herzen breitete sich Dunkelheit aus. »Du hast mich gerufen«, zischte die Schlange, und ihre Stimme erklang direkt in seinem Kopf. Er öffnete den Mund, brachte keinen Ton hervor und musste hilflos mit ansehen, wie die Schlange sich um seine Beine wand, dann seine Hüfte, seinen Brustkorb umschlang. Der Druck wurde immer stärker, und das Atmen fiel ihm mit jedem Lidschlag schwerer.

Er öffnete den Mund, um zu schreien, und ein Schwall Würmer und anderes eklige Getier ergoss sich daraus, kroch ihm in Nase, Ohren und Augen, bis er weder sehen noch hören noch sprechen konnte.

Schreiend fuhr er hoch. Er zitterte am ganzen Körper und wischte sich den klebrigen Schweiß aus den Augen, der ihm über das ganze Gesicht lief. Die Stimme des Bösen, das er geweckt hatte, erklang noch immer in seinem Kopf.

Seine Hände zitterten, als er sie zum Gebet schloss.

Er fuhr zusammen, als Bruder Johannes und Bruder Remigius auf sein Schreien hin ins Zelt gestürzt kamen. »Ihr seht aus, als sei Euch der Leibhaftige persönlich begegnet«, brachte Bruder Johannes hervor und starrte entsetzt in das graue Gesicht des Abtes. Auch Bruder Remigius wirkte sichtlich erschrocken ob seines Anblicks.

»Bringt mir geweihtes Wasser«, befahl Arnold Amaury mit zitternder Stimme. »Und besprengt das Zelt von innen und außen damit.«

Bruder Johannes beeilte sich, seinem Befehl nachzukommen. Arnold Amaury sah Bruder Remigius erschöpft an. »Ich bin tatsächlich dem Teufel begegnet«, brach es gegen seinen Willen aus ihm hervor, dann senkte er den Blick, weil er den entsetzten Ausdruck in Bruder Remigius' Augen nicht ertragen konnte.

Dichte Nebelschwaden waberten über dem Fluss, dämpften jedes Geräusch und verwandelten das Kreuzfahrerlager in eine unheimliche Schattenwelt. Vom Flussufer her zog dumpfe, modrige Luft heran, die Arnold Amaury bei jedem Atemzug zum Würgen brachte. Obwohl er drei Stunden im Gebet verbracht hatte, saß ihm der Albtraum noch immer in den Knochen. Auch seine Hände wollten nicht aufhören zu zittern.

Die Kreuzfahrer hatten sich bereits vor dem Osttor versammelt, wo sie – allen anderen voran Arnold Amaury und Simon von Montfort – auf die kampflose Übergabe Carcassonnes warteten. Doch die Zugbrücken der Stadt wurden nicht heruntergelassen, und ihre Tore blieben verschlossen.

Eine unheimliche Stille lag über der Stadt, und selbst die hartgesottensten Ritter zuckten bei dem Geschrei einiger Krähen zusammen, die sich auf den Zinnen der verlassenen Wehrmauern niedergelassen hatten.

Der Graf von Toulouse hatte eine undurchdringliche Miene aufgesetzt und beobachtete das wachsende Unbehagen in den Gesichtern der nordfranzösischen Barone mit heimlichem Triumph. Zwar hatte es außer ihm keiner von ihnen gewagt, gegen den unchristlichen Verrat an Roger von Trencavel aufzubegehren, der trotz allem einer der Ihren war. Dennoch war der Unmut über diese frevelhafte Tat mit jedem Augenblick deutlicher zu spüren – eine Ahnung, dass sich zusammen mit dem Gottesheer auch das Böse ins Land gestohlen hatte.

Unruhe machte sich breit. Arnold Amaury hatte ein Sakrileg begangen, ein Tabu gebrochen, und einem Verräter konnte man nicht trauen. Das Einzige, was den Adel davon abhielt, offen gegen ihn zu rebellieren, war die Aussicht auf die reiche Beute direkt vor ihren Augen.

Simon von Montfort begriff, dass er handeln musste. Er musterte Arnold Amaury wütend, der ihn, ohne sich zuvor mit ihm abzusprechen, in diese Lage gebracht hatte und dessen Verrat an den Tugenden des Rittertums seinen Ruf als gerechten Feldherrn für immer und ewig besudelt hatte. Was er ihm nie verzeihen würde.

Mit fester Stimme gab er den Befehl, das Osttor zu stürmen. Kurz darauf schlugen die Torflügel mit einem dumpfen Knall gegen die Mauer, niemand leistete Widerstand, niemand lauerte in den verwinkelten Gassen.

Die Stadt lag verlassen, unheimlich hallten die Tritte der Eroberer in den leeren Gassen.

Arnold Amaury erschauerte. Wie war es möglich, dass Tausende von Menschen einfach so verschwinden konnten, als seien sie vom Erdboden verschluckt worden? Er holte tief Luft, fest entschlossen, sich nicht von seinen Ängsten in die Knie zwingen zu lassen, obwohl sein Herz raste und sein Blut so kalt war wie die Haut des Schlangendämons.

Er wich Simon von Montforts Blick aus, der ihn mit stummer Wut musterte, bevor er den Befehl erteilte, jedes Haus vom Dachboden bis zum Keller zu durchsuchen.

Sie fanden fünfhundert Menschen: Greise, Frauen und Kinder in den Kellergewölben, denen die Flucht zu beschwerlich gewesen war. Arnold Amaury schickte ein inbrünstiges Dankgebet gen Himmel, als ein alter Mann, zitternd vor Angst, von den unterirdischen Tunneln berichtete, durch die die Bewohner von Carcassonne entkommen waren. Nur an die hundert der fünfhundert Menschen schwörten der Ketzerei ab. Sie wurden nackt bis auf die Haut ausgezogen und danach laufen gelassen.

Die restlichen vierhundert hielten an ihrem Glauben fest und warfen sich entschlossen in die Flammen der eilig errichteten Scheiterhaufen.

Jolanda küsste Elysa zum Abschied auf beide Wangen und legte ihr einen blauen, mit Fehpelz gefütterten Umhang um die Schultern. »Du wirst ihn brauchen«, sagte sie und sah Elysa traurig an. »Ich wünschte, du könntest bei mir bleiben, ich fühle mich manchmal so allein, vor allem in den Nächten.«

Elysa war überwältigt von dem kostbaren Geschenk und strich verlegen über das weiche Futter. Jolanda beobachtete sie lächelnd. »Er gehörte meiner Mutter. Ich konnte mich bisher nicht von ihm trennen, aber ich bin mir sicher, du wirst ihn in Ehren halten«, erklärte sie.

»Ich werde jedes Mal, wenn ich ihn trage, an dich denken«, versprach Elysa gerührt und winkte Jolanda noch einmal zu, bevor sie die Kammer verließ. Als sie vor den Ställen eintraf, waren die Pferdeknechte bereits damit beschäftigt, die Pferde zu satteln. Es war ein nasskalter Morgen, und ein scharfer Wind peitschte über den Hof und drang durch ihre Kleider. Dankbar zog sie den warmen, weichen Umhang enger um ihren Körper.

Gordon stand prüfend neben seinem Pferd, zog den Sattelgurt fester und griff nach den Zügeln, dann wandte er sich um und musterte Elysa mit zusammengekniffenen Augen. Elysa errötete unter seinem forschenden Blick. »Die Gräfin von Foix hat mich heute Morgen aufgesucht und mich darum gebeten, Euch zu Eurem Vater zu begleiten«, sagte er mit einem schiefen Lächeln, das ihr Herz schneller schlagen ließ.

Sein Blick glitt über ihren neuen Umhang. »Wie ich sehe, habt Ihr Euch bereits mit Eurem neuen Stand vertraut gemacht«, fügte er spöttisch hinzu und neigte in gespielter höfischer Manier den Kopf vor ihr.

»Ihr habt gewusst, dass er mein Vater ist und habt es mir nicht gesagt«, stellte sie vorwurfsvoll fest, ohne auf seine Neckerei einzugehen, und richtete ihren Blick auf eine kleine Schimmelstute, die gerade von einem der Knechte eine Decke und einen Sattel aufgelegt bekam, weil es sie verlegen machte, wie Gordon sie ansah, und vor allem, wie er mit ihr sprach. Als wäre sie allein durch die Tatsache, dass ihr Vater ein Graf war, plötzlich eine andere geworden. Oder lag es an dem wundervollen Umhang? Nie zuvor hatte sie ein solch prächtiges Kleidungsstück auch nur aus der Nähe gesehen wie das, welches sich nun um ihren Körper schmiegte.

»Ich hatte nicht das Recht, meinem Herrn vorzugreifen, aber es ist mir nicht gerade leichtgefallen«, gab Gordon nun zu und schwang sich mit einem eleganten Satz auf sein Pferd.

Elysa vermutete, dass die Stute für sie bestimmt war, und bekam ein mulmiges Gefühl im Bauch. Auch wenn die Stute etwas kleiner war als die anderen Pferde, kam sie ihr noch immer ziemlich groß vor.

Der Knecht zog den Sattelgurt fest und kam mit der fertig gesattelten Stute am Zügel auf sie zu. »Aber ich kann nicht reiten«, wehrte Elysa ab.

»Bis wir in Toulouse sind, könnt Ihr es.« Gordon lächelte ihr aufmunternd zu. Elysa presste die Lippen zusammen und ließ sich vom Knecht aufs Pferd helfen. »Die Zügel sind dazu da, um Verbindung mit dem Pferd zu halten«, erklärte Gordon ihr, während der Knecht ihren Fuß in den Steigbügel schob. »Und nicht etwa, um sich daran festzuhalten.«

Gordon wartete, bis sie die Zügel aufgenommen hatte, dann ritt er voran, und die Stute folgte ihm bereitwillig. Hintereinander ritten sie den Berg hinab. »Ihr müsst locker bleiben und gerade im Sattel sitzen. Haltet die Zügel stets so, dass sie nicht durchhängen.« Elysa folgte seinen Anweisungen, und als sie am Fuß des Montségur angelangt waren, kam sie mit den schaukelnden Bewegungen des Tieres schon ganz gut zurecht.

Gordon wandte sich zu ihr um. »Traut Ihr Euch einen kleinen Galopp zu?«, fragte er und preschte los, als sie zögernd nickte. Die Stute schnaubte freudig und schoss in rasendem Tempo hinter dem Hengst her. Der Wald flog an Elysa vorbei. Sie hatte keine Mühe, sich dem gleichmäßigen Auf und Ab der Stute anzupassen, und nach dem ersten Schreck genoss sie den schnellen Ritt sogar.

Ein berauschendes Gefühl ergriff Elysa. Alle Beschwernisse der letzten Tage fielen von ihr ab und schienen auf einmal bedeutungslos zu sein. Die Hufe der Stute berührten kaum noch den Boden, und sie fühlte sich so frei und glücklich wie noch nie zuvor in ihrem Leben. Ihre Augen strahlten, als Gordon sein Pferd zu einem ruhigen Trab durchparierte. Die Wolken rissen auf, Sonnenlicht fing sich in den rasch trocknenden Pfützen, und der Duft von wildem Rosmarin wehte durch die Luft. Sie trabten weiter, bis die Pferde dampften, dann ritten sie eine Weile nebeneinander im Schritt.

»Mir scheint, du bist wie zum Reiten geboren«, lobte Gordon sie. Endlich redet er wieder mit mir, wie er es immer getan hat, dachte Elysa und freute sich über das unerwartete Lob.

Der Wind strich sanft über ihr erhitztes Gesicht. Das erhebende Gefühl, das sie während des Galopps ergriffen hatte, hielt noch immer an. Es war ein herrlicher Tag, ein Tag voll göttlicher Verheißung. Das Kreuzfahrerlager war noch weit entfernt, und sie wollte nicht daran denken, was sie dort erwartete.

Trotzdem ging ihr immer wieder die gleiche, bange Frage durch den Kopf: Würde ihr Vater sich überhaupt darüber freuen, sie zu sehen?

Der Wind fuhr durch die Blätter der jungen Birken mit ihren silbernen Stämmen, deren Schatten wie Geister über den Pfad huschten, der so schmal war, dass sie hintereinander reiten mussten. Ein Luftzug strich über die Härchen in ihrem Nacken, und Elysa hatte plötzlich das unheimliche Gefühl, beobachtet zu werden.

Sie hatte das Kreuz beinahe vergessen, doch jetzt fiel es ihr siedend heiß wieder ein und ließ das Gefühl einer Bedrohung wachsen.

Verstohlen wandte sie sich um, aber es war niemand zu sehen.

Als sie den Wald hinter sich ließen und der Pfad an beiden Seiten von ausgedörrten Wiesen gesäumt wurde, in denen sich trotz der Trockenheit Wiesenflockenblumen und

Scharfgarbe behaupteten, parierte Gordon sein Pferd durch, bis Elysa zu ihm aufgeschlossen hatte. Schweigend ritten sie eine Weile nebeneinander weiter.

Sie spürte Gordons Blick, auch ohne dass sie zu ihm hinübersah. Schließlich hielt sie es nicht länger aus und sah ihn an. Er hatte die Stirn gerunzelt und biss sich leicht auf die Unterlippe.

»Es ist unmöglich, unbemerkt ins Lager zu gelangen, selbst in der Nacht. Simon von Montfort und Arnold Amaury haben ihre Späher überall. Wir haben dem Abt das Kreuz gestohlen, und auch wenn er nicht wissen kann, dass wir es haben, wird er misstrauisch werden, wenn er uns zusammen sieht. Dazu kommt, dass ich drei von Montforts Männern getötet habe, die den Auftrag hatten, nach dir zu suchen. Zwar hat Montfort bisher noch nichts in dieser Sache unternommen, er kann sie aber auch nicht auf sich beruhen lassen, schon allein, um sein Gesicht nicht zu verlieren. Allerdings dürfte er sich derzeit mit wichtigeren Problemen herumschlagen.«

Es war ein Fehler, Prades am Leben zu lassen, schoss es ihm durch den Kopf, aber das war nun leider nicht mehr zu ändern.

Elysa wurde immer beklommener zumute. »Dieser Mönch, dem das Kloster unterstellt ist, hat gesagt, ich dürfe das Kloster nicht verlassen, sonst würde man mich einem weltlichen Gericht übergeben und als Ketzerin verbrennen«, gestand sie ihm. Gordon starrte sie aus zusammengekniffenen Augen an. »Deswegen also das andere Mädchen, es ist an deiner Stelle ins Kloster gegangen?«

Elysa nickte schuldbewusst.

»Nur zwei Nonnen haben mich dort gesehen, und Mathilda meinte, die zweite, die mir die Pforte aufgemacht und mich danach zu ihr geführt hat, würde schweigen.«

Gordon runzelte die Stirn.

»Der Graf von Toulouse befindet sich in einer ziemlich schwierigen Situation. Arnold Amaury darf dich weder im Lager sehen noch jemals erfahren, dass du des Grafen Tochter bist. Wir müssen uns also etwas einfallen lassen.«

Ihr Vater, der mächtige Graf von Toulouse, der mit den Kreuzrittern ritt, weil er keine andere Wahl hatte, und zulassen musste, dass sein eigenes Land zerstört wurde. Sie fürchtete sich vor der Begegnung mit ihm und konnte sie gleichzeitig kaum erwarten.

Esclarmonde hatte sie davor gewarnt, dass das Wissen darum, wer ihr Vater war, ihr Leben für immer verändern würde. Nun ahnte sie, dass die Veränderung bereits begonnen hatte. Ihre Haut kribbelte, und sie merkte, wie sie eine Gänsehaut bekam. Es war das gleiche unheimliche Gefühl, das sie gehabt hatte, als sie das Kreuz aus Nicolas Händen entgegennahm.

Eine Krähe flog kreischend vor ihnen auf und flatterte aufgeregt mit ihren schwarzen Flügeln. Die Stute machte einen Satz zur Seite, und es hätte nicht viel gefehlt, und Elysa wäre vom Pferd gestürzt. Im letzten Augenblick gelang es ihr, sich an der dichten Mähne des Tieres festzuhalten.

»Wie konnte der Knecht nur so ein schreckhaftes Tier für jemanden aussuchen, der noch nie zuvor geritten ist«, schimpfte Gordon und beugte sich zu ihr hinüber, um sich zu vergewissern, dass ihr auch wirklich nichts geschehen war. Sein Gesicht war so nah, dass sie die kleinen Fältchen um seine Augen herum sehen konnte.

»Es geht mir gut«, erklärte Elysa, die den ersten Schreck bereits überwunden hatte.

Gordon runzelte die Stirn. Er schien nicht sehr überzeugt. »Vielleicht wäre es doch besser, du würdest auf meinem Pferd mitreiten«, schlug er vor und wirkte so besorgt, dass Elysa lachen musste.

Er stimmte in ihr Lachen mit ein. Bunte Schmetterlinge und summende Bienen flogen von Blüte zu Blüte, die Sonne schien warm auf sie hinab. Es war so friedlich hier, so hell und so schön. Ihr Lachen vermischte sich mit dem Gesang einer Amsel, die sich im Geäst einer einzelnen dünnen Birke verbarg, bevor es in der lauen Luft verklang.

Sie sahen sich an, verständnisinnig wie zwei Verschwörer. Elysa spürte, dass etwas mit ihnen geschah. Sie konnte ihr Herz schlagen hören, und ihr Atem beschleunigte sich. Sein Gesicht kam näher, dann fühlte sie seinen Mund auf ihren Lippen. Er küsste sie behutsam, und sie schloss die Augen, um sich ganz ihren Gefühlen hinzugeben. Ihr Mund war plötzlich überempfindlich, nahm die leichteste Berührung war, die kleinste Bewegung. Seine Hände schlossen sich um ihre Taille, während sein Mund den ihren liebkoste, bis sie ihm bereitwillig ihre Lippen öffnete. Und dann hob er sie schwungvoll von der Stute, setzte sie seitlich vor sich in den Sattel und umschlang ihren Rücken. Sie schmiegte sich an ihn, spürte ihre Brüste an seinem harten Brustkorb und konnte sein Herz schlagen hören. Heiße Schauder durchfuhren sie, und ihr war, als stände ihr ganzer Körper in Flammen. Sie ließ sich von seiner Leidenschaft mitreißen, spürte, wie sein Kuss fordernder wurde, und verdrängte die warnende Stimme tief in ihrem Inneren.

Plötzlich hielt er inne, und seine Lippen lösten sich von ihren. Sein Gesicht war noch ganz nah. Er strich ihr das Haar aus dem Gesicht, und sie fühlte, dass seine Hände zitterten.

»Mein Herr wird mich umbringen«, sagte er, und sie wünschte, er würde aufhören zu reden und sie stattdessen wieder küssen. In seinen warmen braunen Augen sah sie, dass es nichts gab, was er lieber tun würde, trotzdem zögerte er.

Und gab ihr dadurch die Möglichkeit, langsam wieder zu sich zu kommen und aus einem wunderschönen Traum zu erwachen, in dem es ganz natürlich war, dass Gordon sie küsste. Aber war es das wirklich? Die alte Anna hatte sie genau davor gewarnt, dabei hatte sie keineswegs das Gefühl, etwas Falsches getan zu haben, sie war einfach nur ihrem Herzen gefolgt, so wie ihre Mutter ihrem Herzen gefolgt war. Nicola hatte mir dazu geraten, ebenso wie Esclarmonde, beruhigte sie sich.

Gordon hielt sie noch immer umschlungen, und sie lehnte sich seufzend an seine Schulter, wohl wissend, dass er jede ihrer Regungen genau verfolgte.

»Es kann nicht falsch sein, wenn man seinem Herzen folgt«, erklärte sie voller Überzeugung und sah, wie Gordon überrascht die Brauen hochzog.

Sie fühlte sich sicher in seinen Armen, die die Welt um sie herum ausschlossen, und genoss seine Wärme. Eine Wärme, die sie so noch nie gefühlt hatte.

Als Gordon schwieg, wurde sie unsicher. Und wenn er nun ganz anders darüber dachte? Bisher waren sie nicht ein einziges Mal der gleichen Meinung gewesen. Sie würde es nicht ertragen, wenn er sie für das, was sie getan hatte, verachtete. Entschlossen befreite sie sich aus seinen Armen, was auf dem engen Sattel nicht ganz einfach war.

Gordon versuchte nicht sie aufzuhalten, als sie vom Pferd sprang. Vor Enttäuschung schossen ihr die Tränen in die Augen. Sie lief zu ihrer Stute, die an dem trockenen Gras knabberte, nahm die Zügel, setzte ihren Fuß in den Steigbügel und schwang sich in einer einzigen fließenden Bewegung in den Sattel.

Dann schluckte sie ihre Tränen hinunter und richtete sich kerzengerade auf.

Ihr ganzes Leben lang hatte sie gewusst, was richtig war

und was falsch, doch nun war sie so verwirrt, dass sie gar nichts mehr wusste.

Sie atmete mehrmals tief durch und wandte Gordon ihr Gesicht zu, fest entschlossen, sich nichts von den Gefühlen anmerken zu lassen, die in ihrem Inneren tobten.

Schweigend starrten sie sich an, immer noch überwältigt von dem, was gerade zwischen ihnen geschehen war.

»Wünschst du, dass ich mich in aller Form bei dir entschuldige?«, fragte Gordon und lächelte sie so verlegen an, dass sie vor Erleichterung lachte. Es war ein befreiendes Lachen, das all ihre Sorgen, die sie eben noch bedrückt hatten, in nichts auflöste.

»Ich muss dich warnen«, erklärte Gordon ein wenig gekränkt. »Es bekommt einem Mädchen nicht gut, wenn es einen Mann auslacht, und erst recht nicht einen Ritter wie mich.«

»Dazu müsst Ihr mich aber erst einmal einholen!«, rief sie aus einem Impuls heraus und trieb die Stute zu einem wilden Galopp an. Gordon folgte ihr nur einen Moment später und hatte sie bereits nach wenigen Galoppsprüngen eingeholt.

»Auch wenn du reitest wie der Teufel, glaubst du wirklich, du könntest vor mir davonlaufen?«, fragte er sie mit einem spöttischen Lächeln, während er sie mit zwei weiteren Sprüngen überholte. Sie jagten hintereinander durch ein offenes Tal und ließen die Pferde laufen, bis sie von sich aus langsamer wurden.

Elysas Wangen hatten sich vor Aufregung gerötet, ihr langes Haar war vom schnellen Ritt zerzaust, und ihre grünen Augen funkelten ihn an.

»Ein Mädchen wie du ist mir noch nie begegnet«, bekannte Gordon und betrachtete sie so intensiv, dass sie verlegen ihren Blick senkte.

Sie wünschte sich nichts sehnlicher, als dass er sie noch

einmal küsste, und fürchtete gleichzeitig nichts mehr, als dass er es tatsächlich tat. Hatte ihre Mutter damals ebenso empfunden wie sie jetzt, als sie sich mit dem mächtigen Grafen von Toulouse eingelassen hatte – dem Gemahl einer anderen? Selbst wenn sie tatsächlich nur ihrem Herzen gefolgt war, so wie Elysa es eben getan hatte, war durch ihr Verhalten trotzdem ein anderer Mensch verletzt worden. Johanna Plantagenet hat dich gehasst, noch bevor du geboren warst, hatte Esclarmonde ihr erzählt.

Was war nur in sie gefahren? Brennende Scham erfüllte sie, und mit einem Mal kam sie sich schrecklich dumm vor.

Vor ihnen tauchten einige Steinhäuser auf. Chalabre war ein kleiner Ort, den jeder Reisende passieren musste, der vom Ariège nach Carcassonne wollte. Er besaß einige Häuser, eine winzige Kapelle, ein Gasthaus mit angeschlossener Pferdewechselstation und eine Schmiede, aus der beißender Qualm strömte.

»Die Pferde brauchen eine Pause«, erklärte Gordon lapidar, als hätten sie sich nicht gerade erst geküsst, »und wir müssen versuchen, Männerkleidung für dich aufzutreiben. Dann wird dich jeder für meinen Knappen halten, wenn wir ins Heerlager zurückkehren.«

Elysa nickte und folgte Gordon wie benommen in das wenig einladende Gasthaus, wo sie sich auf eine Bank setzte, während Gordon dem Wirt erklärte, was sie für ihre Weiterreise alles benötigten.

Elysas Herz pochte heftig. In wenigen Augenblicken würde sie vor ihrem Vater stehen. Die Dunkelheit senkte sich bereits über das Lager, als sie Gordon durch die langen Zeltreihen folgte. Um sie herum flackerten unzählige Lagerfeuer auf, doch Elysa bemerkte sie kaum. Wie sie auch die Menschen, die ihnen begegneten, kaum wahrnahm.

Vor einem großen Zelt hielt Gordon an und sprang vom Pferd. Er grüßte die Wachen, die sich rechts und links neben dem Eingang postiert hatten, und wartete, bis einer der Knechte ihm die Zügel abnahm. Dann wandte er sich zu Elysa um.

»Wir sind da«, sagte er und beobachtete, wie sie vom Pferd stieg. Sie trug einen beigen Bauernkittel, braune, wollene Beinlinge und knöchelhohe Schuhe, die ihr viel zu groß waren. Ihr Haar war unter einer Jungenkappe verschwunden, und sie sah nun wie ein hübscher Junge aus, nicht mehr wie eine Frau.

Als sie das Zelt betraten, sahen sie Raimund VI. auf einem breiten Lehnstuhl sitzen, umringt von seinen Rittern. Er hielt einen gesiegelten Brief in den Händen, den er offenbar gerade gelesen hatte. Er war groß und kraftvoll, obwohl er die fünfzig längst überschritten haben musste, mit markanten Zügen und dunkelbraunen Augen. Schwarzes Haar, durch das sich an den Schläfen bereits die ersten silbernen Fäden zogen, fiel ihm bis auf die Schultern. Ein roter, mit Seidendamast gefütterter Waffenrock aus spanischem Brokat betonte seine breiten Schultern.

Er starrte auf das Schriftstück, als wäre es ein Feind.

Als Gordon mit Elysa eintrat, sah er auf. »Gordon, mein Lieber. Ich hatte dich schon vor Tagen zurückerwartet.« Er musterte den jungen Ritter mit kühlem Blick, während er Elysa, die schräg hinter Gordon am Eingang stehen geblieben war, lediglich mit einem flüchtigen Blick bedachte. »Hast du deinen Auftrag ausgeführt?«

»Darüber würde ich lieber alleine mit Euch sprechen«, gab Gordon zurück.

Mit einer Handbewegung bedeutete der Graf den Anwesenden, das Zelt zu verlassen. Die Ritter grüßten Gordon im Vorbeigehen. Ihre Gesichter waren ernst, und Gordon schloss daraus, dass während seiner Abwesenheit einiges geschehen war. Doch das würde er noch, schneller als ihm lieb war, erfahren.

»Wen hast du da mitgebracht?«, fragte Raimund, nachdem sie alleine waren.

Elysa trat daraufhin einen Schritt vor und stellte sich neben Gordon. Das Herz schlug ihr bis zum Hals, als sie mit einer raschen Handbewegung die Kappe abnahm. Raimund beobachtete erstaunt, wie sich die seidige Flut hellblonden Haars über die schmalen Schultern des Mädchens vor ihm ergoss, das er noch vor wenigen Augenblicken für einen Jungen gehalten hatte.

»Ich habe Euch Eure Tochter gebracht«, verkündete Gordon, doch der Graf von Toulouse hörte ihn nicht mehr. Er konnte seinen Blick nicht von dem Mädchen wenden, das seiner Geliebten so sehr glich, dass es ihn schmerzte.

Seine Kehle wurde eng, als ihm einmal mehr bewusst wurde, wie sehr er Lena noch immer vermisste. Die zarten Züge, die schmale gerade Nase, die weich geschwungenen, vollen Lippen und die leicht schräg stehenden grünen Augen, die ihn ansahen, als wollten sie in sein Innerstes dringen. Elysas Blick beschwor eine längst vergangene Zeit herauf, die voller Düfte, Musik und Leidenschaft gewesen war. Er erinnerte sich an den Duft von Lenas Haar, an ihre weiche, warme Haut, an ihr kehliges Lachen und ihren entrückten Blick, wenn die Troubadoure ihre Lieder sangen, als wären sie allein für sie bestimmt.

Das Mädchen, das aussah wie Lena und seine Tochter war, stand still vor ihm, die Lippen leicht zusammengepresst. Und nun sah er auch ihre selbstbewusste Haltung, die feine Linie ihres Nackens. Sie war größer als Lena, ihre Augen eine Nuance dunkler, das Kinn energischer.

»Komm her zu mir, mein Kind«, sagte er, rollte das Pergament zusammen und legte es auf dem Tisch neben sich ab. Elysa bewegte sich vorsichtig auf ihn zu. Sie hat einen merkwürdigen Gang, dachte er und sah ungläubig auf ihre Füße, die in derben, mit Riemen um die Knöchel geschnürten, viel zu großen Männerschuhen steckten.

Amüsiert hob er die dunklen Brauen, und ein leichtes Lächeln spielte um seinen Mund.

Elysa bemerkte erleichtert, wie der Ausdruck in seinem Gesicht sich änderte, das feine Lächeln machte seine strengen Züge weicher, und plötzlich hatte sie überhaupt keine Furcht mehr vor ihm.

Der fremde Mann mit den dunklen Augen, der ihr Vater war, nahm ihre Hände und zog sie näher zu sich heran, ohne seinen Blick von ihr zu lösen. »Mir scheint, ich habe einiges versäumt, was dich betrifft«, sagte er mit einem Blick auf ihre Schuhe, »aber das werden wir nachholen.«

Elysa wusste nicht, was er damit sagen wollte, seine Worte waren an ihr vorbeigezogen, sie nahm nur seine Zuneigung wahr, hörte sie in seiner Stimme und sah sie in seinen Augen. »Vater«, sagte sie zögernd. Sie hatte so oft von diesem Moment geträumt, und nun war er Realität geworden. Sie stand vor ihrem Vater, er lebte, und sie konnte nicht das geringste Zeichen von Verachtung für sie erkennen. Das war mehr, als sie zu hoffen gewagt hatte. Sie drehte sich kurz zu Gordon um, wie um sich zu vergewissern, dass er noch bei ihr war. Raimund entging der kleine Blickwechsel nicht, und er versetzte ihm einen Stich. Hatte sich das Leuchten in Elysas Augen beim Anblick des jungen Ritters nicht gerade verstärkt? Gab es etwas, das diese beiden jungen Menschen vor ihm verbargen? Er räusperte sich vernehmlich, um Elysas Aufmerksamkeit wieder auf sich zu lenken, und sah, wie ihre Wangen sich vor Verlegenheit röteten. Sie wirkte wie ertappt.

Ich habe sie gerade erst gefunden und schon wieder verloren, dachte er wehmütig. Aber so war das nun einmal mit dem Glück. Es war ein flüchtiges Ding, das sich nicht halten ließ. Ich werde alt, dachte er und wehrte sich energisch gegen das Selbstmitleid, das ihn zu übermannen drohte.

»Sag den Dienern, sie sollen Wein bringen und etwas zu essen, und dann setzt euch zu mir«, forderte er Gordon auf und nickte versonnen. »Ich denke, ihr beide habt mir einiges zu berichten.«

Kurz darauf brachte ein Knecht eine Platte mit knusprig gebratenen Hähnchenschenkeln und -brüstchen, gesottenen Krebsen und Räucherfisch, dazu weißes, duftendes Brot und rubinroten Wein. Nachdem er das Zelt wieder verlassen hatte, berichtete Gordon seinem Herrn mit knappen Worten, was in den letzten Tagen geschehen war. Dass er Elysa aus den Händen von Montforts Männern befreit und wieder verloren hatte, sie von Prades verschleppt und zuerst ins Kreuzfahrerlager und danach ins Kloster von Prouille geschafft worden war. Dass er sie mitten in der Nacht vor den Klostermauern wieder getroffen und das Kreuz gemeinsam mit dem Grafen von Foix von Arnold Amaury zurückgeholt hatte und sie alle anschließend zum Montségur geritten waren.

»Die Gräfin von Foix hat mich nach unserer Ankunft noch spät am Abend zu sich rufen lassen und mir mitgeteilt, dass Elysa auf der Burg nicht sicher sei und es an der Zeit wäre, dass Ihr sie nunmehr beschützt«, schloss Gordon und kam damit der Frage des Grafen zuvor, warum er seinen Auftrag nicht so ausgeführt hatte, wie dieser es ihm befohlen hatte.

Raimund hatte ihn kein einziges Mal unterbrochen.

»Was ist das für ein Kreuz?«, wollte er wissen. »Und warum ist es Arnold Amaury so wichtig?«, sagte er, an Elysa gewandt.

»Nicola hat es mir gegeben«, sagte Elysa abweisend. Ihre Blicke kreuzten sich, und Raimund spürte ihre Abwehr.

»Ich würde es gerne sehen«, sagte er dennoch.

»Niemand außer den Eingeweihten kann die Zeichen auf dem Kreuz lesen, und es ist auch nicht für Euch bestimmt«, erwiderte Elysa unbeeindruckt davon, dass sie mit dem Grafen von Toulouse sprach.

Zorn flammte in seinen Augen auf. »Vielleicht hätte ich dich besser in ein Kloster gesteckt, anstatt dich deinem Onkel zu überlassen, dort hätte man dich Gehorsam gelehrt«, bemerkte er in scharfem Ton.

Elysa biss sich auf die Lippen. Warum nur konnte sie nie ihren Mund halten? Andererseits hatte sie nur die Wahrheit gesagt, und daran konnte nichts falsch sein.

Der Graf lehnte sich zurück, verschränkte die Arme vor der Brust und betrachtete seine Tochter kopfschüttelnd, offenbar konnte er sich nicht entscheiden, ob er ärgerlich oder amüsiert sein sollte.

»Nicola hat mir vertraut«, knurrte er schließlich, und eine steile Falte erschien auf seiner Stirn, als ihm klar wurde, dass er gerade dabei war, sich vor einem jungen Mädchen zu rechtfertigen, das noch dazu seine Tochter war.

Und dass Gordon Zeuge dieses Gesprächs war, machte die Sache nicht besser.

Plötzlich fühlte er sich müde, hatte das Gefühl, dass ihm alles aus den Händen glitt und er die Situation nicht mehr unter Kontrolle hatte. Vor wenigen Stunden erst hatte er erfahren, dass ein Teil des Kreuzritterheeres auf Befehl Simon von Montforts mordend und brennend durch Toulouse zog, um den Widerstand der Bevölkerung zu brechen und ihn weiter zu demütigen.

Kurz danach war der Brief, der jetzt vor ihm auf dem Tisch lag, gekommen, vertraulich und direkt aus Rom. Geschrieben und gezeichnet vom Heiligen Vater persönlich. Mit einem Vorschlag, den er kaum fassen konnte.

... Ihr könnt uns Eure Treue beweisen, indem Ihr uns gebt, was die Ketzer uns gestohlen haben ...

Und ausgerechnet in diesem Moment tauchte seine Tochter auf und befand sich ganz offensichtlich im Besitz des Kreuzes, hinter dem die Kurie her war wie der Teufel hinter den armen Seelen. Das alles konnte kein Zufall sein.

Eine sonderbare Stimmung erfasste ihn, und er hatte plötzlich das Gefühl, in etwas hineingeraten zu sein, über das er keine Macht besaß, das nicht greifbar war und sich nicht einmal in Worte fassen ließ.

»Warum ist dieses Kreuz so wichtig für die Kirche?« Noch bevor er zu Ende gesprochen hatte, glaubte er, die Antwort zu kennen. »Es hat etwas mit dem Vermächtnis zu tun, von dem Nicola bei unserer letzten Begegnung gesprochen hat, nicht wahr?«, stellte er fest.

Er betrachtete seine Tochter, sah, wie sie erblasste, und wusste, dass er mit seiner Vermutung richtiglag.

Auf einmal kam ihm ein furchtbarer Gedanke, der so ungeheuerlich war, dass er erschrak. »Ist es möglich, dass dieser ganze Kreuzzug nur stattfindet, um in den Besitz dieses Vermächtnisses zu gelangen?«, fragte er langsam.

Die Stille, die seinen Worten folgte, war erdrückend.

Elysa und Gordon wechselten erneut einen Blick, der für seinen Geschmack etwas zu vertraut war.

»Aber was enthält dieses Vermächtnis?«

Schwarze Fliegen umsummten die unberührten Platten und ließen sich auf dem weißen Hühnerfleisch nieder.

»Ich muss es wissen«, beharrte Raimund. »Nicola hat gewollt, dass wir uns begegnen«, fügte er gereizt hinzu.

Esclarmonde hatte das Gleiche gesagt.

»Ich bin keine Eingeweihte«, sagte Elysa, die unsicher war, wie viel sie von dem, was sie wusste, preisgeben durfte.

Der Ritter und sein Herr starrten sie voller Erwartung an, hörten sie leise seufzen, während ihre glatte Stirn sich kräuselte.

Sie sah in diesem Moment besonders bezaubernd aus, gerade weil sie sich dessen nicht bewusst war.

»Die Schriften des heiligen Johannes«, sie sprach so leise, dass beide Männer sich vorbeugten, um sie besser verstehen zu können.

»Von ihm selbst geschrieben vor über tausend Jahren.« Sie sah nicht auf, als sie weitersprach. »Sie enthalten uraltes, geheimes Wissen, das nicht in die falschen Hände geraten darf.«

Durch die Ritzen des Zeltes drang kühle Nachtluft herein, und der Wind zerrte an den Zeltwänden. Raimund VI. erschauerte. Nicola hatte ihm vertraut. Wusste er, was er da von ihm verlangte? Die Religionsfreiheit war Tradition in seinem Land, trotzdem war er Katholik wie schon sein Vater und Großvater vor ihm. Darüber hinaus trug er die Verantwortung für sein Volk.

Würde der Papst tatsächlich das Heer abziehen, wenn er ihm gab, was er verlangte? Der Gedanke war verlockend, und für einen Moment schwelgte er in der Vorstellung, dass alles wieder so sein würde, wie es vor dem unseligen Kreuzzug gewesen war, dann aber riss er sich zusammen.

»Und kannst du mir auch sagen, wo sich diese Schriften befinden?«

Er sah das Misstrauen in den schönen grünen Augen seiner Tochter, als sie langsam den Kopf schüttelte.

Unmerklich war die Stimmung umgeschlagen, und Spannung lag in der Luft.

Eine Erinnerung blitzte in ihm auf. Etwas, das Nicola ihm gesagt hatte. Er konzentrierte sich, rief sich das letzte Gespräch mit dem Katharerführer ins Gedächtnis zurück, und dann wusste er es wieder. *Es ist ein Ort, der Seinen Namen trägt,* hatte Nicola ihm anvertraut. Aber welcher Ort sollte das sein? Doch Nicola hätte ihn nicht erwähnt, wenn er nicht überzeugt davon gewesen wäre, dass er, Raimund, dieses Rätsels lösen würde.

Und dann fiel es ihm plötzlich ein. Es war so naheliegend, dass er es beinahe übersehen hätte. Die *Guten Christen* sprachen vom Heiligen Geist als dem Tröster, während die katholische Geistlichkeit es vorzog, den lateinischen Namen zu benutzen. Sie nannte den Heiligen Geist den Parakleten, und es gab tatsächlich einen Ort mit diesem Namen, der sich in der Nähe von Paris befand, mitten im Herzen von Frankreich. Paraklet hieß ein abseits gelegenes Kloster, das längst vergessen worden wäre, hätte nicht das berühmteste Liebespaar des vergangenen Jahrhunderts dort seine letzte Ruhestätte gefunden. Noch heute wurde die Liebe zwischen Heloisa und Abaelard von Barden und Troubadouren besungen und ihre Geschichte an langen kalten Winterabenden erzählt. Vor allem aber würde niemand an diesem Ort das Vermächtnis der Katharer vermuten, weil Paraklet ein katholisches Kloster war.

Ein Ruck ging durch seine Gestalt. Seine Muskeln spannten sich. Er spürte, wie sein Blut schneller floss, als ihm klar wurde, welche Macht er damit in seinen Händen hielt. Und das hatte er allein Nicola zu verdanken. Nicola, dem Guten, dem Treuen, der voller Liebe gewesen war und ihm sein uneingeschränktes Vertrauen geschenkt hatte, obwohl Raimund ihn und seine Glaubensbrüder verraten hatte. Nicola hatte ihm die Entscheidung, was mit dem Vermächtnis der Katharer geschah, überlassen!

Er lehnte sich zurück, unschlüssig und überwältigt.

Vielleicht hätte er dem Papst gegeben, was er verlangte, um den Frieden in seinem Land wiederherzustellen, wenn der Verrat an Roger von Trencavel nicht gewesen wäre, der ihm nur allzu deutlich vor Augen geführt hatte, wozu die Kurie fähig war. Was war schon ein Versprechen wert, auch wenn es vom Heiligen Vater persönlich stammte, wenn selbst ein Schwur auf die Bibel nichts mehr galt?

»Wahrheit besteht ewig und Lüge nur einen Augenblick«, hatte Nicola einmal gesagt, als er ihn in einer schwierigen Situation um Rat gefragt hatte. Er erinnerte sich nicht mehr an die Sache, um die es damals gegangen war, aber Nicolas Worte hatte er nicht vergessen.

Er musste seine Tochter in Sicherheit bringen und mit ihr das Kreuz, und er musste dafür sorgen, dass niemand erfuhr, wer sie wirklich war, bis der Kreuzzug vorbei war.

Das erste Mal seit Langem hatte er das Gefühl, das Richtige zu tun, was ihn mit tiefer Zufriedenheit erfüllte.

»Elysa kann hier nicht bleiben«, sagte er, an Gordon gewandt. »Bring sie nach Toulouse und richte meiner Gemahlin aus, dass es mein Wunsch ist, dass sie dort in ihrer Obhut bleibt, bis ich zurück bin. Niemand soll erfahren, dass sie meine Tochter ist.« Er sah den jungen Ritter direkt an. Sein Blick war eine stumme Warnung.

»Vergiss nicht, wer sie ist. Ich vertraue sie dir an, weil ich weiß, wie sehr du mir ergeben bist. Und nun lass mich für eine Weile mit meiner Tochter allein, damit ich mich von ihr verabschieden kann.«

Nachdem Gordon das Zelt verlassen hatte, wandte der Graf sich an Elysa.

»Vielleicht wäre es sicherer, wenn du mir das Kreuz überlässt.«

Elysa war zu verblüfft, um sofort zu antworten. Doch auch

wenn sie nun wusste, dass dieser mächtige, düster wirkende Mann ihr Vater war, war er doch immer noch ein Fremder für sie. Sein Blick war zwar weniger gebieterisch als noch gerade zuvor, während er mit Gordon gesprochen hatte, aber das änderte die Situation zwischen ihnen nicht. Fast zärtlich ruhte er nun auf ihr. So als wollte er sich ihr Gesicht für immer einprägen.

Ein wenig verlegen hielt sie seiner Musterung stand. Wieder hatte jemand über ihr Schicksal entschieden. Sie hatte sich nicht dagegen gewehrt, weil dieser Jemand ihr Vater war und Väter nun einmal über das Los ihrer Töchter bestimmten. Gleichzeitig hatte sie das Gefühl, als sei ihr eine schwere Last von den Schultern genommen worden, weil ihr die Entscheidung, wohin sie als Nächstes mit dem Kreuz gehen sollte, damit abgenommen worden war. Oder freute sie sich einfach darüber, dass sie noch ein paar Tage länger mit Gordon verbringen durfte?

Der Graf hatte sich unmerklich vorgebeugt, und sie sah die Fältchen, die sich um seine Augen, seinen Mund und die Nasenwurzel herum eingegraben hatten, spürte die Schwermut hinter der Macht, die ihn umgab, während sie darüber nachdachte, was sie ihm antworten sollte.

»Ich werde deine Entscheidung respektieren, wie auch immer sie ausfällt.« Ein Seufzer begleitete seine Worte, der besagte, dass seine Geduld schon über Gebühr strapaziert worden war.

Der Gedanke, das Kreuz und die damit verbundene Verantwortung loszuwerden, war verlockend, doch noch ehe sie ihn zu Ende gedacht hatte, wusste sie, dass sie es ihrem Vater nicht überlassen konnte.

»Es wäre zu einfach«, sagte sie entschlossen. »Wenn Nicola gewollt hätte, dass Ihr das Kreuz bekommt, hätte er es Euch gegeben und nicht mir.«

»Und wenn ihm einfach die Zeit dazu gefehlt hat?«
»Dann ist es Schicksal.«
Der Graf atmete tief durch.
»Also gut. Ich habe dir mein Wort gegeben. Warte in Toulouse auf mich. Sobald das alles hier vorbei ist, werden wir gemeinsam den Ort aufsuchen, den dein Onkel ausgewählt hat.«

Sie wirkte eher erschrocken als verblüfft, ihr Mund öffnete und schloss sich wieder, aber sie sagte nichts.

Raimund spürte, wie er es genoss, die Oberhand behalten zu haben, und sei es auch nur gegenüber seiner Tochter. So weit ist es also schon mit mir gekommen, dachte er und bewunderte im Stillen ihre langen goldenen Wimpern über den grünen Augen, die denen Lenas so ähnlich waren. Es würde schwer werden, einen passenden Gemahl für Elysa zu finden. Sie war zu eigenwillig für eine Frau, und ihre unverblümte Offenheit würden die meisten Männer nicht akzeptieren.

Er beugte sich zu ihr und drückte ihr zum Abschied einen Kuss auf die Stirn.

Wie betäubt verließ Elysa das Zelt ihres Vaters. Draußen wartete Gordon schon mit den gesattelten Pferden auf sie.

»Wenn wir weit genug vom Lager entfernt sind, suchen wir uns einen Platz zum Schlafen«, versprach er.

»Ich bin nicht müde«, erklärte Elysa, die noch immer ganz gefangen von der Begegnung mit ihrem Vater war.

Sie ritten an den Ufern der Aude entlang. Der abnehmende Mond tauchte den Fluss in ein silbriges Licht. Kleine Wellen brachen sich leise plätschernd an seinen Uferrändern. Über ihnen funkelten die Sterne, und um sie herum herrschte nächtliche Stille. Das weiche Gras dämpfte das Klappern der Hufe. Irgendwo quakte eine Ente, die wahrscheinlich von irgendetwas in ihrem Schlaf aufgeschreckt worden war. Gordon horchte auf, ritt aber weiter, ohne sich umzusehen.

»Esclarmonde hat gesagt, Johanna von Plantagenet hätte mich schon vor meiner Geburt gehasst«, sagte Elysa, die immer wieder an die Worte der Gräfin von Foix denken musste.

Gordon wandte ihr sein Gesicht zu.

»Und jetzt fürchtest du, sie könnte dich immer noch hassen?«, fragte er lächelnd.

Elysa nickte, und Gordons Lächeln verstärkte sich. »Ich kann dich beruhigen. Johanna von Plantagenet ist schon vor vielen Jahren an den Folgen einer Fehlgeburt gestorben. Nach ihrem Tod hat dein Vater eine byzantinische Prinzessin geheiratet, aber seine jetzige Gemahlin ist Eleonore von Aragon, eine schöne und stolze Frau, die sehr gläubig ist und wahrscheinlich nicht einmal ahnt, dass es dich gibt.«

Elysa empfand Mitleid mit der Frau, die bei der Geburt des von ihr so lang ersehnten Kindes gestorben war. Es konnte nicht leicht für sie gewesen sein zu wissen, dass eine andere Frau ihrem Gemahl ein Kind geboren hatte, während ihr dieses Glück versagt geblieben war. Sie hätte zu gerne gewusst, was Gordon über ihre Mutter und vor allem über sie selbst dachte, wagte es aber nicht, ihn danach zu fragen.

Dann fiel ihr das Kreuz wieder ein, und ein Schauer lief ihr über den Rücken. Und da war es wieder – das unheimliche Gefühl, beobachtet zu werden, von geheimnisvollen, unsichtbaren Augen, die jede Bewegung von ihr verfolgten.

Verstohlen blickte sie sich um. Die eben noch friedliche Landschaft hatte sich in eine bedrohliche Schattenwelt verwandelt.

Gordon schien ihre Anspannung zu bemerken und sah immer wieder zu ihr hinüber, als wollte er sich vergewissern, dass alles in Ordnung mit ihr war. Groß und kraftvoll zeichnete sich seine Gestalt gegen das Mondlicht ab. Er wirkte vollkommen ruhig, für ihn gab es, wie es aussah, keine Gefahren, mit denen er nicht fertig werden würde.

Elysa seufzte erleichtert und war so froh wie noch nie, dass er bei ihr war.

Eine schmale schwarze Wolke verdeckte den Mond, und Prades trieb sein Pferd an, um den Abstand zwischen ihm und dem jungen Longchamp nicht zu groß werden zu lassen, obwohl er zu wissen glaubte, wohin der Ritter mit seinem angeblichen Knappen unterwegs war. Er hatte gesehen, wie die beiden sich küssten, und es hatte ihn wütend gemacht, weil die kleine Hure sich bei ihm so sehr geziert hatte.

Aber Prades hatte gelernt zu warten. Schon als kleiner Junge war ihm klar geworden, dass man nur auf den richtigen Zeitpunkt und eine günstige Gelegenheit warten musste, um sein Ziel zu erreichen. Simon von Montfort hatte ihn beauftragt, dem Mädchen zu folgen, wo auch immer es hinging. Er hatte zwar noch immer nicht herausgefunden, was das Mädchen so wichtig machte – das Kreuz allein konnte es ja wohl nicht sein –, aber das würde er schon noch herausfinden, davon war er fest überzeugt.

Es war niemand zu sehen, trotzdem hatte er das unheimliche Gefühl, verfolgt zu werden. Seine Nackenhaare stellten sich warnend auf, und seine Augen prüften aufmerksam das hügelige Gelände, versuchten, die Sträucher zu seiner Linken zu durchdringen und eventuelle Bewegungen hinter den Weiden mit ihren tief hinabhängenden Zweigen zu erkennen.

Auch wenn er es niemals offen zugegeben hätte, hasste er es, alleine durch die Dunkelheit zu reiten, in der das Böse stets gegenwärtig war und auf ihn lauerte, katzenhafte Dämonen und sogar der Leibhaftige selbst.

Aber Simon von Montfort hatte darauf bestanden und ihn

schwören lassen, mit niemandem über seinen Auftrag zu sprechen. Natürlich hatte er dem Feldherrn gegenüber kein Wort über seine letzte Begegnung mit Gordon von Longchamp verloren. Wütend spuckte er auf den Boden. Sein Zorn war stärker als seine Angst. Der Tag würde noch kommen, an dem er sich an dem jungen Ritter für all die erlittenen Demütigungen und den Tod seiner Kameraden rächte.

Er hatte nicht geahnt, wie sehr diese ihm fehlen würden, und begriff erst jetzt, dass es ihre Gemeinschaft war, durch die er sich stark gefühlt hatte.

Vor ihm stand plötzlich ein Schatten. Ein Schatten, der dort nicht hingehörte. Das Gefühl unmittelbarer Gefahr brachte seinen Puls zum Rasen.

Doch noch bevor er reagieren konnte, traf ihn ein heftiger Schlag am Kopf. Er spürte nicht mehr, dass er zu Boden stürzte, wo er reglos liegen blieb.

Der Mann warf noch einen kurzen Blick auf ihn, dann verschwand er genauso lautlos, wie er gekommen war.

Elysa und Gordon schlugen ihr Lager direkt am Flussufer auf. Gordon sattelte die Pferde ab und legte die beiden Sättel nebeneinander ins Gras. Dann schlang er die Zügel der Tiere um die Äste eines Busches und ließ sie grasen, sie würden ihn warnen, sobald sich ihnen jemand näherte.

Nicht ausgesprochene Gedanken und Gefühle standen zwischen ihnen wie eine Mauer. Schweigend streckten sie sich nebeneinander im weichen Gras aus und starrten in den funkelnden Sternenhimmel. *Genauso nah und doch so fern wie Gordon und ich einander sind*, dachte Elysa und überlegte kurz, dass sie nur ihre Hand auszustrecken brauchte, um ihn zu berühren. Doch sie tat es nicht.

Obwohl sie nichts lieber getan hätte. Es war ein unbeschreibliches Gefühl gewesen, von ihm umarmt zu werden und seinen Mund auf dem ihren zu spüren. Sie konnte nicht aufhören, daran zu denken.

»Wir werden verfolgt«, sagte Gordon da leise zu ihr.

Elysa erschrak. Sie wollte aufspringen, aber Gordon packte sie am Arm und hielt sie zurück. »Ich glaube nicht, dass sie uns angreifen«, beruhigte er sie, »sonst hätten sie es längst getan. Es gab schon viele Gelegenheiten, seitdem wir das Lager hinter uns gelassen haben. Ich denke eher, dass sie wissen wollen, wohin wir reiten. Vielleicht hoffen sie, dass du sie zu dem Ort führst, an dem euer Vermächtnis versteckt ist?«

Er sagte es ohne jeden Vorwurf, aber mit leisem Bedauern, und die Frage, die sich hinter seinen Worten verbarg, war nicht schwer zu erraten.

Er wollte wissen, wie viel sie tatsächlich wusste, glaubte ein Recht darauf zu haben, weil er mit ihr ritt. Seine Hand lag noch immer auf ihrem Arm. Sie spürte die Wärme seines Körpers durch den Stoff hindurch und eine unbestimmte Sehnsucht. War es wirklich erst einen Tag her, dass er sie geküsst hatte? Es kam ihr vor, als wäre eine Ewigkeit seitdem vergangen. Sie rückte ein Stück zur Seite und vergrößerte damit den Abstand zwischen ihnen, merkte, wie er seine Hand von ihrer Schulter löste, und vermisste augenblicklich seine Wärme.

Doch alles, was sie erwidern konnte, würde ihn nur noch mehr enttäuschen, daher sagte sie nichts, sah nur schweigend in die Nacht, hörte, wie er tief Luft holte, und war erleichtert, als er weitersprach, aussprach, was er dachte.

»Vermutlich sind es Arnold Amaurys Leute, oder der Graf von Foix lässt uns überwachen, wobei ich mir nicht sicher bin, was mir lieber ist«, sagte er in ihre Gedanken hinein und verschwieg ihr, das es noch eine dritte Möglichkeit gab, aber Prades, dieser hinterhältige Dreckskerl, würde sich hüten, ihnen zu nahe zu kommen.

Kam es ihr nur so vor, oder hatte seine Stimme kühler geklungen als sonst?

»Aber wie sollten sie mich in meiner Verkleidung und in der kurzen Zeit, die wir durchs Lager geritten sind, denn erkannt haben?«

Grillen zirpten im hohen Gras, und obwohl die Nacht still und friedlich wirkte, lag Spannung in der Luft. »Es wird Zeit, dass ich es herausfinde.« Er setzte sich auf und schnallte seinen Schwertgurt, den er zum Schlafen gelockert hatte, enger.

Elysa versuchte vergeblich, ihre aufsteigende Angst zu unterdrücken.

»Was habt Ihr vor?«

»Ich gehe auf Erkundungstour«, gab er zurück.

»Ich komme mit«, erklärte Elysa entschlossen und richtete sich ebenfalls auf.

Gordon sah sie an, als hätte er sich verhört.

»Das wirst du nicht«, sagte er so scharf, dass Elysa zusammenzuckte.

»Und wie wollt Ihr das verhindern?«, fragte sie trotzig und hörte selbst, wie herausfordernd ihre Worte klangen. Aber sie war es nicht gewohnt, dass man ihr sagte, was sie zu tun und zu lassen hatte. Nicola hatte sie immer dazu ermuntert, selbst zu entscheiden, weil man nur dann Verantwortung für das übernahm, was man tat, und niemand anders dafür verantwortlich machen konnte.

Gordon schwieg, und Elysa spürte, dass sie zu weit gegangen war. Doch er hatte sich schon mehrmals ihretwegen in Gefahr begeben, und sie wollte nicht, dass er es wieder tat. Weil der Gedanke, dass ihm dabei etwas zustoßen könnte, einfach zu schrecklich für sie war.

»Wenn es nicht anders geht, werde ich dich an der Weide dort hinten festbinden«, erklärte er ärgerlich. Sie starrten sich an, maßen einander mit Blicken wie zwei Gegner.

Plötzlich musste Gordon grinsen. »Du bist viel zu stur für ein Mädchen«, erklärte er und sah voller Genugtuung, wie Elysa errötete. Trotzdem hielt sie seinem Blick stand, und ihm dämmerte allmählich, dass sie gar nicht daran dachte, klein beizugeben.

»Ihr wollt Euch in Gefahr begeben und mich hier zurücklassen? Wenn Euch dabei aber etwas zustößt, werde ich ganz allein sein«, gab sie zu bedenken.

Daran hatte er nicht gedacht. Tatsächlich konnte er nicht ausschließen, entdeckt zu werden, wusste nicht einmal, ob seine Vermutungen bezüglich ihrer Verfolger stimmten. Misstrauisch sah er sie an. Irgendwie gelang es ihr immer wieder, Argumente zu finden, die gegen sein Vorhaben sprachen.

Elysa ahnte, dass es ihm nicht leichtfiel, untätig zu bleiben. Zu gut stand ihr noch der letzte Kampf vor Augen, seine Entschlossenheit und seine Wut auf die Männer, die sie entführt hatten. Todesmutig hatte er sich auf die Angreifer gestürzt. Ein Kampf auf Leben und Tod, vier Männer gegen einen, den er wie durch ein Wunder überlebt hatte.

Er beugte sich vor. Sein Gesicht war dem ihren so nah, dass sie seinen Atem auf ihrer Haut spüren konnte. »Du hast Glück, weil ich deinem Vater Gehorsam schulde.«

Seine Stimme klang rau, und plötzlich begriff sie, dass er sich ebenso nach ihr sehnte, wie sie sich nach ihm. Dass er sie nicht anrührte, weil er glaubte, es ihrem Vater schuldig zu sein.

Weil er einen Eid geschworen hatte, der einem Katholiken heilig war.

»Ich habe vor allem Glück, weil ich meine Entscheidungen frei treffen kann und an keinen Eid gebunden bin«, widersprach sie ihm.

Gordon stöhnte auf. »Der Mann, der dich einmal zur Gemahlin bekommt, ist wirklich zu bedauern.«

»Weil er eine Frau bekommt, die sagt, was sie denkt?«

»Weil er eine Frau bekommt, die tatsächlich das denkt, was sie sagt«, schoss Gordon zurück und grinste.

»Langsam verstehe ich, warum die katholische Kirche solche Angst vor euch hat. Weil sie gegen eure Argumente nicht ankommt.«

»Und Ihr? Habt Ihr auch Angst vor mir?«, forderte sie ihn heraus.

Worauf er sie anstelle einer Antwort packte und voller Leidenschaft küsste.

Sie erstarrte. Schuldgefühle drohten, sie zu überwältigen. Er hatte sie davor gewarnt, ihn allzu sehr zu reizen, und doch hatte sie nicht widerstehen können.

Doch so abrupt, wie er sie gepackt hatte, ließ Gordon wieder von ihr ab.

»Ist es das, was du willst?«, fragte er ganz nah an ihrem Ohr. »Dass ich meinen Eid verrate und auch mich selbst? Könntest du tatsächlich einen Mann lieben, der sich für das, was er getan hat, verachtet?«

Elysa wäre vor Scham am liebsten im Erdboden versunken.

»Ich wollte Euch nicht verletzen«, flüsterte sie. »Es hat mir nur nicht gefallen, dass Ihr mich nicht mehr küssen wollt, weil Ihr einen Eid geschworen habt«, gab sie zu.

Gordon war zu verblüfft, um sofort zu antworten. Ihre Ehrlichkeit war einfach entwaffnend, und er spürte, wie sie ihn besänftigte.

Was für ein merkwürdiges Mädchen sie doch war. Er hatte das Gefühl, die Willenskraft von zehn Männern aufbringen zu müssen, um sie nicht erneut in seine Arme zu reißen.

»Es war mein Wunsch, Ritter zu werden, und als solcher kann ich nicht einfach tun, was mir gefällt. Von dem Moment an, in dem ich meinen Eid breche, wird mein Wort keinen Pfifferling mehr wert sein.«

»Das bedeutet, Ihr werdet mich nie wieder küssen«, stellte Elysa bedrückt fest.

Gordon nickte ernst und musste ein Grinsen unterdrücken.

»Ihr habt recht«, sagte Elysa ernst, nachdem sie eine Weile über seine Worte nachgedacht hatte. »Einen Eidbrecher würde ich niemals lieben können.«

»Obwohl ich da vielleicht eine Idee hätte«, sagte Gordon, der die Situation zu genießen begann.

»Und was für eine Idee ist das?«

»Nun, wenn ich es mir recht überlege, habe ich nur versprochen nicht zu vergessen, wer du bist, von einem Kuss war nie die Rede, und wenn es dir doch so viel bedeutet?« Er wartete ihre Antwort nicht ab, sondern umarmte sie erneut. Sie fühlte seinen Mund auf ihrem. Wie sanft sich seine Lippen doch anfühlten, und wie herrlich es war, ihm so nah zu sein. Sein Kuss wurde fordernder, und Elysa drängte sich enger an ihn, ihre Hände strichen durch sein Haar, über seinen Rücken, die Arme und die Brust. So etwas hatte sie noch nie erlebt, und sie wollte mehr. Er bedeckte ihr Gesicht und ihren Hals mit Küssen, wagte es aber nicht, noch weiter zu gehen, obwohl sein ganzer Körper danach drängte, sie zu besitzen. »Bist du sicher, dass du das willst?«, fragte er schwer atmend und mit dem letzten bisschen klaren Denken, das ihm noch blieb. Sie wusste nichts von Männern, ahnte nicht, auf was sie sich einließ, und schlimmer noch, sie vertraute ihm. Seufzend ließ er von ihr ab. Obwohl es ihm so schwerfiel wie nichts zuvor in seinem Leben, brachte er es nicht über sich, ihr Vertrauen zu enttäuschen.

Das Vertrauen seines Herrn zu enttäuschen. Dennoch begehrte er sie, wie er noch nie eine Frau begehrt hatte.

Elysa sah ihn an, und langsam begann sie zu ahnen, was sie angerichtet hatte. »Ich hätte Euch nicht herausfordern dürfen. Könnt Ihr mir verzeihen?«

»Es ist nicht deine Schuld«, widersprach er ihr und stand auf, »ich hätte es einfach nicht so weit kommen lassen dürfen.«

Sein Edelmut beschämte sie noch mehr.

»Ich bin gleich zurück«, sagte er, »und bitte, tu nur ein einziges Mal, was ich dir sage, und warte hier auf mich.«

Noch bevor Elysa etwas erwidern konnte, war er verschwunden. Ihre Kehle schnürte sich zusammen. Mit klopfendem Herzen lauschte sie in die Dunkelheit. Wieder dachte sie, dass sie ihn nicht hätte herausfordern dürfen. Vielleicht wäre er dann bei ihr geblieben, anstatt sich ihretwegen erneut in Gefahr zu begeben.

Gordon entfernte sich währenddessen immer mehr vom Ufer und schlich lautlos die Böschung hoch. Er nutzte eine Gruppe Sträucher als Deckung, konnte aber nichts Auffälliges entdecken. Hinter den Sträuchern lag ein zur Hälfte gerodetes Waldstück, durch das ein Pfad führte.

Er folgte dem schmalen Weg, der sich durchs Unterholz schlängelte, und wäre beinahe über den leblosen Körper gestolpert, der mit verdrehten Gliedern bäuchlings vor ihm auf dem Boden lag. Der Mond stand jetzt direkt über ihm, und in seinem Licht erkannte er, dass der Mann eine blutige Wunde am Hinterkopf hatte. Etwas an ihm kam ihm bekannt vor. Er drehte den Körper auf die Seite und sah seine Ahnung bestätigt, als er Prades erkannte, dem irgendjemand den Schädel eingeschlagen hatte. Die Kopfverletzung war so schwer, dass es für Gordon außer Frage stand, dass Prades nicht nur bewusstlos, sondern tot sein musste.

Er schlug einen Bogen und lief weiter durchs Unterholz, in der Hoffnung, sich seinen Verfolgern von hinten nähern zu können. Plötzlich glaubte er, ein Geräusch zu vernehmen. Leise schleichende Schritte, die direkt hinter ihm waren. Seine Muskeln spannten sich, und er fuhr blitzschnell herum. Nichts. Da war niemand. Trotzdem war er sicher, jemanden gehört zu haben.

Er spähte in die Dunkelheit, versuchte, das Unterholz mit den Augen zu durchdringen, und sein Gefühl, beobachtet zu werden und sich in Gefahr zu befinden, verstärkte sich. Er wusste nicht, mit wem er es hier zu tun hatte und auch nicht, wie viele Männer es waren, aber er begriff, dass er Elysa niemals hätte alleine zurücklassen dürfen. So schnell er konnte, lief er zum Flussufer zurück.

Die Pferde hoben den Kopf, und sein Brauner schnaubte leise, als er ihn erkannte. Schon von Weitem sah er, dass das Lager verlassen war. Die Sättel lagen noch dort, wo er sie hingelegt hatte, aber von Elysa war weit und breit nichts zu sehen. Suchend schweifte sein Blick zum Uferrand und auf die schwarz glänzende Oberfläches des Flusses, der träge vorüberzog. Gordon drehte dem Fluss den Rücken zu, sein Atem ging schnell, und er zwang sich, stehen zu bleiben und in die Dunkelheit zu lauschen. Sein Herz klopfte so laut, dass er kaum etwas hören konnte, und die Angst, dass Elysa etwas zugestoßen sein könnte, schnürte ihm die Kehle zu.

Arnold Amaury biss sich auf die Lippen, während er mit verkniffener Miene zu Simon von Montfort hinüberstarrte, der ihm für seinen Geschmack ein wenig zu selbstgefällig auftrat. Im Zelt des Feldherrn hing starker Weingeruch. Er schien keinen Wert darauf zu legen, es nach seinen nächtlichen Gelagen durchlüften zu lassen.

»Wir reiten zuerst zum Montségur«, beharrte der Abt nun.

»Ihr habt mir die Führung dieses Kreuzzuges übertragen, und aus diesem Grund treffe ich die Entscheidung«, widersprach Simon von Montfort und schlug so heftig mit der flachen Hand auf die Tischplatte, dass Arnold Amaury zusammenfuhr. Er würde sich nie an die rauen Sitten der Kriegsmänner gewöhnen.

»Wir müssen Toulouse einnehmen, um den Rücken frei zu haben. Anschließend reiten wir zum Montségur und bringen auf dem Weg dorthin Minerve, Termes und Puivert in unsere Hand, die ebenfalls von strategischer Bedeutung für uns sind.«

»Und mit welchen Soldaten?«, fragte Arnold Amaury zurück.

»Der Graf von Nevers hat ebenso wie der Herzog von Burgund verkündet, das Heer sofort nach Beendigung der vereinbarten vierzig Tage mitsamt seinen Vasallen zu verlassen.«

»Der König wird uns neue Kreuzfahrer schicken.«

»Mir scheint, Ihr habt vergessen, in wessen Namen wir reiten.«

»Wie könnte ich das, wo Ihr mich doch täglich daran erinnert?« Simon von Montfort seufzte demonstrativ, er war es leid, sich immer wieder von Amaury belehren lassen zu müssen. Dann holte er zum Gegenschlag aus: »Wir haben keine andere Wahl. Der Graf von Toulouse hat viele Anhänger, vor allem jetzt, nachdem Ihr diesen schändlichen Verrat an dem jungen Trencavel begangen habt, schließen sie sich noch enger zusammen.

Sie haben Angst, dass es ihnen so ähnlich ergehen könnte wie diesem, aber noch weitaus schlimmer ist, dass uns der nordfranzösische Adel nun ebenfalls misstraut, und das ist allein Eure Schuld.«

»Der Heilige Vater wünscht, dass wir den Ketzern ihr Geheimnis entreißen. Dieses Ziel hat oberste Priorität«, verkündete Arnold Amaury von oben herab. »Und wir brauchen Toulouse nicht einzunehmen, weil der Graf auch so am Ende ist.« Mit triumphierender Miene zog er ein Schreiben unter seiner roten Dalmatica hervor, die er zum Zeichen seiner Würde mittlerweile auch bei inoffiziellen Anlässen trug, und drehte es zwischen seinen Händen, die in purpurfarbenen Seidenhandschuhen steckten, auf deren Oberseite ein goldenes, eingesticktes Kreuz prangte, bevor er es Simon von Montfort reichte. Der starrte das Pergament an, erkannte das päpstliche Siegel darauf und schluckte. Wusste der Abt nicht, dass er weder lesen noch schreiben konnte, oder wollte er ihm einmal mehr seine Überlegenheit beweisen?

»Lest es mir vor«, befahl er knapp.

Arnold Amaury kam seinem Befehl widerstandslos nach, nahm das Schreiben und fuhr sich mit der Zunge über die trockenen Lippen, bevor er begann:

Der Graf von Toulouse hat alle Truppen zu entlassen. Er hat der Geistlichkeit alle Personen auszuliefern, die ihm als Ketzer angegeben werden. Nur noch zwei Arten Fleisch sind in der ganzen Grafschaft Toulouse erlaubt. Alle Einwohner, Adlige und Bürger, dürfen fortan keine modischen Kleider mehr tragen, sondern nur noch grob gewebte dunkelbraune Kutten. Alle Befestigungen sind zu schleifen. Die bisher in ihnen lebenden Adligen dürfen nur noch wie die Bauern auf dem flachen Land wohnen. Jedes Familienoberhaupt hat jährlich vier Silberlinge an die päpstlichen Legaten zu entrichten.

Simon von Montfort darf ungestört durch die Länder Raimunds VI. ziehen, und sollte er ihm etwas wegnehmen, so hat sich der Graf von Toulouse dem nicht zu widersetzen. Er hat vielmehr bei den Johannitern oder den Temp-

lern in Palästina zu dienen und darf erst zurückkehren, wenn die Legaten es ihm gestatten. Seine Besitzungen gehören fortan dem Abt von Cîteaux und Simon von Montfort, solange es diesen beiden Herren beliebt.

Amaury blickte Simon von Montfort schadenfroh an.

»Das Schreiben ist für den Fall, dass der Graf uns seine Unterstützung verweigert«, erklärte er. »Und wir können es jederzeit in seinen Ländereien anschlagen lassen.«

»Wenn er uns seine Unterstützung für was verweigert?«, fragte der Feldherr zurück.

Arnold Amaury sah an ihm vorbei. »Das geht Euch nichts an.«

Simon von Montfort lehnte sich in seinem Stuhl zurück. Es war an der Zeit, dass er seinen Trumpf hervorzog und dem Abt seine Unfähigkeit vor Augen führte.

»Wie weit seid Ihr eigentlich mit unserem kleinen Geheimnis gekommen?«, erkundigte er sich, wohl wissend, dass seine Frage den Abt ärgern würde.

Der sah ihn daraufhin tatsächlich wütend an. »Aus genau diesem Grund müssen wir ja zum Montségur, und das wisst Ihr ganz genau«, platzte er heraus.

»Ich frage mich nur, was Ihr dort zu finden hofft«, erklärte Simon von Montfort. »Denn solltet Ihr dort das Kreuz suchen, werdet Ihr es ganz sicher nicht finden.«

Arnold Amaury rieb sich mit fahrigen Bewegungen das Kinn. »Wenn Ihr etwas darüber wisst, dann müsst Ihr es mir sagen«, murrte er und begann, vor lauter Aufregung zu schwitzen.

»Bevor ich auf Eure Frage antworte, würde ich gerne wissen, wo sich die Nichte des Ketzerführers Eurer Meinung nach befindet.«

Arnold Amaurys Gesicht wurde blass. »Sie ist in Prouille,

in einem Kloster, das von Nonnen geführt wird«, erwiderte er mit zitternder Stimme. Erwartungsvoll sah er Simon von Montfort an, der nicht lange zögerte, dem Abt mit den neuesten Nachrichten einen Schlag zu versetzen.

»Zu meinem Bedauern muss ich Euch enttäuschen. Das Mädchen war heute hier im Lager und befindet sich in Begleitung des jungen Longchamp vermutlich gerade auf dem Weg nach Toulouse. Zumindest sind sie in diese Richtung aufgebrochen.«

Arnold Amaury wurde blass.

»Wir müssen ihnen sofort nach.« Er sprang auf und lief unruhig im Zelt auf und ab.

»Bitte beruhigt Euch doch. Einer meiner Leute folgt den beiden bereits und wird mich über jeden Schritt, den sie tun, unterrichten.«

Fast belustigt betrachtete Simon von Montfort den Abt. »Sie trug Männerkleidung, als sie ins Lager ritt, aber mein Späher hat sich davon nicht täuschen lassen.«

»Ihr hättet sie festnehmen müssen. Es ist einem Mädchen verboten, wie ein Mann herumzulaufen.«

»Dann würden wir aber nie erfahren, wo die Ketzer ihren Schatz verborgen haben«, erklärte Montfort kalt.

»Ich erwarte, dass Ihr mich über alles, was Ihr in Erfahrung bringt, unverzüglich informiert«, forderte Arnold Amaury, dem es kaum gelang, seine Erregung zu verbergen.

»So wie Ihr mich informiert habt, bevor Ihr meine Ehre in den Dreck gezogen habt?« Montforts Stimme war voller Hass, den er nicht einmal zu verbergen versuchte.

»Vergesst nie mehr, dass ich diesen Kreuzzug führe, und zwar so, wie ich es für richtig halte. Lasst meinetwegen die Verfügungen des Heiligen Vaters an die Kirchentore nageln, aber wenn die Bürger von Toulouse sich nicht bedingungslos unterwerfen, werden wir nach Toulouse ziehen, sobald die deutschen Kreuzfahrer eingetroffen sind«, erklärte er mit kalter Gelassenheit.

Die beiden Männer starrten sich an. »Was ist mit dem Bund, den wir geschlossen haben, gilt er noch?«, lenkte Amaury nach einer Weile des Schweigens schließlich ein.

»Im Gegensatz zu Euch breche ich niemals mein Wort«, schnaubte Montfort verächtlich.

Arnold Amaury ließ sich seine Erleichterung nicht anmerken. Er nickte daraufhin nur kurz und verabschiedete sich dann.

Auf dem Weg zurück zu seinem Zelt überlegte er, ob er den Heiligen Vater um Unterstützung bitten sollte, bis ihm in den Sinn kam, dass der ihm beim derzeitigen Stand der Dinge diese einmalige Gelegenheit vielleicht aus der Hand nehmen oder, schlimmer noch, ihn für unfähig halten könnte. Trotzdem durfte er Montfort die Überwachung des Mädchens nicht alleine überlassen. Aber wen konnte er damit beauftragen? Er scheuchte Bruder Johannes und Bruder Remigius, die träge vor seinem Zelt hockten, mit einer unwirschen Handbewegung auf und hieß sie dann, ihn allein zu lassen. Im Zelt warf er sich vor seinem Altar auf die Knie. Beim Beten kamen ihm immer die besten Ideen, gleich göttlichen Funken, die sich plötzlich in seinem Kopf entzündeten.

Gordons Herzschlag beruhigte sich nur langsam. Seine Augen versuchten, die Dunkelheit zu durchdringen, als er plötzlich eine Bewegung hinter einer Gruppe hüfthoher Sträucher wahrnahm. In einer einzigen fließenden Bewegung zog er sein Schwert. Da löste sich eine schmale Gestalt aus den Sträuchern und kam direkt auf ihn zu.

»Ich bin so froh, dass Euch nichts geschehen ist«, flüsterte Elysa und betrachtete die Umgebung hinter ihm, als wolle sie sich vergewissern, dass ihm niemand gefolgt war. Gordon packte sie grob am Arm. »Wo zum Teufel bist du gewesen? Wenn ich mich recht erinnere, hatte ich dich gebeten, hier auf mich zu warten.«

»Ihr tut mir weh«, sagte Elysa und versuchte erfolglos, sich aus seinem Griff zu befreien.

»Du hast meine Frage nicht beantwortet.«

»Ich war am Fluss und habe mich gewaschen, und nachdem es hier weit und breit keine Latrinen gibt, habe ich mich in die Büsche geschlagen.«

Und hast mir dabei den Schreck meines Lebens eingejagt, dachte er, und ließ ihren Arm los. »Wir reiten weiter«, entschied er dann und begann, die Pferde gerade so schnell zu satteln, dass Elysa nicht bemerkte, wie eilig er es hatte, diesen Platz wieder zu verlassen. Sie ritten direkt am Flussufer entlang. Auch wenn sie so für jeden Verfolger weithin sichtbar waren, würde umgekehrt auch niemand näher als fünfzig Fuß an sie herankommen, ohne dass sie ihn bemerken würden.

Als die Morgendämmerung heraufzog, machten sie eine Pause. Gordon hatte keinen Verfolger bemerkt. Wäre er nicht über den toten Prades gestolpert, wäre er wohl zu dem Schluss gekommen, sich alles nur eingebildet zu haben, doch so blieb er wachsam, bis zwei Tage später die Mauern von Toulouse vor ihnen auftauchten.

Je näher sie an die Stadt heranritten, umso weniger behagte ihm der Gedanke, Elysa inmitten der intriganten Gesellschaft des Toulouser Hofes zu wissen. Ihre unverblümte Offenheit war gefährlich, und dass sie darüber hinaus ihre Meinung auch noch in einer Weise kundtat, die bei Hofe nicht üblich war, würde ihr dort sicher kein Wohlwollen einbringen. Im Gegenteil.

Elysas Schönheit würde bei den Damen Neid erregen, und die Tatsache, dass sie ein Bastard war und in den Augen der

Kirche eine Ketzerin, bot genügend Angriffsfläche, sobald jemand herausfände, wer Elysa tatsächlich war, was, so befürchtete Gordon, wohl nicht lange dauern würde.

»Ich denke, es ist das Beste, wenn ich dich als meine Verlobte ausgebe«, erklärte er unvermittelt.

»Ihr wollt mich heiraten?«, fragte Elysa überrascht. Ihre grünen Augen sahen ihn fragend an, abwägend, überwältigt.

Eine lange blonde Strähne hatte sich unter der Kappe gelöst und fiel ihr ins Gesicht, aber sie schien es nicht zu bemerken.

Ihre Reaktion bestätigte ihn in seinem Vorhaben. Sie war einfach zu vertrauensvoll und viel zu arglos, um am Hof unbeschadet zu überleben.

»Ich werde es Eleonore von Aragon gegenüber vorgeben, damit man dich nicht allzu sehr am Hof bedrängt«, erklärte er ihr.

Sprachlos starrte sie ihn an. »Ihr wollt lügen, damit niemand mich bedrängt?«, fragte sie ungläubig und gleichzeitig tief getroffen. Wie hatte sie nur so dumm sein können zu glauben, dass er sie heiraten wollte, nur weil er sie geküsst hatte.

»Du weißt nicht, was dich am Hof erwartet. Die adligen Vasallen und Hofbeamten sind schlimmer als Tiere, und jede Blöße, die man sich gibt, wird gnadenlos von ihnen ausgenutzt«, versuchte er es noch einmal. Ihm wurde schon übel, wenn er nur daran dachte.

»Ihr wollt es einfach nicht verstehen.« Sie klang so enttäuscht, dass es Gordon einen Stich versetzte. »Ich werde nicht lügen um eines Vorteils willen, und ich kann sehr gut auf mich selbst aufpassen.« Unwillkürlich musste sie daran denken, wie der Mönch in Mathildas Kloster sie befragt hatte. Damals war keine Lüge über ihre Lippen gekommen, aber sie hatte vor ihm verborgen, was sie wirklich dachte. Und gefühlt, dass dies nicht richtig war, weshalb sie es kein zweites Mal tun würde, konnte es auch nicht, wollte sie nicht alles verraten, was Nicola sie zu glauben gelehrt hatte.

Gordon sah sie ratlos an. »Aber eine Lüge aus der Not heraus kann man hinterher beichten und dafür die Absolution erhalten«, beharrte er.

Aber Elysa schüttelte nur stumm den Kopf.

»Mir scheint, du hast immer noch nicht begriffen, in welcher Gefahr du schwebst, und nicht nur du allein. Dein Vater und euer Vermächtnis sind ebenso in Gefahr. Man hat dir bereits den Tod auf dem Scheiterhaufen angedroht, und wenn Arnold Amaury herausfindet, dass du noch dazu die Tochter des Grafen von Toulouse bist, wird er dieses Wissen gegen ihn verwenden und dich benutzen, um ihn endgültig in die Knie zu zwingen. Ist es das, was du willst?«

Sie schüttelte heftig den Kopf, worauf sich noch weitere Haarsträhnen unter ihrer Kappe hervorstahlen.

»Wie könnt Ihr so etwas nur denken? Doch wenn ich zulasse, dass Ihr für mich lügt, wäre ich nicht anders als die, vor denen Ihr mich so sehr warnt.« Es klang so verzweifelt, dass Gordons Ärger verflog, nicht aber seine Sorge um sie.

Ihm fiel nichts ein, was er noch sagen konnte, also schwieg er.

Es war noch früh am Nachmittag, und eine hohe, blassgraue Wolkendecke bedeckte den Himmel. Der Wind frischte auf und blies ihnen mit aller Macht entgegen, fast so, als wollte er die beiden jungen Menschen davon abhalten weiterzureiten.

Die Burg des Grafen von Toulouse lag auf einem Hügel im Osten der Stadt. Nach außen hin abweisend, ließ sie vom Leben in ihrem Inneren nichts erahnen.

Elysa musste an ihre Mutter denken, sie hatte in dieser Burg gelebt und war in ihr gestorben. Wie hatte sie nur einer anderen Frau so viel Schmerz zufügen können, indem sie deren Gemahl in ihrem Bett empfing? Ihr Gesicht rötete sich vor Scham bei diesem Gedanken. Dann aber schüttelte sie den Kopf, als ihr klar wurde, dass sie kein Recht dazu hatte, ihre Mutter zu verurteilen, niemand hatte das.

Schweigend ritten sie nebeneinander auf die Burg zu.

Es war, als hätte es die vertrauten Momente zwischen ihnen nie gegeben. Nur ein einziges Mal sah Gordon sie noch an, als würde er etwas in ihrem Gesicht suchen, von dem er nicht sicher war, dass es vorhanden war. Wenig später ritt er über die hölzerne Zugbrücke in den unteren Burghof ein, ohne sich nach ihr umzusehen. Die Wachen grüßten Gordon freundlich, ebenso der Stallmeister, der ihnen eigenhändig die Pferde abnahm, bevor er nach seinen Knechten pfiff. Auf dem Weg zum Wohnturm kam ihnen Nathan, der Truchsess, entgegen und begleitete sie durch die große Halle, die mit farbenprächtigen Wandteppichen ausgestattet war. Bunte Fahnen steckten zwischen den hohen, bogenförmigen Fenstern in schweren Halterungen, schmückten die Stirnseite und die freien Stellen neben dem Kamin, in dem ein ganzes Rind Platz fand, und bildeten den passenden Rahmen für die farbenfroh gekleideten Menschen, die nun in die Halle strömten, während Bedienstete die Öllampen auf den Tischen und die Fackeln an den Wänden entzündeten, Schalen, Löffel und Becher auf den Tischen verteilten und aus großen Krügen Wein einschenkten. An einer der beiden Treppen, die ins obere Geschoss führten, blieb der Truchsess stehen.

»Die Gräfin erwartet Euch«, sagte Nathan und nickte Gordon zu. »Isabelle, ihre Dame, wird Euch zu ihren Gemächern bringen.« Er hatte kaum zu Ende gesprochen, als auch schon eine große Frau in einem schlichten Gewand die Treppe hinabgeeilt kam. Sie hatte einen ruckartigen Gang, ein faltenlos bleiches, aber strenges Gesicht und musterte erst Gordon und dann seinen angeblichen Knappen mit zusammengekniffenen Augen.

»Wenn Ihr mir bitte folgen würdet, meine Herrin erwartet Euch bereits«, erklärte sie mit harter Stimme.

Eleonore von Aragon legte die Bibel zur Seite, in der sie gerade gelesen hatte, und verspürte wieder dieses herrliche, kribbelnde Gefühl, etwas Verbotenes getan zu haben. Aber genau das machte das Lesen in der Heiligen Schrift ja so spannend, dass es Laien wie ihr nicht gestattet war.

Raimund hatte ihr die kostbare Abschrift vor seiner Abreise überreicht, und nun musste sie jedes Mal an ihn denken, sobald sie die Bibel zur Hand nahm und die wundervollen Illustrationen betrachtete, die das Buch schmückten. War dies seine Absicht gewesen? Wollte er nach all den Jahren, die sie gleichgültig nebeneinander her gelebt hatten, dass sie an ihn dachte?

Oder bezweckte er etwas anderes mit seinem Geschenk? Sie hatte von den schrecklichen Dingen gehört, die geschehen waren, und betete jeden Tag in der Kapelle für die armen Seelen der Verstorbenen.

Ihr Gemahl hatte darauf bestanden, dass Nathan in seinem Amt verblieb, obwohl die Kirche angeordnet hatte, alle Juden von ihren Ämtern zu suspendieren. Und er unternahm absolut nichts gegen die, die sich die *Guten Christen* nannten. Merkte er denn nicht, wie überheblich allein schon der Name klang, den sie sich gaben? Als ob die Katholiken keine guten Christen wären.

Dabei trugen allein die *Guten Christen* die Schuld an dem Unglück, das über ihr Land hereingebrochen war, davon war sie fest überzeugt. Ihr Bruder, Peter von Aragon, hatte vergeblich versucht, ihren Gemahl davon zu überzeugen, sich von ihnen loszusagen, aber Raimund VI. war stur geblieben.

Plötzlich kam ihr der Gedanke, dass er ihr das kostbare Buch nur geschenkt haben könnte, weil er sehen wollte, ob sie der Versuchung erliegen und gegen den ausdrücklichen Willen der Kirche darin lesen würde. Sie lehnte sich in die weichen Kissen zurück, und ein Lächeln huschte um ihre schmalen Lippen herum.

Wie gerissen ihr Gemahl doch war. Obwohl sie eigentlich böse auf ihn sein sollte, konnte sie nicht umhin, ihn für seine List zu bewundern. Sie runzelte die Stirn.

Tatsächlich musste sie sich fragen, wie die Kirche eigentlich dazu kam, dem Adel das Lesen der Bibel zu verbieten? Hätte es nicht gereicht, es dem einfachen Volk zu untersagen, das ohnehin größtenteils des Lesens unkundig war? Erschrocken schlug sie sich die Hand vor den Mund. Hatte sie nicht soeben für einen kurzen Moment einen Erlass der Kirche in Frage gestellt, obwohl sie wusste, dass dies einer Gotteslästerung gleichkam?

Aber ich habe recht, dachte sie trotzig. Je mehr ich im Wort Gottes lese, umso besser kann ich es verstehen und befolgen. Doch ihr nächster Gedanke entsetzte sie noch mehr. War es möglich, dass die Kirche deshalb solche Angst vor den *Guten Christen* hatte, weil sie um ihre Macht fürchtete? Dass das Bibelverbot eigentlich gegen diese gerichtet war, weil viele der Gutmänner und auch einige ihrer Frauen des Lesens mächtig waren?

Aber das würde ja bedeuten ... sie hielt inne, spürte, wie ihr Herz heftig pochte, und wagte es kaum, den frevelhaften Gedanken, dass vom eigenständigen Lesen der Bibel eine Gefahr für die Kirche ausging, weiterzudenken.

War es das, was ihr Gemahl ihr mit diesem Geschenk begreiflich machen wollte? Ihr Herzschlag beschleunigte sich.

Denn wenn ihre Vermutung zutraf, würde das auch bedeuten, dass sie ihrem Gemahl längst nicht so gleichgültig war, wie sie bisher angenommen hatte. Sondern dass ihm etwas daran lag, dass sie ihn verstand und dass er sie für klug genug hielt, sein Ansinnen zu begreifen.

Ihre Wangen röteten sich vor Aufregung. Sie würde noch inniger beten, noch mehr Almosen an die Bettler verteilen lassen und sich verstärkt um die Kranken kümmern. Und sie würde keine spitzen Bemerkungen mehr über seine Mätressen machen, weil sie wusste, wie sehr ihr Gemahl dies hasste. Sie würde einfach alles tun, damit ihr sehnlichster Wunsch, doch noch ein Kind von ihm zu empfangen, endlich in Erfüllung ging. Ein Kind, das ihr die Liebe und Wärme schenkte, nach der sie sich so sehr sehnte.

Dazu würde sie aber vor allem verführerische Kleider brauchen und betörende neue Düfte. Isabelle musste sich sofort darum kümmern. Nein, nicht Isabelle, die würde sie nur mit einem missbilligenden Blick strafen und sie daran erinnern, dass eine Frau in ihrer Stellung demütig und bescheiden zu sein hatte.

Maria von Saissac musste ihr helfen. Sie war die einzige ihrer Hofdamen, die sich nichts aus Isabelles Ermahnungen machte und sich zu deren Ärger ebenso aufreizend kleidete und bewegte wie die Mätressen ihres Gemahls.

Das Eintreffen Gordons von Longchamp, der sich ihr mit kraftvollen Schritten näherte und sich formvollendet vor ihr verneigte, riss sie aus ihren Überlegungen.

Elysa, die hinter ihm stand, bedachte sie lediglich mit einem raschen, gleichgültigen Blick, bevor sie sich wieder dem jungen Ritter zuwandte.

»Ihr bringt Neuigkeiten von meinem Gemahl?«, fragte sie ihn und richtete sich kerzengerade auf.

Ihre Stimme klang spröde, als wäre ihr die französische Sprache noch immer fremd. Wie ihre Hofdame Isabelle trug sie ein hochgeschlossenes Gewand aus dunkelblauem Damast, dessen einziger Schmuck die goldene Stickerei am Halsausschnitt und an den leicht ausgestellten Ärmeln war. Ihr dunkles Haar wurde von einem Gebinde verhüllt. Eleonore war keine schöne Frau im klassischen Sinn. Ihr Mund war zu schmal, ihre Brauen schwarz, wie mit einem Kohlestift gezogen, und die Nase etwas zu lang. Aber ihre Augen zogen jeden, der sich ihr näherte, in ihren Bann. Sie waren schwarz, intensiv und lebhaft, wenn sie ihre Regungen nicht unterdrückte.

Gordon wandte sich zu Elysa um und bedeutete ihr, neben ihn zu treten.

»Euer Gemahl wünscht, dass Ihr Euch bis zu seiner Rückkehr Nicolas Nichte annehmt. Ihr Name ist Elysa. Er wünscht weiterhin, dass niemand am Hof erfährt, wer sie ist.«

Nicola, der Vollkommene, dem ihr Gemahl eigenhändig Wein eingegossen und dem er mehr Respekt entgegengebracht hatte als dem Bischof von Toulouse und den Legaten des Papstes. Sie hatte für das Seelenheil ihres Gemahls gebetet, der den Führer der *Guten Christen* behandelt hatte wie einen König.

Eleonore von Aragon musterte Elysa eingehend und rümpfte die Nase, als ihr Blick auf die Beinlinge und die viel zu großen Schuhe fiel.

»Als mein Knappe hat sie weniger Aufsehen erregt«, erklärte Gordon den Umstand, dass Elysa Männerkleidung trug.

Eine Ketzerin also. Ihr Gemahl verlangte von ihr, eine Ketzerin bei sich aufzunehmen. Sie wollte schon zu einer scharfen Erwiderung ansetzen, als ihr einfiel, dass sie soeben erst beschlossen hatte, alles zu tun, um ihrem Gemahl zu gefallen.

»Sie gehört also den *Guten Christen* an«, stellte sie mit ausdruckslosem Gesicht fest und sah Gordon dann schweigend an, wartete darauf, dass er noch etwas sagen würde, ohne dass sie ihn danach fragen musste und damit ihre Neugier verriet. Doch zu ihrem Ärger gab der junge Ritter keine weitere Erklärung ab, obwohl ihm doch klar sein musste, dass sie gerne mehr über das Mädchen erfahren hätte. Schließlich hielt sie es nicht länger aus.

»Mein Gemahl muss großes Vertrauen in Euch haben, dass er Euch alleine mit einem so jungen Mädchen reisen lässt.«

Gordons Muskeln spannten sich unwillkürlich an.

»Das hat er.«

Die Diplomatie und Etikette am Hof des Grafen, die oftmals nichts anderes waren als verlogene Heuchelei, hatte er von jeher verabscheut. Warum nur sagte niemals jemand das, was er dachte, sondern redete stattdessen darum herum?

Doch Eleonore von Aragon verbarg ihren Ärger so formvollendet, dass Gordon nicht umhinkonnte, sie dafür zu bewundern. Wenn auch widerwillig; er jedenfalls würde es niemals fertigbringen, sich so zu verstellen.

Sie klatschte in die Hände. Beinahe sofort war Isabelle zur Stelle und verneigte sich vor ihrer Herrin.

»Bring das Mädchen in die Badestube und besorge ihm etwas zum Anziehen. Es ist unser Gast und wird eine Weile bei uns bleiben.«

Sie sah Elysa nach, als sie mit ihrer Hofdame das Gemach verließ, bevor sie ihre Aufmerksamkeit wieder Gordon zuwandte.

»Wozu diese ganze Maskerade?«, fragte sie scharf, wobei sich ihre schwarzen Augen förmlich in die Gordons hineinbohrten.

»Ich bin nicht befugt, darüber zu sprechen«, erwiderte Gordon steif.

Seine Wangenmuskeln kamen ihm wie versteinert vor.

Eleonore runzelte die hohe, weiße Stirn.

»Ich bedauere sehr, Euch nicht mehr sagen zu dürfen«, fügte er hinzu und bedauerte, dass seine Antwort Eleonore nur noch mehr anspornen würde zu ergründen, was es mit Elysa auf sich hatte.

Er sah, wie es hinter ihrer Stirn arbeitete, und seine Sorge um Elysa wuchs. Doch da bemerkte er auf einmal, dass sich der Gesichtsausdruck der Gräfin änderte, als wäre ihr gerade ein Gedanke gekommen, der sie stocken ließ.

»Ist sie vor der Kirche auf der Flucht?«, hörte er sie da auch schon atemlos fragen, und ihre sonst so unnahbare Miene zeigte erstmalig Anteilnahme.

Gordon gab ihr keine Antwort, und das war Antwort genug.

»Vielleicht wäre es das Beste, dafür zu sorgen, dass sie so wenig Aufmerksamkeit wie möglich erregt«, schlug er vor.

Die Augen der Gräfin verengten sich. Es ist die Entscheidung meines Gemahls, gegen die katholische Kirche zu rebellieren, und nicht die meine, beruhigte sie sich. Und daraus, dass ich ihm als seine Gemahlin Gehorsam schulde, wird mir niemand einen Vorwurf machen können.

»Richtet meinem Gemahl aus, dass ich mich um das Mädchen kümmern werde«, erklärte sie steif. »Und richtet ihm ebenfalls aus, dass sein großzügiges Geschenk mein Herz erfreut und ich seine Rückkehr kaum erwarten kann«, fügte sie leiser hinzu.

Damit war er entlassen. Trotzdem zögerte er. Es war nur ein winziger Augenblick, der Eleonore von Aragon aber nicht entging, bevor er sich vor ihr verbeugte und die Kemenate mit einem unguten Gefühl verließ.

Isabelle führte Elysa in eine geräumige, fensterlose Kammer im hinteren Teil des Wohnturms und winkte zwei Mägde heran. »Bereitet unserem Gast ein Bad, und bringt etwas zum Anziehen für sie. Beeilt euch, damit sie nicht zu spät zum Abendmahl erscheint.«

Die Mägde beeilten sich, ihrem Befehl nachzukommen. Während die erste Eimer mit heißem Wasser heranschleppte und der Badezuber sich langsam füllte, kümmerte sich die zweite um Elysas neue Kleidung und gab dann eine duftende Flüssigkeit aus einem kleinen Glasfläschchen ins Wasser. Sofort entfaltete sich ein intensiver Lavendelgeruch in der Kammer. Da tänzelte ein hübsches, zierliches Mädchen, dessen braune Augen übermütig funkelten, zur Tür herein. Rotbraune, glänzende Locken fielen ihm bis auf die schmalen Hüften.

»Ich bin Maria von Saissac«, erklärte es und musterte Elysa mit unverhohlener Neugier, »und werde Euch von nun an zu Diensten sein.«

Mit flinken Fingern half sie Elysa aus dem Wams, das sie über dem Männerhemd trug, und hielt es mit gerümpfter Nase nach oben, bevor sie es angewidert zu Boden fallen ließ. Isabelle warf ihr einen vernichtenden Blick zu, dann verließ sie die Badestube.

Das Mädchen wartete, bis diese außer Hörweite war, dann gelang es ihm nicht länger, seine Neugier zu zügeln.

»Es muss ja schrecklich für Euch gewesen sein, solche Kleider tragen zu müssen«, sagte es mitfühlend und fasste mit angewiderter Miene nach dem Hemd, um es Elysa über den Kopf zu ziehen.

Endlich kam Elysa wieder zur Besinnung. Sie fühlte sich noch immer wie betäubt nach dem unfreundlichen Empfang durch die Gräfin, die sie, ohne das Wort an sie zu richten und eines weiteren Blickes zu würdigen, entlassen hatte. Esclarmonde hatte ihr zwar versichert, sie wäre ein Kind der Liebe, auch wenn das nicht wiedergutmachte, was ihre Mutter getan hatte. Aber es war so entsetzlich beschämend gewesen, in der ärmlichen, schmutzigen Männerkleidung samt Kappe vor der edel gekleideten Gräfin und ihren nicht minder eleganten Hofdamen zu stehen.

»Bitte, ich würde lieber alleine baden«, erklärte Elysa und verschränkte abwehrend die Hände vor ihrer Brust.

Marias Augen verdunkelten sich. »Wie Ihr wünscht«, sagte sie steif. »Ich komme dann später zurück und helfe Euch beim Anziehen.«

Sie entfernte sich und zog die Türe mit einem heftigen Ruck hinter sich zu, der Elysa verriet, wie verletzt sie war. Sie nestelte am Verschluss ihres Hemdes, nahm dann das Kreuz ab und schob es rasch in ihren Beutel, bevor sie sich ihrer Kleidung entledigte und sich mit einem tiefen Seufzer in das warme, duftende Wasser sinken ließ. Beinahe sofort spürte sie, wie die Anspannung von ihr wich.

Sie schloss die Augen. Der Lavendelduft weckte Erinnerungen an sonnendurchflutete Felder und unbeschwerte Zeiten in ihr. Sie dachte daran, wie sie mit Sarah in dem winzigen Innenhof neben Annas Haus gesessen und fröhlich plaudernd die Kräuter zu kleinen Bündeln zusammengebunden und danach zum Trocknen unter die Balken gehängt hatte. Der festgestampfte Lehmboden unter ihren Füßen war so warm wie die Sonne, die ihnen ins Gesicht schien. Der Duft von Lavendel und Rosmarin mischte sich mit dem frischgebackenen Brotes, der dem Lehmbackofen in der Mitte des Hofes entströmte.

Lächelnd hatte Sarah ihr verraten, wie sehr sie Samuel liebte und dass ihre Eltern schon einen Tag für die Hochzeit festgesetzt hatten.

Sie hatte Sarahs Stimme noch in den Ohren, als sie plötzlich eine Hand auf ihrer Schulter spürte. Erschrocken fuhr sie hoch und sah Maria neben dem Zuber hocken. Sie musste tatsächlich eingeschlafen sein. »Ihr müsst Euch beeilen, die Herrin erwartet Euch.« Maria reichte ihr die Hand, um ihr aus dem Zuber zu helfen. Hinter ihr stand eine der Mägde mit weißen Leinentüchern.

»Ihr seid wunderschön«, schmeichelte Maria, während sie Elysas Haar trocknete. »Euer Haar ist weich wie Seide und hell wie flüssiges Gold. Ihr seid sicher sehr stolz darauf«, fügte sie hinzu.

»Hör sofort auf, den Gast unserer Herrin mit neugierigen Fragen zu belästigen, Maria«, erklang da Isabelles scharfe Stimme hinter ihnen.

Die Mägde zuckten zusammen, doch Maria verdrehte nur die Augen und lächelte Elysa verschwörerisch zu. Ihr Ärger von vorhin schien vergessen, zumindest merkte man ihn ihr nicht mehr an.

Unter Isabelles gestrengen Augen wurde Elysa nach dem Bad angekleidet. Zuerst streifte Maria ihr ein weißes Gewand mit engen Ärmeln über den Kopf, das wunderbar weich war, und darüber eine eng anliegende Cotte mit weiten Ärmeln und schräg geschnittenen Schultern aus einfarbigem, grünem Damast, die sie in der Taille mit einem goldfarben bestickten Bindegürtel zusammenband. Dann flocht sie Elysas Haar zu einem kunstvollen Gebilde und setzte ihr einen schmalen silbernen Reif mit einem zarten Schleier auf.

Elysa ließ alles schweigend über sich ergehen.

Maria trat zurück und betrachtete zufrieden ihr Werk. »Die anderen Frauen werden vor Neid erblassen, wenn sie Euch sehen.« Sie nahm einen Handspiegel von der Kommode und hielt ihn Elysa vors Gesicht.

Es war das erste Mal, dass Elysa ihr Gesicht in einem Spiegel sah. Eine fremde junge Frau starrte ihr aus der schimmernden Fläche entgegen, das Grün ihrer Augen wurde vom glänzenden Damast noch betont, ihre Wangen waren von dem heißen Wasser sanft gerötet und wurden von zierlich geflochtenen Zöpfen, in denen silberne Perlen schimmerten, umschmeichelt.

»Schluss jetzt mit dem eitlen Getue«, erklang Isabelles harte Stimme in ihrem Rücken. »Die Gräfin erwartet uns.«

Elysa folgte Isabelle und Maria zurück zu den Gemächern der Gräfin. Als sie in deren Kemenate traten, hatten sich die restlichen Hofdamen bereits hinter ihrer Herrin versammelt. Maria nahm ihren Platz im Gefolge der Gräfin wieder ein, und Isabelle trat einen Schritt hinter Elysa zurück, die nun von zehn Augenpaaren auf einmal neugierig angestarrt wurde. Leises Gemurmel erhob sich.

Auch Eleonore von Aragon zog überascht die Augenbrauen hoch. Nicolas Nichte war von außergewöhnlicher Schönheit. Ihre grünen Augen und das helle Haar würden zweifellos mehr Aufmerksamkeit erregen, als ihrem Gemahl lieb sein konnte.

Doch es war zu spät, um sie zu verstecken. Die Neuigkeit von dem eingetroffenen Gast in Männerkleidung hatte sich schon längst in der gesamten Burg verbreitet. Und wenn sie das Mädchen in einer der Kammern verborgen hielte, würde das die Gerüchteküche nur noch mehr anheizen. Also würde sie genau das Gegenteil tun. Sie würde Elysa dem Hof als mittelloses Mündel ihres Gemahls präsentieren und damit jedes Gerede von Anfang an im Keim ersticken.

Seufzend erhob sie sich, und auf einen unmissverständlichen Wink Isabelles hin reihte Elysa sich in das Gefolge der Gräfin ein.

Die Luft im Saal war stickig und erfüllt von fröhlichem Gelächter. »Ihr dürft neben der Gräfin sitzen«, flüsterte Maria

Elysa zu. »Alle Damen werden Euch um diese Ehre beneiden und sich fragen, wer Ihr seid.«

Das Stimmengewirr um Elysa herum steigerte sich zu einem ohrenbetäubenden Lärm. Eine verwirrende Vielfalt unterschiedlicher Düfte stieg Elysa in die Nase, und ihre Augen waren wie geblendet von den vielen Öllampen und Fackeln, in deren Schein der Schmuck und die Edelsteine der Damen blitzten. Sie hätte am liebsten die Flucht ergriffen. Hilfesuchend sah sie sich um und entdeckte Gordon am unteren Ende der Tafel. Er starrte sie an, wie hundert andere Augenpaare auch. Nachdem die Gräfin ihren Platz eingenommen hatte, trugen Küchenknechte und -mägde auf hölzernen Platten gebratenes Wild und Geflügel sowie verschiedene Pasteten herein.

Elysas Magen zog sich beim Anblick der toten Tiere zusammen. Sie würde keinen Bissen hinunterbekommen, wusste nicht, wie lange sie deren Anblick ertragen konnte.

Während Vorschneider das Fleisch in mundgerechte Stücke zerteilten, wurde Brot an den Tischen verteilt und Wein eingeschenkt.

Nathan schob erst der Gräfin und anschließend Elysa einige Stückchen Fleisch auf den Teller, das einen merkwürdigen Geruch verströmte.

Das Fleisch roch wie Fisch! Ungläubig starrte Elysa auf ihren Teller. »Du hast Glück, dass heute Freitag ist«, sagte Eleonore von Aragon leise zu ihr. »Es ist Fisch, der nur aussieht wie Fleisch. Du kannst also unbesorgt essen.«

Elysa, die seit Tagen nichts anderes als hartes Brot und Käse gegessen hatte, probierte vorsichtig ein Stückchen von dem Fisch, dessen Saft in das weiche, weiße Brot eingezogen war. Er schmeckte herrlich, und Elysa aß in Windeseile ihren Teller leer. Sofort legte Nathan ihr nach.

»Es ziemt sich nicht für eine Dame, so zu schlingen«, zischte Isabelle ihr zu. Elysa sah von ihrem Teller auf. Neugierige Gesichter verfolgten jede ihrer Bewegungen, als hätte sie zwei Köpfe oder wäre ein seltenes Tier aus einem weit entfernten Land. Sie leckte sich die Finger ab und betrachtete die Damen, die verlegen ihrem Blick auswichen. »Aber es ziemt sich offensichtlich, neue Gäste mit Blicken zu belästigen?«, platzte es aus ihr heraus. Isabelle sah sie mit offenem Mund an, unfähig, etwas darauf zu erwidern.

Eleonore von Aragon bedachte ihre Hofdamen mit strengen Blicken. Das Gemurmel verstummte, und für einen Augenblick herrschte Stille im Saal.

Dann setzten die Gespräche aufgeregter und lauter als zuvor wieder ein, und Elysa ahnte, dass sie sich einzig und allein um sie drehten.

Noch nie hatte sie sich irgendwo so fehl am Platz gefühlt wie an dieser reich gedeckten Tafel und noch nie zuvor solch schmerzhaftes Heimweh verspürt. Sie gehörte nicht hierher, aber wohin gehörte sie dann?

Der nächste Gang wurde aufgetragen. Es gab Hechtklößchen, im Kräutermantel gebackene Saiblinge und Krebstorte aus dem Ofen. Dazu floss der Wein in Strömen.

Elysa hatte keinen Appetit mehr. Still und regungslos wie eine Statue ließ sie den Abend über sich ergehen.

Sie wäre weniger ruhig gewesen, wenn sie etwas von den beiden Menschen geahnt hätte, die sie immer wieder ungläubig betrachteten und, obwohl sie sie nie zuvor gesehen hatten, keinerlei Zweifel daran hegten, wer sie war.

Der eine von ihnen war Nathan, der seit fast zwanzig Jahren am Hof des Grafen von Toulouse lebte und Elysas Mutter gekannt und verehrt hatte. Von ihm ging keine Gefahr aus. Auch ohne einen entsprechenden Befehl seines Herrn würde er auf das Mädchen achten, dessen Herkunft ganz offensichtlich geheim gehalten werden sollte.

Der andere war die Wäscherin Marguerite, der vor Schreck fast das Herz stehen geblieben war, als sie Elysa sah. Zuerst glaubte sie, einen Geist aus der Vergangenheit vor sich zu haben, als Strafe für ihre Unfähigkeit und all die törichten Sünden, die sie begangen hatte, bis ihr dämmerte, dass dieses Mädchen die Tochter der Frau sein könnte, an deren Tod man ihr die Schuld gegeben hatte. Sie bekam heute noch weiche Knie, wenn sie daran dachte, wie knapp sie damals einer furchtbaren Strafe entkommen war, und das auch nur, weil sich der Bruder der Toten für sie eingesetzt hatte.

In ihren Träumen erschien ihr noch manchmal sein Gesicht, und sie hörte seine freundliche Stimme, die den Grafen, der außer sich vor Zorn und Trauer war, daran erinnerte, dass der Tod seiner Mätresse nun einmal der Wille des Herrn gewesen war.

Sofort nachdem die Gräfin das Mahl aufgehoben hatte, suchte Marguerite Pater Stephan auf und bat ihn, ihr die Beichte abzunehmen.

»Komm mit in meine Kammer, dort sind wir ungestört«, verlangte er und schaute gierig auf ihren Busen. Seufzend gab Marguerite nach, so wie sie immer nachgegeben hatte.

Sie erzählte ihm von Lena, die kurz nach der Geburt ihrer Tochter gestorben war, von dem Baby, das danach spurlos verschwunden war, und von dem Mädchen, das heute beim Abendmahl neben der Gräfin gesessen hatte und der ehemaligen Mätresse des Grafen glich wie ein Ei dem anderen.

»Es war der Wille des Herrn und nicht deine Schuld, dass die Mätresse des Grafen nach der Geburt starb«, erklärte er ihr und verstand nicht, warum sie sich so aufregte.

»Aber alle haben mir damals die Schuld gegeben, und ich durfte nicht mehr als Hebamme arbeiten, sondern musste froh sein, als Wäscherin hierbleiben zu dürfen, was ich nur meiner Cousine zu verdanken habe. Was ist, wenn das Mädchen mich erkennt und mir ebenfalls die Schuld am Tod ihrer Mutter gibt?«, jammerte Marguerite weiter, doch Pater Stephan hörte ihr nicht mehr zu. Ihm war ein Gedanke gekommen, der ihn nicht mehr losließ. Die Mätresse, von der Marguerite sprach, war die Schwester von Nicola, dem Vollkommenen, gewesen, der ihn an diesem Hof zur Bedeutungslosigkeit verdammt hatte. Und sollte das Mädchen an der Tafel tatsächlich deren Tochter sein, bedeutete das, dass sie ein Bastard des Grafen von Toulouse war und vermutlich zudem noch eine Ketzerin.

Er schob die völlig verdatterte Marguerite wortlos aus seiner Kammer und schloss die Tür hinter ihr.

Dann begab er sich an sein Schreibpult und schrieb einen Brief, um dem Legaten des Papstes diese Ungeheuerlichkeit mitzuteilen. Er hinterlegte ihn am vereinbarten Ort und war überzeugt davon, dass man dieses Mal mit ihm zufrieden sein würde.

Elysa hatte schlecht geschlafen, obwohl Eleonore von Aragon ihr eine eigene Kammer zugewiesen hatte. Es war die von Isabelle, die ihren Unwillen darüber kaum verbergen konnte, ebenso wenig wie Maria und die anderen Hofdamen, die ihren Schlafsaal nun mit der strengen Isabelle teilen mussten. Noch nie zuvor hatte Elysa so viel Ablehnung gespürt. Sie dachte an ihre Mutter. War es ihr ebenso ergangen, und war sie nur deshalb in Toulouse geblieben, weil sie den Grafen geliebt hatte?

Aber wie hatte sie das nur die ganze Zeit über ertragen können? Regungslos lag sie auf ihrer Bettstatt, starrte in die Dunkelheit und wusste, dass sie es keinen Tag länger in der Burg aushalten würde. Sie nahm das Kreuz aus ihrem Beutel und starrte es an, obwohl es zu dunkel war, um die Zeichen darauf zu erkennen. Nein, sie würde erst wieder frei sein, wenn sie es an den Ort gebracht hätte, den Nicola dafür bestimmt hatte. Bis dahin jedoch würde das Kreuz ihren Weg bestimmen.

Der Tag in der Burg begann etwa vier Stunden nach Mitternacht. Die Gräfin und ihre Hofdamen schritten in aller Früh, gefolgt von den Mägden, in die Kapelle. Die kleine Steinkirche war kalt wie eine Grabkammer, und Elysa, die ihren Umhang in ihrer Kammer zurückgelassen hatte, zitterte vor Kälte, während der Priester hinter dem Altar lange, lateinische Gebete murmelte.

Bevor er den Segen erteilte, glitt sein Blick suchend über die Gesichter der Frauen und verharrte dann: auf ihr.

Elysa erschrak. Er wusste, wer sie war, der lauernde Ausdruck in seinen zusammengekniffenen Augen verriet es ihr.

Sie musste unbedingt mit Gordon sprechen, ihm berichten, dass sie hier nicht länger sicher war, dass genau das eingetreten war, was er befürchtet hatte.

Der Priester erteilte den Segen. Elysa sah zur Seite, aber sie spürte den Blick des Priesters noch immer auf sich gerichtet. Sie konnte nicht anders, als sich noch einmal zu vergewissern. Ja, er starrte sie nach wie vor an.

Die Gräfin wandte zum Zeichen dafür, dass sie die Kapelle verlassen wollte, leicht den Kopf. Ihre Bewegungen waren ruhig und bedächtig. Nichts in ihrem Gesicht verriet, dass ihr weder Pater Stephans Blick noch der entsetzte Ausdruck in Elysas Augen entgangen waren.

Nach dem Gebet in der Kapelle nahmen die Frauen das Frühstück wie jeden Morgen in der Kemenate ein. Es gab Apfelmost, duftendes weißes Brot, Gänseeier und Käse. Während die älteren Frauen sich an ihre Handarbeiten machten, verbrachten die jungen Mädchen die erste Hälfte des Tages damit, sich im Lesen und Schreiben, im Singen und Lautespielen zu üben.

Eleonore von Aragon zog sich in ihr privates Gemach zurück und ließ dann nach Pater Stephan schicken.

Elysa hingegen nutzte den Augenblick ihres Aufbruchs, um den Wohnturm zu verlassen. Sie flog förmlich die Treppe hinunter. Am deren Fuß blieb sie stehen und betrachtete die Männer, die in der Halle saßen und sich lautstark unterhielten, in der Hoffnung, Gordon unter ihnen zu entdecken.

Plötzlich stand Nathan vor ihr und verdeckte ihr die Sicht. Sie hatte ihn nicht kommen sehen. »Kann ich Euch behilflich sein?«, fragte der Truchsess höflich. Seine klugen braunen Augen ruhten abwartend auf ihr.

»Ich bin auf der Suche nach Gordon von Longchamp.«

Der Truchsess schüttelte bedauernd den Kopf. »Er hat die Burg vor einer Stunde verlassen.«

Verzweiflung machte sich in Elysa breit. Sie war zu spät gekommen. Gordon war fort, konnte ihr nicht mehr helfen. Aus den Augenwinkeln bemerkte sie, dass immer mehr Männer in die Halle strömten. Waffen klirrten, Drohungen wurden in den Saal gebrüllt, und die Stimmung wurde mit jedem Moment hitziger.

»Ihr solltet besser wieder nach oben gehen, dort seid Ihr sicherer«, riet Nathan und spähte unruhig über seine Schulter. Seine Unruhe sprang auf Elysa über.

»Was bedeutet dieser Aufruhr?«, fragte sie.

»Es hat mit den neuen Bekanntmachungen zu tun«, gab Nathan zurück.

»Die Bürger von Toulouse weigern sich, die Bedingungen der Kirche anzunehmen, sie ziehen es vor zu kämpfen. Die Männer sind hier, um auf die Rückkehr des Grafen zu warten«, erklärte ihr Nathan, und Elysa hörte die Erleichterung in seiner Stimme. Der Graf von Toulouse hatte den Truchsess trotz der Drohungen seitens der Kirche im Amt belassen, und wie Nathan hofften auch alle anderen Andersgläubigen im Süden Frankreichs darauf, dass Raimund VI. sie weiterhin beschützen würde. Der Graf hat recht daran getan, mir zu vertrauen, dachte Nathan, obwohl es Tage gegeben hatte, an denen ihm die ständige Bedrohung und vor allem die Ungewissheit, was mit ihm und seinen Brüdern und Schwestern geschehen würde, arg zugesetzt hatten.

Am schlimmsten war es während der Abwesenheit des Grafen gewesen. Eleonore von Aragon hatte keine Gelegenheit ausgelassen, ihn ihre Verachtung spüren zu lassen. Er konnte nicht ahnen, dass die Eifersucht auf ihn ihr Handeln weit mehr bestimmte als die Tatsache, dass er Jude war. Nun hatte er das unbestimmte Gefühl, Elysa vor der Gräfin schützen zu müssen.

»Sie wollen gegen die Kreuzritter kämpfen?« Elysa erschrak. Ihr war plötzlich eiskalt. Nathan nickte und konnte den Stolz auf seine Landsleute angesichts dieser Entscheidung nicht verbergen.

Er senkte seine Stimme. »Euer Vater wird bald hier sein«, sagte er so leise, dass nur Elysa ihn hören konnte. Elysa erbleichte, und ihre hellen, grünen Augen starrten ihn entsetzt an.

»Woher wisst Ihr, wer ich bin?« Ihre Stimme war nur noch ein Flüstern.

Weil du es mir gerade verraten hast, dachte Nathan, vorher habe ich es nur vermutet.

Er räusperte sich unbehaglich. »Ihr seid das Ebenbild Eurer verstorbenen Mutter, und ich war einer der wenigen, die von dem Kind, das sie geboren hat, gewusst haben«, bekannte er und sah dabei an ihr vorbei auf einen Punkt an der Wand.

»Seid unbesorgt. Von mir wird niemand etwas erfahren. Ich bin meinem Herrn treu ergeben«, versicherte er ihr und fühlte sich dabei einmal mehr wie ein Verräter. Aber es stimmt, dachte er trotzig. Ich war ihm immer ergeben und bin es noch. Doch er steckte in einem entsetzlichen Dilemma, seitdem man seine Familie festgenommen und in den Kerker geworfen hatte. Ein Bote hatte ihm mitgeteilt, dass es nun allein an ihm läge, ob seine Eltern und seine Schwester brennen würden oder nicht. Er bräuchte nur jede Woche heimlich einen Brief aus der Burg herausschaffen, der hinter dem Altar bereitliegen würde, dann würde seiner Familie nichts geschehen.

Er dachte an seine Eltern, wie glücklich sie über seine Anstellung gewesen waren und geglaubt hatten, nun endlich in Ruhe schlafen zu können. Ohne die Angst, verfolgt zu werden, die ihr ständiger Begleiter gewesen war, bevor sie von Paris in den Süden Frankreichs aufgebrochen waren. Doch ausgerechnet hier war ihr schlimmster Albtraum wahr geworden, und sie hatten erkennen müssen, wie trügerisch die Sicherheit war, in der sie sich wähnten. Er drängte die Tränen zurück, die ihm jedes Mal in die Augen stiegen, wenn er an seine Eltern dachte, die in irgendeinem dreckigen Verlies ausharrten und deren einzige Hoffnung auf ihrem Sohn ruhte.

Elysa wusste, dass er log, denn er hatte ihr nicht in die Augen blicken können, während er ihr sein Versprechen gab. Aber das war es nicht, was sie beunruhigte. Tief in ihrem Inneren spürte sie, dass es das Kreuz war, das das Böse zu ihr hinzog. Es würde ihr folgen, wohin sie auch ging. Es war bereits näher gekommen, so nah, dass sie seinen Atem in ihrem Nacken spüren konnte. Sie taumelte die Treppe hinauf und stürmte zurück in ihre Kammer. Ihr Herz raste. Am liebsten hätte sie die Burg verlassen, aber ihr Vater war auf dem Weg hierher, und sie musste ihn warnen, ihn davon überzeugen, das es besser für ihn wäre, wenn sie das Kreuz alleine an den Ort brachte, den Nicola dafür ausgewählt hatte.

Pater Stephans schlechtes Gewissen verstärkte sich, als er in die dunklen Augen der Gräfin sah, die ihn streng anblickte. Sie war fromm, stickte seidene Altardecken, ging täglich zur Messe und legte regelmäßig die Beichte ab. Er redete sich ein, dass sie ihn nur deshalb zu sich gerufen hatte, um gemeinsam mit ihm für einen guten Ausgang der bevorstehenden Kämpfe zu beten. Die Nachricht, dass die Bürger von Toulouse sich gegen die plündernden und mordenden Truppen Simon von Montforts zur Wehr setzen wollten, hatte sich wie ein Lauffeuer in der Burg verbreitet. Doch noch bevor sie auch nur ein Wort sagte, wusste er, dass sie ihn nicht zum Beten gerufen hatte, und das lag nicht daran, dass sie ihre Hofdamen und selbst die gestrenge Isabelle hinausgeschickt hatte. Die Spannung, die im Raum herrschte, war geradezu beklemmend. Voller Angst dachte er an seinen letzten Brief, der hinter dem Altar lag und keinen Zweifel daran ließ, dass er seinen Herrn verriet.

Wenn er in die falschen Hände gelangt war, würde ihn auch sein Amt als Hofkaplan nicht mehr schützen. Marguerite war schuld daran, dass er ihn geschrieben hatte. Immer wenn es um Intrigen oder Verrat geht, sind es die Frauen, die ihre Hände mit im Spiel haben, dachte er zornig. Und trotzdem hatte er nicht von ihnen lassen können, war immer wieder schwach geworden.

»Was wisst Ihr über das Mündel meines Gemahls?«, fragte Eleonore von Aragon so scharf, dass Pater Stephan zusammenzuckte.

Zuerst begriff er kaum, was sie gesagt hatte, bis ihm dämmerte, dass es gar nicht um den Brief ging, wie er insgeheim befürchtet hatte, und eine Welle der Erleichterung durchflutete ihn.

»Ich dachte, ich kenne sie«, sagte er und wischte sich mit dem Ärmel den Schweiß von der Stirn. »Aber wahrscheinlich habe ich mich geirrt«, erklärte er, während ihm die unterschiedlichsten Gedanken durch den Kopf jagten.

Eleonore dachte jedoch nicht daran, sich mit dieser vagen Antwort zufriedenzugeben, was Pater Stephan auch nicht wirklich erwartet hatte.

»Ich verlange, dass Ihr mir alles sagt, was Ihr wisst, und kommt mir nicht mit Ausflüchten«, warnte sie ihn.

Pater Stephan gelang es nur mühsam, sich zu beruhigen. Voller Dankbarkeit dachte er an Gott den Herrn, der ihm noch einmal eine Chance gegeben hatte. Ich werde Marguerite nie mehr anrühren und auch keine andere Frau, schwor er sich, obwohl er bereits ahnte, dass er seinen Schwur nicht halten würde. Dann räusperte er sich und berichtete Eleonore von Aragon, was er über Elysa wusste.

Nachdem die Gräfin ihn entlassen hatte, drängte er sich durch die lärmenden Menschen im überfüllten Innenhof und begab sich auf dem schnellsten Weg in die Kapelle. Mit weichen Knien sank er vor dem Altar nieder, dankte dem Herrn, der einmal mehr schützend seine Hände über ihn gehalten hatte, und genoss die kühle Stille, die ihn umfing.

Eleonore von Aragon schleuderte die Stickarbeit, an der sie zuvor gearbeitet hatte, zu Boden. Die Eifersucht loderte wie ein unheilvolles Feuer in ihr. Schon vor der Unterredung mit Pater Stephan hatte sie gewusst, dass es ihren Gemahl zu den hellhäutigen, zarten Frauen hinzog, mit farblosen Augen wie klares Wasser und hellem Haar, das im Kerzenlicht wie flüssiges Gold glänzte.

Doch wie konnte er es wagen, ihr seinen Bastard vor die

Nase zu setzen und sie damit zum Gespött des ganzen Hofes zu machen? Seine anderen Bastarde hatte er allesamt außerhalb von Toulouse verheiratet. Zumindest die, von denen ich weiß, dachte sie zornig.

Die Türe öffnete sich, und Isabelle kam herein. Sie war die einzige ihrer Damen, der Eleonore von Aragon restlos vertraute, weil sie mit ihr zusammen aus Spanien gekommen war und sich ebenso wenig an das freizügige Leben im Süden von Frankreich gewöhnen konnte wie sie.

»Es ist Zeit für das Mittagsmahl.« Nach einem Blick in das aufgewühlte Gesicht ihrer Herrin zog sie die Türe hinter sich zu und blieb abwartend stehen.

Doch Eleonore hatte keine Lust, sich ihr anzuvertrauen. Sie wusste, dass Isabelle sie nicht verstehen würde. Sie hatte nie die heiße Glut und die Kraft eines Mannes kennengelernt, die Lust, zu nehmen und genommen zu werden, sich in ihr zu verlieren. Sie würde ihre heimlichen Sehnsüchte niemals verstehen.

Ein leises Klopfen riss Elysa aus ihren Gedanken. Die Türe öffnete sich, noch bevor sie »Herein« sagen konnte, und Maria schlüpfte in ihre Kammer. »Wo seid Ihr nur gewesen?«, fragte sie. »Es ist schon fast Mittag, und die Gräfin erwartet uns zum gemeinsamen Mahl.«

»Ich habe keinen Hunger«, erklärte Elysa. Maria verdrehte die Augen und sah sie an, als wäre sie begriffsstutzig. »Niemand wird Euch zwingen, etwas zu essen, aber Ihr müsst trotzdem an dem Mahl teilnehmen, wenn Ihr Euch nicht den Zorn unserer Herrin zuziehen wollt. Und glaubt mir, sie kann äußerst ungehalten werden. Ich musste einmal eine ganze Woche lang von morgens bis abends vor dem Altar knien, um meine Sünden zu bereuen.«

»Was hattet Ihr denn Furchtbares angestellt?«

Maria seufzte. »Ach, es war nur, weil ich zu lange mit dem Grafen von Termes getanzt und ihm angeblich schöne Augen gemacht habe, obwohl er eine Gemahlin hat. Die Gräfin, müsst Ihr wissen, ist sehr fromm und würde uns am liebsten alle zu frommen Betschwestern machen, die sich jedes Vergnügen versagen.«

Sie sah Elysa Verständnis heischend an. »Aber bei mir wird ihr das nicht gelingen«, fügte sie trotzig hinzu. »Wenn ich schon eines Tages mit einem alten Mann verheiratet werde, möchte ich vorher zumindest noch ein wenig Spaß haben.«

Elysa folgte ihr in den kleinen Saal, in dem die Gräfin sich bereits mit ihren Damen versammelt hatte. Das Essen wurde gerade aus der Küche gebracht. Fleisch wurde nur am Abend gegessen. Mittags gab es gewöhnlich nur Fisch, Gemüse, Käse und Eier. Einfache, schlichte Gerichte, die aber äußerst schmackhaft zubereitet waren.

Maria zog Elysa auf den Stuhl neben sich. »Ich glaube, es gibt Ärger«, raunte sie Elysa zu. Die wandte daraufhin ihren Kopf und sah Eleonore von Aragon direkt in die schwarzen Augen. Ablehnung und Verachtung lagen darin. Die Gräfin hatte herausgefunden, wer sie war!

Ihre Wangen brannten vor Scham, trotzdem hielt sie dem Blick der Gräfin stand, die sie anstarrte, als hätte sie eine schreckliche Schuld auf sich geladen. Elysa hatte plötzlich das Gefühl, sich verteidigen zu müssen. Es war schließlich nicht ihre Entscheidung gewesen, dass sie hier am Tisch der Gemahlin ihres Vaters saß. Sie wollte etwas sagen, doch im gleichen Moment, als sie den Mund öffnete, wandte die Gräfin den Kopf, beugte sich mit starrer Miene über ihre Schale und begann zu essen, als wäre nichts geschehen.

»Ihr habt noch einmal Glück gehabt«, flüsterte Maria ihr zu und zerteilte mit ihrem Löffel ein Ei in winzige Stückchen.

»Einen Moment lang hat sie Euch angesehen, als würde sie Euch am liebsten auspeitschen lassen, und das nur, weil Ihr ein wenig zu spät gekommen seid«, wunderte sie sich.

»Wenn du etwas zu sagen hast, dann sag es so laut, dass alle es hören können«, ermahnte Isabelle Maria.

Elysa brachte keinen Bissen hinunter. Sie fühlte sich so unwohl wie noch nie in ihrem Leben.

Bevor Eleonore von Aragon sich erhob, sah sie Maria an. »Ich wünsche, dass du mich begleitest.«

Maria erbleichte und sah Elysa erschrocken an. Die stand auf und schob sich entschlossen vor Maria. »Es war meine Schuld, dass wir zu spät gekommen sind, nicht die von Maria.«

Die Gräfin sah hochmütig auf sie herab. Kurz sah Elysa blanken Hass in ihren Augen stehen, der jedoch gleich wieder verschwand und einer ausdruckslosen Miene Platz machte. Dann wandte sich Eleonore von Aragon wortlos ab und verließ gefolgt von Maria den Raum. »Hat dir denn niemand beigebracht, wie man sich bei Hofe benimmt, mein Kind?« Isabelle seufzte. »Du kannst die Gräfin nicht einfach ansprechen, ohne dass sie dich dazu auffordert.

Am besten hältst du in Zukunft einfach den Mund, dann wirst du keine Schwierigkeiten bekommen.« Isabelle hatte längst bemerkt, dass Eleonore von Aragon ihr etwas bezüglich des Mädchens verschwieg, was sie weit mehr kränkte, als sie sich eingestand.

»Du darfst dich jetzt zurückziehen. Das Gleiche gilt auch für Euch«, sagte sie zu den anderen Hofdamen, die sich nur zögernd entfernten.

Auf dem Weg zu ihrer Kammer glaubte Elysa wieder von geheimnisvollen, unsichtbaren Augen, die jede ihrer Bewegungen verfolgten, beobachtet zu werden. Verbarg sich jemand in den tiefen Nischen der Bogengänge? Unter der Treppe oder auf der Treppe über ihr? Verstohlen blickte sie sich um, konnte aber niemanden entdecken. Spielten ihre Sinne ihr einen Streich?

Unwillkürlich musste sie an Gordon denken. Sofort schlug ihr Herz schneller. Er hatte sie gewarnt, aber sie hatte nicht auf ihn hören wollen, hatte sich sicher gefühlt, weil er bei ihr war. Nun war er fort, und sie fühlte sich einsamer als jemals zuvor. Doch sie musste ihn so oder so vergessen. Hatte er ihr doch deutlich gemacht, dass er sie niemals heiraten würde. Es hatte wehgetan, und sie würde nicht zulassen, dass er ihr noch einmal wehtat. Falls sie ihn überhaupt noch einmal wiedersehen würde.

Der Lärm, der vom Innenhof in den Wohnturm drang, schwoll an. Hufe klapperten, und Waffen klirrten. Ratlos ließ Elysa sich auf ihr Bett sinken. Sie fühlte sich wie ein Blatt im Wind, das mal hierhin, mal dorthin getrieben wurde und irgendwann zu Boden fallen würde. Ihr graute vor dem abendlichen Mahl, den neugierigen Blicken, dem Lärm und den vielen Gerüchen. Es waren einfach zu viele Eindrücke auf einmal, die auf sie einstürmten, ihr den Atem nahmen und sie keinen klaren Gedanken mehr fassen ließen.

Ob sie Unpässlichkeit vorschützen könnte? Sie würde Maria danach fragen. Doch dann erschrak sie vor ihren eigenen Gedanken. Mathilda hatte für sie gelogen. Gordon hatte vorgeschlagen, für sie zu lügen. Sie durfte nicht zulassen, dass ihr weiterer Weg von Lügen begleitet wurde. Schon gar nicht von ihren eigenen.

Marias Augen leuchteten vor Vergnügen, als sie mit hochroten Wangen wieder in Elysas Kammer erschien. »Die Gräfin war nicht wütend auf mich, sie wollte nur, dass ich ihr dabei helfe, heute Abend besonders schön auszusehen«, berichtete sie munter, kaum dass sie die Türe hinter sich zugezogen hatte. »Der Graf kommt heute noch zurück. Ich finde es nur merkwürdig, dass sie sich für ihn schön machen will, was sie sonst nie tut. Es hat sie bisher nicht einmal interessiert, ob er kommt oder geht. Seitdem ich in Toulouse bin, hat er sie nicht einmal in ihrem Schlafgemach aufgesucht.«

Sie nahm einen Kamm aus Elfenbein von Isabelles Kommode und drehte sich zu Elysa um. »Wie wollt Ihr Euer Haar heute tragen? Offen und mit einem kleinen Schleier oder nur mit einem schmalen Stirnreif? Dann würde es besonders gut zur Geltung kommen, und die Männer werden Euch mit ihren Blicken geradezu verschlingen.«

»Ich möchte so wenig Aufmerksamkeit erregen wie möglich.«

Maria riss die Augen auf. »Seid Ihr denn nicht an den Hof gekommen, um einen Gemahl zu finden?«, fragte sie, trat hinter Elysa und begann, deren Haar zu kämmen.

»Nein«, gab Elysa zurück.

»Dann seid Ihr schon verlobt?«

»Nein.«

Maria war anzusehen, dass sie gerne mehr erfahren hätte. Aber sie biss sich auf die Lippen und flocht Elysas Haar an den Schläfen zu kleinen Zöpfen. Mit einem Mal hellte sich ihre Miene wieder auf. »Ich habe gehört, dass Gordon von Longchamp Euch hierher begleitet hat. Was würde ich darum geben, wenn ich nur einmal mit ihm allein sein könnte.« Sie verdrehte die Augen und lächelte verzückt angesichts dieser Vorstellung. »Er ist wirklich ein gutaussehender Mann und kann mit Schwert und Lanze umgehen wie kein anderer. Alle unverheirateten Mädchen hoffen darauf, ihn zum Gemahl zu bekommen, aber der Graf hat sich noch nicht entschieden.«

Elysa spürte einen merkwürdigen Stich in der Brust. Der Gedanke, dass andere Mädchen sich zu Gordon hingezogen fühlen könnten, war ihr noch gar nicht gekommen. Eifersucht und Neid waren ihr bisher fremd gewesen, weshalb sie auch nicht wusste, was plötzlich an ihr nagte.

»Muss er denn die Erlaubnis des Grafen einholen, um sich zu vermählen?«, fragte sie erstaunt.

»Das muss jeder Ritter«, erklärte Maria bereitwillig und drückte mit geübtem Griff einen fein ziselierten goldenen Reif sachte auf Elysas Kopf.

Dann trat sie zurück und betrachtete prüfend ihr Werk. »Jetzt kommt Euer wunderschönes Haar voll zur Geltung«, erklärte sie zufrieden.

»Isabelle wird sicher nicht erfreut darüber sein, welch große Aufmerksamkeit Ihr auf Euch ziehen werdet.« Unwillkürlich verzog sie das Gesicht, als sie die strenge Hofdame erwähnte, von der sie Elysa nun die eine oder andere Anekdote zu erzählen wusste. Aber Elysa hörte ihr nicht mehr zu. Der Gedanke, dass Gordon vor ihr andere Mädchen geküsst haben könnte, gefiel ihr überhaupt nicht. Sie mochte es sich nicht einmal vorstellen.

Mit einem Mal stutzte Maria, dann schlug sie sich plötzlich mit der Hand gegen die Stirn. Ihre Augen wurden groß, während sie Elysa anstarrte. »Ihr habt Euch in Gordon von Longchamp verliebt«, stellte sie fest und beobachtete zufrieden, wie Elysas Wangen sich mit flammender Röte überzogen.

»Ich werde niemandem etwas davon erzählen«, versprach Maria, als sie merkte, wie verlegen Elysa war.

»Aber eines verstehe ich nicht«, sagte sie langsam. »Der Graf wird zurückerwartet, und Longchamp wird vermutlich bei ihm sein. Weshalb also legt ihr überhaupt keinen Wert darauf, Aufmerksamkeit zu erregen? Wenn ich an Eurer Stelle wäre, würde ich mir die größte Mühe geben, ihm zu gefallen.«

Elysa sah sie traurig an.

»Warum sollte ich das tun? Er würde mich niemals zu seiner Gemahlin nehmen, das hat er mir selbst gesagt.«

Maria war so verdattert angesichts Elysas Offenheit, dass es ihr für einen Moment die Sprache verschlug.

Doch nachdem sie sie wiedergefunden hatte, sagte sie etwas, das Elysa den ganzen Abend nicht mehr aus dem Kopf ging: »Dabei würdet Ihr so gut zueinander passen. Gordon ist der einzige Mensch an diesem Hof, der stets das sagt, was er meint, und nicht das, was man von ihm erwartet, geschweige denn hören möchte.«

Sie trafen rechtzeitig in den Gemächern der Gräfin ein. Eleonore von Aragon hatte sich erhoben und betrachtete sich trotz Isabelles offensichtlichem Missfallen noch einmal in dem großen Spiegel, der neben ihrer Kleidertruhe stand.

Sie trug ein rotfließendes Gewand aus feiner Seide mit weiten Ärmeln und tiefem Ausschnitt. Ihr Haar fiel offen bis zur Taille hinab und wurde nur von einem goldenen, mit blutroten Steinen besetzten Schapel gebändigt, wodurch ihr Gesicht weicher wirkte, fast mädchenhaft.

Ein goldener Gürtel umschlang ihre schmale Taille, ihre Wangen glühten vor Aufregung, und in ihren dunklen Augen lag ein erwartungsvolles Leuchten.

Maria ging auf sie zu und knickste. »Ihr seht wunderschön aus, Herrin«, sagte sie und beachtete weder die neidischen Blicke der anderen Mädchen noch Isabelles wütende Miene.

Doch Eleonore von Aragon sah so verklärt in ihren Spiegel, dass Isabelle es nicht wagte, ihre Meinung zu diesem eitlen, dem Grafen sicher nicht gefälligen Aufzug kundzutun.

Als sie den Saal betraten, ging ein Raunen durch die Menge. Die Menschen an der Tafel starrten Eleonore überrascht an. Seit dem Tag, an dem sie an den Hof gekommen war, hatte sie stets nur die gleichen dunklen, hochgeschlossenen Kleider und das Haar streng zurückgekämmt getragen.

Was hatte sie heute nur dazu veranlasst, sich endlich einmal so zu kleiden, wie man es von der Gemahlin des Grafen von Toulouse erwartete? War ihr kaltes, spanisches Herz endlich aufgetaut? Und war es das, was sie ihrem Gemahl mitteilen wollte? Oder war sie vielleicht guter Hoffnung? Hinter vorgehaltener Hand wurden die unglaublichsten Vermutungen angestellt und untereinander ausgetauscht.

Niemand beachtete Elysa, die an diesem Abend ihren Platz zwischen Isabelle und Maria zugewiesen bekam.

Schon wurde der erste Gang aufgetragen.

Der Saal war bis auf den letzten Platz mit Menschen gefüllt, und eine eigentümliche Spannung lag in der Luft, noch bevor der Graf von Toulouse mit seinen Rittern überhaupt eintraf. Dann war es so weit. Der Graf betrat den Saal, und die Männer am oberen Ende der Tafel rutschten zusammen und schufen Platz für die Gefolgsleute Raimunds VI., während sich dieser neben seine Gemahlin setzte. Er wirkte zornig und entschlossen, nickte Eleonore zur Begrüßung nur kurz zu und bemerkte nicht, wie das erwartungsvolle Lächeln auf ihren schmalen Lippen erstarb.

Nathan schenkte ihm Wein ein. Raimund nahm den Becher, trank aber nicht daraus. Sein Blick glitt suchend über die Gesichter der Hofdamen, bis er Elysa unter ihnen entdeckt hatte. Ihre Blicke trafen sich für einen Moment, dann wandte er die Augen ab. Doch der kurze Augenblick hatte Eleonore verraten, wie wichtig ihm das Mädchen war, und so gut wie alle anderen an der Tafel hatten es ebenfalls bemerkt. Noch nie hatte sie sich so gedemütigt gefühlt. Sie spürte die Kälte, die in ihr hochkroch, als sie begriff, dass sie sich, was ihren Gemahl betraf, etwas vorgemacht hatte. Ihre Miene blieb ausdruckslos, während die Ernüchterung jedes andere Gefühl in ihr erstarren ließ.

Nachdem das Mahl beendet war, zog sich die Gräfin mit ihren Damen zurück. Sie sprach mit niemandem ein Wort und begab sich sofort zu Bett. Elysa war enttäuscht, weil sie gehofft hatte, noch am selben Abend mit ihrem Vater sprechen zu können, doch er hatte sie nach dem kurzen Blickwechsel nicht weiter beachtet. Maria trat hinter sie, um ihre Zöpfe zu lösen und ihr das Haar zu kämmen, doch Elysa hielt sie mit einer Handbewegung davon ab. »Ich muss mit dem Grafen sprechen, könnt Ihr mich zu ihm bringen?«

Maria betrachtete sie interessiert. »Ihr wollt zum Grafen, noch heute Nacht?«, vergewisserte sie sich.

»Es ist wichtig«, gab Elysa zurück.

»Lasst Euch bloß nicht von unserer Herrin erwischen, sie ist beinah geplatzt vor Eifersucht nach dem Blick, den ihr Gemahl Euch zugeworfen hat.«

»Es ist ihr aufgefallen?«, fragte Elysa überrascht.

»Ja, und nicht nur ihr«, sagte Maria. »Man merkt, dass Euch das Hofleben fremd ist.«

Eine unausgesprochene Frage stand hinter ihren Worten.

Sie brannte darauf, mehr über Elysa zu erfahren, und wartete darauf, dass diese etwas sagen würde.

Doch als Elysa schwieg, seufzte sie und fuhr fort: »Die Männer sitzen noch in der Halle, um sich zu beraten, und das kann dauern. Sie sind ziemlich aufgebracht und können es kaum erwarten, gegen die Kreuzfahrer zu kämpfen. Ich habe gehört, wie einige gebrüllt haben, dass sie lieber mit dem Grafen ihre Heimat verlassen wollen, als den Pfaffen oder dem französischen König untertan zu sein. In der Stadt herrscht schon jetzt offene Rebellion. Es sind sogar einige Priester erschlagen worden. Ich bin froh, dass ich auf der Burg bin, hier sind wir sicher, und ich hoffe, dass das so bleibt, und wisst Ihr auch, warum?«

Elysa schüttelte den Kopf.

»Weil der Graf, sobald es gefährlich wird, die Gräfin auf irgendeines seiner Güter schicken würde, und wir müssten sie natürlich dorthin begleiten.« Sie verdrehte die Augen. »Dabei gibt es nichts Langweiligeres als ein Leben auf dem Land zwischen Ziegen, Schafen und Bauern.«

Elysa zitterte am ganzen Körper. Es würde keinen Frieden geben, und der Krieg war ganz nah, so nah, wie er an jenem Abend gewesen war, als Nicola sie in der Höhle versteckt hatte.

Eisige Kälte breitete sich in ihr aus.

Erst jetzt bemerkte Maria die Blässe in Elysas Gesicht.

»Ihr braucht Euch nicht zu fürchten«, meinte sie unbekümmert. »Uns wird schon nichts geschehen.«

»Werdet Ihr mich zu ihm bringen?«

Maria nickte. Ihre Augen glitzerten vor Aufregung. Die anderen Mädchen würden staunen, wenn sie ihnen von Elysas nächtlichem Besuch beim Burgherrn berichtete.

»Ich gebe Euch Bescheid, sobald der Graf sich zurückzieht«, versprach sie und tänzelte, eine Melodie summend, aus der Kammer hinaus.

Es war fast Mitternacht, als Elysa und Maria sich leise aus der Kammer schlichen. Sie hatten erst wenige Schritte zurückgelegt, als Elysa hinter sich ein Geräusch hörte.

Maria hörte es auch und zog Elysa blitzschnell in eine Nische unter der Treppe, die vom Schein der Fackeln, die in regelmäßigen Abständen an den Wänden angebracht waren, nicht erhellt wurde. Die beiden Mädchen warteten mit angehaltenem Atem. Ein Mann ging beinahe lautlos an ihnen vorbei. Er trug einen dunklen Umhang, sein Gesicht konnten sie jedoch nicht erkennen, da es unter der hochgezogenen Kapuze verborgen lag. Trotzdem hatten sie das unbestimmte Gefühl, ihm schon einmal begegnet zu sein.

Er war ihretwegen gekommen. Elysa hätte nicht sagen können, woher sie diese Gewissheit nahm, sie wusste es einfach.

Noch bevor Maria sie zurückhalten konnte, beugte sie sich vorsichtig ein Stück nach vorne und sah, dass der Fremde vor ihrer Kammer stehen geblieben war. Für einen Moment kam ihr der Gedanke, dass es Gordon oder ein anderer Bote sein könnte, der ihr eine Botschaft ihres Vaters überbringen wollte. Dann aber entdeckte sie das Messer in seiner rechten Hand und erschrak. Er war gekommen, um sie zu töten! Ein paar Lidschläge verharrte sie völlig regungslos. Ihr Herz schlug hart und schnell in ihrer Brust. Plötzlich wandte der Mann sich um, als würde er spüren, dass er beobachtet wurde. Elysa fuhr erschrocken zurück und stieß dabei gegen Maria, die vor Schreck aufschrie. Ihr Gesicht war bleich vor Entsetzen. Sie warf sich herum, raffte ihren Rock und jagte die schmale Treppe zu den Gemächern des Grafen hinauf, als wäre der Leibhaftige hinter ihr her. Elysa folgte ihr, und diesmal war sie diejenige, die gegen Maria prallte, als diese unerwartet mitten im Lauf innehielt.

Vor ihr standen drei Männer in Rüstung und versperrten ihr den Weg.

Elysa hörte ihr eigenes Blut in den Ohren rauschen, hörte, wie sie selbst nach Luft rang und Marias erschrockenen Aufschrei, der in erleichtertes Schluchzen überging, als sie Gordon erkannte, der mit ihrem Bruder Hugo von Saissac und Rudolf von Comminges vor den Gemächern des Grafen Wache hielt.

»Was tust du denn hier?«, fragte Gordon überrascht. Maria schob sich an ihm vorbei und drängte sich zitternd neben ihren jüngeren Bruder. Nie zuvor war sie so froh gewesen, ihn zu sehen. »Ein Kerl war hinter uns her, wir sind ihm gerade noch entkommen«, sprudelte es aus ihr heraus. Ängstlich sah sie sich um, als befürchtete sie jeden Augenblick, den Mann hinter sich auftauchen zu sehen. »Es war so schrecklich. Er stand vor Elysas Kammer und hielt ein Messer in der Hand. Zum Glück hatten wir sie gerade verlassen. Nicht auszudenken, was mit uns geschehen wäre, wenn er uns dort vorgefunden hätte.«

Gordon hatte genug gehört. Seine Miene verfinsterte sich, und seine Brauen zogen sich drohend zusammen. Er stürmte los und zog noch im Laufen sein Schwert. Hugo und Rudolf folgten ihm nicht weniger entschlossen. »Darf ich mit reinkommen?«, flüsterte Maria Elysa hastig zu.

»Ich muss alleine mit dem Grafen sprechen«, gab Elysa zurück. Maria sah sich furchtsam um. Der Gang war ihr zu düster, um alleine dort zu warten. Und von den Wachen, die sonst hier standen, war keine zu sehen. Ein Ruck ging durch ihre Gestalt, dann rannte sie hinter den jungen Rittern her.

Auf ihr Klopfen hin öffnete der Graf selbst. Wenn er überrascht über ihr Auftauchen war, wusste er dies erstaunlich gut zu verbergen. Er sah müde aus, und unter seinen Augen lagen tiefe Schatten. Doch nach einem Blick in ihr bleiches Gesicht fasste er sie am Arm.

»Komm herein, mein Kind, setz dich erst einmal, und dann erzähl mir, was dich mitten in der Nacht zu mir führt.« Er begleitete sie zu der mit einem Polster belegten Fensterbank, dem einzigen Sitzplatz außer einem schweren Stuhl mit Lehne und der großen Bettstatt. Mehrere Fackeln und

Kerzen in eisernen Halterungen erhellten den riesigen Raum mit den kostbaren Teppichen an den Wänden.

Der vorangegangene Schreck steckte Elysa noch tief in den Knochen, und auf einmal fühlte sie sich scheu und unsicher in der Gegenwart ihres Vaters.

»Vor meiner Kammer war jemand. Ich glaube, er ist gekommen, um mich zu töten«, flüsterte sie, da ihr plötzlich die Stimme zu versagen drohte.

»Ich bin hier nicht sicher und werde es auch nirgendwo sein, solange ich das Kreuz bei mir habe«, schloss sie atemlos.

Raimunds Miene hatte sich bei jedem ihrer Worte mehr verfinstert. Er riss die Türe auf und rief nach den Wachen.

»Im Gang sind wir auf Gordon von Longchamp und zwei weitere Ritter gestoßen. Sie haben sofort die Verfolgung aufgenommen«, berichtete Elysa.

»Das erklärt, warum auch die Wachen an der Treppe nicht auf ihrem Posten sind. Vermutlich haben sie sich Longchamp angeschlossen.« Er lauschte noch einen Moment in den Gang, dann schloss er die Türe wieder und verriegelte sie.

Wachen? Sie hatte keine Wachen gesehen, als sie mit Maria die Treppe zu den Gemächern ihres Vaters hinaufgerannt war.

Der Graf musterte sie besorgt.

»Wir werden unsere Reise verschieben müssen. Ich kann hier jetzt unmöglich weg, aber ich werde Wachen vor deiner Kammer postieren und dafür sorgen, dass du keinen Schritt mehr alleine machen musst, bis hier alles vorbei ist. Montfort ist dabei, die Stadt zu plündern, und das Volk rebelliert. Ich habe viel zu lange gewartet und darauf gehofft, mich doch noch mit der Kirche versöhnen zu können. Doch nun werden wir kämpfen und unser Land verteidigen. Dabei können wir nur hoffen, dass es dem Grafen von Foix gelingt, die deutschen nachrückenden Kreuzritter abzufangen, bevor sie zu Montforts Heer stoßen.«

Sie sah ihn direkt an, und ihm war eigentümlich zumute, als er in die hellen, grünen Augen blickte, die ihm aus einer anderen Zeit her so vertraut waren.

»Das Böse wird mir folgen, wenn ich gehe«, flüsterte sie. Ein kalter Luftzug fuhr durch den Raum. Elysa begann zu frösteln.

Doch Raimund blieb unbeeindruckt. Er wirkte entschlossener und zorniger als bei ihrer ersten Begegnung.

»Kommt nicht in Frage. Du bist meine Tochter, und ich bin es Lena schuldig, dich zu beschützen.«

Ein abwesender Ausdruck trat in sein Gesicht, und Elysa ahnte, dass er an ihre Mutter dachte. Er liebt sie noch immer, ging es ihr durch den Kopf, und etwas an diesem Gedanken machte sie glücklich.

»Gordon von Longchamp könnte mich begleiten«, schlug sie vor. »Bitte, Vater«, sie zögerte einen winzigen Moment, bevor sie fortfuhr, »ich muss das Kreuz in Sicherheit bringen, es ist der Schlüssel zu unserem Vermächtnis.« Ihre letzten Worte kamen so leise, dass sie kaum noch verständlich waren.

Mit nur einem Begleiter wird Elysa weniger Aufsehen erregen, dachte der Graf, als mit einem großen Gefolge, und Gordon gehört zu den wenigen Männern, denen ich vertraue. Aber er ist auch ein Mann, der den Frauen gefällt.

Raimunds Miene verfinsterte sich.

»Hat Longchamp dir schöne Augen gemacht, oder ist er dir in irgendeiner Weise zu nahe getreten?«, verlangte er zu wissen.

Eine unmissverständliche Drohung schwang in seinen Worten mit.

»Nein, er hat mich beschützt, und ich vertraue ihm«, erwiderte Elysa, konnte aber nicht verhindern, dass ihre Wangen sich röteten. Sie fühlte sich schrecklich, weil sie ihrem Vater auswich, und hoffte inbrünstig, dass er die verräterische Röte, die ihr ins Gesicht stieg, nicht bemerkte.

»Gordon von Longchamp hat weder Land noch Besitz. Ich werde einen besseren Ehemann für dich finden«, knurrte er.

»Ich brauche weder Land noch Besitztum.«

»Du hast dich also in ihn verliebt?« Es war das zweite Mal an diesem Tag, dass ihr jemand diese Frage stellte. Sie hatte nicht gewusst, dass man ihr ihre Gefühle so deutlich anmerkte. Gefühle, über die sie sich selbst nicht im Klaren war.

»Ich weiß es nicht«, gab Elysa verlegen zu, »aber ich würde es gerne herausfinden. Nicola hat mir versprochen, dass ich selbst entscheiden darf, ob und wen ich heiraten möchte.«

Der Graf verschränkte die Hände vor der Brust und schwieg.

»Du bist wie sie«, sagte er mehr zu sich selbst als zu Elysa, die sofort wusste, dass er damit ihre Mutter meinte. Schließlich seufzte er. Vielleicht hatte seine Tochter ja recht. Niemand wusste, wie dieser Krieg ausgehen würde. Er konnte die Möglichkeit nicht ausschließen, dass sie ihn verloren, auch wenn sich das Heer der Kreuzfahrer auf viertausend Mann reduziert hatte, von denen der überwiegende Teil kampfunerfahren war. Doch so oder so würde es schwierig werden, Elysa vor der Kurie zu schützen, ebenso wie Nicolas Vermächtnis, das gleichzeitig sein letzter Trumpf im Kampf um sein Land war. Die Schriften des Johannes, die Arnold Amaury und der Papst in ihren Besitz bringen wollten, und sei es auch zum Preis ihres Seelenheils.

Und Nicola hatte es gewusst! Er hatte Elysa das Kreuz gegeben und ihm den Ort verraten, wo sein Vermächtnis ruhte, hatte auf diese Weise ihrer beider Schicksal untrennbar miteinander verwoben.

Er betrachtete Elysa abwägend, als wollte er ergründen, ob er ihr tatsächlich trauen konnte. Ohne mit der Wimper zu zucken, hielt sie seinem Blick stand, und schließlich nickte er.

»Nicola hat euer Vermächtnis in einem Kloster verborgen. Es befindet sich mitten in Frankreich, nahe Paris, und es ist eine weite und gefährliche Reise bis dorthin.«

»Ich fürchte mich nicht.« Sie sagte es, ohne zu zögern, mit der Überzeugung der Jugend, die sich für unverwundbar hielt.

»Dann ist es also beschlossen. Ihr werdet noch heute Nacht aufbrechen.«

Elysa war so erleichtert, dass ihr mit einem Mal die Tränen in die Augen schossen, aber sie drängte sie energisch zurück.

Es klopfte ungeduldig an der Türe.

Der Graf ging, um sie zu öffnen, nachdem er sich mit einer Frage kurz vergewissert hatte, wer Einlass begehrte.

»Er ist euch entwischt«, stellte er nach einem Blick in Gordons Gesicht fest.

Gordon nickte grimmig und trat in die Kammer, während seine beiden Gefährten an der Tür stehen blieben.

»Elysas Kammer ist durchwühlt worden, es sieht so aus, als hätte der Eindringling etwas gesucht. Ich habe sofort den Wachen Bescheid gegeben, damit sie niemanden aus der Burg lassen. Wir haben jeden Winkel durchsucht, aber keine Menschenseele gefunden«, erklärte Gordon, und Elysa hörte am Klang seiner Stimme, wie zornig er war.

»Als würden wir einen Schatten jagen«, fügte er nachdenklich hinzu, und Elysa wusste, dass er in diesem Moment an das Gleiche dachte wie sie: an das Gefühl, auf Schritt und Tritt verfolgt zu werden, ohne jemals jemanden zu Gesicht zu bekommen. Doch sie hatte den Verfolger gesehen, wenn auch nur für einen kurzen Moment. »Ich konnte sein Gesicht nicht sehen, da er es unter seiner Kapuze verborgen hatte, aber er war größer als Ihr und schlank, fast schon hager.«

»Würdest du«, Gordon unterbrach sich, als er seinen Fehler bemerkte, und verbesserte sich rasch, »würdet Ihr seine Gestalt wiedererkennen?«

Elysa schüttelte den Kopf. »Ich könnte mir niemals sicher sein.«

»Warum sind die Wachen nicht auf ihrem Posten?«, fragte der Graf. Gordon wurde blass. Erst jetzt wurde ihm bewusst, dass Alfons von Péreille und sein jüngerer Cousin Henri nicht an der Treppe gewesen waren, als sie die Burg durchsucht hatten. Das letzte Mal hatte er sie gesehen, als er den Grafen nach dem Mahl in seine Gemächer hinaufbegleitet hatte.

Alfons würde niemals seinen Posten verlassen!

Er sah seinen Herrn an und wusste, dass sie beide dasselbe dachten.

Sie würden Alfons und Henri nicht mehr lebend wiedersehen.

Der Blick des Grafen huschte zu Elysa.

Sie hat es gewusst, dachte er, und sie hat recht behalten. Das Böse, wie sie es genannt hatte, war längst in die Burg eingedrungen, und nicht einmal einem Kämpfer wie Alfons von Péreille war es gelungen, es aufzuhalten.

Elysa nickte langsam, als wüsste sie genau, was in ihm vorging.

Seine wunderschöne Tochter, die ihm so vertraut war und doch so fremd, war in den Mittelpunkt des Geschehens gerückt. Sie war Lenas Vermächtnis – und auch das seine. Im Kloster Paraklet würde sie sicher sein.

Aus den Augenwinkeln nahm er eine Bewegung wahr und wandte seinen Blick zum Fenster, das zum Hof hinausging. Eine weiße Taube flatterte in den nächtlichen Himmel. Etwas musste sie in ihrem Schlaf gestört haben. Oder war es ein Omen? Die weiße Taube rief eine längst vergessene Erinnerung in ihm wach.

Während Lena im Sterben lag und Elysa ihren ersten Atemzug tat, hatte eine weiße Taube den Wohnturm umkreist. Für Nicola war es ein gutes Omen gewesen, auch wenn Lena bei der Geburt gestorben war.

Leben und Tod, so nah beieinander.

Er war größer als ihr und schlank, fast schon hager, mit diesen Worten hatte Elysa den Eindringling beschrieben.

»Habt Ihr auch den Latrinenturm durchsucht?«, wollte Raimund wissen. Hugo von Saissac und Rudolf von Comminges, die für die Durchsuchung dieses Teils der Burg zuständig gewesen waren, tauschten einen betretenen Blick, der Antwort genug war. »Dann betet zu Gott, dass es noch nicht zu spät ist.«

Im selben Augenblick trat ein ungewöhnlich großer, schlanker, sehniger Mann aus dem Latrinenschacht, den er hinabgeklettert war, stieß die Luft aus, die er so lange wie möglich angehalten hatte, und hob sein Gesicht gen Himmel. Der entsetzliche Gestank, der seinen Kleidern entströmte, war vergessen, als er die Taube entdeckte. Ein tiefes, wohliges Knurren entstieg seiner Kehle. Guilhabert von Castres wusste nun, dass es Gottes Wille war, der ihn leitete. Ohne besondere Eile streifte er sich die Handschuhe ab, die mit einer stinkenden, glitschigen Masse überzogen waren, und warf sie neben den Umhang auf den Latrinengrund. Dann lief er durch die Gassen der Vorstadt bis zu der Herberge mit angeschlossenem Mietstall, in der er Quartier bezogen hatte.

Er wartete noch bis zum Morgen, dann ließ er sich einen Badezuber in seine Kammer bringen, um ein Bad zu nehmen, während die Magd sich um seine verdreckten Kleidungsstücke kümmerte.

Er hatte die fünfzig längst überschritten, doch sein Körper war dank der ausgiebigen täglichen Übungen jung geblieben, seine Reaktion noch immer so schnell wie die eines Jagdfalken, der sich auf seine Beute stürzte. Er beherrschte seinen Körper ebenso wie seine Sinne und bewegte sich in der Dunkelheit genauso sicher wie am helllichten Tag.

Er war auserwählt, um das Erbe seiner Vorfahren vor Luzifers Schöpfung zu schützen, nur dafür war er geboren worden.

Jedes Mal, wenn er daran dachte, ergriff ihn der gleiche Stolz. Er war der Hüter des Parakleten, der Graf von Foix hatte ihn selbst dazu ernannt. Er würde ihn zum Montségur zurückbringen. Mit seiner Hilfe würden sie die römische Bestie samt ihrem Kreuzfahrerheer besiegen.

Er stieg in den Badezuber mit dem kochend heißen Wasser und beobachtete, wie seine Haut sich rot färbte, als wäre es die eines anderen. Das konnte er gut, aus seinem Körper heraustreten wie aus einem Haus, nur deshalb hatte er überlebt, als die Sarazenen ihn gefangen und gefoltert hatten. Sie bewunderten ihn dafür, wie er den Schmerz ertrug, und bildeten ihn zum Krieger aus, obwohl sie wussten, dass er mit seinen dreizehn Jahren viel zu alt war, um seine Herkunft zu vergessen und einer der ihren zu werden. Und tatsächlich vergaß er seine Herkunft nie. Er lernte zwar, wie ein Assassine zu reiten, zu kämpfen und zu töten, und dafür war er ihnen dankbar. Aber als es nichts mehr gab, das er von ihnen lernen konnte, bewies er ihnen seine Dankbarkeit, indem er ihr Dorf anzündete, fünf von ihnen tötete und sich mit ihrem besten Pferd aus dem Staub machte.

Pater Stephan hatte sich noch immer nicht von dem Schreck erholt, den Eleonore von Aragon ihm eingejagt hatte, und er begriff auch, dass die Gefahr für ihn noch nicht vorüber war. Nicht solange es diesen geheimnisvollen Agenten gab, der seine Briefe abholte und an den Abt weiterleitete. Wenn man ihn erwischen würde, wäre sein Leben keinen Pfifferling mehr wert.

Der Gedanke ließ ihm den Schweiß aus allen Poren brechen. Er musste unbedingt herausfinden, wer Arnold Amaurys Agent war, auch wenn er keine Ahnung hatte, was er danach mit seinem Wissen anfangen würde.

Er zog sich sofort nach dem Abendmahl zurück in seine Kammer, schlich von da in die Sakristei und machte die Tür zur Kapelle einen Spalt weit auf. Pater Stephan war kein mutiger Mann, und sein Herz hämmerte so laut in seiner Brust, dass er fürchtete, man könnte es hören. Schließlich beruhigte er sich wieder und lauschte in die Dunkelheit, die nur vom Schein zweier Altarkerzen erhellt wurde.

Er musste eingenickt sein, als ihn plötzlich ein leises Geräusch weckte.

Vor Aufregung hielt er den Atem an und spähte durch den schmalen Spalt. Zunächst konnte er nichts erkennen, dann aber sah er eine hochgewachsene Gestalt auf den Altar zugleiten. Ihre Beine verschmolzen mit der Dunkelheit, und es sah aus, als würde sie schweben. Pater Stephan schnappte erschrocken nach Luft. Die Gestalt fuhr sofort herum und blickte sich um. Ihre Augen glühten dämonisch, während sie lauernd innehielt, bereit, sich auf ihr Opfer zu stürzen.

Pater Stephan wagte nicht, sich zu rühren. Herr im Himmel, steh mir bei, flehte er stumm. Seine Hände zitterten, dann schlotterten auch seine Beine.

Nach einer gefühlten Ewigkeit kehrte Bewegung in den Dämon zurück. Er verschwand blitzschnell hinter dem Altar, und als er wieder dahinter hervorkam und sich aufrichtete, wusste Pater Stephan, wer er war.

Es war so unglaublich, dass er schon überlegte, ob seine

Augen ihn täuschten, ihm etwas vorgaukelten, was unmöglich sein konnte.

Der Geistliche blinzelte heftig in die Dunkelheit, und als sein Blick wieder klar wurde, war Nathan verschwunden.

Der Truchsess war der letzte Mensch in der Burg gewesen, den der Pater verdächtigt hätte, etwas mit den Briefen zu tun zu haben.

»Es scheint mein Schicksal zu sein, mit dir zu reiten«, vermutete Gordon und zog den Sattelgurt enger. Dann verstaute er den Proviant, den Nathan ihnen eigenhändig aus der Küche gebracht hatte, hinter seinem Sattel. Die Wachposten auf den Mauern waren verstärkt worden. Von dort wehten einzelne Gesprächsfetzen, unterbrochen von Gelächter, das auf derbe Späße folgte, zu ihnen hinab und durch die Nacht.

Elysa sah ihn überrascht an. Es klang nicht so, als ob er sich freuen würde, sie zu begleiten.

»Findet Ihr das denn so schrecklich?«

»Wenn ich die Wahl hätte, würde ich es vorziehen, neben deinem Vater in die Schlacht zu ziehen und zu kämpfen«, gab er zu.

Seine Worte verletzten sie, und die Heftigkeit ihrer Gefühle überraschte sie. Wie schnell sich doch alles ändert, dachte Elysa. Die ganze Zeit über hatte es nichts Wichtigeres für ihn gegeben, als sie zu beschützen, doch jetzt wollte er lieber in den Krieg ziehen, anstatt sie zu begleiten.

Gordon kämpfte mühsam seine Enttäuschung nieder. Sein Leben lang war er für den Kampf ausgebildet worden, und nun, wo es endlich losging, durfte er nicht dabei sein. Seine Kiefermuskeln verkrampften sich, und er spürte die Kälte, die ihn jedes Mal überkam, sobald er daran dachte, wie die nordfranzösischen und burgundischen Kreuzfahrer über die Einwohner von Béziers hergefallen waren und Frauen und Kinder niedergemetzelt hatten wie Schlachtvieh.

Der Hass auf die Kreuzfahrer brodelte in ihm, und nun sollte er nicht einmal die Gelegenheit erhalten, ihn in einem ordentlichen Zweikampf, Mann gegen Mann, stillen zu können.

Sie ritten durch das Tor, das hinter ihnen auf Befehl des Burgherrn sofort wieder für den Rest der Nacht geschlossen wurde. Niemand wusste etwas von ihrem Aufbruch, und selbst wenn, würde es niemandem gelingen, vor dem Morgen aus der Burg zu gelangen.

Die Nacht war still und erfüllt von trügerischem Frieden. Der Mond schob sich hinter eine dichte Wolkenbank und blieb hinter ihr verborgen.

Die Hufe der Pferde klapperten auf dem harten Pflaster und hallten in den engen Gassen wider, die sich durch die Vorstadt zu Füßen der Burg wanden. Es würde nicht mehr lange dauern, bis Kampfgeschrei sie erfüllte.

Prades zog sich in den Schatten der winzigen Gasse zurück, als er das Klappern von Hufen hörte. Reiter in der Nacht bedeuteten in der Regel nichts Gutes, und es war klüger, ihnen aus dem Weg zu gehen. Dumpf hallte der Hufschlag in seinem Kopf wider. Er hatte versucht, den rasenden Schmerz, der ihn seit dem mörderischen Schlag des unbekannten Angreifers quälte und fast in den Wahnsinn trieb, mit einigen Bechern Wein zu betäuben, doch es hatte nichts genutzt. Im Gegenteil. Von dem nach Essig schmeckenden Gebräu war ihm so übel geworden, dass er sich anschließend die Seele aus dem Leib gespuckt hatte. Doch er durfte sich nicht beschweren. Immerhin war er noch am Leben und seiner schweren Kopfverletzung nicht erlegen. Jetzt wollte er allerdings nur noch zurück in den Mietstall, in dem er sein Pferd zurückgelassen hatte, um dort ins Stroh zu sinken und zu schlafen.

Aus seinem Versteck heraus beobachtete er die beiden Reiter, die so nah an ihm vorüberritten, dass er nur seine Hände hätte ausstrecken müssen, um sie zu berühren. Er schnappte nach Luft. Das war doch nicht möglich! Seine noch immer vom Wein vernebelten Sinne mussten ihm einen Streich spielen.

Dieser verfluchte Ritter und seine Hure konnten nur eine Erscheinung sein. Sein Schädel brummte, und als er sich in Bewegung setzte, kam erneut Übelkeit in ihm auf. Er presste die Hände auf seinen brennenden Magen und starrte den beiden Reitern nach, die sich ohne besondere Eile von ihm entfernten.

»Nach dieser Reise werdet Ihr mich endlich los sein.«

Ihre Stimme riss ihn aus seinen Gedanken. Die Heftigkeit, mit der sie die Worte hervorgestoßen hatte, verriet ihm, wie verletzt sie war.

»Wie kommst du darauf, dass ich das will?«, fragte er ruhig.

»Ihr habt gesagt, Ihr würdet lieber kämpfen, als mich zu begleiten.«

»Ich hätte einen späteren Zeitpunkt für die Reise vorgezogen, weil es meine Pflicht ist, neben deinem Vater zu kämpfen.« Gerade jetzt, nachdem Alfons und Henri spurlos verschwunden sind, sollte ich an der Seite meines Herrn sein, dachte er.

Er zögerte, ob er ihr von seinem Verdacht erzählen sollte, entschied sich dann aber dafür, ihr die Wahrheit zu sagen. Sie war kein kleines Mädchen mehr und hatte ein Recht darauf zu erfahren, mit welch gefährlichen Gegnern sie es zu tun hatten. »Alfons hätte niemals freiwillig seinen Posten verlassen.«

Es dauerte einen Moment, bis Elysa begriff.

»Wollt Ihr damit sagen, dass er nicht mehr lebt?« Er konnte das Entsetzen in ihrer Stimme hören.

Gordon nickte. »Du hast großes Glück gehabt, dass der Eindringling dich nicht erwischt hat. Alfons war einer der besten Schwertkämpfer, und er war schlau. Er hätte sich niemals einfach so überrumpeln lassen. Der Kerl muss ihn vollkommen überrascht haben und nicht nur ihn, sondern auch seinen Cousin.«

Er sah sie an, aber es war zu dunkel, um ihren Gesichtsausdruck zu erkennen.

»Wir haben einen Vorsprung, weil die Burgtore bis zum Morgengrauen verschlossen bleiben, und den sollten wir nutzen.«

Elysa war zu erschrocken, um Gordon zu antworten. Wieder waren Männer getötet worden. Das Kreuz zog eine Spur von Blut und Gewalt hinter sich her, ohne dass sie etwas dagegen tun konnte. Sie fragte sich, ob Nicola ihr das Kreuz anvertraut hätte, wenn er geahnt hätte, was alles geschehen würde, nur um sich im nächsten Augenblick einzugestehen, dass sie die Antwort darauf lieber gar nicht wissen wollte.

Ihre Gedanken glitten von Nicola zu ihrem Vater. Sie dachte an den Blick, den sie mit ihm getauscht hatte, an den Moment, in dem sie gewusst hatte, was er dachte, ohne dass er es aussprechen musste. War es das gleiche Blut, das in ihren Adern floss und sie so stark miteinander verband, dass sie sich ohne Worte verständigen konnten?

Sie war mit dem Wissen aufgewachsen, dass es Dinge gab, die man weder sehen noch greifen konnte, aber noch nie hatte sie so intensiv gespürt, dass diese auch wirklich da waren.

Gordon trieb sein Pferd zu einem scharfen Trab an, nachdem sie die Stadt verlassen hatten. Ein heller Schein zeichnete sich am Horizont ab. Sie ritten auf der Hauptstraße, die nach

Norden führte, und hielten sich in ihrer Mitte, damit die Pferde nicht in die Karrenspuren traten, die sich rechts und links von ihnen tief in den nassen Schlamm eingegraben hatten. Gordon behielt das scharfe Tempo bei, bis die Pferde schwitzten und schnauften und Elysa vor Erschöpfung im Sattel schwankte. Die Hitze, die mit dem neuen Tag heraufzog, war unerträglich. Obwohl sich Wolken vor die Sonne geschoben hatten, war es unangenehm schwül, und der leichte Wind, der ihnen entgegenblies, so heiß wie der Atem der Hölle. Nach einem Blick in ihr erschöpftes Gesicht verließ Gordon die Hauptstraße und lenkte sein Pferd auf einen schmalen Pfad, der sich durch ein enges Tal schlängelte. Wenig später hielt er an einem Bach und half Elysa vom Pferd. Er sattelte die Tiere ab, führte sie ans Wasser und ließ sie anschließend grasen.

Mit dem Proviant, den Nathan ihnen eingepackt hatte, kehrte er zu Elysa zurück und setzte sich neben sie ins Gras.

Er schnitt das Brot und reichte es Elysa zusammen mit einem Stück Käse, bevor er für sich selbst ein großes Stück Schinken abschnitt.

»Wir werden tagsüber schlafen und erst weiterreiten, wenn es dunkel ist.« Es hörte sich an, als wollte er sich selbst Mut machen.

Elysa betrachtete ihn nachdenklich.

Ihr Haar war verschwitzt, und ihre zarte Haut von der Sonne gerötet. Ein seltsamer Ausdruck lag in ihren Augen, der ihn beunruhigte und gleichzeitig sein Herz schneller schlagen ließ.

Er ließ die Hand mit dem Schinken sinken. Seine Augen verengten sich.

»Wir können schnell reiten oder langsam, am Tag oder in der Nacht, aber es wird nichts ändern«, erklärte sie ihm.

»Was wird sich nicht ändern?«, fragte er, weil er keinen blassen Schimmer hatte, wovon sie sprach.

Sie sah ihn unverwandt an, während sie nach den richtigen Worten suchte, um es ihm zu erklären.

»Es ist das Böse, das uns folgt. Es wird sich nicht abschütteln lassen.«

Ihre Augen hatten sich verdunkelt, und ihre Stimme klang rau.

Gordon starrte Elysa an. Sie wirkte entschlossen, aber dann sah er die Angst, die sie bisher vor ihm verborgen hatte, in ihren Augen und spürte einen schmerzhaften Stich.

Sie sprach vom Bösen, als wäre es etwas, gegen das man sich nicht wehren konnte, das man hinnehmen musste. Doch das sah er anders.

Bei allem Respekt vor ihrem Glauben, aber es waren ganz sicher keine Geister oder gar Dämonen gewesen, die Prades ermordet hatten und für Alfons' und Henris Verschwinden verantwortlich waren.

»Ich glaube nicht an Geister«, erklärte er. »Das Böse, wie du es nennst, hat ein Gesicht und ist bewaffnet, und ich weiche ihm nur aus einem einzigen Grund aus, und der ist, dich nicht in Gefahr zu bringen.«

Doch trotz seiner Überzeugung gelang es ihm nicht, das Unbehagen tief in seinem Inneren zu verdrängen.

Der Latrinenmann fand Alfons und Henri am nächsten Morgen tot am Fuße des Latrinenturms, als er sich mit Schaufel und Eimer an seine ungesunde Arbeit machte. Vermutlich waren die beiden Ritter aus einem der offenen Fenster gestürzt worden, nachdem man ihnen zuvor die Kehle durchschnitten hatte. Der Graf kleidete sich gerade an, als Nathan in sein Schlafgemach trat. Es gelang dem Truchsess nicht, den Schrecken zu verbergen, den ihm die Nachricht vom Tod der beiden jungen Ritter eingejagt hatte. Verrat und Tod hatten sich in die Burg geschlichen, und er war nicht unschuldig daran. Er sah aus dem Fenster, konnte seinem Herrn nicht in die Augen sehen, während er ihm die schreckliche Kunde überbrachte.

Mit schlechtem Gewissen folgte er dem Grafen in die Halle. War sein Herr anwesend, wurde das Frühmahl stets gemeinsam in der Halle eingenommen.

Die Tatsache, dass Eleonore wieder ihre gewohnte hochgeschlossene Kleidung trug, ging in der Aufregung um die ermordeten Ritter unter.

Eleonore wartete, bis ihr Gemahl seinen Platz neben ihr eingenommen hatte, dann fragte sie ihn zornig: »Wann wolltet Ihr mir sagen, dass Elysa Eure Tochter ist? Vielleicht wenn es schon der letzte Knecht von den Dächern pfeift?«

Sie war blass, doch ihre Augen funkelten ihn empört an.

»Wer hat Euch davon erzählt?«

»Es stimmt also«, erwiderte Eleonore voller Bitterkeit. »Was habe ich Euch nur getan, dass Ihr mich so demütigt? War ich Euch nicht immer eine gute Gemahlin?«

»Mäßigt Euren Zorn und vor allem Eure Stimme«, befahl ihr der Graf von Toulouse kalt. »Und antwortet mir gefälligst, wenn ich Euch eine Frage stelle, Weib.«

Eleonore wagte es nicht länger, ihm die Antwort auf seine Frage zu verweigern.

»Pater Stephan«, sagte sie schließlich tonlos.

Sofort nachdem er das Mahl aufgehoben hatte, ließ der Graf den Burgkaplan zu sich kommen. Pater Stephan stöhnte innerlich. Dass der Graf ihn rufen ließ, konnte nichts Gutes bedeuten. Um was es sich auch immer handelte, ihm drohten Widrigkeiten, das wusste er genau. Vielleicht geht es ja nur um die Beerdigung der beiden Ritter und die Messen, die für sie gelesen werden, versuchte er, sich zu beruhigen, doch sein Unbehagen blieb.

Es verstärkte sich noch, als der Graf bei seinem Eintreten dem Truchsess ein Zeichen gab, das Gemach zu verlassen. Pater Stephan versuchte, Nathans Miene zu ergründen, doch der lief an ihm vorbei, ohne ihn eines Blickes zu würdigen.

»Wie kommt Ihr dazu, meiner Gemahlin zu erzählen, dass Elysa meine Tochter ist?«, fragte der Graf, kaum dass sich die Tür hinter dem Pater geschlossen hatte. Er stand mit dem Rücken zum Fenster, sein Gesicht lag im Schatten, während Pater Stephan vom hereinströmenden Morgenlicht geblendet wurde.

Pater Stephan zuckte bei dem scharfen Ton zusammen. »Ja, stimmt es denn nicht? Ich habe gehört ...«

Der Graf schnitt ihm das Wort ab. »Ich will wissen, von wem Ihr es habt.«

»Marguerite, die Wäscherin, hat es mir gesagt«, verriet Pater Stephan und hatte ein schlechtes Gewissen dabei. Der Graf forderte ihn mit einer ungeduldigen Handbewegung auf fortzufahren.

»Sie hat nicht immer als Wäscherin gearbeitet, früher war sie Hebamme, und sie glaubt, dass Elysa Eure Tochter ist, weil sie Eurer verstorbenen ...«, beinahe wäre ihm das Wort Mätresse herausgerutscht, doch er konnte es gerade noch zurückhalten, »... weil sie ihrer Mutter so ähnlich sieht.« Er wagte es nicht, den Grafen dabei anzusehen, sondern betrachtete stattdessen seine mehrfach geflickten Schuhe.

»Wer weiß noch davon?«

»Ich weiß nicht, wem Marguerite noch davon erzählt hat. Die Weiber können ja nie ihren Mund halten.«

»Aber Ihr könnt es«, bemerkte der Graf voller Verachtung.

Pater Stephan begann zu schwitzen.

»Ich weiß nicht, wie Eure Gemahlin davon erfahren hat«, verteidigte er sich. »Sie hat mich zu sich rufen lassen und von mir verlangt, dass ich ihr alles sage, was ich über das Mädchen weiß, der Herr ist mein Zeuge.«

Der Graf nickte finster. »Ihr habt meine Frage nicht beantwortet. Wem habt Ihr sonst noch davon erzählt?«

Pater Stephan brachte vor Schreck kein Wort heraus. Sein Herz schlug wie rasend in der Brust, und sein fettleibiger Körper war über und über mit kaltem Schweiß bedeckt. Wusste dieser hinterhältige Truchsess etwa, dass er der Verfasser der Briefe war, die er selbst wiederum heimlich aus der Burg brachte? Hatte Nathan ihn beim Grafen angeschwärzt und gleichzeitig seinen eigenen Verrat gestanden, um seiner gerechten Strafe zu entgehen?

Er spürte den Blick des Grafen auf sich und wusste, dass es zu spät war. Das Einzige, was ihm jetzt noch blieb, war die Flucht nach vorn.

»Der ehrwürdige Abt hat mir keine Wahl gelassen. Ich bin zu absolutem Gehorsam gegenüber der heiligen Mutter Kirche verpflichtet«, stieß er verzweifelt hervor und wischte sich mit dem Ärmel seiner Kutte den Schweiß von der Stirn. Er war jetzt totenbleich und atmete mühsam.

»Ihr habt es ihm also mitgeteilt«, stellte der Graf fest. »Arnold Amaury, unserem ärgsten Feind?«

»Ja, Herr«, sagte Pater Stephan mit großer Anstrengung.

»Und wer hat ihm Euer Schreiben überbracht?«

Pater Stephan fuhr sich mit zitternder Hand über die Stirn. In seinem Kopf jagte ein Gedanke den anderen. Er begriff, dass er einen schrecklichen Fehler gemacht hatte. Nathan hatte nichts gesagt. Er hatte sich selbst verraten, und jetzt musste er den Truchsess verraten. Warum hatte er nur unbedingt wissen müssen, wer die Briefe abholte, anstatt seinen seelsorgerischen Pflichten nachzukommen? Der Herr hatte ihm mehr als einmal beigestanden, aber scheinbar hatte seine Geduld mit ihm nun ein Ende.

»Nun?« Es klang ungeduldig und drohend.

»Es war Nathan, Euer Truchsess.«

Eine Weile war es still. Schließlich wagte Pater Stephan einen vorsichtigen Blick. Das Gesicht des Grafen war grau und schien binnen weniger Lidschläge um Jahre gealtert zu sein.

Mit schweren Schritten ging er zur Tür und rief nach den Wachen, befahl ihnen auf der Stelle, den Truchsess herbeizuschaffen und Pater Stephan abzuführen.

Nathan wusste, was die Stunde geschlagen hatte, als die Wachen zielstrebig die Halle durchquerten, den Blick fest auf ihn gerichtet, und ihn dann vor seinen Herrn führten. Er gestand seinen Verrat ohne Ausflüchte.

»Ich habe euch alle beschützt, und doch hast du mich verraten.«

Der Vorwurf des Grafen traf Nathan schwer, doch noch schwerer traf ihn dessen Enttäuschung, die sich wie ein Bleigewicht an seine Seele hängte.

Bekümmert erwiderte er den Blick des Grafen. »Sie haben meine Familie in den Kerker geworfen und gedroht, sie zu töten«, sagte er. »Ich habe schreckliche Angst um sie.«

»Du hättest es mir sagen müssen. Hattest du denn so wenig Vertrauen zu mir?«

Nathan fühlte sich immer elender. Er warf sich vor dem Grafen auf die Knie. »Bitte verzeiht mir, wenn Ihr könnt«, flehte er.

»Einen Verrat kann man nicht verzeihen«, sagte der Graf hart und wandte sich von ihm ab.

»Schafft ihn mir aus den Augen.«

Er hat recht, dachte Nathan, während er sich widerstandslos abführen ließ, ich hätte mich ihm anvertrauen sollen, als es noch nicht zu spät war. Warum nur habe ich es nicht getan?

Der Graf von Toulouse legte mithilfe eines Getreuen seine Rüstung an und verließ dann mit seinen Männern die Burg, um den Bürgern von Toulouse zur Seite zu stehen. Die Stadttore waren geschlossen worden, die Bürgerwehr hatte sich formiert, und keiner von Montforts Plünderern würde die Stadt wieder lebend verlassen. Frauen und Kinder standen auf den Dächern ihrer Häuser, um die bevorstehenden Straßenkämpfe zu verfolgen und ihre Männer vor herannahenden feindlichen Soldaten zu warnen. Sie waren mit Steinen und Knüppeln bewaffnet und bereit, ihre Stadt gegen die Kreuzfahrer zu verteidigen.

Es gab kein Zurück mehr. Die Menschen im Süden hatten sich für die Freiheit entschieden. Was immer nun geschehen würde, lag allein in Gottes Hand.

Während Raimund durch das Tor ritt, dachte er an seine Tochter. Verrat und Tod waren in die Burg gekommen, aber nicht erst mit dem Kreuz, wie Elysa glaubte. Es war richtig, dass sie Toulouse verlassen hatte. Denn Arnold Amaury würde nicht zögern, Elysa zu benutzen, um ihn in die Knie zu zwingen. Im Moment war sie jedoch in Sicherheit, und er würde dafür sorgen, dass sie es auch bliebe. Doch zunächst war die Zeit des Kampfes gekommen, und er konnte es kaum noch erwarten, seine Stadt von Montforts räuberischen Schergen zu befreien.

Arnold Amaury ließ den Brief sinken, den der Bote ihm vor wenigen Augenblicken überbracht hatte. Seine Überraschung hätte kaum größer sein können. Nicolas Nichte war ein Bastard des Grafen von Toulouse!

Er hatte es von Anfang an geahnt! Sie war der Schlüssel zu dem, was er mehr begehrte als alles andere auf der Welt: die Schriften des Johannes! Wie sehr sehnte er sich doch danach, endlich ihre Geheimnisse zu ergründen. Seine Hände waren vor lauter Aufregung feucht, und sein Herz schlug schneller, während seine Gedanken rasten. Und da war noch mehr, er spürte es ganz genau. Diese ganzen undurchsichtigen Verbindungen, die unter der Oberfläche hindurchschimmerten wie Geschwüre des Bösen, mussten aufgedeckt und zerschlagen werden.

Es war an der Zeit, die Dinge selbst in die Hand zu nehmen.

Simon von Montfort richtete sich auf, als Arnold Amaury sein Zelt betrat.

»Welch unerwartete Ehre«, sagte er wenig erfreut. »Der Tag könnte nicht besser verlaufen.« Er stürzte seinen Wein in einem Zug hinunter und warf den Becher dann gegen die Zeltwand. »Erst erscheint dieser unglückselige Bote und dann auch noch Ihr.«

»Wir sollten sofort nach Toulouse aufbrechen und mit der Belagerung beginnen«, erklärte Arnold Amaury, den die Befindlichkeiten seines Feldherrn nicht im Geringsten interessierten. »Die deutschen Kreuzfahrer können nachrücken, sobald sie angekommen sind.«

Simon von Montfort starrte ihn aus blutunterlaufenen Augen an. »Ihr wisst es noch nicht?«, fragte er ungläubig.

Arnold Amaury schüttelte den Kopf. »Ich weiß nicht, wovon Ihr redet«, gab er zurück.

»Es gibt keine deutschen Kreuzfahrer mehr. Der Graf von Foix hat sie in einen Hinterhalt gelockt und ermordet. Sie sind alle tot.«

Arnold Amaury versuchte, sein Entsetzen zu verbergen, doch es gelang ihm nicht. Verzweifelt rang er um Fassung.

»Dann müssen wir eben ohne sie reiten«, beharrte er. »Der König von Frankreich wird neue Kreuzfahrer schicken, und wir haben Gott auf unserer Seite.«

»Und dessen seid Ihr Euch ganz sicher?« Der spöttische

Ton seines Feldherrn trieb Amaury die Zornesröte ins Gesicht, aber es gelang ihm, Ruhe zu bewahren.

»Das bin ich, der Herr ist mein Zeuge«, bestätigte er.

Simon von Montfort nickte und meinte dann:

»Wir werden nach Toulouse reiten, aber vorher werden wir wie geplant Minerve, Thermes und Puivert einnehmen.«

Arnold Amaury hob die Hand, um ihm Schweigen zu gebieten, ließ sie dann aber mitten in der Bewegung wieder sinken, als er die Entschlossenheit in Simon von Montforts Augen wahrnahm.

Er konnte es sich nicht erlauben, mit seinem Feldherrn zu brechen, weshalb ihm auch nichts anderes übrig blieb, als dessen Entscheidung hinzunehmen. Er tröstete sich mit dem Gedanken, dass das Mädchen ihm nicht entkommen würde.

Weil sie die Wege und großen Verbindungsstraßen mieden, kamen sie nur langsam voran. Immer wieder lenkte Gordon sein Pferd durch so dichtes Unterholz, dass sie nur hintereinander reiten konnten. Elysa fragte sich, ob er das tat, weil er nicht mit ihr reden wollte. Aber sie bemerkte auch, wie angespannt er war. Immer wieder hob er den Kopf und lauschte.

Sie waren bei Einbruch der Dämmerung aufgebrochen. Langsam senkte sich nun die Nacht über das Land, und Gordon konnte den Weg vor sich kaum noch erkennen. »Wir sollten eine Rast einlegen, bis der Mond höher steht und sein Schein den Pfad erhellt.« Er deutete auf eine Gruppe Eichen, die sich schwarz gegen den Himmel abzeichneten. Sie standen abseits vom Weg auf einer vor Urzeiten gerodeten Lichtung. Gordon und Elysa glitten von den Pferden und ließen sich auf dem warmen trockenen Moos nieder. Die Tiere senkten die Köpfe und suchten nach Nahrung.

Eine Brise kam auf und brachte Kühle mit sich. Elysa schlang die Arme um ihre Knie und lauschte dem gleichmäßigen Zirpen der Grillen. Es war so still hier und friedlich. Die wirkliche Welt schien unendlich weit entfernt zu sein, und Elysa wünschte sich, es könnte für immer so bleiben.

»Was wirst du tun, wenn wir das Kloster erreicht haben? Willst du dort bleiben?« Gordons Stimme durchbrach die merkwürdige Stimmung, die Elysa umfangen hielt. Abgesehen von dem Auftrag, Elysa in das Kloster mit dem merkwürdigen Namen zu begleiten, hatte sein Herr ihm keine weiteren Befehle erteilt.

Inzwischen war es stockfinster geworden, und Elysa konnte Gordons Gesicht nur noch schemenhaft erkennen. Sie hatte sich noch keine Gedanken darüber gemacht, was sie tun würde, nachdem sie das Kreuz an seinen Bestimmungsort gebracht hatte. Trotzdem schlug ihr Herz bei seiner Frage schneller. In seiner Stimme lag Besorgnis, oder hegte er nur die Befürchtung, dass er sie auch noch den ganzen langen Rückweg begleiten musste? Weil er es nicht erwarten konnte, endlich zu kämpfen?

Er war die ganze Zeit ehrlich zu ihr gewesen, auch als er ihr deutlich gemacht hatte, dass er sie niemals zu seiner Gemahlin nehmen würde. Der Schmerz in ihrem Herzen, der durch seine Anwesenheit gemildert worden war, wurde wieder stärker. Es war nicht nur ihr Glaube, der zwischen ihnen stand, es war mehr.

»Was ist los mit dir?«

»Nichts.«

»Und warum antwortest du mir dann nicht?«

Elysa schwieg. Es war ein Irrtum ihrerseits gewesen zu glauben, dass er ebenso für sie empfand wie sie für ihn. Sicher, er mochte sie, aber er hatte auch keinen Hehl aus seiner Ablehnung gegenüber Frauen gemacht, die sagten, was sie dachten, und einem Mann auch noch widersprachen.

Gordon schien zu spüren, dass etwas nicht mit ihr stimmte. Zögernd legte er ihr den Arm um die Schulter, doch obwohl Elysa sich die ganze Zeit nichts anderes gewünscht hatte, als dass er sie berührte, konnte sie seine tröstende Geste jetzt nicht ertragen. Sie schob seinen Arm von ihrer Schulter und wäre am liebsten fortgelaufen. Ihr Blick wanderte zum Himmel, wo gerade der Mond zwischen den Baumwipfeln aufging und durch die Zweige hindurchleuchtete.

»Wir sollten weiterreiten«, sagte sie und hätte sich am liebsten auf die Zunge gebissen, weil sie es einfach nicht lassen konnte, ihm zu sagen, was er zu tun hatte.

»Wenn es das ist, was du willst«, sagte er, und sie hörte seiner Stimme an, dass ihn ihre Zurückweisung verletzt hatte.

Irgendwo hinter ihnen raschelte es, ein knackendes Geräusch folgte, es klang wie das Brechen eines trockenen Astes.

Die Pferde schnaubten nervös. Gordon sprang auf und griff nach seinem Schwert. Der Mond befand sich in seinem Rücken, und Elysa konnte sein Gesicht nicht erkennen. Wieder knackte es. Äste barsten unter schweren Schritten, und dann traten vier Männer aus dem Gebüsch und stürmten mit langen Schritten auf sie zu. »Versuch zu fliehen«, flüsterte Gordon Elysa zu und riss sein Schwert aus der Scheide.

Elysa blieb stocksteif stehen, unfähig, sich zu rühren. »Tu endlich einmal das, was ich dir sage«, zischte Gordon ihr zu. »Und wenn du es nicht für mich tust, tu es für deinen Vater oder für das Kreuz.«

Elysa drehte sich auf dem Absatz herum und rannte in die Dunkelheit. Äste schlugen ihr ins Gesicht, ihr Herz trommelte gegen ihre Brust, ihre Lunge barst beinahe, aber sie achtete nicht auf den Schmerz, sondern hetzte weiter durchs Unterholz. Eine Wolke schob sich vor den Mond, und es wurde stockfinster. Schwer atmend blieb Elysa stehen. Um sie herum war es still. Zu still. Aus der Ferne hörte sie das Klirren von Waffen. Wie eine Blinde tastete sie sich weiter, wobei sie mehrmals die Richtung wechselte. Sie wusste nicht, ob sie verfolgt wurde, wollte aber sichergehen. Es schien ihr wie eine Ewigkeit, bis der Mond wieder auftauchte.

Sie lauschte mit angehaltenem Atem, schloss für einen Moment die Augen, um sich ganz auf die Geräusche in ihrer Umgebung konzentrieren zu können. Als sie sicher war, dass niemand sie verfolgte, schlich sie vorsichtig zurück. Sie lief geduckt und vermied jedes Geräusch. Endlich tauchte das Lager vor ihr auf, und sie verbarg sich hinter einem Baumstamm. Zwei Männer lagen auf dem Boden, einer von ihnen wälzte sich stöhnend von einer Seite auf die andere, während der andere reglos dalag. Zwei Angreifer waren noch übrig und schlugen mit ihren Schwertern auf Gordon ein. Gordon riss sein Schwert hoch, um den Streich des einen zu parieren, und fing den tödlichen Hieb über seinem Kopf ab. Seine Gegner waren nicht sehr geübt im Umgang mit dem Schwert, aber sie waren in der Überzahl. Gordon keuchte vor Anstrengung, und Elysa merkte, dass seine Kräfte nachließen. Seine Brust war ungeschützt. Der zweite Angreifer machte einen Schritt auf ihn zu und hob dabei sein Schwert zum tödlichen Stoß. Elysa rief ihm eine Warnung zu, rannte aus ihrer Deckung und wäre fast gegen eine ganz in Schwarz gehüllte, hünenhafte Gestalt geprallt, die aus dem Gestrüpp gesprungen war und sich mit unglaublicher Geschwindigkeit auf Gordons Angreifer zubewegte. Noch im Laufen schleuderte der Hüne seine Axt. Sie traf den Mann in den Rücken, bevor er Gordon sein Schwert in die Brust stoßen konnte. Blut spritzte durch die Luft. Der Angreifer stieß einen dumpfen, schmerzvollen Schrei aus und ging dann gurgelnd in die Knie. Gordon nutzte den Schreck des anderen Angreifers, sprang vor und stieß blitzschnell zu. Er traf den Mann mitten ins Herz. Er war tot, noch bevor er auf dem Boden aufschlug.

Gordon zog sein Schwert aus der Brust des Mannes und wandte sich um. Er war unverletzt, es war wie ein Wunder. Elysa stand mit hängenden Armen vor ihm. Reglos. Ihre Augen waren vor Schreck weit geöffnet. Schnell sah Gordon sich um. Suchend glitt sein Blick durch die Dunkelheit, doch er konnte niemanden entdecken. Die dunkle Gestalt war so plötzlich verschwunden, wie sie gekommen war. Gordon rieb sich verwundert die Augen. Seine Sinne mussten ihm einen Streich gespielt haben. Kein menschliches Wesen konnte sich so schnell bewegen, aus dem Nichts auftauchen und sich wieder in Luft auflösen. Er schüttelte ungläubig den Kopf und wandte sich dann wieder Elysa zu. Der Mond schien ihr nun mitten ins Gesicht, und er sah, dass sie ebenso ratlos wirkte wie er selbst.

»Wie es scheint, haben wir einen Beschützer«, sagte er schließlich und versuchte das ungute Gefühl, das in ihm aufstieg, zu verdrängen. »Und er verfolgt uns«, stellte er leise fest, »vermutlich schon seitdem wir Toulouse verlassen haben. Er will, dass wir unser Ziel erreichen, nur aus diesem Grund hat er uns beigestanden.«

Elysa erschrak. Das Kreuz brannte auf ihrer Haut, und sie musste sich beherrschen, um es sich nicht vom Hals zu reißen und in die Dunkelheit zu schleudern. Sie hatte gewusst, dass das Böse ihr folgen würde, aber es war etwas anderes, dies zu wissen und darüber zu reden, als es am eigenen Leib zu erleben. Insgeheim stimmte sie Gordon zu. Das Böse hatte ein Gesicht, auch wenn sie es nicht hatte erkennen können. Und ihr unheimlicher Beschützer war nicht an ihrem Wohl interessiert, sondern einzig und allein am Vermächtnis der *Guten Christen*. Ob er sie wohl gerade beobachtete? Sie fröstelte bei diesem Gedanken und sah zu Gordon, der sich über den einzigen Überlebenden beugte und ihm die Schwertspitze an die Kehle setzte. Der Mann hielt sich mit beiden Händen den Bauch und stöhnte vor Schmerz. »Wer hat euch geschickt?«, fragte Gordon.

»Niemand hat uns geschickt«, stöhnte der Verwundete. »Wir wollten nur die Pferde.« Er war nicht viel älter als Gordon, und in seinen Augen stand die nackte Angst.

Er wusste, dass er sein Leben verwirkt hatte. Gordon hob sein Schwert, um es ihm mit beiden Händen ins Herz zu stoßen. Elysa riss die Augen auf, begriff, was er vorhatte, und stürzte auf ihn zu. »Ihr dürft ihn nicht töten!«, rief sie aus. Gordon hielt mitten in der Bewegung inne. Eine steile Falte bildete sich auf seiner Stirn. Ohne jedes Mitleid musterte er die vor Dreck starrenden, zerlumpten Kleider des Mannes, sein vor Schmerz und Entsetzen verzerrtes Gesicht.

»Wenn ich statt seiner dort liegen würde, würde ich dich anflehen, mich zu töten. Für den Mann gibt es keine Rettung mehr, er ist zu schwer verwundet, oder willst du ihn vielleicht lieber den wilden Tieren überlassen?« Er nahm ihren Arm und führte sie zu den Pferden. Frauen sind seltsame Wesen, dachte er. Es ist unmöglich für einen Mann, sie zu verstehen.

Dann kehrte er zu dem Verwundeten zurück. Dessen Röcheln war schwächer geworden. Er hatte die Augen geschlossen, und aus seinen Mundwinkeln rann Blut.

Gordon stieß ihm das Schwert ins Herz, das Röcheln verstummte.

Vaganten, dachte er verächtlich. Bauern, die sich zusammenschlossen, um Reisende auszuplündern, deren Frauen zu vergewaltigen und zu ermorden. Nicht einmal Kinder verschonten sie.

Aber wenn es nach Elysa gegangen wäre, hätten sie den Kerl womöglich noch in ein Hospital geschafft, damit er gesund gepflegt wurde, um danach weitere Frauen und Kinder zu schänden und töten zu können.

Elysa stand ganz still. Über ihr rauschte der ewige Wind, strich durch Bäume und Sträucher, streifte ihr erhitztes Gesicht.

Gewalt und Tod zogen eine Spur des Schreckens hinter ihr her, folgten ihr, wohin sie auch ging. Vielleicht wäre es besser gewesen, mit Nicola zu sterben.

Dann würden diese Männer noch leben.

Gordon trat neben sie.

»Sie haben uns angegriffen, es war ihre Entscheidung«, sagte er.

Er wartete, unsicher, ob seine Worte überhaupt zu ihr durchgedrungen waren. Sie wirkte tief in sich versunken. Er blieb neben ihr stehen, wusste nicht, was er tun konnte, um sie aus dieser merkwürdigen Starre herauszureißen.

Der Mond, vor den sich eine Wolke geschoben hatte, kam wieder hervor, aber sein Licht reichte nicht aus, um das dichte Unterholz zu durchdringen.

Die Pferde scharrten noch immer unruhig mit den Hufen. Er tätschelte ihnen den Hals und sprach beruhigend auf sie ein.

»Sie hatten es nicht auf das Kreuz abgesehen?«

»Es waren nur Wegelagerer«, bestätigte Gordon, glücklich darüber, dass sie wieder bei ihm war.

Noch einmal sah er sich prüfend um, dann wischte er sein Schwert mehrmals am Moos ab und steckte es zurück in die Scheide.

»Wir sollten machen, dass wir von hier fortkommen.«

»Dieser Mann, er war unheimlich«, flüsterte Elysa.

Gordon nickte. »Ich habe noch nie einen Menschen gesehen, der sich so schnell bewegt hat.«

Sie ritten schweigend durch die Nacht. Ab und zu schrie ein Nachtvogel, ansonsten war nur das gleichmäßige Atmen der Pferde zu hören und das Rascheln von trockenem Gras und Vorjahreslaub, das das Geräusch ihrer Hufe dämpfte.

Elysa war erleichtert, als das Waldstück endete und in Weideland überging. Immer wieder wandte sie sich verstohlen nach ihrem Verfolger um, konnte aber niemanden entdecken.

Das Gelände stieg an, und die Pferde begannen zu schnaufen. Die Morgendämmerung zog bereits herauf, als Gordon sein Pferd durchparierte. Sie hatten den höchsten Punkt eines Hügels erreicht, auf dem eine einzelne Birke stand, und hatten freie Sicht auf die zu allen Seiten hin sanft abfallenden Wiesen.

Elysa war so müde, dass sie die Augen kaum noch aufhalten konnte.

Gordon sattelte die Pferde ab und ließ sie grasen. »Versuch, ein wenig zu schlafen«, sagte er zu Elysa. »Sobald die Pferde sich ausgeruht haben, werden wir schauen, ob wir unseren Verfolger abhängen können.«

Seine beruhigenden Worte waren für Elysa gedacht. Für ihn selbst galten sie nicht. Er wusste, dass er es nicht ertragen konnte, einen Kerl, der sich mit der Geschwindigkeit eines Wurfgeschosses bewegte, hinter sich zu haben. Nicht zu wissen, wann und wo er zuschlagen würde. Ob er Elysa vielleicht nicht doch etwas antun wollte.

Ich muss ihn stellen, dachte er. Mann gegen Mann.

Elysa rollte sich zusammen, während Gordons Blick prüfend über die Weiden wanderte, die noch im Schatten lagen. Wo hatte ihr unheimlicher Beschützer sich verborgen, wo würde er selbst sich verbergen, wäre er an seiner Stelle?

Es dauerte nicht lange, bis die aufgehende Sonne die Schatten vertrieb und er freie Sicht hatte, so weit das Auge reichte. Ihr Verfolger ließ sich nicht blicken, aber Gordon glaubte nicht einen Augenblick daran, dass er aufgegeben hatte.

Er betrachtete Elysa, die eingeschlafen war. Sein Blick glitt über ihre schmale Gestalt, die zarten Züge, die im Schlaf entspannt waren. Ein warmes Gefühl durchströmte ihn. Ein Gefühl, wie er es noch nie zuvor für ein Mädchen gehabt hatte.

Er würde nicht zulassen, dass ihr ein Leid geschah. Wut überkam ihn, wenn er an ihren Onkel dachte. Was hatte diesen nur dazu getrieben, Elysa einer solchen Gefahr auszusetzen und ihr eine solche Bürde aufzuladen?

Er widerstand der Versuchung, ihr die seidigen Strähnen aus dem Gesicht zu streifen, sie zu umarmen und nie wieder loszulassen. Ihren Duft einzuatmen und für einige kostbare Augenblicke den Bildern all der Gräueltaten zu entkommen, die ihn seit der Eroberung von Béziers bis in seine Träume hinein verfolgten.

Aber es durfte nicht sein! Er durfte sie nicht beschmutzen, indem er ihr ihre Ehre nahm.

Er wandte sich von Elysa ab und sattelte die Pferde.

Gegen Mittag kamen sie an einem winzigen Dorf vorbei, das ganz aus Stein, am Fuße eines felsigen Hügels erbaut worden war. Die schmalen Häuser waren mit kleinen Dachpfannen gedeckt und standen im Halbkreis um einen staubigen Platz, in dessen Mitte man einen Brunnen gegraben hatte. Dort schöpften gerade drei Frauen Wasser und starrten ihnen misstrauisch entgegen. Gordon grüßte sie freundlich. »Wir sind auf der Durchreise und möchten euch um Wasser und etwas Heu für die Pferde bitten.«

Eine der Frauen nickte schüchtern. Sie war kräftig gebaut und schwanger.

»Kommt mit«, sagte sie und führte Gordon und Elysa in ein Haus mit einem kleinen Innenhof. Zwei Jungen jagten darin umher und versuchten, ein Huhn zu fangen, das aufgeregt gackerte und wild mit den Flügeln um sich schlug. »Pierre!«, rief die Frau dem älteren der beiden zu. »Bring Wasser und Heu für die Pferde.«

Der Junge gehorchte, und während Gordon die Pferde absattelte, bat die Frau Elysa ins Haus. »Bitte setzt Euch doch«, sagte sie. »Ihr seid sicher hungrig und durstig, aber wir sind arm. Viel haben wir nicht, das wir Euch anbieten können.«

Sie stellte einen Krug mit Molke und zwei Becher auf den Tisch, dann schnitt sie zwei Scheiben Brot ab und für jeden ihrer Gäste ein Stück frischen Ziegenkäse, den sie mit Honig bestrich. Elysa trank ihren Becher in einem Zug leer und stellte ihn auf den Tisch zurück. Die Frau nickte ihr freundlich zu. Sie öffnete den Mund, um etwas zu sagen, als Gordon mit dem kleineren der Jungen hereinkam. Der Junge schielte hungrig nach dem Käse. Seufzend stand die Frau auf, schnitt ihm ein kleines Stück ab und legte es ihm auf die ausgestreckte Hand. »Ich hab das Huhn gekriegt«, berichtete der Junge stolz, bevor er sich den Käse in den Mund stopfte. Seine Mutter strich ihm über das zerzauste, dunkle Haar, doch der Junge entzog sich ungeduldig der mütterlichen Geste. »Ich muss Pierre helfen, auf die Pferde aufzupassen«, verkündete er eifrig und stürmte aus dem Haus.

Gordon setzte sich neben Elysa. Die Frau wartete schweigend, bis beide ihr Brot aufgegessen hatten. Es ziemte sich nicht, Gäste während des Essens zu belästigen. Nachdem Gordon Brot und Käse gegessen hatte, rülpste er zum Zeichen dafür, dass es ihm geschmeckt hatte. Dann richtete er seinen Blick auf die Frau.

»Die Pferde müssen sich ausruhen, wir haben noch einen weiten Weg vor uns«, erklärte Gordon ihr. Sie nickte ergeben. Insgeheim hatte sie gehofft, dass ihre Gäste nach dem Mahl gleich weiterritten und sie zurück an ihre Arbeit konnte. Gordon zog seinen Geldsack hervor, entnahm ihm eine Münze und reichte sie der Frau. »Für das Heu und deine Gastfreundschaft.«

Die Frau starrte mit offenem Mund auf die kleine silberne Münze, bevor sie sie rasch einsteckte und sich verlegen bedankte.

»Wann kommt denn dein Mann zurück?«

Wachsamkeit schlich sich in die Augen der Frau.

»Er kommt erst, wenn die Sonne untergegangen ist«, sagte sie.

Gordon sah ihr an, dass sie nur zu gerne gewusst hätte, was er von ihrem Mann wollte, aber es nicht wagte, ihn danach zu fragen.

Um ihre Gastfreundschaft nicht allzu sehr zu strapazieren, erhob er sich.

»Wenn es dir nichts ausmacht, werden wir im Hof auf seine Rückkehr warten«, meinte er.

Die Frau nickte, erleichtert darüber, ihr Tagwerk wieder aufnehmen zu können.

»Warum reiten wir nicht weiter?«, wollte Elysa wissen.

»Ich habe Pierre den Auftrag erteilt, nach unserem Verfolger Ausschau zu halten.«

»Und wenn er auftaucht?« In Elysas Stimme schwang Angst mit.

»Ich bin Ritter«, sagte Gordon.

Elysa dachte an die hünenhafte Gestalt ihres Verfolgers und die Schnelligkeit, mit der er sich bewegt hatte.

»Er ist zu schnell für Euch«, sagte sie.

Gordon bedachte sie mit einem merkwürdigen Blick. »Vielleicht ist er das. Aber wir müssen ihn loswerden, wenn wir ihn nicht direkt zum Kloster führen wollen.«

Als sie in den Hof traten, kam Pierre gerade von dem Ausschauposten, den er außerhalb des Dorfes bezogen hatte, zurück. Seine Wangen glühten vor Stolz, und seine Augen blitzten. Schließlich kam es nicht jeden Tag vor, dass ein Ritter ihn um Hilfe bat.

»Ich hab ganz alleine auf die Pferde aufgepasst!«, rief ihm sein kleiner Bruder zu und strich wie zur Bestätigung über den Hals der Stute, wobei er darauf achtete, dass er Gordons Hengst nicht zu nahe kam. Das mächtige Pferd war ihm unheimlich. Jedes Mal, wenn er an es herantrat, legte es die Ohren an und schnaubte warnend. Da war ihm die sanfte Stute doch lieber.

Aber Pierre achtete nicht auf seinen jüngeren Bruder.

»Er kommt!«, schrie er aufgeregt. »Ein Reiter, genau wie Ihr gesagt habt.«

Gordon eilte zu seinem Pferd. Wenige Augenblicke später saß er im Sattel. Während er aus dem Hof sprengte, zog er sein Schwert. Pierre, dem die Abenteuerlust ins Gesicht geschrieben stand, schnappte sich die Mistgabel, die an der Wand lehnte, und stürmte hinter Gordon her.

Auch Elysa lief ihnen nach, die Angst um Gordon raubte ihr fast den Verstand.

Er tut es für mich, aber ihm darf nichts geschehen.

»Furcht ist nicht in der Liebe«, ertönte da eine warnende Stimme aus einer anderen Zeit.

Aber ich will ihn nicht verlieren, schrie ihr Herz.

Sie eilte über den Hof, erreichte das Tor. Ihr Blick flog voraus, die staubige Dorfstraße hinab. Sie würde nicht mehr fliehen, würde bei ihm bleiben, was immer auch geschah.

Der Reiter, der auf den Dorfplatz zuritt, schien keine Eile zu haben.

Der Umhang, der seine mageren Schultern bedeckte, war bunt und zerschlissen und starrte vor Schmutz. Auf seinem Rücken hing eine Laute. Ein Troubadour, der durch die Lande zog und zudem deutlich kleiner war als ihr ungebetener Retter. Er konnte nicht viel älter als zwanzig Jahre alt sein, und seine feingliedrigen Hände hatten mit Sicherheit noch nie ein Schwert in den Händen gehalten. Trotz seiner Jugend schien er ein erfolgreicher Dichter und Musiker zu sein, denn das schwarzbraune Schlachtross mit der wallenden Mähne, der karmesinroten Schabracke unter dem rotbraunen Sattel und dem feinen Lederzaumzeug waren ein Vermögen wert.

Falls er erschrocken über den Ritter war, der mit gezücktem Schwert auf ihn zusprengte, gelang es ihm jedenfalls erstaunlich gut, dies zu verbergen. Er parierte sein Pferd durch, verneigte sich vor dem zum Kampf bereiten Ritter und zog seelenruhig die Laute von seinem Rücken. Seine schwarzen Augen irrten rastlos umher, sein linker Mundwinkel zuckte.

Er zupfte ein paar Töne, die die Frauen aus den Häusern lockten, bevor sie sich in der klaren Luft verloren, doch er sah nur Elysa, das Mädchen aus seinen Träumen, dem er nun zum dritten Mal begegnete. Das Schlachtross stellte die Ohren auf und blähte die Nüstern.

Der Barde schloss die Augen und begann zu singen, er sang nur für sie, hatte ihr Bild vor Augen, strahlend und jungfräulich schön.

Wir ziehen zu Fuß in freudlose Irre;
die schönen Zelter sind entschwundene Träume,
die weichen Sättel und die Prachtgeschirre,
die Silberschellen und vergoldeten Zäume.

Die Pfeile finden jetzt den Weg zum Herzen,
die Lieder nicht, mit Lust und süßen Schmerzen.
Oh, schöne Zeit, die wir verloren haben!
Oh, trübe Zeit, die den Gesang begraben!

Am Baume liegen ihre Harfen beide,
bis sie vermorschen einsam und verwittern.
Im Windeshauch die Saiten zittern,
und flatternd spielt das Band von bunter Seide.

Wehmut lag in seiner rauen Stimme. Trauer über eine verlorene Zeit, vergeudetes Glück, vergangene Schönheit.

Es war die Trauer der Menschen, die er besang.

Die Frauen aus dem Dorf standen stumm an ihrem Platz, wischten sich verstohlen die Tränen aus den Augen und fanden nur langsam in die Wirklichkeit zurück.

Dann schwang der Barde die Laute zurück auf seinen Rücken. Sein flackernder Blick suchte und fand noch einmal Elysa, die neben einem kleinen Jungen und dessen Mutter stand, als würde sie zu dieser Familie gehören. Wilde Freude durchzuckte ihn. Der Herrgott hatte seine Gebete erhört. Er hatte sie gefunden, durfte sie noch einmal sehen, schöner noch als in seinen Träumen.

Er stieß seinem Ross die Fersen in die Seiten und ritt davon, das zerrissene Herz überquellend von neuen, unausgesprochenen Reimen wie zarte, zitternde Schmetterlingsflügel im Wind, gewaltiger als jeder noch so tosende, alles verwüstende Herbststurm.

Nur für sie hatte er diese Reime gedichtet. Er war ihr in Rhedae begegnet, und er kannte ihren Namen. Der blinde Bettler hatte ihn ihm verraten.

Die Frauen starrten ihm nach, schlugen hastige Kreuze, die das Böse vertrieben. Der Zauber des Liedes war in der klaren Luft verhallt, zurück blieb die Angst vor allem, was fremd war und unbegreiflich.

Gordon ließ sein Schwert zurück in die Scheide gleiten, und Pierre ließ die Mistgabel sinken. Die Enttäuschung über den nicht stattgefundenen Kampf stand ihm deutlich ins Gesicht geschrieben.

»Habt ihr den Wahn in seinen Augen gesehen?« Die Augen der Frau, die ihnen Gastfreundschaft gewährt hatte, waren vor Entsetzen geweitet. »Und wie seine Lippen gezuckt haben? Als wäre ein Dämon in ihn hineingefahren.«

Aber Elysa hörte ihr nicht zu. Etwas an dem Barden kam ihr bekannt vor. Und dann fiel es ihr wieder ein. Er war in Rhedae gewesen, an dem Tag, als die Mönche gekommen waren. Der Tag, an dem alles begonnen hatte.

»Wolltet Ihr nicht auf meinen Mann warten?«, fragte die Frau unsicher, als Gordon und Elysa sich von ihr verabschiedeten.

»Wir haben es uns anders überlegt«, erklärte Gordon und warf Pierre eine Münze zu, die dieser geschickt auffing. »Hab Dank für deine Hilfe«, sagte er.

Sprachlos starrte der Junge die silberne Münze an. Er betrachtete sie sogar noch, nachdem Gordon und Elysa das Dorf längst verlassen hatten, und versuchte sich vorzustellen, was er alles dafür kaufen konnte, wenn der nächste Markt stattfand.

Die Landschaft wurde flacher, grauer und war dichter besiedelt, je weiter sie Richtung Norden ritten. Gordons Retter hatte sich nicht wieder blicken lassen, und Gordon selbst hatte jede Gelegenheit genutzt, um ihre Spuren zu verwischen, auch wenn sie dadurch mehr als einen Tag verloren hatten. Er war überzeugt davon, jeden eventuellen Verfolger abgeschüttelt zu haben, als sie an einem windigen Vormittag vor einer Herberge hielten, die direkt an der Handelsstraße lag, die nach Troyes führte. Ihre Vorräte waren erschöpft, die Pferde brauchten Futter und sie selbst ein kräftigendes Essen.

Zu dieser Tageszeit war die Herberge leer. Pilger und Reisende waren, mit Ausnahme eines einzigen schweigsamen Gastes, der spät am gestrigen Abend eingetroffen war und noch im Stall schlief, längst aufgebrochen, und der Wirt rieb sich vergnügt die Hände, als Gordon warmes Essen, Futter für die Pferde und ein Zimmer bestellte, ohne über den Preis zu verhandeln. Er pfiff nach seinem Burschen, damit sich dieser um die Pferde kümmerte, doch Gordon winkte ab, führte die Tiere selbst zur Tränke, fütterte sie mit dem Getreide, das der Bursche ihm brachte, und brachte sie anschließend in die kleine Koppel hinter dem Hof, die eigens dafür vorgesehen war. Dort stand nur ein einzelnes Pferd und graste. Es hob den Kopf, als Gordon auf die Umzäunung zukam, und Gordon erkannte es sofort wieder. Es war das kostbare Schlachtross des Troubadours.

Ein merkwürdiger Zufall. Doch wenn man es genauer betrachtete, war es vielleicht gar nicht so merkwürdig, wie es schien. Vermutlich war der Junge auf dem Weg nach Troyes, wo zwei der sechs jährlichen Jahrmärkte stattfanden, für die die Grafschaft Champagne berühmt war. Tuchwaren aus Burgund und Seide aus Italien konnte man dort ebenso erwerben wie fremdländische Gewürze und den kostbaren weißen Weihrauch aus dem fernen Orient. Märkte wie diese zogen nicht nur die Händler an wie der Mist die Fliegen, sondern auch zwielichte Gestalten jeglicher Art. Etwas an dem Barden hatte ihn gestört. Und plötzlich wusste er es.

Wer sich ein solches Pferd leisten konnte, besaß auch ledernes Schuhwerk und hatte seine Füße nicht mit Tuchresten umwickelt wie arme Leute.

Elysa und Gordon hatten den niedrigen Gastraum für sich alleine, wenn man von den beiden Hunden einmal absah, die schnarchend vor dem gemauerten Ofen lagen. Ein großer zweihenkeliger Kessel mit einem Rest Getreidebrei köchelte über dem beinah schon heruntergebrannten Feuer, daneben, außerhalb des Glutstocks, hing ein kleinerer Topf, in dem Bohnen warm gehalten wurden. An einem Drehspieß klebten noch die verkohlten Reste des am Abend zuvor gebratenen Wildschweins.

Nach dem tagelangen Aufenthalt an der frischen Luft war der Gestank abgestandener Luft und ranzigen Fetts nur schwer zu ertragen, und so setzten sie sich an den Tisch gleich neben dem Eingang.

Der Wirt wieselte eilfertig um seine Gäste herum. Er hatte kurze Arme und ein rundes Gesicht, über dessen rechte Hälfte sich ein ungleichmäßiges, bläuliches Feuermal bis hinunter zum Hals zog. In Windeseile servierte er zwei Schüsseln Getreidebrei, gekochte Bohnen, dazu frischgebackenes Brot und stark vergorenen Birnenmost, der Elysa ein wenig zu Kopf stieg.

Hungrig machten sie sich über das Essen her und leerten einen weiteren Becher süßen Most, den der Wirt großzügig nachschenkte.

»Wir sind nicht die einzigen Gäste?«, fragte Gordon so beiläufig, dass Elysa aufhorchte.

»Das Schlachtross auf deiner Koppel«, half er dem Wirt auf die Sprünge. »Wir sind seinem Besitzer unterwegs begegnet.«

Der Wirt hielt mitten in der Bewegung inne.

»Ein beängstigender Zeitgenosse«, begann er vorsichtig und senkte seine Stimme. »Er hat es vorgezogen, im Stall zu übernachten, wahrscheinlich um sein kostbares Pferd besser bewachen zu können, obwohl ich ihm versichert habe, dass er sich keine Sorgen zu machen braucht. Wir sind ehrliche Leute und keine Diebe«, setzte er empört hinzu. Seine kleinen Augen huschten zur Türe, um sich zu vergewissern, dass dort niemand stand und lauschte, bevor er seiner Empörung weiter Luft machte.

»Dieser Mensch hat mir nicht einmal zugehört. Hat einfach nur durch mich hindurchgeblickt, als wäre ich überhaupt nicht vorhanden. Es war richtig unheimlich, und hinterher war ich geradezu froh, dass er im Stall übernachtet hat und nicht im Haus. Einem solchen Menschen möchte man nicht im Dunkeln begegnen.«

Elysa sah, wie Gordons Körper sich anspannte. »Wir sind dem Jungen unterwegs begegnet, aber auf mich wirkte er eher harmlos, ich konnte nichts Unheimliches an ihm feststellen.«

Der Wirt bedachte ihn mit einem merkwürdigen Blick. »Bitte verzeiht mir, wenn ich Euch widerspreche, aber seid Ihr sicher, dass wir beide von ein und demselben Mann sprechen?«

»Ein Barde, höchstens zwanzig Jahre alt.«

Der Wirt schüttelte entschieden den Kopf.

»Ein Mann des Schwertes, an die fünfzig Jahre alt, der seinen Kopf einziehen muss, wenn er den Gastraum betreten will.«

Gordons Blick wanderte zur Türschwelle des Gastraums. Er hatte sich nicht bücken müssen. Ein Ruck ging durch seine Gestalt.

»Du bleibst hier«, sagte er zu Elysa und stürmte hinaus.

Draußen zog er sein Schwert und lief zum Stall. Das Tor stand offen. Seine Augen brauchten einen Augenblick, um sich an das im Inneren herrschende Dämmerlicht zu gewöhnen.

Der Mist vom Vortag war noch nicht beseitigt worden, und ein strenger Geruch schlug ihm entgegen. An der Stirnseite waren Stroh- und Heuballen übereinandergestapelt. Von dem unheimlichen Gast war nichts zu sehen. Gordon verließ den Stall und eilte zur Koppel. Das Pferd war fort. Wollte der Kerl ihn vorführen? Ihm seine Überlegenheit beweisen? Oder scheute er etwa den ehrlichen Zweikampf?

Wütend schob Gordon sein Schwert zurück in die Scheide.

Während er noch überlegte, was das alles zu bedeuten hatte, kam auch schon der Wirt auf ihn zu. »Er ist fort, ohne seine Zeche zu zahlen«, jammerte er und rang die Hände über seinem dicken Bauch. »Hat sich einfach aus dem Staub gemacht. Das hat man nun von seiner Gutmütigkeit.«

Elysa sah Gordon erwartungsvoll entgegen, als er in den Gastraum zurückkehrte. Seine Lippen waren zu einem schmalen Strich zusammengepresst, und sein Zorn unübersehbar. Obwohl er während der Reise entschlossen jede Berührung und jede Vertraulichkeit vermieden hatte, war er ihr mit jedem Tag und jeder Nacht, die sie zusammen verbracht hatten, vertrauter geworden.

»Er ist fort«, stieß er zähneknirschend hervor.

»Ihr glaubt, es war der Mann aus dem Wald?«

Gordon nickte finster.

»Die Beschreibung des Wirts trifft genau auf ihn zu.«

Elysa überlegte. »Aber warum hat er dann den Barden auf seinem Pferd durchs Dorf reiten lassen?«

»Vielleicht hat er geahnt, dass ich ihn stellen wollte«, vermutete Gordon.

»Und wenn er uns tatsächlich nur beschützen will?«, fragte sie, obwohl sie selbst nicht daran glaubte.

»Dann hätte er sich gezeigt, anstatt hinter uns herzuschleichen und uns zu belauern.«

»Aber er war vor uns in dieser Herberge«, gab Elysa zu bedenken. »Also hat er uns gar nicht mehr verfolgt.«

»Oder es ist uns gelungen ihn abzuhängen, und er hat darauf gehofft, dass wir hier einkehren. Es ist ihm sicher nicht entgangen, dass wir nach Norden reiten, er brauchte also nur hier auf uns zu warten, um unsere Spur wieder aufnehmen zu können.«

Schnaufend kehrte der Wirt zurück in den Gastraum und baute sich vor ihrem Tisch auf, als wären sie alte Kumpane, die eine gemeinsame Sache ausfochten. »Ich habe mit dem Zolleintreiber gesprochen. Die Handelsstraße hat dieser betrügerische Schurke jedenfalls nicht genommen. Er ist wie vom Erdboden verschluckt. Niemand will ihn gesehen haben«, keuchte er völlig außer Atem.

Die ganze Sache gefiel Gordon immer weniger, und das lag nicht daran, dass der Wirt ihn voller Erwartung ansah.

»Was gedenkt Ihr denn jetzt zu unternehmen?«, wollte er wissen, als Gordon nicht aufsprang und auch sonst keine Reaktion zeigte.

»Was soll ich denn deiner Meinung nach unternehmen?«, fragte Gordon gefährlich leise.

Der Wirt wackelte abwägend mit dem Kopf.

»Wenn ich das nur wüsste«, gab er sich bescheiden.

»Soll ich vielleicht deinem säumigen Gast hinterherjagen oder lieber gleich die Zeche für ihn bezahlen? Ist es das, was du von mir erwartest?«

Der Wirt wich abwehrend ein paar Schritte zurück. »Ich dachte ja nur«, stotterte er, »weil, also Ihr habt mich ja nach dem Mann gefragt und ...« Er brach ab, als Gordon heftig mit der Hand auf die Tischplatte schlug.

»Genug jetzt«, fuhr er den Wirt an. Dieser nickte erschrocken und schien es mit einem Mal eilig zu haben, den Gastraum zu verlassen, doch Gordon hielt ihn zurück. »Gibt es hier in der Nähe ein Nonnenkloster?«

Der Wirt nickte eifrig. »Es liegt gleich hinter dem nächsten Dorf. Ihr könnt es nicht verfehlen.«

»Du kannst gehen, ich brauche dich nicht mehr«, befahl Gordon, als der Wirt keine Anstalten machte, sich zu entfernen, sondern ihn mit unverhohlener Neugier anstarrte, in der Hoffnung zu erfahren, warum der Ritter ein Kloster aufsuchen wollte.

Gordon wartete, bis er durch eine der hinteren Türen des Schankraums verschwunden war, die vermutlich ins obere Stockwerk und den Keller führten. Seine angespannte Miene hellte sich auf, und ein breites Grinsen zog über sein Gesicht. »Der Kerl wird sich noch wundern«, sagte er, ohne genauer auszuführen, ob er damit den Wirt meinte oder ihren ungebetenen Verfolger.

Elysa vermutete Letzteres, aber sie wollte nicht neugierig erscheinen, indem sie nachfragte.

Das Kloster lag in Sichtweite der Handelsstraße. Eine hohe Mauer aus hellem Kalkstein schirmte es von der Welt ab.

Ein Karren, vor den ein Esel gespannt war, fuhr gerade aus dem offenen Tor, als Gordon und Elysa es erreichten. Er wurde von einer jungen Nonne gelenkt, die sie im Vorbeifahren freundlich grüßte.

Gordon und Elysa ritten durch das Tor in den Hof, wo eine dickliche Nonne mit einem mürrischen Ausdruck im Gesicht auf sie zustapfte, kaum dass sie von ihren Pferden gestiegen waren.

»Was wünscht Ihr?«, fragte sie unhöflich und kniff die Augen gegen die tief stehende Sonne zusammen.

»Das würden wir gerne mit der Klostervorsteherin besprechen«, erwiderte Gordon. »Vielleicht hättest du die Güte, uns zu ihr zu führen.«

Elysa fragte sich, was er vorhatte.

»Hier entlang«, verkündete die Nonne missmutig und ging ihnen schnaufend voran. Elysa und Gordon folgten ihr durch einen Bogengang, der an das Kloster anschloss, durch düstere, lange Gänge, die sich nur unwesentlich von denen im Kloster Prouille unterschieden. Schließlich blieb sie vor einer schmucklosen Türe stehen und klopfte, dann öffnete sie die Türe und trat zur Seite.

Die Klostervorsteherin stand hinter einem Schreibpult, ließ die Feder in ihrer Hand sinken und sah von dem Pergament auf, das sie gerade beschrieben hatte. »Du kannst gehen und schließ die Tür hinter dir«, sagte sie an die Schwester gewandt, die Elysa und Gordon hergebracht hatte. Ihre Stimme klang so streng, wie die Augen ihres farblosen, von Falten durchzogenen Gesichts blickten.

Sie zuckte zusammen, als die Türe mit lautem Knall zuschlug.

»Sich in Gehorsam und Demut zu üben fällt den meisten unserer Novizinnen nicht leicht«, seufzte sie und musterte ihre Besucher mit durchdringenden, dunklen Augen.

»Ich bin Schwester Erna, die Mutter Oberin dieses Klosters«, fügte sie nach kurzem Schweigen hinzu.

Gordon legte die rechte Hand auf seine Brust. »Gordon von Longchamp. Ich bin im Auftrag meines Herrn, des Grafen von Toulouse, hier. Er ist auf der Suche nach einem geeigneten Kloster für sein Mündel«, erklärte er mit einem Blick auf Elysa.

Elysa schnappte nach Luft. Er schenkte ihr ein entwaffnendes Lächeln und genoss offensichtlich die Situation. Überhaupt schien er ausgezeichneter Laune zu sein, seitdem sie die Herberge verlassen hatten.

Elysa hatte ihn noch nie so vergnügt erlebt.

Schwester Erna seufzte, ihre Schultern sackten nach unten, als würden sie von einem unsichtbaren Gewicht in die Tiefe gezogen.

»Es tut mir leid, aber wir nehmen zurzeit keine neuen Novizinnen auf«, erklärte sie und hob bedauernd die Hände.

Gordon runzelte die Stirn.

»Ich habe immer gedacht, dass ein Kloster jedem offen steht, der Zuflucht in ihm sucht?«

Die Oberin straffte sich und sah Gordon entschlossen an.

»Es sind schwierige Zeiten, vor allem für Frauen, die so unvorsichtig sind, vorbeiziehenden Pilgern oder einer der Räuberbanden in die Hände zu fallen, die unser Land heimsuchen. Wenn sie das Pech haben, den Überfall zu überleben, sind sie häufig schwanger, und dann stehen sie bei uns vor der Tür. Es ist selten geworden, das jemand zu uns kommt, der dem Ruf Gottes folgen will. Eine solche Person wäre uns willkommen, sie könnte uns bei unserer Arbeit helfen. Alle anderen machen nur Schwierigkeiten und bringen Unruhe, und davon haben wir bereits mehr als genug.«

Sie richtete ihre dunklen Augen auf Elysa. »Ist es dein eigener Wunsch ins Kloster zu gehen? Und bist du dazu bereit, den Rest deines Lebens in Gehorsam, Demut, Arbeit und im Gebet zu verbringen, mein Kind?«

Elysa erwiderte ihren Blick. »Nein«, sagte sie und sah Gordon zornig an.

Wie konnte er nur die Klostervorsteherin belügen und sie in eine solche Situation bringen?

»Ich habe es gleich gewusst«, erklärte die Oberin zufrieden. »Bitte, verzeih meine Offenheit, aber du scheinst mir ein wenig zu eigenwillig für ein Leben im Kloster zu sein.«

»Dann seid doch so gütig und gewährt uns zumindest Eure Gastfreundschaft, wir sind seit Tagen unterwegs«, verlangte Gordon.

Schwester Erna nickte. Die Erleichterung darüber, dass der junge Ritter ihre Ablehnung scheinbar widerstandslos hinnahm, war ihr deutlich anzusehen.

»Schwester Martha wird Euch in unseren Gästeraum begleiten und in der Küche Bescheid geben, damit man Euch etwas zu essen bringt.«

Gordon ließ sich auf eine der schmalen Bänke fallen, die in dem schlichten hellen Saal standen. »Nachdem wir uns satt gegessen haben, werden wir zurück nach Toulouse reiten«, verkündete er. »Zumindest werden wir vorgeben, dies zu tun. Ein Kloster ist so gut wie das andere. Unser Verfolger wird denken, dass dieses Kloster unser Ziel war. Bis er begriffen hat, dass er falsch damit liegt, sind wir längst über alle Berge.«

Elysa betrachtete sein Gesicht, das sie mittlerweile so gut kannte, die kleinen Fältchen um seine Augen herum, die markanten, klaren Züge.

»Es ist falsch«, sagte sie leise. »Wenn dieser Mann hinter dem Vermächtnis her ist und glaubt, es hier zu finden, sind die Nonnen dieses Klosters in Gefahr.«

»Aber du wirst es nicht länger sein«, erklärte Gordon fest und sah ihr tief in die Augen. »Meine Aufgabe ist es, dich zu beschützen, und ich will, dass du in Sicherheit bist.«

Sie starrten sich an. Er tat es für sie, trotzdem war es nicht recht, und sie würde nicht zulassen, dass andere Frauen in Gefahr gerieten, nur damit sie in Sicherheit wäre.

Schwester Martha kehrte mit einem Brett zurück. Der Kastanienbrei, den sie brachte, dampfte in den Schalen, und das Brot, das sie dazu reichte, war noch warm. Ihrem Gesichtsausdruck nach erfüllte sie nur eine lästige Pflicht.

Seufzend stellte sie alles auf dem Tisch ab und verschwand dann ohne ein Wort.

Elysa rührte nachdenklich mit dem Löffel in ihrem Brei, aß aber nichts.

»Wir brauchen nicht zurückzureiten«, erklärte sie schließlich. Gordon ließ den Löffel sinken und sah sie an.

»Wir könnten einfach weiterreiten und einige der Klöster besuchen, an denen wir vorbeikommen«, schlug sie vor. »Damit bringen wir niemanden in Gefahr und erreichen trotzdem unser Ziel. Denn unser Verfolger kann auf diese Weise nur raten, in welchem Kloster wir das Kreuz gelassen haben.«

Gordon dachte kurz über ihren Vorschlag nach, dann nickte er zustimmend.

Prades schirmte seine Augen mit der Hand gegen die schräg stehende Sonne ab, bis er sicher war, dass die zwei Reiter, die das Kloster ohne sichtbare Eile verließen, auch wirklich Gordon und Elysa waren

Er hatte seit Tagen kaum geschlafen. Dazu kamen der verfluchte Schwindel und der hämmernde Schmerz, die ihn seit dem Überfall und dem brutalen Schlag auf den Kopf überfielen, sobald er diesen auch nur ein wenig bewegte.

Obwohl die Sonne heiß auf ihn herabbrannte, zog er den feinen Wollumhang, den er vor ein paar Tagen einem schlafenden Boten gestohlen hatte, über der Brust zusammen. Der Kerl, der versucht hatte, ihn zu erledigen, war äußerst gefährlich. In einem offenen Kampf würde er nicht den Hauch einer Chance gegen ihn haben. Sein einziger Vorteil war der, dass der Hüne ihn für tot hielt.

Es konnte nicht mehr lange dauern, bis er auftauchen würde. Und dann galt es, vorsichtig zu sein.

Auf einmal war er da. Prades hielt vor Schreck den Atem an. Er kam aus dem Nichts wie ein böser Geist. Als wäre er mitsamt seinem Pferd aus dem Boden gewachsen. Ungläubig durchkämmte Prades die Umgebung mit den Augen. Die Felder und Wiesen vor dem Kloster waren ziemlich eben, wenn man von einer einzelnen knietiefen Bodensenke absah. Die Hecke, die die Felder vom Pfad abtrennte, der zum Kloster führte, war nicht hoch genug, um einen Reiter dahinter zu verbergen.

Wie zum Teufel war es dem Kerl gelungen, so plötzlich

aufzutauchen? Das konnte nicht mit rechten Dingen zugehen.

Prades bekam eine Gänsehaut und begann trotz der Hitze zu frieren. Er überlegte, was er jetzt tun sollte. Dem Ritter und dem Mädchen folgen oder warten, bis der Hüne wieder aus dem Kloster zurückkam. Der Gedanke, ihn hinter sich zu wissen, gefiel ihm nicht. Aber ihn vor sich zu haben und jeden Augenblick fürchten zu müssen, entdeckt zu werden, war auch nicht viel besser.

Als sie nebeneinander den breiten Handelsweg entlangritten, schien Elysa irgendetwas zu beschäftigen, denn sie musterte ihn einige Male von der Seite, sagte aber nichts.

Alte Platanen säumten den Weg. Ihre mächtigen, weit ausladenden Äste spendeten den Reisenden tagsüber Schatten und in der Nacht Schutz.

Die Luft war mild, und obwohl die Sonne mittlerweile untergegangen war, spürte Elysa immer noch ihre Hitze. Schwärme von Zikaden sangen ihr ewiges Lied. Ihr Gesang übertönte mühelos den dumpfen Klang der Hufe auf dem ausgetrockneten, harten Lehmboden. Die Pferde schritten so eng nebeneinander, dass ihre schweren Leiber sich beinahe berührten.

Zwischen ihnen gibt es keine Kluft, dachte Elysa traurig.

Sie sehnte sich danach, mit Gordon zu reden, sich ihm anzuvertrauen und ihre unruhigen Gedanken mit ihm zu teilen.

»Ihr habt mich einmal gefragt, was ich tun werde, nachdem ich mein Versprechen erfüllt habe«, hob sie auf einmal zu sprechen an.

Vor ihnen stieg der sichelförmige Mond am Himmel empor. Schwarze Wolkenfetzen zogen wie Geister an dem silbrig leuchtenden Gestirn vorüber. Es war faszinierend und unheimlich zugleich.

Licht und Schatten, so nah beieinander.

»Und was wirst du tun?«

»Ich werde zurück zum Montségur gehen und Esclarmonde bitten, mir den Weg zu den Sternen zu weisen, bevor sie diese Welt verlässt.« Elysa lauschte dem Klang ihrer Worte nach. Es war, als hätte ein anderes Mädchen als sie zu einer anderen Zeit gesprochen. Schmerzhaft wurde ihr bewusst, dass diese Zeit für immer vorbei war, dass sie sich an etwas klammerte, was längst für sie verloren war. Ihr Körper war erwacht, unbestimmte Sehnsüchte zerrten an ihr und drängten sie zu dem Mann neben ihr.

Sie könnte den Weg zu den Sternen nur gehen, wenn sie frei wäre. Frei von dummen Sehnsüchten und heimlichem Verlangen. Sie musste allen fleischlichen Gelüsten entsagen, wenn sie Nicola und Esclarmonde folgen wollte. Aber wollte sie das überhaupt? Oder glaubte sie nur, es Nicola schuldig zu sein?

Gordon erwiderte nichts. Er sah Esclarmonde vor sich, sanft und erfüllt von tiefem inneren Frieden, aber auch bleich und ausgezehrt, mit dunklen Schatten unter den Augen. Es fiel ihm schwer, sich Elysa neben dieser Frau vorzustellen. Elysa war so voller Leben, einem Leben, dem die Gräfin von Foix entsagt hatte.

Allein schon der Gedanke versetzte ihm einen Stich.

»Esclarmonde war verheiratet und hatte Kinder, bevor sie sich entschieden hat, den siebenfachen Weg zu den Sternen zu gehen. Sie hat gewusst, was sie aufgab«, sagte Elysa in seine Gedanken hinein.

Gordon hob den Kopf und sah sie ungläubig an.

»Und du willst es ebenso machen wie sie? Erst heiraten und Kinder bekommen und dann diesen Sternenweg gehen?«, wollte er wissen.

Sie runzelte die Stirn.

»Ich denke gerade darüber nach. Es ist nicht so einfach, weil ich nicht weiß, wie es sein wird, mit einem Mann zusammen zu sein. Außerdem finde ich, man sollte wissen, wie es ist, bevor man sich an einen Mann bindet.«

»Du willst ausprobieren, wie es ist, bei einem Mann zu liegen, bevor du heiratest, so wie man ein Pferd ausprobiert, bevor man es kauft? Hast du mich etwa deswegen geküsst?«, fragte Gordon verblüfft.

»Wenn ich mich recht entsinne, wart Ihr derjenige, der mich geküsst hat«, widersprach Elysa ihm. »Und ich habe auch nicht gesagt, dass ich es tun werde, sondern nur, dass ich darüber nachdenke.«

Gordon fragte sich, was das für einen Unterschied machte.

Allein der Gedanke war so abwegig, dass er nur den Kopf darüber schütteln konnte.

»Und wen würdest du gerne ausprobieren, ich meine, falls du zu dem Schluss kommen solltest, dass du es tatsächlich tun willst?«, erkundigte er sich neugierig.

Elysa errötete und war froh, dass Gordon in der Dunkelheit ihr Gesicht nicht sehen konnte.

Seine Frage war berechtigt, aber sie war sich nicht sicher, ob er sie auch tatsächlich ernst meinte. Hatte seine Stimme nicht ein klein wenig belustigt geklungen?

»Ich werde es Euch mitteilen, wenn es so weit ist«, sagte sie schroffer, als sie es beabsichtigt hatte.

Gordon wusste nicht viel über die Katharer und ihre Ansichten, nur dass ihre Prediger wie früher die Apostel durch die Lande zogen, um zu predigen, und dass sie das Kreuz ablehnten, an dem Jesus gestorben war. Sie strebten weder nach Macht noch nach Besitztum und taten auch niemandem etwas zuleide. Darüber hinaus verzichteten sie auf

Fleisch und ernährten sich stattdessen von Fisch. Er wusste auch, dass ihre Frauen ganz selbstverständlich predigen und sogar studieren durften. Was war ihnen sonst noch erlaubt? Den Männern zu sagen, was sie zu tun hatten, so wie Elysa es tat? Seine Neugier war geweckt.

»Warum will die Kirche die Katharer vernichten?«, fragte er Elysa und wartete gespannt auf ihre Antwort.

»Weil wir zu einer Gefahr für sie geworden sind.«

Gordon schüttelte ungläubig den Kopf. »Und welche Gefahr soll das sein?«, wollte er wissen. Niemand und schon gar nicht die Katharer konnten ernsthaft die Kirche bedrohen.

Andererseits hatte die Kirche zum Kreuzzug gegen sie aufgerufen!

Folglich war Elysas Vermutung vielleicht nicht gänzlich aus der Luft gegriffen.

Oder ging es in Wirklichkeit nur um dieses Vermächtnis, für das sie beide ihr Leben aufs Spiel setzten? Aber wenn dieses so wichtig für die Kirche war, warum unternahm sie dann nichts, um es an sich zu bringen? Immerhin stand ihr ein ganzes Heer zur Verfügung.

Schließlich sprach er seine Gedanken laut aus.

Elysa schwieg daraufhin so lange, dass er schon nicht mehr mit einer Antwort rechnete.

»Weil niemand es wissen darf«, flüsterte sie. Ihre Worte waren nur ein Hauch.

Der Wind fuhr durch die trockenen Blätter der Platanen und strich Gordon kühl über den Nacken. Seine Haut kribbelte.

Er wandte den Kopf, war sich sicher, jemanden hinter sich zu entdecken.

Doch da war niemand. Kein unheimlicher Verfolger und auch sonst keine Menschenseele.

»Was darf niemand wissen?«, beharrte Gordon, der mehr als genug von dieser ganzen Geheimnistuerei hatte.

»Nicola hat gesagt, die Menschen wären noch nicht bereit für die Wahrheit.«

»Für welche Wahrheit?«

»Die Wahrheit über den Tröster.«

Gordon verstand nicht, was sie meinte.

»Aber du kennst sie, diese Wahrheit?«, fragte er schließlich.

»Nur die Eingeweihten kennen sie«, wehrte sie ab und schloss wie betäubt die Augen, als eine lang vergessene Erinnerung an die Oberfläche drängte.

Sie lag in ihrer Nische, einer schmalen Felsspalte, weich gebettet auf Nicolas wollenem Umhang, und hatte geschlafen, als eine Stimme sie weckte.

Es klang, als wäre sie direkt neben ihrem Ohr.

»Am Anfang war das Wort, und das Wort war bei Gott, und das Wort war Gott. Gott ist Geist, und die ihn anbeten, müssen ihn im Geist anbeten. Es ist gut für euch, dass ich sterbe. Denn sterbe ich nicht, so kommt der Tröster nicht zu euch. Wenn aber der Tröster kommen wird, den ich euch senden werde ...«

Die Stimme wurde leiser, die Worte eindringlicher. Elysa rutschte nach vorn und lugte aus ihrer Felsspalte hervor. Die Eingeweihten standen im Kreis. Das Flackern der Fackeln an den Wänden des mächtigen Höhlengewölbes warf ihre erhobenen Hände und Häupter als zuckende Schatten auf die Felswände.

»Mehr als tausend Jahre sind vergangen, nun werden wir endlich den verborgenen heiligen Pfad betreten, den der Herr uns gewiesen hat. Seht her, der Tröster hält unsere Hand und führt uns, damit wir Seine Herrlichkeit schauen

können. Arbor vitae, der Lebensbaum, ist zum Spender des Lebens geworden.«

Die Stimme sprach weiter, murmelte uralte Worte, die Elysa nicht verstand. Weißes Licht floss in die Höhle, drang bis in ihre Nische und tauchte selbst die winzigste Ritze in gleißendes Licht. Kraft strömte aus dem Stein, der sie umgab, und fuhr in ihren Körper, ihre Hände, bis in die Fingerspitzen. Sie war eins mit dem Stein, mit der Welt, dem Universum, verbunden mit allem, was lebte. »Du bist die Auserwählte, Elysa, Hüterin des Lichts«, rauschte es an ihrem Ohr. Die Stimme verklang, und sie fühlte nur noch das Licht, war das Licht. Ihr Körper wurde leicht, und dann schwebte sie höher, immer höher, durch die Decke der Höhle hindurch hinauf zu den Sternen.

Das Glücksgefühl, das sie erfasste, überwältigte sie.

Nur langsam drang die Stimme erneut zu ihr durch. Sie hielt sich die Ohren zu, wollte nicht zurück, Tränen strömten ihr über die Wangen, als das Licht erlosch.

Später, als Nicola sie weckte, dachte Elysa, sie hätte nur geträumt. Er trug sie auf seinen Armen den langen Weg zurück, ohne auch nur eine einzige Pause einzulegen. »Bist du nicht müde, Onkel? Ich bin doch viel zu schwer für dich«, hatte sie ihn gefragt und sich gewundert, dass sein Atem so leicht ging, obwohl der Weg bergauf führte.

Mit der Erinnerung kehrte die Sehnsucht zurück, und sie spürte wieder den ziehenden Schmerz tief in ihrem Herzen, als hätte sie etwas Kostbares verloren.

Gordon betrachtete sie argwöhnisch. Sie wirkte seltsam entrückt, als hätte sie sich plötzlich von ihm entfernt, dabei hatte sie sich nicht einmal bewegt. Regungslos wie eine Statue saß sie neben ihm auf ihrem Pferd. Ihre Hände waren auf den Hals der Stute gesunken, die Zügel waren ihnen entglitten. Ihr Brustkorb hob und senkte sich nicht mehr, und er hatte schon Angst, sie hätte aufgehört zu atmen.

Verunsichert berührte er sie an der Schulter. Da öffnete sie die Augen und sah ihn an. Der Mond schien in ihr Gesicht, und er sah die Tränen, die in ihren Augen standen.

»Was ist mit dir?«, wollte er wissen.

»Ich habe mich an etwas erinnert, das ich beinahe vergessen hatte.«

Es klang verwundert, als könne sie selbst nicht glauben, dass es so war. Auch sah sie ihn nicht wirklich an, wie er es eben noch gedacht hatte, sondern durch ihn hindurch auf etwas, das nur sie sehen konnte. Er fühlte sich wie ein Besucher, dem man die Türe vor der Nase zugeschlagen hatte.

Am liebsten hätte er sie an den Schultern gepackt und geschüttelt, damit sie wieder zu ihm zurückkehrte.

Stattdessen wandte er sich von ihr ab. Es war nicht das erste Mal, dass er sich hilflos in ihrer Gegenwart fühlte, und es gab nichts, was er mehr hasste.

Als er nach einer Weile erneut zu ihr hinübersah, hatte sie die Zügel wieder aufgenommen, und alles schien wie vorher, nur dass er plötzlich das Gefühl hatte, neben einer Fremden zu reiten.

Mit den ersten Sonnenstrahlen belebte sich die Handelsstraße. Immer mehr Bauern zogen mit ihren knarrenden Ochsenkarren daher, gefolgt von Händlern, Pilgern und anderen Reisenden.

Boten preschten auf schwitzenden Pferden an ihnen vorbei, und als die Sonne höher stieg, glich der Weg fast schon einem fahrenden Jahrmarkt.

Gordon erwarb zwei große, rote Äpfel von einem Bauern und von einem fahrenden Brotbäcker einen frischgebackenen Fladen, der noch so heiß war, dass er dampfte.

Sie verließen den Handelsweg und ritten zu einem kleinen Flüsschen hinunter, das sich abseits des Handelsweges durch die Landschaft zog.

Gordon versorgte die Pferde und ließ sie frei grasen, während Elysa sich am Fluss die Haare wusch. Sie hatte ihr Obergewand abgelegt und den Rock ihres Untergewandes hochgeschoben. Ihre langen schlanken Beine schimmerten weiß wie Marmor, und als sie sich vorbeugte, konnte er ihre kleinen Brüste sehen. Er spürte, wie ihm die Hitze in die Lenden stieg, und konnte seinen Blick nicht von ihr wenden. Sie wrang ihr nasses Haar aus, dann nahm sie einen Kamm aus ihrem Beutel und kämmte es durch, selbstvergessen und mit einem abwesenden Ausdruck im Gesicht.

Abrupt wandte er sich von ihr ab.

»Ich bin diesem Barden schon einmal begegnet«, erklärte Elysa, als sie sich wenig später zu ihm setzte. Ihr Haar war bereits getrocknet und leuchtete in der Sonne.

»Es war in Rhedae, an dem Tag, an dem die Mönche da waren und Dominikus Guzman versucht hat, uns zu bekehren, indem er uns mit Schwert und Feuer drohte.«

»Barden sind immer dort, wo Menschen zusammentreffen«, wiegelte Gordon ab. »Ich glaube nicht, dass es etwas zu bedeuten hat, obwohl mich irgendetwas an dem Kerl gestört hat, und das liegt nicht nur daran, dass er uns vorgeführt hat.«

Elysa sah ihn an. Noch nie hatte ein Mädchen ihn so angesehen, wie sie es tat, als würde sie tief in ihn hineinsehen, aber diesmal flackerte ihr Blick leicht, oder bildete er sich das nur ein?

Hatte ihr nie jemand gesagt, was es für Folgen haben konnte, einen Mann auf diese Art anzuschauen?

Es fiel ihm schwer, sie nicht einfach an sich zu reißen und

sich zu nehmen, wonach er begehrte, die Sehnsucht zu stillen, die sie in ihm geweckt hatte.

Sein Pferd schnaubte warnend und stellte die Ohren auf.

Gordons Körper spannte sich an. Lauschend hob er den Kopf.

»Wir werden noch immer verfolgt.«

Er beobachtete sie genau, um zu sehen, wie sie reagierte. Doch Elysa verzog keine Miene, zeigte weder Überraschung noch Angst.

»Es scheint dich nicht zu überraschen«, meinte er schließlich.

Elysa blickte schweigend auf den Fluss, der in der Sonne glitzerte.

»Du glaubst, es ist das Böse, wie du es nennst, vor dem es deiner Meinung nach kein Entkommen gibt, nicht wahr?«

Elysa nickte.

»Ich kann mit Geistern nichts anfangen.« Gordons Hände ballten sich zu Fäusten. In seinen Augen standen Unverständnis und Verstörung. »Und auch nicht mit Verfolgern, die ich nicht sehen, geschweige denn packen kann.« Heiße Wut übermannte ihn. Er sprang auf, riss sein Schwert aus der Scheide und köpfte einige Sträucher, um seiner Erregung Herr zu werden. Dann umrundete er das Lager, kontrollierte jeden Busch und jeden Baum.

Elysa musste unwillkürlich an Rorico denken, wie er inmitten seiner Schafe mit seinem selbst geschnitzten Knotenstock imaginäre Feinde bekämpft hatte, um sie zu beeindrucken und ihr zu beweisen, wie stark er war.

Rorico hatte ihr immer zugehört, wenn sie ihm etwas erzählt hatte, das sie beschäftigte, aber er hatte nie verstehen können, warum sie sich so viele Gedanken machte, und es hatte ihm auch nicht gefallen.

Und Gordon gefiel es ebenso wenig.

Sie selbst war daran gewöhnt, dass es eine unsichtbare Welt gab, Ahnungen, die sie streiften wie ein flüchtiger Hauch, ferne Erinnerungen, tief in ihrem Herzen verborgen.

»Auch Gott ist Geist«, sagte sie, als er schließlich schwer atmend zu ihr zurückkehrte. »Man kann ihn nicht sehen, und doch ist Er da.«

Gordon beäugte sie misstrauisch. »Du vergleichst Gott mit diesem Kerl, der vermutlich zwei meiner Waffenbrüder erschlagen hat? Ist das nicht so etwas wie Gotteslästerung?«

Er war immer noch aufgebracht, wollte sie herausfordern, weil ihm die Situation, in die sie ihn gebracht hatte, nicht gefiel.

Dachte er vielleicht, dass sie ihr gefallen würde?

In den Augen eines Menschen kannst du seine Seele erkennen, hatte Nicola ihr einst erklärt. Sie musste an Arnold Amaury denken. An seine Augen, die so kalt waren, dass es sie allein schon beim Gedanken an sie fröstelte. Dominikus Guzmans Augen hatten ihr noch größeres Unbehagen eingeflößt. Ein unheilvolles Feuer brannte in ihnen, das ihn irgendwann einmal verzehren würde. Der Graf von Foix fiel ihr ein. Als er ihr das Kreuz zurückgab, hatte sie auch etwas in seinen Augen gesehen, das sie schaudern ließ.

»Wenn du jemandem in die Augen siehst, kannst du seine Seele erkennen, den Geist, der darin wohnt«, versuchte sie es, doch Gordon war zu erregt und hörte ihr nicht zu.

»Wenn wir diesem bösen Geist nicht enkommen können, warum versuchen wir es dann überhaupt?«, schnaubte er. »Das macht doch alles keinen Sinn. Wir könnten genauso gut zurück nach Toulouse reiten.«

Er stand da, mit dem Schwert in der Hand, ohne einen Feind in Sicht.

Stark und gleichzeitig machtlos.

Die warmen, braunen Augen fragend auf sie gerichtet.

Auch er würde irgendwann begreifen, dass sich die Probleme dieser Welt nicht mit dem Schwert lösen ließen.

Elysa lächelte ihn an. Sie wirkte vollkommen ruhig. Der aufkommende Wind spielte in ihren Haaren, und doch stand die Welt plötzlich still, festgefroren wie die Spitzen der Berge im ewigen Eis.

Ihre Blicke verschmolzen miteinander, und Gordon spürte, wie er ruhiger wurde. Er wusste, was sie ihm antworten würde, noch bevor sie es aussprach.

»Weil es unsere Bestimmung ist.«

Guilhabert von Castres dachte nicht daran, sich von Gordon täuschen zu lassen. Longchamp war nun zwar gewarnt, aber er hatte keine andere Möglichkeit gesehen, als ihm beim Kampf gegen die vier Vaganten beizustehen, wollte er Elysas Weiterreise zum Versteck des Parakleten nicht gefährden. Ursprünglich hatte er vorgehabt, ihr das Kreuz einfach abzunehmen und sie zu töten, aber sie war ihm entwischt, und das konnte nur ein Omen sein. Er begriff, dass er beinahe einen Fehler begangen hätte. Das Mädchen würde ihn zu dem Versteck führen; er brauchte nichts weiter zu tun, als ihr und Longchamp zu folgen.

Die Begegnung mit Papiol, dem jüngsten Bastard seines Bruders, war ebenfalls schicksalhaft und ein weiteres Omen für ihn gewesen. Ein grimmiges Lächeln zog über sein Gesicht, als er daran dachte, wie er den verrückten Barden ins Dorf geschickt hatte. Er vermutete, dass Longchamp ihn dort stellen würde, und er hatte recht behalten. Papiol hatte ihm berichtet, dass der Ritter zu Pferd und mit gezogenem Schwert auf ihn zugestürmt war.

Aber was zum Teufel hatten die beiden nun in diesem Kloster zu suchen? War das eine weitere List, um ihn in die Irre zu führen?

Vielleicht wäre es doch klüger, Longchamp zu erledigen, sich das Mädchen zu schnappen und es zu zwingen, ihn zum Vermächtnis zu führen.

Er wartete, bis Gordon und Elysa außer Sichtweite waren. Dann ritt er ins Kloster.

Schwester Erna seufzte, als es erneut an ihrer Türe klopfte. Von Ruhe und Frieden war in diesem Kloster nicht viel zu spüren, und sie fragte sich unwillkürlich, ob sie die Kraft haben würde, die schwere Aufgabe, mit der der Herr sie beauftragt hatte, zu einem guten Ende zu führen.

Noch bevor sie »Herein«, sagen konnte, wurde die Türe auch schon aufgestoßen. Ein Hüne von Mann drängte sich herein und schlug die Türe mit einem Ruck hinter sich zu.

Der Raum wirkte plötzlich erschreckend klein. Schwester Erna wich schaudernd vor dem erbarmungslosen Blick seiner schwarzen Augen zurück, die sich in die ihren bohrten. Es war, als würde sie in zwei abgrundtiefe, finstere Löcher blicken.

»Was hat Longchamp hier gewollt? Und wage es nicht, mich anzulügen«, fuhr der Riese sie an.

Schwester Erna war zu geschockt, um ihm sofort zu antworten.

Sie wurde kreidebleich, öffnete den Mund, schloss ihn wieder und schluckte dann schwer.

Der Furcht einflößende Fremde, der es nicht einmal für nötig hielt, sich ihr vorzustellen, hatte plötzlich ein Messer in der Hand.

Vor Schreck hielt sie den Atem an, spürte, wie sich ihre Härchen an den Armen aufstellten und ihr der Schweiß auf die Stirn trat.

»Er hat gesagt, er wäre im Auftrag seines Herrn hier, um nach einem geeigneten Kloster für dessen Mündel zu suchen.«

»Das war alles?« Guilhabert von Castres trat drohend näher an sie heran, um ganz sicherzugehen, obwohl er spürte, dass die Frau die Wahrheit sagte. Sie hatte viel zu viel Angst, um ihn zu belügen.

»Ich habe ihm gesagt, dass wir keine neuen Novizinnen aufnehmen«, gestand sie ihm mit zitternder Stimme.

»Und weiter?«

»Er meinte, ein Kloster müsse für jeden offen stehen, der Zuflucht darin suche. Daraufhin habe ich das Mädchen gefragt, ob es ihr Wille sei, ins Kloster zu gehen, und sie hat es verneint.« Sie warf ihm einen furchtsamen Blick zu, um zu sehen, wie er auf ihre Worte reagierte, doch er starrte sie nur weiterhin an.

»Der Ritter hat sich damit zufriedengegeben«, fügte sie rasch hinzu, weil sie das Gefühl hatte, seinen Blick keinen Augenblick länger ertragen zu können, ohne laut zu schreien.

Sie seufzte vor Erleichterung, als er sich auf diese Worte hin abrupt umdrehte und so schnell verschwand, wie er gekommen war.

Mit zitternder Hand schlug sie das Kreuzzeichen. Sie zitterte noch immer am ganzen Körper, als sie sich mit weichen Knien in die Kapelle begab, wo sie sich vor dem Altar niederwarf, um zu beten.

Prades hockte zwischen den Wurzeln einer Flussweide und überlegte, wie er weiter vorgehen sollte.

Der Hüne war an Gordon und Elysa vorbeigejagt, ohne zu bemerken, dass sie den Handelsweg verlassen hatten, aber es konnte nicht mehr lange dauern, bis er seinen Irrtum bemerken und erneut auftauchen würde.

Und dann galt es, vorsichtig zu sein.

Aus sicherer Entfernung beobachtete er, wie der Ritter sein Schwert aus der Scheide riss und auf ein paar Sträucher einschlug. Wahrscheinlich hatte er es ebenso satt wie er, quer durchs Land zu jagen. Er dachte an die kleine Hure im Heerlager, die er sich dank Montforts Großzügigkeit leisten konnte. Ob sie ihn wohl vermisste und auf seine Rückkehr wartete?

Der junge Longchamp hatte das Lager umrundet wie eine Wölfin, die ihre Jungen beschützt, aber er war ihm nicht so nah gekommen, dass die Gefahr bestand, entdeckt zu werden.

Der Kerl wird sich noch wundern, dachte Prades rachsüchtig. Es war aber auch zu schade, dass die Vaganten ihn nicht erledigt hatten.

Der Tag seiner Rache würde so sicher kommen wie das Amen in der Kirche. Und vielleicht bräuchte er sich ja nicht einmal selbst die Hände schmutzig zu machen. Mit ein bisschen Glück würde das der Hüne für ihn erledigen.

Guilhabert von Castres befürchtete nicht ernsthaft, Longchamp und das Mädchen zu verlieren. Ein Ritter, der das Wappen des Grafen von Toulouse trug und in Begleitung einer jungen Frau reiste, erregte Aufsehen, wo auch immer er auftauchte. Er würde sie immer wieder finden, auch wenn sie noch so oft die Richtung wechselten und Umwege in Kauf nahmen, in der lächerlichen Absicht, ihn damit zu täuschen, um dann doch nur weiter Richtung Norden zu reiten.

Sein Gefühl sagte ihm, dass das Ziel der beiden nicht mehr weit entfernt war. Folglich verringerte er den Abstand zwischen sich und ihnen und trieb sein Pferd rücksichtslos zum Galopp an, ohne auf die wütenden Proteste der Händler, Bauern und Huren, Studenten und Krüppel zu achten, die mit einem Satz zur Seite springen mussten, um nicht unter die trommelnden Hufe seines mächtigen Schlachtrosses zu gelangen.

Als die Dämmerung hereinbrach, kehrten Gordon und Elysa zurück auf die Handelsstraße.

Sie hatten abwechselnd geschlafen, und Elysa fühlte sich frisch und ausgeruht. Der Abend war mild, und auf beiden Seiten des Weges flammten kleine und größere Feuer auf. Elysa spürte die neugierigen Blicke, die ihnen folgten. Ihre Stute drängte sich enger an Gordons Hengst, als suche sie Schutz bei ihm. Immer wieder streifte ihr Knie seinen Stiefel, aber Gordon bemerkte es offenbar nicht. Seitdem sie aufgebrochen waren, hatte er kein Wort mit ihr gesprochen. Elysa beobachtete ihn von der Seite. Er hatte die Brauen zusammengezogen und schien angestrengt nachzudenken. Eine Locke fiel ihm weich in die Stirn. Zärtlichkeit erfasste sie.

Plötzlich wandte er den Kopf, als würde er ihren Blick spüren. »Wie kannst du dir so sicher sein, dass es unsere Bestimmung ist, diesen Weg zu gehen, wo doch die Priester sagen, die Wege des Herrn seien unergründlich?«

»Ich weiß es einfach«, sagte Elysa.

»Du weißt mehr als die Priester?« Seine braunen Augen wanderten forschend über ihr Gesicht.

»Das habe ich nie behauptet.«

Elysa spürte, wie ihr die Röte in die Wangen stieg.

Sein Gesicht, sein Körper waren ihr vertraut, die Art, wie er sich bewegte, der Geruch nach Holz, Pferd und Leder. Er hatte ihr in der schlimmsten Zeit ihres Lebens beigestanden, war ihr so nah gekommen wie niemals ein Mann zuvor. Warum nur konnte er die Wahrheit nicht sehen? Oder wollte er sie etwa gar nicht sehen? Sie wünschte sich so sehr, dass er sie verstand, dass ihre Seelen sich fanden, so wie ihre Lippen sich gefunden hatten.

»Die Kirche droht jedem Gläubigen, der nicht das tut, was sie ihm vorschreibt, mit ewiger Verdammnis, obwohl der Herr uns den freien Willen geschenkt hat.«

»Sie wird ihre Gründe dafür haben«, brummte Gordon, dem es offensichtlich nicht gefiel, dass sie die Kirche in Frage stellte. Vermutlich hielt er sie für überheblich, und vielleicht hatte er sogar recht damit.

Was sie sagte, war die Wahrheit, auch wenn es ursprünglich Nicolas Worte gewesen waren. Er hatte sie die Wahrheit gelehrt, und er hatte sie gelebt.

»Die hat sie«, nickte Elysa. Ihr Gesicht war ernst. »Sie behauptet, dass niemand ohne ihre Vermittlung zu Gott beten, geschweige denn gelangen könne. Und damit niemand diese Lüge bemerkt, hat der Papst jedem Laien verboten, in der Bibel zu lesen, und verkündet darüber hinaus das Wort Gottes während der Gottesdienste in lateinischer Sprache, damit niemand es versteht.«

Gordon zog die Brauen hoch. »Du bezichtigst die Kirche der Lüge?«, fragte er erstaunt.

Er sah sie an, als würde er sie das erste Mal sehen. Sie schluckte. Wann hatte es begonnen, dass sie nicht mehr miteinander, sondern gegeneinander redeten?

»Ihr könnt es selbst nachlesen, dazu braucht Ihr nichts weiter als eine Bibel«, hörte sie sich sagen.

»Aber das kann nicht sein.«

»Und doch ist es wahr.«

Sein verkrampfter Kiefer verriet, dass er um Beherrschung rang.

»Langsam begreife ich, warum die Kirche diesen Kreuzzug führt. Ihr stellt sie tatsächlich in Frage.« Es klang ungläubig, ratlos.

Sie brachte es nicht über sich, ihn seiner Ratlosigkeit zu überlassen, wollte ihm Antworten geben, nach denen er nicht suchte, aber das begriff sie erst, als es zu spät war.

»Sie führt diesen Kreuzzug, weil ihr die Argumente ausgehen. Jede Lüge entlarvt sich irgendwann einmal selbst.«

Gordon schwieg lange.

»Ich habe mir noch nie Gedanken über solche Dinge gemacht, das ist Sache der Priester«, sagte er schließlich und hoffte, dass das Gespräch damit beendet war.

Doch Elysa schüttelte leicht den Kopf.

»Jeder Mensch sollte nach eigenem Wissen und Gewissen seine Entscheidungen treffen und damit auch die Verantwortung für sie übernehmen können, anstatt sie der Kirche oder den weltlichen Herren zu überlassen. Jeder, der einen Eid leistet, gibt seinen freien Willen auf und gleichzeitig jegliche Verantwortung für sein Tun ab. Er verkauft sein Gewissen.«

Gordons Gesicht war mit jedem ihrer Worte finsterer geworden.

Hatte sie überhaupt eine Ahnung, was sie da behauptete? Dahinter konnte nur Nicola stecken, ihr Onkel, den sie so sehr verehrte und dem es anscheinend nicht gereicht hatte, Elysa das Kreuz zu übergeben. Nein, er hatte ihr auch noch seine höchst zweifelhaften und vor allem gefährlichen Ansichten einimpfen müssen. Genauso gut hätte er sie gleich mit sich ins Feuer nehmen können, dachte er zornig, dann wäre ihr wenigstens die Flucht quer durch Frankreich erspart geblieben.

Er stieß ein freudloses Lachen aus.

»Du solltest besser nicht von Dingen reden, die du nicht verstehst«, warnte er sie und klang zum ersten Mal gereizt.

Elysas Wangen waren vor Eifer gerötet. Sie bemerkte nicht, wie sie die Grenze immer weiter überschritt.

»Ihr habt Euch noch nie Gedanken über diese ›Dinge‹, wie Ihr sie nennt, gemacht, nicht wahr?«, bohrte sie weiter, ohne auf die warnende Stimme in ihrem Inneren zu achten.

»Weil es nicht meine Aufgabe ist, ebenso wenig wie die deine. Langsam bekomme ich den Eindruck, dass dir der Ärger mit dem Kreuz noch nicht genug ist«, sagte er ärgerlich.

»Glaubst du, irgendetwas wird besser, wenn jeder von uns nur das tut, was er will, und vor lauter freiem Willen nicht mehr weiß, wo sein Platz ist? Wie kann ein Lehnsherr seinen Gefolgsleuten vertrauen, wenn die sich weigern, ihm die Treue zu schwören, weil sie dadurch ja ihren ach so freien Willen aufgeben würden? Oder wenn Knechte nicht mehr auf ihre Herren hören und Söhne nicht auf ihre Väter, von den Töchtern ganz zu schweigen.«

Er hatte sich in Rage geredet.

»Ihr wollt es nicht verstehen«, stellte Elysa fest. »Es ist ja auch einfacher, die Verantwortung den Herren und sein Gewissen der Kirche zu überlassen.«

Doch sie merkte, dass dies für ihn nur aufgeblähte Worte waren, die sein Herz nicht erreichten und seine Seele nicht berührten.

»Du bist ganz schön rechthaberisch für ein Mädchen vom Land.«

Es waren seine nussbraunen Augen, die ihr vom ersten Moment an gefallen hatten, ehrliche, kluge, warme Augen, die nun gefährlich glitzerten.

Er griff sie an, weil ihm die Argumente ausgingen.

Und es schien ihm zu gefallen, sie herauszufordern.

Sie hob ihr Kinn und sah ihn entschlossen an.

»Ich sage nur das, was wahr ist.«

»Und du bist davon überzeugt, dass deine Wahrheit die absolut und einzig richtige ist«, sagte er, und mit einem Mal klang seine Stimme kalt.

Elysa konnte nicht anders. »Ja«, sagte sie, »aber im Gegensatz zur katholischen Kirche zwingen wir niemanden dazu, unseren Glauben anzunehmen, bekehren niemanden mit Feuer und Schwert.«

Er sah sie lange, ohne ein Wort zu sagen, an. Jegliche Wärme war aus seinen Augen verschwunden.

Sie fror unter seinem Blick. Die Erkenntnis, einen Fehler gemacht zu haben, traf sie unvermittelt. Sie hatte ihn zu sehr bedrängt, hatte ihm die Wahrheit wie Wurfgeschosse entgegengeschleudert.

Elysa sah, wie Gordon den Mund öffnete. Eine Gänsehaut überzog ihre Arme. Abwehrend hob sie die Hände und wusste im gleichen Augenblick, dass es zu spät war.

Am Anfang war das Wort, und das Wort war schärfer als jedes Schwert und heißer als die Flammen der Hölle, mit der die katholische Kirche ihren Gläubigen droht. Niemand kann ihm etwas anhaben, denn das Wort war Gott ...
  Die Menschen sind noch nicht bereit für den Tröster.
  ... Das Licht wird von dieser Welt genommen.
  ... am Baume liegen ihre Harfen beide, bis sie vermorschen, einsam verwittern ...

Wirre Gedanken schossen ihr durch den Kopf, und Angst schnürte ihr die Kehle zu. Unfähig, sich zu rühren, starrte sie auf Gordons Mund, sah, wie seine Lippen sich bewegten, Gedanken zu Worten formten, die sich wie eine Mauer zwischen sie schieben würden.

»Erinnerst du dich, wie du damals vor mir geflohen bist? Dieser Schäfer könnte noch leben, wenn du auf mich gehört hättest, und du wärst dieses Kreuz längst los und in Sicherheit.«

Elysa fühlte sich, als hätte er ihr einen Stich mitten ins Herz versetzt.

Ihre Hände sanken kraftlos hinab.

Sie hätte nie gedacht, dass er so gemein sein konnte.

Überhaupt war er ihr mit jedem Wort fremder geworden.

Sie hatte sich wegen Amiel selbst schwere Vorwürfe gemacht, und nicht einmal der Gedanke, dass es sein Schicksal war, an diesem Tag zu sterben, hatte sie über seinen Tod hinwegtrösten können.

Gordon merkte, dass etwas mit ihr nicht stimmte. Seine Lippen bewegten sich wieder, aber seine Stimme drang nicht mehr zu ihr durch. Er streckte seinen Arm aus, als er sah, wie sie im Sattel wankte, und zog ihn wieder zurück, als hätte er sich verbrannt.

Er war zornig auf sich, weil er sich hatte hinreißen lassen und zurückgeschlagen hatte, aber es war allein ihre Schuld. Musste sie ihn denn auch angreifen und alles verurteilen, an das er glaubte?

Elysas Kehle schnürte sich zusammen. Wenn wir nur noch einmal von vorne anfangen und alle unüberlegten Worte zwischen uns zurücknehmen könnten, überlegte sie verzweifelt.

»Du solltest aufhören, von Dingen zu reden, die du nicht in ihrem Gesamtzusammenhang begreifen kannst. Das ist euch Frauen nun mal nicht gegeben«, erklärte er gerade.

Er betrachtete sie mit finsterer Miene, und sie ließ seinen Blick über sich ergehen, war noch immer wie gelähmt. Ihre Augen liefen über, Tränen tropften auf ihre Wangen.

Sie brauchte einige Zeit, um den Sinn seiner Worte zu erfassen, so abwegig wirkte das Ganze auf sie.

»Ich verstehe ja, dass du verwirrt bist«, meinte Gordon schließlich gönnerhaft. »Du hast in den vergangenen Wochen einfach zu viel durchgemacht. Wie solltest du außerdem auch begreifen, worum es bei diesem Kreuzzug geht, wenn das nicht einmal deinem Vater gelingt. Niemand von uns hat diesen Kreuzzug gewollt, trotzdem kann ich mir eine Welt ohne Kirche nicht vorstellen. Und ich will es auch gar nicht. Ihr könnt doch nicht einfach daherkommen und die gesamte Ordnung auf den Kopf stellen.«

Er schwieg verstimmt. Ihre Worte nagten an ihm, und sie

beunruhigten ihn. Was sie gesagt hatte, klang so überzeugend, konnte aber unmöglich stimmen.

Wenn es nun aber doch die Wahrheit war? Er schüttelte entschlossen den Kopf. Jeder Mensch hatte seinen von Gott gewollten Platz im Leben, weshalb es auch nicht zu seinen Aufgaben gehörte herauszufinden, was es mit dem freien Willen und ähnlichen Wortklaubereien auf sich hatte, die im wirklichen Leben sowieso keine Rollen spielten.

Und zu ihren Aufgaben gehörte es ebensowenig, auch wenn sie das anders zu sehen schien.

Schweigend ritten sie durch die Nacht. Elysa dachte an die Mauer, die sie und Gordon mit ihren Worten zwischen sich errichtet hatten, und wünschte, sie könnte sie einreißen. Es gab so vieles, das sie ihm gerne sagen würde, aber er wollte es nicht hören, wollte die Wahrheit nicht sehen, vertraute ihr nicht mehr.

Warum hatte sie nicht einfach ihren Mund gehalten? Nicola hätte nie jemanden bedrängt, so wie sie es gerade getan hatte. Er hatte die Liebe gelebt, von der er erzählte, und es jedem selbst überlassen, es ihm gleichzutun.

Was sie getan hatte, war falsch. Sie hatte Gordon gegen sich aufgebracht und, schlimmer noch, gegen all das, woran sie so fest glaubte.

Schon bald würden sie ihr Ziel erreicht haben und sie ihn endgültig verlieren. Der Gedanke war ihr unerträglich. Er würde zurück nach Toulouse reiten und ihr Vater ihn vielleicht schon bald mit einer der Hofdamen verheiraten. Vielleicht sogar mit Maria.

Elysa fühlte sich so elend, dass sie es kaum ertragen konnte. Wie war es nur möglich, dass man so viel falsch machen konnte, wenn man doch alles richtig machen wollte? Ihr Onkel hatte ihr sein Vermächtnis anvertraut, und sie konnte an nichts anderes denken als an Gordon. Sie hatte Nicolas Vertrauen nicht verdient und war nicht besser als diejenigen, die sie verurteilte.

War nicht geschaffen für den Weg zu den Sternen, und Nicola hatte es gewusst. Sonst hätte er sie nicht zurückgelassen. Für ihn hatte es nie einen Zweifel gegeben. Alles, was er jemals getan hatte, hatte er aus Liebe getan. Er hatte an sie geglaubt und ihr vertraut, und sie hatte nichts begriffen. Liebe fordert nicht, sie gibt, klang Nicolas Stimme tief in ihrem Herzen.

Dominikus arbeitete wie im Fieber. Sorgfältig übertrug er alle Symbole und Zeichen des Kreuzes, die er nicht eh schon auf ein anderes Pergament übertragen hatte, auf ein weiteres Blatt Papier. Sie hatten sich ihm fest ins Gedächtnis gebrannt, dennoch trieb ihn die Angst um, er könnte sie vergessen, bevor er seine Arbeit beendet hatte.

Arnold Amaury wusste mehr über das Kreuz, als er ihm gegenüber zugegeben hatte, und das ärgerte ihn. Doch wenn es ihm gelang, die Inschrift auf dem Kreuz zu übersetzen und das Geheimnis dahinter zu lüften, würde er derjenige sein, der alle Trümpfe in seiner Hand hielt.

Seine Augen brannten vor Müdigkeit, nachdem er das letzte Symbol übertragen hatte. Er streute Sand auf das Pergament, um die Tinte zu trocknen, und betrachtete das fertig gezeichnete Kreuz so lange, bis die Zeichen und Symbole unscharf wurden und zu einer einzigen Buchstabenmasse verschwammen.

Als der Morgen heraufzog, begann es zu regnen. Schwere, graue Wolken ballten sich am Himmel zusammen, der mit jedem Tag, den sie weiter in Richtung Norden ritten, tiefer zu hängen schien. Nach einiger Zeit verwandelte sich der Handelsweg in eine rutschige Schlammbahn, und sie kamen nur noch langsam voran. Die Hufe der Pferde versanken bei jedem Schritt bis zu den Fesseln im Matsch und gaben laut schmatzende Geräusche von sich.

Gordon erkundigte sich bei einem dünnen, hohlwangigen Händler, der mit Frau und Kindern unterwegs war, nach einer Unterkunft. Die Pferde waren erschöpft, sie selbst bis auf die Haut durchnässt.

»Es gibt genügend Herbergen in der Stadt, wenn Ihr bezahlen könnt«, erklärte ihnen der Mann. »Aber es ist noch mehr als eine halbe Tagesreise dorthin.« Er sah in Elysas erschöpftes Gesicht. »Aber ganz in der Nähe gibt es auch ein kleines Kloster. Die Brüder, die es bewirtschaften, sind auf Reisende eingestellt. Es liegt in dem Wald dort hinten.« Er wies mit dem Finger nach Osten. »Am Abend ist es immer hoffnungslos überfüllt, aber um diese Tageszeit werdet ihr dort mit etwas Glück sicher einen trockenen Platz zum Ausruhen und etwas zu essen finden.«

Gordon wollte sich schon abwenden, doch der Mann hielt ihn zurück.

»Möchtet Ihr etwas kaufen?«, fragte er hoffnungsvoll. »Vielleicht ein neues Messer oder Nadeln? Oder feine Gewürze? Ich habe auch noch ein Säckchen mit weißem Pfeffer aus dem Land der Muselmanen.« Er schob seinen Umhang auseinander, an dessen Innenseiten unzählige mit Spangen befestigte Beutel unterschiedlicher Größe hingen, und zeigte stolz auf ein etwa handtellergroßes Leinensäckchen.

»Es ist der Lieblingspfeffer des Königs«, verriet er und sah Gordon mit Verschwörermiene an. »Das Beste vom Besten.«

Die Kinder des Hausierers waren allesamt mager wie streunende Katzen und starrten Gordon wie auf Kommando aus großen, hungrigen Augen an.

Der wollte schon ablehnen, doch dann überlegte er es sich anders.

»Wie viel verlangst du für den Pfeffer?«

Die Augen des Hausierers leuchteten auf. »Er kostet vier Sous, aber Euch gebe ich ihn für zwei«, erklärte er eifrig.

»Ich gebe dir einen«, entschied Gordon. Der Hausierer löste das Säckchen von seinem Umhang und reichte es Gordon. Der entschiedene Ton des Ritters hatte ihm verraten, dass es keinen Sinn machte weiterzuverhandeln.

»Der Herr möge mit Euch sein«, verabschiedete er sich salbungsvoll wie ein Priester und fing geschickt die silberne Münze auf, die Gordon ihm zuwarf.

Die Kinder umringten ihren Vater und zerrten übermütig an seinem Rock. Heute Abend werden sie sich endlich einmal satt essen dürfen, dachte Elysa, und ein warmes Gefühl stieg in ihr auf. Gordon hatte ein gutes Herz, war verantwortungsvoll und seinem Herrn treu ergeben. Sie hatte keinen Grund, ihm irgendetwas vorzuwerfen. Und doch hatte sie es getan. Sie musste ihm unbedingt sagen, dass es falsch gewesen war, ihn zu bedrängen und ihn zu verurteilen. Aber jedes Mal, wenn sie in sein verschlossenes Gesicht sah, verließ sie der Mut.

Gordon bog in den verschlammten Pfad ein, der laut dem Händler zum Kloster führte.

Der Wald war urwüchsig, dunkel und öffnete sich vollkommen unerwartet.

Vor ihnen auf einer gerodeten Lichtung standen aus Holz gezimmerte Hütten und Scheunen um eine kleine Kapelle herum, die das einzige aus Stein erbaute Gebäude war. Es gab keine Mauern und auch keinen Kreuzgang, dafür einen Fischteich voller fetter Karpen, dampfende Misthaufen, Hühner- und Gänsegehege sowie Schweine, deren aufgeregtes Quieken alle anderen Geräusche übertönte. Aus einer der größeren Hütten stieg Rauch auf. Kein Mensch war zu sehen, was vermutlich an dem heftigen Regen lag. Gordon ritt auf die große Scheune zu, deren Torflügel offen standen. In ihrem Inneren war der Boden mit Stroh ausgelegt, welcher den Reisenden, die hier nach einer Übernachtungsmöglichkeit suchten, ganz offensichtlich als Schlafplatz diente. Die Scheune war leer, bis auf einen fetten Mönch, der mit einem spitzen Ast im Stroh auf der Suche nach verlorenen Münzen und Schmuck herumstocherte.

Er schien so vertieft in seine Tätigkeit zu sein, dass er Gordon erst bemerkte, als dieser ihn ansprach.

»Wir brauchen einen trockenen Platz für uns und die Pferde, etwas zu essen und ein Feuer, an dem wir unsere Kleider trocknen können.«

Der Mönch sah auf und betrachtete ihn interessiert.

»Es ist bei uns üblich, zuerst die Kapelle aufzusuchen und dem Herrn mit einer kleinen Spende für die glückliche Reise zu danken«, verkündete er.

Seine flinken Augen huschten erneut über Gordons Gestalt, erfassten das Wappen auf seiner Brust, das teure Reittier, den Umhang aus feinster Wolle, die Lederstiefel an seinen Füßen.

»Ich denke, ein Sous wäre angemessen«, schlug er vor und schenkte Gordon ein freundliches Lächeln, das seine Augen jedoch nicht erreichte. »Dafür bekommt Ihr auch noch einen Krug Wein und Heu für die Pferde.«

Gordon runzelte ärgerlich die Stirn.

»Sind wir hier in einem Kloster oder auf einem Marktplatz?«

Das Lächeln verschwand aus dem feisten Gesicht. In gespielter Verzweiflung rang der Mönch die Hände. »Jeden Tag kommen Menschen mit hungrigen Mägen zu uns und bitten um unsere Gastfreundschaft. Die Reicheren zahlen für die Ärmeren mit, das ist nur gerecht, und anders könnten wir die vielen hungrigen Bäuche auch gar nicht füllen, ohne selbst zu hungern, oder wollt Ihr etwa behaupten, Ihr hättet kein Geld?«

Trotzig starrte er Gordon an und mahlte dabei mit den Zähnen.

Gordon verspürte den unwiderstehlichen Drang, dem Mann seinen Schwertknauf über den Schädel zu ziehen, doch er beherrschte sich. Seine Ritterehre verbot es ihm, einen Mönch zu schlagen.

Elysa beobachtete ihn, und plötzlich hatte Gordon den Verdacht, dass sie genau wusste, was in ihm vorging.

Hätte er keinen Eid geleistet, hätte er ungestraft seinem Verlangen nachgeben können.

Nachdem Gordon widerwillig bezahlt hatte, führte der dicke Mönch sie in die Küche, während ein anderer Bruder sich um die Pferde kümmerte. Es gab kalten Braten vom Vortag, dunkles Brot, getrockneten, geräucherten wie auch gebackenen Fisch, Pilze und geröstete Kastanien sowie ein frisch zubereitetes Eieromelett mit Zwiebeln und Mandeln. Mit dem darüber hinaus versprochenen Wein war es ein wahres Festmahl, und das in einem Kloster. Einem merkwürdigen Kloster, wenn man es genauer betrachtete. Einem Kloster, dessen Küche größer war als seine Kapelle, mit drei Herdstellen, die aussahen wie Tische aus Stein, einem riesigen Kamin mit Bratspießen und Eisenleitern, die man hinaufsteigen konnte, um Fleisch und Fisch zum Räuchern aufzuhängen.

Gordon machte sich hungrig erst über den Braten und dann über das Omelett her, während Elysa den gebackenen Fisch probierte. Er war zart, saftig und troff vor Fett, und obwohl sie geglaubt hatte, keinen Bissen hinunterzubekommen, solange Gordon sie mit Verachtung strafte, aß sie nun mit großem Appetit.

»Kochen können diese Gauner im Habit jedenfalls mindestens ebenso gut, wie sie den Reisenden das Geld aus der Tasche ziehen«, zollte Gordon den Mönchen widerwillig Anerkennung und schob sich zufrieden noch eine geröstete Kastanie in den Mund.

Während er sprach, hielt er die ganze Zeit den Blick starr auf den Braten gerichtet. Er war also immer noch zornig, weil sie seine Welt in Frage gestellt hatte.

Weil er Angst hat, dass es wahr sein könnte, dachte Elysa, wischte sich mit dem Handrücken das Fett von den Lippen und unterdrückte ein Gähnen.

Sie waren die ganze Nacht durchgeritten, und sie war so müde, dass sie nur noch schlafen wollte.

Ein Mönch kam mit zwei Wolldecken, in die sie sich zum Schlafen einwickeln konnten, und bot an, ihre durchnässten Kleider am Feuer zu trocknen, während sie ruhten. Wie seine Mitbrüder war auch er gut genährt.

»Bis zum Abend werdet Ihr die Scheune ganz für Euch haben«, erklärte er. »Legt Eure Kleider einfach vor das Tor.«

Elysas Lider waren schwer vor Müdigkeit. Sie schleppte sich in die hinterste Ecke der Scheune, zog das nasse Gewand aus, ließ es ins Stroh fallen und wickelte sich in ihre Decke. Die Augen fielen ihr zu, kaum dass ihr Kopf ins Stroh gesunken war. Sie merkte nicht mehr, wie Gordon ihr nasses Kleid aufhob und vors Tor brachte, wie er zurückkehrte und sie lange betrachtete. Ihre Wangen waren gerötet, ihr Mund leicht geöffnet. Die Decke klaffte am Hals ein Stück auseinander und ließ den Ansatz ihrer Brüste sehen. Er trat zwei Schritte näher, beugte sich zu ihr hinab – um sich dann unter Aufbringung all seiner Willenskraft sofort wieder von ihr abzuwenden, da er sonst für nichts mehr hätte garantieren können.

Mit einem schweren Seufzer zog er sein Schwert aus der Scheide und legte es, nachdem er sich neben Elysa ausgestreckt hatte, zwischen ihnen ins Stroh. Obwohl auch er müde war, fand er nicht sofort in den Schlaf. Um sich abzulenken, ging er noch einmal den Plan durch, den er während des Essens gefasst hatte und bei dem das geschäftstüchtige Mönchlein eine nicht geringe Rolle spielen sollte. Er lächelte grimmig. Der Geist, wie er ihren Verfolger in Gedanken nannte, würde sich noch wundern.

Papst Innozenz III. warf sich unruhig auf seinem Lager hin und her. Eiseskälte hüllte ihn ein. Er fror entsetzlich, und kalte Schweißperlen standen ihm auf der Stirn.

Unfähig, sich zu bewegen, lag er in seinem Bett, während der mächtige Felsendom langsam zur Seite kippte.

Trümmerteile des berstenden Gotteshauses stürzten laut krachend auf sein Lager und drohten es unter sich zu begraben.

Innozenz fuhr aus dem Schlaf hoch.

Das Herz hämmerte schmerzhaft gegen seine Rippen. Er atmete tief ein und starrte an die Decke, während sich der entsetzliche Albtraum nach und nach verflüchtigte. Die Traumbilder aber blieben in seinem Kopf, als hätten sie sich dort festgehakt.

Er hatte getan, was er konnte, um die Macht der Kirche zu festigen, und es bis zum Oberlehnsherrn von Aragon, Portugal, Sizilien, Bulgarien und sogar England gebracht. Und er ging mit harter Hand gegen jegliche Form von Häresie vor.

Das Blutbad in Béziers hatte in ganz Frankreich Entrüstung hervorgerufen, die erst verstummte, nachdem die Ketzer unter der Führung des Grafen von Foix mehr als viertausend Kreuzfahrer ermordet hatten. Wahrscheinlich ahnte der Graf nicht einmal, welch großen Gefallen er ihm damit getan hatte.

Dass es nicht die Ketzer, sondern die okzitanische Bevölkerung gewesen war, die sich mit aller Macht gegen die Besatzung durch die eigenen Landsleute wehrte, hatte er in seinen Bekanntmachungen wohlweislich verschwiegen.

Er biss sich so fest auf die Lippen, dass er Blut schmeckte, und bemühte sich, die Bilder aus seinem Traum zu vertreiben.

Der Traum war eindeutig eine Warnung. Jeder weitere Schritt musste sorgfältig überlegt werden. Es durfte keine weiteren Fehlschläge mehr geben, wenn er sein Ziel erreichen wollte.

Und wenn es Arnold Amaury nicht gelingen sollte, den Ketzern ihr Geheimnis zu entreißen, dann musste es eben zusammen mit ihnen vernichtet werden.

Gordon lehnte am weit offenen Tor der Scheune und betrachtete die ankommenden Reisenden durch den dichten, grauen Regenschleier hindurch. Nur ein einziger Weg führte ins Kloster, das vom Wald wie von einer natürlichen Mauer umschlossen wurde. Menschen und Vieh waren bis auf die Haut durchnässt, die Waren der Händler schwammen geradezu in den Karren. Es hatte den ganzen Tag über geregnet. Trommelnde Regengüsse hatten ihn in den Schlaf begleitet, und als er wieder aufgewacht war, regnete es noch immer. Dicke Tropfen klatschten vom Himmel herab, strömten über die Dächer der Klostergebäude auf den aufgeweichten Boden, sammelten sich in knöcheltiefen Pfützen und Rinnsalen, die zu breiten Bächlein wurden.

In der Scheune roch es zunehmend nach nasser Wolle und den Ausdünstungen der Menschen, die in ihr Schutz suchten.

Als der Strom von Menschen und Tieren endlich abriss und die Scheune hoffnungslos überfüllt war, verließen zwei Reiter das Kloster. Sie hatten die Kapuzen ihrer Umhänge tief ins Gesicht gezogen, um es vor dem Regen zu schützen.

Guilhabert von Castres hatte sie bereits erwartet, zog den Sattelgurt fest, den er zuvor gelockert hatte, um seinem Hengst Erleichterung zu verschaffen, und schwang sich ohne besondere Eile auf sein Pferd. Der dichte Regenschleier versperrte ihm die Sicht, aber das spielte keine Rolle. Nachdem er sich davon überzeugt hatte, dass die beiden Reiter auf die Handelsstraße zurückritten und ihr nach Norden hin folgten, vergrößerte er den Abstand, überzeugt davon, dass sie ihm nicht entkommen würden.

Gordon drängte sich durch die Scheune und weckte Elysa, die immer noch wie ein Stein schlief, ungeachtet des Lärms, den die Neuankömmlinge um sie herum veranstalteten.

»Wir müssen weiter«, sagte er und strich ihr zärtlich eine Haarsträhne aus der Stirn.

Sie stand auf, zog die Decke fester um ihren Körper, um ihn vor den neugierigen Blicken der Fremden um sich herum zu schützen. Dann nahm Gordon sie bei der Hand und zog sie hinter sich her aus der Scheune und weiter zu einem geräumigen Stall, dessen Tor weit offen stand. Erst im schummrigen Licht eines einzelnen fast heruntergebrannten Kienspans bemerkte Elysa den verfilzten, braunen Wollumhang, in den Gordon sich gehüllt hatte. Auf seiner Brust prangte anstelle des Wappens ein schlichtes Holzkreuz.

Er grinste, als er ihre Verblüffung bemerkte, und zog sich die weite Kapuze seines Umhangs über den Kopf.

»Was unser Geist kann, können wir schon lange«, sagte er und reichte ihr gleichfalls ein Mönchsgewand samt Umhang und Sandalen.

»Du kannst dich hier umziehen, ich hole derweil die Pferde.«

Elysa gehorchte, wickelte sich aus der Decke und schlüpfte in die Kutte, die ihr bis zu den Knöcheln reichte. Dann band sie sich das grobe Hanfseil um die Taille und legte den Umhang über ihre Schultern.

»Bist du so weit, Bruder?«, fragte Gordon, der hinter sie getreten war und sie nun mit einem breiten Grinsen im Gesicht betrachtete.

In der Hand hielt er die Zügel zweier gesattelter Reittiere. Sie waren kaum größer als Elysas Stute, wirkten aber robuster mit ihren stämmigen Beinen und dem struppigen Fell.

Elysa lächelte ihn zögernd an. Sie lächelte noch immer, als sie ihre Haare zu einem Knoten schlang und sich die wollene Kapuze über den Kopf zog.

Ich werde Euch nie wieder bedrängen, versprach ihr stummer, ein wenig schuldbewusster Blick.

Gordon betrachtete sie forschend, wie um ganz sicherzugehen. Dann nickte er und hielt ihr den Steigbügel, als sie auf ihr Pferd stieg. Elysas Herz jubelte. Die Mauer war gefallen, zurück blieb nur eine dunkle Erinnerung.

Niemand bemerkte die beiden Mönche, die wenig später das Kloster verließen und in die regnerische Nacht hineinritten. Schon nach kurzer Zeit hatten sich ihre wollenen Umhänge mit Regenwasser vollgesaugt und hingen ihnen schwer am Körper. Gordon war nicht zur Handelsstraße zurückgekehrt, sondern hatte sich dazu entschieden, quer durch den Wald zu reiten, der sich bis zu dem Flüsschen hinzog, an dessen Ufer das Kloster mit dem ungewöhnlichen Namen Paraklet lag.

Die Pferde kämpften sich mühsam durch den Schlamm, versuchten, Halt zu finden auf den glitschigen Wurzeln der Rosskastanien und Steineichen, die sich quer über den schmalen Pfad zogen. Dabei zeigten sie sich erstaunlich trittsicher. Gegen Mitternacht hörte der Regen auf. Die Luft dampfte vor verdunstender Nässe, Nebelschleier stiegen auf und verwandelten die Büsche, Farne und Gräser des Unterholzes um sie herum in eine unheimliche Schattenwelt.

Das Geräusch von fließendem Wasser verriet, dass sie sich einem Fluss näherten. Es führte kein Pfad zu ihm, aber das Unterholz stand nun nicht mehr allzu dicht. Als sie das letzte Gestrüpp unmittelbar vor dem Ufer erreicht hatten, sahen sie, dass sie sich auf einem gut sechs Fuß hohen Felsvorsprung befanden. Der Pfad, der am Hochufer entlangführte, war schmal und steinig.

»Wir bleiben hier, bis es heller wird«, entschied Gordon.

»Es besteht keine Gefahr mehr, entdeckt zu werden. Wir sind weit genug vom Kloster entfernt, und der Regen hat unsere Spuren vollständig verwischt. Unser Geist wird sich wundern, wenn er bemerkt, dass er zwar den richtigen Pferden, aber den falschen Leuten gefolgt ist«, setzte er zufrieden hinzu.

Zwei Sous hatten ausgereicht, um Bruder Barthomieu davon zu überzeugen, dass er ein gottgefälliges Werk tun würde, wenn er ihnen dabei half, ihren Verfolger auf die falsche Fährte zu setzen. Gordon hatte dem Mönch erzählt, dass Elysa seine Schwester wäre, die ihr Leben im Kloster verbringen wollte. Dass da aber jemand wäre, der sie zu zwingen versuchte, ihn zu heiraten, obwohl sie ihr Leben bereits dem Herrn geweiht hätte.

Die kleine Lüge hatte ihm nicht die Spur eines schlechten Gewissens bereitet, und Elysa musste ja nichts davon erfahren.

Er stieg ab und schlang die Zügel seines Pferdes um den Ast einer knorrigen, alten Zwillingseiche.

Elysa ließ sich aus dem Sattel gleiten.

»Ist es noch weit bis zum Paraklet-Kloster?«

Sie fühlte sich wie eine Schwindlerin in der Kutte.

Unter ihnen rauschte der Fluss. Nebelschwaden hingen

über dem Wasser, das an manchen Stellen silbern glänzte. Irgendwo in der Nähe heulte ein einsamer Wolf. Gordon drehte sich zu ihr um.

»Wir werden es morgen im Laufe des Tages erreichen.«

Sie setzten sich nebeneinander unter die Eiche, deren zwei Stämme jeweils in unterschiedlicher Richtung dem Licht zustrebten, obwohl ihre Wurzeln ein und dieselben waren. Es ist schon seltsam, dachte Elysa. Wir sind auch miteinander verbunden, nur dass wir keine gemeinsamen Wurzeln haben, die uns zusammenhalten.

Das Kloster lag flussaufwärts am Ardusson in einem entlegenen, menschenleeren Tal, in dem es Bären und Wölfe gab. Räuber und anderes lichtscheues Gesindel hatten hier in versteckten Höhlen Unterschlupf gefunden.

Der schmale Höhenweg endete vor einem gewaltigen, ergrauten Menhir, der den Zugang zum Kloster bewachte, genauso wie er in längst vergangenen Zeiten den Druidenaltar bewacht hatte, als sich die sieben Sterne des Großen Bären im Wasser der sieben Löcher auf dem Altar gespiegelt hatten. Die Druidinnen und Druiden waren schon lange verschwunden, ihre Feuer erloschen, keine Schleier mehr im Wind. Der Barde, der hier auf den goldenen Saiten seiner Elfenbeinleier gespielt und von den Wundern des Alls und dem Gang der Sterne gesungen hatte, hatte sich von seinem Felsen gestürzt.

Manchmal seufzte der Wind noch seine Melodie, wenn er wehmütig durch die alten Baumwipfel strich, und wiederholte flüsternd des Barden letzte Worte.

Sterblicher! Vergiss nicht, woher du kamst und wohin du gehst. Sieh diesen Staub. Er war, was du bist, du wirst sein, was er ist.

In die hohe, von Brombeerranken überwucherte Klostermauer aus Kalkstein war nur eine einzige Öffnung eingelassen: eine schwere, eisenbeschlagene Holztür. In dieser Tür befand sich ein vergittertes, mit einem dicken Holzbrett verschlossenes Fenster, das gerade groß genug war, um den Kopf aus ihm herauszustrecken.

Nachdem Gordon energisch an der Glocke gezogen hatte, wurde das Holzbrett zur Seite geschoben. Dahinter erschien das misstrauische Gesicht einer älteren Nonne.

Die Pförtnerin betrachtete die beiden Mönche, bevor sie die Tür öffnete und sich ihnen als Schwester Josefa vorstellte. Sie bat die Besucher, im Kreuzgang zu warten, während sie der Mutter Oberin Bescheid gab.

Ein üppiger blühender Garten mit einem Steinbrunnen in der Mitte wurde vom Kreuzgang umschlossen. Bienen und Hummeln flogen dort von Blüte zu Blüte. Ihr Summen war das einzige Geräusch, das die Stille durchbrach.

Unbehaglich sah Elysa an sich hinab und dann zu Gordon, der die geborgte Kutte im Gegensatz zu ihr mit großer Selbstverständlichkeit trug, obwohl er trotz des Ordensgewandes nicht wie ein Mönch aussah. Was wahrscheinlich an seiner angespannten Körperhaltung und dem wachsamen Blick gleich einem Raubtier vor dem Sprung lag.

Elysa sah sich um, konnte aber nichts entdecken, was Gordons Unruhe erklärte.

Die Zeit schien stehen geblieben zu sein an diesem totenstillen Ort. Es war eine friedliche Stille, in der nichts Bedrohliches lag. Vielleicht riefen die Mauern um sie herum auch deshalb nicht das übliche beklemmende Gefühl in Elysa hervor. Tatsächlich fühlte sie sich eher beschützt von ihnen.

Als wäre sie nach einer langen Reise endlich angekommen.

»Mutter Oberin, es ist Besuch da.« Schwester Josefa wartete geduldig, bis die Priorin sich vom kalten Steinboden der kleinen Kapelle erhoben hatte.

Im Inneren der Kapelle war es feucht und dunkel. Lediglich auf dem Altar aus grob gehauenem Stein flackerte eine einzelne Kerze, die Tag und Nacht brannte, genauso wie die Priorin es Heloisa vor ihrem Tod versprochen hatte.

»Geh schon voraus, ich komme gleich nach.«

Astrane, die Priorin des Paraklet-Klosters wartete, bis sich die schmale Tür hinter Schwester Josefa geschlossen hatte.

Beim Eintreten der Schwester hatte sie ein so seltsam beklemmendes Gefühl beschlichen, dass ihre Haut am ganzen Körper zu kribbeln begonnen hatte.

Sie dachte an das Geheimnis, das tief unter ihren Füßen ruhte, schloss die Augen und hielt stumme Zwiesprache mit den beiden Toten, vor deren Grablege sie eben noch gekniet hatte.

Dann bekreuzigte sie sich.

Der Tag, vor dem sie sich immer gefürchtet hatte, war gekommen.

Sie verließ die alte Kapelle, die einen eigenen Kreuzgang besaß und durch eine Mauer vom eigentlichen Kloster getrennt lag, schlüpfte durch die kleine Pforte, zu der nur sie einen Schlüssel besaß, und ging mit eiligen Schritten am Klosterfriedhof, dem Kapitelsaal und der Küche vorbei. Den ganzen Weg über versuchte sie, das Unbehagen zu unterdrücken, das sich wie schleichendes Gift in ihrem Inneren ausbreitete.

Dominikus war wie berauscht. Ihm war ein Gedanke gekommen, der ihn nicht mehr losließ. Der Schatz der Ketzer musste nicht unbedingt auf dem Berg Sinai verborgen sein. Die Buchstaben S I N A I konnten ebenso gut ein Hinweis auf den Inhalt des Schatzes sein. Moses hatte auf dem Berg Sinai die zehn Gebote von Gott empfangen. Die Offenbarung Gottes! Er schluckte heftig. Tränen stiegen ihm vor Ergriffenheit in die Augen. Der Herr hatte ihn dazu auserwählt, dieses Geheimnis zu ergründen, ihn, Dominikus, der früher selbst einmal ein Ungläubiger gewesen war, bevor der Herr ihn gerufen und aus der ewigen Dunkelheit herausgerissen hatte.

Je länger er darüber nachdachte, umso überzeugter war er, dass er mit seiner Vermutung richtiglag.

Die Ketzer wären nicht so dumm gewesen, den Ort des Versteckes auf einem Kreuz zu hinterlassen und es dann einem jungen Mädchen anzuvertrauen. Noch einmal las er die Schriftzeichen, die er bisher übersetzt hatte, erst von links nach rechts, dann von oben nach unten, drehte das Kreuz, stellte es auf den Kopf, versuchte, seine versteckte Botschaft zu entschlüsseln, und merkte nicht, wie die Zeit verrann.

Elysa sah der alten Nonne erwartungsvoll entgegen. Es war eine weite Reise bis zu diesem Kloster gewesen, aber nun war sie zu Ende. Sie konnte sich nicht vorstellen, wie es sein würde, wenn Gordon nicht mehr bei ihr wäre. Er war der einzige ihr vertraute Mensch, der ihr nach ihrem Fortgang aus Rhedae geblieben war.

Würde er ohne sie zurückreiten? Sie in diesem Kloster zurücklassen, weit fort von ihrem bisherigen Leben, weil sie hier sicherer war? Bislang hatte er kein Wort darüber verloren.

»Ich bin die Priorin dieses Klosters«, stellte Astrane sich vor, als sie vor ihnen stand. Ihr Alter war angesichts ihres von wenigen Falten durchzogenen Gesichts nur schwer zu bestimmen. Ihre Ausstrahlung war von Ruhe und Aufmerksamkeit geprägt. Sie hatte hellwache, kluge Augen, die sofort erfassten, dass die Besucher nicht diejenigen waren, die sie zu sein vorgaben.

Ihre Brauen hoben sich fragend.

Elysa schob die Kapuze zurück, sodass man ihr Haar sehen konnte.

»Ich bin Elysa«, sie zögerte einen winzigen Moment, bevor sie weitersprach, »Nicolas Nichte.«

Etwas an dem Mädchen erinnerte Astrane an Heloisa. Es war der gleiche Ausdruck von Zerrissenheit, der Heloisa an manchen trüben Herbsttagen überkommen und sich in ihrem damals noch jungen Gesicht widergespiegelt hatte.

Sie ist sich nicht sicher, genauso wenig wie ich es bin, dachte sie und sah von Elysa zu deren Begleiter.

Gordon streifte nun ebenfalls die Kapuze nach hinten. Astrane war nicht überrascht, als darunter schulterlanges Haar zum Vorschein kam. Sie hatte nicht wirklich erwartet, einen Kopf mit Tonsur auftauchen zu sehen.

»Gordon von Longchamp, Ritter im Dienste des Grafen von Toulouse.«

Seine Hand umfasste den Knauf seines Schwertes, das er sich um die Mönchskutte gegürtet hatte und das nun aus dem offenen Umhang hervorragte. Es war eine gewohnte Bewegung, die ihm nicht bewusst war.

Astrane bat Gordon und Elysa, ihr ins Äbtissinnenhaus zu folgen, in dem es einen Besucherraum gab, zu dem auch Männer Zutritt hatten.

Die Wände des geräumigen Zimmers, das sie betraten, waren ohne jeden Schmuck bis auf ein einsames Holzkreuz an der Stirnseite über einem Kamin aus Bruchsteinen. Durch das einzige Fenster aus Bleiglas sickerte gelbliches Licht herein.

Auf dem Holztisch in der Mitte stand eine Schale mit Pflaumen und Äpfeln neben zwei hellen Tonkrügen mit Wasser und Wein sowie einigen Tonbechern zur Erfrischung der Gäste bereit.

Astrane wartete, bis ihre Besucher sich gesetzt hatten, füllte ihnen eigenhändig die Becher und nahm dann ihren Platz am Kopfende des Tisches ein.

»Habt Ihr meinen Onkel gekannt?«, fragte Elysa und beobachtete die Äbtissin genau, deren unerschütterliche Ruhe und heitere Gelassenheit sie immer mehr faszinierten.

Astrane nickte.

Elysa schürzte besorgt die Lippen, als ihr Blick auf das Holzkreuz an der Wand hinter der Äbtissin fiel und sie daran erinnerte, dass sie sich in einem katholischen Kloster befanden.

Es erschien ihr seltsam, dass Nicola diesen Ort als Versteck für das Vermächtnis der *Guten Christen* ausgewählt haben sollte.

Astrane spürte ihre Besorgnis.

»Du kannst mir vertrauen, mein Kind. Nichts von dem, über das wir reden, wird diesen Raum verlassen«, beruhigte die alte Nonne sie. »Und jetzt sag mir, was ich für dich tun kann.«

»Ihr wisst es nicht?«

Die Mutter Oberin schüttelte den Kopf. »Wenn Nicola dich geschickt hat, ist es so, als wäre er selbst zu uns gekommen. Und welchen Wunsch du auch hast, wir werden ihn dir erfüllen, sofern es in unserer Macht steht.«

Astrane dachte unwillkürlich an Nicolas Geschenk, das er mitgebracht hatte, als er damals zu ihnen in die Einsamkeit gekommen war, und an das Glück, das mit diesem ins Kloster eingezogen war.

Elysa zögerte nicht länger, zog die Kette mit dem Kreuz unter ihrem Gewand hervor, löste sie von ihrem Hals und reichte Astrane das Kreuz.

»Es war der letzte Wunsch meines Onkels, dass es nicht in die falschen Hände gelangt.«

Astrane betrachtete das Schmuckstück mit ehrfürchtigem Blick.

»Wir werden es gut verwahren«, versprach sie dann feierlich und drückte das Kreuz wie eine kostbare Reliquie an ihre Lippen.

Elysa schluckte. Der Augenblick, den sie in den letzten Tagen genauso sehr herbeigesehnt wie gefürchtet hatte, war gekommen. Sie hatte ihr Versprechen erfüllt und war endlich frei. Aber was sollte sie nun mit dieser Freiheit anfangen?

In die sich ausbreitende Stille hinein drang das gedämpfte Läuten einer Glocke.

Astrane erhob sich. »Gleich beginnt die Vesper. Bitte bleibt und seid unsere Gäste. Schwester Hedwig wird euch gleich nach der Vesper etwas zu essen bringen und euch eure Unterkunft zeigen.«

»Wir nehmen Eure Gastfreundschaft gerne an«, erklärte Gordon. »Zumal es eh zu spät ist, um heute noch aufzubrechen. Der Höhenpfad ist in der Nacht zu gefährlich, und der Weg durchs Tal wird nach dem langen Regen sicher noch unpassierbar sein.«

Elysa atmete erleichtert aus. Sie brauchte sich nicht sofort zu entscheiden, hatte eine kleine Galgenfrist bekommen.

Schweigend blickten sie Astrane nach, deren schwungvoller Gang in einem merkwürdigen Widerspruch zu ihrem Alter stand, während die Spannung im Raum wuchs.

Gordon wandte ihr sein so vertrautes, liebgewonnenes Gesicht zu. Um den Mund herum, der sie geküsst hatte, bemerkte sie einen entschlossenen Zug. Ihr Herz krampfte sich zusammen.

Er hat längst Abschied genommen, dachte sie und hoffte, sie würde sich irren. Doch ihr Wunsch erfüllte sich nicht.

»Es wird das Beste sein, wenn du hierbleibst, bis der

Kreuzzug vorbei ist, im Kloster bist du in Sicherheit«, hörte sie ihn auch schon sagen.

Seine Worte rauschten an Elysa vorbei. Der Schmerz, der ihnen folgte, traf sie mit ungeheurer Wucht.

Unfähig, etwas zu sagen, starrte sie ihn an. Seine Augen baten sie stumm um Verständnis, aber sie sah es nicht, wusste nicht, wie schwer ihm diese Entscheidung gefallen war.

Er will in sein altes Leben zurück, dachte sie traurig, in ein Leben ohne ein Mädchen, das ihm ständig widerspricht und ihm sagt, was er zu tun und woran er zu glauben hat.

Alles in ihr sträubte sich dagegen, zurückgelassen zu werden.

»Ich habe mich noch nicht entschieden«, erklärte sie so hoheitsvoll, wie sie nur konnte, und ärgerte sich im nächsten Moment darüber, wie hoch und abgehackt ihre Stimme klang.

»Aber ich«, sagte Gordon mit einer Heftigkeit, die sie nicht an ihm kannte.

Mit aller Kraft rang sie um Fassung.

Sie würde nicht darum betteln, dass er sie mit zurücknahm.

Gordon sah, wie sich ihr Gesicht verschloss, als wäre eine Türe zugefallen, die ihm den Zutritt zu ihr verwehrte.

Aber besser, sie war wütend auf ihn, als dass sie erneut in Gefahr geriet.

Von draußen drang der hohe spitze Schrei einer Frau zu ihnen in den Saal und durchbrach die angespannte Atmosphäre zwischen ihnen. Gordon hob den Kopf und lauschte. Sein Blick eilte zur Türe, noch bevor sein Körper reagierte. In einer einzigen fließenden Bewegung warf er den Umhang ab und zog sein Schwert aus der Scheide. Er riss die Türe so heftig auf, dass sie gegen die Wand flog.

Elysas Gesicht war weiß wie die Wand, und ihr wurde abwechselnd heiß und kalt. Ihre Beine zitterten und gehorchten ihr nur widerwillig, als sie sich erhob. Sie brauchte ihre gesamte Willenskraft, um loszulaufen. Vor dem Haus raffte sie mit beiden Händen die Kutte und rannte hinter Gordon her.

Wie hatte sie das Böse nur vergessen können?

Das Haus der Äbtissin und der Besucherraum lagen getrennt von den anderen Räumen des Klosters. Gordon stürmte an Kräutergarten und Wirtschaftsgebäuden vorbei durch den Kreuzgang auf die Kirche zu. Der Himmel über ihm war grau und schwer von Wolken, die sich träge ineinanderschoben. Es konnte nicht mehr lange dauern, bis sie ihre Last entlassen und auf das Land herabschicken würden.

Vor dem Kirchenportal hielt Gordon inne und atmete mehrmals tief ein und aus, bis er ganz ruhig war. Dann konzentrierte er sich, da er nicht wusste, was ihn in der Klosterkirche erwartete. Bevor sich seine Hand um den eisernen Türknauf legte und er vorsichtig das Portal einen Spalt weit aufschob, dachte er an Elysa. Hoffentlich tat sie einmal das Richtige und blieb, wo sie war.

Er spähte ins Halbdunkel des Kirchenraums. Trübes Tageslicht fiel von oben in den Chor. Etwa an die fünfzig Nonnen drängten sich dort eng aneinander und starrten zum Altar, vor dem ein wahrer Riese stand. In der einen Hand hielt er einen Dolch, mit der anderen umschloss er den Hals einer jüngeren Schwester, die er zu sich herangezogen hatte.

»Wer von euch ist die Äbtissin?«, fragte er.

Eine der Nonnen trat vor. Sie war groß und hatte ein gebieterisches Auftreten, das sich unter dem drohenden Blick des Mannes jedoch aufzulösen begann.

»Ich bin Schwester Comitissa, die Mesnerin. Die Äbtissin ist nicht hier.«

»Und wo ist sie?« Guilhabert von Castres hatte keine Zeit zu verlieren. Longchamp trieb sich hier irgendwo auf dem Klostergelände herum und hatte vielleicht den Schrei der Frau, die er auf dem Weg zur Kirche gepackt hatte, gehört.

Sein Blick wanderte nur einen Lidschlag später, als Gordon es wieder geschlossen hatte, zum Eingangsportal.

»Sie hat Besuch bekommen. Sie wird sicher gleich hier sein«, antwortete die Mesnerin dem Eindringling versöhnlich.

Gordon hatte genug gehört. Der Riese war ihm außerdem bekannt vorgekommen. Und dann wusste er plötzlich, wer der Mann war: Guilhabert von Castres, ein Gefolgsmann des Grafen von Foix. Ob der Graf wusste, dass sein Vasall sie verfolgte? War der Hüne etwa gar in dessen Auftrag unterwegs? Er würde später darüber nachdenken, jetzt war nicht die Zeit dafür. Aber merkwürdig war es schon, so wie alles merkwürdig war an diesem Kreuzzug, der mitnichten das war, was er zu sein schien.

Lautlos zog er sich zurück und lief um die Kirche herum zur Sakristei. Wenn er von der Sakristei aus in die Kirche eindrang, könnte er den Moment der Überraschung nutzen, um seinen Gegner zu überwältigen.

Astrane hatte jedes Zeitgefühl verloren. Ein Hauch von Ewigkeit hing in der uralten, trockenen Luft. Sie hatte vergessen, wie friedlich und still es in dem niedrigen, halbrunden Gewölbe unter der Kapelle war. Heloisa selbst hatte ihr den Zugang zu der geheimen Krypta gezeigt, der sich wie von Zauberhand öffnete, sobald man auf einen bestimmten Stein im Altarsockel der Kapelle drückte.

Sie erinnerte sich an Heloisas Lachen, an ihre Traurigkeit, die sie manchmal umfing, und an die alles umfassende, alles verzeihende, immerwährende Liebe, die aus ihren

Augen – zwei Feenlichter in der Dunkelheit – strahlte. Andere Schwestern, die Heloisa gekannt hatten, hatten deren Augen mit zwei hellen Sternen verglichen, aber für sie waren es immer Feenlichter gewesen. Auf den ersten Blick hell und strahlend, auf den zweiten tief und unergründlich.

Die Feenlichter waren erloschen, und die Liebe, die Heloisa allen Nonnen im Kloster schenkte, hatte sie mit sich ins Grab genommen.

Nur ungern dachte Astrane an die Zeit nach Heloisas Tod zurück. Das Leben im Kloster ging weiter, aber die Fröhlichkeit fehlte. Die Gebete bekamen etwas Leierndes, Arbeit und Regeln verkümmerten zur bloßen Pflichtübung.

Aber dann war Nicola gekommen und hatte die Liebe zurückgebracht, die erloschene Flamme neu entzündet und Gottes Wort wieder lebendig gemacht.

Nachdenklich betrachtete sie die Statue, die auf dem kleinen Altartisch am Ende der Krypta stand, hörte wieder Nicolas sanfte Worte, die direkt in ihr Herz flossen und es mit Liebe füllten, bis es überlief.

Eine haarige Spinne krabbelte eilig über den Sockel der Statue.

Die Zeit setzte sich wieder in Bewegung, als hätte jemand eine leergelaufene Sanduhr umgedreht.

Sie trat vor die Dreifaltigkeitsstatue und legte das Kreuz zu deren Füßen neben eine abgegriffene Lederrolle, die in ihrem Inneren uralte Pergamente aufbewahrte. Dann eilte sie die steile Steintreppe hinauf, die oben vor dem Altar der Kapelle endete, und setzte dort den geheimnisvollen Mechanismus in Gang, der die zurückgeschwungene Bodenplatte zur Krypta wieder an ihren Platz gleiten ließ. Ebenso sorgfältig verschloss sie die kleine Pforte zur Kapelle, bevor sie schließlich auf die längliche Klosterkirche mit dem niedrigen Satteldach zueilte.

Als sie jedoch das Portal aufzog, sah sie in die entsetzten Gesichter der Nonnen, die sich wie auf einen lautlosen Befehl hin zu ihr umdrehten. Ihr Blick sprang von den Schwestern zu dem bedrohlich aussehenden, schwarz gekleideten Mann vor dem Altar, mit der gebogenen Klinge in der Hand und der vor Angst erstarrten Schwester Adele im Arm.

Astranes Augen weiteten sich ungläubig. Sie strich sich fahrig über die Stirn, unsicher, ob sie ihren Augen trauen konnte. Der Leibhaftige selbst war erschienen, wollte die Seelen zurück, die der Tröster ihm genommen hatte.

Bitte, Herr, hilf uns, betete sie stumm und bekreuzigte sich rasch. Die gewohnte Bewegung gab ihr ein wenig von ihrer Sicherheit zurück.

Ihre Knie zitterten, aber sie achtete nicht darauf, sondern stürmte mit wehendem Rock und erfüllt von gerechtem Zorn durch die zurückweichenden Schwestern auf den Altar zu wie eine Löwin, die ihre Jungen verteidigt.

»Weiche von uns, Satan!«, rief sie und bekreuzigte sich erneut.

Doch der hünenhafte Teufel lachte nur spöttisch.

»Wie könnt Ihr es wagen, hier im Hause Gottes eine Waffe zu erheben?«

»Ich kann noch ganz anderes wagen«, gab der Mann höhnisch zurück. Schauer liefen Astrane über den Rücken, als sie in seine grausamen Augen sah.

Sie hatte ihn fast erreicht. Sein Mund verzog sich zu einem grausamen Lächeln. Die schwarzen Augen glitzerten tückisch. Mit einer raschen Bewegung zog er die Klinge über Schwester Adeles Kehle. Blut schoss aus der klaffenden Wunde und spritzte auf den geweihten Boden.

Mit einem Ruck stieß er die sterbende Schwester von sich. Astrane konnte sie im letzten Augenblick auffangen und verhindern, dass sie auf den harten Steinboden stürzte.

»Ihr habt etwas, das uns gehört. Ich will es haben, und zwar sofort.« Der Mann machte einen Satz auf die Schwestern zu, die sich wie ängstliche Hühner zusammendrängten und vor ihm zurückwichen. Doch schon hatte er eine von ihnen am Arm gepackt und zog sie mit sich zum Altar.

»Sonst ist die hier die Nächste, die stirbt«, fügte er drohend hinzu.

Er riss den Kopf der Schwester nach hinten und setzte ihr die Klinge an den Hals.

»Ich weiß nicht, wovon Ihr sprecht.« Astrane hielt Schwester Adele in ihren Armen und strich ihr tröstend über die Wange, während das Leben aus ihr herausfloss.

Ihre Stimme zitterte leicht, während sie die Lüge aussprach und voller Inbrunst betete, dass er es nicht bemerkte. Vergeblich kämpfte sie gegen den Drang an, in seine grausamen Augen zu blicken, um ganz sicherzugehen, hielt es dann aber nicht länger aus.

Als sie zu ihm aufsah, ließ ihr sein eiskalter Blick das Blut in den Adern stocken.

Doch mit einem Mal veränderte sich der Blick des Mannes, zog sich nach innen zurück. Lauschend, lauernd. Seine Aufmerksamkeit wurde von etwas anderem in Anspruch genommen. Seine riesige Gestalt spannte sich an, ließ die Knöchel der Hand, in der er den Dolch hielt, weiß hervortreten.

Aus den Augenwinkeln nahm Astrane eine Bewegung seitlich des Hünen wahr, die diesem gleichfalls nicht entgangen war. Sie stieß einen Warnschrei aus, der alle in der Kirche zusammenfahren ließ. Schwester Adeles Kopf sank zur Seite.

Von Castres fuhr herum. Darauf hatte Gordon nur gewartet. Seine Ehre und auch sein Stolz verboten es ihm, einem Gegner das Schwert in den Rücken zu stoßen.

»Die Sache hier geht dich nichts an, Longchamp«, knurrte

von Castres in Gordons Richtung, »halt dich also raus, oder die Nonne stirbt.«

»Bist du etwa zu feige, um gegen mich zu kämpfen?«

Gordon hatte schon zu lange auf diesen Augenblick gewartet. Er brannte darauf zu kämpfen. Endlich konnte er sich für all die Hinterhältigkeiten und Demütigungen der letzten Tage rächen.

»Ich bin nicht hergekommen, um zu kämpfen. Ich will nur das Vermächtnis«, erwiderte von Castres, zerrte die Nonne wie einen Schutzschild unmittelbar vor sich und setzte den Dolch an ihre Kehle. Die Nonne versuchte sich zu wehren, war aber zu schwach, sodass er sie mühelos im Zaum halten konnte.

»Du gehst voran«, befahl er Astrane. »Ich will nur, was uns gehört, und wenn du tust, was ich dir sage, wird dir und deinen Schwestern nichts geschehen.«

»Ihr müsst Euch irren«, erklärte Astrane ruhig. »Ich weiß nichts von einem Vermächtnis, und ich bin die Äbtissin dieses Klosters.«

Guilhabert von Castres betrachtete sie ungerührt. »Gib dir keine Mühe.«

Gordon erkannte seine Chance und sprang mit gezücktem Schwert auf ihn zu. Die Nonne reichte von Castres nicht einmal bis an die Schulter. Sein Kopf und sein Hals waren ungeschützt. Von Castres ließ die Nonne los und stieß sie in Gordons Laufrichtung. Sie stolperte und stürzte Gordon direkt vor die Füße, der nun über sie hinwegsteigen musste, um an seinen Gegner heranzukommen. Blitzartig nutzte dieser den Moment, um sein Schwert zu ziehen, der Dolch wechselte in seine linke Hand.

Gordon stieß zu. Der Streich ging ins Leere. »Ich will Euer Leben nicht«, knirschte von Castres. »Hätte ich es gewollt, wärt Ihr schon längst tot.«

»Dann verschwindet und lasst uns in Ruhe.« Gordon sprang auf ihn zu. Der Hüne wich ihm mühelos aus, bewegte sich mit der Geschmeidigkeit einer Raubkatze, die mit ihrer Beute spielte.

Heißer Zorn wallte in Gordon auf, doch er bezwang sich, drängte das blind machende Gefühl zurück. Er beobachtete jede Bewegung seines Gegners genau, lauerte auf eine Gelegenheit und griff an.

Mühelos wich von Castres Gordons Hieben und Streichen aus.

»Wann habt Ihr endlich genug, Longchamp?«, höhnte er, um Gordon zusätzlich zu reizen und ihn zu einer Unbedachtsamkeit zu verleiten.

Gordon achtete nicht auf seine Worte, zählte konzentriert die Schritte seines Gegners, versuchte, das Muster in seinen Bewegungen zu erkennen und seine Geschwindigkeit einzuschätzen.

Da bewegte sich der Blick des Hünen auf einmal an Gordon vorbei. Seine Augen blitzten triumphierend auf. Gordon schielte über seine Schulter, ohne seinen Gegner dabei aus den Augen zu lassen, und stöhnte auf, als er Elysa aus der Sakristei kommen sah.

Fassungslos vor Entsetzen starrte sie auf die Szene, die sich ihr bot, die beiden kämpfenden Männer vor dem Altar, Astrane, mit einer blutüberströmten, toten Nonne in ihren Armen. Die vor Angst verzerrten Gesichter der Schwestern, die sich hilfesuchend aneinanderklammerten.

Ihr Blick wanderte zurück zu Gordon. Sie sah, wie er den Mund öffnete, und hörte, wie er ihr zurief, sofort von hier zu verschwinden.

Als sie jedoch wie angewurzelt stehen blieb, ließ Gordon jede Vorsicht außer Acht, nahm das Schwert in beide Hände und stürzte mit einem wilden Schrei auf den Riesen zu. Von

Castres wich ihm mit einer blitzschnellen Drehung aus und sprang an ihm vorbei auf Elysa zu. Gordons Hieb ging ins Leere und riss ihn, nachdem er einen Konter erwartet hatte, nach vorne. Er machte einen stolpernden Schritt, fing sich dann aber, drehte sich blitzschnell um – und starrte in die frohlockenden Augen Guilhaberts von Castres.

Der hatte die Hand um Elysas Haare gewickelt und ihren Kopf nach hinten gerissen. Die Schneide seines Schwertes lag an Elysas entblößter Kehle.

»Lass das Schwert fallen, und knie dich hin«, befahl von Castres und ließ seine Klinge sachte und mit aufreizender Langsamkeit über Elysas Hals gleiten. Fasziniert betrachtete er die kleinen Blutstropfen, die daraufhin fast wie eine rote Perlenschnur an ihrem Hals zu sehen waren.

Gordons Gesicht war weiß vor Wut, seine Hände zitterten vor unterdrückter Erregung, aber er hatte keine Wahl, wenn er nicht zusehen wollte, wie Elysa starb. Er ließ das Schwert neben sich zu Boden fallen und sank in die Knie, beobachtete, wie von Castres Elysa zum Altar zerrte, ihr einen Stoß in den Rücken versetzte, der sie gegen die Wand taumeln ließ. Dann riss von Castres den brennenden Kerzenleuchter vom Altar, kam auf ihn zu und holte aus.

Geistesgegenwärtig warf sich Gordon zur Seite, rollte sich fort. Er war kein Opferlamm, das stillhielt. Doch der Hüne reagierte blitzschnell, war über ihm, bevor er hochkommen konnte, und ließ den Leuchter auf Gordons Hinterkopf niedergehen. Die Kerzen flogen wie Geschosse durch die Luft. Heißes Wachs spritzte auf den Steinboden. Die entsetzten Schreie der Nonnen entfernten sich, dann senkte sich samtschwarze Stille auf Gordon hinab und zog ihn in ihre kalten Arme.

Als er die Augen wieder öffnete, wusste er nicht, wie viel Zeit vergangen war. Sein Kopf dröhnte. Um ihn herum raschelten Gewänder, flüsterten erregte Stimmen. Eine kühle Hand legte sich auf seine Stirn. Er hörte Stoff reißen, der ihm kurz darauf vorsichtig um den Kopf gewickelt wurde. Er versuchte aufzustehen, aber ein heftiger Schwindel ließ ihn zurücksinken. Übelkeit stieg in ihm auf, und vor seinen Augen tanzten Sterne.

Jemand drückte ihm einen nassen Lappen, der nach Weihrauch roch, gegen die Stirn. Der Geruch verstärkte seine Übelkeit und ließ ihn erbrechen. Danach fühlte er sich besser.

Er fragte nach Elysa. Sein Hals war staubtrocken. Eine der Nonnen reichte ihm einen Kelch mit Messwein, zwei weitere stützten ihn beim Trinken.

Der Wein war schwer und betäubend, aber er verlieh ihm neue Kraft. Schwankend kam er auf die Beine und sah sich nach seinem Schwert um. Schwester Josefa hob es auf und gab es ihm.

Ihre Stimme klang gehetzt, als sie ihm erklärte, dass von Castres Elysa und die Mutter Oberin mitgenommen hatte und dass sie in der Kirche eingeschlossen seien, es aber dennoch einen Weg gäbe, aus ihr herauszukommen. Die Worte flogen ihm nur so um die Ohren, und er brauchte einen Moment, um ihren Sinn zu begreifen.

Er folgte Josefa, taumelte durch eine schmale Pforte, die die Schwestern während der Nacht benutzten, um vom Dormitorium in die Kirche zu gelangen, musste immer wieder stehen bleiben, sich an einer Wand festhalten und vorsichtig atmen, um den Schwindel zurückzudrängen.

Astrane betrachtete den großen Mann verstohlen von der Seite. Seine kalte Gelassenheit hatte wachsender Erregung Platz gemacht. Die Grausamkeit in seinen Augen war glühender Begierde gewichen.

Elysa war wie betäubt vor Schmerz und leistete keinen

Widerstand, als von Castres sie am Arm packte und mit sich zerrte. Ihr stand noch immer vor Augen, wie Gordon gestürzt war, sich aufrappeln wollte und der Schlag auf ihn niederging, bevor er wieder auf die Beine kam. Niemand konnte einen solchen Schlag überleben. Dieser Teufel hatte Gordon einfach wie einen Hund erschlagen.

Zorn wallte in ihr auf, steigerte sich zu wildem Hass, der sie erschreckte. Sie hätte nie gedacht, dass sie zu solch einem Gefühl fähig war. Es war wie ein reißender Strudel, der sie zu verschlingen drohte.

Astrane wandte den Kopf und sah Elysa an, erreichte sie im letzten Augenblick, bevor diese in ihm versank. Ihre klugen Augen waren voller Güte und Verständnis, einem Verständnis, das sie nicht verdient hatte.

Trauer wollte sie überwältigen, doch etwas im Blick der Priorin mahnte sie, dass jetzt nicht der richtige Moment dafür war.

Elysa fühlte sich, als würde sie aus einem bösen Traum erwachen, nur dass der Traum nicht weichen wollte und sie noch immer fest umklammert hielt, wie die Hand, die sich gleich einer Eisenfessel um ihren Arm gelegt hatte.

Sie standen vor einer niedrigen Pforte, die in die Klostermauer eingelassen war. Elysa hatte nicht einmal bemerkt, wie sie bis hierher gekommen waren.

Astrane nahm einen alten, schweren Eisenschlüssel von ihrem Gürtel, steckte ihn ins Schloss, öffnete mit ihm die Pforte und schlüpfte durch sie hindurch. Der Hüne musste sich bücken, um sich nicht den Kopf anzuschlagen. Auf der anderen Seite der Tür befand sich eine kleine, alte Kapelle. Astrane zog einen weiteren Schlüssel von ihrem Gürtel.

Kalte modrige Luft schlug ihnen entgegen. Astrane ging zum Altar, bückte sich und drückte auf einen der Steine am Sockel. Mit einem scharrenden Geräusch öffnete sich daraufhin eine der Bodenplatten vor dem Altar und gab den Blick auf schmale, steile Stufen frei, die in die Tiefe hinabführten. »Du gehst voran«, befahl Guilhabert von Castres der Äbtissin.

Die Treppe war zu eng, um nebeneinander zu gehen, weshalb von Castres Elysas Arm losließ und sie vor sich her die Treppenstufen hinunterschob.

Unten angekommen, musste er seinen Kopf einziehen und folgte ihr so dicht, dass sie seinen Atem im Nacken spürte.

Sein Blick fand die Lederrolle auf dem steinernen Altartisch. Er öffnete sie und zog die in ihnen enthaltenen Schriftrollen hervor. Andächtig hielt er einen Moment inne, obwohl er es kaum noch erwarten konnte, sie ins Licht der Kerzen zu bringen und die vor mehr als tausend Jahren geschriebenen Worte zu lesen, ihnen ihr Geheimnis zu entlocken.

Die Helligkeit stach Gordon in die Augen, und der Boden unter seinen Füßen wankte. Doch seine Wut und seine Angst um Elysa trieben ihn weiter. Er folgte der Schwester zu einer kleinen Kapelle, die sich außerhalb des Klostergeländes befand.

Vorsichtig trat er durch die schmale Eingangstür, sah, dass sie leer war, und entdeckte die Öffnung vor dem Altar. Ihm dröhnte der Kopf, in seinen Ohren tobte ein Sturm, der ihn jedes Geräusch nur gedämpft wahrnehmen ließ.

Er sah seine Chance, musste nur den Schwindel überlisten, atmete langsam und flach und hob sein Schwert.

Guilhabert von Castres verbarg das Kreuz in seiner Gürteltasche. Die zusammengerollten, uralten Papyri knisterten in seiner Hand. Er hatte sie aus der Lederrolle gezogen und hielt sie wie ein rohes Ei, aus Angst, sie könnten zerbrechen, bevor er ihnen ihr Geheimnis entrissen hatte. Doch in der Krypta war es zu dunkel zum Lesen. Er brauchte mehr Licht.

Seine Augen glitzerten triumphierend, als er die Stufen hinaufstieg. Nur noch wenige Augenblicke trennten ihn von dem Wissen, das die Vollkommenen so eifersüchtig vor der Welt verborgen hatten. Und von der Macht, die dieses Wissen verlieh.

Die Äbtissin hatte ihm gestanden, dass niemand außer ihr von der Krypta wusste. Damit hatte sie ihr Schicksal besiegelt und das des Mädchens ebenfalls. Er ließ die beiden dort unten einfach zurück, und kein Mensch würde jemals erfahren, dass er es war, der von nun an das Vermächtnis bewahrte.

Gordon hielt den Atem an, als von Castres' Kopf vor ihm aus dem Boden wuchs, dann der Nacken, die breiten Schultern. Die Öffnung, die die Steinplatte freigegeben hatte, war schmal, die Treppe steil. Er hatte sich dagegen entschieden, seinen Gegner von vorne anzugreifen, war viel zu schwach für einen offenen Zweikampf. Seine einzige Chance, von Castres zu besiegen, war, ihn von hinten anzugreifen.

Trotzdem zögerte er. Es war nur ein winziger Augenblick, nicht länger als ein Lidschlag, aber der reichte aus, um von Castres das Gefühl drohender Gefahr zu vermitteln. Er reagierte sofort, spannte seine Muskeln an und schnellte mit einem gewaltigen Satz aus der Tiefe empor.

Gordons Schwert traf von Castres am Oberschenkel. Er stieß die Klinge tief in dessen Bein hinein, spürte, wie sie durch Fleisch und Sehnen hindurchglitt, sich in den Knochen bohrte. Dann zog er das Schwert mit einem Ruck wieder heraus. Blut schoss in hohem Bogen aus der Wunde und spritzte durch die Luft. Unten, in der Krypta, schrien die beiden Frauen entsetzt auf.

Der Hüne presste eine Hand auf die klaffende, stark blutende Wunde, seine andere krampfte sich vor lauter Schmerz unwillkürlich zusammen. Es knackte, als das Pergament brach. Entsetzt starrte er die dunkelbraunen Fetzen an, die ihm aus der Hand rieselten.

Dann brüllte er auf wie ein verwundetes Tier und stürzte sich auf Gordon.

Wie durch einen Nebelschleier hindurch sah Gordon den Hünen auf sich zukommen, den gebogenen Dolch in der Hand. Er hob sein Schwert, um den Angriff abzuwehren. Der Boden unter ihm schwankte bedrohlich wie ein Schiff bei schwerem Sturm.

Das Schwert war zu schwer, er konnte es nicht länger halten, konnte nur hilflos zusehen, wie es ihm entglitt. Der Nebel wurde dichter, und vor seinen Augen begann alles zu verschwimmen. Er sah nicht mehr, wie das Bein seines Feindes einknickte, dessen verzweifelten Versuch, sich zu fangen, als er in seinem eigenen Blut ausrutschte. Er merkte nur noch, dass er fiel, dann schlug er mit dem Kopf auf dem Altar auf.

Guilhabert von Castres merkte, wie die Kraft seinen Körper verließ. Er presste beide Hände gegen die Wunde und versuchte verzweifelt, das herausströmende Blut aufzuhalten.

Vor seinen Augen tanzten rote Schleier. Dann tanzte nichts mehr, und es wurde ganz still.

Astrane streckte vorsichtig ihren Kopf aus der Bodenöffnung heraus. In der Kapelle sah es aus wie nach einem Schlachtfest, überall war Blut, tropfte vom Altar und zog sich in Schlieren über die Wände der Kapelle. Sie stieg zwei Stufen höher, betrachtete den leblosen Körper ihres Peinigers. Von ihm hatten sie nichts mehr zu befürchten. Erleichterung breitete sich in ihr aus.

Der Herr hat ihn in seiner unendlichen Güte gerichtet,

dachte sie, es war nicht Sein Wille, dass der junge Ritter den Frevel eines Verbrechens in dieser heiligen, Ihm geweihten Stätte beging.

Sie bekreuzigte sich andächtig und voller Ehrfurcht.

Dann stieg sie die Treppe vollends nach oben, beugte sich über Gordon und lauschte auf seinen Atem. Er war schwach, aber vorhanden. »Dein Ritter lebt!«, rief sie Elysa über die Schulter zu.

Elysas Herz machte einen Satz. Er lebt, dachte sie immer wieder, er ist nicht tot, es ist ein Wunder. Sie sprang die letzten Stufen hoch, eilte zu ihm, um sich selbst davon zu überzeugen, sah das Blut in seinen Locken, die unnatürliche Blässe in seinem Gesicht, den Brustkorb, der sich kaum merklich hob und senkte.

Astrane richtete sich neben ihr auf. Blut drang durch ihre Sandalen, benetzte ihre bloßen Füße, als sie zu dem Hünen hinüberging, achtsam und auf der Hut.

Sie konnte sehen, wie das Leben aus ihm herausfloss. Eine stinkende, dunkle Pfütze breitete sich unter ihm aus, welche von den braunen Papyrusfetzen gierig aufgesogen wurde.

Schwester Josefa kam herein. Ihr zerfurchtes Gesicht leuchtete vor Freude auf, als sie Astrane unversehrt sah. Sie hatte nicht mehr geglaubt, die Äbtissin lebend wiederzusehen.

Mit vereinten Kräften gelang es ihnen, Gordon auf eine schnell herbeigebrachte Trage zu heben. »So wenig wie möglich bewegen«, mahnte Schwester Magdalena, die ein gütiges, rundes Gesicht hatte und sich im Kloster hingebungsvoll um die Kranken kümmerte.

»Was ist mit dem anderen?«, fragte sie Astrane. »Wir können ihn doch nicht liegen lassen und zusehen, wie er verblutet.«

Die Augen der Frauen richteten sich auf Guilhabert von Castres.

Der Blutstrom aus seinem Oberschenkel war versiegt.

»Er ist tot«, sagte Astrane, ohne die Erleichterung in ihrer Stimme zu verbergen.

Sie brachten Gordon in die Krankenstation, die direkt neben dem kleinen Gästehaus lag, betteten ihn auf einen frisch gefüllten Strohsack und zogen ihm die Mönchskutte über den Kopf. Elysa sah, dass die Wunde an seinem Oberschenkel noch immer nicht ganz verheilt war.

Schwester Magdalena fuhr mit einem nassen Tuch über Gordons Gesicht, kühlte seine Stirn, befeuchtete die blassen Lippen. »Wenn es der Wille des Herrn ist, wird er überleben«, sagte sie zu Elysa, als würde sie deren Angst um Gordon spüren.

Ihre Stimme war so weich und freundlich wie ihre Augen.

»Und jetzt lauf zur Mutter Oberin und bitte sie um ein Kissen. Sein Kopf muss höher liegen.«

Elysa rannte durch das Kloster zu Astrane, ließ sich von ihr ein prall gefülltes, weißes Leinenkissen geben und eilte dann, so schnell sie konnte, wieder zurück.

Schwester Magdalena half ihr, es unter Gordons Kopf zu schieben.

»So Gott will, wird er bald wieder zu sich kommen.«

Sie schenkte Elysa ein warmes, tröstendes Lächeln.

»Auf dem Tischchen am Fenster steht guter, kräftiger Wein. Ich habe Mohnsaft gegen die Schmerzen in ihn hineingegeben. Der Ritter wird durstig sein, wenn er aufwacht.«

Elysa nickte dankbar, setzte sich neben Gordons Strohsack auf den Boden und spürte, wie sie langsam wieder zur Ruhe kam. Sie schloss die Augen und lauschte auf Gordons Atem.

Plötzlich wurde sie von einer unerklärlichen Unruhe erfasst. Ihre Haut fing an zu kribbeln. Zuerst verschwommen, dann immer deutlicher und bedrohlicher kamen die schrecklichen Bilder zurück.

Nicolas Vermächtnis! Es war für immer verloren. Sie hatte die jämmerlichen Reste der kostbaren Papyri in der Hand des Toten gesehen. Von Castres hatte sie einfach zerquetscht.

Sie sprang auf und lief in dem niedrigen Saal auf und ab, vorbei an Strohsäcken, auf denen niemand lag. Schwester Magdalena war zu den anderen Nonnen in die Kapelle geeilt, um sie von dem Bösen zu reinigen, das in sie eingedrungen war.

Schwester Adele musste außerdem gewaschen und für ihre letzte Reise zurechtgemacht werden.

Draußen breitete sich Dunkelheit aus und ließ das Licht im Raum zunehmend schwinden. Hinter ihr stöhnte Gordon auf seinem Lager. Elysa eilte zu ihm, nahm seine Hand und drückte sie. Er schlug die Augen auf.

»Wasser«, bat er.

Sie hielt ihm den Becher mit Schwester Magdalenas Wein an die Lippen und stützte seinen Kopf, während er gierig trank.

Danach fielen ihm die Augen sofort wieder zu.

Elysa war zu unruhig, um sich zu setzen. Ihr war heiß, und sie fühlte sich unbehaglich in ihrer wollenen und verschwitzten Kutte.

Hinter ihr öffnete sich leise die Türe, und Astrane kam herein. Sie nahm eine Öllampe aus einem Regal mit vielen Töpfchen und Tiegeln, stellte sie auf ein Tischchen und zündete sie an. Dann nahm sie Elysa wie ein Kind an der Hand und führte sie zu einem der beiden Stühle neben dem Tisch. Sie selbst setzte sich auf den anderen.

»Er hat Nicolas Vermächtnis zerstört.« Elysa sah Astrane traurig an. Sie war untröstlich ob des unwiederbringlichen Verlusts.

»Es ist nicht immer alles so, wie es scheint.« Astrane beugte sich vor und strich ihr tröstend über die Schulter. »Hat Nicola dir das nie gesagt?«

Ihre Worte schwebten noch einen Augenblick in der Luft, bevor sie verhallten.

Sie nahm Elysas Hände und murmelte die uralten, mächtigen Worte, die ihre Bedeutung nie verloren hatten, auch wenn sie dem Gedächtnis der Menschen schon seit langer Zeit entflohen waren.

Elysas Haut begann zu kribbeln, und die Härchen auf ihren Armen richteten sich auf. Sie waren nicht länger allein. Etwas war hereingekommen, strich sanft an ihr vorbei. Es war wie damals in Esclarmondes Kammer. Und genauso wie damals spürte es auch diesmal nicht nur Elysa, Astrane nahm es nun ebenfalls wahr, denn in ihre Augen trat unwillkürlich ein Leuchten.

Elysa konnte nicht anders, sie musste Gewissheit haben.

»Seid Ihr Esclarmonde von Foix schon einmal begegnet?«

Astrane lächelte glücklich. »Manchmal kann ich sie spüren, sie und die anderen Frauen, und jetzt weiß ich endlich ihren Namen.«

Elysa spürte, wie ihre Seelen sich miteinander verbanden, noch weitere Seelen hinzukamen. Elysa wurde eins mit ihnen, und sie wurden eins mit ihr.

Sie erhob sich aus der materiellen Welt, ließ sie hinter sich wie eine zu eng gewordene Hülle, war wieder ein Kind des ewigen, unvergänglichen Lichts und fühlte sich leicht und frei. Dort, wo sie sich nun befand, gab es keinen Hunger und keine Traurigkeit mehr, nur Liebe.

Gordon öffnete die Augen und sah in das weiße Licht. Er musste noch träumen, denn das Licht stach ihm nicht in die Augen. Obwohl es gleißend hell war, war es warm und weich. Auch spürte er keinen Schmerz mehr. Vielleicht war er ja schon gestorben und wusste es nur nicht.

Doch dann war das Licht wieder fort, und der Schmerz schoss zurück in seinen Kopf.

Er stöhnte leise.

Elysa und Astrane sahen sich an, waren wie berauscht vor Glück.

»Nicola hat uns das Licht gebracht. Es war sein Geschenk an uns«, sagte Astrane lächelnd. »Sein Vermächtnis wird niemals verloren gehen. Wir werden es in unseren Herzen bewahren, bis die Zeit gekommen ist.«

Etwas an Elysa hatte sich in den vergangenen Tagen verändert. Zumindest kam es Gordon so vor. In ihren Augen lag ein seltsamer Glanz, der tief aus ihrem Inneren zu kommen schien und auch in der Dunkelheit nicht erlosch. Wie Feenlichter in den alten Geschichten, die am Toulouser Hof so gern erzählt wurden und von denen Hirten und Schäfer und selbst bodenständige Bauern felsenfest behaupteten, dass es sie wirklich gab.

Aber vielleicht bildete er sich das auch nur ein, konnte er doch kaum klar denken, so wild rauschte es in seinem Kopf und noch einmal mehr, wenn er von dem Wein trank, den Schwester Magdalena für ihn zubereitete.

Was ihn aber wirklich beunruhigte, war, dass Elysa sich in die Gemeinschaft der Nonnen eingefügt hatte wie das fehlende Glied in einer Kette. Als hätte sie seit jeher dazugehört.

Es war genau das, was er gewollt hatte, aber warum gefiel es ihm dann nicht?

Er trank seinen Becher leer. Wohlige Müdigkeit überkam ihn. Seine Augenlider wurden schwer. Es gelang ihm nicht, sie länger offenzuhalten.

Die Welt außerhalb der Klostermauern entfernte sich immer weiter von Elysa, bis sie nur noch ein blasser Schatten war, eine ferne Erinnerung, die sie nicht mehr berührte.

Nicola hat es gewusst, dachte sie dankbar. Er hat gewusst, dass ich hier meinen Frieden finde werde.

Prades harrte vier Tage lang vor dem Kloster aus. In der ersten Nacht hörte er die Wölfe heulen, während sich ganze Horden von Wildschweinen durch das Unterholz um ihn herum wühlten. In der zweiten Nacht kam die Bärin. Sein Pferd wieherte schrill vor Angst und zerrte wie wahnsinnig an den Zügeln, mit dem es an einem Ast festgebunden war. Er konnte sich gerade noch rechtzeitig in Sicherheit bringen. Doch die Bärin war nicht an ihm interessiert, stahl nur seine Vorräte und verschwand dann wieder dorthin zurück, wo sie hergekommen war.

Zwei Tage lang ernährte er sich fluchend von den Beeren, die überall wuchsen, dann hatte er keine Lust mehr, noch länger zu warten. Sein Auftrag lautete herauszufinden, wohin Longchamp das Mädchen brachte, und das hatte er getan. Entschlossen sattelte er sein Pferd und ritt zurück, um Simon von Montfort Bericht zu erstatten. Seinetwegen konnten der verfluchte Ritter und das Mädchen in dem Kloster verfaulen, es ging ihn nichts mehr an. Longchamp würde irgendwann wieder nach Toulouse zurückkehren, wo sie eines Tages aufeinanderträfen, und dann würde er Rache nehmen. Bis dahin konnte er warten.

Gordon erholte sich jeden Tag ein bisschen mehr. Elysa spürte seine wachsende Unruhe, als wäre sie die ihre.

Schwester Magdalena gab ihm weiterhin Mohnsaft in den Wein. Weniger wegen der Schmerzen, sondern weil sein Kopf noch Ruhe brauchte, erklärte sie, stolz auf ihre kleine List, und lächelte Elysa verschwörerisch zu.

Elysa hatte sich an die Kreuze gewöhnt, die überall im Kloster hingen. Sie machten ihr nichts mehr aus. Ihr gefielen die Duldsamkeit und die ehrliche Herzlichkeit der Schwestern. Keine sagte der anderen, was sie zu tun hatte.

Wer reden wollte, redete, und wer schweigen wollte, schwieg.

Sie aßen gemeinsam, sangen gemeinsam, arbeiteten und beteten gemeinsam, und es war eine Gemeinsamkeit, in die sie wie selbstverständlich mit aufgenommen wurde, wann immer sie es wollte.

Wenn Gordon schlief, zerstampfte sie Kräuter für Schwester Magdalena oder wickelte sie zu kleinen Bündeln zusammen, die sie zum Trocknen an die Dachsparren hängte.

Und wenn Gordon wach war, brachte sie ihm das Essen, leerte seinen Nachttopf und achtete darauf, dass er sich so wenig wie möglich bewegte. Manchmals sah er sie an, als wollte er etwas sagen, sprach dann aber doch kein Wort. Es war noch zu früh. Erst musste sein Kopf wieder klar sein.

Elysa versuchte nicht, an den Tag zu denken, an dem Gordon sie verließ, daran, wie es sein würde, wenn er fort wäre.

Als sie an diesem Abend mit dem Essensbrett in den Krankensaal kam, hatte Gordon sich bereits auf seinem Lager aufgesetzt. Der Wein stand unberührt neben ihm.

Er wartete, bis sie neben ihm stand.

»Morgen reite ich zurück«, verkündete er dann und sah ihr in die Augen, merkte, wie sie dunkler wurden, als wäre ein Schatten auf sie gefallen.

Ihre Hände zitterten leicht, als sie ihm das Brett mit der Schüssel Suppe und dem Brot reichte. Er hätte gerne etwas

Tröstliches zu ihr gesagt, fand aber nicht die richtigen Worte. Und was hätte er auch sagen sollen? Dass er sie lieber in Gefahr brachte, anstatt sie im sicheren Schutz des Klosters zurückzulassen, nur damit sie bei ihm blieb? Dass sein Eid, auf den er so stolz gewesen war, auf einmal so schwer wie ein Wackerstein auf ihm lastete? Und dass das allein an ihr lag?

»Es gibt noch etwas, das du wissen solltest. Guilhabert von Castres war ein Gefolgsmann und Vertrauter des Grafen von Foix«, sagte er stattdessen. »Ich bin ihm auf dem Montségur begegnet.« Er rief sich erneut den Abend in der Burgkapelle des Grafen in Erinnerung, das Gespräch, das dieser dort mit von Castres geführt und er, Gordon, unfreiwillig mit angehört hatte. Er hatte Ramon-Roger von Foix von Anfang an nicht getraut und noch einmal weniger, als dieser versucht hatte, ihn in seine Pläne miteinzubeziehen.

Elysa schwieg, und er war sich nicht sicher, ob sie ihm überhaupt zugehört hatte.

»Wir müssen herausfinden, auf wessen Seite der Graf von Foix wirklich steht. Von Castres ist tot und kann niemandem mehr verraten, wo du dich verbirgst. Außer deinem Vater und mir weiß also niemand, wo du dich aufhältst.«

Doch es gelang ihm nicht, zu ihr durchzudringen. Ihre Miene war völlig reglos, so als ginge sie das alles nichts mehr an.

»Einmal wird dieser Krieg zu Ende sein«, fügte er hinzu, und der Gedanke war irgendwie tröstlich für ihn.

Für sie schien er keine Bedeutung zu haben.

Sie blieb nicht wie sonst bei ihm, während er sein Mahl verzehrte, sondern drehte sich einfach um und ging.

Er sah zu, wie sie den Saal verließ, dann stellte er das Essen auf den Boden, hatte keinen Appetit mehr.

Er griff nach dem tönernen Becher und leerte ihn in einem Zug, bis ihm einfiel, dass sich ja der betäubende Saft in dem Wein befand. Aber da war es schon zu spät. Er fühlte, wie die Müdigkeit in seine Glieder kroch, sie schwer machte, dann schlief er ein.

Elysa lief mit gesenktem Kopf an Astrane vorbei, ohne diese zu bemerken.

Erst als Astrane sie ansprach, blieb sie stehen. Astrane musterte sie aufmerksam, sah die stumme Verzweiflung in ihren Augen. Sie kannte diesen Blick, hatte ihn zu oft in Heloisas Augen gesehen.

»Dein Ritter will fort?«, es war eher eine Feststellung als eine Frage.

Verlegen erwiderte Elysa ihren Blick, dann nickte sie.

»Und du möchtest lieber, dass er bei dir bleibt?«

»Ich weiß es nicht«, gab Elysa ehrlich zu.

Sie machte eine vage Handbewegung, die alles Mögliche bedeuten konnte oder auch nichts.

»Nicola hat gesagt, ich soll einfach meinem Herzen folgen, aber das ist nicht so einfach, wie er gesagt hat.«

»Weil er ein umschwärmter Ritter ist und du ein einfaches Mädchen vom Land?

Oder weil dein Glaube sich von seinem unterscheidet?

Oder geht es noch einmal um etwas ganz anderes, das zwischen dir und ihm steht und von dem du glaubst, dass es unüberwindbar ist?«

Plötzlich brach ihre ganze Verzweiflung aus Elysa heraus.

»Er hat einen Eid geleistet und schuldet meinem Vater Gehorsam.

Wenn wir miteinander reden, sind wir ständig verschiedener Meinung, und er will keine Frau, die ihm widerspricht.«

In ihren hellen, grünen Augen stand die gleiche Ratlosigkeit, die Astrane manchmal in Heloisas Augen gesehen hatte.

Eine Gänsehaut überzog ihren Körper. Die Ähnlichkeit zwischen Elysa und der jungen Heloisa war fast schon unheimlich. Es lag nicht an ihrem äußeren Erscheinungsbild, sondern an ihrem Wesen, an der Art, wie sie ihre Gefühle zum Ausdruck brachten, an den kleinen Gesten und Bewegungen.

»Bleib bei uns«, lockte Astrane sie. »Hier kannst du zur Ruhe kommen.«

Gespannt beobachtete sie das Mienenspiel des Mädchens, dessen offenes, klares Gesicht keine Regung verbarg. Die Versuchung, der Welt den Rücken zu kehren und Teil dieser verschworenen Gemeinschaft zu werden, war groß. Astrane sah, wie Elysas Augen sich bei dieser Vorstellung vor Freude weiteten.

Doch dann schüttelte sie traurig den Kopf.

»Er hat mich geküsst«, sagte sie so leise, dass Astrane Mühe hatte, sie zu verstehen. »Und ich kann nicht aufhören, daran zu denken.«

Sie schwiegen beide. Astrane rang mit sich, hielt stumme Zwiesprache mit der geliebten Verstorbenen. »Hilf ihr«, flüsterte Heloisa ihr zu. »Sie ist nicht wie ich, sie soll ihre Liebe leben dürfen.« Astrane nickte unmerklich und wandte sich dann an Elysa.

»Ich werde dir eine Geschichte erzählen«, sagte sie schließlich. »Vielleicht wird sie dir helfen, die richtige Entscheidung zu treffen. Komm mit mir.«

Elysa begleitete Astrane in die Kapelle. Dort empfing sie starker Weihrauchduft, der in der Kehle kratzte. Auf dem Altar flackerte eine dicke Wachskerze. Die Wände und der Boden waren längst vom Blut gereinigt worden, nichts erinnerte mehr an die schrecklichen Ereignisse, die sich hier vor Kurzem abgespielt hatten.

Astrane blieb vor Heloisas und Abaelards Grablege stehen.

»Wahre Liebe findet immer einen Weg«, sagte Astrane. »Nicht einmal der Tod kann sie aufhalten.«

Ich möchte in seinen Armen liegen und bis in alle Ewigkeit an seiner Seite ruhen, versprich es mir. Er hat so lange auf mich warten müssen, zweiundzwanzig Jahre lang.

Das waren Heloisas letzte Worte gewesen, und Astrane hatte ihr diesen Wunsch erfüllt, hatte Abaelards verwesenden Körper auf die Seite gedreht und den Heloisas danebengebettet, worauf sich sein Arm bewegt und von ganz allein um die Geliebte gelegt hatte.

Sie hatte es mit ihren eigenen Augen gesehen.

»Hier, in diesem Grab, liegen Abaelard und Heloisa. Hier haben sie ihre letzte Ruhe gefunden«, begann sie. »Sie haben sich geliebt, aber es war ihnen nicht vergönnt, diese Liebe zu leben.«

Nein, überlegte sie. Das ist so nicht richtig. Sie haben ihre Liebe gelebt, aber auf eine andere Weise, die größer war.

Ich muss am Anfang beginnen, dann ist es einfacher.

Und dann floss die Geschichte aus ihr heraus. Und während sie sie erzählte, wurden die Erinnerungen in ihr so lebendig, als würde sie alles noch einmal erleben.

»In der Stadt Paris lebte vor ein paar Jahrzehnten eine junge Frau namens Heloisa, sie war die Nichte des Domherrn Fulbert. Nur wenige Häuser vom Domherrenhof entfernt lag die Domschule, und wenn Heloisa aus dem Fenster schaute, sah sie die Studenten lachend, diskutierend, streitend und den Mann, über den alle in der Stadt sprachen, den berühmten Magister Peter Abaelard.

Viele Besucher ihres Onkels, hohe Geistliche der Stadt, berichteten von den Kämpfen, die Abaelard mit dem Archidiakon von Paris und jetzigen Bischof von Chalons führte und wie er in allen Kämpfen siegte.

Abaelard seinerseits hatte davon gehört, dass gleich um die Ecke ein junges Mädchen wohnte, das wie viele Frauen sehr schön, aber einzigartig wegen seiner hohen Bildung und seiner Begeisterung für die Philosophie war. Und manchmal sah er sie in der Kirche oder in einer der engen Gassen und entbrannte in tiefer Liebe zu ihr.

Fulbert war geizig, wünschte sich aber die beste Ausbildung für seine Nichte. Und so bot sich ihm Abaelard gegen freie Kost und Logis als Hauslehrer an. Fulbert willigte ein und öffnete so der Liebe Haus und Hof.

Er erfuhr als Letzter, was sich unter seinem Dach abspielte, stellte Heloisa unter Hausarrest und warf Abaelard aus dem Haus.

Wenige Wochen darauf schrieb Heloisa an Abaelard, dass sie ein Kind von ihm erwartete, und Abaelard handelte rasch. Als Fulbert außer Haus war, entführte er Heloisa und brachte sie zu seiner Schwester Dionysa in die Bretagne. Dort brachte Heloisa einen Jungen zur Welt, der den Namen Petrus erhielt und den Beinamen Astralabius, Sternengreifer.

Fulbert sann auf Rache. Abaelard hatte die Familienehre zutiefst beleidigt.

Abaelard bat ihn um Verzeihung und bot ihm an, Heloisa zu heiraten, unter der Bedingung, dass die Hochzeit geheim bleiben würde, da sonst sein guter Ruf als Kanoniker und Theologe zerstört gewesen wäre.

Heloisa wehrte sich gegen die Hochzeit, denn sie wollte um keinen Preis, dass der Ruf ihres Geliebten Schaden nahm. Welche Ehre sollte sie sich von einer Ehe versprechen, die Abaelard die Ehre nehmen und sie beide erniedrigen würde? Abaelard gehörte der ganzen Welt und nicht einer einzigen Frau. Allein die Liebe sollte ihn an sie binden und nicht die drückende Ehefessel.

Doch sie wurde nicht gefragt.

Abaelard holte Heloisa aus der Bretagne und ritt mit seiner als Nonne verkleideten Geliebten heimlich nach Paris zurück, um sie dort zu heiraten.

Wenig später wurden sie miteinander in einer kleinen Kapelle vermählt, dann kehrte Heloisa in das Haus ihres Onkels zurück.

Doch die Liebenden konnten nicht voneinander lassen, und Fulbert brach sein Versprechen, die Ehe geheim zu halten, um seine verletzte Ehre wieder herzustellen.

Heloisa hielt zu Abaelard und stritt alles ab. Nun stand Fulbert auch noch als Lügner da. Er tobte und drohte, doch sie blieb dabei, nicht mit Abaelard verheiratet zu sein.

Abaelard sah keine andere Möglichkeit ihr beizustehen, als sie erneut zu entführen, und brachte sie in die Abtei Notre-Dame d'Argenteuil, wo sie Novizin wurde.

Fulberts Rache war schrecklich. Gedungene Gesellen drangen nachts in Abaelards Haus ein und entmannten ihn.

Abaelard überlebte die Verstümmelung und trat daraufhin tief gedemütigt als Mönch in die Abtei Saint-Denis ein.

Heloisa, die niemals vorgehabt hatte, Nonne zu werden, war verzweifelt, aber um Abaelards willen gab sie nicht auf. Sie ließ nicht zu, dass ihnen ihre Liebe entglitt, und hob sie über alles Körperliche hinaus. Die Philosophie war ihre beste Freundin in dieser schweren Zeit.

›Die Trennung unserer Körper verschmolz unsere Seelen, und die Liebe, der die Möglichkeit entzogen war, flammte unbegrenzt auf‹, hat sie mir einst jubelnd über diese Zeit erzählt.«

Astrane hielt kurz inne, und Elysa sah Abaelard, den gelehrten Theologen mit dem unbezwingbaren Geist, in Gedanken vor sich, wie er die erstarrten Dogmen der Kirche angriff und sich gegen die Lehre wehrte, dass Gottes Sohn durch seinen Kreuzestod dem Teufel sein Recht auf die Menschen wieder abgekauft haben sollte. Ein Recht, das sich dieser aufgrund der Erbsünde an ihnen erworben hatte.

Die Erbsünde sei nicht die Schuld jedes Einzelnen, behauptete Abaelard, sondern die alleinige Folge von Adams Schuld. Gott wollte durch Jesus vielmehr ein Zeichen der Liebe setzen, indem er den Menschen durch seinen Opfertod die Gnade der Erlösung gewährte und damit die Chance zu einem Neuanfang.

Abaelard ging von der Vernunft aus, die allen Menschen, und damit auch dem Judentum, Christentum und Islam, gemeinsam sei, und argumentierte, dass in jeder Lehre Wahrheit zu finden wäre, es komme nur darauf an, diese Wahrheit zu finden, denn alle Wahrheit ist auf Gott zurückzuführen, dessen Güte größer sei als die menschliche Vernunft.

Nicht, was geschieht, ist wichtig, sondern in welchem Geist es geschieht.

Astrane seufzte, nahm Elysas Hand und setzte dann ihre Erzählung fort.

»Abaelard schaffte sich mit seiner Lehre viele Feinde in der theologischen Welt. Niemand dort wollte seine Wahrheit hören. Du musst wissen, Elysa, dass die Menschen nun einmal zu jeder Zeit lieber an der gewohnten Ordnung festhalten, als sie zu ändern. Doch Heloisa hielt unbeirrt zu ihm und war in Gedanken bei ihm, als er sich in die tiefste Einsamkeit zurückzog, sein Kloster erbaute und es dem Heiligen Geist weihte.

Sie freute sich mit ihm und triumphierte mit ihm, als immer mehr Schüler aus aller Welt zu ihm ins Kloster strömten, um sich dort von ihm unterrichten zu lassen.

Sie litt mit ihm, als einige seiner Lehren als häretisch verworfen wurden und Papst Innozenz II. ihn zu Klosterhaft und ewigem Schweigen verdammte sowie die Bücher des Geliebten öffentlich in Rom verbrennen ließ.

Als der Abt von Saint-Denis, mit dem Abaelard im Streit auseinandergegangen war, die Nonnen von Argenteuil unter

Heloisa, die mittlerweile Priorin geworden war, aus ihrem Kloster vertrieb, schenkte Abaelard seiner geliebten Heloisa das Paraklet-Kloster und verfasste für sie auf Nonnen zugeschnittene Hymnen, Predigten und eigene Ordensregeln. Ja, Elysa, unser Kloster wurde dereinst von Abaelard gegründet und war zunächst ein Männerkloster.

Heloisa und Abaelard schrieben sich glühende Liebesbriefe, ließen ihre ganze Liebe in Worte fließen, und während des Schreibens waren sich ihre Seelen näher als jemals zuvor. Und wenn sie aneinander dachten, war es, als würde ein Band sie umschlingen, in dem selbst Gott außen vor war. Aber Gott hatte ihnen den Tröster gesandt, und der ist wiederum mittendrin.«

Astrane sah Elysa mit leuchtenden Augen an.

»Der Herr hat ihnen diese Liebe geschenkt. Er ist in der Liebe, Er ist Liebe.«

Sie beugte sich über die Grabplatte und las Elysa die in Stein gemeißelte Inschrift vor.

»Suo specialiter, sua singulariter, das heißt: Dem, der in besonderer Weise der Ihre ist, die, die in einzigartiger Weise die Seine ist.«

In Astranes alten Augen schimmerten Tränen der Rührung. Sie sah Heloisa vor sich, sah sie lachen, sah sie weinen, sah, wie sie älter wurde, sah die Liebe in ihren Augen, die selbst dann noch in ihnen stand, als das Licht darin erlosch.

Astrane hatte geweint und gleichzeitig gejubelt. Heloisa hatte es geschafft. Sie hatte ihre Liebe mit in den Tod genommen.

Elysa, die Astranes Erzählung atemlos gelauscht hatte, erwachte wie aus einem tiefen Traum, war sich nicht sicher, ob sie oder jemand anders ihn geträumt hatte. Der Traum hielt sie noch immer umfangen, und Heloisa schlang rasch ihr Band um Elysa, bevor diese in die Wirklichkeit zurückkehren konnte. Es war leicht und licht.

»Liebe und tu einfach, was du willst«, raunte sie ihr zu. »Und wenn du es nicht für Gott tust, tu es für mich.«

Die Vertreibung aus dem Paradies war nicht Evas Schuld, dachte Elysa auf dem Weg zurück in den Krankensaal. Hätte Adam ihr nicht die Schuld gegeben, sondern die Liebe erkannt, die der Herr in ihr für ihn entfacht hatte, wären sie nie daraus vertrieben worden. Und wenn sie nicht vertrieben worden wären, hätte die Kirche die Frauen nicht außen vor lassen und als ewige Verführerinnen verteufeln können.

Heloisa hatte einst die unheilvollen Fesseln gelöst und einen Weg beschritten, den jede Frau gehen konnte, wenn sie mutig genug dazu war.

Der Traum, in dem alles möglich schien, ließ sie noch immer nicht los, hielt die Wirklichkeit von ihr ab und begleitete sie in die Krankenstube.

Gordon schlief tief und fest, als Elysa ihr Gewand auszog und sich zu ihm legte. Die kleine Öllampe auf dem Tischchen hatte sie brennen lassen.

Sie wusste nicht, ob sie Gordon jemals wiedersehen würde, wusste nur, dass sie nie wieder einen Mann so lieben könnte wie ihn. Es gab nur diese eine Nacht, und die musste sie nutzen. Ihm zeigen, dass ihre Liebe größer war als alles, was zwischen ihnen stand.

Nackt lag sie neben dem Geliebten auf dem Strohsack, so wie Gott sie geschaffen hatte, und lauschte seinem Atem. Sie fühlte das Laken unter ihrem Rücken. Es war steif und roch nach Schwester Magdalenas selbst gekochter Seife.

Gordon bewegte sich im Schlaf und drehte sich auf den Rücken. Elysa legte ihren Kopf an seine Schulter und zog die Wolldecke über sich, spürte seine Wärme und fühlte sich so geborgen wie noch nie in ihrem Leben – und ebenso verletzlich.

Die Zeit verrann. Bald würde der Morgen heraufziehen. Gordons Atem ging lauter, unregelmäßiger, aber er schlief weiter und rollte sich nun von Elysa fort auf die Seite.

Elysa schlang ihren Arm um ihn und barg ihr Gesicht an seinem Rücken. Es war ein wunderbares Gefühl, ihre Hand auf seine nackte Haut zu legen und ihn zu fühlen. Eine seiner Locken kitzelte sie an der Nase. Sie rieb sie an seinem Rücken und spürte im gleichen Augenblick, dass er aufwachte, fühlte, wie seine Muskeln sich anspannten.

Er verharrte eine Weile reglos, dann fuhr er herum. Staunen lag in seinem Gesicht.

Elysa lächelte ihn an, und er sah ihre ganze Liebe für ihn in ihren Augen, zögerte nur einen winzigen Moment, dann seufzte er auf und zog sie in seine Arme. Ihre Lippen fanden sich zu einem langen, innigen Kuss. Elysa drängte sich an ihn, fühlte, wie seine starken Hände über ihren Rücken strichen, über ihre Hüften glitten, an den Innenseiten ihrer Schenkel entlangfuhren. Ihre Haut glühte, wo er sie berührte, und ein sehnsüchtiges Ziehen breitete sich in ihrem Unterleib aus.

Er streichelte ihre Brüste, nahm die Spitzen zwischen seine Finger und rieb sie sanft. Sie wimmerte leise, als er sich auf sie schob und sie seine harte Männlichkeit an ihren Oberschenkeln spürte. Sofort hielt er inne, doch sie beseitigte seine Zweifel, indem sie ihm die Hände um den Hals legte und ihn zu sich herabzog. Als er ihre Beine öffnete und in sie eindrang, hob sie die Hüften an und bog sich ihm entgegen, fühlte einen kurzen Schmerz und danach ein wunderbares Erfülltsein, war wie berauscht vor Glück. Die Welt um sie herum verflüchtigte sich, jegliches Denken war ausgelöscht. Heiße Schauer jagten durch ihren Körper, als er wieder und wieder in sie eindrang, heftiger und härter. Sein Körper spannte sich, und seiner Kehle entfuhr ein tiefes Stöhnen. Einige lange Augenblicke lagen sie eng umschlungen und völlig reglos da. Dann rollte er sich zur Seite, stützte sich auf seinen Ellenbogen und sah sie an.

»Bist du nun zufrieden?« Seine Stimme klang rau, Ärger schwang in ihr mit. Sie hatte ihn überrumpelt. Aber welcher Mann hätte einer solchen Einladung schon widerstehen können?

Elysa nickte nur. Sie schien seinen Ärger nicht zu bemerken, war vollkommen überwältigt von den Gefühlen, die bislang in ihr geschlummert hatten und nun von ihrem Geliebten zum Leben erweckt worden waren. Ihr Haar war zerzaust, ihre Wangen gerötet. Ein glückliches Lächeln lag auf ihrem Gesicht. Sie sah wunderschön aus.

»Ich habe es gewusst«, jubelte sie und fühlte sich noch immer ganz benommen vor Glück.

»Was hast du gewusst?«

»Dass unsere Liebe stärker sein würde.« Jetzt erst merkte sie, dass etwas nicht stimmte, nicht so war, wie es sein sollte.

Gordon starrte sie an, als könne er nicht glauben, was sie gerade gesagt hatte. »Stärker als meine Ehre?« Die Kälte in seiner Stimme tat ihr weh, brachte sie unsanft in die Wirklichkeit zurück.

»Ich habe dich nicht gezwungen. Du hast deine Entscheidung selbst getroffen«, verteidigte Elysa sich und spürte plötzlich einen dicken Kloß in ihrem Hals.

Seine Miene verfinsterte sich.

»Die Priester haben recht, wenn sie euch Frauen als Verführerinnen bezeichnen«, erklärte er verächtlich. Er erhob sich, stand vor ihr wie ein Fremder, und das, obwohl sie noch vor wenigen Augenblicken in seinen Armen gelegen hatte, ihm so nah gewesen war, wie nur Liebende sich nah sein können.

Sie merkte, wie verletzt er war. Sie hatte ihn in Versuchung geführt, und nun war er wütend, weil er ihr nicht hatte widerstehen können.

In ihren Zorn über so viel Scheinheiligkeit mischte sich Enttäuschung. Sie war ihren Gefühlen gefolgt, hatte geglaubt, er sehne sich ebenso sehr nach ihr wie sie sich nach ihm, und nun stand er vor ihr und klagte sie an.

»Zum Verführen gehören immer zwei«, sagte Elysa traurig. »Und Eva allein die Schuld am Sündenfall zu geben ist nicht richtig. Sie hat Adam nicht gezwungen, den Apfel zu nehmen.«

Seine finstere Miene verriet ihr, dass er um Beherrschung rang.

Tränen stiegen ihr in die Augen. Was zwischen ihnen geschehen war, war so schön gewesen, dass es einfach nicht falsch sein konnte.

Und doch war es für Gordon falsch.

Sie hatte gewusst, wie wichtig ihm seine Ehre war.

»Es tut mir leid«, sagte sie. »Ich habe gedacht, dass Ihr es ebenso wollt wie ich.«

Sie spürte, dass er etwas sagen wollte und verzweifelt nach den richtigen Worten suchte.

»Hör zu, Elysa«, begann er schließlich. »Niemand hat mich gezwungen, dich zu nehmen, das ist richtig.« Sie senkte die Augen und spürte, wie ihr die Röte ins Gesicht stieg. »Aber wie soll ich deinem Vater jemals wieder unter die Augen treten? Ich habe meinen Eid gebrochen, mein Wort wird von nun an nichts mehr wert sein. Der Eid, den ich ihm gegeben habe, bedeutet, dass ich dir hätte widerstehen müssen, es aber nicht konnte und mich nun für meine Schwäche verachte. Aber du hast recht. Ich habe es gewollt vom ersten Tag an, an dem wir uns begegnet sind. Dennoch hätte ich es nicht tun dürfen, weil ich deinem Vater Treue und Gehorsam geschworen habe.«

»Wie kann ein Eid wichtiger sein als die Liebe?«

»Er kann es, weil er sie zerstören wird«, gab er heftig zurück. »Erinnerst du dich nicht mehr daran, wie ich dich gefragt habe, ob du einen Verräter lieben könntest, und was du geantwortet hast?«

Sie sagte nichts, setzte sich auf, griff nach der Wolldecke und bedeckte ihre Blöße damit. Die Traurigkeit, die sie überfiel, schnürte ihr die Kehle zu. Sie hatte ihn verloren und würde ihn doch nie vergessen können, solange sie lebte.

Plötzlich war sie so müde, dass sie die Augen kaum noch offenhalten konnte.

Sie rollte sich zusammen, schlang die Arme um ihren Körper und schloss die Augen. Bevor sie einschlief, hörte sie noch, wie Gordon hinausging.

Die ständigen Angriffe der Belagerten waren zermürbend und machten die Kreuzfahrer nervös. Der Graf von Toulouse hatte die Verteidigungsanlagen der Stadt verstärkt, und es war ihnen bisher nicht gelungen, sie zu überwinden. Montfort hatte zwar zwei fahrbare Belagerungstürme bauen lassen, doch wegen des tiefen Stadtgrabens konnten diese nicht nah genug an die Mauern heranrollen. Die Kreuzfahrer warfen alle greifbaren Pflöcke, Stämme und Äste in den Graben, um ihn aufzufüllen. Die Belagerten wehrten sich dagegen mit Steinen, die sie auf die Angreifer hinabschleuderten, schütteten aus Töpfen kochend heißes Wasser von der Stadtmauer herunter. Bogenschützen schossen ihre tödlichen Pfeile ab.

Als der Graben endlich gefüllt war, konnten die Türme vorwärtsrollen, aber die Belagerten zogen die Angreifer mit eisernen Haken von den Türmen herunter und schleuderten sie in die Tiefe. Danach untergruben sie ihre eigene Mauer, zogen die Holzstämme wieder aus dem Graben heraus und in die Stadt hinein, während sie gleichzeitig die Türme in Brand steckten.

Es war zum Verzweifeln. Mit aller Kraft wehrte sich Simon von Montfort jeden Tag aufs Neue gegen den schrecklichen Gedanken, dass Gott sich von ihnen abgewandt haben könnte.

Prades hatte es eilig. Er konnte es kaum erwarten, Montfort seine Botschaft zu überbringen und dann zu seiner Hure zurückzukehren.

Der wachhabende Posten fuhr auf. Der Morgen dämmerte bereits. Er musste kurz eingenickt sein und streckte sich nun ausgiebig, um die Müdigkeit aus seinen Gliedern zu vertreiben.

Hufgetrappel hallte durch das Feldlager und näherte sich dem Zelt des Feldherrn beängstigend schnell.

»Halt!«, brüllte der Wachmann und stellte sich, flankiert von seinen Kameraden, dem Reiter mitten in den Weg. Die vorderen Hufe des Pferdes bohrten sich in den Boden, seine Augen rollten wild vor Schreck. Ein panisches Wiehern, dann scheute das Tier und stieg. Stieg höher, verlor das Gleichgewicht und stürzte mitsamt seinem Reiter, den es unter sich begrub.

Simon von Montfort stürzte halb angekleidet aus seinem Zelt.

»Licht, verdammt noch mal«, ordnete er mit herrischer Stimme an.

Im Schein der Fackeln, die eilig herbeigeschafft wurden, trat er an den Reiter heran, sah sein gebrochenes Genick und erkannte Prades in ihm, worauf ihm beinahe ein unchristlicher Fluch entschlüpft wäre.

»Durchsucht seine Taschen«, befahl er seinen Leuten. Die Beine des Pferdes ruderten währenddessen hilflos in der Luft, es rollte sich auf dem Rücken hin und her und versuchte aufzustehen. Zwei Wachposten packten das Tier schließlich am Schweif und an den Zügeln und halfen ihm dabei, wieder auf die Beine zu kommen. Dann durchsuchten sie die Satteltaschen und Kleider des Toten.

Doch sie fanden nichts. Kein Schreiben, keinen noch so kleinen Hinweis. Die Hoffnung, mehr über das Geheimnis des Abtes zu erfahren, war mit Prades gestorben. Montfort blickte in den heller werdenden Himmel. Und diesmal hielt er den Fluch, der ihm auf der Zunge lag, nicht mehr zurück.

Eine Stunde später traf ein Bote mit der Nachricht ein, dass Peter von Aragon mit einem zwanzigtausend Mann starken Heer auf dem Weg war, um seinen in Bedrängnis geratenen Vasallen und dem Grafen von Toulouse zu Hilfe zu eilen. Das waren zehnmal mehr Männer, als Montfort unter seinem Befehl hatte.

Zähneknirschend hob Montfort daraufhin die Belagerung auf und zog sich mit seinen Truppen nach Castelnaudary zurück.

Das Volk jubelte. Es hatte gesiegt. Aber der Graf von Toulouse ahnte, dass dieser Sieg nicht von Dauer sein würde. Solange er sich nicht mit der Kirche versöhnt hätte, würde es keinen Frieden für sein Volk geben und auch nicht für ihn selbst. Er hatte den Bruch mit der Kirche nie gewollt und sich in der Hoffnung, einen solchen vermeiden zu können, in der Öffentlichkeit vor aller Augen erniedrigt. Nur um festzustellen, dass die Kirche sich gar nicht mit ihm versöhnen wollte.

Das Jubeln würde bald schon verstummen, und die Bürger von Toulouse würden von ihm verlangen, dass er die gewohnte Ordnung wiederherstellte, dass wieder getauft, geheiratet und beerdigt werden konnte.

Während der Belagerung war sein Schwager, der König von Aragon, ihm unerwartet zu Hilfe geeilt, wenn auch nicht ganz uneigennützig. Sie hatten ein gegen Simon von Montfort gerichtetes Bündnis geschlossen und es zusammen mit einem ausgearbeiteten Friedensplan dem Papst unterbreitet. Der Plan sah vor, dass die Macht Montforts auf die Vizegrafschaft Béziers und Carcassonne beschränkt bleiben sollte. Weiterhin erklärte sich der Graf von Toulouse bereit, zugunsten seines Sohnes Raimund VII. abzudanken, für den wiederum Peter von Aragon die Vormundschaftsregierung bis zum Erreichen der Mündigkeit übernehmen würde. Vor allem aber sollte die Grafschaft Toulouse ein Lehen der Krone Aragons werden. Dem Papst, dem es weit lieber gewesen wäre, wenn Simon von Montfort gemeinsam mit dem König von Aragon gegen die Mauren in Spanien gezogen wäre, welche eine neue Bedrohung für das Christentum darstellten, war nichts anderes übrig geblieben, als seine Einwilligung zu diesem Frieden zu geben. Der König von Aragon war ein treuer Katholik, und er brauchte dessen Truppen im Kampf gegen die Muslime.

Innozenz hatte ihrem Plan zwar zugestimmt, aber noch war der über Raimund verhängte Bann nicht aufgehoben, so vieles konnte geschehen, auf das er keinen Einfluss hatte. Der Graf dachte an seine Sünden, die großen und die kleinen, die jetzt, wo er sie niemandem mehr beichten konnte, schwer auf seiner Seele lasteten. Und plötzlich sehnte er sich danach, seine Schuld bekennen zu können und die Absolution zu erhalten.

Er drängte das Grauen zurück, das tief in seinem Inneren lauerte, seine heimliche Angst, mit dem Bannfluch zu sterben und in ungeweihter Erde begraben zu werden. Auf ewig in der Hölle zu brennen, ohne Aussicht auf Erlösung.

Ungeduldig fieberte er Gordons Rückkehr entgegen, wollte die Gewissheit haben, dass Nicolas Vermächtnis und damit sein einziger Trumpf im Kampf gegen die Kirche in Sicherheit war.

Ein Gedanke riss Elysa aus dem Schlaf. Sie sprang auf. Es war kein Zufall, der sie in dieses ungewöhnliche Kloster zu diesen ungewöhnlichen Frauen, zu Astrane und Heloisa, geführt hatte.

Es gab etwas, das alles, was es auf dieser Welt gab, miteinander verband. Und das war Gott. Und was Gott verband, durfte der Mensch nicht trennen.

Sie eilte in den Stall, um das Pferd aufzuzäumen und zu satteln, mit dem sie hergekommen war. Sie musste Gordon einholen, bevor er die Pferde getauscht hatte, musste um ihre Liebe kämpfen, wie Heloisa es getan hatte.

Astrane, die bereits von ihrem Vorhaben wusste, stand neben Elysa, bis diese ihre Vorbereitungen beendet hatte, küsste sie zum Abschied auf die Stirn und sah ihr nach, als sie mit wehender Kutte aus dem Kloster sprengte.

Gegen Mittag erreichte Gordon das ihm schon bekannte Kloster, das mehr Herberge als Kloster war. Das schlechte Gewissen stand Bruder Barthomieu ins Gesicht geschrieben. Er war gerade vom Abtritt zurückgekehrt, als er plötzlich den jungen Ritter vor sich stehen sah, zu nah, um ihm noch ausweichen zu können. Er verschränkte die Arme vor der Brust und sah Gordon trotzig entgegen.

»Wir sind Mönche und keine Krieger, und Ihr habt uns nicht gewarnt, wie gefährlich der Kerl ist«, brachte er zu seiner Verteidigung vor, noch bevor Gordon etwas sagen konnte.

»Wir hatten keine Wahl. Er hätte uns getötet, wenn wir ihm nicht alles gesagt hätten.«

Sofort musste Gordon an Elysa denken, die überzeugt davon war, dass man immer eine Wahl hatte.

Er versuchte, den Gedanken an Elysa zu verdrängen.

»Niemand wusste, wohin wir wollten, und doch hat er uns gefunden, kannst du mir das vielleicht erklären?«

»Wir haben ihm nur gesagt, dass Ihr zum Fluss geritten seid. Bruder Bernhard hat Pilze im Wald gesammelt und Euch dabei gesehen.«

Gordon glaubte ihm nicht und wollte schon zornig auffahren, aber Bruder Barthomieu kam ihm zuvor. »Er glaubt, dass man sie bei Regen am besten ernten kann«, versicherte er rasch.

Gordon nickte. Es war nicht mehr wichtig. Von Castres war tot. Er ließ sich seine Kleider bringen. Sie waren frisch gewaschen. Sein Brauner begrüßte ihn mit freudigem Schnauben, als Gordon in den Stall kam, um sich dort umzuziehen. Dann löste er den Strick, mit dem das Pferd angebunden war. Ein junger Bruder brachte ihm Proviant, ohne dass er darum gebeten hatte, und verstaute ihn in seiner Satteltasche, während Gordon dem Pferd die Trense anlegte.

»Ich brauche das schnellste Pferd, das Ihr habt, und zwar sofort«, hörte er eine junge, fordernde Stimme hinter sich. »Der König wartet nicht gerne.«

Gordon drehte sich um. Hinter ihm stand ein noch junger Mann mit blondem Haar und blondem Flaum am Kinn. Die beiden Männer musterten sich kurz.

»Habt Ihr Neuigkeiten aus Toulouse?«, fragte Gordon.

Der junge Mann nickte. Das Pferd hinter ihm dampfte. Er gab dem Mönch eine Münze. »Sattel mir ein Pferd, pack die Taschen mit Wegzehrung voll und kümmere dich danach um dieses hier, aber mach rasch.« Er reichte dem Bruder einige Münzen. Dann wandte er sich wieder Gordon zu. Seine Augen ruhten kurz auf dessen Wappenrock.

»Gordon von Longchamp, Ritter des Grafen von Toulouse«, sagte Gordon knapp.

»Pierre Foret, Bote des Königs von Frankreich.«

Sie starrten sich an. Sie standen auf verschiedenen Seiten, aber hier in diesem Herbergskloster waren sie nur Reisende, die zufällig aufeinandertrafen, und keiner von ihnen war an einem Kampf interessiert.

»Ich werde Euch nicht mehr sagen als das, was Ihr in jeder Herberge auf dem Weg erfahren werdet«, erklärte der junge Mann entschlossen.

Gordon verbarg seine Ungeduld und nickte zum Zeichen, dass er einverstanden war.

Der junge Mann holte tief Luft.

»Ihr habt allen Grund zum Jubeln«, begann er mit seinem Bericht. »Im Gegensatz zu mir, der ich dem König schlechte Nachrichten überbringen muss.« Er verzog kurz das Gesicht, als wäre er an dergestalt Ärger schon gewohnt. »Der König von Aragon ist mit seinen Truppen nach Toulouse gezogen. Montfort hat daraufhin die Belagerung aufgehoben und sich vorerst nach Castelnaudary zurückgezogen.«

»Ich danke Euch für die Auskunft«, sagte Gordon.

»Gott mit Euch.« Der Bote nickte ihm zum Abschied zu.

»Und mit Euch.«

Die beiden Männer bestiegen ihre Pferde, und während Pierre Foret weiter nach Norden jagte, ritt Gordon nach Toulouse zurück. In Toulouse war also alles gut gegangen, die Stadt war den Kreuzfahrern nicht in die Hände gefallen. Die vierzig Tage waren um, und das Heer schien sich nicht nur zurückgezogen, sondern auch so gut wie aufgelöst zu haben. Ohne neue Truppen würde dieser unselige Krieg bald vorbei sein. Elysa könnte das Kloster verlassen und zu ihrem Vater zurückkehren. Und zu mir, dachte er, nachdem ihm schmerzlich bewusst geworden war, wie sehr er sie vermisste.

Auch wenn er es nicht zugegeben hatte, so hatte es ihm doch gefallen, dass sie sich einfach zu ihm legte. Und vielleicht war es ja wirklich so gewesen, dass sie glaubte, ihm eine Wahl zu lassen, als sie zu ihm gekommen war und ihren nackten, warmen Körper an den seinen geschmiegt hatte. Allein die Erinnerung daran trieb ihm erneut die Hitze in die Lenden.

Sie wusste nicht viel von Männern, aber sie hatte gewusst, dass er kein Mönch war. Und sie hatte gewusst, wie wichtig ihm seine Ehre war, und sich dennoch darüber hinweggesetzt. Außerdem musste sie aufhören, ständig Dinge entscheiden zu wollen, die eindeutig Männersache waren.

Und was seinen Herrn anging, würde der sicher bald alles herausfinden. Zwei junge Menschen alleine reiten zu lassen barg immer ein Risiko. Die Natur ließ sich nur schwer beherrschen. Und der Graf von Toulouse war nicht so weltfremd, dies nicht in Betracht zu ziehen.

Er würde natürlich wütend werden, und das völlig zu Recht. Vielleicht würde er Elysa für immer ins Kloster stecken oder ihm befehlen, sie zu seiner Gemahlin zu nehmen. Oder er würde sie anderweitig verheiraten, irgendwohin weit weg von Toulouse.

Er würde die Entscheidung seines Herrn hinnehmen müssen, brauchte sich nicht länger darüber den Kopf zu zerbrechen, was mit Elysa geschah, war nicht mehr verantwortlich für sie.

Und dann begriff er, dass es genau das war, was ihn störte.

Die Sonne hatte ihre Kraft verloren und hing bleich und müde am Himmel. Vom Boden stieg feuchte, modrige Luft auf. Kalter Wind wehte Gordon entgegen, als er den schützenden Wald verließ und dem schmalen Pfad folgte, der zurück auf die Handelsstraße führte. Er war nicht mehr ganz so verschlammt wie auf dem Hinweg, aber die Hufe seines Hengstes sanken noch immer bei jedem Schritt ein.

Ein scharfer Galopp war nicht möglich, doch genau den hätte er gebraucht, um nicht weiter überlegen, nicht weiter an Elysa denken zu müssen.

So aber folgte ein Gedanke dem anderen. Ein Ungehorsam

führte unweigerlich zum nächsten. Man konnte den Stein nicht mehr aufhalten, wenn er erst einmal ins Rollen gekommen war.

Gordon wendete sein Pferd und ritt zurück in den Wald, trieb den Hengst zum Galopp an und jagte los. Zweige schlugen ihm ins Gesicht und verfingen sich in seinen Haaren. Doch seine unliebsamen Gedanken machten sich auf und davon. Befreit jagte er seinem nächsten Ungehorsam entgegen.

Vor ihm tauchte die Zwillingseiche auf. Neben ihm rauschte unterhalb der Fluss.

Der Hengst erkannte den Rastplatz wieder, fiel von selbst zurück in den Schritt und blieb schwer atmend stehen.

Wie lange war es her, seitdem er mit Elysa hier gerastet hatte?

Er gab dem Pferd eine Handvoll Getreide und die Mohrrüben, die der Mönch ihm eingepackt hatte, und setzte sich auf seinen alten Platz.

Der Wind in den Wipfeln hoch über ihm klang wie rauschendes Wasser. In der Nähe klopfte ein Specht. Da hörte er ein Geräusch hinter sich, das rasch näher kam. Sein Hengst spitzte die Ohren, hob aufmerksam den Kopf und wieherte. Gordon sprang auf, die Hand am Schwert. Und dann ritt Elysa auf die kleine Lichtung und glitt vom Pferd. Die grobe Kutte verhüllte ihren wundervollen Körper.

Lange Zeit sahen sie einander nur schweigend an.

Elysa fand als Erste ihre Sprache wieder. Sie hatte ihm zunächst den Vortritt lassen wollen, aber ihre Anspannung war zu groß.

»Warum seid Ihr zurückgekehrt?«
»Ich konnte nicht anders«, gab er zu.
Ihre Augen weiteten sich vor Überraschung.
»Vielleicht ist es falsch, was ich tue, und ganz sicher werde ich es bereuen, aber ich muss ständig an dich denken.«

Er trat auf sie zu, legte die Arme um sie und drückte sie fest an sich.

Elysa lehnte sich an ihn und atmete seinen vertrauten Geruch ein.

Er ist zurückgekommen, um mich zu holen, dachte sie glücklich.

»Glaubst du, du kannst einen Verräter lieben?« Zweifel schwangen in seiner Stimme mit.

»Und was ist mit Euch, glaubt Ihr, Ihr könnt ein Mädchen lieben, das Euch ständig widerspricht?«

»Kannst du nicht einfach meine Frage beantworten?«

»Vielleicht solltet Ihr mich lieber küssen«, schlug Elysa vor und wunderte sich über ihren eigenen Mut.

Ganz sanft umfasste er ihr Gesicht. Sie legte ihre Hände auf seine, schloss die Augen und öffnete ihren Mund, ließ sich dann ins Gras sinken und zog ihn mit sich, spürte seine Hände, die nun begehrlich über ihren Körper strichen. Seine Lippen glitten über ihren Hals, ihre Hände strichen durch sein Haar und über seinen Rücken, seine Lenden. Er schob ihre Kutte mitsamt dem Untergewand hoch, streifte ihr beides über den Kopf und legte hastig seine Kleider ab. Dann streichelte er ihre Brüste, erst sanft, dann fester. Schloss seine Lippen um ihre Brustwarzen und ließ seine Zunge um sie kreisen, während seine Finger ihre Schenkel liebkosten, bis sie vor Erregung zitterte und er spürte, dass sie bereit für ihn war.

Und dann liebten sie sich voller Leidenschaft, konnten nicht genug voneinander bekommen.

Danach blieben sie eng umschlungen liegen, waren erschöpft und glücklich. Gordon zog seinen Umhang heran und bedeckte damit ihre nackten Körper.

Elysa seufzte.

Wenn es doch nur immer so sein könnte, dachte sie.

Gordon drehte sich etwas zur Seite und stützte sich auf seinen Armen auf. Sein Gesicht war direkt über ihrem.

»Ich weiß nicht, was sein wird, aber ich werde dich beschützen und verteidigen und dich nie wieder alleine lassen.«

Arnold Amaury warf sich vor seinen Reisealtar und flehte Gott an, ihm ein Zeichen zu senden. Doch der Herr blieb stumm.

Der Zorn tobte wie ein wütender Sturm in seinem Inneren, und es wollte ihm einfach nicht gelingen, ihn zu bändigen. Er öffnete seine zu Fäusten geballten Hände, schloss die Augen und atmete so ruhig, wie es ihm möglich war. Dann betete er das Vaterunser, immer und immer wieder, bis der Zorn endlich von ihm wich.

Er hatte sich endgültig mit Simon von Montfort überworfen, ihm mit dem Bann gedroht, sollte er die Belagerung von Toulouse tatsächlich aufheben. Als dieser davon unbeeindruckt sein Heer, das vor den Toren der Stadt lagerte, dennoch zurückzog, hatte er sich hinreißen lassen, seine Drohung wahr gemacht und den Bannfluch auf ihn herabgeschleudert.

Montfort war ein Ungläubiger, der nicht länger auf den Herrn vertraute, für den sie kämpften und in dessen Namen sie ritten.

Doch was sollte er nun tun? Er hatte weder von Dominikus noch von Pater Stephan etwas gehört, und auch nicht von Montforts Agenten, der Nicolas Nichte gefolgt war.

Verlangte der Herr vielleicht von ihm, dass er sich in Geduld übte? Dass er seinen Zorn beherrschte, der eines Gottesmannes nicht würdig war?

Bruder Remigius schlich mit gesenktem Kopf ins Zelt. Der Schreck über den Wutausbruch des Abtes, der nicht ihm, sondern Montfort gegolten hatte, steckte ihm noch in den Knochen.

»Montforts Agent ist heute früh zurückgekehrt«, berichtete er mit demütig gesenktem Haupt.

Arnold Amaury sprang auf. Seine Niedergeschlagenheit war wie weggewischt. Der Herr hatte ihn nicht verlassen, nein, er hatte ihn erhört.

»Aber dann ist sein Pferd gestiegen und hat ihn unter sich begraben.«

Arnold Amaury erstarrte mitten in der Bewegung. Eine furchtbare Ahnung beschlich ihn.

Bruder Remigius nickte wie zur Bestätigung. »Er war sofort tot.«

Er schielte nach dem Gesicht des Abtes, sah, wie jegliche Farbe daraus wich und sein Herr so blass wurde wie ein Leichentuch. Still wartete er, bis er merkte, dass der Abt seine Anwesenheit vergessen haben musste, dann schlich er sich leise hinaus.

Prades war tot. Der Graf hatte seine Tochter fortgeschafft, und niemand wusste, wohin. Von Pater Stephan hatte er keine weiteren Hinweise mehr erhalten. Amaury kam es vor, als hätte sich die ganze Welt gegen ihn verschworen. Es gab nichts, was er dem Heiligen Vater berichten konnte. Er stand wieder ganz am Anfang. Der Einzige, der ihm jetzt noch helfen konnte, war Gott. Er wusste, dass er verloren hatte, aber er würde niemals aufgeben. Er würde weiter nach dem Vermächtnis suchen, auch wenn er dazu jeden einzelnen Stein in diesem verfluchten Land umdrehen müsste.

Der Herr würde ihn führen, und Dominikus würde ihm bei seiner Suche helfen. Der Subprior war von dem Wunsch beseelt, die Ketzer zu vernichten, und hatte sich eine ganz eigene Verhörmethode zu eigen gemacht, mit der er die Ungläubigen von den Gläubigen zu unterscheiden vermochte.

Amaury schrieb Dominikus sofort einen langen Brief, in dem er ihn ermunterte, so viele der Ketzer wie nur möglich zu verhören und jedem von ihnen Vergebung anzubieten, der etwas über ihr Geheimnis verriet. Sobald er etwas in Erfahrung brachte, sollte er ihn unverzüglich benachrichtigen. Im Gegenzug dazu versprach er ihm, Papst Innozenz von seinem unermüdlichen Eifer und seiner Unterstützung in dieser wichtigen Angelegenheit zu berichten.

Es war ein kalter, windiger Tag, an dem Gordon und Elysa in Toulouse eintrafen.

Schon im Innenhof der Burg bemerkten sie, dass etwas nicht stimmte. Es war zu still. Ihre Ahnung bestätigte sich, als der Stallmeister eilig auf sie zugestapft kam.

»Es ist gut, dass Ihr kommt«, sagte er mit gedämpfter Stimme. »Der Graf ist krank, und nur der Herr allein weiß, ob er sich wieder erholen wird.«

Gordon und Elysa begaben sich auf direktem Weg in die Gemächer des Grafen. Dort trafen sie auf Eleonore von Aragon, die am Bett ihres Gemahls saß und Elysa einen bösen Blick zuwarf.

Wenigstens jetzt, wo er krank war, wollte sie ihn für sich allein haben. Und außerdem brauchte er Ruhe. Ruhe, die ihm anscheinend nicht vergönnt war.

Im Gemach des Grafen ging es schon den ganzen Tag zu wie in einem Taubenschlag. Konsuln aus der Stadt, Boten aus dem ganzen Land und einige seiner Vasallen verlangten in wichtiger Angelegenheit gehört zu werden, nachdem sich herumgesprochen hatte, dass der Graf an einem Fieber erkrankt war. Vermutlich, um sich ganz nebenbei einen Eindruck vom tatsächlichen Gesundheitszustand des Grafen zu verschaffen.

Eleonore hatte den Befehl erteilt, niemanden zu ihm vorzulassen, doch ihr Gemahl hatte den Befehl wieder aufgehoben, sobald er davon erfahren hatte.

»Gordon von Longchamp ist zurück«, meldete ein Getreuer nun dem Grafen, der kraftlos in seinen Kissen lag.

»Ich will allein mit Longchamp sprechen«, flüsterte der Graf matt. Seine Stirn glänzte fiebrig.

Eleonore zog sich wütend zurück. Sie hatte Tag und Nacht am Lager ihres Gemahls gewacht und gehofft, ihm während seiner Schwäche näherzukommen. Doch es hatte nichts genutzt und Isabelle recht behalten. Es wäre besser für mich, wenn er sterben würde, dachte sie zornig. Dann könnte ich noch einmal heiraten und endlich ein Kind bekommen. Sofort regte sich ihr Gewissen. Sie würde diesen sündigen Gedanken beichten müssen, aber das war ihr gleichgültig.

Bis ihr einfiel, dass es momentan gar keinen Priester in Toulouse gab, der ihr die Absolution erteilen könnte. Sie erschrak. War das die Strafe für ihre bösen Gedanken?

Ohne Elysa auch nur eines Blickes zu würdigen, schritt sie an ihr vorbei und eilte zurück in ihre Gemächer. Noch bevor sie dort ankam, hatte sie bereits eine Lösung für ihr Problem gefunden. Ihre Laune hob sich. Sie stellte sich an ihr Schreibpult und setzte einen Brief an ihren Bruder, Peter von Aragon, auf, in dem sie ihn inständig bat, ihr einen seiner Priester als Beichtvater in die Burg zu schicken. Sie ließ einen Boten zu sich kommen und sandte ihn mit dem Schreiben los. Ihr Gesicht leuchtete zufrieden auf.

Sie wusste, wie sehr ihr Gemahl unter der Trennung von der katholischen Kirche litt, darunter, dass er keine Absolution erhielt.

Und sie allein hatte eine Lösung für dieses Dilemma gefunden. Die Priester ihres Bruders unterlagen nicht dem Bann, ihnen waren die Hände nicht gebunden. Sie konnten taufen, trauen, beerdigen und Sünden vergeben.

Sie stellte sich vor, wie gerührt ihr Gemahl wäre, wenn er merkte, dass sie nicht nur um sein leibliches Wohl, sondern ebenso um sein geistiges besorgt war. Sie erzählte niemandem von ihrem Plan, vor allem nicht Isabelle, die ihr Vorhaben sicher verurteilen und sie ermahnen würde, die Kirche nicht auf diese Weise zu hintergehen.

Als Gordon vor den Grafen trat, hob dieser mühsam den Kopf. Ein unwilliger Ausdruck huschte über sein Gesicht, als er seine Tochter hinter Gordon bemerkte. Sie hätte nicht nach Toulouse zurückkehren sollen, nicht bevor dieser Krieg endgültig vorbei war.

Trotzdem wäre er enttäuscht gewesen, wenn sie es nicht getan hätte.

Sie war nun einmal Lenas Tochter und genauso eigenwillig wie diese.

Er betrachtete sie eingehend und wandte sich dann an seinen Ritter, hielt sich auch nicht mit langen Vorreden auf, sondern kam sofort zur Sache.

»Ist das Kreuz in Sicherheit?« Gordon nickte und berichtete ihm dann in knappen Worten, was geschehen war.

»Hast du herausgefunden, ob Nicolas Vermächtnis sich tatsächlich in diesem Kloster befindet?« Gespannt wartete der Graf auf Gordons Antwort.

Der tauschte einen Blick mit Elysa. »Danach fragt Ihr besser Eure Tochter.«

Die Blicke der beiden Männer richteten sich auf Elysa. Gordon war nicht weniger gespannt als sein Herr. Elysa hatte während der gesamten Rückreise kein Wort über das Vermächtnis verloren, und er hatte sie seinerseits nicht danach gefragt. Es ging ihn nichts an, und er wollte auch nichts damit zu tun haben. Und für Elysa wäre es ebenfalls besser gewesen, wenn sie nie von diesem Vermächtnis erfahren hätte. Es war ihm gelungen, sie wohlbehalten zurückzubringen, aber es hätte auch ganz anders ausgehen können.

Und im Gegensatz zu Elysa hatte er sofort begriffen, warum seinem Herrn so viel an diesem Vermächtnis lag. Dass es ihm dabei nicht allein um das Andenken von Elysas Onkel ging.

Er konnte nur hoffen, dass er niemals zwischen die Fronten geraten würde und sich zwischen Elysas Interessen und denen seines Herrn entscheiden müsste.

Elysa lächelte ihrem Vater beruhigend zu.

»Es ist alles so, wie Nicola es gewollt hat«, versicherte sie ihm arglos.

»Dann ist es gut.« Erschöpft sank der Graf in die Kissen zurück. »Wir werden morgen weiterreden«, versprach er.

Elysa sah, wie angespannt Gordon war. Sie wusste, dass Gordon mit ihrem Vater sprechen wollte, aber jetzt war nicht der richtige Moment für seine Beichte. Erst musste ihr Vater sich ausruhen und wieder zu Kräften kommen. Sie sahen sich an und wussten, dass sie beide das Gleiche dachten, als sie leise das Gemach des Grafen verließen.

Der Graf sah ihnen nach. Der vertraute Blick zwischen Gordon und Elysa war ihm nicht entgangen, ebenso wenig wie das Unbehagen, das seinem Ritter ins Gesicht geschrieben stand. Das personifizierte schlechte Gewissen. Er würde sich später um die beiden kümmern. Doch bis dahin sollte Gordon ruhig noch ein bisschen in seinem eigenen Saft schmoren, er hatte es nicht anders verdient.

Das Vermächtnis der Vollkommenen war in Sicherheit. Er atmete erleichtert auf. Ein weiterer Sieg für ihn.

Der Graf schloss die Augen und genoss für einen Moment seinen Triumph. Allerdings wusste er auch, dass sein Sieg über die Kreuzfahrer nicht von langer Dauer sein würde. Weder die Kirche noch die französische Krone würden jemals aufgeben, bevor sie ihr Ziel erreicht hatten. Nun aber hatte er einen Trumpf in der Hand, den er jederzeit hervorholen konnte.

Er ließ einen Schreiber zu sich kommen.

Eine Stunde später jagte ein Bote aus der Stadt, und die beiden Leibärzte des Grafen stellten fest, dass das Fieber ihres Herrn gesunken und er auf dem Weg der Besserung war.

Raimund musste eingeschlafen sein. Als er aufwachte, war es noch dunkel. Nur die Nachtkerze brannte. In ihrem Schein sah er Eleonore an seinem Bett sitzen. Sie lächelte ihn an.

»Mein Bruder hat uns einen seiner Priester geschickt.« Es gelang ihr nicht, ihre Aufregung zu verbergen.

»Der Pater unterliegt nicht dem Bann«, fügte sie rasch hinzu, als sie merkte, dass ihr Gemahl nicht gleich begriff, worauf sie hinauswollte.

Das erste Mal seit Jahren betrachtete der Graf seine Gemahlin genauer.

Sie war wie verwandelt. Die Strenge, die sie üblicherweise ausstrahlte, war gespannter Erwartung gewichen. Ihr Gesicht glühte vor Stolz, und sie sah aus wie ein Kind, das etwas Verbotenes tat und es auch noch genoss.

Er musste an ihre Hochzeitsnacht denken und daran, wie sehr ihre Leidenschaft ihn überrascht hatte. Trotzdem hatte er sich, nachdem er seine eheliche Pflicht erfüllt hatte, nie mehr zu ihr gelegt. Aus politischen Gründen. Weil Peter von Aragon ihm zu ehrgeizig war in seinem Bestreben nach der Verwirklichung eines Pyrenäenreichs, von dem er schon seit Jahren träumte. Und weil er, Raimund, um seinen Erstgeborenen fürchtete, sollte Eleonore ihm tatsächlich einen Sohn gebären. Doch die Dinge hatten sich geändert. Der König von Aragon war zu seinem wichtigsten Verbündeten in diesem Kreuzzug geworden und seine wichtigste Verbindung zum Papst. Wenn Eleonore ihm nun ein Kind gebar, würde diese Verbindung noch einmal gestärkt werden.

Er nahm Eleonores Hand und drückte sie. Ihr Lächeln vertiefte sich. »Euer Geschenk ist schuld. Seitdem ich es habe, kommen mir ständig neue Gedanken, und viele Dinge, die mir unverrückbar vorkamen, erscheinen mir plötzlich in einem ganz anderen Licht«, verriet sie ihm.

Sie sahen sich verständnisinnig an wie zwei Verschwörer, waren sich so nah, wie weder Eleonore noch er selbst es jemals für möglich gehalten hätte. Der Graf legte den Arm um seine Gemahlin und zog sie an sich. Sie war nicht nur schön, sondern darüber hinaus auch noch klug und wusste ihren scharfen Verstand zu nutzen.

Er hatte ihr die Bibel aus einer Laune heraus geschenkt, nicht, um sie damit zu erfreuen, sondern um sich für ihre ewigen Sticheleien und kleinen Gehässigkeiten gegenüber seinen Mätressen zu revanchieren. Er wollte ihr damit ihre selbstgerechte Frömmigkeit vor Augen führen, hinter der sie sich verschanzte wie hinter einer Rüstung und die an manchen Tagen kaum auszuhalten war. Er wollte sie zu einer Sünde verführen, für die sie anschließend Buße tun musste, in dem Wissen, dass ihre Neugierde größer gewesen war als ihr Gehorsam der katholischen Kirche gegenüber. Schließlich war sie ein Weib. Und Weiber konnten ihre Neugier nun einmal nicht zügeln. Aber von alldem ahnte Eleonore zum Glück nichts, und das war gut so. Er vergrub sein Gesicht in ihrem weichen Haar. Es duftete wie ein Meer aus Blumen.

Diese Nacht würde nur ihnen beiden gehören.

Der Knecht rieb sich erstaunt die Augen, als er am nächsten Morgen das Schlafgemach seines Herrn betrat und Eleonore von Aragon neben ihm entdeckte.

Noch vor dem Frühmahl nahm der Priester aus Aragon erst dem Grafen von Toulouse und dann dessen Gemahlin die Beichte ab und erteilte ihnen Absolution. Sein Unbehagen war ihm dabei deutlich anzusehen. Er hatte es nicht gewagt, sich dem Befehl seines Herrn zu widersetzen, und tröstete sich nun mit dem Gedanken, dass niemand jemals etwas davon erfahren würde. Trotzdem ließ ihm sein Gewissen keine Ruhe. Er hatte die katholische Kirche hintergangen und damit auch Gott, seinen eigentlichen Herrn, weil er zu feige gewesen war, den Auftrag abzulehnen. Heiße Tränen stiegen ihm in die Augen, als er daran dachte, wie enttäuscht Jesus von ihm sein musste, da er ihn wie so viele andere Menschen, für die er sein Leben gegeben hatte, bei der ersten Gelegenheit verraten hatte.

Zum ersten Mal in seinem Leben kam ihm der Gedanke, dass es nicht richtig sein konnte, als Priester einem weltlichen Herrn zum Gehorsam verpflichtet zu sein. Immer mehr Gedanken gingen ihm durch den Kopf. Und obwohl sie ihm ganz und gar nicht gefielen, setzte er sich mit ihnen auseinander. Dann zog er sich zu einem langen Gebet zurück.

Als er sich schließlich erhob, hatte er seine Entscheidung getroffen. Es war unmöglich, zwei Herren zu dienen.

Und es gab nur einen Weg für ihn, um sein Seelenheil zu retten. Er würde nicht zu Peter von Aragon zurückkehren, sondern sich in ein Kloster zurückziehen.

Als Gordon und Elysa gegen Mittag zum Grafen vorgelassen wurden, saß dieser aufrecht im Bett. Gordon fiel auf, wie sehr dessen Haar in der kurzen Zeit seiner Abwesenheit ergraut war.

»Kommt näher«, befahl der Graf streng. »Und setzt euch.« Er klopfte mit der Hand auf sein Bett und wirkte überhaupt nicht mehr hinfällig.

»Ich denke, es gibt da noch eine Sache, über die wir reden müssen.«

Er bedachte erst Gordon und dann seine Tochter mit einem scharfen Blick. Gordon stand das schlechte Gewissen ins Gesicht geschrieben, während Elysa vor Verlegenheit errötete. Der Graf verbarg seine Genugtuung hinter einer undurchdringlichen Miene. Es war nicht ungefährlich gewesen, die beiden jungen Menschen die weite Reise alleine machen zu lassen, aber er hatte gewusst, dass er sich auf Gordon verlassen konnte.

Und was gab es Schöneres als einen Plan, der aufging und bei dem jeder das bekam, was er wollte? Elysa wäre niemals freiwillig im Kloster geblieben. Und er hatte ihr sein Wort gegeben, sie nicht gegen ihren Willen zu verheiraten. Stattdessen hatte er ihr einen gut aussehenden, jungen Ritter zur Seite gestellt, den er sich durchaus als Schwiegersohn vorstellen konnte, und den Rest der menschlichen Natur überlassen.

Raimund nahm Gordons und Elysas Hände und legte sie ineinander.

»Du wirst meine Tochter zu deiner Gemahlin nehmen«, sagte er zu Gordon in einem Ton, der keinen Widerspruch duldete.

»Ich werde ihr eine großzügige Mitgift geben und dazu ein kleines Landgut in Ansignan, welches unter der Lehnshoheit des Königs von Aragon steht.«

Gordon starrte ihn erst verblüfft und dann mit zunehmendem Misstrauen an. Wie war sein Herr nur so schnell dahintergekommen, dass er seinen Eid gebrochen hatte? Und warum war er kein bisschen zornig auf ihn, sondern belohnte ihn auch noch dafür?

»Wäre es dir etwa lieber, wenn ich dich für deinen Ungehorsam bestrafen würde?«, fuhr der Graf fort, als hätte er seine Gedanken gelesen. »Ich bin mehr als einmal gestrauchelt, und wie heißt es so schön? Wer unter euch ohne Sünde ist, werfe den ersten Stein«, erklärte er, und seine schwarzen Augen funkelten vor Vergnügen.

Die Erkenntnis traf Gordon vollkommen unerwartet. Sein Herr hatte alles genau bedacht. Mehr noch: Er hatte das alles von Anfang an geplant, Elysa in dem Glauben gelassen, selbst entscheiden zu können, und ihn bewusst in Versuchung geführt und danach ungerührt seinem schlechten Gewissen überlassen.

Gleichzeitig hatten sie seinen Auftrag erfüllt und das Kreuz in Sicherheit gebracht. Und nicht nur das Kreuz, der Graf hatte damit auch Elysa aus der Schusslinie genommen, sie weit weg vom Geschehen und mit ihm als Beschützer an ihrer Seite aus der Gefahrenzone gebracht.

Der Graf zog seine Mundwinkel nach unten und seufzte.

»Du siehst nicht sehr glücklich aus, dabei ist es mehr, als du erwarten durftest.« Gordon kannte den Grafen gut genug, um zu wissen, dass er dessen Geduld nicht überstrapazieren durfte. Außerdem konnte er trotz seines Ärgers nicht umhin, seinen Herrn für diese weitsichtige Manipulation zu bewundern.

»Ihr seid sehr großzügig«, beteuerte er und verneigte sich mit einer übertrieben demütigen Geste.

Der Graf lehnte sich zufrieden zurück.

»Ihr werdet morgen früh aufbrechen. Ich entbinde dich von deinem Eid. Damit betrifft dich der Bannfluch, den man über mich verhängt hat, nicht länger, und ihr könnt euch in Ansignan trauen lassen.«

Er hatte tatsächlich an alles gedacht.

Elysa schwirrte der Kopf. Sie fühlte sich vollkommen überrumpelt, sah von ihrem Vater zu Gordon. War es das, was sie gewollt hatte? Gordons Gemahlin werden? Allein der Gedanke ließ ihr Herz schneller schlagen.

Aber offensichtlich hielten weder ihr Vater noch Gordon es für nötig, sie nach ihren Wünschen zu fragen.

»Ihr wollt mich tatsächlich zu Eurer Gemahlin nehmen?

Und das, obwohl Ihr keine Frauen mögt, die Euch widersprechen?«, vergewisserte sie sich und wartete gespannt auf Gordons Antwort.

Der nickte feierlich.

»Ich werde aber nicht zu Eurem Glauben übertreten«, setzte Elysa nach.

»Meinetwegen kannst du glauben, was du willst, solange du mir gehorchst«, erklärte Gordon großzügig.

»Ich weiß nicht, ob ich das kann«, gab Elysa zu.

Gordon hatte endgültig genug von ihren Einwendungen.

»Ich werde dich lieben«, versprach er ihr. »Für immer.«

Sie sah die Liebe in seinen warmen Augen, und ihr Widerstand brach. »Ich liebe Euch auch«, erklärte sie.

»Nachdem das nun geklärt ist, würde ich gerne ein wenig ruhen«, mischte sich der Graf ein.

Der Abschied zwischen ihnen verlief kurz und herzlich.

Am darauffolgenden Morgen, noch bevor die Sonne aufging, verließen Gordon und Elysa die Burg und ritten nach Ansignan, ihrem neuen Leben entgegen.

Der Graf von Foix wandte sich um, als er eilige Schritte hinter sich vernahm. »Ich bringe ein Schreiben für Esclarmonde von Foix.« Der Bote hielt ein gesiegeltes Pergament in der Hand. Der Graf von Foix starrte auf das Siegel. Noch immer hatte er nichts von Guilhabert von Castres gehört, und seine Unruhe wuchs mit jedem Tag, der verging. Guilhabert hatte darauf bestanden, alleine zu reiten, und in diesem Punkt nicht mit sich reden lassen. Er war der beste und schnellste Kämpfer, den er kannte, und nahm es mit vier Männern gleichzeitig auf.

Er streckte die Hand aus und nahm das Schreiben an sich. »Ich werde es meiner Schwester übergeben«, erklärte er mit bestimmter Stimme. Unmöglich, dass Guilhabert etwas zugestoßen ist, dachte er, während er mit dem Brief in der Hand die Treppen zu Esclarmondes Kammer hinaufeilte, doch seine innere Unruhe blieb bestehen.

Er musste herausfinden, was es mit dem Schreiben auf sich hatte, ob es vielleicht eine Antwort auf seine drängendste Frage enthielt.

Esclarmonde saß hoch aufgerichtet auf ihrem Lager, den Kopf zum Fenster gedreht, die Augen geschlossen.

Ihm fiel auf, wie schmal und zerbrechlich sie geworden war. Das Alter hatte ihr nichts anhaben können. Sie war noch immer eine schöne Frau, doch sie lebte völlig entrückt fast nur noch in ihrer eigenen Welt. Ihre Haut schimmerte weiß, fast durchscheinend, und manchmal bekam er Angst, ihr Körper, den sie unter ihrem langen, schwarzen Gewand verbarg, könne sich einfach auflösen und unbemerkt davonstehlen.

Er wollte nicht, dass sie ging, brauchte ihre Nähe, ahnte, dass alles anders werden würde, wenn sie ihn verließ.

Da öffnete sie ihre Augen und sah ihn an.

Allein ihr Blick reichte aus, um ihn zu beruhigen. Sie strahlte eine Gelassenheit aus, zu der er niemals finden würde.

»Ich habe einen Brief für Euch, Schwester«, sagte er und reichte ihr das Schreiben.

»Der Graf von Toulouse hat ihn geschrieben.«

Er versuchte gar nicht erst, seine Neugier zu verbergen. Esclarmonde würde ihn durchschauen, wenn er es täte. Er hatte ihr noch nie etwas vormachen können, niemand konnte das.

Esclarmonde erbrach das Siegel und rollte das Pergament auseinander. Ihre Augen flogen über den Text.

Es war nur ein einziger Satz.

Die Dunkelheit hat das Licht nicht erfasst.

Sie reichte das Schreiben ihrem Bruder, sah, wie sein Gesicht sich verfinsterte, während er es las. Guilhabert hatte also versagt. Nun würde er nie erfahren, wo sich das Vermächtnis der Vollkommenen befand. In seine Verzweiflung mischte sich Wut.

»Ihr hättet auf meinen Rat hören sollen, als es noch nicht zu spät war«, warf er Esclarmonde vor. »Wir brauchen den Tröster hier. Die Burg ist uneinnehmbar, es gibt keinen Ort, an dem er sicherer ist.«

Sein Vorwurf erreichte sie nicht. Ihr Blick wandte sich nach innen. Als sie ihm schließlich antwortete, klang ihre Stimme wie aus weiter Ferne.

»Sie werden kommen, und sie werden die Burg schleifen. Das Licht wird im Verborgenen leuchten, so lange, bis die Zeit gekommen ist, und es werden Frauen sein, die es bewahren. So wie es seit jeher Frauen waren, die es bewahrt und weitergetragen haben.«

Ihre Worte klangen wie eine Prophezeiung, und der Graf von Foix zweifelte keinen Augenblick daran, dass sie sich erfüllen würden.

Trotzdem wehrte sich alles in ihm dagegen aufzugeben.

»Sagt mir, was ich tun kann«, verlangte er.

Esclarmonde stand auf und ging zu ihm, legte ihm eine Hand auf den Kopf und wartete, bis sein Atem ruhiger ging. Sie spürte, dass er bereit war. Nach so langer Zeit war er endlich zu ihr gekommen.

»Hört auf zu kämpfen, Bruder, Ihr könnt diesen Kampf nicht gewinnen«, erklärte sie sanft.

Sie fing seinen verlorenen Blick ein, hielt ihn fest und flüsterte die uralten Worte in sein Ohr, wies ihm den Weg zu den Sternen in das ewige, unvergängliche Licht.

Ramon-Roger von Foix erwachte wie aus einem tiefen Traum. Sein Gesicht spiegelte den Frieden wider, nach dem er sich so verzweifelt gesehnt und den er nun endlich gefunden hatte.

Esclarmonde lächelte ihn an. Der Kampf war noch nicht zu Ende. Ihr Bruder würde weiterkämpfen, aber es wäre ein anderer Kampf, den er von nun an führte. Und seine Waffe würde nicht länger das Schwert sein, sondern das Wort.

Ein Sturm der Gefühle brach über Elysa herein, als sie die kleine, auf einem Hügel erbaute Stadt vor sich sah.

Sie wollte noch einmal nach Rhedae, um sich von Sarah und der alten Anna zu verabschieden, bevor sie mit Gordon in ihre neue Heimat ritt.

Die Dämmerung zog herauf. Kalter Wind blies ihnen entgegen und trieb schwere, dunkle Wolken auf die Berge zu.

Über dem Bugarach lag noch ein heller Schein, während die Landschaft um sie herum langsam in Dunkelheit versank.

Gordon legte Elysa eine Hand auf die Schulter. Elysa wusste, dass es ihm lieber gewesen wäre, nicht nach Rhedae zu reiten.

»Auch wenn du das Kreuz nicht mehr bei dir trägst, stellen wir die einzige Verbindung zum Vermächtnis deines Onkels dar«, hatte er gewarnt. »Der Krieg ist noch nicht vorbei, und dein Vater hat uns nicht ohne Grund nach Ansignan geschickt.«

»Ich werde niemandem erzählen, wohin wir gehen«, versprach sie ihm. »Ich möchte mich nur von Sarah verabschieden und nach Anna sehen. Sie war all die Jahre wie eine Mutter für mich.« Ihre Stimme klang aufgeregt. Plötzlich konnte sie es kaum erwarten, ihre alten Freunde wiederzusehen.

Annas Haus gehörte nicht zu denen, die zerstört worden waren. Wie durch ein Wunder war es von den Flammen verschont geblieben. Elysa schlug das Herz bis zum Hals, als sie nach einem Klopfen die niedrige Türe zu Annas Heim öffnete und in die warme dunkle Stube trat. Vertraute Gerüche schlugen ihr entgegen. Alles sah noch genauso aus wie damals. Als wäre sie nie fort gewesen. Auf dem gemauerten Herd köchelte eine von Annas köstlichen Gemüsesuppen. Die alte rotbraune Öllampe mit der zerbrochenen Tülle auf dem blank gescheuerten Holztisch verbreitete ihr warmes gelbes Licht. Anna kehrte ihr den Rücken zu und war gerade dabei, Brot zu schneiden.

»Komm rein, mein Kind«, sagte sie in dem Glauben, bei ihrem Besucher handele es sich um Sarah, die jeden Tag vorbeikam, um nach ihr zu schauen.

Lächelnd sah sie über ihre Schulter. Ihre Augen weiteten sich vor Überraschung und Freude, als sie statt Sarah Elysa vor sich stehen sah. »Der Herr hat meine Gebete erhört, dir ist nichts geschehen. Wo bist du nur die ganze Zeit über gewesen, mein Kind? Ich habe mir solche Sorgen gemacht«, sprudelte es aus ihr heraus. Sie humpelte auf Elysa zu und beäugte staunend den feinen, blauen Umhang, den sie trug.

Dann erst bemerkte sie Gordon, der hinter Elysa in die Stube getreten war. Sie kniff die Augen zusammen und blickte den jungen Ritter voller Misstrauen an. »Ich habe Euch doch schon einmal gesehen?«, meinte sie nachdenklich. Ihr Gesicht hellte sich auf. »Ihr seid doch der Ritter, der Sarah und ihre Familie vor diesen gottverfluchten Plünderern gerettet hat.«

»Was ist mit Sarah?«, wollte Elysa wissen und sah gespannt von Anna zu Gordon. »Geht es ihr gut?«

»Jetzt setzt euch doch erst einmal«, meinte Anna, die begriff, dass Elysa nichts von Sarahs Unglück wusste. »Ihr seid sicher hungrig, und die Suppe ist gleich fertig.«

»Bitte sag mir, was mit Sarah geschehen ist«, bat Elysa. Anna brummelte unwirsch etwas in sich hinein. »Es geht ihr gut«, sagte sie dann knapp und wich Elysas Blick aus. »Vor drei Wochen hat Samuel sie geheiratet.«

Elysa spürte, dass Anna ihr etwas verschwieg.

»Und Ihr habt Sarah gerettet?«, wandte Elysa sich an Gordon. »Davon habt Ihr mir gar nichts erzählt, Ihr habt mir lediglich ihre Grüße ausgerichtet und gesagt, dass mir ihr Haus jederzeit offen steht.«

Gordon nickte nur. »Ihr beide verschweigt mir etwas«, stellte Elysa fest und betrachtete Gordon und Anna forschend. In diesem Augenblick öffnete sich die Türe, und Sarah kam herein. Ein freudiger Ausdruck zog beim Anblick Elysas über ihre ernsten Züge. Er verschwand, als sie Gordon erkannte, der neben ihr stand.

Die Freude in ihrem Gesicht war wie fortgewischt. Der Ritter hatte ihr zweifellos das Leben gerettet, trotzdem beschwor sein Anblick unweigerlich die Erinnerung an die schrecklichsten Stunden ihres Lebens herauf, die sie am liebsten für immer vergessen hätte.

Wie wilde Tiere waren die Kreuzfahrer über sie hergefallen, hatten sie erniedrigt und beschmutzt. Niemals würde sie den furchtbaren Ausdruck und den Schmerz in den Augen ihres Vaters vergessen, der ebenso wie ihre Mutter hilflos mit ansehen musste, wie ihre Tochter geschändet wurde.

Unwillkürlich legte sie ihre Hände auf ihren deutlich sich wölbenden Bauch, als wollte sie ihn vor der Welt verbergen.

Sie ist erst seit drei Wochen vermählt, dachte Elysa.

Und dann begriff sie, was geschehen war! Ihr Herz quoll über vor Mitleid.

Sie lief zu Sarah, schlang die Arme um sie und hielt sie ganz fest.

Sarahs Kopf sank auf ihre Schulter. Ihre Augen füllten sich mit Tränen. Dann seufzte sie schwer. Es tat gut, die Last, die sie fast erdrückte, mit Elysa zu teilen.

Nach einem Blick auf die beiden jungen Frauen ging Gordon nach draußen, um die Pferde zu versorgen.

Der Abschied der drei Frauen würde noch ein wenig dauern.

Elysa zog Sarah an den Tisch, an dem sie beide so oft mit der alten Anna gesessen hatten. Sarah wischte sich die Tränen weg und blickte sie traurig an.

»Ich weiß nicht, ob ich dieses Kind jemals ertragen kann«, brach es aus ihr heraus. »Manchmal wünschte ich, es würde sterben, und dann schäme ich mich so sehr für diesen Gedanken, dass ich es kaum aushalte.«

Anna beugte sich vor und strich Sarah mitleidig über die Wange. Sie wusste nicht, mit welchen Worten sie die Freundin trösten könnte.

Elysa zögerte. Ein seltsames Gefühl durchströmte sie, machtvoll und warm. Sie wollte, dass Sarah es spürte. Entschlossen ergriff sie Sarahs Hände und hielt ihren Blick fest. Wie von selbst flossen die uralten, fremden und doch so vertrauten Worte über ihre Lippen und trafen Sarah mitten ins Herz.

Ihre Züge wurden weich. Ein glückliches Lächeln spielte um ihren Mund, und ihr Herz füllte sich mit Liebe für das ungeborene Kind. »Was geschieht mit uns?«, flüsterte sie. »Und was waren das für Worte, die du gesprochen hast?«

»Ich weiß es nicht«, sagte Elysa unsicher. Sie war noch immer wie berauscht von dem, was gerade geschehen war. »Ich glaube, sie waren schon immer in mir drin. Ich habe es nur nicht gewusst.«

Sarah, Anna und Elysa sahen sich an, staunend und ungläubig.

Gordons Eintreten brachte die drei Frauen in die Gegenwart zurück.

Er tauschte einen Blick mit Elysa. »Es ist an der Zeit«, erinnerte er sie.

Anna beeilte sich, das Essen auf den Tisch zu bringen.

Schweigend löffelten sie ihre Suppe. Dann erkundigte Elysa sich nach Rorico und dem blinden Jean.

»Rorico hat in Couiza ein Mädchen kennengelernt und will noch in diesem Jahr heiraten. Und Jean ist nicht mehr so traurig, seitdem du ihm den Welpen gebracht hast. Ich habe ihm angeboten, im Stall zu schlafen, jetzt, wo keine Ziegen mehr drin sind, aber er will nicht. Er sagt, der Himmel wäre das schönste Dach auf der Welt, obwohl er ihn nie gesehen hat«, berichtete Anna und schüttelte den Kopf über so viel Unverstand.

Sie redeten noch eine Weile, dann mahnte Gordon zum Aufbruch.

Elysa verabschiedete sich erst von Anna und danach von Sarah.

»Liebe, und tu, was du willst«, flüsterte sie ihr ins Ohr.

»Es scheint tatsächlich mein Schicksal zu sein, mit dir zu reiten«, bemerkte Gordon, als sie durch die Nacht ritten.

»Dabei würdet Ihr viel lieber kämpfen«, vollendete Elysa seinen Satz.

Gordon grinste sie an. »Wie wahr, wie wahr«, spottete er. »Jetzt liest sie schon in meinen Gedanken, und dabei sind wir noch nicht einmal vermählt. Vermutlich werde ich den Rest meines Lebens damit zubringen müssen, dich den nötigen Respekt und Gehorsam zu lehren, den du mir als deinem Gemahl entgegenzubringen hast.«

Elysa spähte vorsichtig zu ihm herüber. Hatte da nicht eine Spur von Unbehagen in seiner Stimme gelegen?

Gordon begegnete ihrem Blick und lächelte ihr beruhigend zu. Ihr Herz klopfte schneller, und ihr wurde heiß vor

Liebe. In diesem Augenblick war sie überzeugt davon, dass ihre Liebe alle Gegensätze zwischen ihnen überwinden würde.

Sie war ihrem Herzen gefolgt und hatte ihre Bestimmung gefunden. Es war ein anderer Weg als der, den ihr Onkel genommen hatte, aber er führte zum gleichen Ziel. Gordon würde ihn mit ihr gehen. Und sie würde ihm so lange Zeit lassen, bis er bereit war, sein Herz dem Licht zu öffnen.

Astrane hatte das Kreuz aus Guilhabert von Castres' Tasche genommen, bevor die Schwestern seine Leiche aus dem Kloster schleppten, um sie im Wald zu begraben, und brachte es zurück in die Krypta.

Dort blieb sie eine Weile vor der eigenartigen Dreifaltigkeitsstatue stehen, die Abaelard selbst entworfen und in Auftrag gegeben hatte. Sie bestand aus einem Steinblock, aus dem drei gleich große menschliche Gestalten mit gleichem Erscheinungsbild herausgearbeitet worden waren, die sich nur durch drei Dinge unterschieden. Die mittlere Person trug eine Goldkrone auf dem Kopf mit der Inschrift: »Du bist mein Sohn«. Die Gestalt zu ihrer Rechten hatte eine Dornenkrone mit der Inschrift: »Du bist mein Vater« auf dem Kopf und ein Kreuz in ihrer Hand, und die andere zu ihrer Linken trug einen Blumenkranz mit der Aufschrift: »Ich bin beider Odem«.

»Sie können meine Bücher verbrennen, aber dieser Stein wird sie überleben«, hatte Abaelard einst Heloisa erklärt. »Das Zeitalter des Heiligen Geistes wird kommen, wenn Macht, Weisheit und Liebe sich verbinden. Erst dann kann die Vollendung des Guten beginnen.«

Astrane drückte mit den Daumen die beiden Augen der mittleren Figur tief in ihre Höhlen und drehte daraufhin den steinernen Kopf zur Seite. Dann nahm sie das Kreuz und ließ es in die ausgehöhlte Figur gleiten, direkt neben die Briefe des Johannes, die dieser vor mehr als tausend Jahren geschrieben hatte.

Ein Schauer rann ihr über den Rücken, als ihre Finger ein letztes Mal die Pergamente berührten.

Sie wusste nicht, was in den Briefen stand. Nicola hatte ihr nur erklärt, dass sie in aramäischen Schriftzeichen geschrieben waren und unter allen Umständen sicher aufbewahrt werden mussten.

Doch er hatte, bevor er ihr die Briefe übergab, noch eine Stelle aus dem Johannesevangelium zitiert, die sie später so oft nachgelesen hatte, dass sie sie auswendig kannte.

Siehe, er kommt mit den Wolken, und es werden ihn sehen alle Augen und alle, die ihn durchbohrt haben, und es werden wehklagen um seinetwillen alle Geschlechter der Erde.

Ich, Johannes, euer Bruder und Mitgenosse an der Bedrängnis und am Reich und an der Geduld in Jesus, war auf der Insel, die Patmos heißt, um des Wortes Gottes willen und des Zeugnisses für Jesus. Ich wurde vom Geist ergriffen am Tage des Herrn und hörte hinter mir eine große Stimme wie von einer Posaune, die sprach: »Was du siehst, das schreibe auf und sende es an die sieben Gemeinden; nach Ephesus und nach Smyrna und nach Pergamon und nach Thyatira und nach Sardes und nach Philadelphia und nach Laodizea!

Und ich wandte mich um, zu sehen nach der Stimme, die mit mir redete. Und als ich mich umwandte, sah ich sieben goldene Leuchter und mitten unter den Leuchtern einen, der war dem Menschensohn gleich, angetan mit einem langen Gewand und gegürtet um die Brust mit einem goldenen Gürtel. Sein Haupt aber und sein Haar waren weiß wie weiße Wolle, wie der Schnee, und seine Augen wie eine Feuerflamme und seine Füße gleich goldenem Erz, das im Ofen glüht, und seine Stimme wie großes Wasserrauschen; und er hatte sieben Sterne in seiner rechten Hand, und aus seinem

Munde ging ein scharfes, zweischneidiges Schwert hervor, und sein Angesicht leuchtete, wie die Sonne scheint in ihrer Macht. Und als ich ihn sah, fiel ich zu seinen Füßen wie tot; und er legte seine rechte Hand auf mich und sprach zu mir: »Fürchte dich nicht! Ich bin der Erste und der Letzte und der Lebendige. Ich war tot, und siehe, ich bin lebendig von Ewigkeit zu Ewigkeit und habe die Schlüssel des Todes und seines Reiches.

Schreibe, wie du gesehen hast und was ist und was geschehen soll danach.

Das Geheimnis der sieben Sterne, die du gesehen hast in meiner rechten Hand, und der sieben goldenen Leuchter ist dies: Die sieben Sterne sind Engel der sieben Gemeinden, und die sieben Leuchter sind die sieben Gemeinden.«

»Und erst wenn sie Frieden untereinander haben, wird dein Licht auf diese Welt zurückkehren und der ewige Bund gefeiert werden«, murmelte Astrane und warf der Statue noch einen liebevollen Blick zu. Die Figur würde ihr Geheimnis sicher bewahren, so lange, bis die letzte Schlacht geschlagen war und die Menschen bereit für den Tröster sein würden, den der Herr ihnen in seiner unendlichen Güte gesandt hatte.

Nachwort

Der Kreuzzug in Südfrankreich dauerte noch weitere siebenunddreißig Jahre. Dann zogen der Frieden der Kirche und des Königs dort ein.

Ein blühendes, reiches und tolerantes Land voller Poesie und seiner Zeit weit voraus war im Namen des Kreuzes vernichtet worden und erholte sich nie wieder davon.

Christus hatte Liebe gesät, die Welt erntete Hass.

Christus hatte das alte Gesetz durch das neue aufgehoben, aber die Menschen ließen den neuen Bund noch grausamer werden als den alten.

Doch der Herr ließ die Menschen nicht im Stich und gab ihnen den Parakleten. Ein neues Zeitalter war angebrochen, das Zeitalter des Heiligen Geistes unter dem ewigen Evangelium.

Simon von Montfort starb im Jahre zwölfhundertachtzehn. Toulouse, das er nach der Schlacht bei Muret erobert hatte, fiel wieder von ihm ab. Bei seinem Versuch, die Stadt zurückzuerobern, wurde er von einem Felsbrocken getötet, den ein von Frauen bedientes Katapult gegen ihn geschleudert hatte.

Papst Innozenz III. starb im Jahr zwölfhundertsechzehn in der Nähe von Perugia. Ein Jahr zuvor hatte er während des Vierten Laterankonzils zum Fünften Kreuzzug ins Heilige Land aufgerufen.

Sechs Jahre nach ihm starb Raimund VI., der Graf von Toulouse, in seinem Bett. Seine sterblichen Überreste wurden nicht bestattet.

Eine von Papst Innozenz IV. angeordnete Untersuchung im Jahre zwölfhundertsiebenundvierzig stellte aufgrund der Aussagen von hundertzwanzig Zeugen fest, dass der Graf »der frömmste und barmherzigste der Männer und der gehorsamste Diener der Kirche gewesen sei«.
Trotz dieses Ergebnisses wurde der Bannfluch gegen ihn nicht aufgehoben.

Dominikus Guzman starb im Jahre 1221 in Bologna. Er war dem Kreuzfahrerheer im Kampf gegen die Katharer eine große Stütze. Zwölfhundertfünfzehn gründete er den Dominikanerorden, der zwölfhundertsechzehn von Papst Honorius III. anerkannt wurde.
Zwölfhundertdreiunddreißig übertrug Papst Gregor IX. den dominikanischen Ordensbrüdern die Gerichtsbarkeit der Inquisition.
Dominikus' Haus in Fanjeaux ist bis heute erhalten.

Arnold Amaury starb im Jahre zwölfhundertfünfundzwanzig als Erzbischof von Narbonne in seiner Abtei in Fontfroide.

Die Burg Montségur wurde im Jahre zwölfhundertvierundvierzig nach zehnmonatiger Belagerung von der königlichen Armee erobert. Zweihundert Katharer, die sich weigerten, ihrem Glauben abzuschwören, wurden verbrannt.
Zwölfhunderteinundsiebzig fiel das Languedoc endgültig an das Königreich Frankreich.
Das Griechische Feuer war eine im byzantinischen Reich seit dem siebten Jahrhundert nach Christus verwendete mi-

litärische Brandwaffe. Der Begriff ist allerdings nicht authentisch; von den Byzantinern wurde das Griechische Feuer »Seefeuer« oder »flüssiges Feuer« genannt, da es meistens gegen Schiffe zum Einsatz kam.

Die Zusammensetzung des Brandmittels wurde kontinuierlich verbessert. Es sind daher verschiedene stoffliche Varianten überliefert, die jedoch alle Erdöl oder Asphalt als Grundlage hatten. Weitere Bestandteile waren Baumharz, Schwefel und gebrannter Kalk, später wahrscheinlich auch Salpeter.

Im Jahre siebzehnhunderteins stellte die Äbtissin Cathérine de La Rochefoucauld am Grabe Abaelards und Heloisas eine eigenartige mannshohe Statue auf, damit auch Besucher, die keinen Zutritt zum Inneren des Klosters hatten, sie betrachten konnten. Die Statue sollte bereits aus der Gründerzeit des Klosters stammen und stellte die Dreifaltigkeit auf eine für die damalige Zeit etwas befremdliche Art dar.

Literaturverzeichnis

Barber, Malcolm, Die Katharer. Ketzer des Mittelalters, Artemis & Winkler Verlag, Düsseldorf und Zürich 2003

Borst, Arno, Die Katharer, Hiersemann Verlag, Stuttgart 1952

Deschner, Karlheinz, Abermals krähte der Hahn. Eine kritische Kirchengeschichte von den Anfängen bis zu Pius XII., Hans E. Günther Verlag, Stuttgart 1964

Evola, Julius, Das Mysterium des Grals, O. W. Barth Verlag, München 1955

Favier, Jean, Frankreich im Zeitalter der Lehnsherrschaft 1000–1515, Deutsche Verlagsanstalt, Stuttgart 1989

Jung, Emma, Die Gralslegende in psychologischer Sicht, Rascher Verlag, Zürich 1960

Lenau, Nicolaus, Die Albigenser, J. G. Cotta'scher Verlag, Stuttgart und Tübingen 1842

Meyer, Rudolf, Der Gral und seine Hüter, Urachhaus, Stuttgart 1956

Podlech, Adalbert, Abaelard und Heloisa oder Die Theologie der Liebe, R. Piper Verlag GmbH & Co. KG, München 1990

Ritter, Thomas, Das geheime Erbe der Katharer, Kopp Verlag, Rottenburg 2004

Tietze, Ida, Aus verklungenen Jahrtausenden, Alexander Bernhardt Verlag, Vompernberg Tirol 1954

Woods, Thomas E. jr., Sternstunden statt dunkles Mittelalter, MM Verlag, Aachen 2006

Danksagung

Ich danke Leena Flegler und dem Blanvalet Verlag für das Vertrauen, das sie in mich gesetzt haben.

Herzlichen Dank auch an Andreas Krüger und Katleen Dollase für Probelesen, Anregungen und Feedback zum Manuskript.

Ein ganz besonderer Dank gilt meiner Lektorin Dr. Heike Fischer, die mir auch bei diesem Roman unermüdlich mit Rat und Tat zur Seite gestanden und mich immer wieder ermutigt, ermuntert und aufgebaut hat.

Ohne dich wäre ich aufgeschmissen!

Danken möchte ich auch meiner Mutter, die mich bei einer meiner schönsten Studienreisen in die Pyrenäen begleitet hat, um mich zu unterstützen. Mit ihren achtzig Jahren war ihr kein Berg zu hoch, keine Burg zu groß, keine Eremitage zu einsam und kein Weg zu weit.

Dank auch an das »Hotel des Templiers« im Ariège.

Der Geist, der den Reisenden in dieser kleinen, liebevoll geführten »Herberge« umweht, lässt die Erinnerungen weiterleben an eine Zeit, in der Katharer, Juden und Christen einvernehmlich und im Einklang miteinander gelebt haben.

Symbole aller großen Religionen vermischen sich in den hübsch eingerichteten, gastfreundlichen Räumlichkeiten zu einer mystischen Symbiose voller Harmonie.

Dramatis Personae

Die historisch verbürgten Personen sind mit einem Sternchen* gekennzeichnet.

- Abaelard* wurde als Petrus Berengar und ältester Sohn eines Ritters in der Bretagne geboren. Er war fast vierzig Jahre alt und einer der angesehensten Theologen von Frankreich, als er sich in Heloisa verliebte und eine Beziehung mit ihr einging.
Die tragische Liebesgeschichte von Abaelard und Heloisa hat die Jahrhunderte überdauert. Viele Schreiber des Mittelalters erzählten sie nach, und auch Voltaire ließ sich von ihr erschüttern
- Adele, Nonne im Paraklet-Kloster
- Albert, Ritter und Begleiter Peters von Castelnau
- Alfons von Péreille, Ritter des Grafen von Toulouse, Cousin von Henri von Péreille und Waffenbruder Gordons von Longchamp
- Amiel, ein Schäfer, Eingeweihter und Führer der Katharer
- Anna, Korbflechterin in Rhedae und mütterliche Freundin von Elysa
- Arnaud Martin, Sohn eines Stoffhändlers in Rhedae und Bruder von Bernard Martin
- Arno, Kammschnitzer in Rhedae
- Arnold Amaury*, gestorben 1225 in der Abtei Fontfroide, war Abt von Cîteaux und päpstlicher Legat während des

Kreuzzuges gegen die Katharer (Albigenser), später Erzbischof und Herzog von Narbonne.

Ab 1203 war er gemeinsam mit dem päpstlichen Legaten Peter von Castelnau in Südfrankreich unterwegs, um die Katharer zum Katholizismus zu bekehren. Ihre Bemühungen waren erfolglos

- Astrane*, Äbtissin und Nachfolgerin von Heloisa im Paraklet-Kloster in der Nähe von Paris
- Barthomieu, geschäftstüchtiger Mönch in einem Waldkloster nahe Paris
- Bernard Martin, Sohn eines Stoffhändlers in Rhedae und Bruder von Arnaud Martin
- Bernhard von Foix, Waffenbruder Gordons von Longchamp
- Comitissa, Mesnerin im Paraklet-Kloster
- Diego von Azevedo* wurde um 1190 Zisterziensermönch im Domstift in Osma und dann Prior des Domkapitels. 1201 wurde er Bischof von Osma und bemühte sich um eine Reform des Klerus und die Intensivierung der Seelsorge. Unter Diegos Leitung begann Dominikus Guzman in Osma seine Karriere und wurde 1201 Subprior.

  In Südfrankreich entwickelte Diego ab 1206 zusammen mit Dominikus neue Formen der Ketzerbekämpfung durch gebildete Wanderprediger, die in Armut lebten, und führte Streitgespräche mit Katharern und Waldensern
- Dominikus Guzman*, geboren um 1170 in Caleruega, gestorben am 6. August 1221 in Bologna. 1215 gründete er in Toulouse mit sechs anderen Brüdern eine Glaubensgemeinschaft, den späteren Dominikanerorden, mit dem Zweck, die katholische Lehre zu verbreiten und die Häresie zu bekämpfen. Am 13. Juli 1234 wurde er von Papst Gregor IX. heiliggesprochen

- Erna, Ordensschwester und Klostervorsteherin in einem Kloster bei Troyes
- Eleonore von Aragon*, Tochter König Alfons II. und fünfte Gemahlin Raimunds VI. von Toulouse
- Elysa, uneheliche Tochter des Grafen von Toulouse und Nichte des Webers und Katharerführers Nicola
- Esclarmonde von Foix*, gestorben um 1215, Tochter des Grafen Roger-Bernard I. von Foix und der Cécile von Béziers, war eine Vollkommene der katharischen Glaubensgemeinschaft
- Gordon von Longchamp, Ritter des Grafen von Toulouse
- Guido, Knappe von Simon von Montfort
- Guilhabert von Castres, Vertrauter des Grafen Ramon-Roger von Foix und Bruder von Jolanda von Castres
- Guillaume von Peyrepertuse, Vasall des Grafen von Toulouse und Waffenbruder Gordons von Longchamp
- Heloisa*, Nichte des Domherrn Fulbert und spätere Geliebte von Abaelard
- Henri von Péreille, Ritter des Grafen von Toulouse, Cousin von Alfons von Péreille und Waffenbruder Gordons von Longchamp
- Hugo von Saissac, Ritter des Grafen von Toulouse, Bruder von Maria von Saissac und Waffenbruder Gordons von Longchamp
- Innozenz III.*, geboren als Lotario dei Conti di Segni Ende 1160/Anfang 1161 auf Kastell Gavignano, gestorben am 16. Juli 1216 in Perugia, wurde am 8. Januar 1198 im zweiten Wahlgang zum Papst gewählt und rief als solcher den Vierten und Fünften Kreuzzug wie auch den Kreuzzug gegen die Katharer aus
- Isabelle, Hofdame der Eleonore von Aragon
- Jacques, Zisterziensermönch und Gefährte von Dominikus Guzman

- Jean, ein blinder Bettler in Rhedae
- Jeronimus, Zisterziensermönch und Gefährte von Dominikus Guzman
- Johanna, Katharerin aus Nicolas Gemeinschaft, bietet Elysa zusammen mit Katharina für einen Tag Asyl
- Johanna von Plantagenet*, Schwester von Richard Löwenherz und dritte Gemahlin des Grafen von Toulouse
- Johannes, Zisterziensermönch und Gefährte von Dominikus Guzman
- Jolanda von Castres, Mündel der Gräfin von Foix und Schwester von Guilhabert von Castres
- Josefa, Ordensschwester und Pförtnerin im Paraklet-Kloster
- Katharina, Katharerin aus Nicolas Gemeinschaft, bietet Elysa für einen Tag Asyl
- Lena, Schwester Nicolas, Elysas Mutter und Mätresse von Raimund VI. von Toulouse
- Louis, Gerber in Rhedae
- Ludolf, Weinbauer in Rhedae
- Magdalena, Ordensschwester und Leiterin der Krankenabteilung im Paraklet-Kloster
- Marguerite, ehemalige Hebamme und Wäscherin auf der Burg von Toulouse
- Maria von Saissac, Hofdame der Eleonore von Aragon und Schwester Hugos von Saissac, wird Elysa als Zofe zugeteilt
- Martha, Ordensschwester in einem Kloster vor Troyes
- Mathilda, Klostervorsteherin des Klosters von Prouille
- Nathan, jüdischer Hofmarschall des Grafen von Toulouse
- Nicola, Weber, Führer der Katharer und Vollkommener, Onkel von Elysa und Bruder ihrer Mutter Lena
- Papiol, ein Barde und mit Guilhabert von Castres verwandt
- Paul, Pater und Priester in Rhedae

- Peter II. von Aragon*, geboren um 1176/1177, gestorben am 13. September 1213 vor Muret, war von 1196–1213 König von Aragon und als Peter I. Graf von Barcelona, Girone, Osona, Besalù, Cerdenya und Roussillon – was zusammen dem heutigen Katalonien entspricht. Seine Schwester Eleonore von Aragon war die fünfte Gemahlin des Grafen von Toulouse, dem er im Kreuzzug gegen die Katharer zu Hilfe kam
- Peter von Castelnau*, Geburtsdatum unbekannt, gestorben am 15. Januar 1208 nahe der Abtei Saint-Gilles, war Zisterzienser und päpstlicher Legat. Zusammen mit Dominikus Guzman zog er als Bettelmönch durch Südfrankreich, um gegen die Häresie zu predigen. Wegen ihrer nachlässigen Haltung in der Ketzerbekämpfung ging Castelnau gegen die Bischöfe des Midi vor, suspendierte die Bischöfe von Toulouse sowie Béziers und exkommunizierte Raimund VI. von Toulouse. Ein Gespräch, das Castelnau mit Raimund VI. führte, endete im Streit. Auf seiner Heimreise wurde Castelnau vermutlich von einem Gefolgsmann des Grafen erschlagen
- Peter-Roger von Mirepoix*, Vasall des Grafen von Toulouse
- Philipp II. August*, geboren 1165 in Gonesse, gestorben am 14. Juli 1223 in Mantes-la-Jolie, war von 1180–1223 König von Frankreich
- Pierre, ältester Sohn einer Dörflerin und Bewunderer Gordons
- Pierre Foret, Bote im Dienst des Königs von Frankreich
- Prades, Söldner und Agent im Auftrag Simon von Montforts sowie Arnold Amaurys
- Priscus, jüdischer Schmied
- Raimund VI. von Toulouse*, geboren am 27. Oktober 1156, gestorben am 2. August 1222, war von 1194 bis zu seinem

Tod Graf von Toulouse und Markgraf der Provence aus dem Geschlecht der Raimundiner. Er war der älteste Sohn des Grafen Raimund V. von Toulouse und dessen Ehefrau Konstanze von Frankreich
- Ramon-Roger von Foix*, gestorben am 27. März 1223, war von 1188 bis zu seinem Tod Graf von Foix. Bekannt wurde er als entschiedener Gegner des Kreuzzugs gegen die Katharer
- Raoul, Mönch und Prediger gegen die Katharer, Begleiter von Peter von Castelnau
- Remigius, Zisterziensermönch und Begleiter Arnold Amaurys
- Roger von Trencavel*, geb. 1185, gestorben am 10. November 1209, war der Sohn von Roger II. von Trencavel und Adélaide von Toulouse, einer Schwester von Raimund VI., und damit dessen Neffe
- Rorico, Schäfer in Rhedae und Elysas Jugendfreund
- Samuel, Verlobter und späterer Ehemann von Sarah
- Sarah, Jüdin und Freundin Elysas, wird beim Überfall auf Rhedae geschändet, Verlobte und spätere Ehefrau von Samuel
- Simon IV. von Montfort*, fünfter Earl of Leicester, geboren um 1160, gestorben am 25. Juni 1218 vor Toulouse. Er wurde durch Erbschaft und aufgrund seiner Eroberungen im Kreuzzug gegen die Katharer (1209–1218) Vizegraf von Carcassonne und Béziers, Graf von Toulouse und Herzog von Narbonne
- Stephan, Burgkaplan und Beichtvater von Raimund VI. von Toulouse
- Sybille, Roricos Mutter

blanvalet
DAS IST MEIN VERLAG

… auch im Internet!

 twitter.com/BlanvaletVerlag

 facebook.com/blanvalet